ullstein

JAMES ELLROY, Jahrgang 1948, begann seine Schriftstellerkarriere 1981 mit *Browns Grabgesang*. Mit *Die Schwarze Dahlie* gelang ihm der internationale Durchbruch. Unter anderem wurde Ellroy fünfmal mit dem Deutschen Krimipreis ausgezeichnet, zahlreiche Bücher wurden verfilmt, darunter L.A. *Confidential*.

JAMES ELLROY

HEIMLICH

Roman

Aus dem Amerikanischen
von Wolfgang Determann

Ullstein

Besuchen Sie uns im Internet:

www.ullstein.de

Wir verpflichten uns zu Nachhaltigkeit

- Klimaneutrales Produkt
- Papiere aus nachhaltiger Waldwirtschaft und anderen kontrollierten Quellen
- ullstein.de/nachhaltigkeit

Für Penny Nagler

MIX
Papier
FSC FSC® C083411

Neuausgabe im Ullstein Taschenbuch

1. Auflage Februar 2022

Titel der amerikanischen Originalausgabe: *Clandestine* (Alfred A. Knopf, New York)

Umschlaggestaltung: zero-media.net, München

Titelabbildung: gettyimages / © Leonardo Cendamo / Kontributor

Gesetzt aus der Quadraat Pro powered by pepyrus

Druck und Bindearbeiten: CPI books GmbH, Leck

ISBN 978-3-548-29136-9

PROLOG

Während des dunklen, kalten Winters 1951 arbeitete ich auf Streife in Wilshire, spielte viel Golf und suchte für die eine oder andere Nacht die Gesellschaft einsamer Frauen.

Die Nostalgie betrügt die Unwissenden – sie flößt ihnen Sehnsucht nach einer Schlichtheit und Unschuld ein, die sie nie erreichen können. Die Fünfzigerjahre waren keineswegs unschuldiger. Die dunklen Mächte, die heute unser Leben beherrschen, gab es damals auch, nur waren sie schwerer auszumachen. Deshalb war ich Cop, deshalb stieg ich den Frauen nach. Golf war lediglich ein Reservat der Reinheit, etwas, das ich außerordentlich gut beherrschte. Ich konnte einen Golfball fast dreihundert Meter weit schlagen. Golf war atemberaubende Sauberkeit und Schlichtheit.

Mein Streifenkollege war Wacky Walker. Er war seit fünf Jahren mein Seniorpartner, obwohl er genauso lange in der Abteilung war wie ich. Wir stießen das erste Mal im Mannschaftsraum des Wilshire-Reviers aufeinander; jeder von uns trug eine Golftasche. Wir grinsten einander breit an und verstanden uns augenblicklich – und vollständig.

Für Wacky galt: Gedichte, Wunder und Golf; für mich galt: Frauen, Wunder und Golf. »Wunder«, das war für uns beide dasselbe: der Job, die Straßen, die Leute und das wandelbare Ethos, das wir hatten. Wir, die wir täglich mit Betrunkenen, Junkies, Strichern, Schwanzwedlern, Nutten, Kiffern, Einbrechern und dem namenlosen, einsamen Abfall der menschlichen Gesellschaft zu tun hatten. Wir wurden die besten Freunde und später Partner während der Tagschicht.

Die Tagschicht leitete Lieutenant William Beckworth, ein Golfnarr – und ein hoffnungsloser Ballschläger. Als er hörte, dass mein Handicap null war, versetzte er mich in die Tagschicht, und im Gegenzug gab ich ihm Unterricht. Es war ein fairer Tausch, aber Beckworth war unbelehrbar. Ich konnte den Lieutenant um den kleinen Finger wickeln. Samstagmorgens, wenn ich mit Volldampf in Country Clubs und auf öffentlichen Plätzen golfte, spielte er sogar den Caddy für mich. Also war es leicht, Wacky von der Nachtschicht loszueisen und ihn auf die Tagstreife zu schicken, mit mir als Partner. Was uns noch enger verband.

Herbert Lawton Walker war zweiunddreißig Jahre alt, vom Tod besessen und Alkoholiker. Er war ein echter Held – im Zweiten Weltkrieg hatte er die Tapferkeitsmedaille des Kongresses erhalten. Sie war ihm verliehen worden, weil er auf Saipan zwei MG-Nester voller Japse weggeputzt hatte. Er hätte jeden Job kriegen können, den er wollte. Als er in Kriegsanleihen reiste, überschütteten ihn Versicherungsgesellschaften mit Angeboten, aber er entschied sich für das Los Angeles Police Department, eine blaue Uniform, eine Knarre und das Wunder.

Für einen Suffkopp wie ihn wurde die Vorstellung vom Wunder natürlich irgendwie von der Menge des konsumierten Alkohols bestimmt. Ich war sein Wachhund, der ihm morgens den Sprit vorenthielt und sein Quantum kontrollierte, bis unsere Tour endete und wir auf die Wache zurückkamen.

Früh am Abend, bevor ich mich auf die Suche nach Frauen machte, pflegten Wacky und ich in seiner Wohnung ein paar zu kippen und über das Wunder zu reden oder den Krieg, den ich gemieden und in dem er sich einen Namen gemacht hatte. Wacky war überzeugt, dass ihn das Töten der fünfzehn Japse auf Saipan zu einem Wundersüchtigen gemacht hätte und dass der Schlüssel zum Wunder im Tod läge. Ich widersprach. Wir stritten. Ich sagte, das Leben wäre gut. Wir waren uns einig. »Wir sind eingeschworene Beschützer des Lebens«, sagte ich. »Aber der Schlüssel liegt im Tod«, sagte er. »Verstehst du das nicht? Solltest du je töten müssen, wirst du's wissen.« Wir kamen immer bis zu diesem Patt. Dann brachte Wacky mich gewöhnlich zur Tür, schüttelte mir herzlich die Hand und zog sich in sein Wohnzimmer zurück, um zu trinken und Gedichte zu schreiben. Mich, Frederick Upton Underhill, sechsundzwanzig Jahre alt, ein zu groß geratener Cop mit Bürstenschnitt, ließ er auf dem Treppenabsatz stehen und über Nacht und Neon nachsinnen. Und darüber, was ich mit dem anfangen sollte, was ich später die letzte Saison meiner Jugend nennen würde.

Jene Zeit sollte ein Ritus des Übergangs werden, bestehend aus Fehlstarts und Trugschlüssen. Ich würde in der Liebe versagen und sie tausendmal verfluchen; ich würde den Annehmlichkeiten des Lebens hinterherhecheln und ein letztes Aufwallen nackter Gewalt spüren. Ich würde schließlich töten – und Wackys These letztlich widerlegen. Denn selbst mit dem Blut des Helden an meinen Händen und dem Lorbeerkranz zu meinen Füßen würde das Wunder in seinem letzten Stadium nicht mehr auf mich einwirken als das starre Licht einer Leuchtbake, umtobt vom Meer in seinem ständigen Wechsel zwischen Tod und Selbsterneuerung.

Es war jenes Meer, das mich packte und mich viele Jahre später wieder freigab. Wenn man allen Verbindungen im Eddie-Engels-Fall zeitlich vorwärts und rückwärts nachgeht, wird man keinen Anfang und kein Ende finden. Als mich mein gieriger Ehrgeiz 1951 in ein furchtbares Labyrinth von Tod, Schande und Verrat hineinzog, war das nur *mein* Anfang. Und als die Sache 1955 endlich entwirrt wurde, war mir klar, dass meine Bereitwilligkeit, mich mit einer Horde von der Hölle gelenkter Leute einzulassen und an ihrem einem heimlichen Übergang geweihten Leben teilzunehmen, das Wunder war – und genauso meine letztliche Erlösung.

I
DIE LETZTE SAISON

1

Wacky und ich waren seit drei Monaten zusammen, als Night Train in unser Leben trat. Der Wachhabende erzählte uns von ihm, als wir in unseren schwarz-weißen 48er Ford einstiegen, der vor der Wilshire-Wache geparkt war.

»Walker. Underhill. Kommt mal kurz rüber«, rief er uns zu. Wir gingen zu ihm. Er hieß Gately; er war unrasiert und lächelte. »Der Lieutenant hat was Tolles für euch. Ihr Golfspieler habt immer Glück. Mögt ihr Hunde? Ich hasse Hunde. Da iss 'n Hund, der kleine Kinder terrorisiert. Er klaut ihnen ihr Mittagessen. Drüben in der Grundschule Ecke Orange Drive und Olympic Boulevard. Ein böser alter Mülleimer-Hund. Gehörte früher einem Penner. Der Hausmeister der Schule hat ihn geschnappt. Sagt, er würde ihn umbringen oder ihm die Eier abschneiden. Die Kerle vom Städtischen Tieramt ham was gegen das Gequieke, die denken, der Hausmeister ist verrückt. Ihr zwei bringt den alten Köter ins Tierheim. Erschießt ihn ja nicht, da sind lauter kleine Kinder. Könnten sich erschrecken. Ihr Golf-Kerle habt immer Glück.«

Wacky lenkte den Schwarz-Weißen auf den Pico Boulevard; er lachte und redete in Versen, was er manchmal tat, wenn der Kaffee den Restalkohol der letzten Nacht reaktivierte.

»Verbleiche denn, du edles Biest, das, was wir tun, uns nie

verdrießt, o edler Hund, bald unser Fund, auf Zwingers Grund schlägt dir die Stund!«

Ich lachte, während Wacky weitermachte und dem Straßenpflaster seine Verse einhämmerte. Der Hausmeister war ein dicker Japaner um die fünfzig. Wacky schaute ihn an und wackelte dabei mit den Augenbrauen, was das Eis brach und ihm einen Lacher einbrachte. Er führte uns zu dem Hund, der in einem transportablen Baustellenklo eingeschlossen war. Als wir näher kamen, konnte ich hören, wie sich aus dem dünnwandigen Gebilde ein durchdringendes Jaulen erhob. Auf das verabredete Zeichen von Wacky trat ich ein Loch in die Seite der Toilette und schob unser Mittagessen hinein – zwei Schinken-Käse-Sandwiches, ein Sardinen-Sandwich, ein Roggenbrot mit Roastbeef und zwei Äpfel. Wütendes Kauen war zu hören. Ich riss die Tür auf, erhaschte einen flüchtigen Blick von einer dunklen, haarigen Gestalt mit glitzernden, scharfen Zähnen und verpasste ihr eine mit voller Kraft direkt aufs Maul. Sie brach zusammen und spuckte dabei etwas Schinken-Sandwich aus. Wacky zog den Hund nach draußen.

Er war ein gut aussehender schwarzer Labrador – aber sehr dick. Er hatte ein riesiges Gehänge, das beim Gehen über den Boden schleifen musste. Wacky war in ihn verliebt. »Oooh, Freddy, schau dir das arme Baby an. Oooh.« Er hob den bewusstlosen Hund auf und wiegte ihn in seinen Armen. »Oooh, Onkel Wacky und Onkel Freddy bringen dich aufs Revier und finden ein nettes Zuhause für dich. Oooh.«

Der Hausmeister beäugte uns misstrauisch. »Ihr töten Hund?«, fragte er, wobei er einen Finger quer über die Kehle zog und Wacky nachschaute, der seinen neu gefundenen Freund liebevoll zum Streifenwagen trug.

Ich stieg auf der Fahrerseite ein. »Wir können diesen Köter nicht mit auf die Wache nehmen«, sagte ich.

»Blödsinn. Wir verstecken ihn im Umkleideraum. Wenn wir freihaben, nehme ich ihn mit nach Hause. Dieser Hund wird mein Caddy sein. Ich werde ihm ein Geschirr anlegen, sodass er meine Tasche ziehen kann.«

»Beckworth wird dir in den Arsch treten.«

»Beckworth kann mich am Arsch *lecken*. Kümmer du dich um Beckworth.«

Der Hund wachte auf, als wir auf den Parkplatz des Reviers einbogen. Er fing wütend an zu bellen. Ich drehte mich auf meinem Sitz um, um ihm noch eine zu verpassen, aber Wacky hielt meinen Arm zurück. »Oooh«, sagte er zu dem Biest, »oooh, oooh!« Und der Hund war ruhig.

Ich führte den Hund durch den Hintereingang in den Umkleideraum. Wacky lief rasch zu der Würstchenbude neben Sears und kam mit sechs Cheeseburgern zurück. Ich tätschelte den Hund gerade vor meinem Spind, als Wacky zurückkam und den schmierigen Fraß vor mir auf den Boden fallen ließ. Der Hund grub seine Zähne rein, und Wacky und ich schlossen die Tür ab und gingen wieder auf Streife. So begann die Odyssee von Night Train, wie der Hund heißen sollte.

Als wir in jener Nacht von unserer Tour zurückkehrten, hörten wir vom Umkleideraum her Reuben Ramos' Saxofon heulen. Reuben ist ein Motorrad-Polizist, der durch die Arbeit beim Sittendezernat auf der 77th Avenue zu seiner Liebe zum Jazz gefunden hatte. Da filzte er regelmäßig die Bebop-Kneipen auf der Central Avenue, auf der Suche nach Nutten, Buchmachern und Drogensüchtigen. Er brachte sich das Saxofonspielen selbst nach Gehör bei – hauptsächlich Heulen und schräge Töne, aber manchmal fährt er auf eine einfache Melodie wie »Green Dolphin Street« ab. Heute Abend heizte er richtig ein – das Leitthema von »Night Train« immer und immer wieder.

Als Wacky und ich den Umkleideraum betraten, trauten wir unseren Augen nicht. Reuben hatte kurze Jockey-Hosen an, verrenkte sich fürchterlich und stieß dabei die wilden ersten Noten von »Night Train« aus, während der dicke schwarze Labrador sich rücklings auf dem Betonboden wälzte, jaulte und einen gewaltigen Urinstrahl hoch in die Luft schoss. Scharen von Polizisten kamen rein und gingen angeekelt gleich wieder hinaus. Reuben war der Sache müde und ging nach Hause zu Frau und Kindern. Übrig blieb Wacky, der irgendwas von dem »Genius« des Hundes herumbrüllte.

Wacky gab dem Hund den Namen »Night Train« und nahm ihn mit zu sich nach Hause. Wochenlang spielte er dem Hund Platten mit Saxofonmusik vor und fütterte ihn mit Steaks, alles in der fruchtlosen Hoffnung, aus ihm einen Caddy zu machen. Schließlich gab Wacky auf, stellte fest, dass Night Train ein Freigeist war, und ließ ihn laufen. Wir dachten, das wäre das Letzte gewesen, was wir von dem Viech sahen – aber wir irrten. Er sollte in der Geschichte des Los Angeles Police Department einen legendären Status erhalten.

Zwei Tage nach seiner Freilassung erschien Night Train wieder auf der Wilshire-Wache mit einer toten Katze in seinen Fängen. Der Wachhabende jagte ihn raus und warf die Katze in einen Abfalleimer. Am nächsten Tag erschien Night Train mit einer weiteren toten Katze. Dieses Mal wurde er – mit der Katze im Maul – wieder hinausgejagt. An diesem Tag kehrte er mit derselben Katze wieder, die noch etwas mitgenommener aussah. Er kam rechtzeitig zurück, denn Wacky und ich hatten gerade Dienstschluss. Als Night Train Wacky sah, ließ er vor lauter Freude die bös zugerichtete Katze, seine Liebesgabe, fallen, lief in Wackys ausgestreckte Arme und pisste ihm über die ganze Uniform. Wacky trug Night Train in mein Auto und schloss ihn ein. Und Wacky war sauer auf Lieutenant Beckworth. Beckworth hätte ihm zwei Kisten Cutty Sark mit 75 Prozent Nachlass aus einem Hehlernest mitbringen sollen, aber er hatte sein Versprechen nicht gehalten.

Wacky wollte sich rächen, also holte er sich die zerfetzte, tote Katze und brachte mit einer Stecknadel einen Zettel an ihrem Fell an. Auf dem Zettel stand: »Das ist die einzige Muschi, die du je kriegen wirst, du schäbiger Schwanzlutscher!« Dann legte er die Katze dem Lieutenant auf den Schreibtisch.

Beckworth fand sie am nächsten Morgen und drehte durch. Er ließ einen richtigen Steckbrief für den Hund anschlagen. Er musste nicht weit suchen. Night Train wurde da entdeckt, wohin er in der Nacht zuvor gebracht worden war – auf dem Rücksitz meines Wagens. Mit mir konnte Beckworth sich nicht anlegen, weil er wusste, dass ich seine Golfstunden abbrechen könnte, aber Night Train konnte er todsicher in die Scheiße tauchen. Er ließ den Hund verhaften und in die Ausnüchterungszelle bringen. Das war genau das Falsche. Night Train griff drei Penner an und brachte sie beinahe um. Als der Wärter von ihren Schreien aufgeschreckt wurde und reinstürmte, um die Zellentür zu öffnen, rannte Night Train an ihm vorbei durch die Tür des Wilshire-Reviers, über den Pico Boulevard bis nach Hause in Wackys Wohnung. Dort lebten die beiden dann – hörten Saxofonmusik und lebten glücklich bis ans Ende der letzten Saison meiner Jugend.

Eine Woche nach dem Zwischenfall mit der Katze war Beckworth noch immer sauer.

Wir waren auf dem Übungsplatz in Rancho-Park, wo ich – erfolglos – versuchte, seinen fürchterlichen Slice zu verbessern. Auf der Tagschicht arbeiten zu dürfen kostete einen hohen Preis.

»Scheiße. Verdammte Scheiße. O Gott«, murmelte Beckworth vor sich hin. »Zeig's mir noch mal, Freddy.«

Ich schnappte mir sein 3er Eisen und schickte einen Sanften auf die Reise. Zweihundert Meter. Direkt. »Schultern nach hinten, Lieutenant. Füße mehr zusammen. Langen Sie nicht nach dem Ball, gehn Sie ihm entgegen.«

Er beherrschte es perfekt. So lange, bis er seinen Schläger schwang. Dann machte er alles so, wie ich es ihm nicht gesagt hatte, und gurkte den Ball ungefähr zehn Meter weit.

»Sachte, Lieutenant. Probieren Sie's noch mal.«

»Gottverdammt, Freddy, ich kann heute nicht denken. Golf ist neunzig Prozent Konzentration. Ich hab die Form eines Spitzenathleten, aber ich kann mich nicht aufs Spiel konzentrieren.«

Ich ging darauf ein: »Was hält Sie davon ab, Lieutenant?«

»Kleinigkeiten. Unwichtiges. Dieser beschissene Partner von dir – kommt mir merkwürdig vor. Kriegsauszeichnung, okay. Gute Noten auf der Polizeischule, okay. Aber er sieht nicht aus oder benimmt sich nicht wie ein Cop. Er deklamiert Gedichte beim Appell. Ich glaube, er ist ein Homo.«

»Wacky doch nicht, Lieutenant. Er liebt die Weiber.«

»Das glaub ich nicht.«

Ich spielte auf die unter dem Siegel der Verschwiegenheit wohl bekannte Vorliebe des Lieutenants für Negermösen an. Alle Bullen von der 77. Straße kannten ihn als Stammgast in Minnie Roberts' Casbah – dem elegantesten Negerpuff im Süden der Stadt.

»Nun, Lieutenant«, sagte ich flüsternd, »er liebt Weiber, aber es müssen ganz spezielle Weiber sein – wenn Sie mir folgen können.«

Beckworth war angenehm erregt. Er lächelte, was er selten tat, und enthüllte dabei die beiden Zahnstümpfe in den Ecken seines Mundes. »Ich kann dir folgen, Freddy-Boy.«

Ich schaute mich nach allen Seiten um, als wollte ich mich gegen Lauscher absichern. »Koreanerinnen, Lieutenant. Von denen kann er nicht genug kriegen. Er redet nur nicht gern darüber, weil wir da drüben Krieg führen. Wacky schielt ständig nach Schlitzaugen. Ecke Slauson Avenue und Hoover Boulevard ist ein Katzenstall, das auf die spezialisiert ist. Gleich neben der Absteige mit all den farbigen Mädchen – wie heißt sie noch mal? – Minnie's Casbah. Wacky geht also in diesen Japsen-Salon. Manchmal hockt er in seinem Auto und schüttet sich ein paar hinter die Binde, bevor er reingeht. Er erzählte mir, er hätte schon jede Menge hoher Tiere vom Department in die Casbah reingehen sehen, die auf der Suche nach schwarzen Mösen waren, aber er will mir nicht sagen, wer. Wacky ist ein anständiger Kerl. Im Gegensatz zu vielen Streifen-Cops hasst er die hohen Tiere nicht.«

Beckworth war bleich geworden, aber er hatte sich schnell wieder gefangen. »Okay, vielleicht ist er nicht schwul, aber er ist und bleibt ein Scheißkerl. Dieser Schweinehund. Ich musste mein ganzes Büro desinfizieren lassen. Ich bin ein sensibler Mann, Freddy, und ich hatte *Albträume* wegen der toten Katze. Und sag ja nicht. Walker hätte es nicht getan – ich weiß es.«

»Streit ich ja gar nicht ab, Lieutenant. Er hat's getan. Aber Sie müssen seine Gründe verstehen.«

»Was für Gründe? Er hasst mich. Das ist sein Grund.«

»Sie irren sich, Lieutenant. Wacky respektiert Sie. Er beneidet Sie sogar.«

»Respekt! Neid! Was zum Teufel redest du da?«

»Tatsache. Wacky beneidet Sie um Ihr Golf-Talent. Hat er mir gesagt.»

»Bist du verrückt? Ich bin ein Hacker. Und er hat ein niedriges Handicap.«

»Wollen Sie wissen, was er gesagt hat, Lieutenant? Er hat gesagt: ›Beckworth hat alle Bewegungen drauf. Nur wegen seiner Konzentration ist sein Spiel total im Arsch. Nur deswegen bringt er's nicht zusammen. Ihm geht eine Menge im Kopf rum. Er ist ein guter Cop. Ich bin froh, dass ich nur ein blöder Straßenbulle bin. Wenigstens bleib ich unter achtzig. Der Lieutenant ist zu gewissenhaft, deshalb ist sein Spiel total im Arsch. Wenn er nicht so ein guter Cop wäre, würde er ohne Vorgabe spielen.‹ Das hat er gesagt.«

Ich wartete eine Weile, bis sich alles gesetzt hatte. Beckworth glühte förmlich. Er legte das misshandelte 4er Eisen weg und lächelte mich glückselig an. »Sag Walker, er soll mal zu mir kommen, Freddy. Sag ihm, ich hätte feinen Scotch für ihn. Korea-Mösen, guter Gott! Du glaubst doch nicht, dass er ein Roter ist, Freddy?«

»Wacky Walker? Stabsfeldwebel der US-Marineinfanterie? Sie sollten sich auf die Zunge beißen, Lieutenant!«

»Du hast recht, Freddy. Das war meiner nicht würdig. Gehn wir. Ich hab genug für heute.«

Ich fuhr Beckworth zurück zu seinem Wagen und dann heim in meine Wohnung in Santa Monica. Ich duschte und zog mich um. Dann steckte ich die 38er-Stupsnase, die ich in meiner Freizeit trug, in ein kleines Hüftholster und befestigte es neben der Wirbelsäule am Gürtel – für den Fall, dass ich tanzen ging und es mich überkommen sollte. Dann stieg ich in meinen Wagen und machte mich auf die Suche nach Frauen.

Ich beschloss, dem roten Straßenbahnwagen zu folgen. Er fuhr von Long Beach bis nach Hollywood hoch. Es war Freitagabend. An Wochenendabenden fuhren immer Scharen von Mädchen mit dieser Bahn, auf der Suche nach Vergnügen auf dem Sunset Boulevard, das sie sich wahrscheinlich gar nicht leisten konnten. Der rote Wagen lief leicht erhöht auf einem Gleis in der Mitte der Straße, sodass man die Fahrgäste kaum sehen konnte. Am besten war's, man fuhr Seite an Seite und beobachtete die Mädchen beim Einsteigen.

Die Mädchen aus Los Angeles waren mir am liebsten, sie waren einsamer und individueller als die Mädchen aus den »Vororten«, deshalb schnappte ich mir den roten Wagen Ecke Jefferson Boulevard und LaBrea Avenue. Fünf Minuten der Spannung wollte ich vor der Goldgrube am Wilshire Boulevard verstreichen lassen: Ganze Schwärme von Verkäuferinnen bei Ohrbach und der May Company und Sekretärinnen von den Versicherungsgesellschaften, die die belebteste Straße von Los Angeles säumten. Ich hielt meinen 47er Buick mit Stoffverdeck und Gewehr-kimmen-Verzierung auf der Haube haarscharf auf gleicher Höhe mit dem Straßenbahnwagen und beobachtete gespannt das Einsteigen der Fahrgäste.

Der Aufmarsch am Wilshire Boulevard war vorhersehbar: ältere Herrschaften, Schüler und Schülerinnen, einige junge Pärchen. An der Haltestelle sprang ein Haufen Kichermädchen auf, sie drückten und schoben ausgelassen. Es war kalt draußen. Ihre Körper waren von Mänteln verdeckt. Das machte freilich nichts – der Geist ist wichtiger denn das Fleisch. Sie stiegen schnell ein, daher konnte ich keine Gesichter erkennen. Das war ungünstig für mich. Wenn sie an der Fountain oder am Sunset Boulevard in Scharen ausstiegen, müsste ich schnell einparken und ihnen nachjagen, ohne dass ich Zeit hätte, mir einen passenden Spruch für eine spezielle Frau auszudenken.

Aber heute Abend war das egal, denn kurz vor der Melrose Avenue sah ich sie, wie sie aus einem chinesischen Restaurant rannte, ihre Handtasche flog an den Riemen. Einen kurzen Augenblick lang war sie vom Neon-Schein des Gordon-Theaters umrahmt: ein Mädchen von ungewöhnlichem Aussehen, als Typ nicht definierbar, eher durch eine Intensität des Gefühls. Sie schien auf eine gequälte, eingeschüchterte Weise nervös zu sein und gleichsam die Nacht von Los Angeles aufzureißen. Sie war stilvoll gekleidet, aber ohne Rücksicht auf Mode: ausgebeulte Männerhosen mit Aufschlag, Sandalen und eine Eisenhower-Jacke. Männerkleidung, aber ihre Züge waren weich und feminin, und ihr Haar war lang.

Mit Mühe erreichte sie den Wagen und sprang mit einem kleinen Antilopen-Hüpfer an Bord. Ihr Ziel war mir nicht klar, sie hatte zu viel drauf, um nur auf dem Sunset Strip dabei zu sein. Vielleicht wollte sie in eine Buchhandlung auf dem Hollywood Boulevard oder zu einem Rendezvous, bei dem ich außen vor bliebe. Ich sollte mich irren: Sie stieg an der Fountain aus und lief nach Norden.

Ich parkte rasch, klemmte ein Schild mit dem Aufdruck »Polizei« unter den Scheibenwischer und folgte ihr zu Fuß. An der DeLongpre bog sie nach Osten, in eine ruhige Wohnstraße am Rande des Geschäftsviertels von Hollywood ab. Wenn dies ihr Heimweg war, hätte ich heute Abend kein Glück gehabt – meine Methoden erforderten eine belebte Straße oder einen bevölkerten Platz, und das Beste, was ich erwarten konnte, war eine Adresse als Anhaltspunkt. Einen halben Straßenblock weiter oben konnte ich jedoch zwei Polizeiwagen erkennen, die quer über die Straße geparkt waren und ihre Rotlichter anhatten: möglicherweise der Schauplatz eines Verbrechens.

Das Mädchen bemerkte das, zögerte und lief zurück in meine Richtung. Sie hatte Angst vor Cops, und das weckte mein Interesse. Dank dieser Angst entschloss ich mich, alles zu riskieren, und fing sie ab, als sie an mir vorbeiging. »'tschuldigung, Miss«, sagte ich und zeigte ihr meine Marke. »Ich bin Polizeibeamter, und dies ist ganz offiziell der Schauplatz eines Verbrechens. Bitte lassen Sie sich von mir in Sicherheit bringen.«

Die Frau nickte verängstigt, und ihr Gesicht wurde einen kurzen Moment lang bleich und leer. Sie sah ganz entzückend aus und zeigte jene Verbindung von Stärke und Verletzlichkeit, die die Grundlage meiner Liebe und meines Respekts für Frauen ist. »Okay«, sagte sie, und mit einem dünnen Hauch von Verachtung fügte sie »Officer« hinzu. Wir gingen zurück Richtung LaBrea Avenue, ohne uns anzuschauen.

»Wie heißen Sie?«, fragte ich.

»Sarah Kefalvian.«

»Wo wohnen Sie, Miss Kefalvian?«

»Nicht weit von hier. Aber ich wollte gar nicht nach Hause. Ich wollte zum Boulevard.«

»Welche Ecke denn?«

»Zu einer Kunstausstellung. Nähe Las Palmas.«

»Ich bring Sie hin.«

»Nein. Lieber nicht.«

Sie hielt ihre Augen abgewandt, aber als wir zur LaBrea kamen, schaute sie mich so temperamentvoll-trotzig an, dass mir ein Schauer den Rücken hinunterlief. »Sie mögen wohl keine Cops, nicht wahr, Miss Kefalvian?«, sagte ich.

»Nein. Sie verletzen Leute.«

»Wir helfen den Leuten mehr, als dass wir sie verletzen.«

»Das glaub ich nicht. Vielen Dank für die Begleitung. Gute Nacht.«

Sarah Kefalvian wandte sich von mir ab und bewegte sich mit flottem Schritt Richtung Boulevard. So konnte ich sie nicht gehen lassen. Ich holte sie ein und packte sie am Arm. Sie riss ihn weg. »Schaun Sie«, sagte ich, »ich bin kein Durchschnitts-Bulle. Ich hab mich vorm Kriegsdienst gedrückt. Ich weiß, dass in der Buchhandlung auf Las Palmas eine Picasso-Ausstellung ist. Ich bin scharf auf Kultur, und ich brauche jemand, der mir was beibringt.« Ich schenkte Sarah Kefalvian mein zerknittertes Lächeln, das mich zum schüchternen Siebzehnjährigen machte. Sie fing an, weich zu werden, ganz langsam. Sie lächelte. Ich fasste nach: »Bitte!«

»Haben Sie sich wirklich vorm Krieg gedrückt?«

»Gewissermaßen.«

»Ich gehe mit Ihnen in die Ausstellung, wenn Sie mich nicht anfassen oder irgendjemand erzählen, dass Sie Polizist sind.«

»Abgemacht.«

Wir liefen zurück zu meinem falsch geparkten Wagen, ich frohgemut, Sarah Kefalvian widerwillig interessiert.

Die Ausstellung war in der Buchhandlung von Stanley Rose, einem langjährigen Treffpunkt der Intellektuellen-Szene von Los Angeles. Sarah Kefalvian ging immer ein bisschen vor mir und gab ehrfürchtige Kommentare zum Besten. Die Bilder waren Drucke, keine Gemälde, aber das beunruhigte sie nicht. Offensichtlich schien sie an der Idee eines Rendezvous langsam Gefallen zu finden. Ich sagte ihr, mein Name wäre Joe Thornhill. Vor »Guernica« hielten wir inne, dem einzigen Bild, das zu kommentieren ich mich traute.

»Das ist ein tolles Bild«, sagte ich. »Als Kind habe ich einen Haufen Fotos von der Stadt gesehen. Das bringt mir alles in Erinnerung. Besonders die Kuh, aus der der Speer herausragt. Krieg muss schlimm sein.«

»Er ist das Grausamste, Schrecklichste, was es auf Erden gibt, Joe«, sagte Sarah Kefalvian. »Ich will mein Leben dafür einsetzen, ihn zu beenden.«

»Wie?«

»Indem ich die Worte großer Männer verbreite, die den Krieg gesehen haben und was er anrichtet.«

»Sind Sie gegen den Krieg in Korea?«

»Ja. Gegen alle Kriege.«

»Wollen Sie nicht den Kommunismus aufhalten?«

»Tyrannei kann man nur mit Liebe aufhalten, nicht mit Krieg.«

Das interessierte mich. Sarahs Augen wurden feucht. »Lassen Sie uns irgendwohin gehen und reden. Ich lade Sie zum Essen ein. Wir tauschen unsere Lebensgeschichten aus. Was halten Sie davon?« Ich wackelte mit den Augenbrauen wie Wacky Walker.

Sarah Kefalvian lächelte, lachte, und das verwandelte sie. »Ich habe schon gegessen, aber ich komme mit, wenn Sie mir erzählen, warum Sie sich vor dem Kriegsdienst gedrückt haben.«

»Abgemacht.« Als wir die Buchhandlung verließen, fasste ich sie am Arm und lenkte sie. Sie wand sich, leistete aber keinen Widerstand. Wir steuerten zu einer Itaker-Kneipe Ecke Sunset und Normandie. Auf dem Weg dorthin erfuhr ich, dass Sarah vierundzwanzig war, ein Geschichtsstudium an der University of California in Los Angeles absolviert hatte und die Tochter armenischer Einwanderer war. Ihre Großeltern waren von den Türken ermordet worden, und die Horrorgeschichten, die ihre Eltern ihr über das Leben in Armenien erzählt hatten, hatten ihr Leben geprägt: Sie wollte dem Krieg ein Ende setzen, die Atombombe verbieten, die Rassendiskriminierung beenden und den Wohlstand umverteilen. Sie gab mir ein bisschen nach, indem sie sagte, ihrer Meinung nach wären Polypen notwendig, aber statt mit Pistolen sollten sie mit einer humanistischen Bildung und hohen Idealen ausgestattet sein. Sie fing an, mich zu mögen, deshalb brachte ich es nicht übers Herz, ihr zu sagen, sie wäre bekloppt. Ich fing auch an, sie zu mögen, und mein Blut kochte förmlich bei dem Gedanken an das Liebesspiel, das uns bevorstand.

Ich schätzte ihre Aufrichtigkeit und fand, dass nur Offenheit einen Tauschhandel wert sei. Ich beschloss, sie nicht zu verscheißern: Vielleicht würde unsere Begegnung sie etwas realistischer machen.

Das Lokal war eine billige italienische Kneipe, ein reiner Familienbetrieb, an der Wand die verblassten Urlaubsplakate von Rom, Neapel, Parma und Capri, durchsetzt mit leeren Chianti-Flaschen, die an einer künstlichen Weinlaube hingen. Ich verzichtete auf den Fraß und bestellte einen großen Krug Chianti. Wir prosteten uns zu.

»Auf das Ende aller Kriege«, sagte ich.

»Glauben Sie das wirklich?«

»Sicher. Bloß weil ich keine Plakate rumtrage oder großen Wind darum mache, heißt das noch lange nicht, dass ich ihn nicht hasse.«

»Erzählen Sie mir, warum Sie gekniffen haben«, sagte Sarah sanft.

Ich leerte mein Glas und goss mir noch eins ein. Sarah trank ihres schlückchenweise.

»Ich bin Waise. Ich wuchs in einem Waisenhaus in Hollywood auf. Es war widerlich. Es war katholisch und wurde von ein paar sadistischen Nonnen geleitet. Das Essen war zum Kotzen. Während der Depression aßen wir nur Kartoffeln, wässrigen Gemüseeintopf, Milchpulver gab's, und Fleisch vielleicht einmal die Woche. Die Kinder waren alle mager und anämisch und hatten eine unreine Haut. Für mich war's nicht gut genug. Ich konnte es nicht essen. Es machte mich so wütend, dass meine Haut schmerzte. Sie schickten uns in eine katholische Schule drüben auf der Western Avenue. Da gab's das gleiche Spülwasser zum Mittagessen. Als ich ungefähr acht Jahre alt war, *wusste* ich, dass ich meinen Anspruch auf Männlichkeit verwirkt hätte, würde ich weiter diesen Abfall essen. Also fing ich an zu stehlen. Ich schlug in jedem Supermarkt in Hollywood zu. Ich stahl Sardinenbüchsen, Käse,

Obst, Kekse, Kuchen, Milch – einfach alles. An den Wochenenden wurden die älteren Kinder bei wohlhabenden katholischen Familien untergebracht, damit sie ein bisschen vom guten Leben abbekämen. Ich wurde regelmäßig zu so einer Familie nach Beverly Hills geschickt. Die waren steinreich. Sie hatten einen Sohn, ungefähr in meinem Alter. Er war ein wilder Bursche und ein ausgezeichneter Ladendieb. Seine Spezialität waren Steaks. Wir taten uns zusammen und schlugen in jeder Metzgerei im Westen der Stadt zu. Er war dick wie ein Schwein. Er konnte nicht aufhören zu essen. Ein richtiges Michelin-Männchen.

Während der Depression gab es so 'ne Art beweglichen Penner-Dschungel im Griffith Park. Die Cops machten regelmäßig Razzien und jagten die Penner davon, aber die kamen an einer anderen Stelle wieder zusammen. Ein Priester vom Kolleg ›Zum Unbefleckten Herzen‹ erzählte mir davon. Ich machte mich auf, sie zu suchen. Ich war ein neugieriger, einsamer Junge und dachte, Penner zu sein wäre romantisch. Ich brachte eine Riesenmenge Steaks mit. Damit war ich der Star. Ich war groß genug, dass sich keiner mit mir anlegte. Ich hörte mir die Geschichten an, die die alten Penner erzählten – Räuber und Gendarm, Eisenbahnen und Pinkerton-Männer, Dunkelheit. Merkwürdige Dinge, von denen die meisten Leute keinen Schimmer hatten. Perversionen. Unaussprechliche Dinge. Ich wollte diese Dinge wissen – aber in sicherer Distanz bleiben.

Eines Nachts brieten wir gerade Steaks und tranken Whiskey, den ich gestohlen hatte, als die Cops den Dschungel filzten. Ich machte mich aus dem Staub und entging ihnen. Ich konnte hören, wie die Cops die Penner raustrieben. Sie waren hart, aber nahmen das Ganze mit Humor; und ich wusste, dass wenn ich Polizist würde, könnte ich die Dunkelheit haben und zugleich einen Schutz vor Strafe. Ich würde *wissen*, jedoch sicher sein.

Dann kam der Krieg. Ich war siebzehn, als Pearl Harbor bombardiert wurde. Und wieder *wusste* ich, wenn auch diesmal auf andere Weise. Ich wusste, wenn ich in diesem Krieg kämpfte, würde ich sterben. Ich wusste auch, dass ich da *ehrenvoll* rausmusste, um sicher bei der Polizei unterzukommen.

Meine Eltern hab ich nie gekannt. Meine ersten Adoptiveltern gaben mir meinen Namen, bevor sie mich ins Waisenhaus steckten. Ich dachte mir einen Plan aus. Ich studierte die Musterungsgesetze und fand heraus, dass der einzige überlebende Sohn eines Mannes, der in einem Krieg außerhalb des Landes getötet wurde, nicht einberufen werden kann. Ich wusste auch, dass ich ein geplatztes Trommelfell hatte, was ein möglicher Hinderungsgrund war, aber ich wollte auf Nummer sicher gehen. Also versuchte ich 1942, mich direkt nach dem Abschluss der Oberschule freiwillig zu melden. Das mit dem Trommelfell kam raus, und sie lehnten mich ab.

Dann fand ich eine alte Stadtstreicherin, eine abgehalfterte Schauspielerin. Sie ging mit mir zur Berufungsverhandlung bei der Musterungsbehörde. Sie tobte und schrie, dass sie mich brauchte, dass ich arbeitete und für sie mitverdiente. Sie sagte, ihr Ehemann, mein Vater, wäre 1926 im China-Feldzug gefallen, deswegen wäre ich ins Waisenhaus gekommen. Sie hatte ihre Sternstunde. Ich gab ihr fünfzig Dollar. Die Musterungsbehörde glaubte ihr und sagte mir, ich solle ja nicht wieder versuchen, mich zu melden. Ich probierte es gelegentlich noch ein paarmal, aber die blieben hart. Sie bewunderten meinen Patriotismus – aber Gesetz war Gesetz, und ironischerweise hat das geplatzte Trommelfell mich nie davon abhalten können, Cop zu werden.«

Sarah liebte meine Geschichte und seufzte, als ich fertig war. Ich liebte sie auch. Ich hatte sie aufgehoben für die eine besondere

Frau, eine, die sie schätzen würde. Abgesehen von Wacky war sie der einzige Mensch, der diesen Abschnitt meines Lebens kannte.

Sie legte ihre Hand auf meine. Ich führte sie an die Lippen und küsste sie. Sarah sah nachdenklich und traurig aus. »Hast du gefunden, was du suchst?«, fragte sie.

»Ja«, sagte ich.

»Gehst du mit mir an dem Penner-Dschungel vorbei? Heute Abend?«

»Dann lass uns gleich gehen. Die sperren die Straße durch den Park um zehn Uhr ab.«

Es war eine kalte und sehr klare Nacht. Der Januar ist der kälteste, schönste Monat in Los Angeles. Die Farben der Stadt sind von kalter Luft durchdrungen, verselbstständigen sich und spiegeln eine Ahnung von Wärme und Ruhe wider.

Wir fuhren die Vermont Avenue hinauf und parkten bei der Sternwarte. Händchen haltend gingen wir den Berg hinauf in Richtung Norden. Wir unterhielten uns ganz ungezwungen, und ich brachte die eher angenehmen, pittoresken Seiten der Polizeiarbeit ins Gespräch: die freundlichen Säufer, die farbenprächtigen Jazzmusiker in ihren grell gestreiften Anzügen, die verloren gegangenen kleinen Hunde, die Wacky und ich ihren jungen Besitzern zurückbrachten. Ich erzählte ihr nichts von den Vergewaltigungen, den missbrauchten Kindern, den Unfalltoten oder den mutmaßlichen Schwerverbrechern, die regelmäßig in den Hinterzimmern des Wilshire-Reviers durchgewalkt wurden. Das brauchte sie nicht zu hören. Idealisten wie Sarah glaubten trotz ihrer Naivität, dass die Welt im Grunde beschissen sei. Ich musste ihren Wirklichkeitssinn ein wenig mit heiteren und spannenden Geschichten einnebeln. Sie würde keineswegs akzeptieren, dass die Dunkelheit ein Teil des Vergnügens ist. Ich musste sie einnebeln, wie es in Hollywood üblich ist.

Ich zeigte ihr den alten Dschungel. Ich war seit 1938 nicht mehr da gewesen, dreizehn Jahre. Jetzt war es nur eine Lichtung, von Unkraut überwuchert und mit leeren Weinflaschen übersät.

»Hier fing alles für dich an?«, fragte Sarah.

»Ja.«

»Die Zeit und dieser Ort machen mir Angst.«

»Mir auch. Heute ist der 30. Januar 1951. Heute und nie wieder.«

»Das erschreckt mich.«

»Hab keine Angst. Das ist bloß das Wunder. Es ist sehr dunkel hier. Hast du Angst vor der Dunkelheit?«

Sarah Kefalvian hob ihren schönen Kopf und lachte im Mondlicht. Ein großes, herzhaftes Gelächter, ihrer armenischen Vorfahren würdig. »Tut mir leid, Joe. Nur, dass wir hier so melancholisch und in Symbolen reden, das ist irgendwie komisch.«

»Dann nehmen wir uns jetzt beim Wort. Ich habe dir vertraut. Du vertraust mir. Erzähl mir was von dir. Etwas Dunkles und Geheimnisvolles, das du noch niemandem erzählt hast.«

Sie dachte darüber nach und sprach: »Es wird dich schockieren. Ich mag dich und möchte dich nicht verletzen.«

»Du kannst mich nicht schockieren. Ich bin immun gegen Schock. Erzähl's mir.«

»Okay. Als ich noch in San Francisco studierte, hatte ich ein Verhältnis – mit einem verheirateten Mann. Das endete. Ich war verletzt und fing an, Männer zu hassen. Ich wechselte auf die Universität in Berkeley. Ich hatte eine Dozentin. Sie war sehr schön. Sie interessierte sich für mich. Wir wurden ein Paar und machten Sachen – sexuelle Sachen, die die meisten Leute nicht mal erahnen können. Diese Frau mochte auch Knaben. *Junge* Knaben. Sie verführte ihren zwölfjährigen Neffen. Den teilten wir uns.«

Sarah wich zurück, als fürchtete sie sich vor einem Schlag.

»Ist es das?«, fragte ich.

»Ja«, erwiderte sie.

»Das ist alles?«

»Ja! Ich möchte nicht zu anschaulich werden. Ich liebte diese Frau. Sie hat mir in einer schwierigen Zeit geholfen. Ist das nicht finster genug für dich?«

Ihre Wut und ihre Empörung hatten einen Höhepunkt erreicht und mir warme Wellen durch den Körper gejagt. »Genug jetzt. Komm her, Sarah.« Sie kam und wir umarmten uns, ihren Kopf hart gegen meine Schulter gepresst. Als wir uns lösten, schaute sie zu mir auf. Sie lächelte, und ihre Backen waren feucht von Tränen. Ich wischte sie mit den Daumen weg. »Ich bring dich nach Hause«, sagte ich.

Wir zogen uns wortlos in dem dunklen Vorzimmer von Sarah Kefalvians Garagen-Wohnung in der Sycamore Street aus. Sarah zitterte und atmete flach in dem kalten Raum, und als wir nackt waren, drückte ich sie fest an meinen Körper, um ihr Zucken zu dämpfen. Dann hob ich sie auf den Arm und trug sie dahin, wo das Schlafzimmer sein musste.

Es gab kein Bett; nur eine mit Steppdecken überzogene Matratze auf einer Pritsche. Ich setzte Sarah ab und mich auf den Rand der Matratze, wobei meine langen Beine heillos eingeklemmt wurden. Der Lichtstrahl einer Straßenlaterne warf einen diffusen Schein über den Raum und ließ mich Regale erkennen, die vor Büchern überquollen, und Wände, die mit Picasso-Drucken und Gewerkschaftsplakaten aus der Zeit der Depression geschmückt waren.

Sarah schaute zu mir auf, ihre Hand lag auf meinem Knie. Ich strich ihr übers Haar, beugte mich vor und gab ihr kurze, trockene Küsse auf Hals und Schultern. Sie seufzte. Ich sagte ihr, sie wäre sehr schön, und sie kicherte. Ich suchte Unvollkommenheiten an ihr, diese kleinen Macken am Körper, die Bände sprechen. Ich fand sie: einen kleinen dunklen Haarwuchs oberhalb ihrer Brustwarzen, eine Ansammlung von Akne auf ihrem rechten Schulterblatt. Ich küsste diese Stellen, bis Sarah meinen Kopf packte und meinen Mund zu ihrem zog.

Wir küssten uns heftig und lange, dann öffnete sie sich und wölbte sich auf, um mich zu empfangen. Wir vereinigten und paarten uns ungestüm, kräftig, die Muskeln angespannt in unserem Bemühen, zusammenzubleiben, wenn wir die Stellung wechselten, und zerrammelten die Steppdecken. Wir kamen zusammen, Sarah schluchzte, als ich mein Gesicht an ihren Hals drückte und Mund und Nase in den Bächen unseres gemeinsamen Schweißes rieb.

Lange Zeit lagen wir ganz ruhig und streichelten uns die einzelnen Körperteile. Reden hätte bedeutet, den Augenblick zu verraten. Ich wusste dies aus Erfahrung, Sarah instinktiv. Nach einer Weile gab sie vor, zu schlafen – eine stille und liebevolle Art, die Peinlichkeit meines Abschieds zu mildern.

Ich zog mich im Dunkeln an, dann griff ich rüber, strich ihr langes dunkles Haar nach hinten und küsste ihren Nacken. Beim Rausgehen dachte ich, dass ich dieses Mal vielleicht genauso viel gegeben wie genommen hatte.

Ich fuhr nach Hause und holte mein Tagebuch raus. Ich schrieb alle Einzelheiten über das Treffen mit Sarah auf, worüber wir geredet hatten und was ich gelernt hatte. Ich beschrieb ihren Körper und unser Liebesspiel. Dann ging ich zu Bett und schlief bis in den späten Nachmittag.

2

»Grad am Vögeln, Freddy?«

Wacky und ich bogen auf den Parkplatz am Rancho-Park-Golfplatz ein, es war ganz früh am Samstag danach. Ich war scharf auf Golf und nicht auf Männergeschwätz. Wackys Frage empfand ich wie einen Messerstich in die Seite. Ich ignorierte sie, bis Wacky sich räusperte und anfing, in Versen zu sprechen:

»Verbleibe denn, du geiler Hund, ewiger Jäger des Venusmund. Lauf, Bulle, lauf, hör niemals auf ...«

Ich zog die Handbremse und starrte Wacky an.

»Du hast meine Frage noch nicht beantwortet«, sagte er.

Ich seufzte. »Die Antwort ist ja.«

»Toll. Und was kostet's dich?«

»Ganz wenig. In Bars gehe ich nur, wenn alle Stricke reißen.« Ich hievte meine Schläger vom Rücksitz und winkte Wacky, mir zu folgen. Als ich meinen Golfsack über die Schulter schwang und den Wagen abschloss, schaute Wacky mich mit einem seiner seltenen, nüchternen und kalten Blicke an.

»Das hab ich nicht gemeint. Fred.«

»Was *hast* du denn gemeint, Wacky? Ich wollte hier Golf spielen und nicht meine sexuellen Memoiren schreiben.«

Wacky klopfte mir auf den Rücken und wackelte mit seinen

Augenbrauen. »Hast du immer noch vor, eines Tages Polizeipräsident zu werden?«, fragte er.

»Natürlich.«

»Dann ist dir hoffentlich klar, dass die Kommission niemals einen muschigeilen Junggesellen als Boss ernennen wird? Du weißt doch, dass sie dir auf die Schliche kommen werden?«

Ich seufzte wieder, diesmal verärgert. »Wovon redest du eigentlich?«

»Vom Preis, Freddy. Die Damen werden dir schon auf die Schliche kommen. Du wirst diese Eine-Nacht-Nummern leid sein, wirst den Romantischen kriegen und irgendein Huhn suchen, das du 1948 gevögelt hast. *Die* Frau, die aber nie gegen den Kick der Eine-Nacht-Nummern ankommen kann. Du wirst aufs Kreuz gelegt, in jeder Hinsicht. Ich bin verdammt froh, dass ich nicht groß und charmant bin und gut aussehe wie du. Ich bin verdammt froh, dass ich nur ein Dichter und ein Cop bin.«

»Und ein Säufer.« Sofort bedauerte ich diese Bemerkung und überlegte, wie ich das widergutmachen könnte.

Wacky kam mir zuvor: »Ja, und ein Säufer.«

»Dann achte du auf den Preis, Wack. Wenn ich Polizeichef bin und du mein Oberkriminaler, möchte ich nicht, dass du wegen 'ner Leberzirrhose abkratzt.«

»Das schaff ich nie, Fred.«

»Du wirst es schaffen.«

»Scheiße. Hast du denn noch nicht die Gerüchte gehört? Captain Larson geht im Juni in Pension. Beckworth wird neuer Obermacker im Wilshire Distrikt, und ich lande in der 77. Straße – Niggerland, USA. Und du, Beckworths junger Golfgott und blonder Engel, gehst zur Sitte. Netter Posten für einen Mösenjäger. Ich weiß das aus gut unterrichteten Kreisen, Freddy.«

Ich konnte Wacky nicht in die Augen sehen. Ich hatte die Gerüchte gehört und ihnen geglaubt. Ich dachte mir irgendwelche Kniffe aus, die Beckworth davon abhalten würden, Wacky zu versetzen. Dann fiel mir plötzlich ein, dass ich an jenem Morgen um sieben Uhr früh mit Beckworth zu einer Golfstunde in Fox Hills verabredet war. Angewidert ließ ich meinen Golfsack auf den Boden fallen. »Wacky?«, sagte ich.

»Ja, Fred?«

»Du bringst mich manchmal dazu, dass ich mir wünsche, ich wäre der Säufer und der Murkser in dieser Partnerschaft.«

»Willst du dich ein bisschen näher drüber auslassen?«

»Nein.«

Der Übungsplatz war menschenleer. Wacky und ich gruben unseren Geheimvorrat an Übungsbällen aus ihrem Versteck in einem hohlen Baumstumpf aus und machten es uns zum Üben gemütlich. Zum Aufwärmen spülte Wacky einen guten Schoppen Bourbon runter, während ich es mit Kniebeugen und Hampeln versuchte. Ich schlug erst ein paar 7er Eisen – 150 Meter, leicht angeschnitten. Nicht gut. Ich änderte die Haltung, verbesserte den Schnitt und gewann so zehn zusätzliche Meter, Ich steuerte gerade meine Bestmarke an, als Wacky mich am Ellbogen packte und mich anzischte: »Freddy, psst, Freddy!«

Ich rammte den Schlägerkopf in den Dreck und riss mich von Wacky los. »Was ist jetzt schon wieder, gottverdammmich?«

Wacky zeigte auf einen Mann und eine Frau, die sich auf dem nahen Grün stritten. Der Mann war groß und dick, mit einem Bauch wie eine Avocado. Er hatte wildes, rötlich braunes Haar und eine Nase so lang wie mein Arm. Er hatte eine ansprechend heidnische Verschmitztheit an sich, breite Lachfalten um seinen Mund, sein ganzes Gesicht drückte aus, dass er wohl fünfundzwanzig Jahre lang darin geübt war, gutmütig ein Auge zuzudrücken. Die Frau war ungefähr dreißig – und fett, wahrscheinlich an die 250 Pfund. Sie hatte die lange Nase und das rötliche Haar des Mannes, übertraf ihn aber dadurch, dass sie einen ausgeprägten, flaumigen Schnauzbart zur Schau trug. Ich stöhnte. Wacky war nur formell an Frauen interessiert, und nur die dicken erregten ihn wirklich. Er zog noch einen Schoppen aus der Gesäßtasche, nahm einen langen Schluck, dann deutete er auf die beiden und sagte: »Weißt du, wer das ist, Freddy?«

»Ja. Das is 'ne fette Frau.«

»Nicht die Henne, Freddy. Der Alte. Das ist Big Sid Weinberg. Er ist der Typ, der ›Die Braut des Meermonsters‹ produziert hat. Den haben wir im Westlake gesehen. Du warst verrückt nach der Blonden mit den großen Titten – erinnerst du dich?«

»Ja – und?«

»Ich hol mir ein Autogramm, und dann verkauf ich ihm den ›Wahlkreis der Toten‹ für seinen nächsten Film.«

Ich stöhnte aufs Neue. Wacky war verrückt nach Horrorfilmen, und »Wahlkreis der Toten« war sein Versuch, Hollywoods Monsterwahn in Worte zu fassen. In seinem Gedicht gab es eine Welt der Toten, die neben der wirklichen Welt existierte, für uns aber nicht sichtbar war. Die Bewohner dieser Welt waren alle süchtig nach Wunder, weil sie alle ermordet worden waren. Ich hielt es für einen seiner schwächeren Versuche.

Wacky ließ wieder seine Augenbrauen wackeln. »Eines, Partner«, sagte er, »eines versprech ich dir.«

»Und das wäre?«

»Wenn ich ein erfolgreicher Drehbuchautor in Hollywood bin, werde ich nie auf dich runterspucken.«

Ich lachte: »Sieh dich vor, Wack. Hollywood-Produzenten sind ausgemachte Scheißkerle. Nimm dir lieber die Tochter vor. Vielleicht kannst du einheiraten.« Wacky lachte und trabte von dannen, während ich mich wieder in der heiligen Einsamkeit des Golfspiels wiederfand.

Über eine Stunde blieb ich dabei und genoss die mystische Harmonie, die sich einstellt, wenn man weiß, dass das, was man gerade so talentiert praktiziert, viel größer ist als man selbst. Flüssig und gleichmäßig hobelte ich die Bälle 270 Meter durch die Luft, da wurde mir allmählich bewusst, dass sich Augen in meinen Rücken bohrten. Mitten im Schlag hielt ich inne und drehte mich nach dem Eindringling um. Es war Big Sid Weinberg. Er ging schwerfällig auf mich zu, fast wie im Fieber, die rechte Hand ausgestreckt. Ich war verblüfft und reichte ihm instinktiv die meine. Mit einem gegenseitigen Knochenquetscher stellten wir uns vor. »Sid Weinberg«, sagte er.

»Fred Underhill«, sagte ich.

Meine Hand immer noch in seiner, begutachtete Weinberg mich rauf und runter wie ein Stück Qualitätsfleisch. »Ihr Handicap ist sechs, aber Sie können nicht putten, stimmt's?«

»Stimmt nicht.«

»Okay, dann ist es vier, und sie können die Scheiße aus dem Ball prügeln, aber Ihr kurzes Spiel ist lausig. Richtig?«

»Falsch.«

Weinberg ließ meine Hand los. »Dann ist es –«

Ich unterbrach ihn: »Ich spiele mit 'ner runden Null, ich kann 270 Meter weit schlagen, mein kurzes Spiel ist ganz wild, ich kann besser putten als Ben Hogan, und ich sehe gut aus, bin charmant und intelligent. Was wollen Sie, Mr. Weinberg?«

Weinberg war überrascht, als ich seinen Namen aussprach. »Also hat dieser Spinner recht gehabt«, sagte er.

»Meinen Sie meinen Partner?«

»Ja. Erst erzählt er mir, Sie beide wären ein Bullengespann, dann erzählt er mir eine hirnrissige Story über eine Mumienstadt. Wie zum Teufel ist der überhaupt bei euch reingekommen?«

»Bei uns sind viele Verrückte, die meisten können's nur besser verbergen.«

»Jesus. Jetzt liest er meiner Tochter das Zeug vor. Sie sind Verwandte im Geist; sie ist so verrückt wie er.«

»Was *wollen* Sie, Mr. Weinberg?«

»Wie viel verdienen Sie bei der Truppe?«

»Zweihundertzweiundneunzig im Monat.«

Weinberg schnaubte verächtlich. »Murmeln. Hosenknöpfe. Noch schlimmer, Hühnerscheiße. Die Enten auf dem See im Echo-Park machen mehr Moos als das.«

»Ich bin nicht wegen des Geldes dabei.«

»Nein? Aber Sie mögen Geld?«

»Ja. Klar mag ich's.«

»In Ordnung. Is ja auch kein Verbrechen. Wollen Sie mit rübergehen in den Hillcrest Club und einen erstklassigen, koscheren Kurs spielen? 'ne Balgerei? Wir beide gegen zwei Ganoven, die ich kenne? Wir machen sie nieder. Ein Nassau-Spiel, 'nen Hunderter für jeden Punkt? Was meinen Sie?«

»Ich meine, Sie legen das Geld hin, und mein Partner kommt mit und überprüft die Löcher. Dafür kriegt er zwanzig Prozent. Was meinen *Sie*, Mr. Weinberg?«

»Ich meine, in Ihrem früheren Leben müssen Sie Jude gewesen sein.«

»Vielleicht in diesem.«

»Wie das denn?«

»Ich hab meine Eltern nie gekannt.«

Big Sid hob sein Haupt und lachte schallend: »Hahaha! Wir sind pari, mein Lieber! Ich hab zwei Töchter und kann sie nicht von einem Haufen Bohnen unterscheiden. Abgemacht.«

Wir schlugen ein und besiegelten damit das letzte sorgenfreie Bündnis meiner Jugend.

Geografisch war Hillcrest nur einen Block entfernt, aber in jeder anderen Hinsicht waren es Lichtjahre vom Rancho-Park bis dahin: üppige, manikürte Bahnen, wohlgepflegt. Strategisch platzierte Bunker und abschüssige, im Zickzack verlaufende Grüns. Wir waren eine Gruppe von acht Leuten: Big Sid und ich, unsere Gegner, zwei Caddies und unser kicherndes, mondsüchtiges Publikum – Wacky und Big Sids gewaltige Tochter Siddell. Diese beiden schienen unaufhaltsam Lust aufeinander zu bekommen, sie stolperten über den Rasen, den Sand und aufeinander. Sie hielten verstohlen Händchen, wenn Big Sid ihnen den Rücken zudrehte.

Und Sid sollte recht behalten: Wir machten sie nieder. Unsere Gegner – ein Hollywood-Agent und ein junger Arzt – waren eine erbärmliche Paarung: Sie gurkten und säbelten die Bälle in den Wald und vermurksten ihre einzigen annehmbaren Schläge. Big Sid und ich spielten ruhig und gleichmäßig und versenkten unsere Putts. Wir wurden bestens unterstützt durch Wackys hervorragende Arbeit, und durch die Schlägerauswahl und Ansage unseres Caddys, eines stumpenkauenden Säufers namens »Dirt Road« Dave.

»He, he, Scheiße, Scheiße«, pflegte er zu sagen. »Spiel ’nen weichen 7er und lass ihn kurz vor dem Grün runterkommen. Vom Hügel aus fällt es von links nach rechts ab. He, he, Scheiße, Scheiße.«

Dave faszinierte mich: Er war mürrisch und geschwätzig, dreckig und stolz. Ein Hauch von höchster Nonchalance umgab ihn, die aber durch seine verängstigten blauen Augen unterhöhlt wurde. Irgendwie wollte ich mehr von ihm wissen.

Das Match war am vierzehnten Loch zu Ende. Big Sid und ich hatten unsere Gegner 5:4 besiegt. Neunhundert Dollar wechselten die Besitzer, vierhundertfünfzig für Big Sid, vierhundertfünfzig für mich. Ich kam mir steinreich vor.

Big Sid klopfte mir auf die Schulter. »Das ist erst der Anfang, Schätzchen! Bleib bei Big Sid, und der Himmel ist unsere Grenze! Wawa-wa-wumm!«

»Danke, Sid. Ich weiß das zu schätzen.«

»Wa-wa-wa-wumm, Kleiner!«

Ich schaute mich um. Wacky und Siddell waren in den Wald verschwunden. Unsere Gegner gingen zurück ins Clubhaus, niedergeschlagen und mit hängenden Köpfen. Ich sagte Big Sid, ich würde ihn im Clubhaus treffen, dann hielt ich Ausschau nach Dirt Road Dave. Ich entdeckte ihn, als er aufs achtzehnte Loch zuging. Er hatte sowohl Big Sids als auch meinen Golfsack um seine knochige rechte Schulter hängen. Auf diese Schulter tippte ich ihn, und als er sich umdrehte, legte ich ihm eine Fünfzig-Dollar-Note in seine ausgestreckte, schwielige Hand. »Danke, Dave«, sagte ich. Dirt Road Dave ließ die Säcke ab, steckte das Geld in die Tasche und starrte mich an. »Erzähl mir was«, sagte ich.

»Was denn, mein Junge?«

»Was du gesehen hast. Was du weißt.«

Dirt Road Dave ließ meinen Sack umkippen, dann spuckte er aus. »Ich weiß, dass du ein junger Cop bist, ein Klugscheißer. Ich weiß, dass das ein Ballermann und das da Handschellen sind unter deinem Pullover. Ich weiß, was für Sachen ihr Kerle macht und dass ihr denkt, die Leute wissen nichts davon. Ich weiß, dass Kerle wie du hungrig sterben.« Seine Entschiedenheit jagte mir Angst ein. Ich schnappte meinen Golfsack und ging Richtung Clubhaus – und schon lauerte mir ein weiterer Verrückter auf.

Es war Wacky, der plötzlich aus einem Gehölz auftauchte und mich zu Tode erschreckte. »Jesus!«, schrie ich.

»Tut mir leid, Partner«, flüsterte Wacky, »aber ich musste dich erwischen, ohne dass Big Sid es mitkriegen kann. Tu mir einen Gefallen, einen riesengroßen.«

Ich seufzte: »Sag schon.«

»Den Wagen – nur 'ne Stunde oder so. Ich hab was Heißes im Ofen, das nicht warten kann, 'nen Passionskuchen. Ich esse koscher. Du kannst mich nicht verleugnen.«

Ich beschloss, ihm den Gefallen zu tun, aber unter einer Bedingung:

»Nicht im Auto, Wack. Nimm dir ein Zimmer. Kapiert?«

»Klar, ich bin doch ein Bulle. Würde ich je das Gesetz brechen?«

»Ja.«

»Hahaha! Eine Stunde, Fred.«

»Ja.«

Wacky verschwand zwischen den Bäumen, und sein Sopran-Lachen verschmolz mit Siddell Weinbergs Bariton-Seufzern. Ich spazierte zum Clubhaus zurück, mühselig und beladen.

3

Ich schätzte, dass Wacky mir meinen Wagen mit mindestens zweistündiger Verspätung zurückbringen würde. Außerdem würde der Anstand mir gebieten, noch dazubleiben, um mit Big Sid etwas zu trinken und herumzualbern. Ich wollte nach Santa Barbara auf Frauensuche gehen, aber dazu brauchte ich mein Auto.

Ich duschte im Umkleideraum. Der war ganz anders als der Kerker in der Wilshire-Wache. Tiefflorige Teppiche gingen hier von Wand zu Wand, und an eichengetäfelten Wänden hingen die Porträts der Clubgrößen. Die Gespräche drehten sich hier um Filmkäufe und Geschäftsabschlüsse, Golf kam erst an dritter Stelle. Ich fühlte mich irgendwie nicht besonders wohl hier, daher duschte ich rasch, zog mich an und hielt Ausschau nach Big Sid.

Ich entdeckte ihn im Speisesaal, er saß an einem Tisch in der Nähe des großen Panoramafensters, von dem aus man auf das achtzehnte Grün sah. Er unterhielt sich mit einer Frau; sie hatte mir ihren Rücken zugewandt, als ich mich dem Tisch näherte. Irgendwie spürte ich, dass sie Klasse hatte, daher strich ich mir übers Haar und zupfte mein Taschentuch zurecht, während ich auf sie zuging.

Big Sid sah mich kommen. »Freddy-Baby!«, dröhnte er. Er tippte der Frau leicht auf die Schulter. »Liebling, das ist mein neuer Golfpartner, Freddy Underhill. Freddy, das ist meine Tochter Lorna.«

Die Frau drehte sich um und schaute mich an. Sie lächelte verwirrt. »Mr. Underhill«, sagte sie.

»Miss Weinberg«, antwortete ich.

Ich setzte mich. Ich hatte recht gehabt: Die Frau hatte Klasse. Wo Siddell Weinberg die ausladenden Züge ihres Vaters geerbt hatte, stellte Lorna eine subtile Ausgabe dar: Ihr Haar war eher hellbraun als rot, ihre braunen Augen eher blass und kristallen als stumpf. Sie hatte Big Sids spitzes Kinn und seinen sinnlichen Mund, aber in einer weicheren, gedämpften Form. Ihre Nase war groß, aber schön; sie erfüllte ihr Gesicht mit Intelligenz und einer gewissen Kühnheit. Sie trug kein Make-up. Sie hatte einen Tweedanzug über einer weißen Seidenbluse an. Ich konnte sehen, dass sie groß und schlank war und dass ihre Brüste für ihren Körperbau sehr üppig waren.

Ich wollte sie sofort kennenlernen. Gerade konnte ich eine schmalzige Anwandlung, ihre Hand zu nehmen und zu küssen, unterdrücken, da mir klar war, dass sie von so einer Geste nicht entzückt sein würde. Stattdessen nahm ich ihr direkt gegenüber Platz, von wo ich den Blickkontakt halten konnte.

Big Sid knallte mir so heftig auf den Rücken, dass mein Kopf beinahe auf das leinene Tischtuch schlug. »Freddy-Baby, wir haben sie vernichtet! Vierhundertfünfzig Eier!« Big Sid beugte sich vor und erklärte seiner Tochter: »Freddy ist mein neuer Anschaffer. Und umgekehrt. Was für 'n Auftritt!«

Lorna Weinberg lächelte. Ich lächelte zurück. Sie tätschelte ihres Vaters Hand und sah ihn voll ärgerlicher Zärtlichkeit an. »Vater ist ein Fanatiker, eine Person, die ständig übertreibt. Er liebt es, Leute mit einfachsten Redewendungen zu klassifizieren. Sie müssen ihm verzeihen.« Das sagte sie liebevoll, aber auch ein bisschen herablassend, um mich herauszufordern.

Big Sid lachte, aber ich nahm die Herausforderung an. »Das ist eine aufschlussreiche Interpretation, Miss Weinberg. Sind Sie Psychologin?«

»Nein, ich bin Juristin. Und Sie?«

»Ich bin Polizist.«

»In Los Angeles?«

»Ja.«

Lorna lächelte zurückhaltend. »Sind Sie bei Ihrer Arbeit so gut wie beim Golf?«

»Noch besser.«

»Dann sind Sie eine doppelte Bedrohung.«

»Das ist 'ne Redewendung, an der Sie lieber noch ein bisschen schleifen sollten.«

»Touché.« Lorna Weinbergs Augen durchbohrten mich förmlich. Sie tanzten mit einer bitteren Heiterkeit. »Ich arbeite als Stellvertreterin des Staatsanwalts von Los Angeles. Wir haben denselben Arbeitgeber. Ich würde lieber als Verteidiger arbeiten, aber der Ball ist rund, wie Daddy sagen würde. Ich hab jeden Tag mit Polizisten zu tun – und ich mag sie nicht. Die sehen zu wenig und verhaften zu oft. Wen sie nicht verstehen oder akzeptieren können, den verhaften sie oder prügeln ihn durch. Die Gefängnisse von Los Angeles sind voll von Leuten, die da nicht hingehören. Ich muss die Fälle für das Schwurgericht vorbereiten. Ich wate durch Tonnen von Berichten, die übereifrige Kriminalbeamte geschrieben haben. Ehrlich gesagt, verstehe ich mich als Aufpasserin auf verhaftungswütige Polizeireviere. Deswegen bin ich laufend unter dem Beschuss meiner Kollegen, aber die respektieren mich, weil ich verdammt gut bei meiner Arbeit bin und ihnen eine Menge Arbeit abnehme.«

Ich inhalierte das alles und versuchte ein ironisches Grinsen: »Also, Sie mögen keine Cops«, sagte ich. »Na wenn schon. Die meisten Leute mögen keine. Hätten Sie lieber Anarchie? Darauf gibt's nur eine Antwort, Miss Weinberg. Dies ist nicht die beste aller Welten. Das müssen wir akzeptieren und die Justizmaschine am Laufen halten.«

Big Sid bemerkte das Feuer in den Augen seiner Tochter und schlich sich eilig weg in Richtung Bar, die Heftigkeit unserer Unterhaltung war ihm peinlich.

Lorna ließ nicht locker. »Das kann ich nicht akzeptieren und werd's auch nicht. Sie können die Menschen nicht ändern, aber Sie können das Gesetz ändern. Und Sie können ein paar von den Soziopathen aussondern, die Abzeichen und Kanonen tragen.

Mein Vater hat mir zum Beispiel erzählt, Sie wären neugierig auf diesen Mann gewesen, der für Sie den Caddy gemacht hat. Er ist eines Ihrer Opfer, das weiß ich. Ein Anwalt, der Mitglied in diesem Golfclub ist, hat Dirt Road Dave in seinem Prozess gegen die Polizei von Los Angeles verteidigt. Während der Wirtschaftskrise hatte er Nahrungsmittel von einem Gemüsehändler gestohlen. Zwei Polizisten beobachteten ihn dabei und jagten ihn. Als sie ihn endlich geschnappt hatten, waren sie wütend. Sie knüppelten ihn bewusstlos. Dave erlitt innere Blutungen und wäre beinahe gestorben. Er zog sich einen unheilbaren Gehirnschaden zu. Der Bürgerrechtsverein verklagte Ihre Polizei und verlor. Die Cops stehen über dem Gesetz und können machen, was sie wollen. Abe Dolwitz, der Rechtsanwalt, kümmert sich ein wenig um Dave, aber Dave ist nur die Hälfte der Zeit bei klarem Verstand. Ich kann mir vorstellen, dass die andere Hälfte für ihn ein Albtraum ist. Verstehen Sie, was ich meine?«

»Was ich verstehe, ist, dass Sie sich außerhalb Ihres Amtsbezirks bewegen, Frau Anwalt. Ich hab kapiert, dass Ihre Meinung zu Polizisten einseitig und akademisch und weit entfernt von der Realität des Alltags ist. Ich verstehe Ihr Mitleid und ich sehe ein, dass die Probleme, die Sie beschrieben haben, unlösbar sind.«

»Wie können Sie nur so apathisch sein?«

»Bin ich nicht. Ich bin nur Realist. Sie sagten, Cops würden zu wenig sehen und zu oft verhaften. Bei mir ist es genau andersrum. Ich hin dabei, um was zu sehen, und nicht wegen des schäbigen Gehalts, das ich kriege.«

Lorna Weinberg senkte herablassend ihre Stimme: »Das kann ich kaum glauben.«

Ich ahmte sie nach. »Ist mir eigentlich egal. Frau Anwalt. Eine Frage noch: Sie haben mich eine ›*doppelte* Bedrohung‹ genannt. Was in aller Welt macht Golf so bedrohlich?«

Lorna seufzte. »Es hält die Leute davon ab, sich über die wichtigen Dinge des Lebens Gedanken zu machen.«

»Es hält sie auch davon ab, über die unwichtigen Dinge nachzudenken«, konterte ich. Sie zuckte die Schultern. Wir waren quitt. Ich stand auf, um zu gehen, und riskierte noch einen letzten Schlag: »Wenn Sie Golf so sehr hassen, warum kommen Sie dann in diesen Club?«

»Weil es hier das beste Essen in ganz L.A. gibt.«

Ich lachte und gab Lorna Weinberg lässig die Hand. »Wiedersehen, Miss Weinberg.«

»Wiedersehen, Herr Polizist«, sagte Lorna, und ihre Stimme war jetzt reichlich ironisch.

Ich fand Big Sid, dankte ihm für das Vergnügen seiner Golfpartnerschaft und versprach, ihn bald für ein weiteres Spiel anzurufen. Big Sids angebotene Freundschaft rührte mich, aber meine Begegnung mit Lorna Weinberg hatte mich entnervt und aggressiv gemacht.

Ich nahm meine Schläger und ging auf den Parkplatz, um

nach meinem Wagen Ausschau zu halten. Er stand weder in der Sektion für die Clubmitglieder noch in der der Angestellten. Ich lief durchs Tor auf den Pico Boulevard. Wacky wurde immer unzuverlässiger.

Ich überquerte die Straße und beschloss, einen Spaziergang um die Studios der 20th Century-Fox zu machen, um die Zeit totzuschlagen. Ich ging Richtung Norden, an einer Anzahl leerer Studios vorbei.

Der Himmel verdunkelte sich, schwarze Wolken kämpften mit einem strahlend blauen Himmel um die Vorherrschaft. Ich hoffte auf Regen. Regen war ein guter Katalysator. Regnerische Nächte waren gut, um nach Frauen Ausschau zu halten – sie schienen mir offener und verletzlicher, wenn schlechtes Wetter tobte.

Ich war fast am Olympic Boulevard, als ich meinen rot-weißen 47er Buick in einer Gasse hinter dem Requisitengebäude der Filmgesellschaft sah. Er schaukelte, und aus seinem Inneren kamen Seufzer. Ich ging näher und linste durch das Fahrerfenster ins Innere. Es war beschlagen von heftigem Atmen, dennoch konnte ich Wacky und Siddell Weinberg erkennen, die sich in heißer nackter Umarmung krümmten.

Wie immer, wenn ich sehr wütend werde, spürte ich eine vollkommene Ruhe in mir aufsteigen. Ich nahm ein 5er Eisen aus meiner Tasche und öffnete die Wagentüre. »Polizeibeamter!«, schrie ich, als Wacky und Siddell aufkreischten und versuchten, sich zu bedecken. Ich ließ sie aber nicht. Ich fuhr mit dem Eisen grob zwischen sie. Ich stocherte, knetete und stieß dahin, wo sie vereinigt waren. »Macht, dass ihr aus dem Scheißwagen kommt, ihr blöden Scheißer!«, schrie ich. »Jetzt! Raus! Raus, Ihr Bumser!«

Irgendwie lösten sie sich voneinander und purzelten aus der Türe. Siddell heulte und versuchte, ihre Brüste mit den Armen zu bedecken. Ich warf ihnen ihre Kleider nach und schleuderte Wackys Handschellen und seine .38er im Halfter über den Zaun auf das Requisitengelände. Als er versuchte, seine Hosen hochzuziehen, trat ich ihm hart in den Arsch.

»Leg dich mit mir nicht an, du Arschloch! Du fickst mir nicht auf meiner Karriere rum, du bist die Schande der Polizei, du Wichser! Nimm dein fettes Bumsferkel und scher dich aus meinem Leben!«

Sie stolperten durch die Gasse und zogen sich im Gehen ihre Kleider an. Ich schaute in meinen Wagen. Eine halb leere Bourbonflasche lag auf dem Boden. Ich nahm einen langen Schluck und warf sie ihnen nach. Die dunklen Wolken hatten den blauen Himmel fast vollständig überdeckt.

Ich holte mir die Bourbonflasche wieder, trank und wartete auf den Regen. Ich dachte an Lorna Weinberg. Als die ersten Tropfen fielen, ließ ich die Flasche liegen und fuhr los ohne ein bestimmtes Ziel vor Augen.

Das ziellose Rumfahren dauerte drei Stunden. Meine Gedanken drehten sich hauptsächlich um Lorna Weinberg, Wacky und Dirt Road Dave. Es waren deprimierende Gedanken, und mein wildes Rumfahren verstärkte noch den Grimm in meinem Kopf.

Es goss wie aus Kübeln, ein heftiger Nordwind trieb den Regen an. Es wurde früh dunkel, und aus keinem ersichtlichen Grund zog es mich auf den kurvenreichen, tückischen Pasadena Freeway. Als ich mit hoher Geschwindigkeit auf glitschigem Pflaster durch die jähen Kurven fuhr, fühlte ich mich langsam wieder besser. Ich dachte wieder über die Chancen meiner Beförderung nach und die Wunder, die die Arbeit bei der Sitte für mich bereithalten würde.

Und so hatte ich ein Ziel vor Augen. Sobald ich nach Pasadena reinkam, drehte ich um und fuhr zurück nach Los Angeles, Richtung Wilshire, wo es ein paar heiße Ecken gab, von denen mir ältere Kollegen von der Sitte erzählt hatten. Ich fuhr die Nuttenmeile auf dem Adams Boulevard entlang, wo Trauben von schwarzen Prostituierten, wahrscheinlich Drogensüchtige, auf gut Glück unter ihren Regenschirmen auf Kunden warteten, die dem Regen trotzen und sie mit Geld für neuen Stoff ausstatten würden. Ich kreuzte an den bekannten Wettbuden auf der Western Avenue vorbei, parkte und schaute dem Kommen und Gehen der Wetter zu. Die sahen so verzweifelt aus wie die Rauschgiftengel.

Ich hatte den Eindruck, dass die Wunder bei der Sitte traurig, erbärmlich und hoffnungslos sein würden. Die Neonschilder an den Bars und Nachtclubs, an denen ich vorbeifuhr, sahen aus wie billige Werbung zur Bekämpfung der Einsamkeit.

Es war kurz vor neun. Ich hielt am »Original Barbecue« auf der Vermont Avenue, gönnte mir eine Steakmahlzeit und überlegte, wo ich mich nach Frauen umsehen könnte. Außer Bars und Frauen, die auf derselben Suche waren, kam nichts in Frage – dazu war es schon zu spät und zu nass. Das stimmte mich traurig, aber ich beschloss, die Zeit des Herumfahrens als Übungsstunde eines Neulings bei der Sitte zu nutzen. Vielleicht würde ich was lernen.

Die Bude Ecke Normandie und Melrose war ausgestorben. Hauptattraktion war der Fernseher über der Bar. Benebelte Stammgäste lachten über die »Sid Caesar Show«. Ich ging. In der nächsten Kneipe in der Nähe des L.A. City College trieben sich nur aufgeregte Studenten rum, lauter Pärchen, und die meisten schrien irgendwas über Truman und MacArthur und den Krieg.

Also Richtung Südwesten. Auf der Western Avenue entdeckte ich eine Bar, die ich zuvor nie bemerkt hatte, den »Silver Star«, zwei Blocks nördlich des Beverly Boulevards. Sie sah warm und gepflegt aus und hatte ein dreifarbiges Neonschild: drei Sterne, gelb, blau und rot, die um ein Martini-Glas arrangiert waren. »Silver Star« blinkte in hellem Orange.

Ich parkte gegenüber vor »Ralphs Market«, dann schlängelte ich mich durch den Verkehr und rannte dahin, wo das Neonlicht Zuflucht versprach. Der »Silver Star« war rammelvoll, und sobald meine Augen sich an das grelle Neonlicht innen gewöhnt hatten, konnte ich sehen, dass dieses Lokal eher ein Fleischmarkt war als die Tankstelle der Gegend. Die Männer machten sich an die Frauen ran, neben denen sie saßen. Ihre Gesten waren tölpelhaft, und die Frauen taten so, als seien sie an geistreichem Kumpelgetue interessiert. Ich bestellte mir einen doppelten Scotch mit Soda und trug ihn rüber zu einer Reihe von dunklen Nischen an der Wand. Ich suchte mir die einzig leere aus. Meine Beine waren so lang, dass ich sie mir dauernd am Tisch stieß. Also legte ich sie auf, schlürfte meinen Drink, versuchte lässig dreinzuschauen und blieb auf der Hut, die Augen auf der Bar und dem Eingang.

Eine Stunde und zwei Drinks später sah ich eine hübsche Frau an die Bar gehen. Sie war honigblond und etwa Mitte dreißig. Sie kam zögernd rein, als wäre dieser Ort ihr nicht vertraut oder gar feindselig.

Ich schaute ihr zu, wie sie an der Bar Platz nahm. Der Barkeeper war irgendwo anders beschäftigt, also wartete die Frau darauf, bedient zu werden, und fummelte an ihrem Täschchen herum. Neben ihr war ein leerer Hocker, und auf den steuerte ich zu. Ich nahm Platz, und die Frau drehte sich zu mir um.

»Hi«, sagte ich, »ziemlich lebhaft heute Abend. Der Ober wird spätestens Dienstagnachmittag hier sein.« Die Frau lachte, wobei sie ihr Gesicht leicht abwandte. Ich konnte sehen, warum: Sie hatte schlechte Zähne, und sie wollte reizend wirken, ohne sie zu zeigen. Es war die erste zärtliche Geste dieses Abends, der – wie ich hoffte – voll davon sein würde.

»Das ist ein ganz nettes Lokal, oder?«, fragte sie. Sie hatte eine nasale Stimme und einen leichten Midwest-Akzent.

»Find ich auch. Besonders an einem Abend wie heute.«

»Brrr«, sagte die Frau. »Ich weiß, was Sie sagen wollen. Ich war noch nie hier, aber ich fuhr in 'nem Taxi vorbei, und das sah hier so warm und einladend aus, dass ich einfach reingehen musste. Waren Sie schon mal hier?«

»Nein, ich bin auch das erste Mal hier. Aber verzeihen Sie bitte meine schlechten Manieren. Ich heiße Bill Thornhill.«

»Ich heiße Maggie. Maggie Cadwallader.«

Ich lachte. »Mein Gott, unsere Namen sind so solide wie eine Reise nach Großbritannien.«

Maggie lachte. »Ich bin ein schlichtes Bauernmädchen aus Wisconsin. »

»Und ich bin nur ein Großstadt-Depp.«

Wir blieben beim Lachen. Es war ein gutes Lachen. Wir spielten unsere Rollen mit Natürlichkeit und auch Raffinesse. Der Kellner kam, und ich bestellte ein Bier für mich und einen Cocktail für Maggie. Ich zahlte. »Wie lange leben Sie schon in L.A., Maggie?«, fragte ich.

»Oh, schon seit Jahren. Und Sie, Bill?« Durch dieses weitere Zeichen der Vertrautheit *wusste* ich, dass es klappen würde. Ich spürte eine Welle der Erleichterung und Hitze in mir.

»Zu lange, glaube ich. Ich bin tatsächlich hier geboren.«

»Einer der wenigen! Aber ist es nicht toll hier? Manchmal glaub ich, ich lebe hier, weil hier alles passieren kann, verstehen Sie? Du gehst die Straße lang, und plötzlich passiert was Verrücktes, was Wunderbares, einfach so.« Das Wunder in einer Nussschale. Ich fing an, sie zu mögen.

»Ich weiß genau, was Sie meinen«, sagte und meinte ich auch. »Manchmal glaube ich, genau das hält mich davon ab, von hier wegzuziehen. Die meisten kommen hierher wegen des Glanzes und der Filme. Ich bin hier geboren, ich weiß, dass das ein großer Blödsinn ist. Ich bleib hier wegen des großen Rätsels.«

»Das haben Sie aber schön gesagt! Das große Rätsel!« Maggie drückte meine Hand. »Augenblick mal«, sagte sie, als sie austrank, »lassen Sie mich raten, was Sie machen. Sind Sie 'n Sportler? Sie sehen jedenfalls wie einer aus.«

»Nee. Raten Sie noch mal.«

»Hmmm. Sie sind so groß. Arbeiten Sie an der frischen Luft?«

»Keine Tipps. Noch mal raten.«

»Sind Sie Schriftsteller?«

»Nein.«

»Geschäftsmann?«

»Nein.«

»Rechtsanwalt?«

»Nein.«

»Ein Filmstar?«

»Haha! Nein.«

»Feuerwehrmann?«

»Nein.«

»Ich geb's auf. Sagen Sie mir, was Sie machen, und ich sag Ihnen, was ich mache.«

»Okay, aber bereiten Sie sich auf eine Enttäuschung vor. Ich verkaufe Versicherungen.« Ich sagte das mit einer gespielten jungenhaften Bescheidenheit und Resignation. Maggie war entzückt.

»Was ist denn da so schlimm dran? Ich bin nur 'ne Buchhalterin! Was wir *machen*, ist nicht das, was wir *sind*, stimmt's?«

»Nein«, log ich.

»Also!« Maggie drückte meine Hand ein zweites Mal.

Ich winkte dem Kellner, und der brachte uns eine neue Runde. Wir prosteten uns zu. »Auf das große Rätsel«, sagte ich.

»Auf das große Rätsel«, wiederholte sie.

Maggie trank schnell aus. Ich schlürfte mein Bier. Es war langsam Zeit, was zu unternehmen. »Maggie, wenn das Wetter nicht so beschissen wäre, könnten wir ein bisschen spazieren fahren. Ich kenne L.A. wie meine Westentasche, und da gibts 'ne Menge schöner Ecken, die wir aufsuchen könnten.«

Maggie lächelte warm, und dieses Mal hatte sie keine Angst, ihre Zähne zu zeigen. »Ich möchte auch verschwinden. Aber Sie haben recht, das Wetter ist saumäßig. Wir könnten auf einen Gutenachtschluck in meine Wohnung gehen.«

»Das klingt gut«, sagte ich, und meine Stimme wurde fester. »Sind Sie mit dem Auto hier? Ich bin mit dem Taxi gekommen.«

»Ja, ich bin mit dem Wagen hier. Den nehmen wir. Wo wohnen Sie?«

»In Hollywood. Am Harold Way. Ist 'ne kleine Straße oberhalb vom Sunset Boulevard. Wissen Sie, wo sie ist?«

»Klar.«

»Stimmt ja, Sie kennen Los Angeles wie Ihre Westentasche.« Wir lachten beide, als wir die Bar verließen und über die verregnete Western Avenue zu meinem Wagen eilten.

Als wir auf der Wilton Place nach Norden fuhren, ließ der Regen langsam nach. Maggie und ich vermieden es, zu flirten. Stattdessen unterhielten wir uns über Dinge wie das Wetter und ihre Katze. Ich mochte Katzen nicht besonders, tat aber so, als wäre ich ganz gespannt auf ihre. Ich versuchte, mir ihren Körper vorzustellen. In der Bar hatte sie ihren Mantel nie ausgezogen. Ihre Beine waren wohlgeformt, aber ich wollte auch wissen, wie groß ihre Brüste und wie breit ihre Hüften waren, bevor wir uns auszogen.

Harold Way war eine kleine, schwach beleuchtete Seitenstraße. Maggie zeigte mir, wo ich parken konnte. Ihr Apartmenthaus war ein hässlicher Nachkriegsbau mit hawaiianischem Einschlag. Es war ein riesiges Schachtelgebilde mit acht oder zehn Wohneinheiten, Stuck und Bambusattrappen an Türen und Fenstern. Die Eingänge waren an der Seite des Gebäudes.

Maggie und ich plauderten aufgeregt, als wir durch den langen Flur zu ihrem Apartment gingen. Als sie die Tür öffnete und das Licht anknipste, sprang aus der Dunkelheit ein fetter, grauer Kater auf uns zu, um uns zu begrüßen. Maggie legte ihren Schirm ab und nahm ihn auf den Arm. »Mmmm, mein Baby!«, gurrte sie und drückte das Haustier an sich. »Löwe, das ist Bill. Bill, das ist Löwe, mein Beschützer.«

Ich streichelte seinen Kopf. »Hallo, Löwe«, sagte ich locker, ohne meine Stimme zu verändern. »Wie geht's dir denn an diesem schönen Winterabend? Irgendwelche Nager gefangen in letzter Zeit? Verdienst du dir deinen Lebensunterhalt in diesem wunderschönen Heim, das deine entzückende Herrin dir gegeben hat?«

Der Bierernst meines Ausdrucks und meiner Stimme ließen Maggie in stürmisches Gelächter ausbrechen. »O Bill, das war so komisch!«, japste sie. Sie war leicht angetrunken.

Ich nahm den Kater auf den Arm, als Maggie die Tür hinter uns abschloss. Ich schaute mich im Wohnzimmer um. Es war ordentlich, und an den vier Wänden hingen wahre Loblieder auf ferne Länder: Griechenland, Rom, Frankreich und Spanien – mit freundlicher Genehmigung der Pan American Airways. Ich ließ den Kater auf den Boden ab, wo er anfing, an meinen Hosenbeinen zu schnüffeln.

»Hübsche Wohnung, Maggie. Sie haben sie sehr liebevoll eingerichtet.«

Maggie strahlte, nahm mich an der Hand und führte mich zu ihrem üppig gepolsterten, vornehmen Sofa. »Nehmen Sie Platz, Bill, und sagen Sie mir, was Sie gerne trinken möchten.«

»Cognac. Ohne was«, sagte ich.

»Einen Augenblick.«

Während Maggie in der Küche war, nahm ich meine Kanone und die Handschellen aus dem Gürtel und steckte sie in meine Jackentasche. Im nächsten Moment kam sie mit zwei Cognacschwenkern zurück, in jedem war gut ein dreifacher. Sie nahm neben mir auf dem Sofa Platz. Wortlos stießen wir an. Als der Brandy seine Wirkung tat, war mir klar, dass ich wenig zu sagen hatte. Nichts konnte ich dieser Frau mitteilen – die wahrscheinlich zehn Jahre älter war als ich –, was sie nicht schon wusste.

Maggie nahm die Sache in die Hand. Sie trank ihren Brandy aus und stellte ihr Glas auf das Beistelltischchen. Der Kater hüpfte zu uns hoch, und ich grapschte spielerisch nach seinem Schwanz. Maggie beugte sich vor, um ihn zu streicheln, und wir stießen mit unseren Schultern zusammen. Wir schauten uns für einen Sekundenbruchteil an, dann packte ich sie, und wir fielen auf den Boden. Sie kicherte, und ich legte los. Ich bellte wie ein sanfter Hund und überzog ihre Schultern mit zärtlichen Hundebissen, die sie unter ihrer Kleidung nur wie einen Hauch auf der Haut spürte.

Maggie hörte nicht auf zu lachen. Sie umarmte mich fest. »O Bill, o Bill, o Bill«, quietschte sie zwischen Lachanfällen.

Ich knabberte ihr den Rücken runter und schaute alle paar Sekunden von hinten vor und in ihr tränenüberströmtes Gesicht. Ich hob den Saum ihres Rocks und biss mich die Beine entlang bis zu den Knöcheln, ohne ihre Nylons zu zerreißen. Ihre Hand streichelte und durchwühlte mein Haar. Ich zog ihr die Schuhe aus und biss sie in die Zehen, einen nach dem anderen und bellte »Wuff, wuff!« zwischen den Bissen. Maggie kreischte, ihr ganzer Körper schien jetzt vom unkontrollierbaren Gelächter gemartert.

Jetzt, da ich wusste, weswegen ich gekommen war, schob ich sie auf ihre Seite und arbeitete mich hoch zu ihr, bis sich unsere Gesichter ganz nahe waren. Wir hielten lange inne, Maggie hielt mich ganz fest, und ich strich ihr übers Haar. Sobald ihr Lachen nachließ, bellte ich ihr wieder zärtlich ins Ohr und küsste ihren Hals, bis sie wieder in Gelächter ausbrach.

Schließlich hob Maggie ihren Kopf von meiner Brust und sah mich an. »Wuff, Bill Thornhill«, sagte sie.

»Wuff, liebliche Maggie Cadwallader«, sagte ich.

Maggies Lippenstift war dahin, sie hatte ihn mir aufs Revers und in mein Hemd gerieben. Ihr Mund war vollkommen arglos, als ich mich vorbeugte, um ihn zu küssen. Als Maggie meine Absicht erkannte, schloss sie die Augen und öffnete ihre Lippen. Unsere Lippen und Zungen begegneten sich und spielten miteinander in vollkommenem, erfahrenem Einklang. Küssend wälzten wir uns und stießen dabei den Beistelltisch um. Zeitschriften und künstliche Blumen fielen auf den Boden. Wir brachen unseren langen Kuss ab, und Maggie stöhnte leise, als meine Hände am Verschluss ihres Rockes fummelten.

»Lass mich erst noch ins Bad gehen, Bill. Bitte.« Ich ließ sie los, sie sprang auf und ging – immer noch leise stöhnend – ins Badezimmer.

Ich stand auf, zog mich aus und legte meine Kleider ordentlich auf das Sofa. Nur in Unterhosen, ging ich leise ins Badezimmer. Die Tür war leicht angelehnt, und das Licht war an. Ich konnte hören, wie Maggie den Arzneischrank durchwühlte. Ein Ritual fand statt, das ich schon lange einmal beobachten wollte.

Ich stieß die Tür auf. Maggie war gerade dabei, ihr Pessar einzusetzen, als sie mich sah. Aufgeschreckt und verärgert sprang sie in die Badewanne und bedeckte sich mit dem Duschvorhang.

»Gottverdammich, Bill«, sagte sie und wurde rot. »Bitte. Ich bin gleich so weit. Warte bitte im Schlafzimmer, Liebster. Ich komme sofort.«

»Ich wollte dir nur zuschauen, Schätzchen«, sagte ich, »ich wollte dir dabei helfen.«

»Das ist 'ne private Sache, Bill«, sagte Maggie nervös, »Frauensache. Wenn du mir dabei nicht zuschaust, weißt du auch nicht, dass es da ist. Ist besser für dich. Glaub mir, Liebster.«

»Ich glaub dir, aber ich möchte es sehen. Bitte zeig's mir.«

»Nein.«

»Bitte?«

Ich senkte meinen Kopf und stupste sie gegen die Wand in der Dusche. Sie fing an zu kichern. Ich zog sie aus der Badewanne, wirbelte sie durch die Luft und setzte sie da ab, wo ich sie beim Eintreten überrascht hatte.

»Verlierst du nie, Bill?«

»Nein.«

»Wie alt bist du?«

»Ich werde nächste Woche sechsundzwanzig.«

»Ich bin sechsunddreißig.«

»Du bist schön. Ich möchte dich lieben.«

»Du siehst sehr gut aus. Hast du noch nie gesehen, wie eine Frau ihr Pessar einsetzt?«

»Nein.«

»Dann zeig ich's dir.«

Was sie dann tat. »Du bist ein merkwürdiger, neugieriger junger Mann, Bill.«

»Diese intimen Geschichten finde ich sehr wichtig.«

»Das glaub ich dir. Jetzt lieb mich.«

Maggie führte mich in ihr Schlafzimmer. Sie ließ das Licht ausgeschaltet. Sie knöpfte ihre Bluse auf, hakte ihren BH auf und ließ die Wäsche auf den Boden fallen. Ich stieg aus meinen Unterhosen. Wir lagen auf dem Bett und hielten uns lange umschlungen. Ich streichelte Maggies Haar. Sie gurrte auf meiner Brust.

Das wurde ich leid und versuchte, ihr Kinn hochzuziehen, um sie zu küssen. Sie widersetzte sich jedoch und presste ihren Kopf nur noch fester gegen mich. Nach einer Weile ließ sie locker, und ich bedeckte ihren Hals mit Küssen. Maggie seufzte, und ich begann ihre Brüste zu saugen. Ich spürte ihre Hand zwischen meinen Beinen. Sie drängte mich zu sich hin, wand sich unter mich und führte mich ein. Ich begann, mich zu bewegen, aber Maggie reagierte nicht. Ich versuchte es erst mit langsamen, sondierenden Stößen, dann mit harten, drängenden. Maggie lag nur da, bewegungslos. Ich stützte mich auf, um ihr besser ins Gesicht sehen zu können. Maggie schaute lächelnd zu mir auf. Sie nahm mein Gesicht in ihre Hände, je drängender ich stieß, desto seliger wurde ihr Lächeln. Ich kam sehr heftig. Ich stöhnte, zitterte und brach auf ihr zusammen. Sie sagte kein einziges Wort. Als ich endlich in der Lage war, sie anzuschauen, lächelte sie immer noch; und mir war klar, dass ich die ganze Zeit an Lorna Weinberg gedacht hatte.

Während wir uns liebten, schien Maggie sich verändert zu haben. Sie hatte bekommen, was sie wollte, und das war weder Liebe noch Sex. Nachdem wir uns geliebt hatten, brachte sie auf einem Tablett Cognac und Gläser herein. Mit diesem Ritual und ihrem Lächeln schien sie sagen zu wollen: »Jetzt, da wir das hinter uns haben, können wir endlich zur Sache kommen.«

Wir saßen nackt im Bett und schlürften Brandy. Mir gefiel Maggies Körper: bleiche, sommersprossige Haut, sanfte gerundete Schultern, ein weicher Bauch und kleine weiche Brüste mit großen dunkelroten Nippeln. Die Offenheit, mit der sie ihn mir zeigte, gefiel mir noch mehr, und ich verspürte keinen Drang zu gehen. Der Brandy war gut, dennoch trank ich nur mäßig. Maggie nippte unablässig, sie würde wohl bald betütert sein. Ich legte mich bequem hin, und Maggie strahlte mich an. Ich runzelte die Augenbrauen wie Wacky Walker. Maggie strahlte noch mehr. Ich log sie noch ein bisschen mit der Versicherungsmasche an. Sie strahlte immer noch.

Schließlich sagte sie: »Bill, lass uns doch ins Wohnzimmer gehen, okay?« Sie kramte zwei Bademäntel aus Frottee aus dem Schlafzimmerschrank, führte mich ins Wohnzimmer und wie eine liebende Mutter oder eine Lehrerin platzierte sie mich auf das Sofa. Sie ging zurück ins Schlafzimmer und kam mit einem großen, ledergebundenen Album zurück.

Sie nahm zwischen mir und meinem Kleiderstapel Platz und goss sich noch etwas Brandy ein. Mein Bademantel war ziemlich abgetragen, roch aber frisch. Während Maggie auf dem Beistelltischchen das Album zurechtlegte, fummelte ich an ihrem Bademantel, um ihr ein größeres Dekolleté zu verpassen. Sie reagierte mit einem keuschen Kuss auf meine Backe. Das gefiel mir nicht. Der Altersunterschied von zehn Jahren wurde deutlich.

»Die Vergangenheit, Bill«, sagte Maggie. »Würdest du gern mit der alten Maggie eine kleine Reise in die Vergangenheit machen?«

»Du bist nicht alt.«

»In mancher Hinsicht bin ich's.«

»Du bist in den besten Jahren.«

»Schmeichler.«

Sie öffnete das Album. Auf der ersten Seite waren Fotos, die einen großen Mann mit lichtem Haar in einer Infanterieuniform des Ersten Weltkriegs zeigten. Auf den meisten der sepiafarbenen Fotos war er allein zu sehen, auf den Gruppenbildern stand er an herausragender Stelle.

»Das ist mein Daddy«, sagte Maggie. »Mama regte sich einige Male über ihn auf und sagte schlimme Sachen über ihn. Als ich noch ein kleines Mädchen war, fragte ich sie einmal: ›Wenn Daddy so gemein war, warum hast du ihn dann geheiratet?‹ Und sie antwortete: ›Weil er der schönste Mann war, den ich je gesehen hatte.‹«

Sie blätterte um. Hochzeitsbilder. Babybilder.

»Das ist Mamas und Daddys Hochzeit – 1910. Und das bin ich als kleines Baby, kurz bevor Daddy zur Armee ging.«

»Bist du ein Einzelkind, Maggie?«

»Ja. Und du?«

»Ja.«

Sie blätterte die Seiten schneller um. Ich sah die Zeit vorüberziehen, wie Maggies Eltern in ein paar Minuten alt wurden, wie aus dem Kleinkind Maggie ein hüpfender Teenager wurde. Ein Bild zeigte sie bei einem lange zurückliegenden Schulschwof. Ihr Gesicht darauf war eine hoffnungsvolle Version ihres heutigen.

Sie trank Brandy, redete mit einer sehnsuchtsvollen Monotonie und nahm mich kaum wahr. Es schien, als wollte sie auf etwas hinaus, als arbeitete sie auf etwas hin, das erklären würde, warum sie mich dahaben wollte.

»Ende von Band eins, Bill«, sagte Maggie. Sie erhob sich unsicher vom Sofa und warf dabei mein zusammengelegtes Jackett zu Boden. Beim Aufheben merkte sie, wie schwer es war, und fing an, in der Tasche zu fummeln, in der ich meine Kanone und die Handschellen verstaut hatte. Bevor ich sie daran hindern konnte, zog sie die .38er raus, schrie und wich vor mir zurück. Zitternd hielt sie die Pistole auf den Boden gerichtet.

»Nein, nein, nein, nein!«, japste sie. »Bitte nicht! Du darfst mir nicht wehtun! Nein!«

Ich stand auf und ging auf sie zu, wobei ich mich zu erinnern versuchte, ob die Waffe gesichert war. »Ich bin Polizist, Maggie«, sagte ich sanft und beruhigend. »Ich will dir nicht wehtun. Gib mir die Kanone, Süße.«

»Nein! Ich weiß, wer dich geschickt hat! Ich hab's gleich gewusst! Nein! Nein!«

Ich hob meine Hose auf, zog meine Dienstmarke heraus und hielt sie hoch. »Siehst du, Maggie? Ich bin Polizeibeamter. Ich wollte es dir nicht sagen. Eine Menge Leute mögen Polizisten nicht. Siehst du? Das ist 'ne echte Marke, Süße.«

Schluchzend ließ Maggie die Pistole sinken.

Ich ging zu ihr und nahm sie in den Arm. »Ist doch gut. Tut mir leid, dass du solche Angst hattest. Ich hätte dir die Wahrheit sagen sollen. Entschuldige.«

Maggie schüttelte den Kopf. »Mir tut's auch leid. Ich war so ein Dummchen. Du bist halt ein Mann. Du wolltest vögeln, und du hast gelogen. Ich war so ein Dummchen. *Ich* sollte mich entschuldigen.«

»Sag so was nicht. Du bist mir nicht gleichgültig.«

»Sicher.«

»Ehrlich.« Ich küsste sie auf den Haarscheitel und schob sie sanft weg. »Du wolltest mir doch den zweiten Band zeigen, stimmt's?«

Maggie lächelte. »In Ordnung. Setz dich hin und gieß mir einen Brandy ein. Mir ist ganz komisch.«

Während Maggie das andere Album holte, steckte ich meine Pistole wieder in die Jackentasche. Sie kam zurück und wiegte ein schmales, schwarzes Lederalbum in ihren Armen. Sie strahlte so, als wäre die Geschichte mit der Pistole nie passiert.

Wir machten da weiter, wo wir aufgehört hatten. Sie schlug das Album auf. Es enthielt ein Dutzend Schnappschüsse eines Babys, wahrscheinlich erst ein paar Wochen alt und glatzköpfig, das neugierig zu etwas Faszinierendem hochschaute. Maggie legte ihre Finger erst auf die Lippen, dann auf die Fotos.

»Dein Baby?«, fragte ich.

»Meins. Mein Baby. Meine Liebe.«

»Wo ist es?«

»Sein Vater hat ihn mitgenommen.«

»Bist du geschieden?«

»Er war nicht mein Ehemann. Bill. Er war mein Liebhaber. Meine wahre Liebe. Er ist tot. Er starb an unserer Liebe.«

»Wie?«

»Das kann ich dir nicht sagen.«

»Was geschah mit dem Baby?«

»Er ist in einem Waisenhaus. Im Osten.«

»Warum bloß, Maggie? Waisenhäuser sind furchtbar. Warum behältst du ihn nicht bei dir? Kinder brauchen Eltern, keine Institutionen.«

»Sei still! Ich kann nicht. Ich kann ihn nicht behalten! Tut mir leid, dass ich's dir gezeigt habe. Ich dachte, du würdest es verstehen!«

Ich nahm ihre Hand. »Tu ich doch, Liebste. Besser als du wissen kannst. Lass uns wieder ins Bett gehen, okay?«

»Okay. Aber ich will dir noch etwas zeigen. Du bist Polizist. Du weißt doch sicher 'ne Menge über Verbrechen. stimmt's?«

»Stimmt.«

»Dann komm mal mit. Ich zeig dir, wo ich meinen Schatz vergraben habe.«

Wir gingen wieder ins Schlafzimmer. Als ich auf dem Bett saß, schraubte Maggie den linken vorderen Bettpfosten auf. Sie nahm den oberen Teil ab und fasste in den hohlen unteren Teil. Sie zog einen roten Samtbeutel hervor, dessen Öffnung verschnürt war.

»Würde ein Einbrecher wohl an so einer Stelle suchen. Bill?«, fragte sie.

»Das möchte ich bezweifeln«, sagte ich.

Maggie öffnete den Samtbeutel und entnahm ihm eine alte

Diamantenbrosche. Mir blieb die Luft weg: Die Steine sahen echt aus, perfekt geschliffen, und es war mindestens ein Dutzend, vermischt mit größeren, blauen Steinen. Alle waren auf echtem, massivem Gold befestigt. Das Ding musste ein Vermögen wert sein.

»Wunderschön, Maggie.«

»Danke. Ich zeig sie nur wenigen. Nur den Netten.«

»Wo hast du sie her?«

»Ein Liebesgeschenk.«

»Von deiner wahren Liebe?«

»Ja.«

»Möchtest du einen guten Rat? Leg sie in einen Safe. Und erzähl niemand davon. Man weiß nie, mit wem man es zu tun hat.«

»Ich weiß, wem ich vertrauen kann und wem nicht.«

»Okay. Tu sie wieder weg, ja?«

»Warum? Ich dachte, sie gefällt dir?«

»Schon, aber sie macht mich traurig.«

Maggie legte die Brosche wieder in ihr Versteck. Ich hob Maggie auf den Arm und legte sie aufs Bett.

»Ich hab keine Lust«, sagte sie. »Ich möchte reden und noch ein wenig Brandy trinken.«

»Später, Süße.«

Zögernd streifte Maggie ihren Bademantel ab. Ich bemühte mich, leidenschaftlich zu sein, aber meine Küsse waren hastig, und mich erfüllte ein Gefühl des Verlustes, das auch die Liebe nicht wettmachen konnte.

Als wir fertig waren, lächelte Maggie und küsste mich geistesabwesend auf die Backe, dann warf sie ihren Bademantel über und ging in die Küche. Ich hörte, wie sie nach Flaschen und Gläsern kramte. Das war mein Stichwort. Ich schlich mich ins Wohnzimmer und zog mich im Halbdunkel an.

Maggie kam mit einem Tablett aus der Küche, auf dem eine Whiskeyflasche und kurze Gläser standen. Als sie sah, dass ich gehen wollte, fiel ihr Gesicht einen Moment lang zusammen, aber sie erholte sich schnell, erfahren, wie sie war.

»Ich muss gehen, Maggie«, sagte ich. Sie setzte das Tablett nicht ab, deshalb lehnte ich mich darüber, wobei ich leicht dagegenstieß, und strich ihr mit den Lippen über die Wange. »Tschüs, Maggie.« Sie antwortete nicht, sondern stand nur da, das Tablett in den Händen.

Ich ging zu meinem Wagen. Die kalte Luft war angenehm, und der Tag brach gerade an.

Ich wusste, dass dieser Samstag, der 6. Februar 1951, im Kalender rot anzustreichen war. Als ich nach Hause kam, schrieb ich das, was ich wusste, in mein Tagebuch: Maggie Cadwallader und Lorna Weinberg. Ich sollte erst später merken, dass dieser Tag der Wendepunkt in meinem Leben war.

4

Am Montagmorgen rief mich Beckworth in sein Büro. Ich hatte erwartet, dass er sauer auf mich sein würde, weil ich ihn hatte hängen lassen, aber er zeigte sich überraschend großherzig. Er erzählte mir geradeheraus, was ich schon aus etlichen anderen, weniger zuverlässigen Quellen wusste: Im Juni würde er neuer Revierchef in Wilshire, und er würde ein halbes Dutzend »ganz böser Blaumänner« in die 77. Straße schicken, um »diese Scheißkiffer und ihren ganzen Märchenwald auszuräuchern«. Nach »Niggerland, USA«, wo sie die »wahre Bedeutung der Polizeiarbeit« erfahren würden. Namen nannte er nicht – das war nicht nötig. Wacky Walker würde offensichtlich als einer der Ersten in Watts landen, und ich fand mich schweren Herzens mit dieser Tatsache ab. Ich wusste, dass ich nichts dagegen unternehmen könnte.

An jenem Wochenende hatten Wacky und ich unsere Differenzen mithilfe von Whiskey und Lyrik beigelegt. Mit Geschenken war ich Sonntag zu seiner Wohnung gegangen – einen druckfrischen Hunderter für seine Assistenz beim Golfspielen, für Handschellen und Kanone, eine Flasche »Old Grand Dad« und cinc Vorzugsausgabe der frühen Gedichte von W. H. Auden. Wacky war entzückt und weinte beinahe vor Dankbarkeit – was mich aufs merkwürdigste berührte: Liebe vermengte sich mit Mitleid und Bitterkeit über seine Abhängigkeit von mir. Dieses Gefühl sollte ich bis ans Ende der letzten Saison meiner Jugend mit mir rumschleppen.

Ich ging in den Versammlungsraum, um dem unsterblichen Polizeiritual des Montagmorgen-Appells beizuwohnen. Der Raum war voller Lärm und Zigarettenrauch. Gately, der inspizierende Sergeant, war wie immer unrasiert.

Ich fand einen freien Stuhl neben Wacky. Er starrte auf seinen Schoß und tat so, als würde er Verkehrsberichte lesen. Als ich mich setzte, erhaschte ich einen Blick von dem, was er wirklich las: Zwischen den Verkehrsberichten lag ein Exemplar von T. S. Eliots »Four Quartets«.

Gately fasste sich kurz. Schnapsleichen waren keine eingeliefert worden – die Ausnüchterungszellen in Lincoln Heights waren wegen des anhaltenden Regens der letzten Tage überschwemmt –, dafür hatte es jede Menge Vorladungen wegen Verkehrsdelikten gegeben: Die Staatsanwaltschaft wollte sie haufenweise – messerscharf konnte man darauf schließen, dass die Stadt Mäuse brauchte. Wir sollten die Pferdchen auf dem West Adamas Boulevard in Ruhe lassen und nach einem »Pfoten-hoch!«-Team Ausschau halten: Zwei mexikanische Ganoven hatten in einem Schnapsladen und ein paar Kaufhäusern am südlichen Ende des Bezirks, in der Nähe des Coliseums, zugeschlagen. Die Kriminaler hatten von Augenzeugen erfahren, dass sie mit einem frisierten weißen Ford-Transporter unterwegs waren und nie ohne die automatische .45er aus dem Haus gingen. Als Gately das erwähnte, reagierte der ganze Raum spontan – deswegen sind wir alle hier, schien jeder Bulle zu denken. Sogar Wacky ruckte und schaute von seinem Eliot auf. Er richtete seinen rechten Zeigefinger auf mich und entsicherte seinen Daumen. Ich nickte; auch ich war deswegen hier.

Wir holten unseren Schwarz-Weißen vom Parkplatz und düsten über den Pico Boulevard nach Osten, dann südwärts auf dem Hoover Boulevard Richtung Coliseum. Wacky wollte erst mal die Kaufleute in der Gegend vor den mexikanischen Plünderbuben warnen. Er war in einer überschwänglichen Stimmung und wollte mit »seinen« Bürgern klönen.

Wir hielten, und Wacky bestand darauf, dass ich ihn zu einem Schwätzchen mit Jack Chew begleitete. Jack Chew war Chinese und sprach mit breitem texanischem Akzent. Ihm gehörte ein kleiner Fleischerladen Ecke 28. Straße und Hoover Boulevard, und er sagte so Sachen wie »Ach sooo, Paatner«. Wacky liebte ihn, aber er konnte Wacky nicht ausstehen, weil dieser immer Lychee-Konserven mitgehen ließ, die er hinter der Theke für die Streifenbeamten liegen hatte. Jack war sehr höflich und altmodisch: Er bot einem gerne etwas an oder ließ sich bitten, und wegen der Grapscherei hielt er Wacky für ein Ferkel.

Er stand hinter der Fleischtheke, als wir seinen Laden betraten, und wickelte gerade eine Art kandierte Ente für eine alte chinesische Dame ein.

»Hallo, Jack«, rief Wacky, »wo hast du denn den Quakvogel her? Ich dachte, sie hätten dir verboten, im Westlake Park zu jagen. Weißt du nicht, dass all die gebrauchten Pariser, die da im See rumschwimmen, den Geschmack verderben? Ich hab gehört, dass die Enten nachts die Pariser tragen, um ihre Schnäbel zu wärmen. Verbleiche denn, o Vogel Quak, Pariser auf deinem Schnabel stak, o nobler Enterich, dir geht's jetzt fürchterlich. Jack Chew hat dich am Arsch, bläst dir dein Lichtlein aus ganz barsch.«

Jack stöhnte, und die alte Frau kicherte, als Wacky einen auf Frankenstein machte, indem er langsam und ächzend auf sie zuging, die Arme ausgebreitet.

»Verpiss dich, Walker«, sagte Jack. Und zu mir sagte er: »Ach sooo, Kommissar Freddy«, dann reichte er mir eine offene Dose

Lychees. Jack wechselte mit der Frau einige Sätze auf Chinesisch. Als sie ging, kicherte sie und winkte Wacky zu.

»Sie lieben mich alle, Jack. Was hab ich nur an mir?«, sagte Wacky. »Aber eigentlich bin ich gar nicht zum Plaudern hier.«

»Prima«, sagte Jack.

Wacky lachte und fuhr fort: »Jack, da sind ein paar böse Hombres, die sich hier in der Gegend rumtreiben und Dinger aus Eisen mit sich tragen. Die lieben so kleine Läden wie deinen, und da sie Toreros sind, wissen sie wahrscheinlich gar nicht, dass Chinesen sich nicht so leicht ergeben. Sie sind ungefähr Mitte zwan...«

Wacky kam nicht weiter. Eine junge Frau rannte in den Laden. Sie öffnete den Mund und wollte schreien, aber sie brachte keinen Laut heraus. Sie packte Wacky am Arm.

»Oh, oh, oh, oh, oh«, würgte sie.

Wacky hielt ihr beide Hände an die Seite. Er sprach ruhig. »Ja, meine Liebe. ›Wachtmeister‹. Was ist los?«

»Wa – wa – wachtmeister«, brachte sie heraus, »ma-ma-meine Nachbarin ... tot!«

»Wo?«, sagte ich.

Die Frau zeigte zur 28. Straße und rannte plötzlich in die Richtung. Ich rannte hinter ihr her. Wacky folgte mir. Sie führte uns den halben Block hinunter und in ein altes Holzhaus, das aus vier Wohnungen bestand. Sie zeigte auf die Treppen, die zum zweiten Stock hochführten. Die Tür stand weit offen.

»Oh, oh, oh«, stammelte sie, zeigte wieder nach oben, stieß rückwärts gegen eine Reihe von Briefkästen und biss sich in ihre Knöchel.

Wacky und ich schauten uns an. Wir nickten beide, und Wacky schenkte mir etwas, das ein Lächeln hätte werden können. Wir zogen unsere Kanonen und sprangen die Treppe hoch. Ich betrat zuerst, was einmal ein bescheidenes Wohnzimmer gewesen war.

Jetzt war es ein reines Chaos: Stühle, Buchregale und Schränkchen waren umgeworfen, und der Fußboden war mit zerbrochenem Glas übersät. Ich hielt den Atem an und bewegte mich langsam vorwärts, die Pistole ausgestreckt. Hinter mir konnte ich Wacky heiser atmen hören.

Gerade vor mir lag eine kleine Küche. Auf Zehenspitzen ging ich hinein. Das weiße Linoleum war mit geronnenem Blut übersät. Wacky sah es und raste sofort in die hinteren Räume der Wohnung. Er vergaß jede Vorsicht. Ich rannte ihm nach und stieß ihn beinahe im Türrahmen des Schlafzimmers um, da stieß er einen ersten Entsetzensschrei aus: »O Gott, Freddy!«

Ich schob ihn zur Seite und blickte ins Schlafzimmer. Auf dem Boden lag eine nackte Frau auf dem Rücken. Ihr Hals war schwarz und lila und zur Seite gedreht. Ihre Zunge war gewaltig geschwollen und obszön herausgestreckt. Die Augen quollen aus ihren Höhlen. In Bauch und Brüsten hatte sie Stichwunden, noch klaffendere befanden sich an der Innenseite ihrer Schenkel. Sie war mit geronnenem Blut überdeckt.

Ich schaute auf die Uhr. 9 Uhr und 6 Minuten. Wacky starrte die tote Frau und dann mich an, als könnte er seinen Augen nicht trauen. Seine Augen jagten gehetzt hin und her, während er sich nicht rührte.

Ich rannte die Treppe runter. Die Frau, die uns geholt hatte, stand immer noch an ihrer Wohnungstür und nagte immer noch an ihren Knöcheln. »Das Telefon!«, schrie ich sie an. Ich fand es in ihrem überfüllten Vorraum und rief die Wache an, forderte ein paar Detektive und den Leichenwagen an, dann rannte ich wieder nach oben.

Wacky starrte immer noch die tote Frau an. Er schien sich die Einzelheiten ihrer Schändung einprägen zu wollen. Ich spazierte durch die Wohnung und hielt meine Beobachtungen schriftlich fest: die umgeworfenen Möbel, das zerbrochene Glas, den Anblick des getrockneten Bluts in der Küche. Ich kniete mich nieder, um den Teppich zu untersuchen: Es war ein dunkeloranger falscher Perser, aber er war hell genug, um darauf die Blutspuren zu erkennen. Ich folgte der Blutspur ins Schlafzimmer, wo die tote Frau lag. Plötzlich fing Wacky hinter mir an zu reden, sodass ich zusammenfuhr und fast an die Decke sprang. »Herr. Scheiß. Gott, Freddy. Was für 'ne Schweinerei.«

»Ja. Die Kriminaler und der Fleischbeschauer sind unterwegs. Ich schau mich noch ein bisschen um. Geh du runter und lass dir 'ne Aussage von der Frau geben.«

»In Ordnung.«

Wacky brach auf, ich machte mir weiter Notizen. Es war eine gemütliche Durchschnittswohnung, sauber und komfortabel eingerichtet. An so einem Ort würde nicht mal ein verzweifelter Drogensüchtiger einbrechen. Aber es sah ganz danach aus. Weitere Durchsuchungen förderten einen blutgetränkten Frottee-Bademantel zutage. Er lag auf dem Fußboden in dem kleinen Esszimmer, das zwischen Wohnzimmer und Küche lag. Am Ende der Küche führte eine Treppe in eine Art Waschküche hinunter; auf den gebrechlichen Holzstufen waren blutige Fußabdrücke.

Ich ging durch die Wohnung und suchte die Mordwaffe, fand aber nichts, keinen scharfen Gegenstand irgendeiner Art. Ich überprüfte das Opfer noch einmal. Sie war eine hübsche Brünette, etwa Mitte zwanzig. Sie hatte einen schlanken Körper und ganz hellgrüne Augen. Ihr Lippenstift und ihre lackierten Zehennägel waren vom selben Dunkelrot wie ihr geronnenes Blut. Ihr Körper lag so ausgebreitet, als hätte er zögernd den Tod akzeptiert. Ihr Gesicht aber schien mit dem offenen Mund und den hervorquellenden Augen laut »Nein!« zu schreien.

Ich ging nochmals durch die Räume auf der Suche nach weiteren Einzelheiten von Bedeutung. An der Flurwand in der Nähe des Schlafzimmers fand ich Spuren eines blutigen Fingerabdrucks. Ich kringelte ihn mit einem Stift ein. Im Wohnzimmer stand ein Telefontischchen ohne Telefon, aber mit einem Kristallaschenbecher voller Streichholzheftchen. Eines fiel mir auf – ein orangefarbenes mit drei Sternen drauf, die um ein Martiniglas gruppiert waren. Der »Silver Star«. Ich stocherte im Aschenbecher. Alle Streichholzbriefchen waren aus Bars und Nachtclubs im Zentrum von L.A. und Hollywood. Ich schaute mich nach Rauchbarem um – Pfeifen, Zigaretten, Tabak. Nichts. Die Frau war entweder Nachtschwärmer oder Streichholzsammler gewesen.

Ich hörte laute Schritte auf der Treppe stapfen. Es war Wacky, gefolgt von zwei Zivilen und einem Alten, den ich als Gerichtsmediziner kannte. Ich winkte sie mit dem Kopf in Richtung Schlafzimmer. Sie gingen vor mir rein. Ich hörte Pfiffe, Seufzer, zorniges Schnauben und Ausrufe des Entsetzens:

»O Gott. Ach du Scheiße«, sagte der eine.

»Himmel, Arsch«, sagte der zweite.

Der Mediziner starrte nur und atmete langsam aus. Dann ging er hinüber und kniete sich neben die Tote. Er stocherte und drückte an ihrer Haut herum, dann fuhr er mit dem Daumennagel über das verkrustete Blut an ihren Beinen. »Mindestens schon 24 Stunden tot, Freunde«, sagte er. »Todesursache Erstickung, obwohl die Wunden im Magen und an der Brust auch hätten tödlich sein können. Aber schaut euch mal ihre Augen und Zunge an. Sie hat nach Luft geschnappt, als sie starb. Ihr müsst nach ’nem Klappmesser suchen – und nach ’nem gottverdammten Irren.«

»Wer hat den Leichnam gefunden?«, fragte der erste Kriminaler. Er war ein großer, stämmiger Kerl, den ich schon auf der Wache gesehen hatte.

»Ich«, sagte Wacky.

»Name und Nummer?«, fragte er.

»Walker, fünfhundertdreiundachtzig.«

»Okay, Walker. Ich bin DiCenzo, mein Kollege heißt Brown. Gehn wir raus, Leichen deprimieren mich. Brownie, ruf die Spurensicherung an.«

»Hab ich schon, Joe«, sagte Brown.

»Gut.«

Wir gingen alle ins Wohnzimmer, außer dem Doktor, der bei der Toten blieb. Er saß auf dem Bett und kramte in seiner schwarzen Tasche.

»Okay, Walker, erzähl mir alles«, sagte DiCenzo.

»Also. Mein Kollege und ich waren in dem Laden um die Ecke, als die Dame, die hier eins drunter wohnt, reingerannt kommt, ganz hysterisch. Sie bringt uns hierher. Das ist alles. Nachdem wir die Leiche gefunden und euch benachrichtigt haben, hab ich die Dame beruhigt. Sie sagt, sie hätte es gespürt, dass was nicht in Ordnung war. Die Tote war 'ne Freundin von ihr und gestern oder heute nicht bei der Arbeit erschienen. Die arbeiten beide im gleichen Laden. Sie hatte 'nen Schlüssel zu der Wohnung der Toten, weil die manchmal am Wochenende fortfuhr und sie dann ihre Katze fütterte. Jedenfalls hatte sie so ein Gefühl und ging hoch und schloss die Wohnung auf. Sie fand die Leiche und rannte zu uns. Die Frau heißt June Haller, die Tote Leona Jensen. Arbeitete als Sekretärin beim Automobil-Club in der Stadt. Sie war vierundzwanzig. Ihre Eltern leben irgendwo im Norden, bei San Francisco.«

»In Ordnung, Walker.« DiCenzo nickte. Wir wurden von drei Typen von der Spurensicherung unterbrochen. Sie waren in Zivil und hatten Kameras und ihr ganzes Werkzeug dabei.

Brown zeigte in Richtung Schlafzimmer. »Dadrin, Jungs. Der Doktor wartet auf euch.«

DiCenzo blickte im Wohnzimmer umher, den Notizblock in der Hand. Ich tippte ihm auf die Schulter und führte ihn in die Küche. »Ach du grüne Scheiße«, sagte er, als er den blutübersäten Linoleumboden erblickte.

»Ja«, sagte ich. »Hier hat er sie aufgeschlitzt, dann hat er sie ins Schlafzimmer gebracht und sie erwürgt. Als er sie durchs Wohnzimmer schleifte, hat sie sich gewehrt, daher die umgeworfenen Möbel und das zerbrochene Glas. Am Ende der Küche führt eine Treppe nach unten, auf der sind blutige Fußspuren. Von da muss er gekommen und da muss er wieder rausgegangen sein. Im Flur ist in der Nähe des Schlafzimmers ein blutiger Fingerabdruck. Ich hab ihn umkringelt. Was glauben Sie?«

DiCenzo nickte dauernd. »Wie heißen Sie?«, fragte er.

»Underhill«, sagte ich.

»Aufs College gegangen, Underhill?«

»Jawoll.«

»Nun, ich würde meinen, dass nichts, was Sie auf dem College gelernt haben, uns bei diesem Mord hier weiterhilft. Es sei denn, dieser Abdruck ist vollständig und gehört dem Mörder. Das ist so 'n wissenschaftlicher Lehrhuch-Scheiß. Für mich sieht das eher nach einem vermurksten Einbruch aus. Wenn wir wissen, was der Laborbericht aussagt, und das kann nicht viel sein, dann müssen wir uns jeden uns bekannten Einbrecher, Rauschgiftler und Perversen in Los Angeles vorknöpfen. Ich hoffe, dass die Dame vergewaltigt wurde – Bums-und-Klau ist ein seltener Modus Operandi. Gibt nicht viele von diesen Hurensöhnen. Ist das Ihr erstes Mordopfer?«

»Ja.«

»Geht's Ihnen an die Nieren?«

»Nein.«

»Gut. Sie und Ihr Kollege gehen jetzt zurück aufs Revier und schreiben Ihre Berichte.«

»In Ordnung, Sergeant.«

DiCenzo zwinkerte mir zu. »Eine Schande ist das, Underhill, oder? An der Tante war alles dran, wenn Sie wissen, was ich meine?«

»Ja, ich weiß.«

Ich fand Wacky im Schlafzimmer. Blitzlichtbirnen knallten, und er schrieb was in sein Notizbuch, wobei er seine Augen vor dem grellen Licht abschirmte und vereinzelte Blicke auf die verstorbene Leona Jensen warf. Die Leute von der Spurensicherung ärgerten sich offenbar über ihn, deshalb zog ich ihn in den Flur.

»Gehn wir. Wir müssen aufs Revier und unsere Berichte schreiben

Wacky kritzelte noch weiter in sein Notizbuch. »Jetzt«, sagte er. »Ich bin fertig. Ich hab ein Gedicht über die Tote geschrieben. Es ist John Milton gewidmet. Es heißt ›Die verlorene Möse‹.«

»Vergiss es, Wacky. Lass uns endlich gehen.«

Wir fuhren schweigend den Hoover Boulevard hoch.

»Glaubst du, sie finden den Kerl, der sie abgemurkst hat?«

»DiCenzo glaubt, dass er 'ne Chance hat.«

»Ehrlich gesagt, ich hab meine Zweifel.«

»Warum?«

»Weil der Tod die neue Masche ist. Ich spür es. Der wird den Sport ersetzen. Ich schreibe gerade ein Versepos darüber. Alle achtundvierzig Staaten kriegen die Atombombe und schmeißen sie aufeinander. L.A. wirft die Bombe auf 'Frisco, weil die ihnen die Touristen wegschnappen. Die Brooklyn Dodgers werfen die Bombe auf die New York Giants. Ich spür es.«

»Du spinnst, Wack.«

»Nein, ich bin ein Genie. Freddy, du musst Big Sid anrufen. Ich fand es in Hillcrest ganz toll. Ich möchte da spielen. Der Golfplatz für den Erfolgreichen. Dort könnte ich achtundsechzig schaffen.«

Ich lachte. »Das ist ja stark. Du möchtest doch nur wieder Siddell deine Salami anbieten. Sag mal, Wack, bist du überhaupt zum Schuss gekommen mit ihr?«

»Ja, aber ich habe sie laufend angerufen, um eine neue Verabredung mit ihr zu treffen, und jedes Mal, wenn ich anrufe, ist so 'ne Mamsell am Apparat und sagt: ›Mis' Siddelisnichdaa, Herr Wachtmeisser.‹ Klingt so nach Rausschmiss.«

»Kann sein. Aber mach dir keine Sorgen. Es gibt noch viele fette Weiber.«

»Ja, aber keine wie Siddell; die ist klasse. Hör zu, Kumpel, tust du mir 'nen Gefallen? Rede mit Siddell. Horch sie ein bisschen aus, was sie von mir hält, ja? Du steckst doch mit Big Sid zusammen, du kannst das doch.«

Ich zögerte erst, dann gab ich mir einen Ruck. »Alles klar, Wack, ich schau am nächsten Wochenende mal bei Big Sid vorbei. Ich hab freien Eintritt bei ihm. Ich bin sein Glücksbringer.«

Wacky boxte mich in den Arm. »Danke, Kumpel. Wenn ich erst mal in der Niggerschlucht vor den brennenden Pfeilen in Deckung gehe und du der Sittenboss in Wilshire bist, werde ich daran denken.«

Wir fuhren auf den Parkplatz bei der Wache. Der Form halber wollte ich noch etwas Bissiges antworten, aber mir fiel nichts ein. Stattdessen ging ich hoch ins Kripo-Büro und tippte meinen Bericht.

Am frühen Samstagabend fuhr ich nach Beverly Hills. Dabei hörte ich auf, mir etwas vorzumachen: Ich konnte alle Ausreden der Welt erfinden, aber ich wusste, dass ich nur aus einem Grund zu Big Sids Haus fuhr – um Lorna Weinberg wiederzusehen und noch einiges von ihr zu erfahren. Das Haus war in Canon Drive, südlich des Sunset Boulevards. Ich erwartete unerhörten Klassendünkel und war überrascht: Das große weiße Gebäude im Kolonialstil mit dem wohlgepflegten Rasen davor machte einen untertriebenen, fast nüchternen Eindruck.

Ich klopfte an die Tür, und eine schwarze Bedienstete öffnete und gab mir die Auskunft: »Mr. Big Sid isnichda, un Mis' Siddell is ohm in ihm Zimmer un machtn Nickachen.«

»Und was is mit Lorna?«, platzte ich heraus.

Die verwitterte alte Frau schaute mich an, als ob ich verrückt wäre. »Mis' Lorna 's schon vor Jahn ausezogen.«

»Schade«, sagte ich und linste durch den Türspalt. Ich konnte ein Wohnzimmer erkennen, das mit viel altem Holz und edlen Textilien eingerichtet war. Ich spürte irgendwie, dass ich hier einen Schatz, mein Wunder finden könnte, sogar, wenn Lorna nicht da war. Nach einer Pause sagte ich sehr bestimmt: »Bitte wecken Sie Siddell auf, ich habe eine wichtige Nachricht für sie von einem Freund!«

Die alte Frau sah mich misstrauisch an, dann öffnete sie die Tür und wies mir den Weg ins Wohnzimmer. »Sie wahtn hier«, sagte sie, »ich hol Mis' Siddell.«

Sie stapfte die Treppen hoch und ließ mich allein in dem üppig eingerichteten Zimmer. Mir fielen ein paar gerahmte Fotografien über dem roten Backsteinkamin auf, und ich ging hin, um sie mir anzuschauen. Es waren einzelne Porträts von Big Sid. Siddell und Lorna. Sid strahlte stolz, Siddell sah so schmalgesichtig aus, wie es ein guter Fotograf eben hinkriegt, und Lorna sah ernst und abwesend aus, sie trug Mütze und Talar ihrer Examensfeier. Dann gab es noch ein größeres Foto des Familien-Trios: Big Sid mit der unvermeidlichen Zigarre, Siddell ganz düster und Lorna auf eine Krücke gestützt. Ich konnte sehen, dass ihr rechtes Bein dünner und deformiert war. Ein nervöser Schauer durchfuhr mich. Ich schüttelte ihn ab, dann erinnerte ich mich: Als wir uns getroffen hatten, war Lorna die ganze Zeit sitzen geblieben. Aber wo war Mutter Weinberg?

Ich war in meine Träumerei versunken, als plötzlich jemand heftig an meinem Jackenärmel zog. Ich drehte mich um und sah Siddell Weinberg, die sich gegen mich drückte. »Ich weiß, was Sie von mir denken«, sagte sie, »aber ich mach so was nicht jeden Tag ...«

Ich hielt mir die fiebrig aussehende Frau vom Leib und machte ein ernstes Gesicht, um leichter an die Information zu kommen, die ich haben *musste*. »Ich schon. Miss Weinberg, deshalb ist das alles nicht so wild. Aber Sie sollten Wacky anrufen. Er verehrt Sie und möchte Sie wiedersehen.«

»Ich weiß, aber ich kann nicht! Sie müssen Herbert sagen, dass er nicht mehr hier anrufen soll. Daddy glaubt, dass jeder, der an mir interessiert ist, nur hinter seinem Geld her ist. Außerdem bin ich verlobt.«

»Ist Big Sid mit Ihrem Verlobten einverstanden?«

»Nein, eigentlich nicht, aber wenigstens ist er Jude und macht einen Hochschulabschluss. Er hat eine große Zukunft.«

»Hat ein Polizist keine Zukunft?«

»Das hab ich nicht so gemeint!«, jammerte Siddell. »Daddy mag Sie, aber Herbert hält er für verrückt.«

Ich führte Siddell zu einem gewaltigen roten Ledersofa, das neben dem Kamin stand. »Ihr Vater hat recht«, sagte ich. »Er spinnt. Lieben Sie denn den Kerl, den Sie heiraten werden?«

»Ja! Nein! Ich weiß nicht!«

»Dann rufen Sie Wacky an. Er steht im Telefonbuch – Herbert L. Walker, 926, South St. Andrews, L.A. In Ordnung?«

»In – in Ordnung. Ich bin nächste Woche nicht in der Stadt, aber ich rufe Herbert an, wenn ich zurückkomme.«

»Gut.« Ich tätschelte Siddells Hand, dann überlegte ich, wie ich die Unterhaltung fortsetzen sollte, um auf die wahre Absicht meines Besuches zu sprechen zu kommen. Endlich fiel mir etwas ein: »Das ist ein verdammt schönes Haus, Siddell. Ihre Mutter investiert offenbar eine Menge Zeit in seine Pflege.«

Siddell senkte ihren Kopf. »Mama ist tot«, sagte sie.

»Tut mir leid. Erst kürzlich?«

»Nein, das war 1933. Ich war neun, und Lorna war dreizehn.«

»'ne lange Zeit her.«

»Ja und nein.«

»Geht es Ihnen immer noch nach?«

»J-ja ... aber hauptsächlich Lorna.« Siddells Stimme klang so, als spräche sie eine grundlegende Wahrheit aus.

Ich stupste sie sanft. »Was meinen Sie damit, Siddell?«

»Nun. Mama starb, und zur gleichen Zeit wurde Lorna zum Krüppel, deswegen hasst und liebt Lorna sie gleichzeitig. Sie fuhren den Sunset Boulevard entlang. Mama war wieder schwanger. Es regnete, und Mama schleuderte gegen einen Baum. Ihr Bauch prallte auf das Lenkrad. Das Baby war tot, aber ansonsten blieb sie unversehrt. Lorna wurde durch die Windschutzscheibe geschleudert. Sie hatte einen Beckenbruch, deswegen läuft sie so komisch, deswegen ist ihr rechts Bein so dünn – alle Nervenenden wurden aufgerissen. Jedenfalls. Mama wollte noch ein Baby, ganz dringend. Sie wusste, dass Daddy einen Sohn wollte. Sie behielt das Baby im Bauch, sie wollte nicht glauben, dass es tot war. Sie hätte ins Krankenhaus gehen müssen, um die Geburt einzuleiten, aber sie tat es nicht. Das Baby entzündete ihren Bauch, und sie lief weg. Oben in den Hollywood Hills fanden sie ihre Leiche. Da oben hatte sie für sich ein kleines Nest gebaut, mit all den Babykleidern, die sie bei Bonwit Teller gekauft hatte. Sie konnte nicht glauben, dass das Baby tot war.«

Das war fast mehr, als ich wissen wollte.

Siddell spürte das: »Seien Sie nicht traurig«, sagte sie, »das ist 'ne lange Zeit her.«

Ich nickte. »Und Ihr Vater hat nie wieder geheiratet?«

Siddell schüttelte den Kopf. »Seit dem Tag, als Mama starb, hat Daddy keine Frau mehr angefasst.«

Ich stand auf, um zu gehen. Als Abschiedsworte sagte Siddell: »Sagen Sie Herbert, dass ich ihn anrufen werde. Sagen Sie ihm, dass ich ihn mag.«

»Mach ich.«

Ich ging zu meinem Wagen. Ich schaute zum Himmel hoch und hoffte, es würde regnen. Als ich den Wagen anließ, spürte ich das Wunder – und die Ironie: Meine adoptierte Familie bestand auch aus Waisen.

5

Wacky fehlte Montag und Dienstag wegen Grippe, und Beckworth nahm es ihm ab, weil Wacky sich kaum jemals krankschreiben ließ. In Wirklichkeit war er stockbesoffen, arbeitete gerade an einem neuen »epischen Gedicht und wartete auf einen Anruf von Siddell Weinberg.

Als wir Mittwoch in aller Frühe aus dem Parkplatz bei der Wache bogen, versuchte ich seine Befürchtungen zu zerstreuen: »Sie ist jetzt 'ne Woche oder so nicht in der Stadt. Sie wird dich anrufen, wenn sie zurückkommt.«

»Wirklich?«

»Ja. Wir hatten ein nettes Gespräch. Sie ist mit einem Juden verlobt, aber sie liebt ihn nicht.«

»Und sie ist scharf auf ein bisschen unkoscheres Fleisch nebenher?« Wacky sabberte beinahe.

»Ich glaub schon. Sie denkt, dass du der Allergrößte bist.«

Wacky feierte die gute Nachricht, indem er mitten im dichtesten Verkehr umdrehte, die Sirene einschaltete und das Gaspedal fünf Minuten lang bis unten durchdrückte. Er jagte durch die stillen Seitenstraßen, die das Revier umgaben. Als er endlich wieder normal fuhr und die Sirene ausgeschaltet hatte, waren wir schon irgendwo an der Ecke Adams Boulevard und Seventh Avenue, und er grinste wie ein übersättigter Liebhaber. »Danke, Kumpel«, sagte er.

»Wofür?«

»Für alles. Ich kann's dir nicht erklären, ich fühle mich heute so leer.«

»Dabei fällt mir ein«, sagte ich, »ich hab ein Geschenk für dich. Es ist in meinem Umkleideschrank. Eine Gedichtanthologie. Aber sei vorsichtig – ich habe sie gründlich studiert, und wenn wir das nächste Mal ›Nenne den Dichter‹ spielen, mach ich dich fertig.«

»Das möcht ich erleben. Herrgott! Mir geht's prima heute. Wie wär's mit Kaffee und Donuts? Ich zahle.«

»Gebongt.«

Wir fuhren zu Coopers Donut-Laden Ecke Dreiundzwanzigste und Western, wo wir uns ein Dutzend Donuts und Kaffee bestellten. Wir aßen und tranken schweigend.

Von meinem Platz konnte ich auf die Straße sehen, und ließ das Wunder der Wirklichkeit an mir vorüberziehen: ein kalter, sonniger Wintertag. Meine Stadt. Ich wusste, dass alles stimmte, was ich sah.

Schräg gegenüber, vor einem Schnapsladen auf der Western Avenue, überredete ein Schuljunge einen Penner, in den Laden zu gehen und ihm etwas zu trinken zu kaufen. Der Penner ging hinein, und der Junge zwinkerte einer Mulattenhure zu, die nebenan vor einem Taxistand posierte. Sie fing seinen Blick auf und schnaubte amüsiert. Kurze Zeit später kam der Penner aus dem Laden und händigte dem Jungen verstohlen eine Papiertüte aus. Der Junge rannte weg und warf der Prostituierten irgendeine Bemerkung zu, worauf sie ihm den Mittelfinger zeigte. Der Penner entfernte sich in die andere Richtung. Er nuckelte an einer kleinen

Flasche Muskateller, die ihm der Junge für seine Dienste gekauft hatte.

Ein Streifenwagen fuhr langsam vorbei. Am Steuer saß mein Kollege Tom Brewer. Blitzschnell steckte der Penner die Flasche in seine hintere Hosentasche und schaute schuldbewusst umher. Brewer fuhr einfach vorbei, ihm war diese kleine Szene entgangen. Hätte er es gesehen, wäre es ihm auch egal gewesen. Sein Vater war Alkoholiker, und er hatte seinen Vater geliebt, deswegen ließ er Betrunkene in Ruhe. Tom hatte mir eines Abends, als er selbst halb betrunken war, bei einem Baseballspiel in der Polizeiakademie von seinem Vater erzählt.

Meine Stadt. Mein Wunder.

Drei Stunden später fuhren wir auf der Berendo Richtung Süden, als uns ein weißer Ford-Lieferwagen in entgegengesetzter Richtung passierte. Ich drehte mich um und sah, dass zwei Mexikaner im Wagen saßen. An der Ecke drehten sie rechts ab und waren außer Sicht, aber ich wusste Bescheid. »Halt an, Junge«, sagte ich.

Wacky bemerkte den Ernst in meiner Stimme und fuhr rechts ran.

»Was ganz Heißes. Wacky«, sagte ich. »Um die Ecke hinter uns ist ein kleiner Laden. Die zwei mexikanischen Ganoven in dem Ford sind gerade da hingefahren ...« Ich musste nicht weiterreden. Wacky nickte und fuhr den Schwarz-Weißen ganz langsam in einer Schleife auf die andere Straßenseite, kurz vor der Kreuzung hielt er.

Wir stiegen langsam und vollkommen synchron aus. Wir schauten uns an, nickten und holten unsere Pistolen aus dem Halfter, dann schlichen wir an einer Wäscherei vorbei bis an die Ecke. Die Straße weiter unten stand der Ford vor dem Laden in zweiter Reihe geparkt.

»Jetzt, Kumpel«, flüsterte ich. Wir standen an die Wand des Eckgebäudes gedrückt und arbeiteten uns ganz langsam weiter zu dem Laden vor.

Wir waren noch wenige Schritte davon entfernt, als zwei Männer mit gezogenen Knarren herausgerannt kamen. Sie sahen uns sofort, wirbelten herum und schossen wild drauflos, gerade als Wacky und ich das Feuer eröffnet hatten. Ich drückte drei Schüsse ab, und der erste Kerl flog aufs Pflaster, wobei er etwas fallen ließ, das wie ein Sack voll Geld aussah. Wacky schoss zweimal auf den anderen Mann, der wiederum schoss auf mich.

Wir waren auf ganz kurzer Distanz, aber irgendwie blieb ich ganz ruhig und beantwortete seine Schüsse. Ich traf ihn in der Brust, und er stürzte in den Rinnstein. Wacky feuerte noch zweimal auf den Mann auf dem Pflaster und näherte sich ihm langsam. Er lag auf seinem Bauch, die Arme ausgestreckt, seine Hand noch um die Pistole gekrallt.

Wacky war fast über ihm, als ich sah, dass der Kerl in der Gosse auf ihn zielte. Ich schoss zweimal auf ihn und bewegte mich auf ihn zu, als ich noch einen Schuss hörte. Ich drehte mich um und sah, wie Wacky rückwärts stolperte. Er schien wie gelähmt und griff sich an die Brust. Er ließ seine Kanone fallen und schrie »Freddy!«, dann fiel er hintenüber.

Ich schrie. Der Mann auf dem Pflaster hob seine Pistole und schoss viermal wild drauflos. Die Schüsse landeten in der Hauswand über mir, einer verfehlte mich nur knapp. Ich verdrückte mich in den Laden und lud nach. Hinter mir schrien ein alter Mann und eine Frau.

Ich blickte nach draußen. Wacky lag reglos auf dem Gehsteig. Der Schütze in der Gosse schien tot zu sein. Und der, der Wacky erschossen hatte, robbte sich auf seinen Lastwagen zu. Er hatte mir den Rücken zugedreht, deshalb eilte ich nach draußen und brachte Wacky in Sicherheit. In dem Laden riss ich seine blutüberströmte Uniform auf und legte mein Ohr auf seine Brust. Nichts.

»Nein, nein, nein, nein, nein, nein!«, stammelte ich. Zitternd griff ich nach seinem Handgelenk, um ein Lebenszeichen zu spüren. Nichts. Ich sah in Wackys Gesicht. Seine Augen waren geschlossen. Ich zog die Lider hoch. Seine Augen waren erfroren und erstarrt in ihrer letzten Vision des Schreckens und des Zweifels. Ich hob Wacky hoch, um ihn zu umarmen. Als ich seinen Kopf in meinen Armen wiegte, ging sein Mund auf und eine Welle von Blut spritzte auf meine Brust. Ich schrie und rannte nach draußen.

Der überlebende Killer kroch immer noch auf die Straße zu. Ich näherte mich ihm von hinten, drehte mich um und kickte ihm die .45er aus der Hand. Ich richtete meine Pistole auf ihn, und er schrie. Ich schoss sechsmal in die Brust, und der Lärm meines Pistolenfeuers ging völlig unter in dem Lärm meiner eigenen Schreie. Ich schrie so lange, bis ein Dutzend Polizeiautos in die Straße einbogen und vier Bullen mich zusammen mit Wacky in einen Krankenwagen steckten. Und ich glaube, ich schrie auch im Krankenhaus noch, als sie versuchten, ihn mir wegzunehmen.

Um mich von dem Schock zu erholen, bekam ich eine Woche frei bei vollen Bezügen. Der Arzt, der mich im Krankenhaus untersucht hatte, hatte darauf bestanden. Als ich die Arbeit wieder aufnahm, erhielt ich ein offizielles Lob und bekam beim morgendlichen Appell stehenden Applaus.

Wacky wurde ein Heldenbegräbnis zuteil, das Foto seiner Abschlussklasse auf der Polizeiakademie wurde vergrößert, gerahmt und hing jetzt in der Eingangshalle des Wilshire-Reviers. Es war knappe vier Jahre zuvor aufgenommen worden, und Wacky sah darauf schrullig und sehr jung aus. Unter dem Rahmen war eine kleine Metallplakette angebracht, auf der zu lesen stand: »Wachtmeister Herbert L. Walker. Eingestellt im Mai 1947. Erschossen in Ausübung seiner Pflicht am 18. Februar 1951.«

Die Schießerei kam groß in die Zeitungen von Los Angeles, mit Bildern von Wacky und mir. Sie machten großes Aufheben um die Ehrenmedaille, die Wacky verliehen wurde. Sie nannten ihn »einen wahren amerikanischen Helden« und seinen Tod einen »Aufruf an alle Amerikaner, den Pfad der Tugend und Pflichterfüllung einzuschlagen«. Mir erschien das alles recht zweifelhaft – ich wusste nicht, wovon sie eigentlich redeten.

Zur Beerdigung flogen Wackys Mutter und seine Schwester von St. Louis ein. Ich hatte sie angerufen, um ihnen die Nachricht von seinem Tod zu übermitteln, und sie am Flughafen abgeholt. Sie waren höflich, wirkten aber sehr unbeteiligt. Ihr Desinteresse war bestürzend. Sie sagten, dass Wacky »lieber ins Versicherungsgeschäft hätte einsteigen sollen wie sein Vater«. Ich stellte fest, dass sie absolut keine Ahnung hatten, wer Wacky eigentlich war, ließ sie stehen und ging nach Hause, um für mich alleine zu trauern.

Ich trauerte und kämpfte gegen die Schuldgefühle an, die ich wegen der Art hatte, wie ich Wacky während der letzten Wochen behandelt hatte. Ich musste daran denken, wie fatalistisch er alle Dinge des Lebens und des Todes akzeptiert hatte. Ich dachte an unsere letzte Streifentour, die wir zusammen unternommen hatten, und weinte. Ich wusste, dass meine Absolution unmittelbar bevorstand.

Am Tag der Beerdigung standen hohe, dunkle Wolken am Himmel. Ich fuhr hinaus zur Leichenhalle in Glendale und war darauf bedacht, das Ganze so schnell wie möglich hinter mich zu bringen.

Die Andacht wurde auf einem abgesperrten Gebiet auf einem

hohen grasbewachsenen Hügel in der Mitte des Friedhofs gehalten. Hunderte von Polizisten in Uniform waren da, vom einfachen Streifenbeamten bis zum hohen Offizier. Wacky wurde von einem halben Dutzend hoher Beamter gelobt, die ihn nicht gekannt hatten. Es gab keinen Geistlichen, über Gott wurde kein Wort verloren. Wacky hatte hierzu vor einigen Jahren detaillierte Anweisungen bei einem alten Polizeikaplan hinterlassen.

Ich war einer der Sargträger. Die fünf anderen waren Polizisten, die ich nie zuvor gesehen hatte. Als wir Wacky ins Grab abließen, feuerte eine Ehrenwache der Polizei einundzwanzig Schuss Salut, und ein Hornist spielte »Taps«. Dann sah ich, wie Wackys Mutter und Schwester zu einer langen, schwarzen Limousine hingedrängt wurden. Um die Limousine herum stand eine Gruppe von Nachrichtenleuten und Fotografen, die sich auf die beiden stürzten.

Beckworth fing mich auf dem Parkplatz ab. »Freddy«, rief er mir zu.

»Hallo, Lieutenant«, sagte ich.

»Lass uns rüber zu meinem Wagen gehen und ein bisschen reden, Fred. Sollten wir wirklich.«

Wir gingen zu seinem Wagen. Der war in der Nähe eines Gehwegs geparkt, auf dem sich Statuen von Jesus befanden, der vor lauter freundlichen kleinen Tieren kniete.

Beckworth legte mir eine Hand väterlich auf die Schulter, mit der anderen rückte er meine Krawatte zurecht. Er schaute mich väterlich an und seufzte. »Freddy, das hört sich grausam an, aber es ist vorbei. Walker ist tot. Sie haben ein Lob bekommen und zwei sauber erlegte Banditen in ihren Akten. Das wird sich in ein paar Jahren noch viel besser machen. Vorgesetzte, die noch nie eine Kanone gezogen haben, werden davon beeindruckt sein, wenn Sie die Karriereleiter hochklettern.«

»Ohne Zweifel. Wann komme ich zur Sitte?«

»Diesen Sommer. Sobald Captain Larson in Pension geht.«

»Gut.«

»Ist schon alles in Ordnung, Freddy. Ich weiß, dass Sie für Walker nur das Beste wollten. In gewissem Sinne hat er es ja auch bekommen. Er war ein wahrer Held. Eine Ehrenmedaille im Krieg und ein Heldentod im Kampf gegen das Verbrechen. Ich bin sicher, der wusste das, als er starb. Und das ist ganz komisch, Freddy. Obwohl ich schlimme Sachen über Walker gesagt habe, wusste ich irgendwie schon immer, dass er ein wahrer Held ist und dass er sterben musste.«

Beckworth senkte drastisch seine Stimme und packte mich noch fester an der Schulter. Ich wusste, was ich zu tun hatte.

»Sie sind bis obenhin voll Scheiße, Lieutenant. Wacky Walker war ein verrückter, abgetakelter Säufer, das ist alles. Und mir war das egal, ich liebte ihn. Deswegen verklären Sie ihn bitte nicht. Beleidigen Sie nicht meine Intelligenz. Ich kannte ihn besser als jeder andere, und ich hab ihn nie verstanden, deswegen behaupten Sie nicht, Sie hätten ihn gekannt.«

»Freddy, ich –«

Ich zuckte mit meiner Schulter, um seinem Griff zu entkommen. »Sie sind bis obenhin voll Scheiße, Lieutenant.«

Beckworth wurde rot wie Bete und fing an zu zittern. »Wissen Sie, wer ich bin, Underhill?«, zischte er.

»Sie sind eine Schande für die ganze Stadt«, sagte ich und flippte ihm seine Krawatte ins Gesicht.

Als ich in Wackys Wohnung kam, hatte es zu regnen angefangen. Eingeschüchtert durch meine Uniform, ließ seine Wirtin mich ein.

Das Wohnzimmer war in einem heillosen Durcheinander. Ich fand auch heraus, warum – seit Wackys Tod war Night Train alleine dort gewesen und hatte auf der Suche nach Nahrung das Sofa und die Stühle zerrissen. Ich fand ihn im Hinterhof. Der erfinderische Labrador hatte sich seinen Weg durch eine Fliegengittertür gebissen und lag jetzt unter einem großen Eukalyptusbaum. Er kaute zufrieden an den Überresten einer toten Katze.

Als ich ihn rief, kam er zu mir. »Wacky ist tot. Train«, sagte ich. »Er hat sich von des Lebens Mühsal befreit. Aber mach dir keine Sorgen, du kannst bei mir wohnen, wenn du mir nicht in die Wohnung scheißt.«

Night Train ließ die tote Katze fallen und schnüffelte an meinen Beinen.

Ich ging zurück in die Wohnung. Ich fand Wackys Lyrik-Schatztruhe: drei große, metallene Behälter. Wacky war in jeder Hinsicht ein Chaot, und seine Wohnung war völlig durcheinander, aber seine Lyrik hatte er sorgfältigst aufbewahrt – sortiert, datiert und nummeriert.

Ich trug sein Lebenswerk zu meinem Wagen und verschloss es im Kofferraum, dann ging ich zurück in die Wohnung und fand seine Golfschläger in dem schweren Ledersack, den er so geliebt hatte. Den trug ich auch nach draußen.

Night Train hüpfte zu mir auf den Vordersitz und schaute mich komisch an. Im Radio fand ich wilden Jazz und drehte voll auf. Night Train wedelte fröhlich mit dem Schwanz, und wir fuhren in sein neues Heim.

Für die drei Behälter fand ich einen sicheren, trockenen Ort in meinem Flurschrank. Ich briet Night Train ein paar Hamburger und setzte mich hin, um einen kurzen Lebenslauf von Wacky zu verfassen, den ich zusammen mit seiner Lyrik einigen Verlegern zuschicken wollte.

Ich schrieb: »Herbert Lawton Walker wurde 1918 in Saint Louis, Missouri, geboren. 1942 schrieb er sich im United States

Marine Corps ein. 1943 wurde ihm die Cogressional Medal of Honor verliehen, als er auf dem pazifischen Kriegsschauplatz diente. 1946 zog er nach Los Angeles, Kalifornien, und trat 1947 in das Los Angeles Police Department ein. Er wurde von einem Gangster am 18. Februar 1951 erschossen. Von 1939 bis zum Zeitpunkt seines Todes schrieb er Lyrik, die wegen ihrer humorvollen Beschäftigung mit dem Tod einzigartig ist.«

Ich lehnte mich zurück und dachte: Ich könnte die ganzen Stapel durchgehen und die besten Sachen auswählen. Ich könnte auch eine Autorität auf dem Gebiet der Lyrik anheuern und sie die besten Sachen auswählen lassen, um die dann an Verleger und Literaturzeitschriften zu schicken. Vielleicht hatte Big Sid einige Freunde in der Verlagsbranche, mit denen ich ins Geschäft kommen könnte. Wenn alles schiefging, könnte ich immer noch Wackys gesammelte Werke drucken und von einem Kleinverlag vertreiben lassen. Es musste etwas geschehen.

Aber es schien mir nicht genug. Ich musste Buße tun. Dann hatte ich plötzlich eine Idee. Ich schnappte meinen Golfsack aus dem Schlafzimmer und trug ihn zusammen mit Wackys in meinen Wagen.

Immer noch in Uniform, fuhr ich den ganzen weiten Weg nach East Los Angeles und hielt am Rande der betonierten Kloake, die manche liebevoll den Los Angeles River nennen. Ich schaute in die Brühe zehn Meter unter mir. Das Wasser war hier rund sechs Fuß tief und floss rasch in Richtung Süden. Ich wartete auf ein Aussetzen des Regens und nutzte die Zeit zum Nachdenken und Grübeln über das Wunder des Todes, von dem Wacky immer gesprochen hatte. Ich wartete lange Zeit. Als der Regen endlich nachließ, wurde es schon dunkel. Ich hievte die beiden Golfsäcke bis an den Rand des zementierten Ufers und warf sie in das mit Abfällen vermischte Wasser. Dann beobachtete ich das

Knäuel aus Eisen, Holz und Leder, das sich südwärts aus meinem Gesichtskreis entfernte. Mit ihm verschwanden tausend Träume und Illusionen. Es war das Ende meiner Jugend.

II
TOD DURCH ERWÜRGEN

6

Wacky Walker schaffte es nie, zur Wache auf der 77. Straße in Watts zu kommen, dem dunklen Herzen von Los Angeles. Aber ich.

Beckworth saß seine Zeit ab, und im Juni, als Captain Larson nach 33 Jahren Dienst mit gedämpften Fanfaren verabschiedet wurde, erhielt ich meinen Marschbefehl: Officer Frederick U. Underhill, Nr. 1647, wird wegen Personalmangels auf das Revier 77. Straße versetzt.

Was eigentlich ein Witz war: Der Laden in der 77. Straße quoll vor Leuten über. Das alte, rote Backsteingebäude, das in einer Gegend der Stadt stand, die die höchste Verbrechenskonzentration aufwies, war hoffnungslos überbesetzt mit Cops. An allem anderen jedoch, was der Verbrechensbekämpfung dient, herrschte großer Mangel, vom Toilettenpapier bis zur Fingerabdrucktinte. Es gab zu wenig Stühle, Tische, Flure, Umkleideschränke, Seife, Besen, Mops, sogar Schreibgeräte fehlten. An Gefangenen jedoch herrschte keinerlei Mangel. Tag und Nacht zog ein nicht abreißender Strom von Einbrechern, Taschendieben, Rauschgiftsüchtigen, Betrunkenen, prügelnden Ehemännern, Kneipenschlägern, Zuhältern, Nutten, Perversen und Verrückten durch das Haus.

Die 15 Zellen für je vier Mann waren jeden Tag mindestens mit der doppelten Zahl von Leuten belegt, am schlimmsten war es an den Wochenenden. Die Besoffenen wurden auf die Straße geworfen, gewöhnlich kamen sie ein paar Stunden später schon wieder, und alle, die gegen irgendetwas verstoßen hatten, wurden gegen ihre Unterschrift wieder entlassen – zurück blieb ein kleiner Hexenkessel von einem Gefängnis, der mit mindestens 100 heulenden Schwerverbrechern besetzt war, stündlich kamen weitere dazu.

Bei meinem ersten Abendappell kam ich mir vor wie ein Pygmäe auf einer Versammlung von Monstern. Obwohl 1,88 Meter groß und 170 Pfund schwer, war ich eine Krabbe, ein Zwerg, ein Liliputaner im Vergleich zu den Hormonmonstern, mit denen ich Dienst tat. Die waren alle aus dem gleichen Holz geschnitzt: Veteranen des Zweiten Weltkriegs aus dem Süden oder Mittelwesten, die schlechte Schulabschlüsse und hervorragende Bodybuilding-Ergebnisse erzielt hatten. Alle hassten sie Neger, und alle schienen 100 ausgefallene Ausdrücke für »Nigger« zu kennen.

Was ihre Größe und die illegalen Dumdumgeschosse in ihren Knarren anging, waren sie physisch glänzend zur Verbrechensbekämpfung ausgerüstet. Aber damit hörte ihre Wirksamkeit auch schon auf. Sie wurden in dieses Revier delegiert, um den Deckel auf einen kochenden Kessel zu drücken, in dem sie echte oder eingebildete Verdächtige zu Tode erschreckten oder sie grün und blau schlugen. Das war alles. In ihren Köpfen hatte das Wunder keinen Platz, nur eine manische Ordnungsliebe. Da ich das wusste, und da ich wusste, dass ich die Sergeantenprüfung in weniger als einem Jahr schaffen würde, entschloss ich mich, den Aufenthalt in Watts auf beste Art und Weise zu nutzen. Ich wollte mich in die Polizeiarbeit knien wie nie zuvor. Es sollte sich zeigen, dass das ganz leicht sein würde. Die Nachtstreife würde meiner

Weiberjägerei den Garaus machen und mich das Wunder aus der Nähe beobachten lassen.

Nach dem Appell rief mich der Reviervorsteher, ein rau aussehender alter Captain namens Jurgensen, in sein Büro. Ich grüßte, und er wies mir einen Stuhl. Meine Personalakte hatte er vor sich auf dem Tisch aufgeschlagen, und ich konnte sehen, dass er verblüfft war: In gewisser Weise war das gut: Es bedeutete, dass er kein Kumpel von Beckworth war und dass die beiden meine Versetzung nicht gemauschelt hatten.

Jurgensen schüttelte mir die Hand auf eine Weise, die seinem strengen Gesichtsausdruck durchaus entsprach. Dann kam er sofort zur Sache: »Das ist eine hervorragende Akte, Underhill, College-Abschluss. Beste Zeugnisse auf der Polizeiakademie. Zwei Ganoven getötet, die Ihren Partner umgebracht haben. Beste Tauglichkeit. Was zum Teufel wollen Sie hier?«

»Darf ich ehrlich antworten, Sir?«, fragte ich.

»Unbedingt, Officer.«

»Sir, Captain Beckworth, der neue Chef von Wilshire, hasst mich. Das hat persönliche Gründe, deswegen steht in meiner Personalakte nichts Nachteiliges über mein Verhalten.«

Jurgensen dachte darüber nach. Ich konnte sehen, dass er mir glaubte. »Nun, Underhill«, sagte er, »das ist sehr schade. Was haben Sie denn hier bei uns vor?«

»Sir, ich möchte es in kürzester Zeit zu etwas bringen.«

»Dann werden Sie die Gelegenheit haben, richtige Polizeiarbeit zu leisten. Direkt hier in dieser tristen Jauchegrube.«

»Sir, ich freue mich richtig darauf.«

»Das glaub ich Ihnen, Wachtmeister. Jeder, der hier in diese Abteilung kommt, fängt auf gleiche Art und Weise an. Nachtstreife im Herzen des Dschungels. Sergeant MacDonald wird Ihnen einen Partner zuteilen.«

Jurgensen nickte in Richtung Tür und zeigte mir an, dass ich entlassen wäre. »Viel Glück, Underhill«, sagte er.

Als ich meinen Partner in dem überfüllten, vor Hitze kochenden Mannschaftsraum kennenlernte, wusste ich, dass ich viel Glück brauchen würde – und mehr. Er hieß Bob Norsworthy. Er stammte aus Texas und kaute Tabak. Eine Hand hatte er lässig in seinen Gürtel gehakt, mit der anderen schwang er seinen Knüppel in perfekten Kreisen durch die Luft, als der Wachhabende uns einander vorstellte. Norsworthy war 1,98 Meter groß und wog ungefähr 210 Pfund. Er hatte kurz geschnittenes schwarzes Haar, das eng an seinem flachen Schädel anlag, blaue Augen, die so hell waren, dass es aussah, als hätte er sie bleichen lassen.

»Hey, hey, Underhill«, sagte er zu mir, als Sergeant MacDonald gegangen war. »Willkommen in Kongo.«

»Danke«, sagte ich und streckte meine Hand aus, was ich sofort bedauerte, als Norsworthy sie in seiner riesigen Faust zerquetschte.

Er lachte. »Mein alter Handschlag gefällt Ihnen wohl? Den hab ich lange mit so 'nem Handquetscher geübt. Ich bin so was wie der Armdrücker-Champion in diesem Revier.«

»Das glaub ich Ihnen. Was machen wir denn heute auf der Patrouille, Norsworthy?«

»Nenn mich einfach Nors. Wie soll ich dich nennen?«

»Fred.«

»Okay, Fred. Heute Abend machen wir einen langen Spaziergang die Central Avenue rauf und lassen alle wissen, dass wir da sind. Alle zwei Blocks steht da 'ne Notrufsäule, und wir rufen zu jeder Stunde die Wache an und lassen uns Anweisungen geben. Der alte Mac sagt uns dann schon, wo gerade die Kacke am Dampfen ist. Ich hab 'nen Schlüssel für alle Notrufsäulen. Die haben

’ne Verkleidung aus Eisen. Wenn wir die nicht dranließen, würden diese Scheiß-Macker alle einschlagen und jede Menge Quatsch damit machen.

Wir zerschlagen ’ne Masse ungesetzlicher Ansammlungen. Eine ungesetzliche Ansammlung sind zwei Nigger oder mehr, die nach Einbruch der Dunkelheit irgendwo rumhängen. Wir kümmern uns um die bekannten Unruhestifter, und das ist ungefähr jeder Arsch auf der Straße. Wir überprüfen die Bars und die Schnapsläden und schleifen die bösen Bimbos raus. Da fängt der Spaß dann richtig an. Macht es dir Spaß, Nigger fertig zu machen, Fred?«

»Hab ich nie versucht«, sagte ich. »*Macht* es Spaß?«

Nors lachte wieder. »Du hast ’nen sonnigen Humor. Von dir hab ich schon gehört. Du hast die beiden Sombreros in die ewigen Jagdgründe geschickt, als ob du noch in Wilshire gearbeitet hast. Du bist ’n richtiger Held. Aber irgend’ne Scheiße musst du gebaut haben, sonst wärst du nicht hierherversetzt worden. Ich find’ dich gut. Wir werden bestimmt gute Freunde.«

Impulsiv packte Norsworthy meine Hand und zerquetschte sie schon wieder. Ich zog sie weg, bevor er irgendwelche Knochen brechen konnte. »Whow, Partner«, sagte ich, »ich brauch’ diese Hand noch, um Berichte zu schreiben.«

Norswirthy lachte. »Du wirst diese rechte Hand in dieser Abteilung noch für ’ne Menge Scheiß mehr brauchen, als Berichte zu schreiben, mein Kleiner«, sagte er.

Wenn Norsworthy schon nicht gerade sensibel war, so war er doch ein guter Ausbilder. Widerwillig fing ich an, ihn trotz seines Rassismus und seiner Grobheit zu mögen. Ich dachte, er wäre brutal, aber er war es nicht: Er war streng und korrekt zu den Leuten, mit denen wir es auf der Straße zu tun hatten, und wenn Gewalt nötig war, um unbewaffnete Verdächtige ruhig zu stellen, dann war seine Methode – verglichen mit dem Standard der 77. Straße – vergleichsweise mild: Er umarmte die Person wie ein Bär von hinten und quetschte sie, bis sie überall blaue Flecken hatte. Dann ließ er sie bewusstlos aufs Pflaster fallen. Es funktionierte.

Wenn wir beide auf der Central Avenue südlich der 100. Straße patrouillierten, einer Gegend, die Norsworthy »dunkelstes Afrika« nannte, dann nickten uns alle außer den Ausgeflippten und Betrunkenen ängstlich zu. Norsworthy war sich seiner Gefährlichkeit so sicher, dass er den Negern, die er privat beschimpfte, regelrechten Respekt entgegenbrachte. Er musste nie laut werden. Seine riesige, tabakkauende Erscheinung genügte, und ich als sein Partner bekam einen Zipfel des ängstlichen Respekts ab.

Also funktionierte unsere Partnerschaft – eine Weile. Wir gingen Streife und verhafteten viele wegen Trunkenheit, Besitzes von Rauschgift und Tätlichkeiten. Wir gingen in Bars und verhafteten Schläger. Gewöhnlich gelang es Norsworthy, eine ausbrechende Schlägerei dadurch zu ersticken, dass er eintrat und sich räusperte, aber manchmal mussten wir mit geschwungenen Knüppeln einsteigen und die Schläger niedermachen, ihnen dann Handschellen anlegen und einen Streifenwagen rufen, der sie aufs Revier brachte.

Die »ungesetzlichen Ansammlungen«, von denen Norsworthy geredet hatte, waren leicht zu zerstreuen. Wir gingen ganz lässig an ihnen vorbei. Nors sagte dann »'n Abend, Leute«, und die Gruppe schien sich in Luft aufzulösen.

So war der Job. Aber er fing an, mich zu langweilen, und ich fing an, mich über meinen Partner zu ärgern. Sein unablässiger Redeschwall – über seinen Kriegsdienst in Italien, seine sportlichen Fähigkeiten, die Länge seines Schwanzes, über »Nigger«, »Jidden«, »Itaker« und »Schlitzaugen« – irritierte und deprimierte mich und zerstörte in meinen Augen das Wunder und die faszinierende Fremdheit des Lebens in Watts. Ich war die Furcht erregenden Auftritte meines Partners leid und wollte in Ruhe und auf eigene Faust dem Wunder nachspüren. Deshalb heckte ich einen Plan aus: Ich überzeugte Norsworthy davon, dass wir doppelt so effektiv arbeiten könnten, wenn wir getrennt patrouillierten, jeder auf der anderen Seite der Straße, und trotzdem in Seh- und Rufweite des anderen. Es bedurfte einiger Überzeugungskraft, aber schließlich nahm er es mir unter der Bedingung ab, dass wir uns jede Stunde einmal treffen sollten, um unsere Beobachtungen zu vergleichen und zu überlegen, an welchen Brennpunkten wir eventuell zusammen erscheinen müssten.

So fühlte ich mich etwas freier. Frei, die Sinne schweifen zu lassen und, begleitet von Musikfetzen, durch die Neonnacht zu wandern. Um Wacky trauerte ich immer weniger, und meine ehemals wilde Neugier auf Lorna Weinberg ließ nach.

Als mir die Einzelstreife langsam vertraut und lieb wurde, ließ ich Norsworthy oft ganz alleine laufen und suchte die zahlreichen Seitenstraßen der Central Avenue auf – kitschige kleine Häuserreihen, Hütten aus Teerpappe und überfüllte Mietshäuser. Ich kaufte mir zwei teure Ferngläser und versteckte sie auf Dächern von Gebäuden, die in meinem Gebiet standen. Spätabends linste ich durch sie in erleuchtete Fenster, immer auf der Suche nach Verbrechen und Wunder. Ich fand es. Die ganze Skala, angefangen bei der Homosexualität – die mir eigentlich egal war – bis zu wilden Jazzsessions, erregten Liebesspielen und Tränen. Rauschgiftsucht fand ich auch – und darauf reagierte ich. Informationen über Kifferei und Schlimmeres gab ich immer an die Kriminaler weiter, nie versuchte ich, mich in Szene zu setzen und die Verhaftung selbst zu machen. Ich wollte zeigen, dass ich mich ins Team einfügte, was ich in Wilshire nie getan hatte, und ich wollte erstklassige Zeugnisse für die Sergeantenprüfung, die ich kurz nach meinem 28. Geburtstag bestehen wollte.

Ich machte auch Verhaftungen, und zwar gute. Ich hatte einen Spitzel gefunden, einen alten Schuhputzer, der sich verrückt gebärdete und die ganzen Junkies und Pusher hasste. Willy entging nichts, und er hatte den perfekten Schutz. Die ganzen Dreckskerle. Zuhälter und Pusher aus der Nachbarschaft kamen zu ihm, um sich die »Krokos wichsen zu lassen«. Vor ihm redeten sie ganz frei – sie hielten ihn für einen plappernden Idioten, der 30 Jahre lang zu viel Schuhcreme eingeatmet hatte.

Er spielte mit: An seinem Schuhputzstand arbeitete er für Pfennige, mir verkaufte er Informationen, für die ich ihm ganz anständige Brocken meines Gehalts zahlte. Durch Willy war ich in der Lage, einen ganzen Sumpf von Kiffern und Heroinhändlern trockenzulegen, inklusive eines Kerls, der im Osten wegen Mordes gesucht wurde.

Norsworthy ärgerte sich über meinen Erfolg. Er hatte das Gefühl, ich hätte seine Macht missbraucht und dass seine Erfolgsliste im Vergleich zu meiner schlecht aussähe. Ich spürte, wie seine Verärgerung und seine Frustration wuchsen. Ich wusste, was er vorhatte, und unternahm sofort die nötigen Schritte, um es zu verhindern.

Ich ging zum Leiter des Kripodezernats und erzählte ihm alles. Ich erzählte ihm von den Verhaftungen, die ich seinen Leuten ermöglicht hatte, und wie ich die Informationen erhalten hatte, die dazu führten – ich erzählte ihm, dass ich nachts alleine und ohne meinen aufdringlichen Partner auf Streife gegangen war.

Dem dünnen grauen und alten Lieutenant gefiel das. Er glaubte, ich wäre ein harter Brocken. Ich sagte ihm, dass der Großschwanz Norsworthy mir dies alles zunichtemachen wollte, dass er sauer auf mich wäre und mir alles verderben wollte. Dass er mich bei Captain Jurgensen anschwärzen wollte, weil ich auf der Streife abgehauen wäre.

Der alte Lieutenant schüttelte den Kopf. »Das können wir wohl nicht geschehen lassen, oder?«, sagte er. »Ab sofort, Underhill, sind Sie die einzige Solo-Streife in diesem Revier. Gnade Ihnen Gott, wenn Sie je in die Scheiße geraten oder wenn Norsworthy je den Dienst quittieren sollte.«

»Danke, Lieutenant«, sagte ich. »Sie werden es nicht bereuen.«

»Warten wir's ab. Noch einen Rat, mein Sohn. Hüten Sie sich vor dem Ehrgeiz. Manchmal macht er eher kaputt, als dass er weiterhilft. Jetzt machen Sie bitte die Tür hinter sich zu, ich möchte den Ventilator anstellen.«

7

Am folgenden Mittwoch war ich zu Hause und briet Night Train seinen morgendlichen Hamburger, als er mir die Nachricht brachte, die mein Leben für immer ändern würde.

Meine Wirtin, Mrs. Gates, hatte sich laufend über Train beschwert, der ihre Pflanzen auffraß, ihre Sträucher, ihre Gartenstühle annagte, ihre Zeitungen und Illustrierten zerriss. Sie war eine Hundeliebhaberin, aber sie sagte mir oft, dass Night Train eher ein »Voodoo-Ungeheuer« als ein Hund wäre und dass ich ihn ordentlich »abrichten« sollte, um seine Wildheit zu zügeln. Daher setzte ich, als ich ein schrilles »Mr. Underhill!« aus dem Vorgarten hörte, mein breitestes Lächeln auf und ging nach draußen, um die Gemüter zu beruhigen.

Mrs. Gates stand über Night Train und schlug mit einem Besen nach ihm. Es schien ihm zu gefallen, er wälzte sich auf seinem Rücken im Gras und hielt die Zeitung fest in seinem speicheltriefenden Maul.

»Gib mir meine Zeitung, du Voodoo-Hund!«, schrie die Frau. »Du kannst sie auffressen, wenn ich sie ausgelesen habe. Gib sie mir!«

Ich lachte. Ich hatte Night Train in den Monaten seit Wackys Tod lieb gewonnen, und es gelang ihm immer, mich zu amüsieren.

»Mr. Underhill, bringen Sie diesen elenden Hund dazu, meine Zeitung nicht aufzufressen! Sagen Sie ihm, er soll Sie mir geben!«

Ich beugte mich hinunter und kraulte Night Train am Bauch, bis er die Zeitung fallen ließ und anfing, an mir zu schnüffeln. Ich schlug die Zeitung auf, um Mrs. Gates zu zeigen, dass sie unversehrt war, dann sah ich die Schlagzeile und war betäubt.

»Frau erwürgt in einer Wohnung in Hollywood aufgefunden«, stand da. Unter der Schlagzeile war ein Foto von Maggie Cadwallader – die gleiche Maggie, die ich im Februar geliebt hatte, kurz vor Wackys Tod.

Ich schob Train und die keifende Mrs. Gates beiseite, setzte mich hin und las:

Am späten Montagabend wurde eine junge Frau erwürgt in ihrer Wohnung in Hollywood von neugierigen Nachbarn aufgefunden, die Geräusche gehört hatten und hingingen, um nachzusehen. Die Frau, Margaret Cadwallader, 36 Jahre, wohnhaft Harold Way 2311, Hollywood, war als Buchhalterin bei der Small World Import-Export-Company in der Virgil Street in Los Angeles angestellt. Die Polizei wurde gerufen und der Leichnam der Frau zur Autopsie gebracht. Der Gerichtsmediziner des L.A. County, David Beyless, sagte jedoch, es handele sich schlicht und einfach um Tod durch Erwürgen. Kriminalbeamte aus Hollywood haben die Wohnung versiegelt und sehen Einbruch als das Motiv an.

»Ich glaube, die Frau wurde getötet, als sie aufwachte, weil ihre Wohnung durchwühlt wurde. Der Zustand der Wohnung bestätigt dies. Da setzen unsere Untersuchungen an. Wir erwarten, schon bald eine heiße Spur zu finden«, sagte Sergeant Arthur Holland, der ermittelnde Beamte.

Das Opfer stammte ursprünglich aus Waukesha, Wisconsin, und lebte seit zwei Jahren in Los Angeles. Ihre Mutter ist Mrs. Marshall Cadwallader aus Waukesha. Arbeitskollegen und Nachbarn werden sich um die Beerdigung kümmern.

Ich legte die Zeitung weg und starrte ins Gras.

»Mr. Underhill«, sagte Mrs. Gates. Ich ignorierte sie und ging zurück in meine Wohnung, saß auf dem Sofa und starrte auf den Boden.

Maggie Cadwallader, eine einsame Frau, tot. Die in einer Nacht Eroberte, tot. Ihr Tod ähnelte in gewisser Weise dem der Frau, deren Leichnam Wacky und ich entdeckt hatten. Wahrscheinlich hatten die Todesfälle nichts miteinander zu tun, aber es gab doch ein ganz kleines, verbindendes Beweisstück: Ich hatte Maggie im »Silver Star Club« getroffen. Ihr erstes Mal, so sagte sie mir. Aber sie kann oft dorthin zurückgekehrt sein. Ich grübelte lange nach dem Namen der Frau, deren Leichnam Wacky und ich gefunden hatten, dann fiel er mir ein: Leona Jensen. Sie hatte ein Streichholzheftchen aus dem »Silver Star« unter vielen anderen in einem Aschenbecher gehabt. Das war sehr wenig, aber es reichte.

Ich zog mich um und meinen hellblauen Gabardine-Sommeranzug an, kochte mir Kaffee und trauerte um Maggie – dabei dachte ich noch mehr an ihren kleinen Jungen in dem Waisenhaus im Osten, der seine Mutter nie sehen würde. Maggie, so einsam, so bedürftig der Dinge, die ich und wahrscheinlich niemand ihr hätte geben können. Die Nacht, die ich mit ihr verbracht hatte, war traurig gewesen. Meine Neugierde und ihre Einsamkeit waren geblieben, Ärger auf ihrer Seite und Ekel auf meiner waren das Ergebnis gewesen. Und jetzt das noch. Ich wusste, was ich zu tun hatte. Ich trank schnell drei Tassen Kaffee, schloss Night Train mit einem halben Dutzend Knochen in die Wohnung ein, holte meinen Wagen und fuhr in meine alte Heimat, das Wilshire-Revier.

Ich parkte bei Sears um die Ecke und telefonierte mit der Wache. Ich fragte nach Detective Sergeant DiCenzo. Eine Minute später war er dran, er klang gequält. »DiCenzo hier, wer ist da?«

»Sergeant, hier spricht Freddy Underhill. Erinnern Sie sich an mich?«

»Klar, mein Junge, ich erinnere mich an Sie. Sie wurden berühmt, gleich nachdem ich Sie getroffen hatte. Was ist los?«

»Ich möchte Sie kurz sprechen, so bald wie möglich.«

»In ungefähr fünf Minuten geh' ich rüber zu Shamrock, um Mittag zu essen. Ich werde ungefähr eine Stunde dort sein.«

»Ich werde da sein«, sagte ich, dann hängte ich auf.

Das Shamrock war eine Sandwichdiele, ihre Spezialität waren Corned-Beef-Sandwiches. Ich fand DiCenzo hinten, er verdrückte gerade ein Riesensandwich und spülte es mit Bier hinunter. Er begrüßte mich herzlich. »Setzen Sie sich. Sie sehen gut aus, College-Freund. Tut mir leid, das mit Ihrem Partner. Wo haben Sie gesteckt? Ich hab Sie lange nicht mehr gesehen.«

Ich verklickerte ihm alles, so schnell ich konnte. Er schien zufrieden, war aber überrascht, dass mir die Arbeit in Watts gefiel.

»Also, was wollen Sie, Junge?«, fragte er endlich.

Ich gab mir Mühe, interessiert, aber lässig zu klingen. »Erinnern Sie sich an die tote Frau, die mein Partner und ich in der 28. Straße gefunden hatten?«

»Ja, eine schöne junge Dame. Wirklich schade.«

»Stimmt. Ich wollte nur wissen, was bei Ihren Untersuchungen herausgekommen ist. Haben Sie den Mörder je gefunden?«

DiCenzo schaute mich neugierig an. »Nein, nie. Wir haben uns ein paar Einbrecher vorgeknöpft, aber ohne Ergebnis. Wir haben das Privatleben der Dame durchleuchtet, aber da war nichts Besonderes – keine Feinde, und alle ihre Freunde und Verwandten hatten Alibis. Der Fingerabdruck, den Sie an der Wand eingekreist hatten, gehörte der Dame selbst. Wir hatten zwei Dutzend Leute, die den Mord gestanden, aber das waren alles Spinner. So ist es halt, mein Junge. Manchmal gewinnt man, manchmal verliert man. Was interessiert Sie daran so?«

»Die Frau sah aus wie eine frühere Freundin von mir. Ich schätze, es hat mich mitgenommen, dass ich sie tot auffand.« Ich senkte den Kopf und tat so, als glaubte ich nicht an die Ehrfurcht vor dem Tod.

DiCenzo nahm es mir ab. »Sie werden darüber hinwegkommen«, sagte er. Er senkte seine Stimme und fügte hinzu: »Sie müssen einfach, wenn Sie in diesem Beruf bleiben wollen.«

Ich stand auf, um zu gehen. »Danke, Sergeant«, sagte ich.

»Jederzeit, mein Junge. Bleiben Sie sauber. Lassen Sie es sich gutgehen.« DiCenzo lächelte herzlich und machte sich wieder über sein Riesensandwich her.

Ich fuhr hoch zum Hollywood-Revier auf der Willcox, südlich des Sunset Boulevards, und hatte Glück. Unverfroren ging ich durch den Eingang, nickte dem Wachhabenden zu und ging direkt nach oben in den Versammlungsraum der Kriminalbeamten, wo eben eine Einsatzbesprechung zum Fall Maggie Cadwallader begonnen hatte.

Das kleine Zimmer war gestopft voll mit mindestens 20 Detektiven, die standen, an Tischen saßen und zuhörten, als ein beleibter, älterer Beamter erklärte, was er wollte. Ich stand am Eingang und versuchte, wie irgendein Bulle auszusehen, der gerade freihatte. Keiner schien mich zu bemerken.

»Ich glaube, es war ein Einbruch«, sagte der ältere Beamte.

»Die Wohnung der Frau wurde durchwühlt, und das nicht schlecht. Keine Fingerabdrücke – die einzigen, die wir gefunden haben, gehören dem Opfer und der Wirtin, mit der sie ab und zu Karten spielte. Der Mann, der unter ihr wohnt und die Leiche gefunden hat, hat auch welche hinterlassen. Beide wurden verhört und sind nicht verdächtig. In letzter Zeit hatten wir keine Morde, die diesem ähnlich waren. Und das wird jetzt gemacht: Ich möchte, dass jeder Einbrecher, von dem wir wissen, dass er gewalttätig ist, hier reingebracht und befragt wird. Es war keine Vergewaltigung, aber ich möchte trotzdem, dass alle Einbrecher, die auch sexuelle Straftaten begangen haben, hierhergebracht werden. Ich möchte, dass alle Berichte über Einbrüche, die in den vergangenen sechs Monaten in Hollywood verübt wurden und mit Arrest und Entlassung endeten, überprüft werden. Rufen Sie im Büro des Staatsanwalts an, damit die Haftbefehle für all diese Fälle ausstellen. Ich möchte wissen, wie viele von den Scheißern, die wir geschnappt haben, wieder auf freiem Fuß sind, dann möchte ich sie alle wieder hierhaben und sie verhören.

Zwei Männer reden mal mit den Nachbarn. Ich möchte wissen, was für Wertsachen die Dame Cadwallader besaß. Dann machen wir es uns vor den Pfandhäusern gemütlich. Ich möchte, dass alle Rauschgiftsüchtigen auf dem Boulevard hierhergebracht und mal richtig bearbeitet werden. Dies ist wahrscheinlich ein Mord, der aus Panik verübt wurde, und ein Junkie, der auf der Suche nach Stoff ist, kann schon mal eine Dame erwürgen und dann abhauen, ohne irgendetwas mitzunehmen. Zwei Leute gehen durch die Nachbarschaft und fragen die Leute über diese Nacht aus. Wenn jemand etwas gehört oder gesehen hat, werden wir davon erfahren. Das war alles. Ende der Besprechung.«

Das war mein Stichwort zum Abhauen. Ich schaute auf meine

Uhr. Es war 2 Uhr 40. Ich hatte noch drei Stunden, bevor ich mich zum Dienst melden musste.

Inmitten eines brummelnden Knäuels von Kriminalern ging ich zu meinem Wagen. Ich machte das Dach auf, setzte mich auf den Vordersitz und dachte nach. Nein, kein Einbruch, sagte ich zu mir selbst: diesmal nicht. Vielleicht bei der Jensen, vielleicht war das mit den Streichhölzern ein Zufall, aber Maggie Cadwallader hatte etwas Fremdes an sich, eine Aura von bevorstehendem Unheil, und als sie meine Pistole sah, hatte sie geschrien: »Bitte nicht! Du darfst mich nicht verletzen! Ich weiß, wer dich geschickt hat. Ich wusste es.« Sie war eine merkwürdige Frau gewesen, eine, die sich in ihrer kleinen Welt abschottete und dennoch häufig Fremde einließ.

Der Silver Star war der richtige Ort, um anzufangen, aber es war witzlos, tagsüber dort hinzugehen. Deswegen fuhr ich zu einer Telefonzelle und suchte mir die Adresse der Small World Import-Export-Company heraus: 615, North Virgil. Dorthin fuhr ich, angeregt – und ein bisschen schuldbewusst.

Die Small World Import-Export-Company befand sich in einem großen Lagerhaus in der Mitte eines Wohnblocks, in dem hauptsächlich Studenten des Los Angeles City College wohnten, das ein paar Ecken weiter stand. Vor jedem Haus waren Anschlagtafeln: »Studentenwohnungen« und »niedrige Mieten für Studenten«. Eine Menge »Studenten« saßen auf ihren Veranden, tranken Bier und alberten in ihren Vorgärten herum. Sie waren ungefähr in meinem Alter und sahen so überlegen wie Schütze Arsch aus. Zwei Kriege, Underhill, dachte ich, und du bist zweimal davongekommen und hast bekommen, was du wolltest. Und jetzt bist du da, ein Streifenbeamter in Watts, der einen Detektiv in Hollywood nachahmt. Sei vorsichtig.

Ich war es. Ich betrat das Lagerhaus durch eine schäbige Tür, auf die jemand, der sich in Geografie offensichtlich nicht gut auskannte, einen vergammelten Globus gezeichnet hatte. Aber die Empfangsdame wusste, was ein Cop und ein Abzeichen ist, und als ich sie nach Freunden von Maggie Cadwallader befragte, sagte sie: »Oh, das haben wir gleich.« Sie wählte eine Nummer auf ihrem Telefon und sagte: »Mrs. Grover, unsere Hauptbuchhalterin, war eine gute Freundin von Maggie. Sie sind fast jeden Tag zusammen essen gegangen.« Und ins Telefon sagte sie: »Mrs. Grover, hier ist ein Polizist, der mit Ihnen über Maggie reden möchte.« Die Empfangsdame legte den Hörer nieder und sagte: »Sie wird sofort da sein.« Sie lächelte. Ich lächelte zurück.

Als wir so ungefähr unser achtes oder neuntes Lächeln ausgetauscht hatten, kam eine tüchtig aussehende Frau von etwa vierzig Jahren in das Wartezimmer. »Ja?«, fragte sie.

»Mrs. Grover«, antwortete ich, »ich bin Officer Underhill vom Los Angeles Police Department. Könnte ich mit Ihnen reden?«

»Sicher«, sagte sie sehr geschäftsmäßig. »Würden Sie bitte ins Büro kommen?«

Mir gefiel meine Rolle, aber ihre brüske Art nervte mich. »Ja, sicher«, antwortete ich.

Wir gingen durch einen schäbigen Gang. Hinter verschlossenen Türen konnte ich eine große Anzahl von Nähmaschinen surren hören. Mrs. Grover bot mir in ihrem karg eingerichteten Büro Platz auf einem Holzstuhl an. Sie zündete sich eine Zigarette an, setzte sich hinter ihren Schreibtisch und sagte: »Arme Maggie. Was für eine gottverdammte Art zu sterben. Wer, glauben Sie, hat es getan?«

»Ich weiß nicht. Deswegen bin ich hier.«

»In den Zeitungen habe ich gelesen, dass Sie glauben, es wäre ein Einbrecher gewesen. Ist das wahr?«

»Vielleicht. Wie ich hörte, waren Sie und Maggie Cadwallader gute Freunde.«

»In gewisser Weise, ja«, antwortete Mrs. Grover. »Wir aßen jeden Werktag zusammen, aber privat haben wir uns nie gesehen.«

»Was war der Grund dafür?«

»Wie meinen Sie das?«

»Was ich sagen will, Mrs. Grover, ist, dass ich versuche, etwas über diese Frau herauszubekommen. Was für ein Mensch war sie? Ihre Gewohnheiten, ihre Vorlieben, ihre Abneigungen, die Leute, mit denen sie zusammen war, diese Dinge?«

Mrs. Grover starrte mich an und rauchte intensiv. »Ich verstehe«, sagte sie. »Nun, wenn es Ihnen weiterhilft, kann ich Ihnen Folgendes sagen: Maggie war eine sehr intelligente, verstörte Frau. Ich glaube, sie war eine pathologische Lügnerin. Sie hat mir Geschichten von sich erzählt und später genau das Gegenteil behauptet. Ich glaube, sie hatte Alkoholprobleme und hat ihre Abende alleine und mit Lesen zugebracht.«

»Was für Geschichten hat Sie Ihnen erzählt?«

»Über ihre Herkunft. Eines Tages war sie aus New York, am nächsten Tag aus dem Mittelwesten. Einmal hatte sie mir erzählt, sie hätte ein uneheliches Kind von einer ›verlorenen Liebe‹, dann erzählte sie mir gleich am nächsten Tag, sie sei Jungfrau! Ich hab nur gespürt, dass sie sehr einsam war, deshalb hab ich einmal eine Verabredung für sie zum Essen mit einem netten Freund meines Ehemannes getroffen. Sie wollte aber nicht. Sie hatte furchtbare Angst. Maggie war eine kultivierte Person, und wir führten wundervolle Gespräche über Theater, aber sie hat auch so verrückte Sachen erzählt.«

»Zum Beispiel?«

»Zum Beispiel diesen Blödsinn mit dem Baby im Osten. Sie zeigte mir einmal ein Foto. Es hat mir das Herz gebrochen. Sie hat es offensichtlich aus einer Illustrierten ausgeschnitten. Es war so traurig.«

»Wissen Sie etwas über Männer in ihrem Leben, Mrs. Grover?«

»Nein, Officer, nichts. Ich glaube wirklich, sie starb als Jungfrau.«

»Nun«, sagte ich und stand auf, »vielen Dank für das Gespräch, Mrs. Grover. Sie haben mir sehr geholfen.«

»Sie hätte es so viel besser verdient gehabt. Officer. Bitte, finden Sie ihren Mörder.«

»Das werde ich«, sagte ich und meinte es auch.

An jenem Abend war ich auf Streife nicht bei der Sache. Ich war geistesabwesend. Ich wusste, dass ich mich ganz schnell zur Tagschicht versetzen lassen musste, um meine Nachforschungen nachts weiterführen zu können. Ich dachte über meine Möglichkeiten nach – Anfrage bei Jurgensen? Beim Leiter der Kriminalpolizei? Krankschreiben lassen? Alles zu unsicher.

Am nächsten Morgen fuhr ich zur Wache und klopfte an Captain Jurgensens Tür. Er begrüßte mich freundlich und war überrascht, mich am Tag zu sehen. Ich sagte ihm, was ich wollte: Ich hätte einen sehr kranken Freund aus meiner Waisenhauszeit, um den sich nachts jemand kümmern müsste, da seine Frau in der Nachtschicht bei Douglas Aircraft arbeitete. Ich wollte vorübergehend Tagdienst machen, um meinem Freund zu helfen, und mich so besser mit der Gegend, in der ich arbeitete, vertraut zu machen.

Jurgensen legte sein Exemplar von »Richard III.« nieder und sagte: »Sie fangen heute an, Underhill. Einer unserer Leute macht Urlaub. Aber keine Alleingänge. Keine Heldentour. Sie machen die Streife mit einem Partner. Und jetzt an die Arbeit.«

In jener Nacht um elf Uhr dreißig beging ich mein erstes Verbrechen als Erwachsener. Ich fuhr hoch nach Hollywood, parkte neben einer Tankstelle und ging zu Maggie Cadwalladers Wohnung im Harold Way. Ich trug Handschuhe, als ich ihr Türschloss knackte und mich durch die dunkle Wohnung ins Schlafzimmer vorarbeitete. Bei mir hatte ich eine Taschenlampe, und durch gelegentliches Anknipsen konnte ich sehen, dass Maggies persönliche Habe entfernt worden war, wahrscheinlich, um die Wohnung leichter an neue Interessenten vermieten zu können, wenn der Rummel um ihren Tod abgeebbt wäre.

Im Schlafzimmer schraubte ich den Bettpfosten auf, der Maggies »unschätzbares Liebesgeschenk« enthalten hatte. Es war weg. Ich setzte den Pfosten wieder auf und schraubte den anderen ab. Nichts da. Die beiden übrigen Pfosten waren fest mit dem Bettgestell verbunden. Es war so, wie ich es erhofft hatte. Dennoch musste die Sache noch einmal überprüft werden.

Ich fuhr zum Hollywood-Revier, parkte, ging rein, zeigte dem Wachhabenden meine Marke und sagte: »Ich bin von der Kripo in der 77. Straße. Ist jemand oben, mit dem ich reden kann?«

»Versuchen Sie's halt«, antwortete er gelangweilt.

Das Kripobüro war menschenleer, abgesehen von einem alten Polizisten, der Berichte schrieb. Ich trat ein, als gehörte mir der Laden, und der Oldtimer schaute nur kurz von seinem Schreibkram auf. Da ich das, was ich suchte, nirgends entdecken konnte, räusperte ich mich vernehmlich, um seine Aufmerksamkeit zu erregen.

Er schaute wieder auf, seine Augen waren blutunterlaufen, und seine Stimme klang matt. »Ja«, sagte er.

Ich wollte flott klingen und älter, als ich war. »Underhill, Detektiv auf der Siebenundsiebzigsten. Ich mach' die Pfandhausgeschichten im Bezirk Mitte-Süd. Der Lieutenant hat mich hier hochgeschickt, um den Nachlassbericht dieser Mrs. Cadwallader zu überprüfen. In unserem Bezirk sind 'ne Menge Dinge verpfändet worden, die in Hollywood und West L.A. gekrallt wurden. Der Lieutenant dachte, Sie könnten uns vielleicht helfen.«

»Scheiße«, sagte der Oldtimer, erhob sich von seinem Stuhl und ging zu einer Reihe von Aktenschränken. »Das war kein Einbruch, wenn Sie mich fragen. Mein Partner und ich haben den Bericht geschrieben.« Er reichte mir eine Aktenmappe, die drei maschinengeschriebene Seiten enthielt. »Da hat nichts gefehlt, die Wirtin hat's bestätigt, und die kannte die Tote gut. Kann sein, dass der Kerl 'ne Panik gekriegt hat. Fragen Sie mich nicht.«

Der Bericht war in bester Bürokratenprosa geschrieben, und alles war aufgeführt, vom Katzenfutter bis zum Waschmittel – aber eine Diamantenbrosche oder irgendein anderes Schmuckstück waren nicht erwähnt.

Dann war da noch eine schriftliche Erklärung der Wirtin, einer Mrs. Crawshaw, die besagte, dass nichts zu fehlen schien, obwohl die Wohnung in einem völligen Durcheinander war. Sie sagte auch, dass Maggie Cadwallader weder Juwelen noch Aktien, noch Pfandbriefe besessen hätte, auch hätte sie in ihrer Wohnung keine größeren Geldsummen aufbewahrt.

Der alte Cop schaute mich an. »Möchten Sie 'ne Kopie davon?«, fragte er müde.

»Nein, sagte ich, »Sie hatten recht, das ist ein unergiebiger Bericht. Vielen Dank. Wiedersehen.«

Er sah erleichtert aus. Ich fühlte mich erleichtert.

Es war Viertel vor eins, und ich wusste, dass ich jetzt nicht schlafen konnte, selbst wenn ich wollte. Ich wollte nachdenken, aber ohne große Anstrengung und ohne panisches Grübeln darüber, welch gefährliche Risiken ich auf mich nahm. Also beschloss ich, einen geheimen Schwur zu brechen, und fuhr nach

Silver Lake, wo ich an die Tür eines alten Kumpels aus der Waisenhauszeit klopfte.

Er war einigermaßen froh, mich wiederzusehen, seine Frau jedoch nicht. Ich sagte ihm, ich wäre nicht auf Geselligkeit aus, sondern wollte mir nur seine Golfschläger leihen. Ungläubig händigte er sie mir aus. Ich versprach ihm, sie bald zurückzugeben und ihn für seinen Gefallen mit einem Essen im Restaurant zu entschädigen. Seine Frau sagte, sie würde auch noch an den Weihnachtsmann glauben, und zerrte ihren Mann zurück ins Bett.

Ich schaute mir die Schläger an, es waren gute Tommy Armours. In die Seitentaschen des Beutels waren mindestens fünfzig Übungsbälle gestopft. Ich machte mich auf die Suche nach einem Ort, wo ich spielen und nachdenken konnte.

Ich fuhr nach Hause und holte Night Train ab. Er war froh, mich zu sehen, und scharf auf Frühsport. Im Kühlschrank fand ich noch ein paar Schweinekoteletts und warf sie ihm hin. Als er die Knochen abnagte, befestigte ich die Leine und warf mir den Golfsack über die Schulter.

»Zum Strand, Train«, sagte ich. »Ich möchte mal sehen, was für ein Labrador du wirklich bist. Ich schlage Bälle in den Ozean. So kleine angeschnittene Schläge. Wenn du sie mir im Dunkeln apportieren kannst, kriegst du von mir ein ganzes Jahr lang Steaks zu essen. Was meinst du?«

Night Train sagte »Wuff!«, und so gingen wir die drei Blocks runter bis an den Rand des Pazifik. Es war eine warme Nacht, und kein Lüftchen ging. Ich löste Night Trains Leine, und er haute ab und rannte los, immer noch ein Schweinekotelett im Maul. Ich ließ die Bälle auf den feuchten Sand fallen und zog ein Pitch-Eisen aus der Tasche. Ich wog es in den Händen, und es war, als umarmte ich einen lang vermissten, geliebten Freund. Ich war überrascht, dass ich nicht eingerostet war. Die Unterbrechung hatte der Schärfe meines Spiels nichts anhaben können, der Schärfe, die mein Spiel hatte, seit ich das erste Mal einen Schläger in der Hand hatte.

Ich schlug leichte Schläge in die schäumenden, weißen Wellen und genoss die Übereinstimmung von Geist und Körper, die das Wesen des Golfspiels ausmacht. Nach einer Weile war der Geist überflüssig. Mein Schwung wurde ich, und mein Geist wanderte.

Sicher: Ich hatte mich zweimal unter eigenem Namen als Detektiv ausgegeben, was mich teuer zu stehen kommen könnte, wenn es auffliegen würde. Sicher: Ich verließ mich nur auf Ahnungen, und meine Beobachtungen an Maggie Cadwallader basierten nur auf ihrem Benehmen während einer Nacht. Aber. Aber. Aber irgendwie *wusste* ich. Es war mehr als eine Eingebung oder ein logischer Schluss oder eine Einschätzung des Charakters. Dies war mein kleines Stück Wunder, und ich musste es entwirren. Die Tatsache, dass mir das Opfer seinen Körper geschenkt hatte – zärtlich, und nach mehr verlangend –, gab ihm Gewicht und Bedeutung.

Ich pfiff Night Train, der angetrottet kam. Wir spazierten zurück zur Wohnung, und ich dachte, Wacky hatte recht gehabt. Der Schlüssel zum Wunder liegt im Tod. Ich hatte zweimal getötet, und es hatte mich verändert. Aber der Schlüssel lag nicht im Töten, es war die Entdeckung dessen, was dazu geführt hatte.

Ich fühlte mich merkwürdig großherzig und liebevoll, wie ein Schriftsteller, der eine Widmung in sein Buch schreibt. Das ist für dich. Wacky, sagte ich zu mir selbst; das ist nur für dich –

8

Es war komisch, in einer Bar zu sitzen und nach einem Killer Ausschau zu halten statt nach einer Frau.

Ohne die Besessenheit, die mich gewöhnlich an solche Orte führte, saß ich die folgende Nacht da, trank verwässerten Scotch und beobachtete die Leute, wie sie betrunken, wütend und weinerlich wurden und im Alkoholnebel völlig fremden Menschen ihr Herz ausschütteten. Ich war auf der Suche nach Männern, die auf der Pirsch waren wie ich. Aber an jenem ersten Abend gab es im »Silver Star« nur in die Jahre gekommene Verzweiflung, und die Jukebox spielte die Ohrwürmer aus der Vorkriegszeit.

Um ein Uhr entschloss ich mich zu gehen und fragte den Barkeeper, ob das Lokal jemals voll sei.

»An den Wochenenden«, sagte er. »An den Wochenenden ist dieser Laden wirklich rammelvoll. Morgen Abend. Sie werden sehen.«

Der Mann an der Bar hatte recht. Am Samstagabend kam ich um Viertel vor acht im »Silver Star« an und beobachtete, wie Bewegung in den Laden kam. Junge Paare, Soldaten auf Urlaub – leicht zu erkennen an ihrem kurzen Haarschnitt und ihren festen Schuhen –, ältere Suffköppe und einzelne Damen und Herren, die einsame, erwartungsvolle Blicke um sich warfen. Alle drängten sich an der Bar und auf der Tanzfläche.

Die Musik war an diesem Abend lebendiger als sonst und auf eine jüngere Kundschaft zugeschnitten – stramm arrangierte Revuenummern, sogar ein wenig Jazz. Eine gut aussehende Frau um die dreißig bat mich zum Tanz. Voller Bedauern gab ich ihr einen Korb, wobei ich ein schlimmes Bein als Ausrede vorschob. Sie wandte sich an den Kerl, der neben mir an der Bar saß, und der nahm an.

Ich hielt Ausschau nach »Machern«, »lieben Jungs«, »Wölfen« – Männern, die mit erstaunlicher Leichtigkeit sowohl das Vertrauen einer Frau als auch Zugang zu ihrem Bett gewinnen konnten. Männern wie ich. Drei Stunden lang saß ich da, wechselte manchmal von der Bar zu einem Tisch und schlürfte Ginger Ale, immer auf Ausschau. Mir wurde klar, dass diese Beobachtungen langwierig und zermürbend sein würden. So fleißig meine Augen auch waren, ich sah nicht viel.

Ich fing schon an, deprimiert und sogar ein bisschen zornig zu werden, als ich bemerkte, wie zwei mächtig heruntergekommene Typen sich der Bar näherten, sich darüberlehnten und leise mit dem Barkeeper sprachen, dessen Gesicht sich aufzuhellen schien. Er wies auf eine Tür am Ende des Lokals, neben einer Reihe von Telefonen und Zigarettenautomaten. Dann gingen alle drei in diese Richtung, und der Barkeeper ließ seine Bar verwaist zurück.

Ich sah zu, wie sie die Tür hinter sich schlossen, dann wartete ich zwei Minuten. Ich ging zu der Tür und kniete mich nieder, um am Türspalt zu schnüffeln. Joint-Mief. Ich lächelte, dann holte ich meine Pistole aus dem Halfter und steckte sie in meine Jackentasche, schlug das Lederetui mit meiner Marke auf und warf mich mit meiner rechten Schulter lässig, aber nachhaltig gegen die Tür. Das Holz zersplitterte, und die Tür sprang weit auf.

Das Geräusch war scharf und abrupt wie eine Explosion. Die drei Kiffer standen an der rückwärtigen Wand neben einer Ansammlung von Whiskeykisten, die bis an die Decke reichten. Als sie den Krach hörten und meine Marke und Kanone sahen, sprangen sie zurück und warfen instinktiv ihre Hände nach oben.

Ich linste zurück zur Bar. Niemand schien bemerkt zu haben, was passiert war. Ich schloss die Tür ganz leise hinter mir. »Polizei«, sagte ich ganz ruhig. »Rüber an die linke Wand, und legt eure Hände drauf, über die Köpfe. Und zwar sofort.«

Das taten sie. Der Marihuanageruch war scharf und sinnlich. Ich klopfte die drei Männer nach Waffen und Stoff ab, aber ich fand nichts außer drei dicken Joints. Die Kerle zitterten, und der Bartender fing an, von seiner Frau und Kindern zu brabbeln.

»Halt's Maul!«, schnauzte ich ihn an. Die anderen beiden Kerle schnappte ich am Kragen und schob sie zur Tür. »Schert euch zum Teufel, gottverdammtes Pack«, zischte ich, »und lasst euch hier nie wieder blicken.«

Sie stolperten aus der Tür und warfen dem Barkeeper besorgte Blicke zu.

Ich sicherte die Tür mit einer Kiste voller Ginflaschen. Der Barkeeper kauerte an der Wand, als ich auf ihn zuging. Er fingerte in seinen Taschen nach Zigaretten und schaute mich inständig um Erlaubnis an.

»Rauch nur«, sagte ich. Er zündete sich eine an. »Wie heißt du?«, fragte ich.

»Red Julian«, antwortete er und schaute zur Tür.

Ich besänftigte ihn ein bisschen. »Wird nicht lang dauern, Red. Ich loch' dich nicht ein, du musst mir nur ein bisschen helfen.«

»Ich weiß nicht, wer's verkauft, ehrlich. Ich zünd' mir nur ab und zu eine an. Fünfzig Cent das Stück, wissen Sie.«

Ich grinste zynisch. »Ist mir egal, Red. Ich bin nicht von der Drogentruppe. Wie lange arbeitest du schon hier?«

»Drei Jahre.«

»Dann weißt du ja, was hier so läuft – die Stammkunden, die Schwindler ...«

»Das ist ein sauberes Lokal. Officer, Sie können nie –«

»Halt die Fresse. Hör mir zu. Mich interessieren die Aufsammler – die Mösenjäger, die Kerle, die hier regelmäßig zuschlagen. Du hilfst mir ein bisschen, und ich lass dich laufen. Du hilfst mir nicht, und ich loch' dich ein. Ich ruf 'nen Streifenwagen und sag den Bullen, du hättest versucht, mir diese drei Joints zu verkaufen. Da gibt's zwei bis zehn Jahre in St. Quentin. Also, was möchtest du?«

Red zündete sich noch eine Zigarette an der Kippe der ersten an. Seine Hände zitterten. »Weiberhelden kommen auch hierher, ab und zu«, sagte er. »Da ist ein Kerl, der kommt und geht, aber er kommt regelmäßig, wenn er in der Stadt ist. Ein gut aussehender Typ namens Eddie. Das ist das Einzige, was ich von ihm weiß, ehrlich. Er liest hier immer etwas auf.« Red wich wieder von mir zurück.

»Ist er heute Abend hier?«, fragte ich.

»Nee, er kommt, wenn's ein bisschen ruhiger ist. Ein ganz Geschmeidiger. Tipptopp angezogen. Heute Abend ist er nicht hier, ehrlich.«

»Okay. Hör zu. Du hast jetzt 'nen neuen Stammgast. Mich. Welche Abende hast du frei?«

»Gar keinen. Der Boss lässt mich nicht. Ich arbeite von sechs bis Mitternacht, sieben Tage die Woche.«

»Gut, war Eddie in letzter Zeit da? Hat er 'nen Treffer gelandet?«

»Ja. Was ganz Feines.«

»Gut. Ich komm' wieder. Jeden Abend. Sobald Eddie reinkommt, lässt du es mich wissen. Wenn du ihn warnst, weißt du, was passiert.« Ich lächelte und hielt ihm die drei Joints unter die Nase.

»Ja, ich weiß.«

»Gut, jetzt verschwinde hier – ich glaub', deine Kundschaft hat Durst.«

An dem Abend konnte ich die Bar wieder schließen. Kein Eddie.

Am Sonntagmorgen ging ich zuerst in einen Drugstore in Santa Monica, der Fotos an einem Tag entwickelte. Ich legte vier Zeitungsfotos von Maggie Cadwallader auf den Tisch und sagte dem Mann, der zweifelnd den Kopf schüttelte, dass ich Abzüge in Schnappschussgröße wollte, sechs Stück bis sechs Uhr heute Abend. Als ich mit einem Zwanzig-Dollar-Schein vor seiner Nase wedelte und ihn in seine Hemdtasche steckte, hatte er keine Zweifel mehr. Die Fotos, die ich dann am späten Nachmittag abholte, waren von ausreichender Qualität, um sie potenziellen Zeugen vorzulegen.

Red polierte gerade nervös ein Glas, als ich am frühen Samstagabend an der Bar Platz nahm. Draußen war es kochend heiß, aber die Klimaanlage im »Silver Star« sorgte für polare Temperaturen.

»Hallo, Red«, sagte ich.

»Hallo, Mr. ...«

»Sag einfach Fred zu mir«, sagte ich großherzig und schob ihm das Foto von Maggie Cadwallader rüber. »Hast du diese Frau schon einmal gesehen?«

Red nickte. »Ein paarmal, ja, aber in letzter Zeit nicht mehr.«

»War die mal mit Eddie hier?«

»Nein.«

»Schade. Nicht viel los heute Abend, eh?«, sagte ich und schaute mich in dem fast leeren Lokal um.

»Ja. Wegen der Sommerzeit ist jetzt noch nichts los. Die Leute glauben, man dürfe erst trinken, wenn es dunkel ist. Nur die Säufer nicht.« Er zeigte auf ein aufgedunsenes Pärchen, das auf einem Sofa saß und sich angiftete.

»Ich weiß, was du meinst. Ich hatte mal einen Freund, der trank auch gern. Der sagte immer, er tränke nur, wenn er allein wäre oder in Gesellschaft, tags oder nachts. Er war Philosoph.«

»Was ist aus ihm geworden?«

»Er wurde erschossen.«

»O ja? Wie schade.«

»Ja. Ich setz' mich jetzt auf ein Sofa gegenüber der Tür. Wenn dein Freund hier aufkreuzt, kommst du kurz rüber und sagst mir Bescheid, capisco?«

»Ja.«

Um acht war die Bar etwa zur Hälfte gefüllt, und um zehn fühlte ich mich wegen der anhaltenden Dunkelheit wie eine Fledermaus in ihrer Höhle.

Red kam ungefähr um elf zu mir und stieß mich in die Seite. »Das ist er«, sagte er, »an der Bar. Der Kerl in dem Hawaiihemd.«

Ich bedeutete Red zu gehen und schlenderte auf meinem Weg zur Toilette an dem Mann vorbei. Als ich zurückkam, setzte ich mich auf den Hocker neben ihm und fand mich in einer Duftwolke seines Parfüms wieder. Mit lauter Stimme bestellte ich bei Red einen doppelten Scotch, um Eddies Aufmerksamkeit zu erregen. Er drehte sich zu mir um, und ich prägte mir sein Gesicht ein, ein gut aussehendes Gesicht, fein und arrogant zugleich, gebräunt, mit lockigem, ziemlich langem braunem Haar und sanften, tiefliegenden braunen Augen. Eddie drehte sich schnell wieder um und vertiefte sich in seinen Martini. Er wandte sich der Dame zu, die neben ihm saß, einer dünnen Brünetten in Schwesterntracht, die höfliches Interesse an seiner Konversation heuchelte.

»... also, es lief nicht schlecht in letzter Zeit. Besonders die Traber. Glauben Sie nicht, was Sie lesen. Es gibt Systeme, die funktionieren.«

»Wirklich?«, sagte die Brünette gelangweilt.

»Wirklich.« Eddie lehnte sich zu ihr rüber. »Wie, sagten Sie, ist noch einmal ihr Name?«

»Corrinne.«

»Hi, Corrinne, ich bin Eddie.«

»Hi, Eddie.«

»Hi. Und Sie mögen Pferde, Corrinne?«

»Eigentlich nicht.«

»Oh. Tja, es kommt wirklich nur darauf an, sich da ein bisschen auszukennen. Verstehen Sie?«

»Kann sein. Ich weiß nicht, ich finde es langweilig. Ich muss jetzt gehen. War nett, Sie kennengelernt zu haben. Tschüs.«

Die Brünette stand von ihrem Hocker auf und ging. Eddie seufzte, dann trank er aus und ging in Richtung Herrentoilette. Vor dem großen Wandspiegel blieb er stehen und zelebrierte ein ausführliches Ritual: Er strich sich übers Haar, zupfte Fusseln von seinem Hemd, prüfte die Bügelfalten in seinen Hosen und lächelte sich selbst aus verschiedenen Blickwinkeln zu. Er schien zufrieden, wie er es erwartet hatte: Er war ein Prototyp des charmanten, kalifornischen Salonlöwen, sein Ziel hieß bezaubern, überreden und verführen. Für einen ganz kurzen Augenblick verspürte ich Widerwillen über meine eigenen Weibergeschichten. Dann sagte ich mir, dass ich sicher ganz andere Motive hätte.

Ich wechselte den Platz. Ich saß jetzt in der hinteren Ecke des Lokals und konnte alles übersehen. Ich sah zu, wie Eddie erfolglos versuchte, drei junge Frauen anzumachen. Als er seine Rechnung bezahlte, konnte ich seinen Abscheu und seine Verzweiflung nachempfinden. Er vernichtete seinen letzten Martini und stürmte nach draußen. Ich stand schnell auf und folgte ihm in eine Seitenstraße. Er stieg in ein 46er Oldsmobile ein. Mein Wagen war auf der anderen Straßenseite in entgegengesetzter Richtung geparkt. Als Eddie losfuhr, rannte ich hinüber. Ich gab ihm 30 Sekunden Vorsprung, dann wendete ich und folgte ihm. Auf der Wilton bog Eddie links ab, dann, eine Meile später, rechts auf den Santa Monica. Es war leicht, ihm zu folgen: Sein rechtes Rücklicht war kaputt, und er fuhr gemächlich auf dem mittleren Streifen.

Er führte mich nach West-Hollywood. Ich verlor ihn beinah aus den Augen, als wir die La Brea überquerten, aber als er endlich Ecke Santa Monica und Sweetzer einparkte, war ich dicht hinter ihm.

Eddie verschloss seinen Wagen sorgfältig und ging in eine Bar namens »Hub«. Ich gab ihm eine Minute Vorsprung, dann ging ich selbst rein. Ich hatte eine lebhafte Aufreißerkneipe erwartet. Doch ich hatte mich getäuscht. Es war zwar eine Aufreißerkneipe, aber es gab keine Frauen im Lokal, nur ängstlich dreinblickende Männer.

Ich riss mich zusammen und ging an die Bar. Der Barkeeper, ein dicker alter Mann mit Glatze, erschien, und ich bestellte mir ein Bier. Er huschte fort, um es zu holen, und ich hielt nach Eddie Ausschau.

Erst sah ich ihn, dann hörte ich ihn. Er war in einem Séparée im hinteren Ende des Lokals und stritt sich mit einem Mann – einem gut aussehenden, entschieden maskulinen Mann Mitte fünfzig. Ich konnte ihre Unterhaltung hören, war aber momentan etwas verwirrt – was wollte er wohl hier? Ich hatte gedacht, er wäre ein Frauenjäger. Das Streitgespräch wurde immer hitziger, aber ich konnte keine Einzelheiten verstehen.

Schließlich schob ihm der andere Mann etwas zu, das aussah wie ein großer, wattierter Umschlag. Er stand auf und ging zur Hintertür hinaus. Aus den Augenwinkeln sah ich, wie Eddie ganz ruhig im Séparée saß, plötzlich hechtete er zum Ausgang. Ich beugte mich über mein Bier, als er an mir vorbeiging. Dann jagte ich ihm nach.

Als ich meine Wagentür aufriss, drehte Eddie mit quietschenden Reifen Richtung Norden auf die Sweetzer ab und fuhr den steilen Hügel zum Sunset Strip hoch. Ich ließ die Reifen ordentlich durchdrehen und holte ihn endlich ein, als er nach links auf den Sunset Strip abbiegen wollte. Ich blieb ungefähr eine halbe Meile hinter ihm, bis er rechts in eine kleine Straße namens Horn Drive abbog und sofort parkte. Ich fuhr weiter und parkte ungefähr 50 Meter vor ihm. Ich stieg gerade noch rechtzeitig aus dem Wagen, um zu sehen, wie er die Straße überquerte und den gemeinsamen Hof zu einer Gruppe von Bungalows im spanischen Stil betrat.

Ich rannte über die Straße und hoffte, Eddie noch abzufangen, wie er eine der Wohneinheiten betrat, aber ich hatte kein Glück. Der Innenhof war leer. Ich überprüfte die Briefkästen im Vorgarten und schaute nach Edward, Edwin, Edmund oder wenigstens dem Anfangsbuchstaben E. Kein Glück. Die Mieter der 15 Bungalows waren alle nur mit ihrem Nachnamen aufgeführt.

Ich ging zurück zu meinem Wagen und fuhr auf die andere Straßenseite, direkt vor den Eingang der Wohnanlage, und entschloss mich, hier auf Eddie zu warten. Meine Neugierde wuchs; Eddie war eine flüchtige Nachteule und würde bald wieder losflattern.

Ich irrte mich. Ich wartete und wartete und wartete – dabei wäre ich beinahe ein paarmal eingenickt – bis 9.30 Uhr am nächsten Morgen. Als Eddie endlich aufkreuzte, tipptopp gekleidet, mit einem Hawaiihemd, hellblauen Baumwollhosen und Sandalen, spürte ich, dass die Anspannung wie ein Stein von mir fiel. Ich studierte seinen Gesichtsausdruck und seine Körperbewegung, als er zu seinem Wagen ging. Ich wollte irgendwelche Schlüsse auf sein Sexualverhalten ziehen. Er hatte so eine Art selbstbewusster Arroganz an sich, die nicht ganz in Ordnung war, aber ich verdrängte diesen Gedanken.

Eddie schlängelte sich schnell und aggressiv durch den Verkehr. Ich blieb kurz hinter ihm, ließ aber einige Wagen zwischen uns. So fuhren wir den ganzen weiten Weg Richtung Stadt bis zum Pasadena Freeway, dann auf dieser verschlungenen Autobahn bis South Pasadena, dann zur Santa-Anita-Pferderennbahn in Arcadia.

Als ich auf den riesigen Parkplatz vor der Rennbahn bog, war ich erleichtert und voller Hoffnung. Es war ein strahlend klarer Tag, nicht zu heiß, und der Parkplatz war schon voller Autos und Massen von Leuten, die mir bei der Verfolgung meines Verdächtigen gute Deckung gaben. Ich dachte daran, was mir ein alter Cop von der Sitte einmal gesagt hatte: Auf Rennplätzen könne man Leute gut nach Informationen ausquetschen. Allein weil sie da seien, hätten sie ein schlechtes Gewissen und würden leicht erschrecken, wenn man ihnen eine Polizeimarke zeigte.

Ich parkte und sprintete zu den Drehkreuzen am Eingang. Ich zahlte meinen Eintritt, dann lümmelte ich an einem Andenkenstand herum. Ich hatte die Augen niedergeschlagen und wartete auf Eddie. Gut zehn Minuten später kam er, zeigte dem Kartenabreißer, der ihn bereits anlächelte, seinen Dauerausweis. Als er mit dem Rennzettel an mir vorüberging, drehte ich ihm den Rücken zu.

Die riesige Eingangshalle und die Gänge, die zu den Tribünen führten, füllten sich schnell mit Menschen. Deshalb sorgte ich dafür, dass eine große Menschentraube zwischen uns war, als wir uns in Richtung Rolltreppen bewegten, die zu den Wettschaltern führten. Eddie schlug zu: der Fünfzig-Dollar-Schalter. Er war der Einzige dort. Er wurde von dem Mann hinter dem Schalter herzlich begrüßt, und ich konnte ihn ganz gut hören, da ich nur ein paar Schritte entfernt am Zehn-Dollar-Schalter stand.

»Wie geht's denn so, Eddie?«, sagte der Kerl.

»Nicht schlecht, Ralph. Was ist los? Hast du 'nen ganz heißen Tipp?« Unter der rituellen Tünche klang Eddies Stimme angespannt.

»Nee, du kennst mich doch, Eddie. Ich mag sie alle, ich lieb' sie alle viel zu sehr.«

Eddie lachte. »Verstehe. Aber ich mach's mit System. Und ich spüre, dass ich heute Glück habe.« Er reichte dem Mann ein Stück Papier und ein Bündel Dollarnoten. »Hier, Ralph, das ist für die ersten vier Rennen. Bringen wir's hinter uns. Ich möchte mich noch 'n bisschen umsehen.«

Der Mann in der Box raffte die Startliste und das Geld und pfiff. Er riss ein paar Tickets ab und gab sie Eddie. Er schüttelte den Kopf. »Heute könntest du aber nass werden, Junge.«

»Niemals. Irgendwelche Bienen gesehen? Du kennst doch meinen Typ.«

»Die hängen alle im Turfclub 'rum, Junge. Da gehen die Klasseweiber hin.«

»Mir zu hochgestochen. Da krieg ich keine Luft, da drinnen. Heute Abend hol' ich mein Geld ab, Ralph. Halt es bereit.«

Ralph lachte. »Aber sicher, Junge.«

Ich folgte Eddie zu seinem Platz in einem der besseren Abschnitte der Tribünen. Er holte sich ein Bier von einem Verkäufer und machte es sich gemütlich, las das Rennblatt und spielte mit einem Fernglas im Lederetui herum.

Ich überlegte, was ich als Nächstes tun könnte, und hatte eine Idee. Ich wartete den Start des ersten Rennens ab, und als die Gänge sich leerten und die Menge zu johlen anfing, ging ich zurück zu dem Souvenirstand und kaufte dort die neuesten Ausgaben dreier Zeitschriften: *Life, Collier's* und *Ladys' Home Journal*.

Ich nahm sie mit aufs Klo, schloss mich ein, blätterte sie durch und fand sofort, was ich suchte. Fünf Schwarz-Weiß-Fotografien von ganz gewöhnlichen Frauen: Ich riss sie raus, ließ den Rest der Zeitschriften auf dem Boden liegen und steckte das Foto von Maggie Cadwallader zwischen die Zeitungsbilder.

Dann suchte ich Ralph auf, den Mann hinter dem Fünfzig-Dollar-Schalter. Er war nicht da, deshalb schlenderte ich ziellos durch die verlassenen Hallen, bis ich ihn sah, wie er aus einer Übertragungskabine kam. Er rauchte eine Zigarre und trank eine Tasse Kaffee.

Er sah mich auch und schien mich zu erkennen, bevor ich ihm meine Marke zeigte. »Ja, bitte?«, sagte er geduldig.

»Nur ein paar Fragen«, sagte ich. Ich zeigte auf eine Imbissbude am anderen Ende der Halle, vor der Tische und Stühle standen.

Ralph nickte geduldig und ging voraus. Wir saßen uns an einem Metalltisch voller Fettflecke gegenüber; ich gab mich brüsk, sogar ein bisschen einschüchternd.

»Mich interessiert der Mann, mit dem Sie ungefähr vor einer halben Stunde am Schalter gesprochen haben. Sein Vorname ist Eddie.«

»Ja, Eddie.«

»Wie heißt er mit Nachnamen?«

»Engels. Eddie Engels.«

»Was macht er von Beruf?«

»Spieler. 'ne vorlaute Flasche. Ich glaube nicht, dass er 'nen Job hat.«

»Mich interessieren die Frauen, mit denen er rumzieht.«

»Mich auch! Oh, là, là!« Ralph amüsierte sich königlich über seinen eigenen Witz.

»Da gibt's eigentlich nichts zu lachen.« Ich breitete die sechs Fotografien vor ihm auf dem Tisch aus. »Eddie schon mal mit einer dieser Frauen gesehen?«

Ralph studierte die Fotos gründlich, zögerte einen Moment, dann legte er seinen fetten Zeigefinger auf das Bild von Maggie Cadwallader. Ein Ruck ging durch meinen ganzen Körper, und meine Haut begann zu kribbeln.

»Sind Sie sicher?«, fragte ich.

»Ja«, sagte er.

»Wie können Sie sicher sein?«

»Diese Mieze ist 'ne alte Schachtel, verglichen mit den anderen Babys, mit denen ich Eddie schon gesehen habe.«

»Wann haben Sie die beiden gesehen?«

»Weiß nicht – ich glaube, es war vor ungefähr zwei Monaten. Ja, das stimmt, es war am Tag der ›President's Stakes‹ – im Juni.«

Ich sammelte meine Fotos wieder ein und gab Ralph eine strenge Warnung mit auf den Weg. »Kein Wörtchen davon zu Eddie. Verstanden?«

»Klar, Officer. Ich habe immer schon geglaubt, dass Eddie nicht ganz –«

Ich ließ ihn nicht zu Ende reden. Ich war schon draußen. Und suchte wütend nach einem Telefon.

Ich rief die Zentralkartei des Los Angeles County an, nannte meinen Namen und meine Nummer und sagte ihnen, was ich wollte. Nach fünf Minuten waren sie wieder dran: Es gab keinen Eddie, Edwin oder Edmund Engels, männlich, weiß, ungefähr dreißig Jahre alt, mit Vorstrafenregister in Los Angeles. Ich wollte schon aufhängen, da hatte ich eine Idee: Ich sagte dem Mitarbeiter, er solle die Verkehrsregister der letzten vier Jahre durchsehen. Diesmal wurde er fündig: Edward Engels, Horn Drive 1911, Hollywood, besitzt zwei Wagen: einen grünen 46er Oldsmobile, dem ich schon gefolgt war, und ein 49er Ford Cabriolet – rot mit weißem Dach, Kennzeichen JY 861. Ich dankte dem Angestellten, hängte ein und rannte zu meinem Wagen.

Als Nächstes hielt ich in Pasadena, wo ich nach Ford- und Oldsmobile-Händlern suchte. Es dauerte eine Weile, aber ich fand sie und bekam, was ich wollte: Werbeaufnahmen ihrer 46er und 49er Modelle. Als Nächstes fuhr ich in ein Kaufhaus auf dem Colorado Boulevard und kaufte mir eine Schachtel Buntstifte. Auf dem Parkplatz bearbeitete ich meine Unterlagen. Den Oldsmobile malte ich mit einem bleichen Meeresgrün an, der Ford wurde feuerrot und bekam ein weißes Verdeck. Das Ergebnis war gut.

Inzwischen war es 13.45 Uhr, und es wurde sehr schwül. Ich musste mich dringend rasieren und die Klamotten wechseln. Ich fuhr nach Hause, duschte, rasierte mich und zog mich um. Ich holte mein Tagebuch hervor und vernichtete alle Seiten, auf denen etwas über meine Begegnung mit Maggie Cadwallader stand. Dann machte ich mich auf dem Bett breit und versuchte zu schlafen.

Ohne Erfolg. In meinem Kopf ratterte es ununterbrochen: Pläne, Möglichkeiten und Erwartungen. Endlich gab ich auf, schickte Night Train in den Hinterhof, verschloss die Wohnung und fuhr zum Sunset Strip.

Ich hatte die richtige Zeit erwischt, parkte meinen Wagen an einer Tankstelle Ecke Sunset Strip und Doheny und ging zu Fuß weiter. Die Nachtclubs machten gerade auf und richteten sich auf einen weiteren Abend des süßen Lebens ein. Die Barkeeper, Kellner und Türsteher, mit denen ich reden wollte, sahen noch ganz frisch aus und hatten viel Zeit, meine Fragen zu beantworten.

Ich entwickelte eine Theorie über Eddie Engels; er war arrogant, extrem eingebildet, großmäulig und ziemlich dumm – gerade dumm genug, um Frauen, die er verletzen oder gar töten wollte, zum Essen und Trinken in seine Hütte zu locken. Es schien nur logisch. Von seiner Wohnung aus konnte er die heißesten Nachtclubs der Stadt zu Fuß erreichen, und es gefiel ihm offenbar sehr, mit Frauen gesehen zu werden.

Mit diesen Überlegungen lief ich Richtung Osten und zeigte das Foto von Maggie Cadwallader Parkplatzwächtern, Türstehern, Empfangschefs und Kellnern. Ich klapperte jeden Nachtclub und jede Kaschemme auf beiden Seiten des Sunset Strip von der Doheny bis zur La Cienega ab – ohne Erfolg. Ich wollte schon aufstecken, als ich mich entschloss, auch die Restaurants zu überprüfen.

Im dritten erhielt ich meine erste Bestätigung. Es war ein italienisches Lokal, und der geschwätzige alte Kellner nickte zustimmend, als ich ihm das Foto zeigte. Er habe Maggie vor einigen Wochen gesehen. Gerade wollte er zu einem langen Diskurs über ihre Speisenfolge ansetzen, als ich ihn anzischte: *»War sie in Begleitung?«*

Der alte Kerl lächelte überrascht, sagte: »Sicher«, und beschrieb Eddie Engels. Dann erzählte er mir alles über die »süßen Bambinas«, die »der hübsche Junge« hierher zum Essen geführt habe. Eigentlich reichte das, aber ich wollte ganz sichergehen. Ich wollte, dass die Kiste ganz wasserdicht war, wenn ich sie meinen Vorgesetzten präsentierte.

In vier weiteren Restaurants, die alle in einem Umkreis von fünf Häuserblocks um Eddies Apartment lagen, erhielt ich drei weitere Identifizierungen von Kellnern, die sich an Eddie als einen großzügigen Trinkgeldgeber erinnerten, der groß von seinen Gewinnen bei Pferderennen tönte. Sie erinnerten sich, dass Maggie Cadwallader ruhig war, an Eddie hing und eine Menge Rum-Cola trank.

Ich schrieb die Namen, Anschriften und Telefonnummern all meiner Zeugen auf und rannte zurück zu meinem Wagen. Es war 8.30 Uhr. Also hatte ich schätzungsweise noch zwei Stunden Zeit, bevor die meisten Leute im Bett wären.

Ich fuhr nach Hollywood und putzte Klinken. Die Leute, mit denen ich sprach, waren nicht überrascht: Sie waren in der Woche zuvor schon von Kollegen ausgefragt worden. Als ich ihnen die kolorierten Fotos der beiden Autos zeigte, waren sie überrascht. Die anderen Cops hatten sie dazu nicht befragt – nur nach »komischen Sachen«, die sie vielleicht in der Nacht des Mordes gesehen oder gehört hatten. Einer nach dem anderen schüttelte den Kopf. Keiner hatte den Oldsmobile oder das Ford Cabriolet bemerkt. Ich klapperte den ganzen Harold Way ab und bog in die DeLongpre ein, fast schon entmutigt. Lichter gingen aus: Die Leute legten sich schlafen.

An der Ecke DeLongpre und Wilton stieß ich auf drei Schüler, die im Schein einer Straßenlaterne Fangen spielten. Ich gab mich sehr kumpelhaft und ließ sie sogar meine Knarre sehen. Sobald ich ihr Vertrauen gewonnen hatte, zeigte ich ihnen die Bilder.

»Hey!«, rief der größte von ihnen aus. »Was 'n heißer Schlitten! Mannomann!«

Einer seiner Freunde grapschte sich das Foto und sah es sich schweigend an. »So 'nen Wagen hab ich schon gesehen hier. Gerade die Straße runter«, sagte er.

»Wann?«, fragte ich ruhig.

Der Junge überlegte, dann schaute er den Großen an, als bäte er ihn um Unterstützung. »Larry«, sagte er, »weißt du noch, letzte Woche bin ich abgehaun und zu dir rübergekommen. Erinnerst du dich?«

»Ja, ich erinnere mich. Es war Montagabend. Ich musste nach – –«

Ich unterbrach sie und fragte mit strenger und väterlicher Stimme: »Und der Wagen war rot und weiß wie auf diesem Bild hier?«

»Ja«, sagte der Junge, »genau so. Er hatte 'nen Fuchsschwanz an der Antenne, ganz wild.«

Ich war aufgekratzt. Ich schrieb mir ihre Namen, ihre Telefonnummern auf und sagte ihnen, sie würden bald Helden werden. Ich schüttelte allen dreien feierlich die Hand, dann ging ich los.

Ich fand ein Telefon auf dem Hollywood Boulevard und ließ mir von der Auskunft Eddie Engels' Nummer geben. Ich wählte die Nummer und ließ es fünfzehnmal klingeln. Keine Antwort. Die Nachteule Eddie war ausgeflogen.

Ich fuhr zurück zum Sunset Strip, drehte nach Norden ab auf den Horn Drive und parkte auf der Straße gegenüber von Eddies Bungalow. Ich kramte in meinem Kofferraum nach Einbrecherwerkzeug und fand auch welches: ein Winkeleisen aus Metall, das dünne Ränder hatte und so aussah, als könne man damit Türschlösser knacken. Damit und mit einer Taschenlampe ging ich durch den dunklen Hof. Dieses Mal wusste ich, dass ich nach »Engels« in Nummer elf suchen musste. Es war drei Bungalows weiter auf der linken Seite. Alle Lichter waren aus. Ich öffnete die

Vortür, schaute in beide Richtungen, dann hielt ich die Taschenlampe auf die innere Tür und untersuchte den Mechanismus. Es war ein einfaches Schnappschloss. Ich holte das linke Eisen raus, klemmte die Taschenlampe unter die linke Armbeuge, keilte das Metall zwischen Schloss und Türpfosten ein und drückte. Es ging sehr schwer, aber ich ließ nicht nach. Fast hätte ich das Eisen abgebrochen. Schließlich machte es laut und metallisch »katak«, und die Tür sprang auf.

Ich ging schnell rein und schloss die Tür hinter mir. Ich ließ die Taschenlampe die Wände entlangstreifen, um einen Lichtschalter zu finden. Den fand ich und ließ das Wohnzimmer kurz in hellem Glanz erstrahlen. Es war geschmackvoll mit Perserteppichen, hellen, modernen Wiener Möbeln und Ölgemälden von Rennpferden an allen vier Wänden eingerichtet.

Ich knipste das Licht aus und ging in den Gang. Ich knipste noch ein Licht an und stieß beinahe ein Telefontischchen um. Das Tischchen hatte drei Schubladen. Ich schaute in allen nach, ob ich so etwas wie ein privates Telefonbuch finden würde. Da war nichts – die drei Schubladen waren leer.

Ich schaltete das Licht wieder aus und stieß ins Schlafzimmer vor. Meine Augen gewöhnten sich langsam an die Dunkelheit, daher war es ganz leicht, die Gegenstände in dem Zimmer zu erkennen – Bett, Kleiderschrank, Buchregale. Die Fenster waren mit schweren Samtvorhängen verhängt. Also konnte ich es riskieren, während meiner Durchsuchung das Licht anzulassen. Ich schaltete eine Tischlampe ein, die ein Zimmer erleuchtete, das seltsam gesetzt wirkte – nur ein einfaches Bett, überzogen mit einer Tagesdecke, ein Buchregal, mit Pferdebüchern voll gestopft, Stierkampfposter und gerahmte Pferdestiche an den Wänden. Hinter dem Bett ein begehbarer Kleiderschrank, vollgestopft mit Klamotten. Mindestens fünfzig Jacketts hingen auf den Bügeln, dreißig oder vierzig Hosen und zahllose Anzug- und Freizeithemden – auf dem Boden standen Batterien von Schuhen, von den elegantesten Lederschuhen bis zu sportlichen Tretern. Alle geputzt und ordentlich aufgereiht. Eddie, der Stenz. Das war nicht genug. Ich wollte Beweise, die Eddie, den Verkommenen, zutage fördern würden – Eddie, den Killer.

Sehr gründlich und sorgfältig ging ich die Schubladen des Kleiderschranks durch und suchte nach Telefonbüchern, Zeitschriften, Fotografien, etwas, das Eddie Engels mit Maggie Cadwallader oder Leona Jensen verbinden würde. Aber es gab nichts. Nur Unterwäsche aus goldener Seide, aber daran konnte man keinen Mann aufhängen.

Ich ging wieder zurück und fühlte in allen Jackentaschen. Nichts. Das Schlafzimmer war abgehakt, ich schaltete das Licht aus und ging wieder ins Wohnzimmer. Ich leuchtete mit der Taschenlampe in die Ecken, in die Buchregale, unter die Stühle und Sofas. Nichts. Nichts Persönliches. Nichts, was beweisen würde, dass Eddie Engels jemand anderer wäre als ein fescher Heini, der Pferde liebte.

Dann stand da noch ein Schnapsschrank mit je einer Flasche Scotch, Bourbon, Gin und Brandy. Keine Fotos von geliebten Menschen oder Familienmitgliedern. Die Wohnung war aufreizend unpersönlich eingerichtet, das Heim eines Phantoms.

Ich ging in die Küche. Sie war, wie erwartet, kompakt und sehr ordentlich; eine Frühstücksecke, ein Spülbecken, in dem kein Geschirr stand, ein Kühlschrank, der nichts als Sprudelflaschen enthielt, und ein Kalender des Jahres 1950 an der Wand, auf dem keinerlei Notizen waren.

Blieb also nur das Badezimmer. Vielleicht schlug Eddie da über die Stränge. Vielleicht war die Badewanne voller Nixen oder Alligatoren. Wieder Pech gehabt – das Badezimmer war rosarot gekachelt, makellos sauber, mit einem riesigen Spiegel über dem Waschbecken und einem auf der Innenseite der Tür. Eddie, der Narziss.

Oberhalb des Klos war ein Medizinschränkchen. Ich öffnete es und dachte, dort Zahnpasta und Rasierzeug vorzufinden, fand aber stattdessen ein halbes Dutzend kleiner Fächer, die zusammengerollte Krawatten enthielten. Eddie, der Pfau, brauchte einen Spiegel in voller Körpergröße, um sich einen perfekten Windsorknoten zu binden. Ich fuhr mit der Hand über die Seidenkollektion, die nach Farbe und Stilrichtung arrangiert war. Welch eine Ordnungsmanie; welch eine Manie für kleine Perfektionen. Dann bemerkte ich eine ganz kleine Anomalie – eine grüne Seidenkrawatte ragte etwas weiter heraus als die anderen. Ich befingerte sie und spürte etwas Hartes darin. Ich holte die Krawatte raus und entrollte sie vorsichtig. Maggie Cadwalladers Diamantenbrosche fiel in meine Hand.

Schockiert starrte ich sie lange Augenblicke an. Nach ungefähr einer Minute war meine Ruhe verflogen, und mein Hirn fing an zu rattern. Ich rollte die Brosche wieder in die Krawatte und legte sie in das kleine Schränkchen, genau so, wie ich sie vorgefunden hatte. Ich löschte das Licht im Badezimmer, ging durch die dunkle Wohnung zur Tür und verschloss sie hinter mir. Ich überprüfte den Türrahmen, ob irgendwelche Zeichen des Einbruchs zu erkennen waren. Es gab keine.

Alle Lichter im Hof waren ausgeschaltet. Ich stand eine kurze Zeit da, dachte über das Wunder der Nacht nach und was ich gerade entdeckt hatte, dann ging ich um die Bungalows herum. Hinter den Bungalows schützte ein Wellblechdach die Autos der Mieter. Das Auto, das am Ende der Reihe im Mondlicht schien, war ein hellroter 49er Ford mit weißem Verdeck. Ein Fuchsschwanz baumelte von der Radioantenne. Ich versetzte ihm einen Fingerhieb.

»Du hast Maggie Cadwallader und Gott weiß wen umgebracht, du verkommenes Dreckschwein«, sagte ich, »und ich werde zusehen, dass du dafür bezahlst.«

9

Mein Fall. Mein Verdächtiger. Meine Rache? Meine Verhaftung? Mein Ruhmesblatt? All diese Gedanken gingen mir durch den Kopf, als ich am folgenden Tag über die sonnenüberflutete Central Avenue ging.

Eine Entscheidung war fällig, und ich würde entweder rational handeln oder wie Don Quichotte. Ich dachte noch etwas mehr über meine Möglichkeiten nach, und als meine Tour zu Ende war, traf ich eine Entscheidung – eine dürftige, aber eine sichere. Ich zog die Uniform aus und meine Zivilklamotten an. Dann klopfte ich an Captain Jurgensens Tür.

»Herein«, rief er. Ich ging hinein und salutierte. Jurgensen machte ein Eselsohr in die Taschenbuchausgabe von »Othello« und schaute mich an. »Ja?«, sagte er.

»Sir«, sagte ich, »ich weiß, wer die Frau getötet hat, die letzte Woche in Hollywood erwürgt aufgefunden wurde. Kann sein, dass er auch andere getötet hat. Ich kann die Festnahme nicht allein machen. Ich muss meine Beweismittel jemandem übergeben, der eine Untersuchung veranlassen kann, deshalb bin ich zu Ihnen gekommen.«

»Verderben, hol meine Seele«, sagte Jurgensen, dann seufzte er und zog eine Pfeife und einen Tabaksbeutel aus seiner Tischschublade. Ich stand in »Rührt-euch!«-Stellung da, während er sich Zeit nahm, die Pfeife zu stopfen und sie anzuzünden. Er schien vergessen zu haben, dass ich da war. Ich wollte mich gerade räuspern, als er sagte: »Um Himmels willen, Underhill, setzen Sie sich, und erzählen Sie es mir.«

Nach der elektrischen Uhr an der Wand brauchte ich insgesamt zwanzig Minuten.

Ich ließ nichts aus, abgesehen von meiner Liebesnacht mit Maggie Cadwallader. Ich erzählte ihm von den Ähnlichkeiten zwischen den beiden Morden. Ich erzählte ihm, dass ich vergangenen Februar die Streichhölzer in Leona Jensens Wohnung entdeckt hätte und dass das die Verbindung wäre, die mich in den »Silver Star« geführt hätte. Die Geschichte mit der Diamantbrosche verschwieg ich.

Im Verlauf meiner Erzählung beobachtete ich, wie Jurgensens normalerweise stoischer Gesichtsausdruck zwischen Neugierde, Wut und einer Art bitterem Amüsement schwankte. Als ich geendet hatte, starrte er mich schweigend an. Ich starrte zurück, und mir war klar, dass er mir die Reue nicht abnahm, die ich ihm vorgeheuchelt hatte. Reue über die Freiheit, die ich mir herausgenommen hatte. Wir starrten uns eine Weile an.

Der Captain schaute sehr ernst. Langsam und bedächtig klopfte er den Pfeifenkopf auf seine Handfläche. »Underhill«, sagte er, »Sie sind ein äußerst arroganter junger Mann. Im Verlaufe dessen, was Sie arroganterweise Ihre ›Untersuchung‹ nennen, haben Sie Verstöße gegen die Dienstvorschriften begangen, die Ihrer Karriere ein Ende setzen könnten; Sie haben zwei Gesetzesbrüche begangen, die Sie nach St. Quentin bringen könnten; und durch Ihr Tun haben Sie die Kriminalbeamten zweier Abteilungen und die Mordkommission lächerlich gemacht.«

»Sir, ich –«

»Unterbrechen Sie mich nicht, Underhill! Ich bin Captain, und

Sie sind Streifenbeamter, vergessen Sie das nicht.« Jurgensens Gesicht war tiefrot. An seinem Hals pulsierte eine zornesblaue Vene.

»Sir, ich entschuldige mich.«

»Gut so. Für Ihre Arroganz könnte ich Sie kreuzigen, aber ich werde es nicht tun.«

»Danke, Sir.«

»Danken Sie mir noch nicht. Underhill. Sie sind ein sehr begabter junger Mann, aber Ihre Arroganz übersteigt Ihre Begabung. Arroganz bei Polizeibeamten kann nicht geduldet werden; sie zu dulden hieße, die Anarchie zu fördern. Das Los Angeles Police Department ist eine vorzüglich strukturierte Bürokratie, eine, der Sie Treue geschworen haben. Das sollten Sie wissen, Underhill. Sie sollten wissen, dass Ihr Ehrgeiz Sie als Polizist erledigen kann. Verstehen Sie mich?«

Ich räusperte mich. »Sir, ich glaube, ich habe überstürzt gehandelt, und ich möchte mich dafür entschuldigen – bei Ihnen und bei der Behörde. Aber ich glaube, dass meine Motive begründet waren. Ich wollte Gerechtigkeit.«

Jurgensen schnaubte verächtlich und schüttelte den Kopf.

»Das glaube ich nicht, Underhill. Von vielen jungen Beamten würde ich eine Entschuldigung annehmen, aber nicht von Ihnen. Außer Ihrer Eigenbeförderung weiß ich nicht einmal, was Sie wollen, aber sicher ist es nicht Gerechtigkeit. Sie pfeifen auf das Strafgesetzbuch dieses Staates und erzählen mir, Sie wollten Gerechtigkeit? Beleidigen Sie meine Intelligenz nicht!«

Jurgensens Zorn legte sich langsam. Ich versuchte, seinen Angriff abzubiegen. »Sir, bei allem Respekt, was halten Sie von meinem Fall?«

»Ihr ›Fall‹? Ich glaube, bis jetzt haben Sie nichts als einen stark Verdächtigen und eine unglaubliche Gabe der Intuition. Dieser Engels ist bis jetzt nichts anderes als ein Spieler und ein Weiberheld, und nichts davon ist strafbar. Er ist wahrscheinlich ein Homo, aber das macht ihn noch lange nicht zum Mörder. Sie haben keine schlagkräftigen Beweise. Ich halte nicht viel von Ihrem ›Fall‹.«

»Und meine Intuition, Captain?«

»Ich traue Ihrer Intuition, Underhill, sonst hätte ich Sie schon vor einer halben Stunde vom Dienst suspendiert.«

»Und weiter?«

»Und ... was wollen Sie, Underhill?«

»Ich will an der Untersuchung teilhaben, und ich möchte zur Kripo versetzt werden, wenn ich das Sergeanten-Diplom in der Tasche habe.«

Jurgensen lachte bitter. Er langte in seine Schublade, zog einen Notizblock heraus und schrieb etwas darauf, riss die Seite ab und reichte sie mir. »Das ist meine Privatadresse in Glendale. Kommen Sie heute Abend um 8.30 Uhr dahin. Ich möchte Dudley Smith Ihre Geschichte erzählen. Er wird die Untersuchungen leiten. Jetzt lassen Sie mich in Ruhe.«

Als er die Worte »Dudley Smith« aussprach, hatten sich Jurgensens kalte, blaue Augen wie Giftpfeile in mich gebohrt. Er hatte gedacht, ich würde ängstlich oder besorgt werden. Vergebens.

»Ja, Sir«, sagte ich, stand auf und ging zur Tür hinaus, ohne zu grüßen.

Dudley Smith war Lieutenant bei der Mordkommission, eine Furcht einflößende Persönlichkeit und ein legendärer Cop, der im Dienst schon fünf Männer getötet hatte. In Irland geboren und in Los Angeles aufgewachsen, behielt er hartnäckig seine hohe, musikalische, irische Mundart bei, die wohlgestimmt wie eine Stradivari klang. Er hielt auf der Polizeiakademie oft Vorträge über Verhörtechniken, und ich erinnerte mich, wie sein Singsang abwechselnd sanft oder brutal, fragend oder verblüfft, sympathisch oder mit heißem Zorn erfüllt sein konnte.

Er war 1,85 Meter groß und breit wie ein Deckenbalken. Er bestand aus einem einzigen Braunton – kurz geschnittenes braunes Haar, kleine braune Augen und immer mit einem braunen Dreiteiler bekleidet. Sein Gesicht hatte etwas Furchterregendes, egal, welche Verhörtechnik er gerade erklärte. Er war ein hervorragender Schauspieler mit einem riesigen Ego, er konnte im Nu die Rolle wechseln, aber immer gelang es ihm, seine Rolle überzeugend zu spielen.

Ich war auf der Polizeiakademie, als die Untersuchungen des Falles »Schwarze Dahlie« gerade liefen. Smith hatte die Aufgabe, alle bekannten Sexualverbrecher von Los Angeles zusammenzutreiben. Nachdem er seinen Vortrag beendet hatte, erzählte er, der Beifall heischende Schauspieler, uns, mit welchem »menschlichen Abschaum« er es zu tun hätte. Er erzählte uns, dass er auf der Suche nach dem Mörder dieses »tragischen, vergnügungssüchtigen Mädchens Elisabeth Short« Dinge gehört, gesehen und getan hätte, die wir, die »Elite der Männer von Los Angeles«, die »dem größten Ruf auf Gottes Erde« folgten, hoffentlich nie würden hören oder sehen oder tun müssen. Es war fantastisch nichtssagend. Wochenlang drehte sich auf der Polizeiakademie das wichtigste Gesprächsthema darum, mit welcher Härte Smith seine Maßnahmen ergreifen würde. Ich fragte einen meiner Ausbilder, Sergeant Clark, über ihn aus.

»Er ist ein brutaler Hurensohn, der seine Arbeit tut«, sagte er.

Elisabeth Shorts Mörder wurde nie gefunden – was bedeutete, dass auch Dudley Smith menschlich und fehlbar war. Mit dieser Art von Logik baute ich mich auf, als ich am Abend auf der Los Feliz nach Glendale fuhr. Ich ging noch einmal alle Aspekte meiner Geschichte durch und wusste, dass ich meine persönliche Beziehung zu Maggie Cadwallader verschweigen musste. Ich hatte mich selbst auf einen meisterlichen Auftritt vorbereitet, wollte dem großen Iren in den Arsch kriechen, ihm an die Gurgel gehen, ordinär sein und unterwürfig. Ich wollte alles, außer dumm sein, denn ich wollte unbedingt an der Untersuchung teilnehmen, die Eddie Engels zur Strecke bringen würde.

Captain Jurgensen wohnte in einem kleinen Holzhaus an einer baumlosen Seitenstraße der Brand Avenue nahe der Ortsmitte von Glendale. Als ich die Stufen zum Haus hochging, fing ein Hund an zu bellen, und ich hörte, wie Jurgensen ihn beruhigte: »Ein Freund, Colonel, ein Freund. Platz jetzt.«

Der Hund winselte, kam näher, um mich zu begrüßen, und ging mir sofort an den Schritt.

Jurgensen saß auf seiner Veranda in einem Gartenstuhl. »Hallo, Underhill«, sagte er, »setzen Sie sich.« Er deutete auf einen Korbstuhl neben sich. Ich nahm Platz.

»Wegen dieses Nachmittags, Captain –«, begann ich. Jurgensen schnitt mir das Wort ab, als wäre ich sein Hund. »Vergessen Sie es, Fred. Genug geredet. Ab sofort sind Sie vorübergehend der Kripo unterstellt. Lieutenant Smith wird Sie einweisen. Er wird in ein paar Minuten hier sein. Möchten Sie Eistee? Oder ein Bier?«

»Lieber ein Bier, Sir.«

Der Captain brachte es in einer Kaffeetasse, gerade als ich einen alten Vorkriegs-Dodge einparken sah. Ich sah, wie Dudley Smith sorgfältig seinen Wagen verschloss, seine Hosen hochzog und über den Rasen des Vorgartens auf uns zukam.

»Keine Angst, Fred«, sagte Jurgensen, »er ist auch nur ein Mensch.«

Ich lachte und trank mein Bier, als Dudley Smith laut auf die dünne Holzverkleidung der Veranda pochte. »Knock, knock«, sagte er in seinem musikalischen, hohen Singsang. »Wer klopft denn hier? Dudley Smith, der Gangsterkassier.« Er lachte über seinen eigenen Witz, dann kam er rein und streckte Captain Jurgensen seine riesige Hand entgegen. »Hallo, John. Wie geht's dir?«

»Dudley«, sagte der Captain.

Smith nickte in meine Richtung. »Und das ist unser brillanter junger Kollege, Officer Frederick Underhill!«

Ich stand auf, um dem großen Cop die Hand zu geben, und bemerkte zufrieden, dass er fünf Zentimeter kleiner war als ich. »Hallo, Lieutenant«, sagte ich, »es ist mir ein Vergnügen, Sie kennenzulernen.«

»Das Vergnügen ist ganz auf meiner Seite, mein Junge. Warum setzen wir uns nicht? Wir haben wichtige Dinge zu besprechen, und unsere Körper sollten sich entspannen, während unsere Köpfe arbeiten.«

Smith fläzte sich in den einzigen Polsterstuhl auf der Veranda. Er streckte seine langen Beine aus und lächelte Jurgensen freundlich an. »Bitte ein Bier. John, in der Flasche, und lass dir ruhig Zeit.«

Gehorsam ging der Rangälteste. Der Ire starrte mich mit seinen kleinen braunen Augen an, die sich auffällig von seinem derben roten Gesicht abhoben. Dann begann er zu sprechen.

»Officer Frederick U. Underhill, 27 Jahre alt, Collegeabschluss, nicht gedient. Außergewöhnlich gute Zeugnisse an der Akademie, ausgezeichnete Beurteilungen in Wilshire und der 77. Straße. Zwei Männer in Ausübung seiner Pflicht getötet. Ich bin einigermaßen beeindruckt, und es ist mir scheißegal, was Sie in letzter Zeit auf eigene Faust getrieben haben. John ist ein leicht erregbarer Cop alter Schule. Ich nicht. Ich beglückwünsche Sie zu Ihrem Handeln und zu Ihrer Einsicht, die Angelegenheit einem Vorgesetzten anzuvertrauen. Genug gelabert. Erzählen Sie mir was von toten Frauen und Killern. Lassen Sie sich Zeit, ich bin ein guter Zuhörer.«

Die kleinen braunen Augen blieben auch noch auf meine gerichtet, als Dudley Smith aus seiner Hosentasche Zigaretten und Streichhölzer fischte, sie anzündete und mir Rauch ins Gesicht blies.

Ich räusperte mich. »Danke, Sir. Im Februar arbeitete ich bei der Wilshire-Streife. Mein Partner und ich wurden von einer verstörten Frau an einen Mordschauplatz gerufen. Das Opfer war eine junge Frau namens Leona Jensen. Sie war in ihrer Wohnung erwürgt und erstochen worden; der Ort war verwüstet. Ich holte die Kripoleute. Sie kamen und sagten, es sähe so aus, als ob die Frau einen Einbrecher überrascht hätte. Ich entdeckte ein Streichholzheftchen vom ›Silver Star‹ auf einem Tisch, habe mir aber nicht viel dabei gedacht.

Letzte Woche wurde noch eine Frau in ihrer Wohnung in Hollywood erwürgt. Ich habe davon in der Zeitung gelesen. Sie hieß Margaret Cadwallader. Mir fiel eine gewisse Ähnlichkeit zwischen den beiden Morden auf. Die Kripo aus Hollywood behandelte den Fall ebenfalls als Raubmord, deren ganze Untersuchung basierte auf dieser These. Ich hatte aber so eine Vorahnung. Es ließ mir keine Ruhe. Ich kann mich auf meine Intuition verlassen, Sir, deshalb habe ich auch schon so viele erfolgreiche Verhaftungen in meiner Akte stehen.

Irgendwie wusste ich, dass die zwei Todesfälle zusammenhingen. Ich brach in die Wohnung dieser Cadwallader ein« – ich sprach etwas langsamer, als ich meine erste Lüge vorbereitete – »und fand ein Streichholzheftchen aus derselben Bar unter einem Zipfel des Teppichs im Wohnzimmer.« Ich machte eine Pause.

»Weiter, Officer«, sagte Dudley Smith.

»Gut. Jetzt wusste ich, dass diese Cadwallader mindestens einmal im ›Silver Star‹ gewesen war. Ich deichselte es so, dass ich auf die Tagschicht kam und auch nachts dort hingehen konnte. Ich dachte mir, dass diese Jensen und Margaret Cadwallader vielleicht von einem Stenz aufgerissen worden wären. Ich nahm die Hilfe des Barkeepers in Anspruch, der mir von ›Eddie‹ erzählte, einem richtigen Windhund, der eine Menge Weiber in dieser Kneipe aufgerissen hat. Eddie kam am folgenden Abend. Der Mann an der Bar zeigte ihn mir. Er versuchte, etliche Frauen anzumachen, die gaben ihm aber einen Korb. Er ging, und ich folgte ihm in eine Homo-Bar in West-Hollywood, wo er Streit mit einem Kerl hatte. Dann folgte ich ihm in seine Wohnung abseits des Sunset Strips. Dort blieb er die ganze Nacht. Am nächsten Morgen fuhr ich ihm nach bis zur Pferderennbahn in Santa Anita. Aus seiner Unterhaltung mit dem Mann am Fünfzig-Dollar-Schalter konnte ich schließen, dass er ein eifriger Spieler war, der oft Frauen zum Rennen mitbrachte.

Ich zeigte dem Schaltermenschen ein Foto von Margaret Cadwallader. Er sagte mir, dass Eddie mit Nachnamen Engels hieße und dass Eddie die Frau im Juni bei den ›President's Stakes‹ bei sich gehabt hätte. Er hat sie identifiziert. Ich hatte das Foto unter verschiedene andere gemischt, daher wusste ich, dass er verlässlich war.

Dann rief ich die Zentralkartei an und erhielt Informationen über Eddie und seine Autos. Kein Eintrag und zwei Autos. Ich ging zu Autohändlern und bekam Bilder von Modellen, die er besitzt. Dann malte ich sie in den entsprechenden Farben an. Danach klapperte ich alle Nachtclubs auf dem Sunset Strip ab. Vier Leute erinnerten sich, Eddie Engels mit Margaret Cadwallader gesehen zu haben. Ich habe ihre Namen und Adressen. Dann fuhr ich nach Hollywood. Ein Schüler erinnerte sich. Engels' 49er Ford in der Mordnacht um die Ecke von Cadwalladers Wohnung gesehen zu haben. Er sagte, ein Fuchsschwanz hätte an der Radioantenne gehangen. Später am Abend brach ich in Engels' Bungalow ein. Ich fand kein Beweismaterial, das ihn mit irgendeinem Verbrechen in Verbindung brachte, aber ich habe seinen Ford gesehen. Er hatte einen Fuchsschwanz an der Antenne. Das ist alles, Lieutenant.«

Ich erwartete, dass Dudley Smith mich streng und durchdringend fixieren würde. Irrtum. Er lächelte nur schief und zündete sich noch eine Zigarette an. Er blies Rauch aus und lächelte herzlich.

»Nun, mein Junge«, sagte er, »Sie haben einen Mörder. Da bin ich mir verdammt sicher. Bei dieser Cadwallader auf alle Fälle. Die andere Frau, wie heißt sie noch mal?«

»Leona Jensen.«

»Ah ja. Nun, da weiß ich nicht so genau. Was war die Todesursache, wissen Sie es?«

»Der Gerichtsmediziner sagte, Tod durch Ersticken.«

»Ah ja. Wer von den Wilshire-Leuten war verantwortlich?«

»Joe DiCenzo.«

»Ah ja. Ich kenne DiCenzo. Freddy, mein Junge, was halten Sie von diesem verkommenen Engels?«

»Ich glaube, er hat die Cadwallader erledigt und die Jensen und Gott weiß wen.«

»Gott? Sind Sie religiös?«

»Nein, Sir, bin ich nicht.«

»Nun, das sollten Sie aber sein. Ah ja. Die göttliche Vorsehung ist hier sicherlich am Werk.«

Captain Jurgensen kam auf die Veranda, ein Bier in der Hand. »Ah. John. Danke dir«, sagte der Lieutenant. »Lass uns noch zehn Minuten allein, ja, mein Junge?«

Der Captain murmelte: »Sicher, Dud«, und zog sich wieder zurück.

»Nun, ich wollte sagen, mein Junge«, fuhr Dudley Smith fort, »dass ich mit Ihnen völlig übereinstimme. Wie alt sind Sie? Siebenundzwanzig, stimmt's?«

»Ja, Sir.«

»Nennen Sie mich nicht Sir, nennen Sie mich Dudley.«

»In Ordnung, Dudley.«

»Ah, prima. Nun, mein Junge, ich hin sechsundvierzig, und die Hälfte meines Lebens war ich Cop. Während des Kriegs war ich beim OSS. Ich war als Major in Europa und fing danach wieder als Sergeant bei der Polizei an. Ich dachte, ich würde rasch aufsteigen. Ich hab eine Menge Killer gefangen und ein paar selbst getötet. Ich wurde Lieutenant und glaube, ich werde immer Lieutenant bleiben. Ich bin ein zu harter Bursche, zu gescheit und zu wertvoll, um Captain zu sein, den ganzen Tag auf meinem Arsch zu sitzen und Shakespeare zu lesen wie unser Freund John.«

Dudley Smith beugte sich zu mir vor und krallte seine riesige rechte Hand in mein Knie. Er senkte seinen Tenor um gut drei Oktaven und sagte: »In Irland haben mir die Brüder beigebracht, Frauen unerschütterlich zu lieben und zu respektieren. Ich bin seit achtundzwanzig Jahren mit derselben Frau verheiratet. Ich habe fünf Töchter. In mir steckt ein wildes Tier, mein Junge, weiß Gott. Was da an Sanftheit vorhanden ist, verdanke ich den Brüdern und den Frauen, die ich gekannt habe. Ich hasse Mörder, und ich hasse Frauenmörder mehr, als ich den Satan hasse. Teilen Sie meinen Hass, mein Junge?«

Es war sein erster Test, und ich wollte ihn mit Auszeichnung bestehen. Ich spannte mein ganzes Gesicht an und flüsterte krächzend: »Von ganzem Herzen.«

Smith packte mein Knie noch fester. Er wollte, dass ich aufgeben und Schmerz zeigen sollte, also winselte ich. Er ließ mein Knie los, und ich rieb es heftig. Er lächelte. »Ah ja«, sagte er. »Großartig. Er gehört uns, Freddy. Uns. Der hat sein letztes Opfer gefordert, Gott sei mein Zeuge.«

Smith lehnte sich zurück und pflanzte sich wie ein Bär in den Stuhl. Er setzte seine Bierflasche an und leerte sie. »Ah, ja. Großartig. Detective Officer Underhill. Wie gefällt Ihnen das, mein Junge?«

»Gefällt mir gut, Dudley.«

»Großartig. Sagen Sie mir, mein Junge, wie haben Sie sich gefühlt, nachdem Sie die zwei Sombreros niedergeknallt haben, die Ihren Partner umgebracht haben?«

»Zornig.«

»Haben Sie geweint, später?«

»Nein.«

»Ah, großartig.«

»Wann fangen wir an, Dudley?«

»Morgen, mein Junge. Wir sind zu viert. Zwei meiner jungen Schützlinge und wir beide. Von jetzt an ist John draußen. Von jetzt an kriegen Sie die Befehle von mir. Während des Krieges hatten wir beim militärischen Geheimdienst ein Wort, mit dem wir unsere Aktivitäten umschrieben: *Klandestin.* Ist das nicht ein großartiges Wort? Es bedeutet ›heimlich‹. So wird unsere Untersuchung auch sein – heimlich. Ich kann alles kriegen, jede Unterlage, die wir brauchen, von unserer oder irgendeiner anderen Polizeiabteilung. Der Fall gehört uns ganz allein, der Ruhm uns ganz allein, der Beifall uns ganz allein, das Lob und die Beförderungen, die wir ernten können, uns ganz allein – sobald die Sache wasserdicht ist und wir ein Geständnis von diesem Monster Eddie Engels haben.«

»Und dann?«

»Dann gehen wir vors Schwurgericht, mein Junge, und lassen das Volk des großen Staates Kalifornien entscheiden, welches Schicksal der schöne Eddie verdient hat. Natürlich werden sie diesen dreckigen Hurensohn in die Gaskammer schicken.«

»Er ist schon so gut wie drinnen, Dudley.«

»In der Tat, mein Junge. Jetzt hören Sie mir zu. Unsere Kommandozentrale wird das Havana Hotel sein, unten an der Ecke Eigth und Olive Street. Ich hab uns schon ein Zimmer gemietet, Nummer sechzehn. Sie müssen morgen früh punkt acht Uhr dort sein. Tragen Sie Zivil. Schlafen Sie sich vorher gut aus. Sprechen Sie Ihre Gebete. Danken Sie Gott, dass Sie frei, weiß, siebenundzwanzig und ein glänzender Polizist sind. Jetzt gehen Sie nach Hause. John wird verstimmt sein, dass er da nicht dabei ist, deshalb möchte ich ihn ein bisschen besänftigen. Und jetzt fort mit Ihnen.«

Ich stand auf und streckte die Beine aus. Ich reichte Dudley Smith die Hand. »Danke, Dudley«, sagte ich. »Das ist sehr wichtig für mich.«

Smith schüttelte mir kräftig die Hand. »Ich weiß, mein Junge. Ich sag' Ihnen, wir werden großartige Freunde sein. Gott segne Sie. Wenn Sie Ihre Gebete aufsagen, schicken Sie eins für den alten Dudley nach oben.«

»Mach' ich.«

Smith lachte. »Machen Sie bestimmt nicht«, sagte er, »Sie suchen sich bestimmt so eine Mieze, zeigen ihr Ihre Marke und sagen ihr, Sie wären der künftige Polizeichef. Hahaha! Ich kenn' Sie doch, mein Junge. Jetzt gehen Sie und lassen mich den alten John ein wenig besänftigen.«

Ich ging zurück zu meinem Wagen und verspürte einen Hauch von Wahnsinn und Wunder. Ein wahnsinniges, wundervolles Lachen markierte meinen Weg, als ich losfuhr.

Wahnsinniges Gelächter erfüllte in jener Nacht meinen Schlaf. Nagende Zweifel in Gestalt von Wacky Walker und Dudley Smith, die mit ihren Schlagstöcken zwirbelten und sich einander schmutzige Reime zuschrien, zerrten an mir. Reuben Ramos schaute zu, heulte auf seinem Saxofon und steuerte verschlüsselte Bemerkungen bei, wie ein bedröhnter griechischer Chor. Auch Captain Bill Beckworth war da und plärrte sein nichtswürdiges »Achtung. Freddy. Wenn du mein Putten verbesserst, mach' ich dich zum König von Wilshire. Du kriegst so viel Muschis und Wunder, wie du verdauen kannst! Ich hol' dir Walker von den Toten zurück und mach ihn zum Nobelpreisträger. Glaub mir!«

Ich wachte mit Kopfschmerzen und der Gewissheit auf, dass Dudley Smith mich bescheißen und die Lorbeeren für den Eddie-Engels-Fall ganz allein kassieren würde. Er war der leitende Beamte, er traf die Entscheidungen. Er war derjenige, der mit dem Staatsanwalt verhandeln würde, wenn Engels verhaftet war. Ich brauchte eine Rückversicherung, und ich wusste genau, wen ich anzurufen hatte.

Ich ließ mir Zeit beim Anziehen und zum Frühstücken. Ich briet Night Train ein Pfund Hamburger. Er schlang es gierig runter und leckte den Teller ab. Ich warf ihm einen Suppenknochen als Nachtisch hin. Während er noch daran nagte, rief ich die Auskunft an und ließ mir die Telefonnummer des Staatsanwaltsbüros von Los Angeles geben. Es war noch früh. Ich hoffte, dass schon jemand da sein würde.

Ich wählte. »Büro des Staatsanwalts!«, antwortete ein weiblicher Singsang.

»Guten Morgen«, sagte ich, »ich möchte bitte Miss Lorna Weinberg sprechen.«

»Und Ihr Name bitte?«

»Fred Underhill.«

»Einen Moment, bitte. Ich verbinde.«

Einen Augenblick später war Lorna Weinberg in der Leitung. Sie klang gequält. »Hallo«, sagte sie.

»Hallo, Miss Weinberg. Erinnern Sie sich an mich?«

»Ja. Ist etwas mit meinem Vater?«

»Nein. Es ist sowohl persönlich als auch beruflich. Ich muss Sie so bald wie möglich sprechen.«

»Um was geht's?«, schnauzte Lorna.

»Kann ich am Telefon nicht drüber sprechen.«

»Um was geht's, Mr. Underhill?«

»Es ist sehr wichtig. Etwas, von dem ich sicher bin, dass Sie es auch für wichtig halten. Kann ich Sie heute Abend treffen?«

»Gut. Ganz kurz. Wie wär's vor dem Rathaus. Am Eingang in der Spring Street um fünf? Ich habe fünfzehn Minuten Zeit.«

»Ich werde da sein.«

»Wiederhören, Officer«, sagte Lorna Weinberg und hängte ein, bevor ich die witzige Bemerkung loswerden konnte, die ich mir ausgedacht hatte.

Es war ein heißer, stickiger Tag, aber das störte mich nicht im Geringsten. Voller Vorfreude fuhr ich in die Stadt und parkte vor dem Havana Hotel, einem alten, eingeschossigen roten Backsteingebäude mit einem wackligen Fahrstuhl in seiner kleinen Eingangshalle. Auf meiner Uhr war es 7.59 Uhr. Daher rannte ich die Treppen hoch und nahm drei Stufen auf einmal. Punkt acht Uhr klopfte ich an der Tür von Zimmer sechzehn.

Ein untersetzter blonder Mann mit einem weißen, kurzärmeligen Hemd und Schulterhalfter öffnete. Ich zeigte ihm meine Marke, und er winkte mich herein. Dudley Smith und noch ein Mann waren mitten in dem schäbigen kleinen Zimmer über einen Klapptisch gebeugt.

Smith schaute über die Schulter und begrüßte mich. »Freddy!

Mein Junge! Willkommen! Ich möchte Sie bekannt machen – meine Herren, das ist Fred Underhill, mein neuer Schützling. Fred, das ist Sergeant Mike Breuning«, sagte er und nickte in Richtung des untersetzten blonden Mannes. »Und Officer Dick Carlisle«, nickte er in Richtung des anderen Mannes, eines großen dünnen, bleichgesichtigen Mannes mit einer Nickelbrille. Ich gab meinen neuen Kollegen die Hand und tauschte mit ihnen ein paar Scherze aus, als Dudley Smith sich laut räusperte und uns um Aufmerksamkeit bat.

»Genug geblödelt«, sagte er. »Freddy, erzählen Sie Mike und Dick Ihre Geschichte. Lassen Sie nichts aus. Stellen Sie sich hier hinter diesen Tisch wie ein Redner. Ah ja, großartig.«

Breuning und Carlisle zogen sich Stühle heran, während ich meinen Platz hinter dem Klapptisch einnahm. Smith saß auf dem Bett, rauchte und schlürfte Kaffee und lächelte mich an. In fünfzehn Minuten hatte ich meine Geschichte erzählt. Ich konnte sehen, dass Breuning und Carlisle beeindruckt waren. Ihre Blicke suchten Bestätigung bei Dudley Smith; in ihrer Achtung vor dem großen Cop wirkten sie fast wie Hunde.

Er lächelte sie an. »Ah ja. Ein leibhaftiger entarteter Frauenmörder. Irgendwelche Bemerkungen, Jungs? Fragen?«

Carlisle und Breuning schüttelten die Köpfe.

»Freddy?«, fragte Smith.

»Nur eine Frage. Dudley. Wann fangen wir an?«

»Hahaha! Großartig! Wir fangen jetzt an, mein Junge. Hören Sie zu, das sind Ihre Aufgaben. Mike, Sie fahren sofort zum Horn Drive. Sie werden Eddie Engels beschatten. Sie werden Tag und Nacht bei ihm sein, bis er heimfährt, um zu schlafen. Wenn er irgendwelche Frauen aufliest, bleiben Sie noch näher bei ihm. Haben Sie das kapiert, mein Junge? Dieses Biest darf keine Opfer mehr fordern. Freddy, Sie fahren auch zum Horn Drive. Sie fragen die Leute an der Straße über ihren entarteten Nachbarn aus. Ich möchte die Namen und Adressen aller Zeugen, die etwas von Engels' Gewalttätigkeiten mitbekommen haben. Lassen Sie sich den ganzen Tag dazu Zeit. Dick, Sie fahren zur Wilshire-Wache und reden mit Sergeant Joe DiCenzo. Reden Sie mit ihm über den Mord an Leona Jensen. Sagen Sie Joe, dass ich jetzt mit den Untersuchungen beauftragt bin – er wird es verstehen. Lesen Sie die ganzen Berichte zu dem Fall durch – Autopsie, Ermittlungsbericht, Vermögensaufstellung, alles. Machen Sie sich Notizen. Ich selbst will ein paar Hintergrundinformationen zu unserem Eddie ausgraben. Wir treffen uns morgen wieder hier, gleiche Zeit. Jetzt an die Arbeit. Gott schütze euch!« Donnernd klatschte Dudley Smith in seine großen Hände und entließ uns.

Breuning und Carlisle marschierten hintereinander zur Tür hinaus. Sie sahen wild entschlossen aus. Als ich ihnen folgen wollte, packte Dudley Smith mich am Arm. »Rufen Sie mich heute Nachmittag im Büro an, mein Junge. Etwa um vier.«

»Sicher. Dudley«, sagte ich.

Smith drückte meinen Arm fest, dann schob er mich sanft zur Tür hinaus.

Breuning stand auf dem Gehsteig und wartete offensichtlich auf mich. »Da wir beide zum Strip fahren, dachte ich, ich könnte dir folgen«, sagte er.

»Sicher«, sagte ich. »Wo ist dein Wagen?«

»Um die Ecke.« Breuning scharrte nervös mit dem Fuß.

Ich sah, dass er mir noch etwas sagen wollte. Ich wollte es ihm leicht machen. »Wie lange bist du schon dabei, Mike?«

»Elf Jahre. Du?«

»Vier.«

»War bestimmt ganz schön hart, diese beiden Mexikaner zu erschießen.«

»Hab ich gar nicht so viel drüber nachgedacht.«

»Hat mich nur beschäftigt. Dudley mag dich, weißt du das?«

»Kann sein. Wie kommst du darauf?«

Breunings unerschütterliches deutsches Gesicht lief rot an. »Du hast ihn die ganze Zeit so komisch angesehen. Du hast sein Gesicht studiert, als sei er verrückt. Eine Menge Leute glauben, dass Dudley spinnt, aber das stimmt nicht. Er ist einfach schlau.«

»Glaub' ich dir. Er ist nur ein Schauspieler, und zwar ein verdammt guter. Er kann Leute hervorragend anfeuern. Das ist seine Begabung.«

»Richtig. Er möchte diesen Engels schnappen. Und wie.«

»Ich weiß. Er hat's mir gesagt. Er hasst Frauenmörder.«

»Das ist nicht alles. Du musst Dudley kennen. Ich kenn' ihn sehr gut. Seit ich angefangen habe. Er ist immer noch stinksauer wegen der Dahlie. Er sagte mir, der Engels-Fall ist seine Buße dafür, dass er den Kerl, der sie aufgeschlitzt hat, nicht geschnappt hat.«

Ich dachte darüber nach. »Er war nicht für die ganze Untersuchung verantwortlich, Mike. Die gesamte Polizei von Los Angeles konnte den Mörder nicht finden. Es war nicht Dudleys Schuld.«

»Ich weiß, aber er hat es so aufgefasst. Er ist ein religiöser Mann, und er nimmt die Engels-Geschichte richtig persönlich. Der Grund, warum ich das alles erzähle, ist, dass Dudley dich groß rausbringen will. Er sagt, du hättest das Zeug, um bei der Polizei große Karriere zu machen. Meine Sache ist das nicht. Mir gefällt es, als Sergeant im Büro zu hocken. Aber du musst dich nach Dudley richten. Ich sehe, dass du vor Dudley keine Angst hast, und das ist schlimm. Wenn du ihm in die Quere kommst, taucht er dich ganz tief in die Scheiße. Das wollte ich dir sagen.«

Ich lächelte über die Ermahnung. Sie erhöhte meinen Respekt

vor Dudley Smith. Und meinen Respekt vor Mike Breuning, weil er es mir gesagt hatte. »Danke, Mike«, sagte ich.

»Bitte. Düsen wir jetzt endlich zum Strip. Mich juckt's schon in den Fingern.«

Mike holte seinen Wagen und fuhr hinter mir her. Ich hoffte, dass Eddie Engels noch schliefe, damit Mike beschäftigt wäre. Ich fuhr Richtung Norden auf der La Cienega. Als ich zehn Minuten später auf den Strip einbog, war Mike direkt hinter mir. Auf dem Horn Drive fuhr ich rechts ran und zeigte Mike Engels' Bungalow und seinen Oldsmobile. Mike lächelte und hielt seinen Daumen nach oben. Ich winkte und fuhr den Hügel hoch, parkte und machte mich auf den Weg, die Leute auszufragen.

Ich klopfte an die Türen von Bungalows, schicken Häusern, schlossartigen Wohnanlagen, Künstlerhöhlen und erntete eine Kette leerer Blicke, Gähnen und gelangweiltem Kopfschütteln. »Tut mir leid, kann Ihnen nicht helfen.« Eddie, das Phantom. Das dauerte insgesamt fünf Stunden. Um zwei Uhr ging ich runter zu der Imbissbude Ecke Horn und Sunset, bestellte mir zwei Cheeseburger, Pommes frites, einen Salat und eine riesige Ananasmilch. Ich war wie ausgehungert – und nervös wegen meines Treffens mit Lorna Weinberg.

Der Mann, der mich am Tresen bediente, sah aus wie ein müder Limodudler aus der Hölle. Während ich meinen Salat in Angriff nahm, stand er schief vor mir und bohrte abwechselnd zwischen seinen Zähnen und in seiner Nase. Eine Unterhaltung schien unvermeidbar – fragte sich nur, wer anfangen würde. Ich tat es, aus zwingendem Grund. »Bringen Sie mir 'n bisschen Ketchup, ja?«

»Klar, Mann«, sagte er und reichte mir eine Flasche Heinz's.

Dann beugte er sich vor und hauchte mich an. »Sind Sie ein Bulle?«, fragte er. Das war interessant.

»Los Angeles Police Department«, sagte ich. »Bist du ein Knacki?«

»Ich bin seit sechs Jahren sauber. Hab meine Bewährungszeit überstanden, toi, toi, toi.« Der Kerl klopfte umständlich auf die Holztheke.

»Glückwunsch«, sagte ich. »Wie lange arbeiten Sie schon in diesem Laden?«

»Seit zwei Jahren. Toi, toi, toi.«

»Kennen Sie Ihre Kundschaft gut?«

»Die Heinis oder die richtigen Kunden?«

»Sehr scharfsinnig. Ich meine die Leute, die in der Nachbarschaft wohnen und hierher essen kommen.«

»Oh.« Die Augen des Mannes verengten sich und bekamen einen verschlagenen Ausdruck. »Meinen Sie jemand Bestimmten?«

»Ja. Einen Kerl namens Eddie. Ein gut aussehender Kerl, ungefähr dreißig. Lockiges braunes Haar. Braune Augen. Dufte angezogen. Ein Stenz. Immer 'ne flotte Biene im Schlepptau. Kennen Sie ihn?«

Die Augen des Verkäufers blieben unbeteiligt. Als ich fertig war, nickte er kaum wahrnehmbar. »Ja, ich glaube.«

Ich trumpfte auf. »Ich bin Polizist und sehr großzügig. Erzählen Sie.«

Er blickte sich nach Lauschern um. Keine da. »Okay – Sie haben recht. Fescher Bubi. Weiberheld. Die hätte ich mal haben sollen, die Damen, mit denen er hier aufgekreuzt ist. Hör'n Sie zu, Officer –«

Ich langte in meine Jackentasche nach einem Foto von Maggie Cadwallader. »Sie?«, fragte ich. »Dieses Weib?«

Der Verkäufer sah sich das Foto genau an, schüttelte den Kopf.

»Nee, mit so 'ner Schreckschraube hätte sich dieser Junge nie sehen lassen. Igitt. Was für 'ne –«

»Schnauze. Erzählen Sie mir von den Frauen, mit denen Sie ihn gesehen haben.«

Nach diesem Dämpfer fuhr er mit leiser Stimme fort: »Filmstarmaterial. Richtige Schönheiten. 1a-Votzen, die hängten sich an ihn, als gäb's kein Morgen.«

»Kennen Sie eine dieser Frauen? Sind welche davon Stammkunden?«

»Nee, ich glaube, er bringt sie nur auf 'nen schnellen Hamburger mit rein, weil er gleich um die Ecke wohnt.«

»Woher wissen Sie das?«

»Na ja, das ist ganz komisch. Einmal war er hier mit einer Superblondine. Sie zog ihn wegen irgendwas auf. Das gefiel ihm nicht. Sie hatte ihre Hand auf die Theke gelegt. Eddie hat sie gepackt und richtig fest zugedrückt. Die Dame hatte Tränen in ihren Augen. Es tat ihr richtig weh. Sie sagte: ›Jetzt nicht, Baby. Du kannst es mir richtig zeigen – in der Wohnung, aber nicht hier. Wir sind doch gleich dort. Bitte, Baby.‹ Sie sah ängstlich aus, aber auch irgendwie gespannt, verstehen Sie?«

»Wann war das?«, fragte ich.

»Weiß nicht. Vor Monaten.«

»Haben Sie die Frau wiedergesehen, mit oder ohne Eddie?«

»Glaub' ich nicht.«

»Haben Sie gesehen, wie Eddie anderen Frauen gegenüber gewalttätig wurde?«

»Nee. Aber das würde ich nicht Gewalt nennen.«

»Schnauze.« Ich reichte ihm ein Blatt von meinem Notizbuch. »Schreiben Sie da Ihren Namen und Adresse auf«, sagte ich.

Der Exknacki tat, wie ich ihm sagte, sein Unterkiefer zitterte leicht. »Schaun Sie, Officer ...«, fing er an.

»Keine Sorge«, sagte ich und lächelte. »Sie kriegen keinen Ärger. Halten Sie nur die Klappe. Capisco?«

»Ja.«

»Gut.« Ich steckte das Stück Papier in meine Tasche und ließ einen Fünfer auf die Theke segeln. »Behalten Sie den Rest«, sagte ich.

Ich fand ein Telefon auf dem Parkplatz und rief Dudley Smith in der Stadt an. Es dauerte eine Weile, bis er am Apparat war, und ich wartete gedankenverloren in der kochend heißen Zelle, den Hörer ans Ohr geklemmt. Smith' lauter, irischer Singsang traf mich überraschend.

»Freddy, mein Junge! Wie schön, von dir zu hören!«

Ich erholte mich schnell und sprach ruhig: »Gute Neuigkeiten, Dudley. Unser Junge ist vor einigen Monaten hier in einer Imbissbude mit einer Frau gesehen worden. Der Verkäufer sagte, er hätte sie getriezt, und es hätte ihr gefallen. Ich hab 'ne Aussage von ihm.« Dudley Smith schien darüber nachzudenken – er schwieg fast eine Minute lang. In meinem Eifer brach ich das Schweigen: »Ich glaube, er ist ein Sadist, Dudley.«

»Ah ja. Nun, mein Junge, ich glaube, unser Freund ist 'ne ganze Menge. Ich hab auch was Interessantes. Also, Freddy, morgen wirst du berühmt werden. Hol mich zu Hause um neun Uhr ab, 2341 Kelton Avenue, Westwood. Zieh dir 'nen hellen Anzug an und sei lernbereit. Hast du das kapiert?«

»Ja.«

»Ah ... großartig. Wolltest du mir noch irgendetwas sagen, mein Junge?«

»Nein.«

»Großartig. Dann seh' ich dich morgen.«

»Wiedersehen, Dudley.«

Ich fuhr nach Hause, duschte und zog mich um. Ich rasierte mich zum zweiten Mal. Als ich in die Stadt fuhr, kämpfte ich gegen ein Prickeln an, das zur Hälfte aus Nervosität und zur Hälfte aus ziehender Geilheit im Bauch bestand. Ich parkte auf dem Platz für die städtischen Angestellten an der Temple Street; statt des Parkausweises zeigte ich dem Wächter meine Marke. Ich kämmte mir mehrere Male das Haar und prüfte im Rückspiegel, ob alles in Ordnung war. Punkt fünf Uhr stand ich genau vor dem Eingang zum Rathaus in der Spring Street und wartete auf Lorna Weinberg.

Ein paar Minuten später kam Lorna durch die breite Glastür; Lorna humpelte, und ihr rechtes Bein schlug fast rechtwinklig aus. Sie benutzte einen dicken schwarzen Holzstock mit Gummispitze. In der Linken hielt sie eine Aktentasche und blickte abwesend. Als sie mich sah, runzelte sie die Stirn.

»Hallo, Miss Weinberg«, sagte ich.

»Mr. Underhill«, entgegnete sie. Sie nahm den Stock in die Linke und bot mir die Rechte an. Der Handschlag erinnerte mich daran, dass dies ein privates Treffen zweier Amtsträger war.

Ich sagte: »Ich danke Ihnen, dass Sie mich empfangen. Ich weiß, dass Sie sehr beschäftigt sind.«

Lorna nickte brüsk und verlagerte ihr Gewicht auf ihr gesundes Bein. »Sie sind auch beschäftigt. Wir sollten wohin gehen und reden. Ich bin sehr gespannt, was Sie mir zu sagen haben.« Sie merkte, dass sie fast freundlich wurde, und fügte hinzu: »Ich bin sicher, Sie wollen mich nicht aufhalten.« Als ich schwieg, fragte sie: »Oder?«

Ich lächelte Lorna Weinberg so breit und unschuldig an, wie ich konnte. »Vielleicht. So viel zu den Liebenswürdigkeiten. Essen Sie mit mir?«

Lorna runzelte wieder die Stirn. »Ja, Officer. Und Sie?«

»Ja. Jeden Abend. Eine alte Angewohnheit. Kennen Sie ein anständiges Lokal?«

»Keins, zu dem ich hingehen könnte.«

»Wenn Ihnen Ihr böses Bein zu schaffen macht, können wir verschnaufen, oder ich kann Sie tragen. Oder wir können irgendwohin fahren.«

Bei meinen Bemerkungen zuckte Lorna zurück, ihre Lippen kräuselten sich. »Wir können fahren«, sagte sie, »in meinem Wagen.« Ich gab mehr als bereitwillig nach.

Wir gingen ganz langsam die kurze Strecke zur Temple Street und sprachen sehr wenig. Lorna humpelte beständig und warf beim Gehen ihr totes Bein mit rhythmischer Anmut aus. Wenn sie Schmerzen hatte, zeigte sie sie nicht. Nur ihr freier Arm, der den Stock führte, verriet Zeichen von Anspannung.

Ich überlegte, was ich sagen könnte, aber alles schien mir dumm und abgenutzt. Als wir die Straße überquerten, fasste ich sie am Ellbogen, um sie zu führen. Sie zog ihn ärgerlich weg.

»Nicht«, schnauzte sie, »das kann ich allein.«

»Ich bin sicher, dass Sie das können«, sagte ich.

Ihr Wagen war ein neuer Packard mit automatischem Getriebe und einem eigens konstruierten Bügel für ihr schlimmes Bein. Ohne mich zu fragen, fuhr sie Richtung Norden nach Chinatown. Sie war eine gute Fahrerin und steuerte den großen Wagen geschickt durch den starken Abendverkehr auf dem North Broadway. Sie zwängte den Wagen mühelos in eine enge Lücke, zog die Handbremse schwungvoll an und wandte sich mir zu. »Ist chinesisch in Ordnung?«, fragte sie.

Die Inneneinrichtung des Restaurants war ein Traum aus Pappmaschee. Alle vier Wände hatten die Gestalt einer Bergkette mit Wasserfällen, die in einem Trog zusammenliefen, in dem riesige

Goldfische schwammen. Der Raum war in blaugrünes Licht getaucht, das dem Ganzen einen Unterwassereffekt verlieh.

Ein unterwürfiger Kellner führte uns in eine Nische am Ende des Lokals und reichte uns die Speisekarte. Lorna studierte ihre mit großem Eifer, während ich mir ein paar knapp formulierte Gedanken zurechtlegte. Ich starrte sie an, während sie ihre Speisekarte durchlas. Ihr Gesicht sah sehr stark und sehr schön aus.

Sie schaute von ihrer Speisekarte auf und bemerkte meinen Blick. »Essen Sie nichts?«, fragte sie.

»Vielleicht«, sagte ich. »Wenn ja, weiß ich, was ich nehme.«

»Sind Sie so unflexibel? Wollen Sie nicht mal was Neues probieren?«

»Eigentlich schon. Deswegen bin ich ja hier.«

»Ist das zweideutig gemeint, Officer?«

»Es ist eine Mischung aus Antrag und Absichtserklärung.«

»Ist *das* zweideutig gemeint?«

»Das ist eine Mischung aus Widersinn und Trugschluss.«

»Und was ich –«

Ich unterbrach. »Das Widersinnige ist ein Mord. Frau Anwältin. Und die Tatsache, dass ich beabsichtige, aus der Ergreifung des Mörders Kapital zu schlagen. Der Trugschluss ist, dass – nun, zum Teil bin ich hier, weil Sie eine sehr gut aussehende und interessante Frau sind.«

Lorna öffnete ihren Mund, um zu protestieren, aber ich sprach lauter, um sie daran zu hindern. »Verzeihen Sie mir den Ausdruck, aber wie ein Kollege von mir sagen würde – ›genug Scheiße geredet‹. Lassen Sie uns essen und über alles reden.«

Lorna funkelte mich sprachlos an. Ich konnte sehen, dass sie sich krampfhaft eine böse Retourkutsche überlegte. Glücklicherweise kam der Ober leise angeschlichen und sagte: »Sie jetzt bestellen?«

Bevor Lorna wieder etwas sagen konnte, nahm ich einen Schluck grünen Tee und fing an, ihr die Geschichte des Bullen Freddy Underhill, dieses Schlingels, zu erzählen. Und von seinem unglaublichen Einfühlungsvermögen und seiner Hartnäckigkeit. Sie wollte mich einige Male unterbrechen, aber ich schüttelte den Kopf und fuhr fort. Sie änderte ihren Gesichtsausdruck während meines Monologs nur einmal, als ich den Namen Dudley Smith erwähnte. Da wurde aus ihrem gedankenverlorenen Blick ein zorniger. Als ich geendet hatte, war unser Essen da. Lorna schaute von mir weg auf ihren Teller, dann schob sie ihn beiseite und zog ein Gesicht.

»Ich kann jetzt nichts essen«, sagte sie. »Nicht nach dieser Geschichte.«

»Glauben Sie mir denn?«

»Ja. Ein bisschen umständlich, aber es passt alles zusammen. Was wollen Sie jetzt von mir?«

»Wenn die Sache wasserdicht ist, möchte ich Ihnen alle Aussagen persönlich zu Protokoll geben. Die Wahrheit ist: Smith will mich bescheißen – das weiß ich. Ich traue dem Hund nicht. Ehrlich gesagt, möchte ich den Ruhm für mich haben. Bereiten Sie immer noch die Fälle für das Schwurgericht vor?«

»Ja.«

»Gut. Sobald ich genügend Beweismaterial habe, oder sobald wir Eddie Engels verhaften, komme ich zu Ihnen. Sie bereiten den Fall vor, und das Schwurgericht wird Anklage gegen Engels erheben.«

»Und dann, Officer?«, fragte Lorna sarkastisch.

»Und dann haben wir beide die Genugtuung, dass Eddie Engels unterwegs in die Gaskammer ist. Das wird Ihrer Karriere nützen, und ich kriege einen Job bei der Kripo.« Lorna schwieg mürrisch. Ich versuchte, sie aufzuheitern. »Das wird Ihren Job leichter machen. Ich werde viele Fälle mit Ihnen vorbereiten. Aber nur solche, bei denen ich sicher bin, dass der Verhaftete schuldig ist.« Ich lächelte.

»Dudley Smith bringt Sie um, wenn er das erfährt«, sagte Lorna.

»Wird er nicht tun. Ich werde 'ne Nummer zu groß für ihn sein. Der Fall wird in die Zeitung kommen. Ich werde viel Unterstützung bekommen – von der Presse, von den Kollegen. Ich werde unantastbar sein.«

Lorna stocherte mit ihren Stäbchen im gebratenen Reis.

»Werden Sie mir helfen?«, fragte ich.

»Ja«, sagte sie. »Das ist mein Job, meine Pflicht.«

»Gut. Ich danke Ihnen.«

»Sie sind sehr, sehr vorwitzig.«

»Ich bin sehr, sehr gut.«

»Ich zweifle nicht daran. Mein Vater spricht oft von Ihnen. Er vermisst Sie. Er sagte mir, Sie würden nicht mehr Golf spielen.«

»Ich hab es letzten Winter aufgesteckt, kurz nachdem ich Sie getroffen habe.«

»Warum?«

»Mein bester Freund wurde getötet, und ich tötete zwei Männer. Golf schien mir nicht mehr wichtig.«

»Ich hab davon in der Zeitung gelesen. Meine Schwester hat sich sehr aufgeregt. Ich hab mir auch Sorgen gemacht. Ich wollte wissen, ob Sie das mitgenommen hatte. Jetzt weiß ich, dass das nicht der Fall war. Sie waren damals misstrauisch, und Sie sind jetzt misstrauisch. Sie sind ein schwieriger Fall.«

»Bin ich nicht. Ich bin ein netter Kerl und fühle mich sehr geschmeichelt, dass Sie an mich gedacht haben.«

»Lieber nicht. Das war rein beruflich.«

»Ja, aber unberuflich hab ich pausenlos über Sie nachgedacht, seit wir uns getroffen haben. Nette, warme, private Gedanken.«

Lorna antwortete nicht – sie wurde nur rot. Es war ein rein privates, feminines Rot. »Sind Sie fertig mit Essen?«, fragte ich.

»Ja«, sagte Lorna.

»Dann gehen wir.«

Zehn Minuten später waren wir wieder auf dem Parkplatz an der Temple Street. Ich stieg aus dem Wagen und ging hinüber zur Fahrerseite.

»Bitte lächeln Sie, Lorna, bevor wir uns Gute Nacht sagen«, sagte ich.

Lorna gehorchte widerwillig, öffnete ihre Lippen und knirschte mit den Zähnen.

Ich lachte: »Nicht schlecht für eine Anfängerin. Wollen Sie morgen Abend mit mir essen gehen? Ich kenne ein Lokal in Malibu. Wir können ein bisschen am Strand entlangfahren.«

»Ich denke nicht.«

»Ganz recht, denken Sie nicht.«

»Hören Sie, Mister –«

»Nennen Sie mich Freddy.«

»Hören Sie, Freddy, ich ...« Lornas Stimme und Widerstand verloren sich, und sie grinste und lächelte wieder. Unaufgefordert,

»Gut«, sagte ich fröhlich. »Schweigen bedeutet Zustimmung. Ich treffe Sie um sechs Uhr vor dem Rathaus.«

Lorna starrte auf das Lenkrad, sie wich meinen Augen aus. Ich beugte mich in das Wageninnere, drehte ihren Kopf sanft zu mir her, dann küsste ich sie zart auf ihren geschlossenen Mund. Ihre Hand ließ das Lenkrad los und schloss sich fest um meinen Arm. Ich brach den Kuss ab.

»Nicht denken, Lorna. Morgen um sechs.«

Ich rannte in Richtung meines Wagens davon, bevor sie antworten konnte.

10

Dudley Smith und seine weibliche Brut wohnten in einem bescheidenen, geräumigen Haus eine Meile südlich von Westwood Village. Fünf Minuten vor der Zeit fuhr ich vor. Ich trug meinen einzigen hellen Anzug, der ein bisschen verknittert und schmutzig war. Ich klingelte und hörte, wie kichernde Mädchenstimmen mich ankündigten:

»Daddy, er ist da!«

»Daddy, dein Polizist ist da!«

»Daddy, Besuch, Daddy!«

Am Fenster neben dem Eingang wurde ein Vorhang zurückgezogen. Ein sommersprossiges kleines Mädchen starrte mich an. Sie starrte, bis ich grinste und ihr zuwinkte. Dann streckte sie ihre Zunge raus und verschwand.

Dudley Smith riss einen Augenblick später die Tür auf. Wie gewöhnlich trug er einen braunen Dreiteiler. Im September. Das sommersprossige kleine Mädchen saß auf seinen Schultern, es hatte ein rosafarbenes Baumwollkleidchen an und kicherte zu mir herunter.

»Freddy, mein Junge, willkommen«, sagte Dudley, beugte sich vor und setzte das kleine Mädchen auf dem Boden ab. »Bridget, mein Liebling, dieser toll aussehende junge Herr ist Officer Fred Underhill. Sag guten Tag, mein Liebling.«

»Hallo, Officer Fred«, sagte Bridget und machte einen Knicks. »Hallo, hübsche Bridget«, sagte ich und verbeugte mich.

Dudley lachte laut. Es klang beinahe echt. »Mein lieber Junge, du bist ein Herzensbrecher. Bridget, hol deine Schwestern. Die möchten den jungen Herrn auch kennenlernen.«

Bridget machte sich davon. Ich fühlte mich ein wenig verloren, wie es mir manchmal in großen Familien passiert, dann riss ich mich zusammen. Dudley schien meinen Stimmungswechsel bemerkt zu haben. »Eine Familie ist etwas, das man schätzen und pflegen muss, mein Junge. Sie werden auch eine haben, wenn die Zeit gekommen ist.«

»Vielleicht«, sagte ich und sah mich in dem anheimelnden Wohnzimmer um. »Warum der helle Anzug, Dudley?«

»Symbolisch, mein Junge. Du wirst sehen. Lass uns hier nicht darüber reden. Du wirst das schon noch früh genug herausfinden.«

Bridget kam mit ihren Schwestern im Schlepptau zurück, allen vieren. Die Mädchen waren zwischen sechs und vierzehn Jahre alt. Sie trugen alle die gleichen rosaroten Baumwollkleider und sahen alle wie hübsche, zarte Ausgaben von Dudley aus. Die Smith-Töchter stellten sich hinter Bridget, der Jüngsten, auf.

Dudley Smith verkündete stolz: »Meine Töchter, Fred. Bridget, Mary, Margaret, Maureen und Maidred.«

Alle Mädchen knicksten und kicherten. Ich verbeugte mich übertrieben. Dudley warf seinen Arm grob um meine Schultern. »Glaubt mir, meine Mädchen, dieser junge Mann wird eines Tages Polizeichef sein.« Er drückte noch fester zu, und meine Schulter wurde taub. »Jetzt sagt eurem alten Papi und Officer Fred adieu. Und weckt eure Mutter auf, sie hat lange genug geschlafen.«

»Tschüs, Daddy. Tschüs, Officer Fred.«

»Tschüs, Mr. Officer.«

»Tschüs.«

Die Mädchen umarmten ihren Vater und zogen an seiner Jacke. Er warf ihnen Küsse zu und scheuchte sie sanft ins Haus. Als wir über den Rasen zu meinem Wagen gingen, sagte Dudley Smith bestimmt: »Jetzt weißt du, warum ich Frauenmörder mehr hasse als alles auf der Welt, mein Junge?«

»Fahr, mein Junge, und hör mir zu«, sagte Dudley. »Gestern habe ich ein paar Anfragen, den schönen Eddie betreffend, losgeschickt. Edward Thomas Engels, geboren am 19. April 1919 in Seattle, Washington. Keine Vorstrafen, hab ich beim FBI überprüft. Kriegsdienst bei der Marine von 1942 bis '46. Gute Zeugnisse. Ehrenhafte Entlassung. Unser Freund arbeitete als Apothekergehilfe. Ich rief die Kreditauskunft an. Er hat über eine Kreditgesellschaft zwei Autos finanziert, die haben ihn überprüft. Er gab zwei Bürgen an. Und die besuchen wir jetzt, mein Junge, gute Spezis des schönen Eddie.«

Wir hielten an der Ampel Ecke Pico und Bundy. Da ich unser Ziel nicht kannte, sah ich Dudley fragend an.

»Nach Venice, mein Junge«, sagte er. »Venice in Kalifornien, nicht in Italien. Fahr genau nach Westen.«

»Warum der helle Anzug, Dudley?«, fragte ich wieder.

»Rein symbolisch, mein Junge. Wir spielen Guter und Böser. Dieser Typ, den wir aufsuchen, Lawrence Brubaker, ist ein alter Kumpel des schönen Eddie. Ihm gehört eine Bar in Venice. Ein Homoladen. Er ist als Homo bekannt und hat eine Latte von Vorstrafen wegen Unzucht. Ein Degenerierter, todsicher. Wir spielen mit ihm wie auf einem Akkordeon, mein Junge. Ich schüchtere ihn ein, und du kommst ihm zu Hilfe. Einfach mir nach, Freddy-Boy. Ich verlass mich auf deinen Instinkt.«

Ich fuhr links auf den Lincoln Boulevard, dann steuerte ich

nach rechts auf den Venice Boulevard in Richtung Strand und zu meinem ersten richtigen Verhör. Dudley Smith rauchte und starrte gedankenverloren aus dem Fenster. »Halt an der Ecke Windward und Main«, sagte er schließlich, als der Ozean in Sicht kam. »Wir laufen das letzte Stück, da haben wir Zeit, noch ein bisschen zu reden.«

Ich parkte vor dem Vereinshaus der American Legion, stieg aus, streckte mich und sog die erfrischende Meeresluft ein. Dudley stieg aus und schlug mir auf den Rücken.

»Hör zu, mein Junge. Ich bin die Akten der Frauenmorde durchgegangen, auf die Eddies Modus Operandi zutrifft. Drei hab ich gefunden, mein Junge, alle erwürgt, das reicht bis März 1948 zurück. Eine wurde drei Blocks von hier gefunden, erwürgt und zu Tode geprügelt in einer Gasse in der Nähe der 27. Straße. Sie war zweiundzwanzig, mein Junge. Vergiss das nicht, wenn wir uns diesen verkommenen Brubaker vorknöpfen.«

Dudley Smith verzog sein Gesicht langsam zum gefühllosen Lächeln eines Fleischfressers, und ich wusste, dass dies der wahre Kern des Mannes war, befreit von aller Schauspielerei. Ich nickte. »Okay, Partner«, sagte ich und fühlte, wie ich selbst ganz kalt wurde.

»Larry's Little Log Cabin« war einen Block vom Strand entfernt, ein rosarotes Stuckgebäude mit nachgemachten Schwingtüren und einem Schild, auf dem die Öffnungszeiten standen – 6 Uhr morgens bis 2 Uhr nachts, das Äußerste, was das Gesetz gestattete.

Dudley stieß mich an, als wir eintraten. »Es ist nur nachts eine Homo-Bar, mein Junge. Tagsüber ist es ein Treffpunkt für die Strizzis der Gegend. Folge mir, mein Junge, und mach das Volk nicht an.«

Der Raum war sehr klein und sehr schwach beleuchtet. An den Wänden hingen Jagdbilder, Sägespäne lagen auf dem Boden. Dudley stieß mich wieder in die Seite. »Brubaker wechselt abends die Dekoration, mein Junge, Bilder von Muskelknaben überall. Hat mir ein Sergeant von der Sitte erzählt.«

Ein halbes Dutzend älterer Säufer saß an der lang gezogenen Bar und trank Bier. Sie sahen deprimiert und nachdenklich aus. Der Barkeeper döste hinter der Theke. Er sah wie alle Männer hinter dem Tresen aus – erschöpft, sogar beim Schlafen. Dudley ging an die Theke und hieb zwei riesige Hände auf die hölzerne Oberfläche. Die Theke erzitterte, und die Frühschöppner fielen aus ihren Träumen. Der Kopf des Barkeepers zuckte zurück, und er fing an zu stottern: »Ja, ja, ja, ja, ja ... b-b-bitte?«

»Guten Morgen!«, bellte Dudley musikalisch. »Könnten Sie mir den Weg zum Eigentümer dieses edlen Etablissements, Herrn Lawrence Brubaker, zeigen?«

Der Mann wollte etwas stammeln, dann besann er sich eines Besseren und zeigte auf einen Gang am hinteren Ende der Bar. Dudley verbeugte sich vor dem Barkeeper, dann schob er mich in jene Richtung und flüsterte: »Wir sind zwei gegensätzliche Typen, mein Junge. Ich bin der Pragmatiker, du der Idealist. Brubaker ist schwul, und du bist ein hübscher junger Mann. Er wird auf dich fliegen. Wenn ich zu grob zu ihm bin, berührst du ihn sanft. Wir müssen mit ihm Schlitten fahren. Wir können ihn nicht wissen lassen, dass es um Mord geht.«

Ich nickte und wand mich aus Dudleys Griff. Ich spürte, wie ich sehr nervös wurde.

Dudley klopfte leise an die Tür und sprach mit affektiertem amerikanischem Akzent. »Larry, mach auf, Baby!« Kurz darauf öffnete ein fast kahler, blauäugiger, sehr dünner Mulatte die Tür. Er starrte uns kurz an, dann duckte er sich instinktiv zurück.

»Knock, knock«, bellte Dudley in seinem Singsang. »Wer klopft so keck? Dudley Smith, der Homoschreck. Ha – ha – ha! Polizei, Brubaker! Wir sind hier, damit unsere Bürger wissen, dass wir immer auf der Hut und wachsam sind!«

Lawrence Brubaker stand in der Mitte seines Büros, sein dünner Körper zitterte.

»Was ist los, Mann?!«, schrie Dudley. »Haben Sie nichts zu sagen?«

Mein Stichwort. »Lass den Gentleman in Ruhe, Dud. Er ist kein Pusti, er ist nur der Besitzer.« Ich hieb Dudley hart auf seine Schulter. »Ich glaube, der Kollege von der Sitte irrt sich. Dieses ist keine Schwulenkneipe, oder, Mr. Brubaker?«

»Ich kümmere mich nicht um die sexuellen Vorlieben meiner Kunden, Officer«, sagte Brubaker. Seine Stimme klang schwach.

»Schön gesagt. Warum sollten Sie auch?«, sagte ich. »Ich bin Detective Underhill, und dies ist mein Partner, Detective Smith.« Ich schlug Dudley noch einmal und noch härter auf den Rücken. Dudley winselte, aber seine braunen Augen zwinkerten mich verschwörerisch an. Ich deutete auf ein Sofa an der Wand. »Warum setzen wir uns nicht?«

Brubaker zuckte mit den Schultern und nahm in dem Stuhl gegenüber dem Sofa Platz, während Dudley sich auf seinen Schreibtisch setzte, ein Bein herabbaumeln ließ und mit dem Absatz gegen den Papierkorb stieß. Ich setzte mich aufs Sofa und streckte meine langen Beine aus, bis sie fast Brubakers Füße berührten.

»Wie lange gehört Ihnen dieser Laden schon, Mr. Brubaker?«, fragte ich und nahm einen Stift und einen Notizblock zur Hand.

»Seit 1946«, sagte er mürrisch und ließ seine Augen zwischen Dudley und mir hin und her schweifen.

»Aha«, sagte ich. »Mister Brubaker, wir haben zahlreiche Beschwerden erhalten, dass Ihre Bar als Treffpunkt für illegale Buchmacher dient. Zivilbeamte sagten uns, dies sei ein Sammelplatz für Spieler.«

»Und eine schwule Lasterhöhle!«, bellte Dudley. »Wie hieß dieser fesche Spieler noch mal, den wir bearbeitet haben, Freddy?«

»Eddie Engels, oder?«, sagte ich unschuldig.

»Ja, das ist dieser Perverse!«, rief Dudley aus. »Er wettet in jeder Schwulenbar in Hollywood.«

Brubakers Augen blitzten kurz auf, als ich Engels' Name erwähnte, aber das war alles. Er blieb ganz ruhig.

»Kennen Sie Eddie Engels, Mister Brubaker?«, fragte ich.

»Ja, ich kenne Eddie.«

»Kommt er oft in ihre Bar?«

»Eigentlich nicht, schon lange nicht mehr.«

»Aber früher kam er?«

»Ja.«

»Wann?«

»In den ersten Jahren, als ich die ›Cabin‹ übernommen hatte.«

»Warum kommt er nicht mehr?«

»Weiß ich nicht. Er ist weggezogen. Er hat sich von der Frau getrennt, mit der er zusammengelebt hat. Sie kam häufig hierher, aber seit sie sich getrennt haben, ist Eddie nicht mehr aufgekreuzt.«

»Eddie Engels hat hier in Venice gewohnt?«, fragte ich sanft.

»Ja, er und Janet wohnten in einem Haus in der Nähe der Kanäle, etwa Neunundzwanzigste Straße und Pacific.«

Ich atmete langsam aus. »Wann war das?«

»In den späten Vierzigern. Etwa von '47 bis Frühjahr '49, wenn ich mich recht erinnere. Warum interessiert Sie Eddie so?« Brubaker schob seine Füße näher an meine ausgestreckten Beine heran, sodass sie meine Gelenke berührten. Ich spürte Ekel und Abneigung in mir hochsteigen, aber ich regte mich nicht.

Aus den Augenwinkeln sah ich, wie Dudley seinen Hals verrenkte. »Genug Scheiße geredet«, bellte er. »Brubaker, sind Engels und Sie Liebhaber?«

»Was zum Teufel –«, rief Brubaker aus.

»Halt den Mund, du gottverdammter Perverser! Ja oder nein?«

»Ich muss nicht –«

»Zum Teufel mit Ihnen. Dies ist ein offizielles Polizeiverhör, und Sie werden gefälligst unsere Fragen beantworten!«

Dudley stand auf und ging auf Brubaker zu, der samt seinem Stuhl umfiel, aufstand und sich zitternd an die Wand kauerte.

Ich ging zwischen sie, als Dudley seine Hand zu einer Faust ballte. »Sachte, Dudley«, sagte ich und stieß ihn sanft gegen die Schulter. »Mister Brubaker kooperiert doch, und wir untersuchen illegales Glücksspiel, nicht Homosexualität.«

»Zum Teufel mit dir, Freddy, ich möchte diesen perversen Engels zu fassen kriegen. Ich weiß, was mit dem los ist.«

Ich seufzte und ließ Dudley los. Dann seufzte ich wieder. Ich nahm Brubaker am Arm und führte ihn zum Sofa. Er setzte sich, ich setzte mich neben ihn, und ließ unsere Knie sich leicht berühren. »Mister Brubaker, ich möchte mich für meinen Partner entschuldigen, aber er hat ja recht. Könnten Sie uns etwas über Ihre Verbindung zu Eddie Engels sagen?«

Brubaker nickte zustimmend. »Eddie und ich kennen uns seit dem Krieg. Wir waren zusammen in Long Beach stationiert. Wir wurden Freunde. Wir gingen zusammen zum Rennen. Wir blieben auch nach dem Krieg Freunde. Eddie ist sehr bekannt auf der Rennbahn, und er brachte viele Leute hierher. Viele schöne Frauen, Schwule und andere. Ich machte ihn mit Janet bekannt. Janet Valupeyk, und sie zogen zusammen, hier in Venice. Er kommt nur noch ganz selten hierher, seit er sich von Janet getrennt hat. Wir sind noch befreundet. Das ist alles.«

»Und er mag Buben, richtig?«, zischte Dudley.

»Das geht mich nichts an.«

»Sag's mir, Brubaker, jetzt!«

»Er mag Buben und Mädchen«, sagte Brubaker und starrte in seinen Schoß. Er schämte sich, weil er dieses Geheimnis ausgeplaudert hatte. Dudley schnaubte triumphierend und knackte mit seinen Knöcheln.

»Wie verdient sich Eddie seinen Lebensunterhalt, Mister Brubaker?«, fragte ich sanft.

»Er spielt. Er spielt im großen Stil, gewöhnlich gewinnt er. Er ist ein Gewinner.«

Dudley fing meinen Blick auf und nickte zur Türe. Brubaker starrte immer noch nach unten.

»Vielen Dank für Ihre Mitarbeit, Mister Brubaker. Sie haben uns sehr geholfen. Guten Tag.« Ich stand vom Sofa auf. Dudley feuerte noch einen letzten Schuss ab: »Kein Wort davon zu jemandem. Hast du das verstanden, du Stinker?«

Brubaker nickte zustimmend. Ich drückte seine Schulter noch einmal zärtlich, dann folgte ich Dudley zur Tür hinaus.

Auf dem Weg zu meinem Wagen ließ Dudley einen großen Schrei raus. »Freddy, mein Junge, du warst brillant! Ich natürlich auch. Und wir haben einen knallharten Beweis – der schöne Eddie lebte nur zwei Häuserblocks entfernt, als diese unglückliche junge Frau ermordet wurde, 1948. Überleg mal, mein Junge!«

»Ja. Werden wir jemand darauf ansetzen?«

»Können wir leider nicht, mein Junge. Mike und Dick beschatten Engels Tag und Nacht. Wir sind nur zu viert, und außerdem ist diese Spur zu kalt – dreieinhalb Jahre kalt. Aber mach dir keine

Sorgen, mein Junge. Wenn wir Eddie wegen Margaret Cadwallader hochgehen lassen, wird er alle seine Sünden beichten, nur keine Angst.«

»Wohin jetzt?«

»Zu dieser Valupeyk-Tante. Sie war der andere Bürge für den schönen Eddie. Wir können das Nützliche mit dem Angenehmen verbinden, mein Junge. Ich kenn' 'ne tolle Kneipe auf dem Ventura Boulevard – Corned Beef, das dir auf der Zunge zergeht. Ich lade dich ein, mein Junge, wegen deiner grandiosen Vorstellung.«

Den Bauch voll Corned Beef und Kohl, fuhren Dudley und ich zu Janet Valupeyks Haus in Sherman Oaks.

»Hoffentlich hat sie der schwule alte Larry nicht angerufen. Samthandschuhe bei dieser Dame, mein Junge«, sagte er und deutete auf ein großes weißes Haus im Ranchstil. »Sie hat offensichtlich Kies und ist kein bisschen vorbestraft. Es ist kein Verbrechen, sich von einem Charmeur wie Eddie rumkriegen zu lassen.«

Wir klopften, und eine gut aussehende, üppige Frau Ende dreißig öffnete die Tür. Sie hatte trübe Augen und trug ein zerknittertes gelbes Sommerkleid.

»Ja?«, sagte sie leicht verschwommen.

»Wir sind Polizeibeamte, Ma'am«, sagte Dudley und zeigte ihr seine Marke. »Ich bin Lieutenant Smith, das ist Officer Underhill.«

Die Frau nickte uns zu, ihre Augen blickten etwas unsicher. »Ja?« Sie zögerte, dann sagte sie: »Kommen Sie doch … herein.«

Unaufgefordert nahmen wir in dem klimatisierten Wohnzimmer Platz. Die Frau ließ sich in einen bequemen Sessel fallen, schaute uns an und bemühte sich sichtlich, ihre Worte zu artikulieren: »Ich bin Janet Valupeyk«, sagte sie. »Womit kann ich Ihnen dienen?«

»Indem Sie uns ein paar Fragen beantworten«, sagte Dudley

und lächelte. »Dies ist ein ganz entzückendes Haus. Sind Sie Innenausstatterin?«

»Nein, ich bin Grundstücksmaklerin. Was gibt es?«

»Ah ja. Ma'am, kennen Sie einen Mann namens Eddie Engels?« Janet Valupeyk zitterte leicht, räusperte sich und sagte dann gefasst: »Ja, ich kannte Eddie. Warum?«

»Ah ja. Sie sagten ›kannte‹. Haben Sie ihn denn in letzter Zeit nicht mehr gesehen?«

»Nein. Warum?« Ihre Stimme klang jetzt fest, aber sie schien sich nicht mehr aufrecht halten zu können.

»Miss Valupeyk, geht es Ihnen nicht gut?«, fragte ich.

»Halt's Maul«, schnauzte Dudley.

Ich fuhr fort: »Miss Valupeyk, der Sinn unseres –«

»Ich sagte, halt die Klappe!«, brüllte Dudley, sein Singsang schnappte fast über.

Janet Valupeyk sah aus, als würde sie im nächsten Moment in Tränen ausbrechen.

Dudley flüsterte mir zu: »Warte auf mich im Wagen. Wird nicht lange dauern.«

Ich ging nach draußen und wartete, saß auf der Kühlerhaube meines Wagens und überlegte, womit ich Dudley verärgert haben könnte.

Er kam eine halbe Stunde später. Seine Stimme klang versöhnlich, aber bestimmt. Er sprach langsam und geduldig, als müsste er einem behinderten Kind etwas erklären. »Junge, wenn ich dir sage, du sollst das Maul halten, dann mach es. Tu', was ich dir sage. Ich musste sehr sachte mit dieser Frau umgehen. Sie hatte Drogen genommen, mein Junge, und war zu verwirrt, als dass sie uns beiden hätte folgen können.«

»Gut, Dudley«, sagte ich und versuchte, ein bisschen beleidigt zu klingen. »Wird nicht wieder vorkommen.«

»Prima, mein Junge. Ich hab weitere Beweise. Sie hat zwei Jahre mit dem schönen Eddie zusammengelebt. Sie zahlte diesem Gigolo die Rechnungen. Er hat sie geschlagen. Einmal hat er versucht, sie zu erwürgen, ist aber wieder zu sich gekommen. Ein ewiger Mösenjäger, mein Junge. Er hat sogar Weiber aufgelesen, als er mit Janet zusammenlebte. Sie liebte ihn, mein Junge, und er hat sie wie ein Stück Scheiße behandelt. Er hat sich Huren gekauft und sie bezahlt, um sie zu misshandeln. Und er ist verkehrt rum, mein Junge, verkehrt wie ein Drei-Dollar-Schein. Jungs sind seine Leidenschaft, Frauen sind seine Opfer.«

Ich war erstaunt. »Wie haben Sie das aus ihr rausbekommen?«

Dudley lachte. »Als ich sah, dass sie unter Drogen stand, und zwar nicht unter Alkohol, schaute ich in ihrem Medizinschränkchen nach. Ich fand ein Rezept für Kodeintabletten. Eine legale Rauschgiftsüchtige, mein Junge. Also nutzte ich ihre Angst aus, das Rezept zu verlieren, und alles kam ans Licht: Eddie gab ihr wegen eines Muskelbubis den Laufpass. Sie liebt Eddie, sie hasst Eddie, am meisten aber liebt sie Kodein. Eine Tragödie, mein Junge.«

Unaufgefordert fuhr ich den weiten Weg nach L.A. zurück über den Laurel Canyon Boulevard. Die kurvenreiche Strecke durch ländliches Gebiet gab mir genügend Zeit, den Mann zu erforschen, der sich vor meinen Augen in alle Himmelsrichtungen ausbreitete.

Dudley Smith war ein Zauberer, aber ein brutaler. Ich hatte ihm gegenüber zwiespältige Gefühle. Für Katz-und-Maus-Spiele war er zu clever, deshalb begann ich ohne Umschweife. »Erzählen Sie mir von der Dahlie«, sagte ich.

Dudley tat überrascht. »Die Dahlie? Welche Dahlie?«

»Sehr komisch. *Die* Dahlie.«

»Oh. Ah ja. Die *Dahlie*. Was speziell möchtest du wissen, mein Junge?«

»Wie weit Sie bei ihrer Untersuchung gegangen sind, was Sie sahen, was Sie tun mussten.« Ich sah Dudley an, als wollte ich ihm gleichzeitig Interesse und felsenfeste Ergebenheit signalisieren. Er lächelte dämonisch, und wieder lief mir ein kleiner Schauer über den Rücken.

»Pass auf die Straße auf, mein Junge, und ich erzähle es dir. Du hast irgendwelche Geschichten gehört, oder?«

»Eigentlich nicht.«

»Dann erzähle ich dir eine, aus erster Hand: Ich habe schon viele, viele Verbrechen an Frauen gesehen, mein Junge, und das Verbrechen an Elisabeth Short übertraf sie alle um Längen – die Grausamkeiten, die ihr angetan wurden, würde auch der Satan nicht verstehen. Sie wurde tagelang systematisch gefoltert und dann bei lebendigem Leib in Stücke zerlegt.«

»Großer Gott«, sagte ich.

»Großer Gott, in der Tat, mein Junge. Die Untersuchung lief schon drei Wochen, als ich hinzugezogen wurde. Ich bekam einen Sonderauftrag: alle Psychopathen überprüfen, die das Verbrechen gestanden hatten und als Zeugen festgehalten wurden; die Jungs glaubten, einer von ihnen könnte es tatsächlich getan haben; es waren insgesamt dreißig, mein Junge, und sie waren der Abschaum dieser Erde – Degenerierte, die Mütter hassten, Babys vergewaltigten und Tiere fickten. Zweiundzwanzig erledigte ich sofort. Hier einen Arm gebrochen, da einen Kiefer zerschmettert, so konfrontierte ich sie mit den Einzelheiten von Bettys qualvollem Tod. Ich schlug sie und prüfte ihre Reaktionen. Sie fürchteten mich mehr als den Satan persönlich. Keiner von ihnen hatte es getan; sie waren schuldige, dreckige Schweine, die bestraft werden wollten, und ich erfüllte ihren Wunsch. Aber keiner war des Verbrechens an der schönen Beth schuldig.«

Dudley machte eine Kunstpause und reckte sich. Er wartete darauf, dass ich ihn bat weiterzuerzählen.

Ich gehorchte: »Und die anderen acht?«

»Ah ja. Meine Hauptverdächtigen, diejenigen, bei denen ich nicht wusste, was ich von ihren Reaktionen halten sollte. Nun, mein Junge, ich war schlau genug zu wissen, dass diese acht eines gemeinsam hatten: Sie waren total wahnsinnige, sabbernde Verrückte mit Schaum vor dem Mund, die zu allem fähig waren. Das machte den Umgang mit ihnen ein bisschen schwierig. Ich war überzeugt, dass ihr Wahnsinn von solch einer Intensität war, dass sie alle körperlichen Torturen überstehen würden. Außerdem dachten sie alle, sie hätten die schöne Beth ermordet; sie hatten es doch gestanden, oder?

Die Kollegen, mit denen ich gesprochen hatte, hatten mir erzählt, ihrer Meinung nach hätte der Mörder die schöne Betty an den Füßen aufgehängt; an ihren Gelenken waren Schürfwunden von einem Seil. Das brachte mich auf eine Idee, wie ich diese degenerierten Idioten schocken könnte. Ich musste ihren Wahnsinn durchbrechen. Zuerst mietete ich ein leer stehendes Lagerhaus, das einem Freund gehörte. Dann lieh ich mir eine junge, weibliche Tote von einem Pathologen im Leichenschauhaus, der mir einen Gefallen schuldete. Einen großen, mein Junge – der alte Dudley hat bei diesem Kerl einmal weggeschaut, und er gehört mir für den Rest seines Lebens.

Dick Carlisle und ich schafften die Tote nachts heimlich in das Lagerhaus. Ich färbte ihr Haar schwarz wie das des Mordopfers. Ich zog sie aus, fesselte sie an den Fußgelenken mit einem Seil, und Dick und ich zogen sie mit den Füßen nach oben hoch. Dann holte Dick unsere acht kaputten Typen aus dem Knast. Einen nach dem anderen ließen wir sie die Tote anschauen. Eines dieser Ekelpakete war ein Messerstecher; er war schon ein dutzend Mal wegen Stechereien verhaftet worden. Ich gab ihm ein Schlachter-messer in die Hand und befahl ihm, die Leiche aufzuschlitzen. Er brachte es kaum fertig. Er hatte nicht das Zeug dazu. Der nächste Drecksack war ein Kinderschreck, der gerade auf Bewährung aus Atascadero kam. Er machte sich immer an die kleinen Mädchen ran und fragte sie, ob er ihre Geschlechtsteile küssen dürfte. Ich befahl ihm, die Geschlechtsteile des toten Mädchens zu küssen und das tote Fleisch aus der Nähe zu beschnüffeln. Er schaffte es auch nicht. Und so weiter und so fort. Ich wollte eine Reaktion haben, die so böse, so unaussprechlich gemein war, dass ich *wissen* würde, wer das Dreckstück wäre, das Betty Short getötet hatte.«

Ich war schockiert. Meine Hände drückten so hart auf das Lenkrad, dass ich dachte, ich würde es nach draußen stoßen. Schließlich brachte ich mit brüchiger Stimme heraus: »Und?«

»Und, mein Junge, ich behielt sie da, die ganze Nacht, und befahl ihnen, die Leiche anzuschauen. Ich schlug sie, und Dick schlug sie, und wir ließen sie das tote Mädchen küssen und befummeln, während wir sie verhörten.«

»Und?«

»Und, mein Junge, keiner von ihnen hat die schöne Betty getötet.«

»Gott im Himmel«, sagte ich.

»Ah ja. Gott im Himmel. Ich hab das Monster nicht geschnappt, das die Dahlie getötet hat, mein Junge. Im Innersten meines Herzens weiß ich, dass niemand den Mörder schnappen wird. Ich brachte die junge Tote zurück ins Leichenschauhaus, wo sie verbrannt wurde. Sie war ein einsamer Mensch, der unwissentlich durch seinen Tod der Gerechtigkeit diente. Am nächsten Morgen ging ich zur Beichte. Ich erzählte dem Pater, was ich getan hatte, und bat um Absolution. Die bekam ich. Dann ging ich nach Hause und betete zu Gott und zu Jesus und zu der Heiligen Jungfrau. Ich bat um die Kraft, es wieder und wieder zu tun, wenn es sein musste, im Namen der Gerechtigkeit und der Kirche.«

Wir kamen nach Hollywood. Ich hielt an der Ecke Crescent Heights und Sunset Strip. Ich starrte in Dudleys rosiges, dämonisches Gesicht. Er starrte zurück.

»Und, mein Junge?«, äffte er mich nach.

»Und was, Dudley?«, bekam ich gerade noch raus.

»Und du glaubst, dass Dudley verrückt ist, nicht wahr?«

»Nein, ich glaube, Sie sind ein großartiger Schauspieler.«

»Hahaha! Gut gebrüllt. Ist ›Schauspieler‹ ein Euphemismus für ›Irrer‹, mein Junge?«

»Nein, manchmal glaube ich nur, Sie wissen nicht, welche Rolle Sie gerade spielen.«

Die winzigen braunen Augen eines Raubtiers bohrten sich in mich. »Junge, all meine Rollen spiele ich im Namen der Gerechtigkeit, und all meine Rollen bin ich selbst. Vergiss das nicht.«

»Sicher, Dudley.«

»Und, mein Junge, glaub nicht, dass ich dich nicht kenne. Glaub nicht, dass ich nicht weiß, für wie klug du dich hältst. Glaub nicht, ich hab nicht bemerkt, wie du es genossen hast, mich vor diesem Brubaker dumm anzuquatschen. Glaub nicht, ich weiß nicht, für was für einen Hurensohn du mich hältst. Hahaha! Genug getrauert und gezankt, mein Junge, fahr mich in die Stadt, und nimm dir für den Rest des Tages frei.«

Ich ließ Dudley vor dem Hauptquartier an der Los Angeles Street raus. Wir schüttelten uns die Hände. »Morgen, mein Junge. Acht Uhr im Hotel. Wir gehen unser Beweismaterial durch und überlegen, wann wir uns den schönen Eddie schnappen.«

»Alles klar, Dudley.«

Er quetschte meine Hand, bis ich ihm mit einem Winseln

dankte, dann winkte er mir zu und ließ mich zurück, um über Wahnsinn und Erlösung nachzusinnen.

Vier Stunden musste ich noch bis zu meiner Verabredung mit Lorna totschlagen. Ich fuhr nach Hause, schrieb einen detaillierten Bericht über meine Verwicklung in den Fall Margaret Cadwallader und steckte ihn in einen großen, braunen Umschlag. Ich verschloss ihn gründlich, dann fütterte ich Night Train, zog mich um und rasierte mich ein zweites Mal. Auf meinem Weg in die Stadt hielt ich an einem Blumenladen, wo ich Lorna ein Dutzend langstielige rote Rosen kaufte. Die erinnerten mich irgendwie an das tote Mädchen, dessen ewige Ruhe Dudley Smith so niederträchtig gebrochen hatte. Ich hatte ein wenig Schiss, aber der Gedanke an Lorna wischte meine Angst vom Tisch und verwandelte sie in eine merkwürdige Mischung aus Hoffnung und wohligen Rachegedanken.

Mit den Rosen in der Hand wartete ich ungeduldig bis halb sieben vor dem Eingang zum Rathaus an der Spring Street.

Lorna ließ mich sitzen. Ich rannte zum Parkplatz an der Temple Street. Ihr Wagen stand da. Verärgert lief ich zurück zum Rathaus und ging rein. Ich sah auf dem Wegweiser in der Halle nach: Das Büro des Staatsanwaltes erstreckte sich über zwei Stockwerke. Nervös stieg ich in den Fahrstuhl, obwohl ich lieber die neun Stockwerke hochgerannt wäre. Ich ging die leeren Flure des neunten Stockwerkes entlang, steckte meine Nase in offene Türen und sah in leeren Konferenzräumen nach. Ich tauchte meinen Kopf sogar ins Damenklo. Nichts.

Aus einiger Entfernung hörte ich das Klappern einer Schreibmaschine. Ich ging durch den Gang auf eine Glastür zu, auf der in schwarzen Buchstaben »Schwurgerichtsfälle« stand. Ich klopfte leise.

»Ja bitte?« Lornas Stimme klang unwirsch.

Ich verstellte meine Stimme: »Telegramm, meine Dame.«

»Scheiße«, hörte ich sie murmeln, »es ist offen.«

Ich stieß die Tür auf. Lorna sah von ihrer Schreibmaschine auf, bemerkte mich und sprang auf in Richtung Tür, als wollte sie mein Eintreten verhindern. Ich trat zur Seite, und sie ging zu Boden.

»Scheiße. O du Scheiße. O mein Gott!«, sagte sie und brachte sich in eine sitzende Haltung. An die Wand gelehnt, sagte sie: »Was zum Teufel haben Sie mit mir vor?«

»Ihr Herz erobern«, sagte ich und warf die Rosen auf ihren Schreibtisch. »Lassen Sie mich Ihnen aufhelfen.«

Ich ging in die Hocke, fasste Lorna unter den Armen und hob sie sanft hoch. Sie machte noch einen schwachen Versuch, mich wegzustoßen, aber ohne Nachdruck. Ich umarmte sie, und sie widersetzte sich nicht.

»Wir waren verabredet, erinnern Sie sich?«, flüsterte ich in ihr weiches braunes Haar.

»Ich erinnere mich.«

»Können wir gehen?«

»Nein. Ich denke nicht.«

»Ich habe Ihnen gestern Abend schon gesagt, Sie sollen nicht denken.«

Lorna löste sich aus meiner Umarmung. »Tun Sie nicht so gönnerhaft, Underhill«, zischte sie. »Ich weiß nicht, was Sie wollen, aber Sie unterschätzen mich. Ich bin kein Neuling. Ich bin einunddreißig Jahre alt. Ich hab's mit Partnerwechsel versucht, und ich hab's mit wahrer Liebe versucht, die sind wie mein schlechtes Bein: Sie funktionieren nicht. Ich brauch' keinen Wohltätigkeitsliebhaber. Ich brauch' keinen Missbildungsliebhaber. Ich brauch' keine Leidenschaft – und zuallerletzt brauche ich keinen Cop.«

»Aber Sie brauchen mich.«

»Nein, brauch' ich nicht!« Sie hob die Hand, um mich zu schlagen.

»Nur zu, Frau Staatsanwältin«, sagte ich. »Dann werde ich Sie anzeigen wegen Verstoßes gegen Paragraf 647, tätlicher Angriff auf einen Polizeibeamten. Sie werden die Untersuchung selbst leiten und gleichzeitig Angeklagte, Staatsanwältin und Verteidigerin sein müssen. Also, nur zu.«

Lorna ließ ihre Hand sinken und lachte.

»Gut«, sagte ich. »Ich lass die Anklage fallen und gebe Ihnen Bewährung.«

»Wer ist mein Bewährungshelfer?«

»Ich.«

»Und was sind die Auflagen?«

»Zunächst mal müssen Sie meine Blumen annehmen und mit mir heute Abend essen gehen.«

»Und dann?«

»Das hängt ganz von Ihrem Verhalten ab.«

Lorna lachte wieder. »Bekomme ich Urlaub für gute Führung?«

»Nein«, sagte ich, »es wird auf lebenslänglich hinauslaufen.«

»Sie haben wohl nicht alle Akten im Schrank, Officer, wie Sie einmal zu sagen pflegten.«

»Ich stehe über dem Gesetz, Frau Staatsanwältin, wie Sie einmal zu sagen pflegten.«

»Touché, Freddy.«

»Wir sind quitt, Lorna. Gehen wir essen?«

»Gut. Die Blumen sind wunderschön. Ich möchte sie nur noch in eine Vase stellen, dann können wir gehen.«

Wir fuhren Richtung Strand zum »Malibu Rendezvous«, einem stilvollen Restaurant am Meer, das mir schon seit der »guten alten Zeit« durch den Kopf ging, als ich noch an die »Traumfrau« glaubte. Jetzt, nach Jahren, fuhr ich hin, ein erwachsener Polizist, mit einer behinderten jüdischen Staatsanwältin neben mir, die Rauchringe blies und mir beim Fahren verstohlene Blicke zuwarf.

»Woran denkst du?«, fragte ich.

»Du hast mir das Denken verboten, oder?«

»Ich nehm's zurück.«

»Gut. Ich dachte gerade, dass du einfach zu gut aussiehst. Das entwaffnet, und deswegen unterschätzen dich die Leute wahrscheinlich. Und dann hast du wahrscheinlich so einen Zug an dir, der diese Unterschätzung leicht ausnützt.«

»Das ist sehr scharf beobachtet. Und was hast du noch gedacht?«

»Dass du zu gut bist, um Cop zu sein. Nein – unterbrich mich nicht, so habe ich das nicht gemeint; ich bin froh, dass du Cop bist. Wenn es dich nicht gäbe, könnte Eddie Engels ungestraft Frauen töten. Ich glaube nur, du könntest im Sinne des Wortes alles Mögliche sein. Und ich dachte auch daran, dass ich nicht in einem schicken Restaurant umschwänzelt werden möchte; ich möchte da nicht durchhumpeln und mitleidige Blicke auf mich ziehen.«

»Dann können wir doch am Strand essen. Ich lass uns im Restaurant einen Picknickkorb und eine Flasche Wein holen.«

Lorna lächelte und blies mir Rauch ins Gesicht, dann warf sie ihre Zigarette zum Fenster hinaus. »Das ist eine gute Idee«, sagte sie.

Ich hielt auf dem geteerten Parkplatz, der, ungefähr hundert Meter vom Strand entfernt, an das Restaurant grenzte. Lorna wartete im Wagen, während ich Essen holen ging. Ich bestellte drei

Portionen Krebsfleisch und eine Flasche Chablis. Der Ober zögerte, eine Bestellung »zum Mitnehmen« entgegenzunehmen, aber als ich ihm einen Fünfer in die Tasche steckte, hatte er keine Bedenken mehr. Er entkorkte die Flasche sogar für mich und legte mir zwei Gläser in den Korb.

Als ich zurückkam, stand Lorna neben dem Wagen und rauchte. Als sie mich kommen sah, starrte sie in die Luft und zeigte mit ihrem Stock zum Himmel. Ich sah auch nach oben und bemerkte einen zwielichtigen Himmel und eine tiefhängende Wolke wie aus dem Poesiealbum.

Eine wacklige Holztreppe führte hinunter zum Strand. Ich trug unser Picknick, und Lorna hinkte neben mir her. Die Treppe war kaum breit genug für uns beide, deshalb legte ich einen Arm um Lorna, und sie schmiegte sich an meine Brust und hüpfte den ganzen Weg auf ihrem gesunden Bein nach unten. Sie lachte, und als wir unten ankamen, war sie außer Atem. Auf einer kleinen Erhebung fanden wir einen hübschen Sitzplatz. Die Sonne war ein oranger Ball, der Lornas hellbraunes Haar in glänzendes Gold verwandelte.

Wir saßen im Sand, und ich legte unser Essen auf die braune Papiertüte, in der wir es gebracht hatten. Ohne große Förmlichkeiten verputzten wir schnell und schweigend die Schalentiere. Während wir aßen, war die Sonne untergegangen, aber das große Fenster des Restaurants warf noch einen rötlichen Schein zurück, der uns ein schwaches Licht spendete.

Lorna zündete sich eine Zigarette an, ich goss uns Wein ein. »Auf den 2. September 1951«, sagte ich.

»Und auf den Anfang.« Lorna lächelte, und wir stießen an. Ich wusste nicht recht, was ich sagen sollte, aber Lorna. »Wer bist du?«, fragte sie.

Ich trank meinen Wein aus und spürte, wie er mir sofort in den

Kopf stieg. »Ich bin Frederick Upton Underhill«, sagte ich. »Ich bin siebenundzwanzig Jahre alt, Waise, Collegeabsolvent und Polizist. So viel weiß ich. Und ich weiß, dass du mich im aufregendsten Abschnitt meines Lebens gefangen hast.«

»Dich gefangen?«, lachte Lorna.

»Nein, besser gesagt, ich habe dich gefangen.«

»Du hast mich nicht gefangen.«

»Noch nicht.«

»Du wirst mich wahrscheinlich nie fangen.«

»Wer ›wahrscheinlich‹ sagt, weicht aus, Lorna.«

»Schau, Freddy, du kennst mich nicht.«

»Noch nicht.«

»Gut, noch nicht.«

»Aber in gewisser Weise doch. Im letzten Winter war ich im Haus deines Vaters. Ich sah Fotos von dir. Ich habe mit Siddell über dich gesprochen, und sie erzählte mir von dem Unfall und vom Tod eurer Mutter. Damals glaubte ich, dich zu kennen, und jetzt glaube ich das immer noch.«

Lornas Augen blitzten zornig, und sie sprach mit eiskalter Stimme: »Du hattest kein Recht, in meinem Leben herumzuschnüffeln. Und wenn du mich bedauerst, wirst du mich nie wiedersehen. Dann werde ich zum Restaurant hochgehen, mir ein Taxi rufen lassen und aus deinem Leben verschwinden. Verstehst du mich?«

»Ja«, sagte ich. »Ich verstehe. Ich verstehe, dass ich nicht weiß, was Mitleid ist, da ich es für mich nie gespürt habe. Manche der Leute, mit denen ich in meinem Job zu tun habe, bedaure ich. Aber das ist nicht schwer; ich weiß, dass ich sie nie wiedersehen werde. Nein, mir ist es scheißegal, ob du ein schlimmes Bein hast oder zwei oder drei. Als ich dich im Februar traf, da *wusste* ich, und ich weiß immer noch.«

»Weißt was?«

»Ich möchte es noch nicht sagen, Lorna. Es ist zu früh.«

»Gut. Umarmst du mich, bitte?«

Ich rutschte zu ihr rüber, und wir umarmten uns ganz ungeschickt. Sie fasste mich um die Taille und rieb ihr Gesicht an meiner Brust. Ich legte meine Hand auf das Knie ihres kaputten Beines, bis sie sie wegnahm und fest auf ihre Brust drückte. So blieben wir eine ganze Weile, bis Lorna mit ganz leiser Stimme sagte: »Fährst du mich zurück zu meinem Wagen, bitte?«

Eine Stunde später umarmten wir uns wieder. Diesmal auf dem Parkplatz an der Temple Street. Wir küssten uns abwechselnd sanft und stürmisch. Ein Streifenwagen fuhr vorbei, leuchtete uns an und verschwand wieder. Der Bulle schüttelte den Kopf. Lorna und ich mussten lachen.

»Kennst du ihn?«, fragte sie.

»Nein, aber ich kenne dich.«

»Gut, du kennst mich, und ich fange an, dich kennenzulernen.«

»Essen wir morgen Abend zusammen?«, fragte ich.

»Ja, Fred. Aber ich möchte nicht ausgehen, ich möchte für dich kochen.«

»Das klingt wunderbar.«

»Meine Adresse ist Charleville 8987 in Beverly Hills. Kannst du dir das merken?«

»Ja. Welche Uhrzeit?«

»Halb acht?«

»Ich komme. Küss mich, dann kann ich dich gehen lassen.«

Wir küssten uns noch einmal, diesmal kurz.

»Keine langen Abschiede«, murmelte Lorna, riss sich von mir los und humpelte zu ihrem Wagen.

11

Am Mittwoch, 3. September, trafen wir uns morgens um 8 Uhr im Havana Hotel. Dudley Smith sah ernst und geschäftig aus, als er uns um unsere Berichte und Stellungnahmen bat.

Dudley berichtete zuerst und erzählte von unseren Besuchen bei Lawrence Brubaker und Janet Valupeyk. Er lieferte seine Information über die drei ungelösten Strangulierungsfälle im Gebiet von West Los Angeles/Venice und ging nachdrücklich auf die Frau ein, die im März '48 in einer Gasse in der Nähe der Kanäle von Venice gefunden worden war.

Breuning und Carlisle pfiffen ehrfurchtsvoll, als sie von diesem neuen Aspekt des Falles erfuhren. Mike hob seine Hand und unterbrach: »Dud, Dick hat absolut nichts herausbekommen, was unseren Jungen mit dem Mord an Leona Jensen in Verbindung bringen würde. Ich hab einen Freund bei der Kripo in Venice, der mir Zugang zu ihren Akten verschaffen könnte. Wenn Engels zur Zeit des Mordes zwei Blocks entfernt wohnte, könnte durchaus etwas in ihren Unterlagen sein, das auf ihn hinweist.«

Dudley schüttelte geduldig den Kopf. »Mike, mein Junge, unsere Spur im Cadwallader-Mord ist ganz kalt. Kalt, mein Junge. Ich glaube inzwischen, dass der Jensen-Mord nichts mit dem anderen zu tun hat. Freddy du hast die Leiche gefunden, was glaubst du?«

»Ich weiß nicht recht. Dudley«, sagte ich und wog meine Worte sorgfältig ab. »Natürlich, wenn ich diese Streichholzschachtel am Tatort nicht entdeckt hätte, wären wir heute nicht hier. Aber ich fange an zu glauben, dass das ein unglaublicher Zufall war und dass Engels Leona Jensen nicht weggeputzt hat. Engels ist ein Würger, und obwohl die Jensen erwürgt wurde, wurde auch wild auf sie eingestochen. Ich stelle mir Engels als einen sehr leistungsfähigen, gierigen Homosexuellen vor. Einer, der Frauen hasst, aber sich vor Blut ekelt. Ich stimme mit Dudley überein – vergesst den Jensen-Mord; das ist der falsche Modus Operandi.«

Dudley lachte. »Da habt ihr euren College-Jungen – Grips und nichts als Grips. Mike, du bist dem schönen Eddie gefolgt. Was hast du herausbekommen?«

Mike Breuning, der Gleichmütige, räusperte sich und sah Dudley Smith unterwürfig an. »Chef, ich stimme mit Underhill überein. Engels ist schwer zu packen. Aber seit drei Tagen hat er Weiber gejagt und jede Nacht eine andere Biene mit nach Hause genommen. Ich hab mich auf dem Parkplatz hinter seinem Bungalow versteckt und auf irgendwelche Anzeichen von Gewalt gewartet. Ohne Glück. Die Weiber gingen alle ohne Blessuren morgens wieder raus. Ich folgte allen dreien zu ihren Wagen, die alle neben irgendwelchen Cocktail-Bars geparkt sind. Ich bin ihnen allen zu Bums-Lokalen in Hollywood gefolgt. Ich hab die Autonummern der Wagen, in die die Weiber eingestiegen sind, falls wir sie als Zeuginnen brauchen.«

»Gut gemacht, Mike«, sagte Dudley und beugte sich aus seinem Lehnstuhl vor, um Breuning väterlich auf die Schulter zu klopfen. »Dick, mein Junge, was hast du zu berichten?«

Der kaltäugige Brillenträger Carlisle sagte bestimmt: »Alles, was ich weiß, ist, dass Engels ein kaltblütiger Killer und ein schlauer Hund ist. Ich sage, wir fangen den Klugscheißer, bevor er noch ein Weib umlegt.«

Dudley schaute uns alle an, die wir in dem winzigen Hotelzimmer saßen. »Ich glaube, da stimmen wir alle überein, was meint ihr. Männer?«, sagte er. Wir nickten alle. »Noch irgendwelche Fragen, Leute?«

»Wann erstatten wir dem Staatsanwalt Bericht?«, fragte ich. Breuning und Carlisle lachten.

»Wenn Eddie Engels gestanden hat, mein Junge«, sagte Dudley. »In welches Gefängnis stecken wir ihn denn?«

Dudley schaute seine dienstälteren Untergebenen an, als bitte er um ihre Unterstützung. Die sahen mich an und schüttelten die Köpfe, dann richteten sie ihre Blicke wieder ehrfürchtig auf Dudley.

»Mein Junge, es wird kein offizielles Eingreifen und keinen Bürokram geben, solange Eddie Engels nicht gestanden hat. Morgen früh um Viertel vor sechs werden wir uns vor dem Haus des schönen Eddie versammeln. Ich fahr' mit dem Wagen. Mike, du holst Dick und Freddy ab. Mike und Dick, ihr nehmt Gewehre mit. Freddy, du bringst deine Dienstpistole mit. Fünf Minuten vor sechs werden wir Eddie die Tür eintreten. Wir werden ihn überwältigen, und jeder Mausie, jedem Homo, die mit ihm das Bett teilen, werden wir Gottesfurcht einjagen. Dann schicken wir sie fort. Ich habe einen Ort vorbereitet, wo wir ihn verhören können, ein leer stehendes Motel in Gardena. Freddy, Dick, Engels und ich fahren in meinem Wagen. Mike folgt uns in seinem. Das Verhör kann ganz schön lange dauern, Jungs, deshalb kümmert euch heute Nacht noch ein bisschen um die, die ihr liebt, und sagt ihnen, dass sie euch möglicherweise eine Weile nicht mehr sehen werden. Jetzt lasst uns aufstehen, Jungs.«

Wir stellten uns im Halbkreis auf.

»Jetzt legt eure Hände auf meine.«

Das taten wir.

»Und jetzt, Jungs, sprecht ein kleines stilles Gebet für unsere geheime Operation.«

Breuning und Carlisle schlossen ehrerbietig ihre Augen. Ich auch, aber nur kurz. Als ich sie aufschlug, sah ich, wie Dudley an uns vorbei irgendwohin ins Leere starrte.

»Amen«, sagte er schließlich und blinzelte mir zu.

Lornas Wohnung lag einen Block südlich des Wilshire Boulevard in der Nähe des Geschäftsviertels von Beverly Hills und war ein perfektes Ebenbild ihres Stolzes und Geschmacks; ein hübsches Wohn-Schlafzimmer mit unauffälligen, teuren Möbeln, die widerspiegelten, woran ihr gelegen war – Sinn für Ordnung und Eigentum und ein nicht allzu übertriebener Hang zur Sauberkeit. Sie war überdies ein Aushängeschild ihrer beruflichen Interessen: Die Regale waren vollgestopft mit Gesetzestexten und Bänden über Bänden an Rechtsbüchern, nicht nur aus Kalifornien, sondern auch aus den restlichen Staaten des Landes. Auf einem diagonal in einer Ecke des Wohnzimmers platzierten Tisch aus Kirschbaum lagen ihr riesiges Wörterbuch und haufenweise nach Arbeit aussehende Papiere, die in vier saubere Stapel unterteilt waren.

Die Wohnung war überdies ein Aushängeschild für das Wunder, und ich bebte vor Genugtuung, als Lorna mich zu einem Rundgang einlud und mir ein paar flüchtige Einblicke in die wundervollen, gerahmten Drucke gab, die an den Wänden hingen. Ein Gemälde von Hieronymus Bosch stellte den Wahnsinn dar – hysterisch-groteske Kreaturen in einer Unterwasserlandschaft, die Gott – oder irgendwen – anflehten, sie von ihrem Wahnsinn zu erlösen. Es gab eine Arbeit von van Gogh, auf der sich Blumenfelder gegen braunes Gras und einen düsteren Himmel abhoben. Da hing Edward Hoppers »Nighthawks« – drei einsame Menschen, die nachts in einer Kneipe sitzen und sich anschweigen. Es war furchteinflößend und erfüllt mit dem Wunder der Einsamkeit.

Ich nahm Lornas Hand und küsste sie. »Du kennst das Wunder, Lorna«, sagte ich.

»Was ist das Wunder?«

»Ich weiß nicht, dieses wunderbar unfassbare, mysteriöse Zeug, das wir nie restlos kennen werden.«

Lorna nickte, sie wusste. »Und deswegen bist du Polizist?«

»Genau. »

»Aber ich möchte Gerechtigkeit. Das Wunder ist für Künstler und Schriftsteller und andere kreative Leute. Ihre Vision gibt uns die Kraft und das Mitleid, unser Leben zu ertragen und andere Leute anständig zu behandeln, weil wir wissen, wie unvollkommen die Welt ist. Aber ich will Gerechtigkeit. Ich bin sehr präzise. Ich möchte die Leute, die ich vor Gericht schicke, anschauen können und sagen: ›Er ist schuldig, mag das Volk über diese Schuld urteilen‹; oder: ›Er ist schuldig unter mildernden Umständen, möge das Volk über die Gnade urteilen, die ich empfehle‹; oder: ›Er ist unschuldig, kein Schwurgericht für ihn.‹ Ich möchte Ergebnisse sehen können, keine Wunder.«

Wir gingen hinüber zu einem großen Sofa mit Blumenmuster und setzten uns. Lorna strich mir zögernd über das Haar. »Verstehst du, Fred?«

»Ja. Besonders jetzt. Ich möchte Gerechtigkeit für Eddie Engels. Er wird sie kriegen. Aber das Schwurgerichtssystem basiert auf Menschen, und Menschen sind unvollkommen und wundergläubig; deshalb ist Gerechtigkeit nichts Absolutes – sie ist dem Wunder untergeordnet.«

»Das ist der Grund, warum ich so hart arbeite. Nichts ist vollkommen, nicht einmal das Gesetz.«

»Ja, ich weiß.« Ich hielt inne und fischte aus meiner Jackentasche einen großen braunen Umschlag. »Wir verhaften Eddie Engels morgen, Lorna.« Ich händigte ihr den verschlossenen Umschlag aus. »Dies ist mein Bericht als Beamter, der die Verhaftung durchführt.«

Sie sah mir in die Augen und drückte meine Hand. »Du siehst besorgt aus«, sagte sie.

»Bin ich aber nicht, wirklich. Du kannst mir aber einen Gefallen tun.«

»Welchen?«

»Öffne diesen Umschlag erst, wenn ich dich anrufe. Vergiss diesen Fall, bis ich dich anrufe. Und wenn Dudley Smith an dich herantritt, solltest du wissen: Mein Bericht enthält die Wahrheit. Wenn es Unstimmigkeiten gibt, frag mich. Wir bereiten den Fall für das Schwurgericht vor. In Ordnung?«

Lorna zögerte. »In Ordnung. Du begibst dich da in eine gefährliche Lage, Freddy.«

»Ich weiß.«

»Und du willst Engels eher deiner Karriere als der Gerechtigkeit wegen.«

»Ja.« Ich sagte es fast entschuldigend.

»Ist mir egal. Du bist mir nicht egal, und Engels ist schuldig. Du kümmerst dich um deine Karriere, und ich kümmere mich um die Gerechtigkeit, so kriegen wir beide, was wir wollen.«

Ich lachte nervös über diese unvollkommene Logik. Lorna nahm meine Hand. »Und du hast Angst vor Dudley Smith.«

»Er ist völlig verrückt. Er hat bei der Polizei nichts zu suchen.«

»Ha! Die Unvollkommenheit, das Wunder, erinnerst du dich?«

»Touché, Lorna.«

»Wann schnappt ihr euch Engels?«

Lorna sah, wie mein Gesicht sich trübte. »Ich weiß nicht«,

sagte ich. Wir starrten uns an, und ich wusste, dass sie Bescheid wusste. Ihr ganzer Körper versteifte sich, und sie erhob sich mühevoll und sagte: »Ich mach' jetzt das Essen.«

Lorna hüpfte ohne Stock die zehn Stufen zu ihrer Küche hoch. Ich blieb auf dem Sofa sitzen. Ich hörte, wie die Kühlschranktür geöffnet und geschlossen wurde und das Geklapper von Kochutensilien, die aus Schränken geholt wurden. Es herrschte eine nervöse Stille, und als ich es nicht länger ertragen konnte, ging ich in die Küche, wo Lorna gegen das Spülbecken gelehnt stand und zerstreut eine Pfanne hielt. Ich wand sie ihr aus den Händen. Sie widersetzte sich, aber ich war stärker. Ich feuerte die Pfanne gegen die Wand, klappernd fiel sie auf den Boden. Lorna warf sich an mich und umarmte mich heftig. Sie trommelte mit den Fäusten auf meine Schultern und seufzte tief. Ich hob ihr Kinn von meiner Brust und küsste sie. Ich hob sie hoch. Sie widersetzte sich und schlug noch heftiger auf meine Schultern ein. Aber dann besann sie sich eines Besseren und gab nach. Ich trug sie ins Schlafzimmer.

Hinterher, übersättigt nach unserer Vereinigung und im Bewusstsein eines neuen Anfangs, suchte ich nach Worten, um die Zukunft zu beschreiben, um sie in diesem Augenblick bis in alle Ewigkeit zu verlängern. »Was Eddie Eng –«, war alles, das ich herausbekam, bevor Lorna sanft ihre Fingerspitzen auf meinen Mund legte.

»Ist ja gut. Fred. Ist ja gut.«

Wir lagen aneinander, und ich spielte mit Lornas großen, weichen Brüsten. Sie hielt mich dort fest und wollte Mutter spielen, aber ich hatte eine andere Idee. Über ihren Bauch küsste ich mich nach unten in Richtung auf das vernarbte Gewebe, das ihr Becken bedeckte. Lorna entzog sich. »Nein, da nicht«, sagte sie, »als

Nächstes erzählst du mir, wie sehr du mich deswegen liebst und wie sehr du mein kaputtes Bein liebst. Bitte, Freddy, das nicht.«

»Ich will es doch nur sehen. Süße.«

»Warum?!«

»Weil es ein Teil von dir ist.«

Lorna wand sich in der Dunkelheit. »Du hast gut reden, du bist vollkommen. Als ich ein Mädchen war, wollten alle Jungens, die mit meinen großen Titten spielen wollten, über mein Bein dahin kommen. Das war ganz schlimm. Mein Bein ist hässlich, und mein Bauch ist hässlich, und ich habe keine Gebärmutter mehr, ich kann keine Kinder bekommen.«

»Und?«

»Und ich hab meinen Bauch immer mit einem Handtuch zugedeckt, wenn ich mit Männern schlief, damit sie mich da nicht berühren konnten. Wenn ich irgendwie mein Bein hätte bedecken können, hätte ich das auch gemacht.« Lorna fing an zu weinen. Ich küsste ihre Tränen fort und biss sie am Hals, bis sie zu lachen anfing.

»Heißt es jetzt Freddy und Lorna?«, flüsterte ich.

»Wenn du so willst«, sagte Lorna.

»Ja, das will ich.«

Ich stand vom Bett auf und ging ins Wohnzimmer. Ich fand das Telefon und rief Mike Breuning zu Hause an. Ich sagte ihm, er sollte mich morgen früh nicht abholen, ich würde sie zur verabredeten Zeit Ecke Sunset und Horn treffen. Er gluckste noch ein »du böser Bube« in den Hörer und hängte auf.

Ich ging in die Küche und öffnete den Kühlschrank. Ich fand eine Tüte mit Eiswürfeln im Gefrierfach und holte ein halbes Dutzend raus. Ich ging zurück ins Schlafzimmer. Lorna lag reglos auf dem Bauch. Ich näherte mich dem Bett und ließ die Eiswürfel auf ihre Schultern fallen. Lorna schrie auf und warf sich auf den Rücken.

Ich sprang auf sie und grub meinen Kopf in das tote Fleisch ihres Bauches. »Ich liebe dich«, sagte ich. »Ich liebe dich, Lorna, ich liebe dich, ich liebe dich.«

Lorna wand und drehte sich, um sich zu befreien. Ihr totes Bein zuckte hilflos. Ich packte es und umfasste es fest mit beiden Armen. »Ich liebe dich. Lorna. Ich liebe dich, Lorna. Ich liebe dich. Ich liebe dich.«

Allmählich gab Lorna ihren Kampf auf und begann leise zu schluchzen. »O Freddy, o Freddy, o Freddy.« Dann nahm sie meinen Kopf in beide Hände und drückte ihn fest auf den Teil ihres Körpers, den sie so furchtbar hasste.

Der Morgen und die düstere Wirklichkeit kamen zu schnell.

Lorna war eingenickt und an meine Schulter gekuschelt, aber ich war wach geblieben, um das Gefühl ihrer Nähe auszukosten. Aber ich konnte nicht aufhören, an Eddie Engels und Dudley Smith, an Schusswaffen und Gerechtigkeit und an meine Karriere zu denken – alles überstrahlt von der Frau, die ich liebte.

Die Leuchtanzeige von Lornas Wecker zeigte 4.30 Uhr an. Sanft glitt ich aus ihrer Umarmung, küsste ihren Hals und ging ins Wohnzimmer, um mich anzuziehen.

Als ich mein Schulterhalfter anlegte und meine lederumhüllte .38er befingerte, lief mir ein kalter Schauer über den Rücken. Gerechtigkeit, dachte ich pausenlos, als ich zum Sunset Strip hochfuhr, Gerechtigkeit. Gerechtigkeit, nicht das Wunder. Dieses Mal nicht.

Ich hatte gerade noch Zeit für einen Kaffee, bevor ich die anderen an der Ecke Sunset Strip und Horn traf.

Mike Breuning war schon da. Er parkte direkt vor der Auffahrt zu Engels' Bungalow und winkte mir zu, als ich auf der anderen Straßenseite parkte. Ich ging zu ihm, und wir schüttelten uns durch das Fenster die Hände. Mike hatte seine Marke ans Revers geheftet, neben ihm auf dem Sitz lag ein Gewehr.

»Morgen, Fred«, sagte er, »ein schöner Tag dafür.«

»Ja. Wo sind Dudley und Dick?«

»Die spazieren gerade ums Karree. Engels ist allein; Dick hat ihn die ganze Nacht beobachtet. Da bin ich froh drüber.«

»Ich auch.«

»Bist du ein bisschen nervös?«

»Ein bisschen vielleicht.«

»Nicht nötig. Dudley hat dieses Ding gut vorbereitet.« Breuning wand seinen Kopf aus dem Fenster. »Da kommen sie«, sagte er. »Hefte dir deine Marke auch an die Jacke.«

Das tat ich, und Dudley Smith und Dick Carlisle kamen über die Straße auf uns zu.

»Freddy, mein Junge«, rief Dudley. »Was für ein Morgen!«

»Guten Morgen, Chef, guten Morgen, Dick«, sagte ich. »Underhill«, sagte Carlisle mit ausdruckslosem Gesicht. »Nun, mein Junge, bist du so weit?«

»Ja.«

»Also gut. Großartig. Mike?«

»Ich bin so weit. Dudley.«

»Dick?«

»Fertig, Boss.«

Dudley langte auf den Rücksitz von Breunings Wagen und händigte Carlisle ein doppelläufiges Gewehr aus. Mike zwängte sich aus der Tür und hatte das Ithaca in der Hand. Ich holte meinen Revolver aus dem Halfter, und Dudley zog eine .45er-Automatik aus dem Gürtel.

»Jetzt, meine Herren«, sagte er.

Wir gingen rasch durch den Innenhof, unsere Waffen auf die Erde gerichtet. Mein Herz schlug sehr schnell, und ich beobachtete Dudley heimlich von der Seite. Seine winzigen braunen Augen glänzten auf eine Art, die weit jenseits aller Schauspielkunst lag. Das war der wahre Dudley Smith.

Als wir zu Engels' Eingangstür kamen, flüsterte ich ihm zu: »Lassen Sie mich zuerst reingehen. Ich war schon hier; ich weiß, wo das Schlafzimmer ist.«

Dudley nickte zustimmend und winkte Breuning und mich nach vorne. »Tretet sie ein«, zischte er.

Mike hielt sein Gewehr vor der Brust und ich meine .38er über dem Kopf, als wir gleichzeitig den rechten Fuß hoben und auf die glatte Oberfläche traten. Das Schloss gab nach, und die Tür flog nach innen. Ich rannte sofort ins Schlafzimmer, meine Pistole vor mich gestreckt, Smith, Breuning und Carlisle waren dicht hinter mir. Die Schlafzimmertür stand offen, und in der Dunkelheit konnte ich eine Gestalt auf dem Bett erkennen.

Ich schaltete das Deckenlicht ein, und in dem Moment, als Engels sich regte, hielt ich ihm die Mündung meiner Pistole an seine Schläfe und flüsterte: »Polizei! Bewegen Sie sich nicht – oder Sie sind tot.«

Mit schreckgeweiteten Augen fing Engels an zu schreien. Dick Carlisle sprang aus dem Hintergrund auf das Bett, drehte sein Gesicht in das Kissen und stopfte ihm damit das Maul. Dann kam Breuning, er riss die seidenen, blauen Bettbezüge weg und drehte Engels die Hände auf den Rücken.

»Gottverdammmich, Freddy, mach schon! Setz dich auf seine Beine!«, schrie Dudley.

Ich warf mich auf die sich windende Gestalt und legte mein ganzes Gewicht auf die untere Hälfte von Engels' Körper, während es Mike gelang, ihm Handschellen anzulegen. Carlisle umklammerte noch immer Eddie Engels' ins Kissen vergrabenes Gesicht.

»Hör auf, Dick«, schrie Dudley, »du bringst ihn um!«

Carlisle ließ los, und Engels wurde schlaff. Wir stiegen alle vom Bett und schauten einander schockiert an. Dudley hat ein zornrotes Gesicht. Er beugte sich vor, riss Engels' purpurroten Pyjama auf, legte ein Ohr an seine Brust und fing an zu lachen. »Hahaha! Er lebt noch, Jungs, dank Dudley. Er wird o.k. sein. Lasst ihn uns verdammt noch mal hier rausschaffen. Sofort.«

Carlisle hob Engels hoch, und ich warf ihn über meine Schulter. Er schien nicht viel zu wiegen. Ich trug ihn durch die dunkle Wohnung zur Tür hinaus, meine drei Kollegen bildeten einen Schirm um mich. Wir verwischten unsere Spuren und schlossen die Tür sorgfältig hinter uns. Ich rannte zu meinem Wagen, und der bewusstlose Mörder hopste auf meinem Rücken hin und her. Mein Herz schlug schneller als ein Schmiedehammer, und meine Blicke schossen auf der Suche nach Augenzeugen der Entführung in alle Richtungen. Dudley riss die Wagentür auf, und ich warf Engels in einem Schwung auf den Hintersitz. Er erwachte mit einem unterdrückten Schrei, und Dudley rammte ihm den Griff seiner .45er in den Kiefer.

»Setz dich zu ihm nach hinten, mein Junge«, flüsterte er. Das tat ich und drückte Engels auf den Boden, das Gesicht nach unten. Dick Carlisle setzte sich auf den Fahrersitz und ließ den Motor anspringen. Dudley stieg auf der Beifahrerseite ein und sagte ganz ruhig: »Du weißt, wohin, Dick. Freddy, halte den schönen Eddie versteckt. Heb seinen Kopf ein bisschen hoch, sodass er atmen kann. Ah ja. Großartig.« Er streckte seinen Arm aus dem Fenster und gab Mike Breuning das Daumenzeichen. »Nach Gardena, Jungs«, sagte er.

Wir fuhren auf geteerten Straßen zum Hollywood Freeway.

Mike blieb die ganze Zeit hinter uns. Dudley und Carlisle unterhielten sich beiläufig über Baseball. Ich starrte auf Eddie Engels' blutiges, geschwollenes Gesicht und musste unwillkürlich an Lorna denken.

Auf dem Hollywood Freeway fuhren wir bis zur Vermount Avenue, dann die Vermount Richtung Süden. Als wir die University of Southern California passierten, kam Engels wieder zu Bewusstsein. Seine Lippen zitterten in stummer Angst. Ich legte den Finger drauf. »Sch«, sagte ich.

Und so ging es weiter, Engels' Augen schauten bittend zu mir hoch, bis Dudley sich zurückdrehte und sagte: »Wie geht's unserem Freund, mein Junge?«

»Er ist noch bewusstlos.«

»Ah ja. Großartig. Wir sind in ein paar Minuten da. Es ist ein sicherer, gottverlassener Ort. Aber ich möchte kein Risiko eingehen. Wenn Dick anhält, weckst du Eddie auf. Steck deine Marke wieder in die Tasche. Lass deine Knarre drin. Wir gehen mit ihm und stützen ihn wie einen betrunkenen Freund. Ist dir das klar, mein Junge?«

»Ja.«

»Großartig. »

Eddie Engels und ich starrten uns an. Einige Minuten verstrichen. Wir fädelten uns durch den frühen Morgenverkehr. Als Dick Carlisle schließlich hielt, tat ich so, als würde ich Engels wecken. Er kapierte und spielte mit. »Wach auf, Engels«, sagte ich. »Wir sind Polizeibeamte, und wir werden Ihnen nicht wehtun. Wir möchten Ihnen nur ein paar Fragen stellen. Haben Sie das verstanden?«

»J-ja«, sagte Engels und atmete flach.

»Gut. Jetzt werde ich Ihnen aus dem Wagen helfen. Sie sind

noch ein bisschen schwach, deswegen hängen Sie sich ruhig an mich. Okay?«

»O-o-kay.«

Carlisle und Smith rissen die Wagentür auf. Ich nahm Engels die Handschellen ab, und er rieb sich seine Gelenke, die schon fast blau waren. Dann fing er an zu schluchzen.

»Ruhig jetzt«, flüsterte ihm Dudley zu. »Das lassen wir lieber, kapiert?«

Engels sah den irren Ausdruck im Gesicht des Iren und verstand sofort. Er schaute mich flehend an. Ich lächelte mitfühlend und verspürte ein vages Machtgefühl in mir: Wenn Gerechtigkeit das Gebot der Stunde war und wenn unser Verhör nach dem Schema guter Junge – böser Junge ablaufen sollte, dann lief alles bereits nach Plan.

Mike Breuning hielt hinter uns und hupte. Ich wandte meinen Blick von Engels ab und überprüfte die Umgebung. Wir befanden uns auf einem abfallübersäten Weg, der zu einem ehemaligen Motel führte.

»Freddy«, sagte Dudley, »geh du mit Mike und schließ das Zimmer auf. Vergewissere dich, dass niemand da ist.«

»Okay, Chef.«

Ich stieg aus und streckte meine eingeschlafenen Beine aus. Mike Breuning haute mir auf den Rücken. Er fieberte fast vor Aufregung und lobte Dudley. »Ich hab dir doch gesagt, dass der alte Dudley an alles denkt, oder? Schau dir das an«, sagte er und führte mich über einen engen Fußweg zu einer L-förmigen Ansammlung winziger, zusammenhängender Motelzimmer, alle in einem verblichenen Kotzgrün. »Das ist toll, oder? Das Ding ging während des Krieges pleite, und der Besitzer will es nicht verkaufen. Er wartet darauf, dass die Grundstückspreise steigen. Es ist vollkommen.«

Es war vollkommen. Mich schauderte. Eine vollkommene Impression der Hölle: Das L-förmige Gebäude mit dem toten braunen Gras davor, das mit leeren Flaschen und Pariser-Schachteln übersät war. Alle zwei Meter »Betreten verboten«-Schilder, auf die obszöne Sprüche gemalt waren. Hundescheiße überall. Eine riesige abgestorbene Palme stand Wache und hielt den Parkplatz einer Flugzeugfabrik auf der anderen Straßenseite auf Distanz.

»Ja, es ist vollkommen«, sagte ich zu Mike. »Hat es auch einen Namen?«

»Das Victory Motel. Gefällt es dir?«

»Ein treffender Name.«

Mike wies auf die Tür von Nummer 6. Er schloss sie auf, und eine große Ratte huschte heraus. »Da sind wir«, sagte er.

Ich überblickte den Ort des Verhörs: ein kleines, vollkommen viereckiges Zimmer, in dem es ekelhaft roch und in dem ein rostiges Bettgestell stand, auf dessen Federn eine schmutzige Matratze lag. Ein Tisch und zwei Stühle. Das billige rahmenlose Ölgemälde eines Clowns über dem Bett. Ein Illustriertenfoto von Franklin Roosevelt war im Gang angebracht, der ins Badezimmer führte. Die Badewanne und die Schränke im Bad waren mit rostigen Tupfern bedeckt, Jemand hatte Roosevelt einen Hitler-Schnurrbart aufgemalt. Mike Breuning zeigte darauf und kicherte.

»Hol unseren Verdächtigen, Mike, ja?«, sagte ich. Ich wollte allein sein, wenn auch nur für einen Augenblick, wenn auch nur in diesem Rattenloch.

Dudley, Breuning und Carlisle betraten eine Minute später das winzige Zimmer und trugen unseren Verdächtigen im Pyjama herein. Carlisle warf Engels auf das Bett, legte ihm die Hände auf den Bauch und Handschellen an. Er zitterte und fing an zu schwitzen, aber ich glaubte eine leise Spur Verachtung in seinem Gesicht zu entdecken, als er sich auf der urindurchtränkten Matratze in eine bequeme Lage wand.

Er sah seine vier Häscher an und sagte: »Ich möchte meinen Anwalt anrufen.«

»Das ist ein Schuldgeständnis, Engels«, sagte Carlisle. »Wir haben dir noch gar nichts vorgeworfen, deswegen schrei nicht nach einem Rechtsverdreher, bevor wir dich einlochen.«

»Wenn wir ihn einlochen«, warf ich dazwischen und nahm unaufgefordert meine Rolle des »Guten« an.

»Das stimmt«, sagte Mike Breuning. »Vielleicht ist der Kerl gar nicht schuldig.«

»Wieso schuldig?«, schrie Eddie Engels mit brechender Stimme. »Ich hab doch nichts getan, Gottverdammmich!«

»Pst, mein Sohn«, sagte Dudley in einem väterlichen Tonfall. »Pst. Wir wollen hier nur der Gerechtigkeit dienen. Du sagst die Wahrheit, damit dienst du der Gerechtigkeit – und dir selbst. Du hast nichts zu fürchten, also sei still.« Dudleys melodischer Singsang schien eine beruhigende Wirkung auf Engels zu haben. Sein ganzer Körper sank ergeben in sich zusammen. Er warf seine Beine über den Rand der Matratze. »Darf ich rauchen?«, fragte er.

»Sicher doch«, sagte Dudley, langte in seine Gesäßtasche und zog einen Schlüssel für die Handschellen raus. »Freddy, schließ Mr. Engels die Handschellen auf, ja?«

»Klar, Dud.«

Ich schloss sie auf, und Engels lächelte mich dankbar an. Meiner Rolle entsprechend, lächelte ich zurück. Dudley warf ihm eine Schachtel Chesterfield und ein Streichholzheftchen zu. Engels' Hände zitterten so sehr, dass er das Streichholz nicht ankriegte, deshalb zündete ich die Zigarette für ihn an und lächelte wieder. Er verschlang den Rauch und erwiderte mein Lächeln.

»Dick, Freddy«, sagte Dudley, »ich möchte, dass ihr mal zum

Schnapsladen runtergeht. Eddie, mein Junge, auf welches Gift stehst du?«

Engels sah entgeistert aus. »Meinen Sie Schnaps? Ich trinke nicht viel.«

»Nicht, mein Junge? Ein Barhocker wie du?«

»Manchmal trinke ich 'nen Gin und Coke.«

»Ahhh großartig. Freddy, Dick, ihr habt die Bestellung gehört. Auf gehts; unten an der Straße ist ein Schnapsladen.«

Als wir draußen waren, erklärte Carlisle mir den Plan. »Dudley sagt, das Stichwort ist ›weitschweifig‹, das heißt aufmischen. Erst machen wir Engels betrunken, dann bringen wir ihn dazu, von sich zu erzählen. Du machst auf offiziell, also eine Art Staatsanwalt. Du und Dudley, ihr spielt den guten und den bösen Buben und prügelt ihm die Scheiße raus. Wir halten ihn die ganze Nacht wach und quetschen ihn aus. Das Zimmer nebenan ist gereinigt. Wir können uns dort ausruhen. Und mach dir keine Sorgen: Dudley hat Freunde hier bei der Polizei von Gardena – die werden uns in Ruhe lassen.«

Ich lächelte, und wieder kam mir Dudley Smith wie ein pragmatischer Zauberer vor. »Und was machen Mike und du?«

»Mike stenografiert alles mit, dann schreibt er Engels' Geständnis nieder. Er ist ein kluges Köpfchen. Ich spiele zusammen mit Dudley den bösen Buben.«

»Und was ist, wenn er nicht gesteht?«

»Er wird gestehen«, sagte Carlisle, nahm seine Brille ab und rieb sie an seiner Krawatte.

Als wir vom Schnapsladen mit einer Flasche Gin, drei Flaschen Coke und einem Dutzend Papierbechern zurückkehrten, erfreute Dudley gerade Eddie Engels mit Geschichten aus seinem Leben in Irland während des Ersten Weltkriegs. Mike Breuning war im Raum nebenan und richtete Sandwiches und kochte Kaffee.

Mike kam mit einem halben Dutzend Stenoblöcken und einer Faust voll gespitzter Bleistifte in den Verhörraum. Er zog einen Stuhl neben das Bett und lächelte Engels an. Engels' Augen wanderten zwischen Mikes offenem Gesicht und seiner .38er im Schulterhalfter hin und her. Eddie versuchte, tapfer auszusehen, aber er hatte Angst. Und er fragte sich, was wir alles wussten, dessen war ich ganz sicher. Er hatte mindestens eine Frau getötet, war aber offensichtlich in so viele ungesetzliche Handlungen verstrickt, dass er nicht wusste, weswegen wir ihn geschnappt hatten. Aber er benahm sich nicht wie einer, der in der Falle sitzt – er hatte so eine blasierte Arroganz an sich, die hinter seiner Angst zu erkennen war. Er war jetzt schon dreißig Jahre lang unter der Flagge seines guten Aussehens und seines Charmes gesegelt und hielt sich natürlich für etwas Besseres. Seine selbstzufriedene Maskerade würde aber nicht mehr lange halten, und ich fragte mich, oh er das wusste.

Dudley begann mit der Prozedur, er knallte seine riesigen Hände auf den kleinen Holztisch, auf dem Mikes Stenoblöcke lagen.

»Mr. Engels«, sagte er, »Sie wundern sich wahrscheinlich, wer wir eigentlich sind und warum wir Sie hierhergebracht haben.« Er hielt inne, goss je zur Hälfte Gin und Cola in einen Papierbecher und reichte ihn Engels, der ihn nahm und gehorsam austrank. Seine klugen dunklen Augen wanderten von einem zum andern.

Dudley räusperte sich und fuhr fort. »Ich möchte Ihnen meine Kollegen vorstellen«, sagte er. »Mr. Carlisle, Los Angeles Police Department; Mr. Breuning vom Büro des Staatsanwalts; ich bin Lieutenant Dudley Smith, ebenfalls Los Angeles Police Department; und dieser Herr« – er machte eine Pause und neigte seinen

Kopf in meine Richtung – »ist Inspektor Underhill vom FBI.« Ich musste beinahe lachen über meine neue Beförderung, blieb aber ernst. »Wenn Sie irgendwelche juristischen Fragen haben, fragen Sie den Inspektor. Er ist Jurist, er wird sie Ihnen gerne beantworten.«

Ich fiel ihm ins Wort, weil ich Engels vor dem unvermeidlichen Ausbruch von Gewalt beruhigen wollte. »Mr. Engels, kann sein, dass Sie sich dessen nicht bewusst sind, aber Sie sind mit einigen Leuten bekannt, die am Rande der Unterwelt von Los Angeles ihr Dasein fristen. Wir wollen Sie über diese Leute befragen. Unsere Methoden sind weitschweifig, aber sie funktionieren. Beantworten Sie nur unsere Fragen, und ich versichere Ihnen, dass Ihnen nichts geschieht.«

Es war ein gezielt zweideutiger Hieb ins Dunkle, und er traf. Engels glaubte mir. Seine Gesichtszüge entspannten sich, und er spülte den Rest seines Drinks hinunter. Dudley goss ihm sofort nach, dieses Mal gut zwei Drittel Gin.

Eddie nahm noch zwei große Schlucke zu sich, und als er sprach, hatte er die Stimme erheblich gesenkt, fast klang sie wie ein Bariton. »Was wollen Sie wissen?«, fragte er.

»Erzählen Sie uns etwas von sich, mein Junge«, sagte Dudley.

»Was soll ich von mir erzählen?«

»Über Ihr Leben, mein Junge, Ihr Leben damals und heute.«

»Was meinen Sie denn Lieutenant?«

»Ich meine *alles*, mein Junge.«

Engels schien darüber nachzudenken. Er schien in seinem Gedächtnis zu kramen und schluckte Gin und Coke, um seine Gedankengänge zu beschleunigen.

Ich sah auf die Uhr. Es war 7.00 Uhr und wurde schon heiß in dem scheußlichen kleinen Zimmer. Ich legte meine Jacke ab und rollte die Hemdsärmel hoch. Ich war müde; seit über 24 Stunden hatte ich nicht geschlafen. Als hätte er meine Gedanken erraten, schaltete Mike Breuning einen tragbaren Ventilator an und gab mir eine Tasse lauwarmen Kaffee. Dudley goss Engels noch einen Becher Gin ein.

»Deine Lebensgeschichte, mein Junge«, sagte er. »Wir sind alle richtig gespannt.«

»Mutter und Vater waren liebe Menschen«, begann Eddie. Er sprach in lautem Tenor, wie einer, der große Wahrheiten verkündet. »Sind sie immer noch, glaube ich. Ich stamme aus Seattle. Mutter und Vater sind in Deutschland geboren. Sie kamen vor dem Ersten Weltkrieg hierher. Sie –«

»Warst du ein glückliches Kind, Eddie?«, unterbrach Dudley.

Engels schlürfte den reinen, bitteren Gin. Sein Gesicht verzog sich. »Sicher doch, ich war ein glückliches Kind. Ein prima Junge. Ein toller Hecht. Ich hatte einen Hund. Ich hatte ein Baumhaus. Ich hatte ein Fahrrad. Dad war gut zu mir. Er hat mich nie geschlagen. Er war Apotheker, Er hat Ma oder mich nie zum Arzt geschickt. Er hat uns das, was wir brauchten, immer aus der Apotheke mitgebracht. Manchmal waren Drogen dabei. Mom hat welche genommen und hatte religiöse Wahnvorstellungen. Sie sagte, sie hätte gesehen, wie Jesus Miffy Gassi geführt hätte – das war der andere Hund, den wir hatten. Er wurde überfahren. Sie sagte, Miffy könnte reden und wollte, dass sie katholisch würde und auf dem Hundefriedhof vor der Stadt arbeiten sollte. Danach hat Dad ihr nichts mehr von dem Zeug gegeben; er hasste Katholiken. Dad war prima zu mir, aber prügelhart zu meiner Schwester Lillian. Er ließ sie nie ausgehen, immer strich er um das Blumengeschäft, in dem sie arbeitete, herum, um sicherzugehen, dass keine Laffen versuchen würden, sich mit ihr zu verabreden. Dad war ein altmodischer Deutscher. Er hasste Schürzenjäger. Er wollte nicht, dass ich den Mädchen nachstieg, er wollte, dass ich eine deutsche Schnepfe heiratete und Pharmazie studierte.«

Engels hielt inne und schlürfte den Rest des Gins hinunter. Sein Körper zitterte, und ich konnte sehen, dass er betrunken war. Er lächelte schräg, sein Gesicht glänzte vor Rührseligkeit. Dudley füllte ihm nach.

»Aber Sie wollten doch den Mädchen nachsteigen, stimmts, Eddie?«, sagte ich.

Engels lachte und trank Gin. »Stimmt«, nuschelte er, »und ich wollte aus dieser toten Scheißstadt Seattle raus. Nichts als Regen und tote Hunde und Apotheker und hässliche Miezen. Hahaha, hässlich! Wow! Ich hatte die schönsten Weiber, die Seattle zu bieten hatte, und die waren schlimmer als der letzte Dreck in Hollywood. Hahaha, hässlich!«

»Also sind Sie nach L.A. gezogen?«, warf Mike dazwischen.

»Scheiße, nein! Die gottverdammten Japse bombardierten Pearl Harbour, und ich wurde eingezogen. Marine. Dad sagte, in meiner Uniform sähe ich aus wie Donald Duck. Ich sagte, in seinem Kittel, den er in der Apotheke trug, sähe er aus wie Micky Maus. Er wollte nicht, dass ich wegging. Er wollte es so drehen, dass ich in Seattle bleiben konnte. Er wollte, dass sie mich ›aus schwerwiegenden Gründen‹ vom Dienst befreien würden, aber es funktionierte nicht. Aber Dad widerfuhr Gerechtigkeit. Sie machten mich zum Pillenmaat. Er nannte mich Doktor Duck.«

Eddie Engels schüttelte sich vor Lachen, dann fuhr er hoch und kotzte auf den Boden, den Kopf zwischen den Knien. Seine Hände hingen schlaff an der Seite. Er hatte seinen Gin-Becher umgeworfen und suchte ihn, indem seine betrunkene Hand die ganze Matratze abklopfte. Er fand den Becher in einem Häufchen Erbrochenem auf dem Boden, hob ihn auf und hielt ihn Dudley unter die Nase.

»Füll nach, Lieutenant. Pillenmaat Engels, Nr. 4168395, verlangt einen verdammten Doppelten!«

Dudley gehorchte ihm gerne und füllte den Becher zur Hälfte nach. Engels riss ihn an sich, verschüttete den Gin, fiel zurück auf die Matratze und stammelte »jede Menge Mösen, jede Menge Mösen«. Dann wurde er bewusstlos.

Schweißgebadet und in Panik wachte Eddie Engels etwa sechs Stunden später wieder auf. Seine Augen fieberten, und seine Stimme zitterte heiser.

Während Engels weg war, hatte Dudley uns den Plan erläutert: Guter Onkel – böser Onkel, mit Abstrichen. Er hatte eine Liste von bekannten Buchmachern, Homosexuellen und Hehlern dabei, die ihm die Kripo in Hollywood gegeben hatte. Er schätzte, Engels würde einige von ihnen kennen. Indem wir ihn nach den Namen befragten, würde Engels nicht mehr grübeln, warum wir ihn wirklich festgenommen hätten. Es hörte sich wie ein guter, wenn auch zeitraubender Plan an. Ich hatte mich während des Nachmittags ausgeruht und war fit. Aber ich wollte, dass es bald vorbei war: Ich wollte bei Lorna sein.

Als Engels wach wurde, kam gerade Mike Breuning mit zwei großen Papiertüten herein, die voller Hamburger, Pommes frites und Kaffee in Pappbechern waren. Wir schlugen zu und ignorierten unseren Gefangenen auf der Matratze.

»Ich muss mal ins Bad«, sagte er schwach. Niemand antwortete. Er versuchte es wieder. »Ich muss mal ins Bad.« Wir ignorierten ihn wieder. »Ich sagte, ich muss mal ins Bad!« Dieses Mal hob er seine Stimme in Panik.

»Dann geh doch ins Bad, um Himmels willen!«, bellte Dudley.

Engels erhob sich von seiner Schlafstatt und wankte auf das schmutzige Klo. Wir konnten hören, wie er in die Schüssel kotzte, dann urinierte und spülte er. Kurz darauf kam er wieder, sein Pyjama-Oberteil, auf das er erbrochen hatte, hatte er abgelegt. Sein schlanker, muskulöser Oberkörper sah gewaschen aus. Er stand in der Nachmittagshitze des stinkigen kleinen Zimmers und zitterte.

»Ich hin bereit, Ihre Fragen zu beantworten«, sagte er. »Bitte lassen Sie mich Ihre Fragen beantworten, damit ich endlich heimgehen kann.«

»Halt's Maul, Engels«, sagte Dudley. »Wir kommen schon noch zu dir, wenn wir verdammte Lust dazu haben.«

»Sachte, Lieutenant«, sagte ich. »Machen Sie sich keine Sorgen, Mr. Engels, wir sind gleich bei Ihnen. Möchten Sie einen Hamburger?« Engels verneinte und starrte uns an.

Wir aßen zu Ende. Dick Carlisle sagte, er würde spazieren gehen, und verließ das Zimmer. Mike, Dudley und ich arrangierten drei Stühle um die Matratze. Engels hatte sich an die Wand gelehnt. Er saß da wie ein Indianer, die Hände unter die Knie geklemmt, um sein Zittern unter Kontrolle zu bekommen. Wir nahmen ihm gegenüber Platz und starrten ihn einen langen Augenblick an, bevor Dudley sprach: »Ihr Name?«

Unser Gefangener räusperte sich: »Edward Engels.«

»Ihre Anschrift?«

»1911, Horn, West-Hollywood.«

»Ihr Alter?«

»32.«

»Ihr Beruf?«

Engels zögerte. »Immobilien«, sagte er.

»Was zum Teufel heißt Immobilien?«, bellte Dudley. Engels grabschte nach Wörtern. »Also was ist, Mann!«, schrie Dudley.

»Sachte, Lieutenant sagte ich. »Mr. Engels, würden Sie uns Ihre Tätigkeit auf diesem Gebiet etwas näher beschreiben?«

»Ich … ich … äh, vermittle Immobilienkäufe.«

»Was besagt das?«, fragte ich.

»Das besagt, dass ich Käufer mit Immobilienmaklern zusammenbringe.«

»Aha. Nun, könnten Sie –«

Dudley fuhr mir ins Wort. »Scheißdreck, Inspektor. Dieser Kerl ist ein bekannter Spieler. Ich habe Aussagen von Buchmachern aus ganz Hollywood. Ich habe sogar Zeugen, die behaupten, er wäre selbst Buchmacher.«

»Das ist nicht wahr«, rief Engels. »Ich setz auf Pferde, aber ich hab mit Buchmachern nichts am Hut oder bin selbst Buchmacher, und ich bin ganz sauber! Ich habe kein Register!«

»Zur Hölle mit Ihnen, Engels! Ich weiß es besser!«

Ich hob meine Hände und rief um Ruhe. »Genug jetzt! Aufhören, Sie beide! Nun, Mr. Engels, auf Pferde zu setzen ist nicht illegal. Lieutenant Smith hat sich nur so aufgeregt, weil er in letzter Zeit etwas Pech hatte. Würden Sie sich als Siegertyp bezeichnen?«

»Ja, ich bin ein Siegertyp.«

»Verdienen Sie durch Pferdewetten mehr als in Ihrem Immobilienjob?«

Engels zögerte. »Ja«, sagte er.

»Führen Sie diese Gewinne auf Ihrer Einkommensteuererklärung auf?«, fragte ich.

»Äh … nein.«

»Was haben Sie denn als ihr diesjähriges Einkommen angegeben?«

»Weiß ich nicht.«

»Und 1950?«

»Weiß ich nicht.«

»1949?«

»Weiß ich nicht.«

»1948?«

»Ich erinnere mich nicht.«

»1947?«

»Weiß ich nicht!«

»1946?«

»Ich ... ich war damals bei der Marine ... ich hab's vergessen.«

Dudley fuhr dazwischen: »Du zahlst doch Einkommensteuer, oder, Engels?«

Engels verbarg seinen Kopf zwischen den Beinen. »Nein«, sagte er.

»Ist dir klar, dass Steuerhinterziehung ein Verbrechen ist, Engels?«, insistierte Dudley.

»Ja.«

»Ich zahle Einkommensteuer, der Inspektor zahlt Einkommensteuer, alle Bürger, die das Gesetz achten, zahlen Einkommensteuer. Was zum Teufel macht Sie so großartig, dass Sie meinen, keine zahlen zu müssen?«

»Ich weiß nicht.«

»Sachte, Lieutenant«, sagte ich. »Mr. Engels wird kooperieren. Mr. Engels, ich nenne Ihnen jetzt ein paar Namen. Sagen Sie mir, in welcher Verbindung Sie mit ihnen stehen.«

Engels nickte blöde. Dudley reichte mir ein sorgfältig getipptes Blatt Papier, auf dem drei Rubriken mit den Überschriften: Spieler, Buchmacher und Sexuelle aufgezeichnet waren. Ich begann mit den Spielern. Mike Breuning holte seinen Stenoblock hervor und hielt den Bleistift bereit. Dudley zündete sich eine Zigarette an und eine für Engels, der sie dankbar annahm.

»Okay, Mr. Engels, hören Sie gut zu: James Babij, Leslie ›Scribe‹ Thomas, James Gillis, Walter Snyder, Willard Dolphine. Irgendeiner dieser Namen bekannt?«

Engels nickte zuversichtlich. »Diese Kerle sind große Nummern in Santa Anita. Veranstalter, wenn Sie wissen, was ich meine?«

»Ja. Sind Sie mit irgendeinem dieser Leute gut befreundet?«

»Was heißt gut befreundet?« Engels' Augen verengten sich misstrauisch.

»Ich meine, haben Sie mit einem dieser Männer gewettet? Haben Sie irgendeinen zu sich nach Hause eingeladen?«

»O nein. Ich sehe diese Kerle nur beim Rennen, manchmal laden sie mich zu einem Drink im Turf-Club ein, manchmal ich sie. Solche Sachen.«

»Okay«, sagte ich, lächelte und ging die Liste der Buchmacher durch. »William Curran, Louis Washington, ›Slick‹ Delacroccio, ›Zoomer‹ Murphy, Frank Deffry, Gerald ›Smiler‹ Chamales, Bruno Earle, Duane ›The Brain‹ Tucker, Fred ›Fat Man‹ Vestal, Mark ›The Gimp‹ McGuire. Klingelt's, Mr. Engels?«

»Klingelt ganz toll, Inspektor. Alles kleine Buchmacher aus West-Los Angeles. Cocktail-Bar-Gecos. Mark ›The Gimp‹ hat nebenher noch ein paar Niggerweiber laufen. Alles kleine Fische, direkt aus Flachlandhausen.« Engels lächelte seine Häscher keck an. Er war sicher, unsere Absicht durchschaut zu haben. Aber er sah nur drei Poker-Gesichter. Das machte ihn nervös. »Freddy Vestal verkauft auch Gras, habe ich gehört«, platzte es aus ihm heraus.

Ich schenkte Engels ein gewinnendes Lächeln. »Okay, versuchen wir es mit diesen: Pat Morneau, ›Scooter‹ Coleman. Jack Foster, Lawrence Brubaker, Al Bay, Jim Wadleigh, Brett Caldwell, Jim Joslyn.«

Engels wurde aschfahl. Dann schluckte er mehrere Male, erholte sich rasch und warf ein Lächeln aus, das aus nichts als Charme bestand. »Ich kenne diese Kerle nicht, Inspektor, tut mir leid.«

Dudley ging zum Angriff über und sagte ganz leise: »Wissen Sie, wer diese Männer sind, Engels?«

»Nein.«

»Diese Männer sind bekannte Perverse – Transis, Tunten, Homos, Schwule. Arschficker, Päderasten und Abschaum. In jeder Polizeistation von Los Angeles hat die Sitte ganz, ganz dicke Akten über diese Typen angelegt. Alle verkehren in Schwulenkneipen in West-Hollywood. Kneipen, von denen wir wissen, dass Sie sie auch besuchen, Engels. Die Hälfte dieser Männer hat Sie auf Fotos identifiziert.«

»Was für Fotos!«, schrie Engels. »Ich bin sauber! Ich hab keine Vorstrafen. Das ist alles gelogen! Das ist –«

Ich stieg in das Gefecht ein: »Mr. Engels, ich frage Sie jetzt ganz offiziell: Sind Sie ein Homosexueller?«

»Scheiße, nein!«, schrie Eddie Engels.

»Okay. Vielen Dank.«

»Inspektor«, sagte Dudley ruhig, »das nehme ich ihm nicht ab. Wir wissen, dass er ganz eng mit diesem Homo Lawrence Brubaker befreundet ist. Wir wissen –«

»Larry Brubaker war ein alter Kumpel aus der Marine! Wir waren während des Krieges zusammen in Long Beach stationiert!« Engels schwitzte, sein Gesicht und sein Oberkörper waren schweißüberströmt. Ich reichte ihm ein Glas Wasser. Er spülte es in einem Zug hinunter, dann blickte er mich Hilfe suchend an.

»Ich glaube Ihnen«, sagte ich. »Sie wohnten früher in der Nähe dieser Bar in Venice, stimmt's?«

»Stimmt! Mit einer Frau. Wir wohnten in der gleichen Hütte. Ich sag Ihnen doch, ich steh' auf Frauen. Fragen Sie Janet, sie wird's Ihnen schon sagen!«

»Janet?«, fragte ich unschuldig.

»Janet Valupeyk. Sie ist die Dame, mit der ich die Immobiliengeschäfte mache. Sie wird's Ihnen sagen. Wir lebten zwei Jahre zusammen in derselben Hütte, sie wird's Ihnen sagen.«

»Okay, Mr. Engels.«

»Nicht okay, Inspektor«, sagte Dudley, und seine Stimme schwoll an, »überhaupt nicht okay. Wir haben Zeugen, die diesen degenerierten Hund in bekannten Schwulenbars gesehen haben, im ›Hub‹, in der ›Black Cat‹, ›Sergio's Hideaway‹, dem ›Silver Star‹, dem ›Knight in Armor‹ und der Hälfte der Homo-Treffpunkte im ganzen Tal.«

»Nein, nein, nein!« Engels schüttelte seinen Kopf in heftiger Ablehnung.

Ich wurde lauter und blitzte Dudley böse an. »Diesmal sind Sie zu weit gegangen, Lieutenant. Sie sind schlecht informiert. Der ›Silver Star‹ ist kein Homo-Treffpunkt – ich war selbst schon dort, schon oft. Es ist 'ne ganz normale Kneipe für die Nachbarschaft.«

Engels packte, was er für einen Rettungsring hielt. »Das stimmt! Ich war auch schon da, schon oft.«

»Um zu wetten?«, warf ich ein.

»Teufel nein, um Weiber zu jagen. Beste Ware hab ich da schon abgeholt.« Ohne zu wissen, dass er sich den Strick um den Hals legte, brabbelte Engels weiter und krümmte sich auf der inzwischen schweißgetränkten Matratze. »Ich hab schon in jeder zweiten Bar in Hollywood zugeschlagen. Schwul, von wegen! Irgendjemand hat Ihnen falschen Stoff verabreicht! Ich bin ein Altgedienter. Larry Brubaker ist schwul, aber ich habe ihn nur benutzt, mir Geld von ihm geborgt. Der hat nie versucht, mich anzumachen! Fragen Sie Janet. Fragen Sie sie!« Eddie richtete alle seine Aussagen jetzt an mich. Es war offensichtlich, dass er mich als seinen Retter betrachtete. Aus den Augenwinkeln sah ich, wie sich Dudley mit dem Finger über die Kehle fuhr.

»Mr. Engels«, sagte ich, »machen wir 'ne kleine Pause, in Ordnung? Warum ruhen Sie sich nicht ein bisschen aus?«

Engels nickte. Ich ging ins Badezimmer und befeuchtete ein Papiertuch im Waschbecken. Ich warf es Engels zu, und er wischte sich Gesicht und Oberkörper damit ab.

»Ruhen Sie sich aus, Eddie«, sagte ich und lächelte den gut aussehenden Mörder an.

Er nickte wieder und vergrub sein Gesicht in den Händen.

»Ich geh' spazieren«, verkündete ich Dudley und Mike Breuning. Ich schnappte mir einen Becher kalten Kaffee, einen kalten Hamburger und ging nach draußen.

Von Santa Ana her war Wind aufgekommen, und der schäbige Rasen vor dem Haus war mit frischem Abfall übersät. Palmwedel waren auf den Gehsteig geweht worden. Der Wind hatte alle Spuren von Smog in der Luft beseitigt, und das Dämmerlicht am Himmel bestand aus einem reinen Hellblau, durchsetzt mit Resten eines rosaroten Sonnenlichts.

Ich versuchte, meinen Hamburger zu essen, aber er war zu fett und zu kalt, und mein nervöser Magen rebellierte. Ich warf das Sandwich auf die Erde und schlürfte meinen Kaffee, während ich über die Rituale der Gerechtigkeit nachdachte.

Dudley kam eine Minute später raus. »Unser Freund schläft jetzt, mein Junge«, sagte er. »Mike hat ihm Medizin verabreicht. Er wird in etwa vier Stunden mit mörderischen Kopfschmerzen aufwachen. Dann werde ich ihn bearbeiten.«

»Wo ist Carlisle?«

»Der durchsucht des schönen Eddies Wohnung. Er müsste bald zurück sein. Wie geht's dir, mein Junge?«

»Kann kaum erwarten, bis es vorbei ist.«

»Bald, mein Junge, bald. Ich mach' mich erst mal gemütlich an diesem Untier zu schaffen. Du hältst dich raus, bis ich meine Krawatte ausziehe. Dann greifst du ein. Gewalt gegen Gewalt, mein Junge, ob verbal oder physisch. Kannst du folgen?«

»Ja.«

»Ahhh, großartig. Du bist ein brillanter junger Polizist, Freddy. Weißt du das?«

»Ja, ich weiß.«

»So einen Schützling wie dich wollte ich schon immer, mein Junge. Mike und Dick sind auch gute Bullen, aber sie haben nichts im Hirn, keine Fantasie. Und du hast Funken, brillante Funken.«

»Ich weiß.«

»Warum guckst du dann so belämmert?«

»Ich möchte wissen, wie mir die Arbeit bei der Kripo gefällt.«

»Wird dir gut gefallen. Das Beste bei der ganzen Polizei. Jetzt ruh dich aus.«

Ich ging in das Zimmer neben dem Verhörraum und machte es mir auf einem abgetakelten Feldbett bequem, das gut einen Fuß kürzer war als ich. Ich stand auf und ging ins Bad. Es war relativ sauber; fast sauber genug, um es zu benutzen. Ich betrachtete mich in dem zerbrochenen Spiegel oberhalb des Waschbeckens. Ich war unrasiert und hatte kein Rasierzeug dabei.

Ich legte mich wieder auf das Feldbett. Bevor ich die Schuhe ausziehen oder das Halfter ablegen konnte, überkam mich die Erschöpfung. Eine kurze Weile kämpfte ich gegen den Schlaf an und murmelte: »Lorna, Lorna, Lorna.« Dann siegte der Schlaf.

Ich wachte auf, als mich jemand in die Seite stieß. Ich schoss hoch und fasste nach meiner Knarre. Dick Carlisle kam in Sicht. Er hielt mir die Arme fest. Das Licht der Deckenlampe spiegelte sich in seiner Nickelbrille.

Ich schwang meine Beine über den Bettrand und merkte plötzlich, dass ich Carlisle nicht mochte. Er hatte etwas Dumpfes, Animalisches an sich. Und er war einfach nervös.

»Schau dir das an«, sagte er, fasste in seine Jackentasche und zog Maggie Cadwalladas Diamantenbrosche hervor.

»Jesus!«, sagte ich. »Woher zum Teufel hast du die? Ist die echt?«

»Dudley sagt ja. Er kennt sich bei diesem Zeug aus, und er sagt, die ist echt. Ich hab sie in Engels' Wohnung in einem Krawattenfach gefunden.«

»Jesus«, sagte ich in vorgetäuschter Ehrfurcht, während ich krampfhaft nachdachte. »Jesus. Als ich die Wohnung von dieser Cadwallader durchsucht habe, habe ich ein kleines Foto von ihr gefunden. Auf dem trug sie genauso eine Brosche!«

»Herrgott, Underhill! Was hast du damit gemacht?«

»Ich hab es verloren, als ich mir von dem Zeitungsfoto Abzüge machen ließ.«

»Scheiße. Ich werde es Dudley sagen.«

Carlisle verschwand durch die Tür, die die beiden Räume miteinander verband. Ich warf mir Wasser ins Gesicht und kämmte mir das Haar. Als ich in das Verhörzimmer kam, weckte Dick Carlisle Eddie Engels durch Schläge ins Gesicht auf; Dudley und Mike Breuning tuschelten miteinander. Als sie mich sahen, winkte Dudley mich zu sich.

»Freddy, bist du sicher, dass du so eine Brosche auf dem Foto gesehen hast, das du gefunden hast?« Er hielt sie mir vor die Nase.

»Ganz bestimmt, Dud.«

»Großartig, noch ein Beweis. Jetzt entspann dich, mein Junge. Denk an dein Stichwort.«

Carlisle ging zurück, um Eddie aufzuwecken. »Wach auf, wach auf, du gottverdammter Perverser!«, schrie er, dann gab er frustriert auf, zog seinen Gürtel ab und knallte ihn Eddie über den blanken Rücken.

Engels wachte aus seinem narkoseähnlichen Schlaf auf, rollte sich zusammen wie ein Embryo und bedeckte sein Gesicht mit den Armen. »Nein, nicht schlagen, ihr könnt es haben. Ihr könnt alles haben, nicht schlagen!«, kreischte er.

Carlisle kreischte zurück: »Wir wollen die Wahrheit wissen, du Homo! Die Wahrheit!«

»Ich bin kein Homo!«

»Beweis es!« Carlisle knallte Eddie wieder eins über. Die schwere, metallene Gürtelschnalle riss ganze Fleischstreifen von seinen Schulterblättern, und Eddie warf sich auf den Rücken, um sich zu schützen.

Dudley wand Carlisle den Gürtel aus der Hand und wickelte ihn sich um seine breite, rechte Faust. »Fragt Janet!«, bat Eddie.

»Hab ich, mein Junge. Soll ich dir erzählen, was sie gesagt hat?«

Eddie fiel zusammen. »Sag's mir«, flüsterte er.

Dudley Smith ging zum Bett, fasste Engels unter die Arme und warf ihn durch das ganze Zimmer. Er landete in einem wilden Gewirr von Armen und Beinen und schrie. Ich war sprachlos über dieses Bravourstück an Stärke. Dudley ging zu Engels und riss ihn mit seiner Linken hoch, dann rammte er die lederumspannte Rechte in seinen Magen. Engels schrie wieder und fiel vornüber. Aber die Hand, die Dudley ihm in die Schulter gegraben hatte, hielt ihn aufrecht.

»Janet hat mir erzählt, dass du ein schmutziger, degenerierter Schwanzlutscher bist«, sagte Dudley, »der ihr Bett verschmäht hat, um zu einem Muskelbubi zu steigen. Ist das wahr, Eddie?«

»Nein!«

»Nein?« Dudley grub Engels seine Hand in die Schulter, bis kleine Blutfontänen herausschossen. »Nein, Eddie?«

Eddie Engels schrie. »Nein!«

»Nein?«

»Nein!«

»Nein?« Blut tropfte über Engels' Brust und vermischte sich mit seinem Schweiß. Dudley presste die Zähne zusammen und grub seine Hand mit voller Kraft hinein. »Nein?«, kreischte er, seine Stimme schnappte beinahe über. Er ließ los, und Engels fiel heulend auf die Knie.

»Ja«, sabbelte er.

»Gut, mein Junge. Jetzt beantworte mir noch ein paar Fragen. Zahlst du Einkommensteuer?«

»Nein.«

»Ahhh ja. Machst du Pferdewetten?«

»Ja.« Engels grapschte nach seiner Schulter. Sie war dunkelrot, gewaltig angeschwollen und voll tiefer Druckmale.

»Auf die Beine, mein Junge«, sagte Dudley. Engels schaffte es, sich gerade aufzurichten, und Dudley versetzte ihm einen Rundumschlag in seine Weichteile. Engels' Schrei erstarb, er fiel auf den Boden und hielt sich den Bauch. »Noch ein paar Fragen, mein Junge. Janet erzählte mir, du hättest sie geschlagen. Ist das wahr?«

»Nein!« Engels kämpfte sich zur Wand und hielt die Arme schützend über seinen Kopf. »Nein! Nein! Nein! Nein!«, kreischte er, mit jeder Wiederholung seines Schreis krümmte er sich mehr und mehr zusammen.

Dudley lächelte bedrohlich. »Nein?«

»Ja«, sagte Engels leise.

»Ahhh, großartig. Hast du sie oft geschlagen, mein Junge?«

»Ja.«

»Und andere Frauen?«

»Ja.«

»Warum? Du dreckiger Schleimscheißer!«

»Ich ... ich ... ich weiß nicht!«

»Du ... weißt ... nicht.« Dudley ließ die Worte auf seiner Zunge zergehen wie ein Feinschmecker, der einen neuen Wein probiert. »Erzähl mir von dem Muskelbubi, mein Junge.«

Ich sah mich im Zimmer um. Dick Carlisle schlürfte neben der Badezimmertüre ein Bier, Mike Breuning schrieb eifrig auf seinem Stenoblock, und Dudley Smith arbeitete sich langsam zu dem ausgebreiteten Klumpen hin, der Eddie Engels war. Er ließ sich neben ihm nieder und sagte sanft: »Glaubst du an Gott, mein Junge?«

Engels nickte. »Ja.«

»Glaubst du dann nicht, dass Gott will, dass du dich von deiner Schuld befreist, wie ein guter Gläubiger?«

»Doch ...«, sagte Engels, seine Stimme war überraschend ruhig. »Gut, mein Junge. Erzähl mir von dem Muskelbubi.«

»Er hieß Jerry. Ich traf ihn in ›Larrys Log Cabin‹. Er war high. Er brauchte Hilfe, und ich half ihm.«

»Hat er auch gerne Frauen geschlagen?«

»Nein!«

»Habt ihr beiden euch einsame junge Frauen geschnappt, um sie zu schlagen, und seid dann nach Hause gegangen und habt schmutzige Sodomie miteinander getrieben?«

»Nein! Bitte, o Gott, nein, bitte, o Gott!«, winselte Eddie.

Dudley packte seine Arme und riss ihn hoch. Engels ergab sich und starrte ihn widerstandslos an, als Dudleys rechte Hand auf seinen Solarplexus donnerte. Er erbrach sich. Rosarot Erbrochenes, das nach Gin stank, ergoss sich über Dudleys Hemd. Dudley verzerrte sein Gesicht, sein ganzer Körper wand sich, aber er stand nur da und starrte hinunter auf den Frauenmörder, den er so hasste.

Es herrschte völlige Stille im Raum. Niemand rührte sich. Engels blieb vollkommen reglos auf dem Boden liegen, er hielt seine Arme vor seine zerschlagenen Geschlechtsteile. Hinter ihm stand ein Holzstuhl mit hoher Lehne. Dudley hob Engels hinein. Er zog einen weiteren Stuhl für sich heran und rückte mit ihm so nahe heran, dass seine Knie Eddies fast berührten.

»Nun, Eddie, wissen wir ja, dass du gerne Frauen schlägst, stimmt's?«

»J…j … ja.«

»Ein hübscher Bursche wie du hat keine Schwierigkeiten, junge Damen zu finden, stimmt das? Du hast gesagt, du würdest in Cocktail-Bars gehen. Ist das richtig?«

»Ja.«

»Und da liest du junge Damen auf?«

»Ah … ich … ja.«

»Mit welcher Absicht?«

»Was? Um zu ficken. Um mit ihnen zu schlafen. Ich bin kein Schwuler!«

»Sachte, mein Junge. Wir wissen, dass du Knaben magst.«

Dudley schlug ihn.

»Nein, nein, nein, nein!«, fuhr er fort.

Dudley schlug ihn wieder, dieses Mal noch härter. Blut floss aus seiner Nase und tropfte in seinen Mund. Er leckte es von den Lippen und fing an zu weinen. Dudley seufzte und gab Eddie ein Taschentuch. »Vielleicht bist du nicht schwul, mein Junge. Vielleicht magst du Mösen. Schließlich hat der Inspektor gesagt, er hätte dich schon in dieser Kneipe, wie hieß sie noch mal, gesehen. Der ›Silver Star‹? Das ist keine Homo-Kneipe.«

Engels begann den Kopf zu schütteln, wobei er Dudley mit

Blut und Schweiß besprühte. »Ich bin nicht schwul. Ich hab mehr Mösen gehabt als jeder Bulle in L.A.«

»Erzähl mir mehr darüber, Eddie«, sagte Dudley, zündete ihm eine Zigarette an und steckte sie ihm zwischen die Lippen.

Der fesche Weiberheld wurde wieder kurz lebendig und schüttelte alle Furcht und Müdigkeit ab. »Sie lieben mich einfach, sie können mich nicht in Ruhe lassen. Ich bin ein Virtuose. Ich schnippe nur mit den Fingern. Jeder Barkeeper in Hollywood kennt mich –«

Dudley unterbrach: »Der Barkeeper im Silver Star' sagt, du wärst eine Tunte. Er sagt, du hasst Frauen. Du hasst sie, also fickst du sie, damit sie so werden wie du, dann schlägst du sie, stimmt's, Eddie? Stimmt's, Eddie? Stimmt's, Eddie, stimmt's? Schwuler Schwanzlutscher Eddie, stimmt's?«

Engels warf sich auf Dudley, stieß seinen Stuhl um, sein verwüsteter Körper fiel auf ihn. Breuning und Carlisle schauten einige Sekunden wie gelähmt zu, dann rannten sie hin, packten ihn an Armen und Beinen und drückten ihn gegen die Wand. Engels schrie, als Dick Carlisle ihm beide Fäuste in die Magengrube und in die Rippen hämmerte. Breuning knallte sein Gesicht gegen die Wand, bis Engels ihn in die Hand biss. Breuning schrie auf und wich zurück, und Carlisle ergriff Engels' Hals mit seinen Händen und drückte zu. Engels ließ Breunings Hand los und gab nur noch gurgelnde Laute von sich.

Ich sprang auf, packte Carlisle bei den Schultern und warf ihn rückwärts auf die Matratze. Breuning wollte mit seiner unverletzten Hand auf Engels los, die zerbissene hatte er zwischen seine Beine geklemmt, um den Schmerz zu betäuben. Ich breitete mich über Engels aus, als wollte ich uns beide durch die Wand in eine andere Wirklichkeit drücken. Breuning riss an meinen Schultern.

Endlich schrie Dudley: »Aufhören, alle aufhören. Hört auf. Hört sofort auf!«

Breuning ließ mich los. Ich gab Engels frei, der bewusstlos auf den Boden fiel.

»Du dreckiger Verräter«, zischte Carlisle mich an. Ich ging mit geballten Fäusten auf ihn zu.

Dudley pflanzte sich vor mir auf. »Nein, mein Junge.«

Ich plumpste in den Stuhl, auf dem vorher Engels gesessen war. Ich war erschöpft und zitterte von Kopf bis Fuß. Breuning, Carlisle, Dudley und ich starrten uns wüst und wortlos an.

Schließlich lächelte Dudley. Er zog eine Injektionsnadel und eine kleine Phiole aus seiner Hosentasche. Er führte die Nadel in die Phiole ein und entzog ihr etwas Flüssigkeit. Dann kniete er neben dem bewusstlosen Engels nieder, prüfte seinen Puls, nickte und jagte ihm die Nadel in den Arm. Er leerte die Spritze, dann hob er Engels auf und trug ihn aufs Bett.

»Er wird schlafen«, sagte Dudley, »er braucht den Schlaf. Ihr auch, Männer. Wir alle. Also ruht euch aus, Jungs. Morgen früh machen wir weiter.«

So war es. Am nächsten Morgen begannen wir, vom Schlaf gestärkt, um 9.00 Uhr. Dudley hatte mich um 7.30 Uhr geweckt und mir Rasierzeug und ein frisches, kurzärmeliges Hemd präsentiert. Das Ritual des Rasierens und Duschens stellte mich in gewisser Weise wieder her.

Ich stand immer noch unter dem Schock der Ereignisse. Dudley wusste das und dämpfte meine Angst. »Keine Gewalt mehr, mein Junge. Er kann nicht mehr ertragen. Ich habe Dick Carlisle nach Hause geschickt; er würde sich sonst noch zu etwas hinreißen lassen. Wir machen es jetzt auf die ganz sanfte Tour.« Ich konnte nur dumpf nicken. Ich konnte nicht einmal mehr den Schützling des verrückten Iren spielen – er ekelte mich jetzt an.

Ich ging die Straße hinunter zu einem Stehimbiss, dessen Kundschaft aus fröhlich lärmenden Arbeitern der Flugzeugfabrik bestand. Die grobschlächtige Kameraderie der Männer, die neben mir an der Theke saßen, richtete mich wieder auf. Ich bestellte mir ein großes Frühstück mit Würstchen, Eiern und Kartoffeln. Das Ganze spülte ich mit einigen Litern Kaffee hinunter. Eddie brachte ich drei Portionen pochierter Eier und zwei Schokomilch-Shakes mit. Als ich es ›zum Mitnehmen‹ bestellte, wurde ich traurig und wütend. Wir befanden uns hier nicht mehr im Hoheitsgebiet von Wundern und Gerechtigkeit, wir näherten uns langsam menschlichen Abgründen, die ich gar nicht kennenlernen wollte.

In der Imbissbude hing ein Telefon an der Wand. Beinahe hätte ich dem Drang, Lorna anzurufen, nachgegeben. Ich wollte aber erst alles hinter mich bringen.

Als ich in unser Zimmer zurückkam, lag Eddie Engels immer noch bewusstlos auf der schmierigen Matratze, sein Gesicht zuckte sogar im Schlaf vor Angst.

Dudley, Breuning und ich beobachteten sein Erwachen. Lange Zeit schien er nicht zu wissen, wo er war. Endlich klickte es bei ihm, und als er die Augen auf Dudley richtete, verrenkte er sich wie ein Spastiker. Er schloss seine Augen und wollte schreien. Kein Laut war zu hören.

Dudley und ich schauten uns an. Mike Breuning fummelte an seinem Stenoblock herum. Er hielt seine Augen verschämt auf den Boden gerichtet. Ich gab Dudley ein Zeichen. Er folgte mir in das Nachbarzimmer. »Überlassen Sie ihn mir«, sagte ich. »Er hat zu viel Angst vor Ihnen. Lassen Sie mich mit ihm reden. Alleine. Ich krieg ihn schon so weit.«

»Ich möchte ein Geständnis, mein Junge. Heute.«

»Das kriegen Sie.«

»Ich geb' dir zwei Stunden, mein Junge. Nicht mehr.«

Ich führte Engels vorsichtig ins andere Zimmer. Ich sagte ihm, er solle erst einmal das halbwegs saubere Badezimmer benutzen. Das tat er, nachdem er die Tür hinter sich geschlossen hatte. Ich wartete, bis Engels sich gewaschen hatte. Er kam wieder raus und setzte sich auf die Ecke einer der Liegen. Sein Oberkörper war übel zugerichtet, und die Beule auf seiner Schulter, in die Dudley seine Hand gegraben hatte, war zu einer Orange geschwollen.

Ich zündete ihm eine Zigarette an und gab sie ihm. »Haben Sie Angst, Eddie?«, fragte ich.

Er nickte. »Ja, ich hab richtig Angst.«

»Wovor?«

»Vor diesem Iren.«

»Das kann ich verstehen.«

»Was wollen Sie von mir? Ich bin nur ein kleiner Spieler.«

»Und ein Frauenschläger.« Er senkte den Kopf. »Schau mich an, Eddie.« Er hob den Kopf und sah mir in die Augen. »Hast du viele Frauen geschlagen, Eddie?« Er nickte. »Warum?«, fragte ich. »Ich weiß nicht!«

»Wie lange machst du das schon?«

»Schon lange.«

»Schon in Seattle?«

»Ich ... ja.«

»Wissen deine Eltern davon?«

»Nein! Lassen Sie die da raus!«

»Sssch. Liebst du deine Eltern?«

Engels schnaubte, dann sah er mich an, als sei ich verrückt. »Jeder liebt seine Eltern«, sagte er.

»Alle, die sie kennen. Ich hab meine nie gekannt. Ich bin im Waisenhaus aufgewachsen.«

»Das ist aber traurig. Das ist wirklich traurig. Ist das der Grund, warum Sie Polizist wurden? Um sie aufzuspüren?«

»Hab ich nie drüber nachgedacht. Du hast aber Glück gehabt, dass du eine nette Familie hattest.«

Engels nickte, seine furchtsamen Gesichtszüge klärten sich für einen Moment auf.

»Stehst du deiner Schwester Lillian sehr nahe?«, fragte ich. Engels antwortete nicht. »Ja oder nein?« Immer noch keine Antwort. »Ja oder nein, Eddie?«

Engels Gesicht wurde puterrot. »Ich hasse sie!«, schrie er. »Ich hasse sie, ich hasse sie, ich hasse sie!« In seiner Verzweiflung schlug er mit den Händen auf den Bettrand. Der Ausbruch war so schnell vorbei, wie er angefangen hatte, aber Eddies Ausdruck hatte sich wieder geändert. »Ich ... hasse ... Lillian.« Er sagte es ganz leise mit großer Bestimmtheit, ein Wort nach dem andern.

»Hat sie dich geschlagen, Eddie?«, fragte ich.

Die Antwort war ein Kopfschütteln.

»Hat sie sich über dich lustig gemacht?«

Keine Antwort.

»Hatte sie Macht über dich?«

»Ja«, wimmerte Eddie. Er biss sich auf die Lippen.

»Was hat sie dir getan?«, fragte ich sanft.

Eddie Engels sagte ganz ruhig: »Sie hat mich zu dem gemacht, was ich bin. Sie war lesbisch, und sie wollte nicht, dass ich andere Mädchen liebte als sie.«

»Und?«, flüsterte ich.

»Und sie kleidete mich, malte mich an ...«

»Und?«

»Und ... richtete mich zu, und ließ es sich von mir vor den Augen ihrer Freundinnen besorgen ...« Engels' traurige Stimme erstarb.

Ich räusperte mich. Meine eigene Stimme klang fremd und weit weg. »Und dafür hasst du sie?«

»Und ich hasse sie für das, was sie aus mir gemacht hat, Officer. Aber ich liebe sie auch. Und ich bin lieber das, was ich bin, als das, was Sie sind.«

Seine Worte hingen in der Luft, giftig wie Atomstaub. Ich gab Engels die Papiertüte mit den Eiern und den Milch-Shakes. »Essen Sie jetzt Ihr Frühstück«, sagte ich. »Ruhen Sie sich eine Weile aus, und dann werden Sie bald erfahren, warum wir Sie hierhergebracht haben.«

Ich vergewisserte mich, dass der fensterlose Raum von außen geschlossen war, dann ließ ich Engels alleine, um über meine Drohung nachzudenken. Dann ging ich hinüber und erstattete Dudley Smith Bericht.

»Du hättest Kopfjäger werden sollen, mein Junge«, war sein einziger Kommentar.

Um 1.30 Uhr an jenem Nachmittag brachten wir Eddie Engels wieder in das Verhörzimmer. Er war versorgt und ausgeruht, sah aber abgeschlafft aus und bereit, alles zu akzeptieren. Ich setzte ihn auf die Matratze, und Dudley, Breuning und ich arrangierten unsere Stühle so, dass er nichts außer den drei übergroßen Bullen sehen konnte. Dudley legte einen Aschenbecher, Streichhölzer und eine offene Schachtel Chesterfield auf die Matratze neben ihm. Engels bediente sich.

Dudley fing an: »Natürlich weißt du, worum es hier geht, nicht wahr, Engels?«

Engels schluckte und schüttelte den Kopf. »Nein«, sagte er. »Junge, hast du im März 1948 Ecke 29. Straße und Pacific Boulevard in Venice gewohnt?«

»J... ja«, sagte Engels.

»Eine junge Frau, die zwei Blocks von dem Haus weg wohnte, das du mit Janet Valupeyk geteilt hast, wurde erwürgt aufgefunden. Hast du sie umgebracht?«

Engels wurde weiß und schrie: »Nein!«

»Sie hieß Karen Waters. Sie war zweiundzwanzig.«

»Ich sagte nein!«

»Nun gut. Ich habe hier die Namen von zwei weiteren jungen Frauen, einsamen jungen Frauen, die viel zu früh starben, die erwürgt wurden. Antworte, wenn der Name dir etwas sagt, mein Junge? Mary Peterson?«

»Nein!«

»Jane Macauley?«

»Ich sagte nein!«

Dudley seufzte und täuschte übermäßige Geduld vor: »Ja das hast du«, sagte er. »Nun, mein Junge, Janet Valupeyk behauptet das Gegenteil. Sie hat alle drei toten Frauen als deine Eroberungen identifiziert. Sie erinnert sich gut daran. Sie –«

»Kann sie ja gar nicht! Janet war drogensüchtig! Sie war die ganze Zeit high, als wir zusammenlebten –«

Dudley schwang seine Hand blitzschnell und traf Engels auf die Backe. Engels verstummte und starrte Dudley nur wie ein gescholtenes Kind an.

»Ich dachte, du hast so viele Weiber aufgelesen, mein Junge.«

»Hab ich auch. Ich meine, mach' ich immer noch.«

»Wie willst du dann wissen, dass du nicht eine von diesen hier aufgelesen hast?«

»Ich … ich …«

»Hast du viele getötet, Eddie?«

»Ich hab nie welche getö-«

Diesmal gab Dudley ihm eine noch härtere Ohrfeige, die die Gesichtswunden aufriss, die er ihm in der vergangenen Nacht zugefügt hatte. Engels wedelte mit seinen Armen, blieb aber sitzen. Sein Gesicht hatte die ganze Zeit ungläubige Angst und Zorn ausgedrückt, aber jetzt zeigte es nur noch Trauer. Er wusste, dass er in der Falle saß.

»Leona Jensen, erinnerst du dich an sie?«, fragte Dudley.

Engels ließ seinen Kopf hängen und schüttelte ihn. Dudley löste seine Krawatte. Ich ging zu ihnen hin.

»Ich hab heute Morgen in Seattle angerufen«, sagte ich. »Ich hab mit deinem Dad gesprochen. Ich erzählte ihm, wir hätten dich im Verdacht, fünf Frauen getötet zu haben. Er sagte, so etwas könntest du nicht tun. Er sagte, du wärst ein guter Junge. Ich hab ihm geglaubt, und ich glaube dir. Aber Lieutenant Smith glaubt dir nicht. Ich hab ihm gesagt, dass wir keine stichhaltigen Beweise haben, die dich mit diesen Frauen in Verbindung bringen. Ich glaube, du kommst nur für einen Fall in Frage, und ich glaube, wir können das jetzt abschließen, wenn du die Fragen des Lieutenants ehrlich beantwortest.«

Engels hob sein Kinn von der Brust und sah mich traurig an wie ein Hund, der darauf wartet, gelobt oder geschlagen zu werden. Als er sprach, klang seine Stimme wieder affektiert: »Haben Sie wirklich mit Dad gesprochen?«

»Ja.«

»Was hat er gesagt?«

»Dass er dich liebt. Dass deine Mutter dich liebt und dass Lillian dich am meisten liebt.«

»O Gott ...« Engels fing an zu schluchzen.

Dudley erhob seine Stimme. »Also jetzt, Mr. Engels. Sagt Ihnen der Name Margaret Cadwallader irgendetwas?«

Eddies ganzes Gesicht zuckte. In tiefem Bariton sagte er »Nein« und zitterte.

»Nein? Wir haben ein Dutzend Augenzeugen, die euch beide

an der Pferderennbahn und in Nachtclubs am Sunset Strip gesehen haben.«

Engels schüttelte heftig den Kopf.

»Die Wahrheit, Eddie«, sagte ich. »Um deiner Familie willen.«

»Wwwir sind ausgegangen«, sagte Engels.

»Aber ihr habt Schluss gemacht?«, fuhr ich für ihn fort.

»Jjja.«

»Warum, Killer?«, bellte Dudley. »Weil sie sich von dir nicht schlagen ließ?«

»Ich hab nie jemanden getötet!«

»Jemand sagt, du hättest sie getötet, Homo! Hast du sie geschlagen?«

»Ich hab sssie hat ...«

»Du hast was? Du gottverdammter Perverser!« Dudley holte aus und fuhr im Zeitlupentempo auf Engels zu.

Ich fing seinen Arm mitten im Schwung ab, packte Dudleys Handgelenk und hielt es über meinen Kopf. »Ich hab Ihnen gesagt, damit ist jetzt Schluss. Smith!«

»Gottverdammmich, Inspektor, dieser Kretin ist schuldig, und ich weiß es!«

»Da bin ich nicht so sicher. Eddie, eins ist mir nicht klar. Ihr Ford Cabrio wurde in Margaret Cadwalladers Straße in der Nacht gesehen, als sie erwürgt wurde.«

Engels stöhnte. »O Gott.«

Ich fuhr fort: »Warum war es da?«

»Ich ... hab's ihr geliehen.«

»Wie hast du es wiederbekommen?«, warf Dudley dazwischen.

»Ich ... ich ...«

»Hast du sie in ihrer Wohnung gefickt, Strizzi?«, bellte Dudley.

»Nein!«

»Das ist aber komisch, wir haben in ihrem Schlafzimmer deine Fingerabdrücke gefunden.«

»Das ist eine Lüge! Von mir gibt es keine Fingerabdrücke!«

»Du lügst, Strizzi. Deine Fingerabdrücke wurden genommen, als die Cops aus Ventura ein Homo-Lokal gefilzt haben, in dem du warst.«

»Das ist auch gelogen!«

Dudley bekam einen Lachanfall. In perfekter Intonation ging sein musikalisches Gelächter über die ganze Skala, Diminuendos und Crescendos wie bei einem Geigenvirtuosen. »Hohoho! Hahaha!« Tränen liefen ihm über sein rotes Gesicht. Er hörte einfach nicht auf, während Engels, Breuning und ich ihn fassungslos anstarrten. Schließlich verwandelte sich Dudleys Gelächter in ein gewaltiges, überströmendes Gähnen. Er sah Breuning an. »Mike, mein Junge, ich glaube, es ist Zeit, den Strizzi herzurichten, glaubst du nicht?«

»Doch, Lieutenant.«

Alle Augen ruhten auf ihm, als Dudley Smith in seine Jackentasche fasste und Maggie Cadwalladers Diamantenbrosche herauszog. In dem schäbigen kleinen Zimmer herrschte absolute Stille. Dudley lächelte dämonisch, und in Eddie Engels' Gesicht wurden zahllose pulsierende, blaue Venen sichtbar. Er stützte sein Gesicht auf seine Hände und saß regungslos da.

»Weißt du, wo wir das herhaben, Eddie?«, fragte ich.

»Ja«, sagte er mit hoher Stimme.

»Hast du das von Margaret Cadwallader?«

»Ja.«

»Hast du dafür bezahlt?«

Engels fing an zu lachen – ein hohes, feminines Gelächter. »Mann, hab ich dafür bezahlt! O Mann! Bezahlt und bezahlt und bezahlt!« Er kreischte.

Dudley fuhr dazwischen: »Ich würde sagen, Margaret hat dafür bezahlt, Strizzi – mit ihrem Leben. Du schlägst sie, du tötest sie – und jetzt klaust du auch noch von ihnen. Schändest du auch ihre Leichen, Strizzi?«

»Nein!«

»Du tötest sie nur?«

»Ja – nein!«

»Was wolltest du denn mit dieser Brosche, Drecksack? Deiner lesbischen Schwester schenken?«

»Oooooh!«, gurgelte Engels.

»Hat deine sündige Schwester dir gezeigt, wie man Mösen leckt, Strizzi? Hast du sie dafür gehasst? Ist das der Grund, warum du Frauen hasst? Hat sie auf dich gepisst? Hat sie sich auf deinen Schoß gesetzt? Ist das der Grund, warum du Frauen tötest?«

»Ja, ja, ja, ja, ja«, schrie Engels. Seine Stimme ein kreischender schrecklicher Sopran. »Ja, ja. ja, ja, ja!«

Dudley warf sich auf Engels, hob ihn vom Bett und rammte ihn mehrere Male mit dem Rücken an die Wand. »Sag mir, wie du es getan hast, Killer! Sag mir, wie du die liebliche Margaret um die Ecke gebracht hast, und wir werden deiner Mammy und deinem Daddy nichts von den anderen erzählen. Sag's mir!«

Engels war nur noch eine Stoffpuppe in Dudleys Händen. Als Dudley ihn endlich losließ, kroch er aufs Bett und stöhnte erbärmlich.

Dudley wies zum Badezimmer. Ich folgte ihm hinein. Eine riesige Kakerlake kroch aus der schmierigen Badewanne. »Kakerlaken-Kacke«, sagte er. »Die kriechen nachts zu dir ins Bett und lutschen dein Blut. Dreckige Schwanzlutscher.« Er beugte sich hinunter und ließ den Käfer auf seine Hand krabbeln, dann schloss er seine Faust um ihn und zerdrückte ihn zu einem grünlich gelben

Brei. Die schleimigen Reste rieb er an sein Hosenbein und sagte zu mir: »Wir haben ihn jetzt so weit, mein Junge.«

»Das weiß ich«, sagte ich.

»Du wirst ihm den letzten Stoß geben.«

»Wie?«

»Er mag dich. Er ist verrückt nach dir. Seine Stimme überschlägt sich, wenn du ihm nahe kommst. Du bist sein Retter, aber jetzt wirst du sein Judas. Wenn ich die Krawatte aufmache, möchte ich, dass du ihn schlägst.« Ich sah in Dudleys verrückte braune Augen und zögerte. »Es geht nur so, mein Junge.«

»Ich ... ich kann nicht.«

»Du kannst es, und du wirst es tun, Officer«, zischte Dudley mir ins Gesicht. »Dein Primadonnengetue hängt mir zum Hals raus! Du möchtest eine Scheibe von diesem Kuchen, und du wirst diesen perversen Ficker hart ins Gesicht schlagen! Verstehst du mich, Underhill?«

Mir wurde eiskalt. »Ja«, sagte ich.

Wir versammelten uns wieder in dem kleinen Zimmer, das jetzt genauso verwüstet aussah wie Eddie Engels. Dudley zeigte auf Mike Breunings Stenoblock und sagte: »Jedes Wort, Mike.«

»Okay, Chef.«

Ich brachte Engels ein Glas Wasser. Da ich wusste, was ich zu tun hatte, bemühte ich mich gar nicht erst, nett zu ihm zu sein. Ich reichte ihm nur das Wasser, und als er mich anlächelte, schaute ich ihn nur ausdruckslos an.

»Okay, Engels«, sagte Dudley. »Du gibst also zu, Margaret Cadwallader gekannt zu haben?«

»Ja.«

»Und mit ihr Geschlechtsverkehr gehabt zu haben?«

»Ja.«

»Und sie geschlagen zu haben?«

»Nein, ich brachte es nicht fertig. Sie ... schauen Sie, ich könnte Ihnen Sachen verraten.« Eddie versuchte es verzweifelt. »Ich kenne 'ne Menge Leute, die ich verpfeifen könnte. Rauschgiftsüchtige und Händler. Manches weiß ich aus meiner Marinezeit.«

Dudley schlug ihn. »Scht, schöner Eddie. Es ist fast vorbei. Wir lassen deine liebliche Schwester Lillian hier einfliegen. Sie möchte sich mit dir über die einsame Margaret unterhalten. Sie möchte, dass du gestehst und deiner Familie die Schande ersparst, wegen fünffachen Mordes verurteilt zu werden.«

»Nein, bitte nicht«, wimmerte Engels.

»Lieutenant, ich lasse das nicht zu«, sagte ich ärgerlich. »Wir haben keine Beweise. Alles, was wir haben, ist der Cadwallader-Mord. Dessen können wir ihn überführen.«

»O Scheiße, Inspektor. Wir können ihn mindestens fünfmal überführen. Wir können die ganze Ernte einfahren! Lassen Sie uns Lillian Engels herbringen, sie wird dem kleinen Eddie schon etwas Verstand einbläuen, wie sie es immer getan hat!«

»Bitte nicht«, wimmerte Engels.

»Eddie«, sagte ich, »wissen deine Eltern, dass du schwul bist?«

»Nein.«

»Wissen sie, dass Lillian lesbisch ist?«

»Nein. Bitte!«

»Du möchtest doch nicht, dass sie das herausfinden, oder?«

»Nein!« Er kreischte das Wort heraus, und seine Stimme brach. Er umarmte sich selbst und schaukelte hin und her.

»Das können wir Ihnen ersparen, Eddie«, sagte ich. »Das mit Margaret kannst du gestehen, und dann erzählen wir dem Schwurgericht nichts von den anderen. Hör auf mich, ich bin dein Freund.«

»Nein … ich weiß nichts!«

»Sssch. Hör mir zu. Ich glaube, da wären mildernde Umstände. Hat Margaret dich gehänselt?«

»Nein … ja!«

»Hat sie dich an Lillian erinnert? An all die schlimmen Dinge in der Vergangenheit?«

»Ja!«

»Böse Dinge, furchtbare, schreckliche Dinge, an die zu denken dir ein Gräuel ist?«

»Ja!«

»Möchtest du, dass es endlich vorbei ist?«

»O Gott, ja«, sabberte er.

»Vertraust du mir?«

»Ja. Sie sind nett. Sie sind ein lieber Mensch.«

»Dann erzähl mir alles über Margaret.«

»O Gott. O Gott, bitte.«

Ich legte meine Hände auf Engels' Knie. »Ich bin dir wohlgesinnt, Eddie, wirklich. Sag's mir.«

»Ich kann nicht!«

Aus meinen Augenwinkeln sah ich Dudley die Krawatte lösen. Ich raffte mich zusammen, stand auf und sah Engels ins Gesicht. Er schaute mich an und flehte mich mit aufgerissenen braunen Augen an. Ich ballte meine Faust und hieb sie ihm mit voller Kraft auf die Nase. Sie brach, und Blut und Knorpelteilchen spritzten in die Luft. Engels grapschte nach seinem blutigen Gesicht und fiel rücklings auf die Matratze.

»Gestehe, du gottverdammter Mörder!«, schrie Dudley.

Ich stand da und zitterte. Eddie drehte sich auf die Seite, und ein Schwall Blut kam aus seiner Nase. Als er sprach, war seine Stimme voller Resignation und Trauer. »Ich habe Maggie umgebracht. Sonst niemand. Nur ich. Sonst niemand. Ich habe sie getötet, und ich werde dafür zahlen müssen. Sie hatte es nicht verdient, aber sie musste auch bezahlen. Wir alle müssen bezahlen.« Dann wurde er ohnmächtig.

Breuning kritzelte eifrig, Dudley grinste wie ein übersättigter Liebhaber, und ich stand da und überlegte, wie ich mich nach meinem fragwürdigen Triumph aufheitern könnte.

Niemand sprach, dann war mir klar, dass ich ganz schnell etwas tun müsste, um wenigstens diesen fragwürdigen Ruhm zu retten. Abrupt verließ ich das Zimmer, rannte über die Straße und fand ein Telefon. Ich rief Lorna in ihrem Büro an.

»Lorna Weinberg«, antwortete sie.

»Ich bin's, Lorna, Fred.«

»O Freddy. Ich –«

»Er hat gestanden, Lorna. Das mit Margaret Cadwallader. Wir buchten ihn ein. Wahrscheinlich im Gefängnis der Hall of Justice. Ich glaube nicht, dass er vor das Schwurgericht kommt. Er ist wahrscheinlich auf einen Jagdschein aus. Kannst du die Papiere vorbereiten?«

»Kann ich erst, wenn ich den Bericht von der Verhaftung habe. Freddy, bist du in Ordnung?«

»Ja ... ja, Liebling, mir geht's gut.«

»Du klingst aber nicht gut. Rufst du mich an, wenn Engels sitzt?«

»Ja. Kann ich dich heute Abend sehen?«

»Ja, wie viel Uhr?«

»Weiß nicht. Kann sein, dass ich noch Berichte schreiben muss heute Abend.«

»Komm einfach zu mir, wenn du fertig bist, okay?«

»Ja.«

»Freddy?«

»Ja?«

»Ich ... ich ... ich sag's dir, wenn ich dich sehe. Sei vorsichtig.«

»Klar.«

Engels war in Handschellen, als ich in das Verhörzimmer zurückkam. Er trug gelbbraune Hosen, Sandalen und ein Hawaiihemd. Sachen, die Carlisle ihm aus seiner Wohnung geholt hatte.

Breuning schrieb seine Aussage nieder: »... Und ich geriet in Panik. Ich dachte, ich hätte Geräusche von oben gehört. Ich sprang durch das Küchenfenster nach draußen. Ich hatte Angst, meinen Wagen zu holen. Ich rannte durch Gestrüpp an der Autobahn. Ich versteckte mich ... Stunden ... dann nahm ich ein Taxi nach Hause ...« Engels' Stimme versagte. Er sah mich an und spuckte Blut auf den Boden. Seine Nase war dunkelrot und dick geschwollen, beide Augen waren schwarz.

»Warum, Engels?«, fragte Breuning.

»Weil irgendjemand bezahlen musste. Es wäre besser jemand anderes gewesen als die liebe Maggie, aber es ist halt passiert.«

Dudley hieb mir auf den Rücken. »Mike und ich bringen Eddie ins Gefängnis der Hall of Justice. Du gehst nach Hause. Wir müssen noch unsere Aussagen bestätigen. Du warst brillant, mein Junge, brillant. Wenn wir das hinter uns haben, stehen dir alle Türen offen.«

»Irrtum, Dudley«, sagte ich und setzte zu meinem Schachzug an. »Ich fahre mit euch. Das ist mein Ding. Ihr könnt euren Bericht schreiben und Engels' Geständnis, aber es ist mein Ding. Einen Tag bevor wir Engels verhaftet haben, hab ich meinen Bericht im Büro des Staatsanwaltes abgegeben. Er enthält die Wahrheit von Anfang an. Du wolltest mich immer aus dieser Geschichte rausdrängen, aber ich werde es nicht zulassen. Wenn du es versuchst, geh' ich zur Presse. Ich erzähl' ihnen deine kleine Geschichte von der Dahlie und wie du Engels gekidnappt hast und ihm die Scheiße rausgeprügelt hast. Ich scheiß' auf meine Karriere, wenn du mir diese Verhaftung abspenstig machen willst. Verstehst du?«

Dudley Smiths Gesicht war tiefrot angelaufen und zitterte. Seine großen Hände zuckten. Seine Augen waren winzige, hasserfüllte Stecknadelköpfe. In seinen Mundwinkeln war Schaum zu erkennen, aber er sagte kein Wort.

Ich war vor ihnen in der Stadt.

Die Stufen zur Hall of Justice waren schon mit Reportern überfüllt. Dudley, der alte Schmierenkomödiant, hatte sie auf seine Ankunft vorbereitet.

Ich parkte an der Ecke First Street und Broadway und wartete auf der Straße auf meine Kollegen und unseren Gefangenen. Eine Minute später kamen sie um die Ecke und hielten an der Ampel. Breuning funkelte mich vom Fahrersitz aus an. Ich öffnete die Tür und stieg ein; Dudley und Engels saßen hinten.

Dudley sagte: »Du bist erledigt, Judas«, und Engels zischte mich durch die zusammengepressten Zähne an.

Ich ignorierte sie beide und sagte, indem ich Dudleys Singsang nachäffte: »Hallo, Jungs! Dachte, ich leiste euch Gesellschaft, wenn ihr ihn einliefert. Ich sehe, die Presse ist auch schon da. Großartig! Ich hab ihnen viel zu erzählen. Dudley, hast du schon von der letzten Entdeckung der Anthropologen gehört? Der Mensch stammt nicht vom Affen ab, sondern vom Iren! Hohoho! Ist das nicht großartig?«

»Judas Ischariot«, sagte Dudley Smith.

»Falsch, Dud. Ich bin der irische Weihnachtsmann!«

Wir hielten vor einer Traube von Reportern an, und ich steckte meine Marke ans Revers meiner zerknitterten Anzugjacke. Dudley schob den gefesselten Engels aus der Wagentür, und wir beide packten ihn an den Armen und führten ihn die Stufen zur Hall of Justice hoch. Jemand schrie: »Da sind sie!«, und eine Meute von kurzärmeligen Pressegeiern stürzte sich auf uns und bewarf uns inmitten eines Blitzlichtgewitters wahllos mit Fragen.

»Dudley, wie viele hat er umgemacht?«

»Hat er gestanden, Dudley?«

»Lächle, Killer! Für die *Los Angeles Daily News!*« »Erzähl uns was. Dud!« »He, da ist ja der Polyp, der die mexikanischen Ballermänner erledigt hat. Erzählen Sie uns was, Officer!«

Wir wateten durch. Engels hielt seinen Kopf gesenkt, Dudley strahlte in die Kameras, und ich blieb gelassen. In der Eingangshalle wurden wir vom Leiter des Gefängnisses in Empfang genommen. Er führte uns zum Aufzug, wo ein Beamter Engels' Beine zusammenband. Wir fuhren schweigend in den elften Stock hoch. Wir sahen zu, wie Engels die Handschellen abgenommen wurden und die Kette angelegt. Er erhielt Gefängniskleidung und wurde in eine Einzelzelle abgeführt. Hinter Schloss und Riegel starrte er mich ein letztes Mal an und spuckte auf den Boden.

Der Lieutenant sprach: »Sie sollen sofort ins Hauptquartier kommen. Der Leiter der Kriminalpolizei hat selbst angerufen.«

Dudley nickte mit steinernem Gesicht. Ich entschuldigte mich, rannte die Treppen bis zur Straße runter und ging durch den Haupteingang ins Freie, wo ich von Reportern empfangen wurde. Manche erkannten mich wegen der vorangegangenen Geschichte und warfen mir Fragen an den Kopf, als ich auf den Gehsteig zusteuerte.

»Underhill, wessen Verhaftung ist das?«

»Was ist passiert?«

»Dudley sagt, dieser Kerl ist verrückt. Können Sie ihm irgendwelche ungeklärten Fälle anhängen?« Ich ignorierte sie und riss mich frei. Ich rannte den ganzen Weg bis zum Hauptquartier an der Los Angeles Street, vier Straßen weiter. Schwitzend lief ich durch die Gänge und hielt einen Augenblick an, um mich zu sammeln, bevor ich an die Tür von Thad Green, dem Leiter der Kriminalpolizei, klopfte. Seine Sekretärin führte mich ins Wartezimmer. Dudley Smith war schon da und saß rauchend auf dem Sofa. Wir starrten uns an, bis der Summer auf dem Schreibtisch der Sekretärin ertönte und sie sagte: »Sie können jetzt reingehen, Lieutenant Smith.«

Dudley ging durch die Tür aus Kristallglas ins Allerheiligste. Ich wartete nervös und wütend, dachte dabei an Lorna und war bemüht, mich zu beruhigen. Dudley tauchte eine halbe Stunde später in der Tür auf und ging schnurstracks an mir vorbei.

Eine Stimme aus dem Büro rief: »Underhill!« Gefasst ging ich hinein. Der Chef saß hinter seinem riesigen Eichentisch. Er erwiderte meinen Gruß mit einem kurzen Nicken seines eisengrauen Hauptes. »Berichten Sie, Underhill«, sagte er.

Als ich geendet hatte und immer noch dastand, sagte der Chef: »Willkommen bei der Kriminalpolizei, Underhill. Ich werde eine Pressemitteilung machen. Das Büro des Staatsanwaltes wird sich bei Ihnen melden. In zwei Stunden möchte ich Ihren schriftlichen Bericht haben. Sprechen Sie nicht mit Reportern. Gehen Sie jetzt nach Hause und ruhen sich aus.«

»Danke, Sir«, sagte ich. »Wo werde ich eingesetzt?«

»Ich weiß noch nicht. Irgendeine Abteilung.« Er schaute in seinen Kalender. »Melden Sie sich heute in einer Woche bei mir, um acht Uhr. Das ist Freitag, der 12. September. Bis dahin haben wir etwas Passendes für Sie gefunden.«

»Danke, Sir.«

»Ich danke Ihnen, Officer.«

Ich schrieb meinen Bericht unten in einem leeren Lagerraum und gab ihn der Sekretärin des Chefs. Dann holte ich meinen Wagen und fuhr nach Hause zu Night Train, einem Bad und einem – Gott sei Dank – traumlosen Schlaf.

12

Funkelndes Zwielicht stand am Himmel, als ich am Zeitungsstand Ecke Pickow und Robertson auf die Abendzeitungen wartete. Sie kamen und die Schlagzeilen schrien mir »Korea« statt »Mord in Los Angeles« entgegen. Ich war enttäuscht. Ich war darauf gespannt, wie die Presseverlautbarung des Departments mit Dudley Smiths Pressenotiz übereinstimmen würde.

Nachdem ich die zweite und dritte Seite überflogen hatte, fühlte ich mich erleichtert: Ich hatte Dudley am Arsch, und der eintägige Aufschub, den die Presse uns gab, würde einen wahrscheinlich schwierigen Abend mit Lorna erleichtern.

Als ich an der Charleville Street parkte, konnte ich sehen, wie Lorna in ihrem Wohnzimmer saß, geistesabwesend rauchte und aus dem Fenster blickte. Ich klingelte, und mein ganzer Ärger und meine Angespanntheit fielen wie Schuppen von mir. Ich war von köstlicher Vorfreude erfüllt.

Der Türöffner summte, ich spurtete die Treppen hoch, und fand Lorna in der Mitte des Wohnzimmers vor. Sie stand auf ihren Stock gestützt, hatte rosa Lippenstift und etwas Mascara aufgetragen und ihr glänzendes hellbraunes Haar in einem neuen Stil frisiert – nach hinten gekämmt und über den Ohren hochgesteckt. Es sah atemberaubend aus. Sie trug einen Schottenrock und ein

Männerhemd mit Rüschen, das ihre großen Brüste perfekt zur Geltung brachte.

Sie lächelte ausdruckslos, als sie mich sah. Ich ging langsam auf sie zu, umarmte sie und spielte sanft mit ihrer neuen Frisur.

»Hallo«, war alles, was mir einfiel.

Lorna ließ ihren Stock fallen und umfasste mich an der Taille.

»Es geht nicht vor das Schwurgericht, Freddy«, sagte sie.

»Hab ich auch nicht damit gerechnet. Er hat gestanden.«

»Wie viele?« Ich ließ Lorna los, aber sie hielt mich fest. »Wie viele?,« insistierte sie.

»Nur Margaret Cadwallader. Lass uns nicht darüber reden, Lorna.«

»Wir müssen.«

»Dann setzen wir uns lieber.«

Wir nahmen auf dem Sofa Platz.

»Ich habe dich in der Hall of Justice gesucht. Ich dachte, du würdest da sein, wenn er eingeliefert wird«, sagte Lorna.

»Ich musste beim Leiter der Kripo vorsprechen. Ich denke, Smith ist wieder hin und hat Engels eingebuchtet. Ich war hundemüde. Ich bin nach Hause gegangen und habe geschlafen. Warum?« Lornas Gesicht wurde dunkel vor Ärger. »Warum?«, wiederholte ich. »Was zum Teufel ist hier los?«

»Ich war da und bekam einen Passierschein. Der Staatsanwalt war da. Er unterhielt sich mit Dudley Smith. Smith sagte ihm, der Cadwallader-Mord wäre nur die Spitze des Eisbergs. Engels wäre ein Massenmörder. »

»O Gott.«

»Unterbrich mich nicht. Er wurde nur dieser einen Sache beschuldigt. Cadwallader. Aber Smith wiederholte ständig: ›Das ist eine Sache für das Schwurgericht, niemand weiß, wie viele Weiber dieser Irre massakriert hat!‹ Der Staatsanwalt schien ihm Glauben zu schenken. Dann sah er mich und erklärte Smith, ich würde die Fälle für das Schwurgericht vorbereiten. Smith sieht, dass ich eine Frau hin, und fängt an zu schmeicheln. Dann fragt er mich, warum ich da wäre, und ich sage ihm, dass wir beide befreundet sind. Plötzlich wird er grau im Gesicht und fängt an zu zittern. Er sah aus, als wäre er übergeschnappt.«

Erschüttert sagte ich: »Er ist verrückt. Er hasst mich, ich hab ihn reingelegt.«

»Dann bist *du* verrückt. Er kann deine Karriere ruinieren!«

»Scht, Liebes. Nein, ich wurde befördert. Smith erstattete zuerst Bericht, dann ich. Ich komme zur Kripo. Thad Green hat es mir selbst gesagt. Egal, was Smith Green erzählt hat, es stimmt mit meinem Bericht an dich und meinem schriftlichen Bericht überein, es ist die Wahrheit. Was Smith dem Staatsanwalt erzählt hat, ist reine Übertreibung. Alles, was –«

»Freddy, du hast gesagt, es gäbe keine Beweise, die Engels mit anderen Morden in Verbindung bringen.«

»Das ist vollkommen richtig. Aber …«

Lorna wurde zusehends aufgeregter: »Nichts aber, Freddy. Ich habe Engels *gesehen*. Er war furchtbar zugerichtet. Ich habe Smith danach gefragt, und er hat mir irgendeinen Schwachsinn erzählt, von wegen Engels hätte sich seiner Verhaftung widersetzt. Ich fragte mich pausenlos, großer Gott, könnte Freddy etwas damit zu tun haben? Ist das Gerechtigkeit? Mit was für einem Mann habe ich mich da eingelassen?«

Ich starrte auf das Bild von Hieronymus Bosch an der Wand.

»Freddy, antworte mir!«

»Ich kann nicht, Staatsanwältin. Gute Nacht.«

Ich fuhr nach Hause und unterdrückte eisern alle Gedanken über Lorna, Frauenmörder und verrückte Bullen. Ich beschäftigte mich mit meinem neuen Rang: Detective Frederick U. Underhill.

Detective Fred Underhill. Die Kripo. Mit siebenundzwanzig. Ich war bestimmt der Jüngste bei der Kripo in Los Angeles. Das musste ich herausfinden. Im November die Sergeantenprüfung. Detective Sergeant Frederick Underhill. Ich würde mir drei neue Anzüge kaufen müssen, ein paar Sportjacken, einige Krawatten und ein halbes Dutzend Hosen. Detective Fred Underhill. Aber. Da war wieder dieses schöne, glänzende braune Haar. Lorna Weinberg, Anwältin. Lorna Weinberg.

Sei ruhig, sagte ich zu mir selbst und versuchte, meinem eigenen Rat zu folgen – hör auf zu denken.

Zu Hause erfasste mich plötzlich nach einer Tollerei mit Night Train eine unsägliche Zukunftsangst, und um sie zu bekämpfen, stürzte ich mich auf meine Lehrbücher.

Ich wollte mich in sie vertiefen, aber es war nutzlos; die Worte flogen an mir vorbei. Ich konnte nicht aufhören zu denken.

Als ich es aufgeben wollte, klingelte es an der Tür. Ich wagte nicht zu raten und riss die Tür auf. Es war Lorna.

»Hallo, Officer«, sagte sie. »Darf ich reinkommen?«

»Ich bin jetzt Detective, Lorna. Kannst du dich mit dem abfinden, was ich tun musste, um dahin zu gelangen?«

»Ich ... ich habe dich ohne ausreichende Beweise eines unbekannten Verbrechens überführt.«

»Ich hätte Beschwerde eingelegt, Staatsanwältin, aber Sie hätten vor Gericht gewonnen.«

»Ich wäre für dich in die Revision gegangen. Weißt du, dass du der einzige Frederick U. Underhill in ganz Los Angeles bist?«

»Ohne Zweifel. Was machst du hier, Lorna?«

»Ich bin auf der Jagd nach deinem Herzen.«

»Dann steh hier nicht im Eingang rum, komm rein und sag meinem Hund guten Tag.«

Viele glückliche Stunden später hielten wir uns zufrieden umschlungen. Wir waren zu müde, um zu denken oder zu schlafen, und nicht in der Lage, uns aus unserer Umarmung zu lösen. Ich hatte eine Idee. Ich holte meine dürftige Sammlung schwülstiger Songs hervor, mit der ich früher einsame Frauen verführt hatte. Ich legte »You Belong To Me« von Jo Stafford auf den Plattenspieler und stellte ihn so laut, dass Lorna es im Schlafzimmer hören konnte.

Sie lachte, als ich zu ihr zurückkam. »O Freddy. Das ist so ...«

»Schmalzig?«

»Ja!«

»Denk' ich auch. Aber, das brauche ich wohl nicht zu betonen, heute Abend fühle ich mich romantisch.«

»Es ist schon Morgen, Liebling.«

»Ich gestehe meinen Irrtum ein. Lorna?«

»Ja?«

»Darf ich dich um den nächsten Tanz bitten?«

»Tanz? Freddy, ich kann nicht tanzen!«

»Doch, du kannst.«

»Freddy!«

»Du kannst auf deinem gesunden Bein hüpfen, ich halte dich hoch. Komm jetzt!«

»Freddy, ich kann es nicht!«

»Ich bestehe darauf.«

»Freddy, ich bin nackt!«

»Gut. Ich auch.«

»Freddy!«

»Genug jetzt, Lorna. Legen wir los!«

Ich nahm die nackte, lachende Lorna in meine Arme, trug sie ins Wohnzimmer und setzte sie auf dem Sofa ab, dann legte ich »The Tennessee Waltz« von Patti Page auf. Als sie die süßliche Einleitung anstimmte, ging ich zu Lorna und streckte meine Hände aus.

Sie gab mir ihre, ich zog sie an mich und hielt sie fest. Ich umfasste ihr Gesäß und hob sie ein wenig vom Boden hoch, sodass ihr schlimmes Bein entlastet war und ihr Gewicht auf dem gesunden Bein lag. Sie umklammerte meinen Rücken, wir bewegten uns linkisch in kleinen Schritten, und Patti Page sang dazu.

»Freddy«, flüsterte Lorna in meine Brust, »ich glaube, ich –«

»Glaub lieber nichts, Lorna.«

»Ich wollte sagen ... ich glaube, ich liebe dich.«

»Dann glaub es, ich weiß, dass ich dich liebe.«

»Freddy, ich finde diese Platte nicht schmalzig.«

»Ich auch nicht.«

Am Samstagnachmittag fuhren wir auf der Pacific Coast Highway nach Santa Barbara. Der blaue Pazifik lag zu unserer Linken, braune Klippen und grüne Hügel waren zu unserer Rechten. Keine Wolke und keine Spur von Smog waren zu sehen. Wir fuhren mit offenem Verdeck, schwiegen und fühlten uns wohl. Lorna ließ ihre Hand auf meinem Bein ruhen, von Zeit zu Zeit drückte sie mich spielerisch.

Wir hatten den ganzen Morgen nicht über den Fall gesprochen, ich hatte ihn gnädig aus meinem Gedächtnis verdrängt. Wortlos waren wir übereingekommen, das Radio nicht einzuschalten. Die Gegenwart war zu gut, zu wirklich, um sie mit Geschichten aus der rauen Wirklichkeit zu ruinieren, mit der wir es zu tun hatten. So fuhren wir auf unserem ersten gemeinsamen Ausflug nach Norden. Lornas Hand wanderte verstohlen mein Bein hoch, bis ich rief: »Hey, was zum Teufel tust du da?«

Sie lachte. »Was denkst du denn?«

Ich lachte. »Ich denke, das fühlt sich gut an.«

»Denk nicht, fahr.« Lorna zog ihre Hand zurück. »Freddy, ich dachte gerade.«

»An was?«

»Ich hab gerade gemerkt, dass ich keine Ahnung habe, was du eigentlich machst – ich meine, mit deiner Zeit.«

Ich dachte darüber nach, dann entschloss ich mich, aufrichtig zu sein. »Nun, bevor Wacky getötet wurde, verbrachte ich eine Menge Zeit mit ihm. Eigentlich habe ich keine Freunde. Und ich bin den Frauen nachgestiegen.«

Überraschenderweise lachte Lorna darüber. »Nur um zu vögeln?«

»Nein, da steckte mehr dahinter. Ich jagte auch dem Wunder hinterher, aber das war v. L.«

»V. L.?«

»Vor Lorna.«

Lorna drückte mein Bein und zeigte über ihre Schulter. »Halt an, bitte.«

Ich bremste, alarmiert durch Lornas ernstes, dunkles Gesicht. Dieses Gesicht umfasste ich mit beiden Händen. »Was gibt es, Liebling?«, fragte ich.

»Freddy, ich kann doch keine Kinder kriegen«, platzte Lorna heraus.

»Ist mir egal«, sagte ich. »Ich meine, ist mir nicht egal, aber es macht keinen gottverdammten Unterschied. Wirklich, ich –«

»Freddy, ich musste es einfach sagen.«

»Weil du an eine gemeinsame Zukunft glaubst?«

»Ja.«

»Lorna, ich kann mir eine Zukunft ohne dich nicht vorstellen.« Sie entzog sich mir und biss sich auf ihre Knöchel. »Lorna, ich liebe dich, und wir gehen hier nicht eher weg, bevor du mir sagst, dass du mir glaubst.«

»Ich weiß nicht. Ich denke schon.«

»Denk nicht.«

Unter Tränen brach Lorna in Lachen aus. »Dann glaube ich dir.«

»Gut, lass uns jetzt endlich hier abhauen, ich habe Hunger.«

Unsere Ankunft war perfekt geplant. Santa Barbara breitete sich vor uns aus und lag stumm im Zwielicht wie ein Himmelsgeschenk, das uns für das feuchte, verpestete, gemeine Los Angeles entschädigen sollte.

Wir fanden unsere Wochenendzuflucht in der Bath Street: das Mission Bell Hotel, ein ehemals viktorianisches Gebäude, das mit unschuldiger hellgelber Farbe übermalt war. Wir trugen uns als Mr. und Mrs. Frederick Underhill ein. Der Mann am Empfang sah uns schief an, da wir kein Gepäck hatten. Um das Zimmer im Voraus zu bezahlen, zog ich ein Bündel Dollarscheine aus der Tasche. Dabei fiel versehentlich meine Marke auf den Tisch. Als der Angestellte sie sah, schien er beruhigt.

Verschwörerisch lachend, nahm ich Lorna am Arm und ging mit ihr zum Aufzug. Unser Zimmer hatte hellgelbe Wände, die mit billigen Ölbildern der Santa-Barbara-Mission geschmückt waren, große Fenster auf die palmenbestandene Straße und ein großes eisernes Bett mit hellgelbem Überzug und Baldachin.

»Ich werde nie wieder Zitronen essen«, sagte Lorna.

Ich küsste sie auf die Wange. »Dann dürfen wir heute Abend keinen Fisch essen. Ich hab mein Rasierzeug im Wagen gelassen. Bin gleich zurück.«

Ich lief über den gelben Teppichboden des Treppenhauses hinunter ins Erdgeschoss. Der Angestellte, ein dünner mittelalterlicher Mann mit unpassend hellrotem Haar, wurde nervös, als er mich durch das Foyer gehen sah. Ich hatte das Gefühl, er wollte mich etwas fragen. Er drückte seine Zigarette aus und kam auf mich zu.

Ich half ihm weiter. »Is was, Doc?«, fragte ich.

Der Mann stand gekrümmt vor mir, die Hände tief in den Hosentaschen vergraben. Nach einigen »Hms« und »Ähs« platzte es aus ihm heraus: »Geht mich ja nichts an, Officer«, sagte er, blickte sich in alle Richtungen um und senkte die Stimme, »aber wenn die ›abartig‹ sagen, meinen die dann eigentlich ›schwul‹?«

»Was zum –«, fing ich an, dann entdeckte ich die Ursache seiner verrückten Frage und seufzte. »Sie meinen, es steht schon in der Zeitung von Santa Barbara?«

»Ja, Sir. Sie sind ein großer Held. *Meinen* Sie das?«

»Ich bin nicht befugt, darüber zu reden«, sagte ich und ließ den Angestellten allein im gelben Foyer zurück, um über Wortbedeutungen nachzudenken. An einem Zeitungskiosk in der State Street kaufte ich mir die *Los Angeles Times* und den *Santa Barbara Clarion*. In beiden stand es auf der Titelseite, große Schlagzeilen mit Fotos. Ich las zuerst die *Times*:

SPIELER GESTEHT MORD AN FRAU AUS HOLLYWOOD!

Mit mindestens sechs weiteren Morden in Verbindung gebracht!

Los Angeles, 7. September: Die Polizei verhaftete heute einen Mann, der verdächtigt wird, am 12. August Margaret Cadwallader erwürgt zu haben. Cadwallader war 36 Jahre alt und lebte am Harold Way 2311 in Hollywood. Der Verdächtige ist Edward Engels, 32 Jahre, Horn Drive, West Hollywood. Engels, ein Spieler ohne festes Einkommen, gestand den Kriminalbeamten Dudley Smith, Michael Breuning und Frederick Underhill, indem er sagte: »Ich habe Maggie getötet! Sie hat mich wie Dreck behandelt, deshalb habe ich sie in den Dreck beißen lassen.«

Zunächst hatte man angenommen, dass Miss Cadwallader, die als Buchhalterin für die Small World Import-Export-Company in Los Angeles arbeitete, von einem Einbrecher getötet wurde, den sie in den frühen Morgenstunden des 12. August überrascht hatte. Entsprechend hatte die Polizei ihre Untersuchungen geführt und Einbrecher, die für ihre Gewalttätigkeit bekannt waren, verhört. Das Verbrechen blieb unaufgeklärt, bis sich der Kriminalbeamte Fred Underhill einschaltete, der damals als Streifenbeamter Dienst tat.

In einer offiziellen Presseverlautbarung sagte Underhill. 27: »Als ich Anfang des Jahres als Streifenbeamter im Wilshire-Bezirk eingesetzt war, entdeckten mein Partner und ich die Leiche einer jungen Frau. Sie war erwürgt worden. Als der Cadwallader-Fall in die Presse kam, bemerkte ich Ähnlichkeiten zwischen den beiden Morden. Ich führte Untersuchungen auf eigene Faust durch und teilte meine Erkenntnisse, über die ich jetzt noch nicht sprechen kann, Lieutenant Dudley Smith mit. Lieutenant Smith leitete dann die Untersuchung, die zur Verhaftung von Edward Engels führte.«

Lieutenant Smith pries Underhill für seine »hervorragende Arbeit« und fuhr fort: »Wir haben Engels in mühsamer Kleinarbeit überführt; langwierige Überwachungen der vielen Bars, die er auf seiner Suche nach einsamen Frauen frequentierte. Seine Verhaftung ist ein Sieg der Gerechtigkeit und des sittsamen Amerika.«

VERBINDUNG ZU WEITEREN OPFERN?

Der 46jährige, in Irland geborene Lieutenant, der seit 23 Jahren im Polizeidienst ist, erzählte mit melodischem Akzent weiter: »Ich glaube, dass der tragische Tod von Miss Cadwallader nur die Spitze des Eisbergs ist. Engels ist ein bekannter Perverser und ein häufiger Gast in den Bars von Hollywood, die dieser Art von Kundschaft dienen. Wir wissen mit Sicherheit, dass er mit Frauen in Cocktail-Bars in Verbindung tritt, sie mit zu sich nach Hause nimmt und sie dafür bezahlt, sie misshandeln zu können. Ich glaube ganz fest daran, dass Engels mindestens für ein halbes Dutzend weiterer Morde an Frauen verantwortlich ist, die im Laufe der vergangenen fünf Jahre im südlichen Kalifornien erwürgt wurden.«

Mein plötzlicher Zorn raubte mir die Urteilskraft. Eilig überflog ich die Titelseite der Zeitung aus Santa Barbara. Da stand nichts Neues, sie hatten fast wörtlich von der *Times* abgeschrieben.

Dudley Smith, der großmäulige Ruhmeskrämer, zog alle Register seiner Egozentrik. Ich war zwar gedeckt, aber er war dabei, aus einem einfachen Mörder einen vielfachen zu machen.

Ich rannte zurück ins Hotel, jagte durch das Foyer und nahm drei Stufen auf einmal. Die Tür zu unserem Zimmer stand offen, Lorna saß in einem Sessel, rauchte zufrieden und las in einem Reiseprospekt von Santa Barbara. Ich warf ihr die Zeitungen auf den Schoß. »Lies mal, Lorna«, sagte ich.

Sie sah mich lange besorgt an. Ich sah ihr beim Lesen zu. Als sie fertig war, sagte sie: »Nichts, was ich nicht erwartet hätte.«

»Was meinst du?«

»Ich wusste, dass Smith die Geschichte richtig melken würde.«

»Du kennst ihn nicht Lorna. Nicht so wie ich. Er wird Engels alles anhängen wollen, von der Flutkatastrophe in Johnstown bis zum Zweiten Weltkrieg. Er ist ein gottverdammter Idiot!«

Lorna lächelte und nahm meine Hände. »Freddy, hat Eddie Engels Margaret Cadwallader getötet?«

»Ja, aber –«

»Sei still. Dann ist er da, wo er hingehört. Und du hast ihn dahin gebracht, nicht Dudley Smith. Wenn du dir Sorgen machst, Smith könnte verrückt werden oder du in langwierige Untersuchungen verwickelt, vergiss es. Der Staatsanwalt würde da nie mitmachen.«

Ich beruhigte mich ein wenig. »Bist du sicher?«

»Ja. Das wäre ihm viel zu teuer. Seiner Überzeugung nach soll man schlafende Hunde nicht wecken. Du glaubst, dass Engels mit den anderen Morden nichts zu tun hat?«

»Ja. Er hat Cadwallader umgebracht und sonst niemand.«

Lorna nahm mein Gesicht in ihre Hände und küsste mich einige Male zärtlich. »Es sieht so aus, als ob dir die Gerechtigkeit nicht mehr gleichgültig ist, Liebling«, sagte sie, »und das ist wunderbar.«

»Da bin ich mir nicht sicher.«

»Ich aber. Hast du die Geschichte auf Seite zwölf in der *Times* gelesen?«

»Nein.«

»Gut. Dann lese ich sie dir vor.« Lorna drückte ihre Zigarette aus und räusperte sich. »Die Überschrift lautet ›Loblied auf einen wahren Helden‹, der Untertitel ›Einzelner Polizist als Bollwerk gegen das Verbrechen!‹, und jetzt kommt's: ›Der Kriminalbeamte Frederick U. Underhill ist mit 27 Jahren der jüngste Polizist in der Geschichte der Polizei von Los Angeles, der diesen Rang erreicht hat. Er ist kein mittelmäßiger Polizist. Er schloss 1946 sein Studium an der Loyola-Universität ab, wollte aber keine akademische Laufbahn einschlagen. Er kämpfte während des Zweiten Weltkriegs verbissen um seine Einberufung zum Militär, indem er die Musterungsbehörde mehrfach bat, ihn trotz seines geplatzten Trommelfells zu rekrutieren. Er wurde abgelehnt und machte das Beste aus seinem Geschichtsstudium: Er schloss magna cum laude ab. Detective Underhill wuchs als Waise auf und bekam die besten Zeugnisse in St. Brendans Home for Children. Monsignore John Kelly, der Leiter der St. Brendans High-School, sagte: ›Freds Erfolge als Polizeibeamter in letzter Zeit überraschen mich überhaupt nicht. Er war schon als Junge sehr fleißig und ehrgeizig, ich wusste, dass er für große Dinge bestimmt ist.‹

Aber was für Dinge! Underhill sagte: ›Ich wollte nie etwas anderes sein als Polizist. Das ist das einzige Leben, das ich mir vorstellen kann.‹

Und wir, die Bürger von Los Angeles, sind Nutznießer der Entscheidung, die Fred Underhill als Junge traf, nämlich das aufopferungsvolle Leben eines Polizisten zu führen. Ferner: Als er noch als Streifenbeamter im Wilshire-Bezirk arbeitete, hat Fred Underhill mehr Schwerverbrecher verhaftet als alle Polizisten des Reviers. Ferner: Fred Underhill hat eines der besten Zeugnisse aller Zeiten an der Polizeiakademie erhalten. Ferner: Captain William Beckworth – Underhills ehemaliger Vorgesetzter in Wilshire, nannte ihn ›das größte Naturtalent im Polizeidienst, dem ich je begegnet bin‹. Großes Lob in der Tat, aber durch Tatsachen untermauert: Im Februar dieses Jahres erschoss Officer Fred Underhill zwei bewaffnete Räuber, die gerade einen Laden überfallen hatten. Sein Partner starb bei diesem Schusswechsel. Und jetzt das Lösen des kniffligen Cadwallader-Falles, alles in einem Jahr.

Der Koreakrieg tobt weiter. In Übersee ist es zu einem Stillstand gegen den kommunistischen Feind gekommen. An der Heimatfront geht der Krieg gegen das Verbrechen weiter. Es ist ein Krieg, in dem wir uns leider immer befinden. Gott sei Dank immer mit Männern wie Fred Underhill in unserer Mitte.‹«

Lorna hatte die letzten Sätze mit übertriebener Begeisterung vorgelesen und sagte in gespielter hingebungsvoller Ehrfurcht: »Nun, Officer Fred?«

»Die haben vergessen, dass ich groß, gut aussehend, intelligent und charmant bin. Das wäre die Wahrheit gewesen. Stattdessen haben sie den ganzen Mist erzählt – weil es sich besser liest. Die hätten ja auch schlecht sagen können, ich sei ein Atheist, ein Drückeberger und, bevor du kamst, ein Mösenjäger …«

»Freddy!«

»Das ist die Wahrheit. O Scheiße, Lorna, mir hängt das so zum Hals raus.«

»Wirklich, Liebster?«

»Ja.«

»Dann tu mir zwei Gefallen.«

»Und welche?«

»Kein Wort mehr über den Fall für den Rest des Wochenendes.«

»Okay. Und weiter?«

»Und liebe mich.«

»Beides okay.« Ich griff nach Lorna, und wir fielen lachend aufs Bett.

Einige Zeit später ließen wir uns zum Abendessen Forellen aufs Zimmer bringen. Der Page, der sie auf einem leinengedeckten Teewagen brachte, klopfte diskret an die Tür und rief leise: »Abendessen, Leute!«

Nach dem Essen zündete Lorna sich eine Zigarette an und sah mich voller Wärme und Heiterkeit an. Dadurch stieg in mir eine Welle der Neugier hoch, und ich sagte: »Kehrtwende, Lorna?«

»Kehrtwende?«

»Richtig. Du wolltest meine ganze Lebensgeschichte hören …«

»Okay, Liebling, Kehrtwende. Nach dem Unfall nur Selbstmitleid: Das Gefühl, eingesperrt zu sein, eine tote Heilige als Mutter zu haben, eine fette Schwester, einen Hanswurst als Vater und die ganzen gottverdammten Operationen – und falsche Hoffnungen und Spekulationen und Schuld und Selbsthass und Zorn. Und die Entfremdung. Das war das Schlimmste. Zu *wissen*, dass man nicht an diesen Ort und in diese Zeit gehörte – an keinen Ort und in keine Zeit. Dann wieder von Anfang an gehen lernen und dieses Erfolgserlebnis, bis der Doktor mir sagte, ich könnte nie Kinder haben. Dann die furchtbare, furchtbare Bitterkeit und das schrittweise Akzeptieren.«

»Was meinst du damit, Lorna?«

»Ich meine, nie zu wissen, wann mein Bein völlig versagen und ich auf den Arsch fallen würde. Das schien immer zu passieren, wenn ich ein weißes Kleid trug. Treppen steigen lernen. Vorzeitig aus dem Klassenzimmer gehen, wenn ich wusste, dass ich Treppen steigen musste. Die schrecklichen, lieben Leute, die mir helfen wollten. Die Männer, die meinten, sie könnten mich leicht flachlegen, weil ich behindert war. Sie hatten recht, weißt du. Ich war leicht flachzulegen.«

»Ich auch, Lorna.«

»Jedenfalls, dann kamen das College und die Universität, Bücher und Malerei und Musik und ein paar Männer und eine Art Versöhnung mit meiner Familie und schließlich die Staatsanwaltschaft.«

»Und?«

»Und was, Freddy?« Lorna war verärgert und wurde laut. »Du bist so gottverdammt hartnäckig! Du willst, dass ich über das

›Wunder‹ rede – was immer das auch sein mag –, aber ich sehe es einfach nicht.«

»Sachte, Liebste. Ich wollte nicht neugierig erscheinen.«

»Warst du aber, nein, eigentlich nicht. Ich weiß, dass du alles von mir wissen möchtest, aber lass mir Zeit, ich bin nicht das Wunder.«

»Doch, das bist du.«

»Nein, bin ich nicht! Du möchtest das Wunder in den Griff bekommen. Deswegen bist du Polizist. Freddy, ich möchte bei dir sein, aber du wirst mich nie in den Griff bekommen. Verstehst du?«

»Ja, ich verstehe, dass du immer noch Angst hast. Ich nicht mehr.«

»Sei nicht unaufrichtig, gottverdammt!«

»Scheiße«, sagte ich und fühlte plötzlich, wie meine Lebensphilosophie nach drei Wochen der Anspannung und der Erwartung in sich zusammenfiel. »Wunder, Gerechtigkeit, alles Scheiße. Ich weiß einfach nicht mehr.«

»Doch«, sagte Lorna. »Ich bin da. Ich bin weder das Wunder noch die Gerechtigkeit.«

»Was bist du dann?«

»Ich bin deine Lorna.«

In jener Nacht machten wir keine Ausflüge – weder über die State Street noch am Strand entlang oder zur alten Mission. Wir gingen tanzen – in unserem zitronengelben Zimmer. Wir tanzten zur Musik der Four Lads, der McGuire Sisters, von Teresa Brewer und der unsterblichen Big-Band des toten Glenn Miller.

Eine Radiostation erfüllte Hörerwünsche, ich rief sie an und bestürmte sie, eine Anzahl alter Evergreens zu spielen, die mir plötzlich in Lornas Gegenwart ganz wichtig waren. Der Discjockey kam meinem Wunsch nach, und Lorna und ich bewegten uns langsam und eng umschlungen zu den Klängen von »The Way You Look Tonight«, »Blue Moon«, »Perfidia«, »Blueberry Hill«, »Moments To Remember«, »Good Night, Irene« und natürlich »The Tennessee Waltz« durchs Zimmer.

Am Montag standen wir im Morgengrauen auf und fuhren nur widerwillig nach Los Angeles zurück, um der Gerechtigkeit zu dienen.

13

Ich schlief fest in meiner Wohnung, als das Telefon klingelte. Es war Montag, zwei Uhr nachmittags. Ich hatte mickrige drei Stunden geschlafen.

Es war Lorna. »Freddy, ich muss dich sofort sehen. Es ist dringend.«

»Was ist los, Lorna?«

Sie klang sehr besorgt. Ein Tonfall war in ihrer Stimme, den ich nie zuvor gehört hatte. »Ich kann nicht am Telefon darüber reden.«

»Haben sie Anklage gegen Engels erhoben?«

»Ja. Er streitet seine Schuld ab. Dudley Smith war mit dem stellvertretenden Staatsanwalt da, und Engels fing an zu schreien. Die Gerichtsdiener mussten ihn festhalten.«

»Großer Gott. Bist du in deinem Büro?«

»Ja.«

»In einer Dreiviertelstunde bin ich da.«

Es dauerte fast eine Stunde. Ich zog mich eiligst an und jagte meinen Buick mit überhöhter Geschwindigkeit über die Straßen. Ich hielt dem Parkplatzwächter in der Temple Street meine Marke unter die Nase, der nickte knapp und klemmte mir einen offiziell aussehenden Zettel unter den Scheibenwischer. Zwei Minuten später platzte ich in Lornas Büro.

Lorna hatte Besuch, und der sah ernst aus. Beide waren gut angezogene Männer in den frühen Vierzigern. Der Beeindruckendere der beiden kam mir bekannt vor. Er saß auf Lornas grünem Ledersofa, hatte seine Beine ausgestreckt und an den Knien übereinandergeschlagen. Er nahm eine Ledermappe in die Hand, die neben ihm auf dem Boden lag. Sogar in dieser lässigen Haltung wirkte er einschüchternd. Der andere Mann hatte sandfarbenes Haar und war untersetzt, er trug eine Ascot-Krawatte und einen Kaschmirpullover. Und das an einem Tag, an dem die Temperaturen bis 35 Grad steigen sollten. Er leckte sich wiederholt die Lippen und blickte zwischen dem Mann mit der Ledermappe und mir hin und her.

Lorna stellte uns gegenseitig vor, und ich zog mir einen Holzstuhl neben ihren Schreibtisch. »Detektive Fred Underhill, das ist Walter Canfield.« Sie zeigte auf den Mann mit der Ledermappe. »Und das ist Mr. Clark Winton.« Sie nickte in Richtung des Mannes mit der Krawatte. Beide Männer nahmen meine Gegenwart mit einem Aufblicken zur Kenntnis – Canfield feindlich, Winton nervös.

»Was kann ich für Sie tun, meine Herren?«, sagte ich.

Canfield öffnete den Mund, aber Lorna sprach als Erste in sehr geschäftsmäßigem Tonfall. »Mr. Canfield ist Rechtsanwalt, Fred. Er vertritt Mr. Winton.« Sie hielt inne, dann sagte sie: »Mr. Canfield und ich haben in der Vergangenheit schon zusammengearbeitet. Er hat mein Vertrauen.« Sie sah Canfield an, der grimmig lächelte.

»Ich werde mich kurzfassen, Officer«, sagte er. »Mein Klient war in der Nacht, in der Margaret Cadwallader ermordet wurde, mit Eddie Engels zusammen.« Er wartete auf meine Reaktion. Als ich nur schwieg, fügte er hinzu: »Mein Klient war die ganze Nacht bei Engels. Er erinnert sich an das Datum sehr genau. Der 12. August ist sein Geburtstag.«

Canfield sah mich triumphierend an. Winton starrte auf seinen Schoß und knetete nervös seine zitternden Hände.

Ich fühlte, wie mein ganzer Körper steif wurde, als hätte ich mich in einen Haufen Nadeln gesetzt. »Eddie Engels hat gestanden, Mr. Canfield«, sagte ich vorsichtig.

»Mein Klient hat mich unterrichtet, dass Engels ein verstörter Mann ist, der eine große Schuld mit sich trägt aufgrund von Ereignissen in seiner Vergangenheit.«

Winton unterbrach: »Eddie ist ein armer Mensch, Officer. Als er in der Marine war, liebte er einen älteren Mann. Dieser Mann machte furchtbare Dinge mit ihm, und das brachte Eddie dazu, sich selbst zu hassen.«

»Er hat gestanden«, wiederholte ich.

»Kommen Sie, Officer. Wir wissen beide, dass dieses Geständnis unter physischem Druck erfolgte. Ich habe Engels heute Morgen bei der Anklageerhebung gesehen. Er ist schwer zugerichtet worden.«

»Er wurde gewaltsam gebändigt, als er sich seiner Verhaftung widersetzte«, log ich.

Canfield schnaubte. In anderer Umgebung hätte er wahrscheinlich ausgespuckt. Ich fing seinen verächtlichen Blick mit einem solchen auf und gab ihn dann an Clark weiter. »Sind Sie homosexuell, Mr. Winton?«, fragte ich, obwohl ich der Antwort ganz sicher war.

»Gottverdammt, Freddy!«, platzte Lorna heraus.

Winton schluckte und sah seinen Anwalt flehentlich an. Canfield flüsterte ihm etwas ins Ohr, aber ich unterbrach sie: »Weil, wenn Sie es sind und diese Information bekanntgeben wollen, wird die Polizei schriftliche Aussagen zu ihrem Verhältnis zu Engels und eine detaillierte Schilderung ihrer Aktivitäten in der Nacht des 12. Augusts haben wollen. Sind Sie darauf vorbereitet?«

»Eddie und ich liebten uns«, sagte Winton ruhig, mit großer Resignation.

Ich legte mir mein Argument zurecht und spuckte es aus: »Mr. Winton, wir haben ein unterschriebenes Geständnis. Wir haben auch Augenzeugen, die beschwören werden, Engels' Wagen in der Mordnacht im Harold Way gesehen zu haben. Sie laufen Gefahr, in mehrfacher Hinsicht Gegenstand des Spottes und Geredes zu werden, wenn Sie mit Ihrer Geschichte an die Öffentlichkeit gehen.«

Canfield warf mir einen kalten Blick zu. Aus meinen Augenwinkeln sah ich, wie Lorna unbeweglich dasaß und rauchte. »Mein Mandant ist ein Mann mit Mut, Wachtmeister«, sagte Canfield. »Es geht um Edward Engels' Leben. Thad Green ist ein alter Freund von mir, ebenso der Staatsanwalt. Mr. Winton wird heute Nachmittag seine Aussage machen. Mr. Winton ist sich klar darüber, dass die Polizei ihm einige Fragen stellen wird; ich werde bei der Befragung dabei sein. Mr. Winton ist ein prominenter Mann: Man wird kein Geständnis aus ihm prügeln. Ich bin nur hergekommen, um mit Ihnen zu sprechen, weil Lorna eine langjährige Freundin von mir ist und ich ihre Menschenkenntnis schätze. Sie erzählte mir, dass Ihnen die Gerechtigkeit nicht gleichgültig sei, und ich glaubte ihr ...«

»Das ist richtig, und ...«

Ich konnte nicht weitersprechen. Mein Widerstand war in sich zusammengefallen. Meine Vision löste sich vor meinen Augen auf. Ich nahm eine schwere Buchstütze aus Quartz von ihrem Schreibtisch und schleuderte sie durch das Glas ihrer Türe. Das Glas splitterte nach draußen, und die Buchstütze landete mit lautem Knall im Korridor. Meine Hände wollten irgendetwas schlagen, also schlug ich sie aufeinander und schloss die Augen, um gegen Angst und Tränen anzukämpfen. Ich hörte Canfield sich von Lorna verabschieden und hörte Schritte, als er seinen Mandanten durch die halb zerstörte Tür geleitete.

»Ich glaube Winton«, sagte Lorna schließlich.

»Ich auch«, sagte ich.

»Freddy, Dudley Smith hat den Staatsanwalt dazu gebracht, ihn ein halbes Dutzend ungelöster Mordfälle untersuchen zu lassen. Er möchte sie Eddie Engels anhängen.«

»Mein Gott, der verrückte Dudley. Ist dieser Canfield 'ne Berühmtheit? Er kam mir bekannt vor.«

»Er ist einer der besten und bestbezahlten Strafverteidiger an der Westküste.«

»Und Winton hat Geld?«

»Ja, er ist sehr wohlhabend. Ihm gehören zwei Textilfabriken in Long Beach.«

Immer noch auf der Suche nach einem Ausweg, fragte ich: »Und Canfield ist mit Thad Green und dem Staatsanwalt befreundet?«

»Ja.«

»Dann wird Engels freikommen, und Dudley Smith und ich werden ganz schön in der Scheiße sitzen.«

Ich blickte durch das klaffende Loch in der Türe und überlegte, womit ich das jetzt in meinem Leben klaffende Loch stopfen könnte. »Das mit der Tür tut mir leid, Lorna«, war alles, was mir einfiel.

Lorna schob ihren Drehstuhl zu mir herüber. »Tut dir auch das mit Eddie Engels leid?«, fragte sie.

»Ja«, sagte ich.

Lorna küsste mich zart auf die Lippen. »Dann lass die Gerechtigkeit walten. Es liegt jetzt nicht mehr in unserer Hand.«

Ich stieß Lorna von mir fort. Ich wollte ihr nicht glauben. »Und was ist mit Maggie Cadwallader?«, schrie ich. Ich wandte mich um, um einen Blick auf die Tür zu werfen. Drei Männer in Anzügen schauten durch das Loch zu uns herein.

»Bist du okay, Lorna?«, fragte einer von ihnen.

Lorna nickte. Sie gingen, sahen aber skeptisch drein. Ich konnte hören, wie Glas aufgesammelt wurde.

»Und was ist mit Maggie Cadwallader?«, fragte Lorna. »Wolltest du Rache für sie, oder war dieser ganze Kreuzzug nur eine verunglückte Übung in Sachen Wunder?«

Plötzlich wollte ich Lorna wehtun, wie ich noch nie zuvor jemandem wehtun wollte. »Ich habe Maggie Cadwallader gebumst, an dem Tag, an dem ich dich traf. Ich hab sie im ›Silver Star‹ aufgelesen, mit in meine Wohnung genommen und sie gebumst. So bin ich in dieses Ding geschlittert, deshalb wusste ich, wo ich nach Beweisen suchen musste. Ich wusste, dass ich eine Blitzkarriere machen würde, wenn ich den Mörder fing. Ich wollte dich vom ersten Augenblick an. Ich wollte dich haben, dich ficken, ich wollte dich besitzen. Deswegen hab ich dich da reingezogen; es war nur eine weitere Verführung in einer gottverdammt langen Kette.«

Ich wartete nicht auf Lornas Antwort, ich ging aus ihrem Büro und drehte mich nicht um.

Ich fuhr ziellos durch die Gegend, wie an dem Abend, an dem ich Maggie Cadwallader getroffen hatte. Ich kaufte mir einen L.A. Mirror. Die Anklageerhebung gegen Engels war auf der Titelseite. »›Ich bin nicht schwul!‹, schreit der Angeklagte.« Revolverjournalismus vom Feinsten. Der Bericht offenbarte, dass Engels von drei kräftigen Gerichtsdienern gehalten und aus dem Gerichtssaal gezerrt werden musste, nachdem er auf »nicht schuldig« plädiert hatte.

Ich warf die Zeitung aus dem Wagenfenster und fuhr nach Osten. Bei San Bernardino sah ich vom Freeway aus einen großen, gepflegten, öffentlichen Golfplatz. Ich nahm die nächste Ausfahrt, fand das Golfparadies, parkte auf dem leeren Platz, kaufte mir zwei Dutzend Bälle und lieh mir einen Satz Schläger. Ich zahlte, duckte mich an der Schaltzelle am Start vorbei und begab mich gleich in die Mitte des Geländes.

Ich dachte nach – pausenlos dachte ich nach. Ich versuchte, an nichts zu denken. Es gelang mir, und es gelang mir nicht. Mit dem 2er Eisen ließ ich ein paar schön geschlagene Bälle ins Niemandsland segeln und empfand nichts dabei.

Mea culpa, sagte ich zu mir selbst. Was ist schiefgegangen? Was ist wirklich passiert? Was geschieht als Nächstes? Wird die Polizei hinter mir stehen? Werde ich wieder in Watts auf Streife gehen? Gedemütigt, ein isolierter Einzelgänger ohne Ziel? Logische Trugschlüsse. Post hoc, ergo propter hoc: nach dem, also deswegen. Die Augenscheinlichkeit der Umstände. Ein schuldiger Mann. Schuldig nicht des Mordes, sondern der Schuld. Armer schwuler Eddie. Tapferer, schwuler Clard Winton. Mea maxima culpa. Vergib mir, Vater, ich habe gesündigt. Welcher Vater? Eddie Engels? Dudley Smith? Thad Green? Parker? Gott? Es gibt keinen Gott außer dem Wunder. Ich wünschte mir ein hartes Herz gegen Lorna. Kein Glück. Lorna, Lorna, Lorna.

Mit dem 3er Eisen jagte ich wütend eine Serie direkt in ein Wäldchen und hoffte, die Bälle würden zurückprallen und mich totschlagen. Nichts passierte; sie verschwanden und wurden nie wieder gesehen. Dem Gott des Golfspiels geopfert, an den ich nicht mehr glaubte.

Ich fuhr nach Hause. Ich hörte mein Telefon klingeln, als ich in die Einfahrt einbog. Ich dachte, es könnte Lorna sein, und rannte.

Das Läuten hielt an, als ich die Tür aufschloss. Ich hob den Hörer ab. »Hallo«, sagte ich vorsichtig.

»Underhill?«, fragte eine vertraute Stimme.

»Ja. Captain Jurgensen?«

»Ja. Ich versuche schon seit sechs Uhr, Sie zu erreichen.«

»Ich war weg. In San Bernardino.«

»Verstehe. Dann haben Sie's noch nicht gehört?«

»Was gehört?«

»Eddie Engels ist tot. Er hat heute Nachmittag in seiner Zelle Selbstmord begangen. Er sollte freigelassen werden. Es ist Beweismaterial aufgetaucht, das auf seine Unschuld wies.«

»Ich ... ich ...«

»Underhill, sind Sie noch dran?«

»J-ja.«

»Der Chef selbst hat mich als Ihren letzten Vorgesetzten gebeten, Sie zu informieren.«

»Ich ...«

»Underhill, Sie sollen sich morgen früh um acht Uhr im Hauptquartier melden. Zimmer 219. Underhill, können Sie mich hören?«

»Ja, Sir«, sagte ich und ließ den Hörer aus meinen zitternden Händen gleiten und auf den Boden fallen.

14

Wir waren zu dritt im Zimmer 219. Die zwei Polypen, die das Verhör führten, hießen Milner und Quinn. Sie waren beide Sergeanten in der Revisionsabteilung, beide waren stämmig, sonnengebräunt und mittleren Alters. Sie hatten beide ihre Jacketts abgelegt, nachdem sie mich in den engen kleinen Raum gebeten hatten. Ich freute mich seltsamerweise auf ihre bevorstehenden Einschüchterungsversuche und war sicher, ich könnte sie in jeder Form der psychologischen Kriegsführung übertreffen.

Wir trugen alle .38er Smith & Wessons in unseren Schulterhalftern, was der Geschichte etwas Rituelles verlieh. Ich war nervös und berauscht von meinem Adrenalin und meiner geheuchelten, aufrichtigen Empörung. Ich war auf alles vorbereitet, einschließlich des Endes meiner Karriere, und das stärkte mich in meinem Entschluss, diese beiden halsstarrig aussehenden Polizisten zu besiegen.

Ich nahm mir einen Stuhl, legte meine Beine auf eine Ablage von Rekrutierungsplakaten und lächelte entwaffnend, während Quinn und Milner sich Zigaretten und Feuerzeuge aus ihren Jackentaschen holten und sich eine anzündeten. Milner, der etwas größer und älter war als der andere, reichte mir die Schachtel.

»Ich rauche nicht, Sergeant«, sagte ich kurz und bündig mit der Stimme eines Mannes, der sich nichts gefallen lässt.

»Alle Achtung«, sagte Quinn lächelnd, »ich wünschte, ich könnte das auch.«

»Ich hab einmal aufgehört, während der Depression«, sagte Milner. »Ich hatte eine hübsche Freundin, die den Geruch von Tabak nicht ausstehen konnte. Meiner Frau gefällt's auch nicht, aber sie sieht nicht so gut aus.«

»Warum hast du sie dann geheiratet?«, fragte Quinn.

»Weil sie mir sagte, ich sähe aus wie Clark Gable!«, schnaubte Milner.

Quinn fand das sehr aufregend. »Meine Frau hat mir mal gesagt, ich sähe aus wie Bela Lugosi, da hab ich sie verdroschen«, sagte er.

»Du hättest sie in den Hals beißen sollen«, witzelte Milner.

»Mach ich doch, jeden Abend.« Quinn lachte lauthals, blies eine Lunge voll Rauch aus und stellte seinen Stuhl mir gegenüber auf. Milner lachte mit ihm und öffnete ein winziges Fenster am Ende des Raumes, das diesige Sonnenstrahlen und den Lärm des Verkehrs einließ.

»Officer Underhill«, sagte er, »mein Partner und ich sind heute hier, weil Zweifel an Ihrer Diensttauglichkeit aufgekommen sind.« Milners Stimme hatte jetzt einen präzisen, belehrenden Tonfall bekommen. Er machte eine dramatische Pause, zog an seiner Zigarette, und ich antwortete, seinen Tonfall imitierend: »Sergeant, ich habe große Bedenken wegen der Bürohengste, die Sie beauftragt haben, mich zu verhören. Hat die Revisionsabteilung auch Dudley Smith verhören lassen?«

Milner und Quinn schauten sich an. Ihre Blicke waren heiter und wissend, die Blicke zweier langjähriger Partner.

»Officer«, sagte Quinn, »glauben Sie, wir sind hier, weil sich ein Schwuler gestern im Bezirksgefängnis die Adern aufgeschnitten hat?« Ich antwortete nicht. Quinn fuhr fort: »Glauben Sie, wir sind hier, weil Sie auf illegale Weise die Verhaftung eines unschuldigen Mannes provoziert haben?«

Milner übernahm. »Officer, glauben Sie, wir sind hier, weil Sie große Schande über die Polizei von Los Angeles gebracht haben?«

Er holte eine zusammengefaltete Zeitung aus seiner Gesäßtasche und las daraus vor: »War Held nur ein Polizist mit zu schnellem Finger? Die Polizei in Schwierigkeiten? Dank dem Spürsinn von Rechtsanwalt Canfield und dem Mut eines anonymen Zeugen hätte Eddie Engels beinahe das Bezirksgefängnis als freier Mann verlassen können. Stattdessen verließ er es, erniedrigt und gefoltert während einer albtraumartigen, irrtümlichen Verhaftung, auf einer Bahre. Canfield und der Mann, mit dem Engels die Nacht des 12. August verbracht hatte – die Nacht, in der Engels angeblich Margaret Cadwallader umgebracht hatte –, erreichten die Justizbehörden zu spät mit ihrer Nachricht. Gestern Nachmittag schnitt Eddie Engels sich im elften Stockwerk der ›Hall of Justice‹ mit einer Rasierklinge die Pulsadern auf.

Unser Korrespondent in Seattle sprach mit dem Vater des Opfers, Wilhelm Engels, einem Apotheker in einem Vorort von Seattle. ›Ich kann nicht glauben, dass Gott so etwas tun würde‹, sagte der weißhaarige alte Herr. ›Diese Polizisten, die meinen Edward verhaftet haben, müssen zur Verantwortung gezogen werden. Edward war ein sanfter, lieber Junge, der niemandem etwas zuleide tat. Es muss Gerechtigkeit walten.‹ Mr. Engels sagte unserem Korrespondenten, dass Walter Canfield ihm unentgeltlich seine Dienste angeboten habe und wegen der irrtümlichen Verhaftung gegen die Polizei von Los Angeles klagen will. ›Mr. Engels wird Gerechtigkeit zuteilwerden‹, sagte Canfield Reportern, kurz bevor er von Engels' Tod erfuhr, ›die Gerechtigkeit, die seinem Sohn versagt blieb. Dies ist ganz klar der Fall eines ehrgeizigen, voreiligen jungen Polizisten, der sich einen Namen machen wollte.‹«

Milner hielt inne. Mein Blick verdunkelte sich, aber ich schüttelte den Kopf und konnte wieder sehen.

»Nur weiter«, sagte ich.

Milner hustete und fuhr fort. »Officer Frederick U. Underhill, der Anfang dieses Jahres von der Polizei und der Presse in Los Angeles hoch gelobt wurde, weil er zwei Gangster zur Strecke brachte, führte seine Untersuchungen im Fall Eddie Engels mit der gleichen Überstürztheit durch. Lieutenant Dudley Smith von der Kriminalpolizei sagte unserem Reporter: ›Fred Underhill ist ein ehrgeiziger junger Mann, der in Rekordzeit Polizeichef werden möchte. Er hat mich und einige andere in seinen Kreuzzug gegen Eddie Engels verstrickt. Ich gebe zu, dass ich mitgemacht habe. Ich gebe zu, dass ich mitschuldig bin. Gestern Abend habe ich eine Kerze für die Familie des armen Eddie gespendet. Und eine für Fred Underhill, und ich habe gebetet, er möge etwas lernen aus der Tragödie, die er da angerichtet hat.‹«

Ich fing an zu lachen. Auch in meinen eigenen Ohren klang das Gelächter hysterisch. Milner und Quinn fanden es nicht komisch. Quinn bäffte: »Dieser Artikel, der in der *Los Angeles Daily News* stand, fordert weiter unten Ihre Suspendierung und eine Untersuchung in der ganzen Abteilung. Was halten Sie *davon*, Underhill?«

Ich beruhigte mich und starrte meine Inquisitoren an. »Ich glaube, dass dieser Artikel in ganz armseliger Prosa verfasst wurde. Verworren, hysterisch, übertrieben. Hemingway würde ihn nicht gutheißen. F. Scott Fitzgerald würde sich im Grab umdrehen. Shakespeare wäre entsetzt. *Das* halte ich davon.«

»Underhill«, sagte Milner, »Sie wissen doch, dass die Polizei sich um die Ihren kümmert, oder?«

»Sicher. Zum Beispiel um diesen wahnsinnigen Dudley Smith. Er wird aus dieser Sache duftend wie eine Rose hervorgehen und wahrscheinlich zum Captain befördert werden. Ah ja. Großartig!«

»Underhill, die Polizei war durchaus willens, zu Ihnen zu halten, bis wir ein bisschen über Sie nachgeforscht haben.«

Ich fing plötzlich an zu frieren in dem heißen, verrauchten Zimmer. Der Verkehrslärm der Los Angeles Street war abwechselnd sehr laut und sehr leise.

»Ach ja?«, sagte ich. »Was Interessantes gefunden?«

»Ja«, sagte Quinn, »haben wir. Lassen Sie mich zitieren. ›Sarah hatte hohe, volle Brüste mit konisch geformten, dunkelbraunen Brustwarzen. Grobe Härchen umgaben sie. Sie war eine erfahrene Frau. Wir harmonierten gut. Sie erwartete meine Bewegungen und begleitete sie mit flüssiger Anmut.‹ Noch mehr. Underhill?«

»Ihr dreckigen Hurensöhne«, sagte ich.

»Wussten Sie, dass Sarah Kefalvian Kommunistin ist, Underhill? Sie ist Mitglied in fünf Organisationen, die kommunistisch unterwandert sind. Wussten Sie das?« Milner beugte sich über mich, seine Knöchel waren weiß, so fest hielt er den Tisch umklammert. »Vögeln Sie viele Kommunistinnen, Underhill?«, zischte er.

»Sind *Sie* Kommunist, Freddy?«, fragte Quinn.

»Fick dich ins Knie«, sagte ich.

Milner beugte sich noch weiter vor. Ich konnte seinen Tabaksatem riechen. »Ich glaube, Sie *sind* ein Kommunist. Und ein dreckiger Perverser. Anständige Männer schreiben nicht über die Frauen, die sie ficken. Anständige Männer ficken keine Kommunistinnen.«

Ich steckte meine Hände unter meine Schenkel, um das Zittern unter Kontrolle zu bekommen und mich davon abzuhalten, jemanden zu schlagen. Mein Kopf pochte, und mein Blick war durch die Schwärze hinter meinen Augen getrübt. »Ihr habt vergessen zu erwähnen, dass ich rote Sitze in meinem Wagen habe. Ihr habt vergessen zu erwähnen, dass ich auch Koreanerinnen, Republikanerinnen und Demokratinnen ficke. Als ich noch auf die Highschool ging, hatte ich eine rothaarige Freundin. Ich hab einen roten Kaschmirpullover, den habt ihr auch vergessen.«

»Eines haben *Sie* nicht vergessen zu erwähnen«, sagte Quinn. »Hören Sie zu: ›Ich erzählte Sarah, dass ich mich 1942 um den Wehrdienst gedrückt hatte. Sie ist der einzige Mensch außer Wacky, der das weiß. Dadurch, dass ich es ihr erzählt hatte, fühlte ich mich merkwürdig befreit.‹«

Quinn spuckte auf den Boden. »Ich hab im Krieg gedient, Underhill. Ich habe einen Bruder bei Guadalcanal verloren. Alle guten Amerikaner haben gedient. Jeder Drückeberger ist ein elender Kommunist und Verräter und nicht würdig, eine Marke zu tragen. Sie haben Schande über die Polizei gebracht. Dem Chef persönlich wurde berichtet, was wir in Ihrem Tagebuch gefunden haben. Er hat dieses Verhör angeordnet. Wir hatten nur wenig Zeit, Ihre Wohnung zu durchsuchen. Weiß Gott, was wir sonst noch an kommunistischem Unflat gefunden hätten, wenn wir mehr Zeit gehabt hätten. Sie können's sich aussuchen: Entweder quittieren Sie den Dienst, oder Sie müssen sich wegen moralischer Verworfenheit vor einem internen Untersuchungsausschuss verantworten. Wenn Sie den Dienst nicht quittieren, wandert Ihr Tagebuch zum FBI. Drückebergerei verstößt gegen die Bundesgesetze.«

Milner zog ein maschinengeschriebenes Blatt aus seiner Jackentasche. Er legte es zusammen mit einem Schreiber auf den Tisch; dann verließen er und sein Partner das Zimmer.

Ich starrte auf das Blatt. Die Buchstaben verschwammen vor meinen Augen. Tränen stiegen auf. Ich konnte sie nur mit großer Willensanstrengung zurückhalten. Es dauerte eine Weile, aber dann hatte ich es geschafft. Ich ging zum Fenster und sah hinaus. Ich merkte mir die Zeit und prägte mir die Szenerie ins Gedächtnis, dann nahm ich mein Halfter ab und legte es auf den Tisch. Meine Marke legte ich daneben, dann unterschrieb ich meinen Abschied vom Wunder.

Kameraschwenkende Reporter standen vor meiner Wohnung, als ich auf mein Haus zufuhr. Ich konnte ihnen nicht gegenübertreten, also fuhr ich um den Block, parkte, sprang über Zäune und betrat meine Wohnung durch den Hintereingang. Ich packte einen Koffer mit sauberen Kleidern, nahm Night Train an die Leine und ging zurück um den Block und zu meinem Wagen.

Ohne Ziel fuhr ich nach Norden. Night Train kaute auf dem Rücksitz Golfbälle. Es war leicht, nicht an meine Zukunft zu denken. Ich hatte keine.

Die Küstenstraße entlangzuschnurren erinnerte mich an die Spritztour, die ich kürzlich mit Lorna unternommen hatte, und plötzlich war die Zukunft wieder da in einem wirren Knäuel von Bildern und Zusammenhängen.

Ich sah die Telefonmasten entlang des Pacific Coast Highway und sehnte mich nach sofortigem, süßem Vergessen. Als die hohen, hölzernen Stängel sich zu einem endgültigen Bild formten, entfuhr mir ein unterdrücktes, trockenes Schluchzen. Dann bog ich ins Landesinnere ab und fuhr auf einer staubigen Nebenstraße durch einen Canyon, bewegte mich aufwärts durch grüne Buschlandschaften und landete eine Dreiviertelstunde später im San Fernando Valley.

Ich fuhr wieder Richtung Norden, kam auf die Gratstraße in Chatsworth und fuhr auf ihr Richtung Grapevine und Bakersfield. Ich wollte einen Ort finden, der karg und frei von Schönheit war, gutes, flaches Land, um den Hund spazieren zu führen und zu

Entscheidungen kommen zu können – ohne von der malerischen Szene abgelenkt zu werden.

Bakersfield war nicht dieser Ort. Es war halb vier, und die Temperatur betrug immer noch über 35 Grad. Ich hielt an einer Bude und bestellte mir ein Coke. Das Coke kostete fünf Cent, das Eis dazu fünfundzwanzig. Der Mann an der Theke starrte mich fragend an. Er reichte mir das Coke in einem Pappbecher und öffnete seinen Mund, um zu reden. Ich ließ ihn nicht; ich knallte ein paar Münzen auf die Theke und lief schnell zurück zu meinem Wagen.

Ungefähr einhundertfünfzig Meilen nördlich von Bakersfield wurde mir klar, dass ich in das Land John Steinbecks kam. Ich seufzte fast vor Erleichterung. Das war der Ort, er war erfüllt mit Schattierungen und Offenbarungen aus der sorgenfreien Zeit des Lesens und Studierens.

Aber da wurde nichts daraus. Ich erinnerte mich wieder und wusste, dass sich in dieser Umgebung – grünes Farmland und trinkende, pittoreske Mexikaner – das Wunder sofort wieder einstellen würde, zusammen mit Schuldgefühlen, Scham, Selbstekel und Angst. Und alles würde ich so buchstabieren: Es ist aus.

Ich fuhr an den Straßenrand. Ich ließ Night Train raus, und er rannte mir voraus in ein endlos scheinendes Gewirr von lang gezogenen Wassergräben. Ich ging hinter ihm und hörte sein fröhliches Kläffen. Wir gingen und gingen und gingen. Die aufgewirbelten Staubwölkchen bedeckten meine Hosenbeine bald mit reicher, dunkelbrauner Erde. Ich ging bis zu einem Punkt, von dem aus die ganze Welt verschwunden schien. Der ganze Horizont bestand nur aus tiefem, dunklem Braun.

Ich setzte mich in den Dreck. Night Train bellte mich an. Ich nahm eine Hand voll Erde und ließ sie durch meine Finger rinnen.

Ich roch an meinen Händen. Sie rochen nach Exkrementen und Unendlichkeit.

Plötzlich kam Leben in die Wasserleitungen, die mich umgaben, und sie spritzten mich nass. Ich sprang auf und rannte in Richtung meines Wagens. Night Train auch, er überholte mich mühelos. Ein unsichtbares Uhrwerk ließ Sprinkler einen nach dem anderen hinter mir angehen. Ich rannte und rannte und rannte, nur mit Mühe konnte ich den Vorsprung vor den drei Meter hohen Fontänen halten. Erschöpft kam ich an meinem Wagen zu stehen und japste nach Luft. Night Train bellte glücklich, auch sein Atem ging schwer. Meine Schuhe, Socken und Hosenbeine waren klatschnass und rochen nach Dung. Ich holte frische Sachen aus meinem Koffer auf dem Rücksitz und zog mich an Ort und Stelle um.

Als ich fertig war und wieder Luft bekam, hielt mich eine unheimliche Stille umfangen. Sie hatte mich gepackt, ich konnte weder denken noch mich bewegen. Nach einer Weile fing ich an zu weinen. Ich weinte und weinte und weinte und stand da auf der staubigen Straße, die Hände auf die Kühlerhaube meines Wagens gestützt. Endlich hörte ich auf zu schluchzen, so plötzlich, wie die Stille eingesetzt hatte. Ich nahm die Hände vom Wagen und richtete mich auf, schwach wie ein Baby bei seinen ersten Gehversuchen.

Es dauerte geschlagene vier Stunden rasanten Fahrens, bis ich zurück in Los Angeles war. Ich ließ Night Train bei meiner verblüfften Wirtin, dann fuhr ich in Lornas Wohnung.

Durch das Wohnzimmerfenster konnte ich ihr Radio plärren hören, als ich anhielt. Die Haustür war mit einem Stapel Telefonbücher offen gehalten. Sie hatte das Licht im Treppenhaus angelassen. Oben sah ich, dass Kerzenlicht ihr Wohnzimmer erhellte.

Ich ging langsam die Treppe hoch, Stufe für Stufe, und ich räusperte mich mehrfach, um sie auf mein Kommen vorzubereiten. Lorna lag auf ihrem Sofa mit Blumenmuster, ein Arm hing über den Rand, in der Hand hielt sie ein Weinglas. Kerzen waren im ganzen Raum strategisch verteilt, auf Tischen, Buchregalen und Fenstersimsen. Ihr Licht ließ Lorna in gelbem Glanz erstrahlen.

»Hallo, Freddy«, sagte sie, als ich das Zimmer betrat.

»Hallo, Lorna«, antwortete ich. Ich zog eine Ottomane zum Sofa hin. Lorna trank einen Schluck Wein. »Was machst du jetzt?«, fragte sie.

»Ich weiß nicht. Wer hat es dir erzählt?«

»Die Sonderausgabe des *Los Angeles Examiner*. Underhill quittiert den Dienst. Klage angedroht. Verbindung zu Kommunisten nachgesagt. Soll ich dir das ganze Ding vorlesen?«

Ich fasste nach ihrem Arm, aber sie zog ihn weg. »Das mit gestern tut mir leid, Lorna, wirklich.«

»Das mit der Türe?«

»Nein. Das, was ich zu dir gesagt habe.«

»War das die Wahrheit?«

»Ja.«

»Dann brauchst du dich auch nicht dafür zu entschuldigen.«

Im Kerzenlicht war Lornas Gesicht eine eiserne Maske. Ihr Ausdruck war ausdruckslos, und ich konnte ihre Gefühle nicht deuten. »Was hast du denn jetzt *vor*, Freddy?«

»Ich weiß nicht. Vielleicht male ich mein Auto rot an. Vielleicht färbe ich mir die Haare rot. Vielleicht gehe ich für Nordkorea in den Krieg. Ich hab in meinem Leben nie halbherzige Sachen gemacht. Also, warum soll ich ein halbherziger Kommunist sein?«

Lorna zündete sich eine Zigarette an. Der Rauch, den sie ausstieß, verlieh ihr im Kerzenlicht einen weiteren Heiligenschein.

Ihre Maske fiel ab. Sie wurde zornig, und das machte mir Mut. Ich warf einen Köder aus, um diesen Zorn herauszulocken. »Ich schätze, das Wunder hat mich wieder gepackt.«

»Nein!« Lorna spuckte aus. »Nein, du Scheißkerl. Das Wunder hat dich nicht gepackt. *Du* hast dich gepackt! Weißt du das denn nicht?«

»Ja, ich weiß. Und weißt du, was das Einzige ist, das mir leidtut?«

»Eddie Engels und Margaret Cadwallader?«

»Auf die scheiß ich. Die sind tot. Mir tut nur leid, dass ich dich da mit reingezogen habe.«

Lorna lachte. »Sollte dir aber nicht leidtun. Ich wurde durch Indizienbeweise zur Strecke gebracht und durch den klügsten, draufgängerischsten und schönsten Mann, den ich je gesehen habe. Was hast du jetzt *vor*, Freddy?«

Ich nahm Lornas Hand und hielt sie so fest, dass sie sie nicht wegziehen konnte. »Ich weiß nicht. Was hast du vor?«

Lorna wand ihre Hand aus meiner und fing an, ihren Kopf heftig gegen das Sofa zu stoßen. »Ich weiß nicht, ich weiß nicht, ich weiß nicht, um Gottes verdammten Willen, ich weiß es nicht!«

»Bleibst du bei der Staatsanwaltschaft?«

Lorna schüttelte wieder den Kopf. »Nein, das kann ich nicht. Ich meine, ich könnte, wenn ich wollte, aber ich kann nicht. Ich will nichts mehr mit Justiz und Bullen und dem Gesetz zu tun haben. Als du mich anriefst und mir sagtest, dass Engels gestanden hätte, bin ich sofort zum Staatsanwalt gegangen. Vielleicht habe ich mich wegen dir übertrieben aufgeführt, ich weiß nicht, aber es war *mein* Auftritt, und als Canfield mit Winton bei ihm gewesen war und wir anschließend darüber gesprochen haben, wusste ich, dass ich im Büro erledigt war. Und jetzt, da Engels tot ist, endgültig. Ich *möchte* da gar nicht mehr sein. Freddy, wirst du dich irgendwo anders bei der Polizei bewerben?«

Diese naive Frage forderte mich heraus. Ich schüttelte den Kopf. »Höchstens in Russland. Vielleicht könnte ich stellvertretender Kommissar in Leningrad werden, irgend so was. Oder in Sibirien Strafzettel für Schlittenfahrer ausstellen.«

Lorna strich mir übers Haar. »Was *willst* du denn, Freddy?«

»Ich will dich. Das ist alles, was ich will. Willst du mich heiraten?«

Lorna lächelte im Kerzenlicht. »Ja«, sagte sie.

Wir beschlossen, nicht unser Gleichgewicht zu verlieren. Lorna packte eilig einen Koffer, während ich das Verdeck über den Wagen zog. Wir fuhren sofort in Richtung Grenze. Wir rissen Witze, sangen zur Musik im Radio, spielten Arschgrapschen und donnerten nach Süden.

In San Diego angekommen, fing Lorna plötzlich an zu weinen, weil ihr bewusst wurde, dass sie ihre alte, gesicherte Existenz aufgegeben hatte und einer neuen, ungewissen gegenüberstand. Ich hielt sie fest im Arm und fuhr immer weiter. Morgens um drei überquerten wir die Grenze nach Mexiko.

Auf der ›Revolucion‹, der Hauptstraße in Tijuana, fanden wir eine Hochzeitskapelle, die rund um die Uhr geöffnet hatte. Ein lächelnder, fetter mexikanischer Priester traute uns, nahm zehn Dollar Trauungsgebühren und stellte unsere Heiratsurkunde aus. Während der ganzen Zeit versicherte er uns, dass unsere Heirat verbindlich vor Gott, dem Gesetz und den Menschen wäre.

Wir fuhren durch die armseligen Straßen Tijuanas, bis wir ein Hotel fanden, das sauber genug schien, um die Hochzeitsnacht darin zu verbringen.

Ich zahlte drei Tage im Voraus und trug unser Gepäck in einen heruntergekommenen Aufzug, der uns ins oberste Stockwerk brachte. Unser Zimmer war einfach: sauber glänzende Holzböden; saubere abgetretene Teppiche; ein sauberes Badezimmer; und ein großes sauberes Doppelbett.

Lorna Underhill zog sich aus, legte sich aufs Bett und schlief sofort ein. Ich setzte mich in einen Sessel und sah meiner Frau beim Schlafen zu. Ich glaubte fest, die Standhaftigkeit meiner Liebe zu ihr würde alle Zufälligkeiten des Lebens ohne Wunder überdecken.

III
DIE ZEITLOSE ZEIT

15

Jahre vergingen. Jahre des Bedauerns und der Einsicht; Jahre, in denen ich Hunderttausende von Golfbällen schlug, in denen ich las, in denen ich lange Spaziergänge mit Night Train am Strand machte; Jahre, in denen ich versuchte, zu leben wie andere Leute, Jahre auf der Suche nach etwas, dem ich mein Leben widmen könnte. Jahre des Erfahrens, was geht und was nicht. Aber vor allem Jahre mit Lorna.

Lorna. Lorna Weinberg Underhill. Meine Frau, meine Liebe, meine Vertraute, mein Trost, mein Ersatz für das Wunder. Genau genommen meine Definition des Wunders – die Synthese von absoluter Kenntnis und ständiger Überraschung. Meine zärtliche, springlebendige, zerbrechliche Lorna. Der eigentliche Prototyp für die Wirksamkeit der Liebe: Wenn es nicht funktioniert, versuche etwas anderes. Wenn das nicht funktioniert, versuch noch etwas anderes. Wenn das schiefgeht, überprüfe deine Wünsche und suche nach deinen Fehlern. Mach einfach weiter, Freddy; früher oder später, mit etwas Übung, etwas Glück, wirst du etwas finden, das dich ebenso bewegt wie das Leben als Polizist.

Vom Ende des Jahres 1951 bis Ende 1954 gab es so gut wie keinen Moment, an dem ich nicht lieber in einem Schwarz-Weißen über die Central Avenue oder den Western oder den Wilshire oder den Pico Boulevard oder irgendeine Straße in Los Angeles gefahren wäre, bewaffnet und voller Illusionen.

Als wir von unserer dreitägigen Hochzeitsreise aus Mexiko zurückkehrten, war Korea wieder in die Schlagzeilen gekommen, und Lorna und ich zogen in ein verschachteltes großes Haus im Laurel Canyon. Wir hatten einen Hof für Night Train, ein großes Schlafzimmer mit einem Balkon und einem Blick auf die Landschaft, ein abgesenktes Wohnzimmer mit französischen Fenstern, auf die ein Schloss in Burgund stolz gewesen wäre.

Einen Monat lang genossen wir das Haus, wir lasen uns Gedichte vor, spielten Scrabble, liebten uns und tanzten zu »The Tennessee Waltz«. Aber Lorna wurde dieser Dinge vor mir überdrüssig und sie nahm die erste Arbeit an, die sie kriegen konnte: juristische Beraterin für Weinberg Productions, Inc. Sie hielt es nicht lange aus; sie und ihr Vater schlugen sich andauernd die Köpfe ein über Geldfragen, Moral und die juristische Behandlung von Filmen.

Im Mai 1952 kündigte sie und arbeitete für die Wahlkampagne von Adlai Stevenson. Der Geist des intellektuellen Gouverneurs aus Illinois hatte sie angesteckt, und es gelang ihr sogar, als juristische Beraterin für den Wahlkampf eingestellt zu werden. Diesen Job hatte sie, bis herauskam, dass sie mit einem ehemaligen »kommunistischen« Polizisten verheiratet war. Traurig, aber immer noch auf Gerechtigkeit bedacht, trat sie in eine Anwaltskanzlei in Beverly Hills ein, die auf Schadenersatzfälle spezialisiert war. Meine Lorna, die Heldin der armen Schweine, die mit ihren Daumen in die Drillmaschine geraten waren.

Die ersten Monate unserer Ehe gingen sehr gut. Big Sid akzeptierte seinen heidnischen Schwiegersohn mit überraschender

Großherzigkeit. Er zeigte persönlichen Mut, indem er mich nach Hillcrest mitnahm, um Golf zu spielen. Und das zu einer Zeit, als ich noch verrufen war. Wir spielten um Geld, und ich verdiente mehr als genug, um meinen Anteil der Ausgaben für unser Liebesnest im Laurel Canyon bezahlen zu können.

Lorna und ich sprachen kein einziges Mal über den Engels-Fall. Es war das entscheidende Ereignis in unser beider Leben und hing immer über uns, aber wir redeten nicht darüber.

In unserer ersten Nacht im neuen Haus brachte ich das Thema zur Sprache, ich wollte die Angelegenheit bereinigen. »Wir haben dafür bezahlt, Lorna. Wir haben bezahlt für das, was wir taten.«

»Nein«, sagte Lorna. »Ich war nur ein verblendeter Griffelspitzer. Ich bin leicht davongekommen. Du hast bezahlt, und dein Urteil heißt lebenslänglich. Ich möchte darüber nie wieder diskutieren.«

Ich hatte wenigstens Glück, dass Canfield und die Familie von Eddie Engels weder die Polizei von Los Angeles noch mich jemals verklagten. Monatelang wartete ich ängstlich auf eine Vorladung, in deren Folge in aller Öffentlichkeit die ganze schmutzige Würmerdose geöffnet würde, aber die Vorladung kam nicht.

Im Februar 1955 fand ich auch heraus, warum das so war. Ein betrunkener, rachsüchtiger Mike Breuning erzählte es mir. Ich traf ihn zufällig an der Bar eines Restaurants in Hollywood. Aus seiner Beförderung zum Lieutenant war wieder nichts geworden, und so saß er da und ließ Galle ab über die Polizei und seinen treuen Mentor Dudley Smith. Unter umständlichen Entschuldigungen erzählte er mir, dass es Dudley Smith war, der mein Tagebuch geschnappt und die Schnüffler noch am gleichen Tag auf Sarah Kefalvian angesetzt hatte, an dem Eddie Engels »gestand«. Es war auch Dudley, der nach Seattle flog, bei der örtlichen Polizei Akten durchsah und einen Bericht über Lillian Engels entdeckte, der ein Dutzend Verhaftungen wegen Trunkenheit in lesbischen Bars enthielt. Er ging ohne Umschweife damit zu Wilhelm Engels und zwang ihn, seine Klage fallen zu lassen. Im folgenden Jahr war Engels senior dann an einem Herzanfall gestorben.

Von Zeit zu Zeit wurde mir manchmal überraschend klar, dass ich Angst hatte, und dass ich keine Kontrolle über meine Angst hatte. Zerstörerische Erinnerungen an das blutige Gesicht von Eddie Engels überkamen mich und ließen mich nicht mehr los, auch wenn ich stundenlang mit Lorna über das Wetter quatschte. Allmählich wechselten die Bilder, und Engels' Gesicht verwandelte sich in meines, und dann waren es plötzlich Dudley Smith und Dick Carlisle, die mich schlugen, während ich mir selbst zuschaute und im Zimmer Nr. 6 des Victory Motel Kaffee trank. Ich schrie nicht, redete nicht und bewegte mich nicht; ich zitterte nur, während Smith und Carlisle mich niederknüppelten. Manchmal hielt Lorna mich dann umarmt; mit jedem Schlag, der auf mich niederging, grub ich mich dann fester in sie.

So schwebten die Toten über meiner Frau und mir und festigten ihre Existenz, während Lorna und ich weiterlebten. Wir liebten uns jahrelang, und das war das Elend wert, das mein blinder Ehrgeiz über mich und so viele andere gebracht hatte. Lange Zeit wollte ich nichts, was ich nicht schon hatte, und ich war über Lornas Bereitschaft gerührt, es mir zu geben. Wenn ich dann pausenlos darüber nachdachte und es in Worte fassen wollte, las Lorna meine Gedanken, legte ihre Fingerspitzen auf meine Lippen und flüsterte leise die Worte, die ich ihr einst gesagt hatte: »Denk nicht, Liebling, bitte versuch, es nicht zu zerstören.« Sie wusste immer, wenn das Wunder in mein Bewusstsein gekrochen kam, und sie überlistete es immer mit Liebe, der ein Hauch von Angst innewohnte.

Diese Angst stand in Konkurrenz mit unserer Liebe; ein unterschwelliges Schuldgefühl, ein heimliches Vorbeiziehen vieler störrischer toter Seelen, die unserem Leben ein fast spirituelles Gewicht verliehen – so, als wäre unsere Freude ein Abendmahl für Eddie und Maggie und eine große Versammlung von Toten. Wir spürten dies beide, aber wir redeten nie darüber. Wir hatten beide Angst, dass es die Freude töten würde, für die wir so schwer gearbeitet batten.

Lange Zeit war es unsere Bestimmung, Freude zu zeigen – Freude am anderen, indem jeder seine Einsamkeit mit dem andern teilte. Wir zankten uns liebevoll, was meistens damit endete, dass wir lachend im Bett lagen und Lorna ihre Hand auf meinen Mund drückte, während sie kreischte: »Nein, nein, erzähle mir lieber eine Geschichte!«

Ich erzählte ihr Geschichten, und sie erzählte mir Geschichten, und allmählich verwischten sich die Unterschiede zwischen ihren Geschichten und meinen. Unsere Geschichten wurden ein riesiges Panorama von Erfahrung und mehr als nur ein bisschen Fantasie.

Denn irgendwie verloren wir uns in unserer Verschmelzung als eigenständige Persönlichkeiten aus den Augen. Und das machte uns merkwürdigerweise zu einer leichten Beute für die lange verdrängten Toten.

16

Ganz allmählich lebten wir uns auseinander, es war sinnlos, nach Gründen zu suchen und Schuld zu verteilen. Es war nur eine Reihe von unterschwelligen Verstimmungen. Zu viel gegeben und zu viel genommen; zu viel Zeit ohne den andern verbracht; zu viele fantastische Eigenschaften auf den anderen projiziert. Zu viel Hoffnung und zu viel Stolz und zu wenig Bereitschaft, sich zu ändern.

Und zu viel Grübeln auf meiner Seite. Das sagte ich Lorna im Frühjahr 1954. »Unsere Gedanken sind ein Fluch, Lorna. Ich möchte meine Muskeln gebrauchen und nicht mein Hirn.« Lorna sah von ihrem Frühstückskaffee auf und kratzte geistesabwesend meinen Arm. »Nur zu. Du hast doch immer gesagt: ›Denk nicht‹, erinnerst du dich?«

Die Arbeit als Bauarbeiter und später als Maurer war stumpfsinnig und erheiternd. Die Männer, mit denen ich arbeitete und Bier trank, waren vital und roh. Aber Lorna war entsetzt, als ich acht Monate lang bei dieser Arbeit blieb und sie mir immer besser gefiel. Sie dachte, meine Geisteskraft würde verschwinden, die ich so dringend zum Schweigen bringen wollte. Und ihre Verstimmung wuchs. Sie konnte die Anomalie nicht mehr ertragen, als erfolgreiche Anwältin mit einem Arbeiter verheiratet zu sein. Mit einem ehemaligen Polizisten, dem kommunistische Umtriebe vorgeworfen wurden, ja; mit einem arbeitenden Zombie, nein, Ich bemerkte den Widerspruch, dass eine Fürsprecherin des »Arbeiters« den nämlichen in ihrem eigenen Haushalt verschmähte.

»Ich hab keinen Kellenträger geheiratet«, sagte Lorna kalt.

Ich fing an, zu überlegen, wen sie eigentlich geheiratet hatte. Ich fing an, zu überlegen, wen ich geheiratet hatte. Ich fühlte eine Hohlheit, eine Niedergeschlagenheit, die fünfzigmal schlimmer war als Angst. Aber ich blieb dabei: Energisch fuhr ich fort, mit der Arbeit am Bau und durch das Golfspiel mindestens so viel zu verdienen wie Lorna als Anwältin.

Wir teilten uns die Haushaltskosten, und jeder steuerte monatlich einen Betrag für unsere Spar- und Girokonten bei. Am Ende eines jeden Monats machten wir unsere Buchhaltung, dann schüttelte Lorna immer den Kopf wegen der traurigen Ausgewogenheit. Bei diesen Sitzungen spielten wir immer ein bestimmtes Spielchen. Wir teilten uns die Ausgaben halbe-halbe, aber ich würde für alles aufkommen, außer für Night Train. Lorna mochte ihn einigermaßen, fand aber meine noble Geste an Wacky und die Vergangenheit obszön. Sie war der Ansicht, Hunde gehörten auf eine Farm. »Und das Biest ist deine Last«, sagte sie immer, wenn wir unseren Bürokram erledigt hatten.

Eines Tages im Frühjahr 1955 machte sie ihre Witze nicht wie gewohnt. Sie war abwesend und verärgert an jenem Tag. Als ich sie ansah und ihr ein Stichwort geben wollte, warf sie mir einen Haufen Papier ins Gesicht und schrie: »Es ist so gottverdammt leicht für dich! Gottverdammt, wie kannst du nur mit dir leben? Weißt du, wie hart ich arbeiten muss, um mein Geld zu verdienen? Weiß du das, Freddy, gottverdammt'? Findest du es nicht schlimm, dass ich acht Jahre auf die Universität gegangen bin, um Anwältin zu werden und den Leuten zu helfen, während alles, was du tust, darin besteht, einen Hammer zu schwingen und Golfbälle zu schlagen? Du gottverdammter Schnorrer!«

Zum ersten Mal empfand ich mein Ehegelöbnis als Last. Ich merkte, ich könnte niemals der Mann sein, den Lorna wollte. Und zum ersten Mal war es mir egal, weil die Lorna des Jahres 1955 nicht die Lorna war, die ich 1951 geheiratet hatte. Es juckte mich, alles abzubrechen und alles in die Luft zu jagen.

Als meine Liebe zu Lorna in diesen ärgerlichen, schrecklichen Stau kam, wühlte mich etwas auf, was ich nur das Wunder nennen konnte. Das Wunder.

Jahre waren vergangen. Mit dem Ende des Koreakrieges und der Absetzung von Joe McCarthy wurde das politische Klima im Lande ein bisschen besser. Die Zeit schien neue Wunden bei mir aufzureißen und meine alten zu heilen. Wenn Lorna der Ersatz für das Wunder war, dann war jetzt vielleicht die Zeit, die Dinge wieder umzukehren.

Ich wusste, dass ich nie wieder als Polizist würde arbeiten können, also bewarb ich mich um eine Lizenz als Privatdetektiv im Staate Kalifornien. Ich wurde abgelehnt. Ich bewarb mich als Versicherungsdetektiv bei über dreißig Versicherungsgesellschaften und wurde von allen abgelehnt. Also schlug ich weiterhin Tausende von Golfbällen und rief mir die Dreieinigkeit meiner Jugend zurück: die Arbeit bei der Polizei, Golf und Frauen. Frauen. Das Wort allein biss mich wie ein Raubtier aus dem Dschungel und erfüllte mich mit giftiger Schuld und Erregung.

Eines Nachts ging ich in eine Bar in Ocean Park und machte eine Frau an. Der alte Schmäh und die alten Tricks funktionierten immer noch. Ich nahm sie mit in ein Motel in der Nähe meiner alten Wohnung in Santa Monica. Wir liebten uns und redeten. Ich erzählte ihr, dass meine Ehe am Ende wäre. Sie hatte Verständnis;

ihr war es auch so ergangen, und jetzt »nahm sie, was sie kriegen konnte«.

Am Morgen fuhr ich sie zu ihrem Wagen, dann fuhr ich heim zu meiner Frau im Laurel Canyon. Sie fragte mich nicht, wo ich die ganze Nacht gewesen war. Das brauchte sie nicht.

Ich tat es immer wieder und kostete die Kunst und die Technik aus, für kurze Zeit in ein anderes einsames Leben einzudringen. Lorna wusste es natürlich, so befanden wir uns in einem stillen Zermürbungskrieg: Gespräche von übertriebener Höflichkeit, komische Liebesversuche und stille, gegenseitige Vorwürfe.

Unerklärlicherweise hörte meine Schürzenjägerei so abrupt auf, wie sie begonnen hatte. Ich saß irgendwo in einer Bar und trank ein Bier und sah mir die Kellnerinnen an, als ich von der gleichen unheimlichen Stille überfallen wurde, die an dem Tag, an dem ich meinen Dienst quittiert hatte, in dem Bewässerungsfeld über mich gekommen war. Dieses Mal brach ich nicht zusammen, ich wurde nur durchströmt von einem unglaublichen, unaussprechlichen Gefühl, das ich nur als Leere bezeichnen kann.

Ich versuchte, es Lorna zu erklären: »Ich kann's dir nicht erklären, Lorna. Es ist ein Gefühl, wie, nun, es ist mystisch, wahrhaftig, fantastisch, es ist viel größer als wir oder irgendwas. Es ist ein Gefühl der Verpflichtung, Verpflichtung zu irgendetwas sehr Vagem, aber es ist anständig und gut. Und es ist nicht das Wunder.«

Lorna schnaubte. »O Gott, Freddy. Wirst du jetzt religiös?«

»Nein, das ist es nicht. Es ist ganz anders.«

Ich suchte nach Worten und Gesten, fand aber keine. Ich sah Lorna an, die zuckte nur verächtlich die Schultern.

In der folgenden Woche fand ich heraus, dass Lorna einen Liebhaber hatte. Er war ein älterer Mann, einer der Partner in ihrer Anwaltskanzlei. Ich sah sie in einem Restaurant in Beverly Hills, wie sie Händchen hielten und sich anturtelten. Mein Blickfeld verdunkelte sich, als ich auf ihren Tisch zuging. Obwohl es völlig unsinnig war, riss ich den Mann an seiner Krawatte zu Boden, leerte ihm einen Kübel Eiswasser ins Gesicht und warf ihm eine Platte Hummer hinterher.

»Verklagen Sie mich, Anwältin«, sagte ich der schockierten Lorna.

Ich zog mit meinem Hund, meinen Golfschlägern und meinen paar Sachen in eine Wohnung in West Los Angeles. Ich zahlte die Miete drei Monate im Voraus und überlegte, was zum Teufel ich tun sollte.

Lorna fand meine Adresse heraus und reichte die Scheidung ein. In Anwesenheit des Überbringers zerriss ich den Scheidungsantrag. »Sagen Sie Mrs. Underhill, niemals«, sagte ich ihm.

Lorna fand auch meine Telefonnummer heraus und rief mich an. Erst drohte sie, dann bat sie mich um die Auflösung unserer Ehe.

»Niemals«, sagte ich zu ihr. »Ehen, die in Tijuana geschlossen wurden, sind lebenslängliche Verträge.«

»Gottverdammt, Freddy, es ist aus! Kannst du das nicht einsehen?«

»Nichts ist jemals aus«, schrie ich zurück, dann warf ich das Telefon aus meinem Wohnzimmerfenster.

Ich hatte mich zwar nicht ganz unter Kontrolle, aber ich hatte recht. Es war eine prophetische Bemerkung. Drei Tage später war der 23. Juni 1955. Das war der Tag, an dem ich von der toten Krankenschwester hörte.

IV
DAS VERBRECHEN AN MARCELLA

17

Am Anfang waren die Zeitungsberichte düster und desinteressiert. Nur ein weiterer Mord, schienen die Berichte zu sagen.

Aus dem Los Angeles *Herold Express* vom 23. Juni 1955:

KRANKENSCHWESTER IN EL MONTE TOT AUFGEFUNDEN

Attraktive, geschiedene Mutter wurde erwürgt
Pfadfinder und ihr Anführer machen grausame Entdeckung

El Monte, 22. Juni – Eine Gruppe Pfadfinder und ihr Führer machten am frühen Sonntagmorgen eine grausige Entdeckung, als sie von einem Campingausflug in den San-Gabriel-Bergen zurückkehrten. Als sie an der Arroyo High School in der South Road vorbeikamen, sah einer der Pfadfinder, Danny Johnson, 12 Jahre alt, einen Arm aus einem Gebüsch ragen, das sich am Zaun des Schulgeländes befindet. Er machte seinen Führer, James Pleshette, 28, aus Sierra Madre darauf aufmerksam. Pleshette machte sich an die Überprüfung und entdeckte die nackte Leiche einer Frau. Er rief sofort die Polizei in El Monte an.

Bericht im Radio

Die Polizei traf am Schauplatz ein und gab umgehend eine Beschreibung der Frau an alle Fernseh- und Radiostationen in Los Angeles durch, Glücklicherweise erhielt sie eine schnelle Antwort. Mrs. Gaylord Wilder aus El Monte sagte, die Beschreibung träfe auf ihre Mieterin, Mrs. Marcella Harris, zu, die seit Freitagabend vermisst war. Mrs. Wilder wurde ins Leichenschauhaus gebracht, wo sie die tote Frau als Mrs. Harris identifizierte.

Gute Mutter

Mrs. Wilder fing an zu weinen, als sie die Leiche sah. »Mein Gott, was für eine Tragödie!«, sagte sie. »Marcella war so eine gute Frau. Eine gute Mutter, die sich für ihren Sohn aufopferte.« Mrs. Harris, 43 Jahre alt, war von ihrem Ehemann William »Doc« Harris schon seit einigen Jahren geschieden. Sie haben einen neunjährigen Sohn, der das Wochenende bei seinem Vater verbrachte. Als er benachrichtigt wurde, sagte Harris (der als Täter nicht in Frage kommt): »Ich hoffe sehr, dass die Polizei den Mörder meiner Frau bald finden wird.« Der neun Jahre alte Michael ist sehr verwirrt und lebt jetzt bei seinem Vater in Los Angeles. Mrs. Harris arbeitete als leitende Krankenschwester bei Packard-Bell Electronics in Santa Monica. Sowohl die Polizei von El Monte als auch der Sheriff vom Los Angeles County haben eine groß angelegte Fahndung eingeleitet.

Ich saß da und überlegte, ich fühlte mich merkwürdig ruhig, doch von einer prickelnden Spannung erfasst, als ich die Zeitung hinlegte. Es war alles schon zu lang her, sagte ich mir, zu weit weg, eine zu prosaische Art des Mordes. Nur ein Trugschluss. Ich wollte nicht wieder das Opfer von logischen Trugschlüssen werden.

Ich brauchte statistische Daten, und die einzige Person, von der ich wusste, dass sie sie mir beschaffen könnte, war ein in Verbrechensdingen versierter Angestellter in Lornas Kanzlei. Ich rief das Büro an und erreichte ihn. Die Frau an der Vermittlung erkannte meine Stimme und zeigte mir die kalte Schulter, aber sie verband mich trotzdem. Wir tauschten ein paar Minuten lang Höflichkeiten aus, dann fragte ich ihn: »Bob, was sagt die Statistik aus über Frauenmorde, bei denen der Mörder das Opfer nicht kannte?«

Bob musste nicht lange überlegen: »Nichts Besonderes, meistens schnappen sie die Mörder schnell. Bargeschichten, Betrunkene, die Prostituierte erwürgen, so was. Sehr oft ist der Mörder reumütig, gesteht und kriegt dann weniger Jahre. Ist das eine rhetorische Frage, Fred?«

»Ja, rein rhetorisch. Und was ist mit vorsätzlichen Frauenmorden durch Erwürgen?«

»Psychopathen eingeschlossen?«

»Nein, relativ normale Geistesverfassung beim Mörder vorausgesetzt.«

»Relativ normal, das ist schwierig. Sehr selten, mein Junge, wirklich sehr selten. Um was geht's denn?«

»Es geht um einen Exbullen, der zu viel Zeit hat. Vielen Dank, Bob. Wiederhören.«

Am Abend sah ich fern, aber die Berichterstattung war dürftig. Das Gesicht der toten Frau wurde kurz auf dem Bildschirm gezeigt, ein Foto, das vor ungefähr zwanzig Jahren bei der Abschlussfeier der Schwesternschule gemacht worden war. Marcella

Harris war eine sehr gut aussehende Frau gewesen: hohe, kräftige Backenknochen, große, weite Augen und ein entschlossener Mund.

Der Ansager sagte mit düsterer Stimme, alle Bürger, die »der Polizei helfen könnten«, möchten die Kriminalabteilung beim Sheriff des Los Angeles County anrufen. Eine Telefonnummer wurde für ein paar Sekunden am unteren Rand des Bildschirms eingeblendet, dann kam ein Werbespot für Gebrauchtwagen. Ich schaltete das Fernsehgerät aus.

Ich fing an, alle Zeitungsartikel zu sammeln, die ich zu dem Mordfall finden konnte. Am Dienstag war der Fall Harris auf der dritten Seite angelangt.

Aus der *Los Angeles Times* vom 24. Juni 1955:

DIE LETZTEN STUNDEN DER TOTEN KRANKENSCHWESTER REKONSTRUIERT

Los Angeles, 24. Juni – Marcella Harris, die am Sonntagmorgen in El Monte erwürgt aufgefunden wurde, wurde zuletzt in einer Bar am nahe gelegenen Valley Boulevard gesehen. Die Polizei gab heute bekannt, dass Augenzeugen die attraktive rothaarige Krankenschwester in »Hanks Hot Spot«, einer Bar am Valley Boulevard am South El Monte, gesehen hätten, zwischen 8 Uhr und 11.30 Uhr Samstagabend. Sie verließ das Lokal allein, war aber zuvor beobachtet worden, wie sie sich mit einem dunkelhaarigen Mann in den Vierzigern und einer blonden Frau Ende zwanzig unterhielt. Die Zeichner der Polizei sind gerade dabei, Phantombilder der beiden anzufertigen, die bis heute die einzigen Verdächtigen in dem grausamen Mordfall sind.

VATER UND SOHN VEREINT

»Für Michael wird es immer ein Trauma bleiben, dessen bin ich sicher«, sagte William »Doc« Harris, ein gut aussehender Mann Ende fünfzig, gestern. »Aber ich weiß, dass ich ihm die Liebe ersetzen kann, die er durch den Tod seiner Mutter verloren hat.« Liebevoll verstrubbelte Harris das Haar seines neunjährigen Sohnes. Michael, ein hochgeschossener Junge mit Brille, sagte: »Ich hoffe sehr, dass die Polizei den Kerl schnappt, der meine Mummy getötet hat.«

Die Wohnung von Harris bot einen friedlichen, aber traurigen Anblick. Traurig, weil die Polizei machtlos ist, etwas gegen die Trauer eines mutterlosen neunjährigen Jungen zu tun. Der Sprecher der Polizei von El Monte, Sergeant A.D. Wisenhunt, sagte: »Wir unternehmen alles in unserer Macht Stehende, um den Mörder zu fangen. Wir wissen nicht, wo Mrs. Harris getötet wurde, aber wir glauben, dass es in der Gegend von El Monte war. Der Gerichtsmediziner hat den Zeitpunkt ihres Todes zwischen zwei Uhr morgens und fünf Uhr morgens festgelegt, und die Pfadfinder fanden sie um 7.30 Uhr. Unsere Beamten verbreiten gerade Phantombilder der Leute, mit denen Mrs. Harris zuletzt gesehen wurde. Wir müssen Geduld haben – nur sorgfältige Polizeiarbeit kann diesen Fall lösen.«

Auf der einen Seite kam ich mir verrückt vor, die Berichte über diesen »Fall« in der Zeitung auch nur zu lesen, aber zum anderen schrie etwas in mir, als mir die Worte »Bar« aus der Zeitung ins Gesicht sprangen. Einige Stunden lang hämmerte ich innerlich auf mich ein. Ich überlegte hin und her, bis ich mir klar war, ich würde keinen Augenblick mehr Ruhe finden, wenn ich dem Drang nicht nachgab. Ich hob das Telefon ab und rief Sergeant Reuben Ramos bei Rampart an.

»Reuben, hier ist Fred Underhill.«

»Jesus, Maria und Josef, wo zum Teufel hast du gesteckt?«

»Ich war weg.«

»Das ist wohl klar, Mann. Jesus, Maria, hast du in der Scheiße gesteckt? Was ist passiert? Ich habe tonnenweise Gerüchte gehört, aber das klang alles nicht so ganz echt.«

Ich seufzte. Ich hatte nicht damit gerechnet, mit einem ehemaligen Kollegen über die Vergangenheit zu plaudern. »Ich hab den falschen Mann geschnappt, Reuben, und die Polizei hat mich schlecht aussehen lassen, um die Last von sich zu halten. Das ist alles.«

Reuben nahm es mir nicht ab. »Ich geb' mich mal vorläufig damit zufrieden, Mann«, sagte er skeptisch, »aber was ist los? Soll ich dir einen Gefallen tun?«

»Stimmt. Stimmt. Ich brauch' jemand, der für mich mal im Register was nachschlägt.« Reuben seufzte. »Arbeitest du jetzt als Amateur?«

»Irgendwie schon. Bist du so weit?«

»Schieß los.«

»Marcella Harris, weiß, weiblich, 43 Jahre alt.«

»Ist das nicht die tote Dame von …«

»Ja«, fiel ich ein. »Kannst du sie mal überprüfen und mir so bald wie möglich Bescheid geben?«

»Du verrückter Hund«, sagte Reuben und hängte auf.

Das Telefon klingelte fünfundvierzig Minuten später, ich sprang nach ihm und bekam es noch beim ersten Klingeln zu fassen.

»Fred? Reuben. Nimm einen Bleistift.«

Ich hatte schon einen in der Hand. »Schieß los, Reuben.«

»Okay. Marcella Harris. Mädchenname DeVries, geboren in Tunnel City, Wisconsin, am 15. April 1912. Grüne Augen, rote Haare, 1,70 cm groß, 125 Pfund, Krankenschwester, Dienst bei der Marine 1941 bis 1946, als Lieutenant entlassen. Ziemlich beeindruckend, was? Und jetzt kommt's: 1948 Verhaftung wegen Besitzes von Marihuana. Klage abgewiesen. 1950 Verhaftung wegen des Verdachts auf Hehlerei. Klage abgewiesen. 1946 zweimal wegen Trunkenheit festgenommen, einmal 1947, dreimal 1948, einmal 1949 und 1950. Ganz nett, was?«

Ich pfiff. »Ja. Interessant.«

»Was hast du mit diesen Informationen vor, Mann?«

»Ich weiß nicht. Reuben.«

»Sei vorsichtig, Freddy, mehr kann ich dazu nicht sagen. Irgendeine Schnepfe ist in El Monte erwürgt worden, und ... Freddy, das hat mit den anderen Geschichten nichts zu tun. Das ist aus und vorbei, Mann.«

»Wahrscheinlich.«

»Sei vorsichtig. Du bist kein Bulle mehr.«

»Danke, Reuben«, sagte ich und hängte ein. Am nächsten Morgen stand ich früh auf, zog einen leichten Anzug an und fuhr auf dem Santa Maria Freeway nach El Monte. Ich fuhr vom smogverhangenen Los Angeles am pittoresk-schäbigen Boyle Heights und einer Reihe trostloser, halb verarmter Vororte vorbei und wurde immer erwartungsfroher, als eine aufblühende Nachkriegssiedlung nach der anderen an mir vorüberflog. Das war neues Territorium für mich, zwar noch innerhalb der Grenzen des Los Angeles County, aber irgendwie eine ganz andere Welt. Die Wohnstraßen, die ich von meinem Aussichtspunkt erblicken konnte, schienen düster in ihrer Gleichheit, der Nachkriegsaufschwung schien hier aus Enttäuschung und Unbehagen zu bestehen.

El Monte lag mitten in das San Gabriel Valley geklatscht und war von Autobahnen umschlossen, die in alle Richtungen führten. Die Berge von San Gabriel waren vom Smog überflutet und grenzten im Norden an die Stadt.

Ich nahm die Ausfahrt Valley Boulevard und fuhr nach Westen, bis ich ›Hanks Hot Spot‹ fand, der von den Zeitungen als »fröhliche Tränke« beschrieben worden war. So sah er aber nicht aus; er sah eher aus wie das, was er wahrscheinlich war: ein Treffpunkt für einsame Säufer.

Ich hielt an. Das Lokal war schon um 8.30 Uhr morgens geöffnet. Das war ermutigend. Das passte in das Drehbuch, das ich mir in Gedanken schrieb: Maggie Cadwallader und Marcella Harris, einsame Säuferinnen. Ich wischte den Gedanken weg: Nicht denken, Underhill, sagte ich zu mir, als ich den Wagen verschloss, oder diese Geschichte – die wahrscheinlich ganz zufällig ist – wird dich verschlingen.

Ich legte mir hastig eine Geschichte zurecht, als ich an der engen Bar aus imitiertem Holz Platz nahm. Das Lokal war leer, und ein einsamer Barkeeper, der bei meinem Eintritt Gläser polierte, näherte sich mir vorsichtig. Er legte eine Serviette auf die Bar und nickte mir zu.

»Ein Bier vom Fass«, sagte ich.

Er nickte wieder und brachte es mir. Ich trank. Es schmeckte bitter; ich war nicht als morgendlicher Trinker geschaffen.

Ich wollte keine Zeit durch loses Gerede verlieren. »Ich bin Reporter«, sagte ich. »Ich schreibe über Kriminalfälle, die mit der Menschliches-Interesse-Masche gestrickt sind. Vierzig Dollar sind drin für jeden, der was Vertraulich-Interessantes über diese Marcella Harris ablassen kann, die letztes Wochenende abgemurkst wurde.« Ich holte meinen Geldbeutel, der voller Zwanziger war, raus und wedelte dem Barkeeper damit vor dem Gesicht herum. Er sah beeindruckt aus. »Also, wirklich vertraulich«, fügte ich hinzu und zwinkerte ihm zu. »Die Sachen, die man so an der Bar hört und die diesen Beruf so interessant machen.«

Der Barkeeper schluckte, sein Adamsapfel kreiste nervös in seinem drahtigen Hals. »Ich hab den Bullen schon alles gesagt, was ich über diesen Abend weiß«, sagte er.

»Erzählen Sie mir etwas«, sagte ich, nahm einen Zwanziger aus meinem Geldbeutel und legte ihn unter meine Serviette.

»Nun«, sagte der Mann an der Bar, »also diese Harris kam an jenem Abend ungefähr um halb acht hier rein. Sie bestellte sich einen doppelten Early Times. Sie spülte ihn praktisch runter. Sie bestellte sich noch einen. Sie saß hier an der Bar ganz allein. Sie spielte ein paar Nummern aus der Musikbox. Um halb neun ungefähr kommen dieser schmierige Kerl und diese blonde Frau mit Pferdeschwanz rein. Die unterhalten sich ein bisschen mit der Harris, und dann nehmen sie alle an einem Tisch Platz. Der Kerl trinkt Rotwein und der Pferdeschwanz Seven Up. Diese Harris ging vor ihnen, ungefähr um elf. Der Schmierige und der Pferdeschwanz gingen zusammen ungefähr um Mitternacht. Das ist alles.«

Ich zog den Zwanziger ein paar Zentimeter aus seinem Versteck hervor. »Glauben Sie, Marcella Harris hatte diese beiden schon gekannt, oder haben die sich hier einfach getroffen?«

Der Barkeeper schüttelte den Kopf. »Die Bullen haben mich schon das Gleiche gefragt, mein Freund, ich hab keinen Schimmer.«

Ich wechselte die Richtung: »Kam Marcella Harris regelmäßig hierher?«

»Eigentlich nicht. Sie kam ab und zu.«

»Hat sie sich abschleppen lassen? Ist sie mit vielen verschiedenen Männern hier rausgegangen?«

»Hab ich nicht bemerkt.«

»Okay. Hat sie viel geredet?«

»Eigentlich nicht.«

»Haben Sie sich je mit ihr länger unterhalten?«

»Manchmal. Ich weiß nicht genau, ein- oder zweimal.«

»Aha. Und über was haben Sie geredet?«

»Kleinigkeiten. Wissen Sie ...«

»Und was sonst noch?«

»Nun ... einmal hat sie mich gefragt, ob ich Kinder habe. Ich sage Ja. Dann fragt sie mich, ob ich Schwierigkeiten mit ihnen habe, und ich sage, ja, das Übliche. Dann fängt sie an, mir von dem wilden Jungen zu erzählen, den sie hat, und dass sie nicht mehr weiß, was sie mit ihm anstellen soll, dass sie diese ganzen Bücher gelesen hat und immer noch nicht weiß, was sie tun soll.«

»Was war los mit dem Jungen?«, fragte ich.

Der Barkeeper schluckte und scharrte mit den Füßen, ein kleiner Verlegenheitstanz. »Ah, kommen Sie, Mister«, sagte er.

»Nein, kommen Sie.« Ich stopfte den Zwanziger in seine Hemdtasche.

»Nun«, sagte er, »sie sagte, der Junge würde sich prügeln, schmutzig daherreden ... und ... vor all den andern Kindern die Hosen runterlassen.«

»Ist es das?«

»Ja.«

»Haben Sie der Polizei davon erzählt?«

»Nein.«

»Warum?«

»Weil sie mich nicht danach gefragt haben.«

»Das klingt einleuchtend«, sagte ich, dann dankte ich dem Mann und ging wieder nach draußen zu meinem Wagen.

Ich sah die ganzen Zeitungen durch, die ich gesammelt hatte, und fand die Anschrift von Marcella Harris in der Montagausgabe des *Mirror*: Maple Avenue 467, El Monte. Ich brauchte nur fünf Minuten dorthin.

Auf der Fahrt dorthin ließ ich meine Blicke über El Monte schweifen. Die Wohnstraßen waren ungeteert, und die Gebäude bestanden aus hässlichen, würfelförmigen Mehrfamilienhäusern und unterteilten Farmhäusern. Dazwischen waren Abstellplätze für Autos, Überbleibsel aus der Zeit, als dies noch offenes Land war.

Ich parkte Ecke Claymore und Maple. Das Haus Nummer 467 lag direkt an der Ecke, gegenüber von meinem Parkplatz. Zwei kleine Holzhäuser standen in einem großen Vorgarten, der von einer schulterhohen Steinmauer umgeben war. Beide Häuser sahen gepflegt aus, und ein junger Beagle tollte im Garten herum.

Die Wirtin wollte ich mir nicht vornehmen – sie war wahrscheinlich häufig von der Polizei über ihre frühere Mieterin befragt worden –, deshalb saß ich nur im Wagen und dachte nach. Endlich hatte ich es, ich holte eine Aktentasche aus meinem Kofferraum und ging los. Die Schulen hatten vor Kurzem wegen der Sommerferien geschlossen, und die Kinder spielten in ihren Vorgärten und schienen sich über ihre Freiheit zu freuen. Ich winkte ihnen zu, als ich die Maple hinunterging, und erhielt leicht misstrauische Blicke als Antwort. Mein knackiger Sommeranzug war offensichtlich nicht die Standardtracht von El Monte.

Ungefähr hundert Meter vor mir war die Maple Avenue zu Ende. An dieser Stelle spielten einige Jungen gerade Baseball. Die Jungen kannten den kleinen Harris wahrscheinlich, also entschloss ich mich, sie anzusprechen.

»Hallo, Männer«, sagte ich.

Das Spiel stoppte abrupt, als ich durch ihr behelfsmäßiges Spielfeld ging. Ich empfing misstrauische Blicke, feindliche Blicke und neugierige Blicke. Es waren sechs Jungen, alle trugen weiße T-Shirts und Bluejeans. Einer der Jungs stand auf einem Mal und warf den Ball zum nächsten Mal. Ich ließ meine Aktentasche fallen, rannte und machte einen gewagten Sprung, um den Ball zu fangen. Ich ließ den Ball absichtlich fallen und landete auf dem Boden. Beim Aufstehen zog ich eine große Schau ab. Die Jungen standen um mich herum, als ich meine Hosen abbürstete.

»Ich schätze, ich bin nicht Ted Williams, Männer«, sagte ich. »Wahrscheinlich bin ich zu alt. Früher war ich ein erstklassiger Feldspieler.«

Einer der Jungen grinste mich an. »Das war trotzdem ein ganz toller Versuch, Mister«, sagte er.

»Danke«, antwortete ich. »Himmel, ist das heiß heute hier. Und staubig. Geht ihr Kerle denn nie an den Strand?«

Die Jungen fingen alle an, durcheinanderzuschreien: »Nee, aber wir gehen ins Freibad.« – »Der Strand ist zu weit weg und voller Bierdosen. Mein Dad hat uns mal mitgenommen.« – »Wir spielen Baseball.« – »Ich werf so gut wie Bob Lemon.« – »Wolln Se mich mal werfen sehn?«

»Hey, hey! Langsam«, sagte ich. »Und was ist mit den Pfadfindern? Macht ihr mit denen manchmal Ausflüge?«

Die Antwort auf meine Frage war Schweigen. Alle wandten ihre Gesichter nach unten. Ich hatte einen Nerv getroffen.

»Was ist los, Männer?«

»Ach, eigentlich nichts«, sagte ein großer Junge, »aber meine Mummy hat die Pfadfinder richtig madig gemacht wegen etwas, wofür sie gar nichts können.«

»Ja.« – »Ja.« – »Ein echter Beschiss«, stimmten die anderen Jungen ein.

»Was ist passiert?«, fragte ich unschuldig. »Also«, sagte ein großer Junge, »es war unsere Truppe, die die tote Frau gefunden hat.«

Ich warf den mitgenommenen Ball in die Luft und fing ihn auf. »Das ist aber schade. Meint ihr Mrs. Harris?«

»Ja«, sagten sie alle fast gleichzeitig.

Ich ging behutsam vor, obwohl ich wusste, dass die Jungen darüber reden wollten. »Sie hat hier in dieser Straße gewohnt, nicht wahr?«

Die Antwort war gewaltig. »Oh! Ja, Sie hätten sie sehen sollen, Mister. Ganz nackt. Oh!« – »Ja, zum Kotzen.« – »Ja.«

Ich warf dem schweigsamsten der Jungen den Ball zu. »Hat einer von euch Mrs. Harris gekannt?« Es herrschte verlegenes Schweigen.

»Meine Mami hat mir gesagt, ich soll nicht mit Fremden reden«, sagte der ruhige Junge.

»Mein Daddy hat mir gesagt, ich soll über niemanden etwas Schlechtes sagen«, sagte ein anderer.

Ich gähnte und tat so, als sei ich verärgert. »Nun, ich war bloß neugierig«, sagte ich. »Vielleicht reden wir später noch mal miteinander. Ich bin der neue Baseballtrainer in der Arroyo High School. Auf mich macht ihr einen ganz guten Eindruck. In ein paar Jahren werdet ihr wahrscheinlich in meiner Mannschaft sein.« Ich tat so, als wollte ich gehen.

Das waren genau die richtigen Worte gewesen, eine Salve von »Ahs« und »Ohs« war die Antwort.

»Was ist denn so schlimm an Mrs. Harns?«, fragte ich einen Jungen.

Er starrte auf seine Füße, dann sah er mich mit verwirrten

blauen Augen an. »Mein Daddy sagt, er hätte sie ganz oft in Medina Court gesehen. Er sagte, keine anständige Frau würde da irgendetwas zu tun haben. Er sagte, sie wäre eine schlechte Mutter, deswegen würde sich Michael so merkwürdig benehmen.« Die Jungen wichen von mir zurück, als ob der Geist seines Vaters hier erschienen wäre.

»Mal langsam, Freunde«, sagte ich, »ich bin neu hier in der Gegend. Was ist so schlimm an Medina Court? Und was ist los mit Michael? Was ich in der Zeitung über ihn gelesen habe, klang recht gut.«

Ein rothaariger Junge, der einen Fanghandschuh trug, antwortete ganz offen: »Medina Court ist das Mexikanerviertel. Illegale Einwanderer – ganz gemeine. Mein Dad sagt, ich sollte niemals nie dahin gehen, die würden die Weißen hassen. Es ist gefährlich da.«

»Mein Dad trägt in Medina die Post aus«, sagte einer. »Er sagt, er hätte Mrs. Harris da unanständige Dinge tun sehen.«

Mich fröstelte. »Und was ist mit Michael?«, fragte ich.

Keine Antwort. Mein Ausdruck und mein Benehmen mussten sich irgendwie geändert haben, die jugendlichen Ballspieler sahen aus, als hätte sie ein sechster Sinn alarmiert.

»Ich muss gehen«, sagte der ruhige Junge.

»Ich auch«, quiekte ein anderer.

Bevor ich bis drei zählen konnte, rannten sie alle die Maple Avenue hinunter und warfen mir über die Schultern verstohlene Blicke zu. Nur Augenblicke später schienen sie alle in staubigen Vorgärten zu verschwinden. Sie ließen mich auf der Straße stehen, und ich wollte wissen, was zum Teufel passiert war.

Medina Court erstreckte sich nur über einen Block.

Eine angelaufene Blechplakette, die in den brüchigen Gehsteig eingelassen war, erklärte den Grund: Die Straße und die vierstöckigen Mietshäuser, die sie beherrschten, waren 1885 gebaut worden, um chinesische Eisenbahnarbeiter zu beherbergen.

Ich parkte meinen Wagen an der Böschung von Peck Road – dem einzigen Zugang nach Medina Court – und sah mich um. Die Gebäude waren offensichtlich einmal weiß gestrichen gewesen, jetzt waren sie so graubraun wie die Smogplage, die die Sommerluft verpestete. Ein halbes Dutzend war niedergebrannt, und die verkohlten Reste waren nie entfernt worden. Mexikanische Frauen und Kinder saßen auf den Eingangstreppen ihrer abblätternden, von der Sonne gebackenen Unterkünfte und suchten Befreiung vom kochend heißen Inneren.

Abfall bedeckte die staubige Straße, die durch Medina Court führte, und Vorkriegsschlitten lagen tot zu beiden Seiten. Mariachi-Musik quoll aus dem Inneren einiger Häuser und wetteiferte mit hohen spanischen Stimmen. Ein ausgemergelter Hund humpelte an mir vorbei, knurrte flüchtig und sah mich hungrig an. Die Armut und die Niederträchtigkeit von Medina Court war überwältigend.

Ich musste den Vater des einen Jungen finden, einen Briefträger, also sah ich in den Einfahrten der Gebäude nach, ob die Post schon zugestellt worden war. Die Briefkastenanlage war in allen Häusern identisch – ganze Reihen von metallenen Boxen, auf denen schlecht lesbare spanische Nachnamen und Wohnungsnummern standen. Ich überprüfte drei Häuser auf jeder Seite der Straße und erntete dabei eine Menge böser Blicke. Die Briefkästen waren leer. Ich hatte Glück.

Medina Court endete als Sackgasse in einer Mischung aus Wiese und Autofriedhof, wo ein Knäuel zerlumpter, aber glücklich scheinender mexikanischer Kinder Fangen spielten. Ich ging zurück zur Peck Road und war dankbar, dass ich nicht hier wohnte.

Ich wartete drei Stunden und beobachtete die Szene, die an mir vorüberzog: alte Penner, die im Schutt der abgebrannten Häuser stocherten und sich ein schattiges Plätzchen suchten, um aus ihren Flachmännern zu trinken; dicke mexikanische Weiber, die ihre schreienden Kinder die Straße hinunterjagten; endlose Zankereien zwischen Männern in T-Shirts voller obszöner Sprüche auf Englisch und Spanisch; zwei Faustkämpfe und eine stete Parade von Kerlen, die in ihren aufgemotzten Schlitten durch die Straße gondelten.

Als um ein Uhr die Sonne in ihrem drückenden Zenit stand und die Temperatur ungefähr 37 Grad im Schatten betrug, kam ein müde und niedergeschlagen aussehender Briefträger nach Medina Court herein. Mein Herz machte einen kleinen Freudensprung – er war das genaue Abbild des blonden Jungen. Er ging in das »Foyer« der ersten Mietskaserne auf der südlichen Straßenseite, und ich wartete auf ihn auf dem Gehsteig.

Er wurde munter, als er mich dastehen sah, einen seriösen Weißen in Anzug und Krawatte. Er lächelte; das nervöse, bissige Lächeln eines, der sich nach Gesellschaft sehnt. Er betrachtete mich von oben bis unten. »Polizist?«, fragte er.

Ich bemühte mich, überrascht zu klingen: »Nein, warum fragen Sie?«

Der Postbote lachte und warf seinen ledernen Postsack von einer Schulter auf die andere. »Weil jeder Weiße, der über 1,80 groß ist, einen Anzug trägt an so 'nem Tag wie heute in Medina Court, weil der einfach Polizist sein muss.«

Ich lachte. »Falsch, aber nahe dran. Ich bin Privatdetektiv.« Ich lieferte ihm keinen Beweis dafür, weil ich einfach keinen hatte.

Der Briefträger pfiff; ich bekam einen Hauch von seinem Schnapsatem. Ich streckte die Hand aus. »Herb Walker«, sagte ich.

Der Briefträger ergriff sie. »Randy Rice.«

»Ich brauche ein paar Informationen, Randy. Können wir ein bisschen reden? Darf ich Sie zu einem Bier einladen? Oder dürfen Sie im Dienst nicht trinken?«

»Vorschriften sind dazu da, umgangen zu werden«, sagte Randy Rice. »Warten Sie hier. Ich trag meine Post aus, und dann treffen wir uns in zwanzig Minuten.«

Er hielt sein Wort, und eine halbe Stunde später war ich in einer schäbigen Bar in der Nähe des Freeways und hörte höflich Randy Rice zu, der mir seine Theorie von der »illegalen Immigranten-Plage Amerikas« erläuterte.

»Ja«, fiel ich ihm schließlich ins Wort, »und es ist ein hartes Leben für einen weißen Arbeiter. Glauben Sie mir, ich weiß Bescheid. Ich bin jetzt da an diesem schwierigen Fall, und keiner der Mexikaner, mit denen ich rede, will mir eine ehrliche Antwort geben.« Randy Rice bekam Glubschaugen vor Ehrfurcht. Ich fuhr fort: »Deswegen wollte ich mit Ihnen reden. Ich dachte mir, ein intelligenter weißer Mann, der sich in Medina Court auskennt, kann mir bestimmt ein paar Hinweise geben.«

Ich bestellte Randy Rice noch ein Bier. Er spülte es runter, und sein Gesicht verzog sich zu einem Abziehbild an Gewieftheit. »Was wollen Sie wissen?«, fragte er.

»Ich hab gehört, dass Marcella Harris hier in Medina Court rumhing. Ich denke, das ist ein Scheißort für eine weiße Frau mit Kind.«

»Ich hab die Harris hier gesehen«, sagte Randy Rice, »sehr oft.«

»Woher wussten Sie, dass sie es war? Haben Sie sie auf den Bildern in der Zeitung wiedererkannt, als sie umgelegt wurde?«

»Nein, sie wohnte bei mir um die Ecke. Ich sah sie morgens zur Arbeit gehen, ich sah sie im Laden, und ich sah sie immer, wenn sie ihren Hund spazieren führte. Ich hab sie auch gesehen, wenn sie im Vorgarten mit ihrem verrückten Jungen Fangen spielte.« Rice schluckte. »Wer hat Sie angeheuert?«, platzte er heraus.

»Ihr Ex-Mann. Er hat Blut geleckt. Er glaubt, einer ihrer Freunde hat sie abgemurkst. Warum sagen Sie, dass ihr Junge verrückt ist?«

»Weil es stimmt. Dieser Junge ist das reine Gift, Mister. Erstens ist er erst neun Jahre alt und schon über 1,80 groß. Und dann hasst er die anderen Jungens. Mein Bub hat mal erzählt, dass Michael ihnen immer die Baseballspiele in der Schule versaute und alle zu Schlägereien provozierte. Und er wurde dann immer verprügelt – ich meine, er ist riesengroß, aber er kann nicht kämpfen und hat immer die Hucke voll bekommen, und dann hat er immer gelacht wie ein Wahnsinniger, und ...«

»Und vor den andern die Hose runtergelassen?«

»... ja.«

»Sie schienen nicht überrascht zu sein, als ich Marcella Harris' Freunde erwähnte.« Mit einem Wink bestellte ich dem inzwischen rotgesichtigen Rice noch ein Bier. »Erzählen Sie mir was darüber«, sagte ich. Er glotzte lüstern und sagte: »Monatelang habe ich sie hier in Medina gesehen, sie fuhr in ihrem Studebaker und hing im Deadman's Park herum.«

»Deadman's Park?«

»Ja, da, wo Medinas Sackgasse endet. Tote Hunde und tote Penner und tote Autos. Ich hab sie 'n paarmal mit Joe Sanchez auf seiner Veranda rumhängen sehen. Hat sich richtig wohl gefühlt mit ihm. Er in seinen scharfen Klamotten und sie in ihrer Schwesterntracht. Einmal kam sie mit ganz glasigen Augen aus Sanchez'

Wohnung, so, als würde sie durch Kartoffelbrei laufen, und hat mich beinah umgeworfen. Jesus, hab ich zu mir gesagt, die Dame ist voll mit Drogen. Sie ...«

Ich unterbrach Rice. »Verkauft Sanchez Drogen?«, fragte ich.

»Und ob!«, sagte Rice. »Er ist der größte Pusher im San Gabriel Valley. Ich hab schon 'ne Menge Ausgeflippte aus seinem Schuppen kommen sehen, als ob sie schwebten. Er selbst nimmt das Scheißzeug nicht, und er hat's auch nicht in Medina versteckt. Ich hab schon viele junge Kerle reden hören, was er für 'n cleverer Macker ist. Wenn Sie mich fragen, Abschaum wie Sanchez sollte man gleich auf den elektrischen Stuhl schicken.«

Ich dachte über die jüngste Information nach. »Haben Sie mit den Bullen darüber gesprochen. Randy?«, fragte ich.

»Teufel nein, geht mich ja nichts an. Sanchez hat die Harris nicht kaltgemacht, das war irgendein Verrückter. Das ist klar. Ich muss an meinen Job denken. Ich muss in Medina die Post austragen. Was Sanchez macht, ist nicht mein Bier.«

»Ist Sanchez 'n harter Brocken, Randy?«

»Er sieht nicht hart aus, nur ölig. Mexikanisch – schlau.«

»Wo wohnt er?«

»311, Medina, Nummer 61.«

»Lebt er allein?«

»Ich glaube.«

»Beschreiben Sie ihn mir doch, bitte.«

»Also, 1,73, 125 Pfund, dünn, Entenschwanzfrisur. Trägt immer Kakisachen und ein lila Seidenjackett mit 'nem Wolfskopf auf dem Rücken, sogar im Sommer. Ich schätze, er ist ungefähr dreißig.«

Ich stand auf und gab Randy die Hand. Er zwinkerte und fing noch einen ängstlichen Monolog über das Einwandererproblem an. Ich unterbrach ihn, indem ich ihm selbst zuzwinkerte und ihm auf die Schulter klopfte. Als ich die Bar verließ, hörte ich, wie er auf andere einsame Schnapsköpfe einquasselte.

Zwanzig Minuten später war ich wieder in Medina Court und stand schmachtend im Hausflur von Nr. 311. Ich überflog die Briefkastenanlage und fand Nr. 61, riss den Metallverschluss auf und fand den Kasten voller Briefe mit mexikanischen Briefmarken.

Ich verließ mich auf meine dürftigen Spanischkenntnisse, riss wahllos drei der Briefe auf und las sie. Die Briefe waren fast unleserlich, aber einen gemeinsamen Tenor konnte ich erkennen, nachdem ich alle drei gelesen hatte. Vetter Joe Sanchez war dabei, die mexikanische Seitenlinie seiner Familie nach Amerika zu schaffen, vorsichtig, einen nach dem andern, gegen eine kleine Gebühr. Die Briefe flossen über vor Dankbarkeit und Hoffnung auf ein schönes Leben in der neuen Welt. Vetter Joe wurde überschwänglich gelobt, und Geldbeträge wurden versprochen, sobald die neuen Amerikaner Arbeit gefunden hätten. Ich fing an, Vetter Joe unsympathisch zu finden.

Um halb sieben tauchte er auf, gerade als die Hammerschläge der Sonne Medina Court nicht mehr erreichten. Von den Stufen vor seinem Haus sah ich, wie ein lila Mercury, Baujahr 1950 anhielt und ein dünner Mexikaner mit lila Jacke und dumpfem Grinsen ausstieg, den Wagen sorgfältig abschloss und die Treppen hochspringend auf mich zukam. Ich hatte meine Augen in sein Gesicht gebohrt und wartete darauf, Anzeichen von Furcht oder Gewalt darin erkennen zu können, sobald er mich wahrnehmen würde. Aber als er mich sah, warf Sanchez spielerisch die Hände hoch, als wolle er sich ergeben, und sagte: »Warten Sie auf mich, Officer?« Dabei zeigte er sein breites Grinsen.

Ich grinste zurück. »Ich weiß, dass du sauber bist, Joe. Du bist immer sauber. Ich wollte nur 'n bisschen mit dir reden.«

Sanchez grinste schon wieder. »Warum gehen wir dann nicht in meinen Stall hoch?«

Ich nickte zustimmend und ließ ihn durch den dampfenden Flur vorgehen. Wir gingen die Treppe hoch bis ins dritte Stockwerk. Sanchez fummelte an dem Zweifach-Schloss seiner Türe herum, und als er die Tür aufmachte, knallte ich ihm meine rechte Faust in den Nacken, und so landete er der Länge nach in seiner tadellosen Plüschbude. Er schaute mich vom Boden aus an, sein ganzer Körper zitterte vor Zorn. Ich schloss die Tür hinter mir, und wir starrten uns an. Sanchez erholte sich schnell, stand auf und bürstete sein Seidenjackett ab.

Das sardonische Grinsen kam wieder. »Das ist schon lang nicht mehr vorgekommen«, sagte er. »Hat der Sheriff Sie geschickt?«

»Los Angeles Police Department«, sagte ich, um der guten alten Zeit willen. Ich zog die Briefe aus meiner Jackentasche, ließ mein Jackett aber zugeknöpft, sodass Sanchez nicht sehen konnte, dass ich unbewaffnet war. Ich warf sie ihm ins Gesicht. »Du hast deine Post vergessen, Joe.«

Ich wartete auf seine Reaktion. Sanchez zuckte nur mit den Schultern und ließ sich auf ein Sofa fallen, das mit mexikanischen Souvenirdecken belegt war. Ich zog mir einen Stuhl her und setzte mich so nah zu ihm, dass ich ihm ins Gesicht atmen konnte.

»Rauschgift und Sozialversicherungskarten, wirklich hübsch«, sagte ich.

Sanchez zuckte mit den Schultern, dann sah er mich trotzig an. »Was wollen Sie denn, Mann?« Er spuckte mich an.

»Ich will nur wissen, was eine gut aussehende weiße Frau aus der Mittelschicht wie Marcella Harris hier in Medina Court zu schaffen hatte«, sagte ich, »außer, dass sie Stoff von Ihnen gekauft hat.«

Sanchez entspannte sich erst erleichtert, dann wurde er steif vor Angst. Es war bizarr. »Ich hab sie nicht umgebracht, Mann«, sagte er.

»Bestimmt nicht. Also, das ist ganz einfach so. Du sagst mir, was du weißt, und ich lass dich in Ruhe, für immer. Du erzählst mir nichts, und die Einwanderungsbullen vom FBI sind in einer Viertelstunde hier. *Comprende?*«

Sanchez nickte. »Ein Freund von mir hat sie mitgebracht. Sie wollte ein bisschen Gras kaufen. Sie kam wieder, immer wieder. Sie fand Medina Court ganz heiß. Sie war wahnsinnig, ein hitziger Rotschopf. Sie rauchte gern Gras und tanzte gern. Sie mochte mexikanische Musik.« Sanchez zuckte mit den Schultern, um anzudeuten, dass seine Geschichte zu Ende war.

Das reichte mir nicht. Und das sagte ich ihm: »Nicht gut genug, Joe. Das klingt so, als hättest du sie nur geduldet. Das nehm' ich dir nicht ab. Ich hab gehört, dass sie sich mit dir und ein paar anderen Mackern immer auf dem Autofriedhof rumtrieb.«

»Okay, Mann. Ich mochte sie. ›La Rocha‹ nannte ich sie immer. ›Die Rote‹.«

»Hast du sie gebumst?«

Sanchez zeigte echte Entrüstung: »Nein, Mann! Sie wollte zwar, aber ich bin verlobt! Ich mach' nicht mit *gringas* rum.«

»Entschuldige bitte, dass ich es erwähnt habe. War sie abhängig vom Stoff?«

Sanchez zögerte. »Sie ... sie nahm Pillen. Sie war Krankenschwester und kam an Kodein ran. Sie wurde verrückt und benahm sich albern, wenn sie voll war. Sie sagte, sie könnte ...«

Ich beugte mich vor. »Sie sagte was, Joe?«

»Sie ... sie ... sagte, sie könnte jeden Mexikaner verprügeln und jede *puta* unter den Tisch trinken und ficken. Sie sagte, sie hätte Sachen gesehen, die ... die ...«

»Die *was*?«, schrie ich.

»Da würden uns die *cojones* abfallen, wenn wir die wüssten!«, schrie Sanchez zurück.

»Hing sie noch mit anderen Kerlen hier in Medina rum?«, fragte ich.

Sanchez schüttelte den Kopf. »Nein. Sie war nur an mir interessiert. Ich sagte den anderen, sie sollten sie in Ruhe lassen, sie bringe Unglück. Ich mochte sie, aber ich hatte keinen Respekt vor ihr. Sie ließ ihr Kind nachts allein zu Hause. Jedenfalls zeigte ich ihr dann die kalte Schulter. Sie verstand den Hinweis und kam nicht mehr. Ich hab sie sechs Monate lang nicht gesehen.«

Ich stand auf und lief im Zimmer auf und ab. Die Wände waren mit Stierkampfplakaten und billigen Landschaftsbildern geschmückt. »Wer hat dich mit ihr bekannt gemacht?«, fragte ich.

»Mein Freund Carlos. Er hat in der Fabrik gearbeitet, in der sie Krankenschwester war.«

»Wo kann ich diesen Carlos finden?«

»Der ist wieder in Mexiko, Mann.«

»Hat Marcella Harris sonst noch jemand zu dir mitgebracht?«

»Ja, einmal. Sie klopfte morgens um sieben an meine Tür. Sie hatte diesen Kerl dabei, sie hing richtig eng an ihm, als ob sie ...«

»Ja, ich weiß, mach weiter.«

»Jedenfalls fängt sie an, über diesen Kerl zu brabbeln und dass er gerade zum Vorarbeiter der Nachtschicht befördert worden ist. Ich hab ihm ein bisschen Gras verkauft, und dann sind sie wieder abgehauen.«

»Wie sah der Kerl aus?«

»Na ja, dick und blond. Wie so ein *stupido*. An der linken Hand hatte er keinen Daumen. Das ging mir nach. Ich bin abergläubisch und ich ...«

Ich seufzte. »Und was, Joe?«

»Und ich wusste, dass Marcella böse enden würde. Dass sie böse enden *wollte*.«

»Haste Marcella jemals mit einem dunkelhaarigen Mann oder einer blonden Frau mit Pferdeschwanz gesehen?«

»Nein.«

Ich stand auf und ging. »Arme *roja*«, sagte Joe Sanchez, als ich zur Tür hinausging.

Mrs. Gaylord Wilder, Marcella Harris' Wirtin, hatte nervöse graue Augen und eine Art, die auf kaum kontrollierte Hysterie schließen ließ. Ich war nicht sicher, was ich ihr vorspielen sollte – Bulle war bei einer ehrbaren Bürgerin zu riskant, und Einschüchterung hätte wohl ein Echo von den echten Bullen provoziert.

Als ich im Eingang stand, musterte sie mich genau. Dann hatte ich's. Mrs. Wilder hatte etwas Habgieriges an sich, daher machte ich einen verwegenen Schachzug: Ich versuchte, mich als Versicherungsdetektiv auszugeben, der sich für die Vergangenheit der verstorbenen Marcella interessierte. Mrs. Wilder nahm mir mit großen Augen alles ab, ihre Hand lag nervös auf dem Türrahmen. Als ich sagte: »... und für alle, die uns weiterhelfen, gibt es eine erhebliche Belohnung«, riss sie eilfertig die Tür auf und zeigte auf einen Sessel aus imitiertem Leder.

Sie ging in die Küche, und ich blieb allein in dem vollgestopften Wohnzimmer und sah mich um. Sie kam umgehend wieder und hatte eine Schachtel Pralinen in der Hand. Ich warf mir ein klebriges Stück Schokolade in den Mund. »Ganz köstlich«, sagte ich.

»Danke, Mister ...«

»Carpenter, Mrs. Wilder. Ist Ihr Mann zu Hause?«

»Nein, er ist bei der Arbeit.«

»Aha. Mrs. Wilder, ich will freiheraus reden. Ihre verstorbene Mieterin, Marcella Harris, hatte drei Policen mit uns abgeschlossen. Ihr Sohn Michael war der Begünstigte in allen. Jetzt hat jedoch jemand aus heiterem Himmel auch Ansprüche gestellt. Eine Frau, die behauptet, eine gute Freundin der verstorbenen Mrs. Harris zu sein, hat vor einem Notar ausgesagt, Mrs. Harris hätte sie in allen drei Policen als Begünstigte eingesetzt. Und ich untersuche jetzt, ob diese Frau Marcella Harris überhaupt gekannt hat.«

Mrs. Wilders Hände tanzten nervös in ihrem Schoß. Ihre Augen tanzten habgierig. »Wie kann ich Ihnen helfen, Mr. Carpenter?«, sagte sie eilfertig.

Ich tat so, als müsste ich darüber nachdenken. »Mrs. Wilder, Sie können mir dadurch helfen, dass Sie mir alles und jedes erzählen, was Sie über die Freunde von Marcella Harris wissen.«

Jetzt schien der ganze Körper der Frau zu tanzen. Schließlich auch ihre Zunge. »Nun, um die Wahrheit zu sagen ...«, fing sie an.

»Sie sind verpflichtet, die Wahrheit zu sagen«, warf ich streng ein.

Sie nahm es mir ab. »Nun, Mr. Carpenter, Marcella war hauptsächlich mit Männern befreundet. Ich meine, sie war eine gute Mutter und so, aber sie hatte viele Männerbekanntschaften.«

»Das ist kein Verbrechen.«

»Nein, aber –«

Ich unterbrach sie. »Ich habe gehört, Michael Harris war ein wilder Junge. Dass er sich geprügelt hat. Dass er vor den anderen Kindern in der Nachbarschaft die Hosen runtergelassen hat.«

Mrs. Wilder lief rot an und kreischte: »Dass der Junge ein Teufel war! Nur die Hörner haben ihm noch gefehlt! Dann hätten alle es gewusst. Ein Junge ohne Vater ist eine böse Sache!«

»Nun, Michael ist jetzt ja bei seinem Vater.«

»Von *dem* hat mir Marcella auch erzählt! Was das für ein übler, gut aussehender Taugenichts war!«

»Um auf ihre Männerbekanntschaften ...«

»Ich dachte, Sie sagten, eine Frau würde diesen Anspruch stellen, den Sie jetzt überprüfen.«

»Ja, aber diese Frau behauptete. Marcella hätte keine Männerbekanntschaften. Marcella sei eine ruhige Frau, die sich um ihre Karriere und ihren Sohn kümmerte.«

»Ha! Frauen wie Marcella ziehen Männer an, wie Marmelade die Fliegen. Ich weiß Bescheid. Ich hab auch meine Verehrer gehabt, bevor ich geheiratet habe, aber so wild wie diese schamlose Person habe ich es nie getrieben!«

Ich ließ Mrs. Wilder Atem holen. »Können Sie mir das bitte erklären«, sagte ich.

Mrs. Wilder fuhr fort, jetzt ein bisschen vorsichtiger: »Nun ... als Marcella einzog, bot ich ihr an, ein kleines Kaffeekränzchen für sie zu veranstalten und ein paar Damen aus der Nachbarschaft einzuladen. Nun ... Marcella sagte mir, sie wolle sich nicht mit Frauen anfreunden, man könne zwar mit ihnen ab und zu ein Tässchen Kaffee trinken, aber sie würde Männer jederzeit vorziehen. Ich sagte ihr: ›Sie sind geschieden. Haben Sie nichts dazugelernt?‹ Ich werde nie vergessen, was sie dann sagte: ›Doch, das hab ich. Ich habe gelernt, Männer so zu benutzen, wie sie Frauen benutzen, und es dabei zu belassen.‹ Ich sag Ihnen gern, Mr. Carpenter, ich sag Ihnen gern, dass ich schockiert war!«

»Ja, das war schockierend. Hat Marcella Harris sich jemals ausführlich über ihren Ex-Mann geäußert? Oder einen ihrer Freunde?«

»Sie hat mir nur gesagt, dass Doc Harris ein charmanter Nichtsnutz von einer Schlange wäre. Und ihre Freunde? Wenn ich gewusst hätte, dass die bei ihr übernachten, hätte ich dem Einhalt geboten, und zwar sofort! Ich lasse solche Schweinereien nicht zu.«

Ich hatte langsam genug von Mrs. Wilder. »Wie haben Sie dann schließlich herausgefunden, was mit Mrs. Harris los war?«, fragte ich.

»Michael. Er ... hat mir Zettel geschrieben. Anonyme. Obszöne. Ich –«

Ich war hellwach. »Haben Sie sie noch?«, platzte ich heraus.

Mrs. Wilder kreischte wieder: »Nein, nein, nein! Darüber möchte ich nicht reden. Vom Augenblick ihres Einzugs an wusste ich, dass sie schlecht war. Ich verlangte Referenzen, und Marcella hat mir falsche gegeben, falsch von vorn bis hinten. Wenn Sie mich fragen, dann ist sie –«

Das Telefon klingelte. Mrs. Wilder ging in die Küche, um es abzunehmen. Als sie außer Sichtweite war, huschte ich rasch durchs Zimmer und schnüffelte in den Buchregalen herum. Auf dem Fernsehgerät fand ich einen Stapel ungeöffneter Briefe. Ein Brief war dabei, der an Marcella Harris adressiert war. Jemand, wahrscheinlich Mrs. Wilder, hatte mit Bleistift auf den Umschlag geschrieben: »Verstorben. Nachsenden an William Harris, 4968, Beverly Boulevard, Los Angeles 4, Kalifornien.«

Ich hörte die Wirtin noch in der Küche quatschen. Ich steckte den Briefumschlag in meine Tasche und verließ ihr Haus leise.

Es dämmerte schon beinahe. Ein paar Blocks vor der Auffahrt hielt ich an und las den Brief: Es war nur eine Mahnung ihres Zahnarztes, und ich warf sie aus dem Fenster. Aber es passte: Marcella Harris hatte ein flottes Leben geführt und ihre kleinen Verpflichtungen vernachlässigt. Ich überlegte, was sie wohl für eine

Krankenschwester gewesen war. Ich fuhr Richtung Santa Monica, um das herauszufinden.

An jenem Abend erschienen mir die Freeways surreal: endlos scheinende Ströme aus roten und weißen Lichtern brachten Reisende an Heim und Herd, zu Arbeit und Spiel, zu Rendezvous und unbekannten Zielen. Das war nicht mein Los Angeles, durch das ich da fuhr, und die tote Krankenschwester ging mich nichts an, aber als aus den östlichen Vororten die gute, altvertraute Innenstadt von L.A. wurde, rasteten die alten Instinkte wieder ein. Und die Aufregung, dem Unveränderlichen, doch sich immerwährend Ändernden da draußen auf der Spur zu sein, ergriff mich. In meinem Leben passierte nichts, und die Suche nach einem Mörder schien mir gerade recht, um die Leere zu füllen.

Ich strengte mich an, mir Maggie Cadwallader nackt vorzustellen. Zum ersten Mal seit Jahren hielt ich nicht den Atem an.

Die Firma Packard-Bell Electronics lag am Olympic Boulevard im Herzen des Industriegebiets von Santa Monica.

Um die Ecke war auf dem Bundy Drive ein Drive-In-Kino, und als ich parkte, sah ich, dass sie ein Horrorspektakel von Big Sid aufführten. Das deprimierte mich, aber meine Jagderwartungen zerstreuten meine Niedergeschlagenheit schnell.

Die Fabrik war ein eingeschossiges rotes Backsteingebäude, das sich in verschiedenen Richtungen zu erstrecken schien. An den Versandbereich schlossen sich zwei Parkplätze an, die durch eine niedrig hängende Kette getrennt waren. Der näher liegende Parkplatz, der neben dem Haupteingang lag, war leer. Er war gut beleuchtet und von gleichmäßig angeordneten kleinen Büschen umsäumt. Der andere Parkplatz war größer und mit Zigarettenkippen, Bonbonpapieren und Zeitungen übersät. Das musste der Parkplatz der niedrigen Chargen sein.

Ich sprang über die Kette, um ihn mir näher anzusehen. Die Autos darauf waren diagonal geparkt, zum größten Teil waren sie alt und zerbeult. Kleine Metallschilder auf Stangen zeigten – je nach Prestige – an, wessen Parkplatz dies war. Die Leute aus der Reparaturabteilung parkten am weitesten vom Eingang entfernt, die Versender standen näher, noch näher die Fließbandarbeiter.

Ich fand das, was ich suchte, vor dem schwach beleuchteten Eingang zum Versand: eine einzelne Parklücke, auf die in weißer Farbe das Wort »Vorarbeiter« gemalt war.

Ich sah auf die Uhr – 9.23 Uhr. Die Nachtschicht kam wahrscheinlich um Mitternacht. Ich konnte nur warten.

Erst spät wurde ich belohnt. Über drei Stunden in einer dunklen Ecke des Parkplatzes zu hocken hatte mich in eine träge Stimmung versetzt. Ich schaute zu, wie die Spätschicht Punkt 12 Uhr mit quietschenden Reifen davonfuhr. Sie schienen glücklich über ihre Freiheit zu sein.

Die Leute von der Nachtschicht tröpfelten im Lauf der nächsten halben Stunde ein, sie waren offensichtlich nicht so glücklich. Meine Augen waren auf den Parkplatz vor dem Gebäude fixiert, und um 0.49 Uhr fuhr ein gepflegter 46er Cadillac auf den Parkplatz des Vorarbeiters. Ein dicker blonder Mann stieg aus. Von meinem Aussichtspunkt konnte ich nicht erkennen, ob ihm ein Daumen fehlte.

Ich wartete fünf Minuten und folgte ihm nach drinnen. Am Ende eines langen, schwach beleuchteten Korridors befand sich eine Kantine. Ich ging hinein und schaute mich um. Ein junger Kerl mit Entenschwanzfrisur sah mich neugierig an, aber die anderen schwänzenden Arbeiter schienen mich nicht zu bemerken. Der dicke blonde Vorarbeiter saß am Tisch, in seiner rechten Hand hielt er eine Tasse Kaffee. Ich holte mir ein Coke aus dem Automaten und trank es in aller Ruhe. Der Vorarbeiter hatte seine linke Hand in der Tasche. Da ließ er sie, was mich wahnsinnig machte. Endlich nahm er sie heraus und kratzte sich die Nase. Der Daumen fehlte – die gewünschte Bestätigung.

Ich ging wieder nach draußen und fand einen verrosteten alten Drahtkleiderbügel auf dem Boden am Rande des Parkplatzes liegen. Ich bog ihn mir zurecht und ging lässig hinüber zum Cadillac des Vorarbeiters. Der Wagen war verschlossen, aber das kleine Seitenfenster auf der Fahrerseite stand offen. Ich schaute mich in alle Richtungen um, dann führte ich den Drahtbügel durch das Fenster und hakte ihn über dem Türknopf ein. Das erste Mal rutschte der Draht runter, aber das zweite Mal packte er ihn, und ich zog den Knopf hoch.

Ich stieg schnell in den Wagen und duckte mich auf den Beifahrersitz. Ich versuchte es im Handschuhfach. Es war verschlossen. Ich fuhr mit der Hand über die Lenksäule entlang und fand, was ich wollte: die Zulassung in einem Lederetui, das an der Lenksäule befestigt war. Ich zog den Schein heraus und duckte mich noch tiefer.

Auf dem Dokument der Plastikhülle stand zu lesen: Henry Robert Hart, 1164¼ Hurlburt Place, Culver City, Kalifornien.

Das war alles, was ich brauchte. Ich befestigte den Schein wieder an der Lenksäule, verschloss Henry Harts Auto und rannte zu meinem eigenen.

Hurlburt Place war eine ruhige Straße mit kleinen Häusern, die ein paar Blocks von den MGM-Studios entfernt lagen. Nummer 1164¼ war eine Garagenwohnung. Ich parkte auf der anderen Straßenseite und durchwühlte meinen Kofferraum nach Ersatz für Einbrecherwerkzeug. Ein Schraubenzieher und ein Zimmermannslineal aus Metall waren alles, was ich fand.

Ich überquerte langsam die Straße und ging durch die Einfahrt, die wieder zur Garage führte. Im Vorderhaus waren keine Lichter an. Die Holztreppe, die zu Henry Harts Apartment hochführte, knarrte so laut, dass man sie bis in die Innenstadt hören musste, aber mein eigener Herzschlag schien sie noch zu übertönen.

Das Schloss war ein Witz: Ich setzte das Lineal und den Schraubenzieher gleichzeitig an und knackte es ganz leicht.

Als die Tür aufging, stand ich zögernd da und überlegte, ob ich es wagen sollte einzutreten. In der Vergangenheit war ich immer als Polizist eingedrungen; diesmal war ich Zivilist. Ich holte tief Luft und ging hinein, wickelte ein Taschentuch um meine rechte Hand und fummelte nach den Lichtschaltern. Ich stolperte in der Dunkelheit und knallte gegen eine Stehlampe, die ich dabei fast umstieß. Ich hielt sie in Hüfthöhe und schaltete sie ein. Das Licht fiel auf ein ödes Wohn-/Schlafzimmer. Vergammelte Stühle, ein vergammeltes Bett, abgetretene Teppiche und billige Ölbilder an den Wänden – wahrscheinlich Erbstücke lange zurückliegender Vormieter.

Ich gab mir eine Minute, um das Zimmer zu filzen. Ich stellte die Lampe wieder auf und überblickte schnell den Raum. Ich entdeckte einen Beistelltisch, auf dem schmutziges Geschirr stand, einen Stapel Wäsche auf dem Fußboden neben dem Bett, eine Anzahl Taschenbücher, die durch zwei Bierflaschen aufrecht gehalten wurden und gegen ein Fenstersims gelehnt waren, und verschiedene leere Zigarettenschachteln.

Die Minute war schon fast um, als ich einen Stapel Zeitungen erblickte, die unter dem Bett hervorragten. Ich zog sie hervor. Es waren alles Zeitungen aus Los Angeles, und sie enthielten alle Artikel mit detaillierten Berichten über den Mord an Marcella Harris.

Am Rand der Zeitungsartikel waren handschriftliche Anmerkungen, Bitten und Gebete voller Trauer: »Lieber Gott, bitte fang dieses Monster, das meine Marcella getötet hat.« – »Bitte, bitte, bitte, lieber Gott, mach, dass dies ein Traum ist.« – »Die Gaskammer ist zu gut für diesen Abschaum, der meine Marcella getötet hat.« Neben einem Foto des Beamten, der die Untersuchung leitete, standen die Worte: »Dieser Kerl ist ein Taugenichts! Er sagte mir, ich solle verschwinden, Bullen bräuchten die Hilfe von Marcellas Freunden nicht. Ich sagte ihm, dies ist ein Fall für das FBI.«

Ich überflog die restlichen Zeitungen. Sie waren chronologisch geordnet, und Henry Harts Trauer schien zu wachsen: Die Notizen auf der letzten Zeitung waren unleserlich gekritzelt und schienen von Tränen verwischt.

Ich sah auf die Uhr: Ich hatte das Licht acht Minuten lang angelassen. Das Taschentuch immer noch über meine Hand gewickelt, riss ich alle Schubladen der drei Schränke auf, die an der Wand standen: leer, leer, leer; schmutzige Wäsche, Telefonbücher.

Ich öffnete die letzte, hielt inne und zitterte beim Anblick meines Fundes: eine Schublade, die mit rosa Seide ausgelegt war. Schwarze Spitzenbüstenhalter und -höschen lagen sorgfältig gefaltet in einer Ecke. In der Mitte befand sich eine Zigarrenkiste voll mit Marihuana. Darunter lagen Schwarz-Weiß-Fotos von Marcella DeVries Harris, nackt auf einem Bett liegend, mit Schleifchen im Haar. Ihr sinnlicher Mund lockte mit einem »Komm-doch-mal-her«-Blick, der gleichzeitig Krönung und Parodie aller »Komm-doch-mal-her«-Blicke war.

Ich starrte und spürte, wie das Zittern auch mein Innerstes ergriff. Eine derart kalte, wissende und sich belustigende Intelligenz wie in Marcella Harris' Augen hatte ich nie gesehen. Ihr Körper war eine üppige Einladung zu großem Vergnügen, aber ihre Augen hielten mich gefangen. Ich musste das Gesicht minutenlang angestarrt haben, bevor ich wieder zu mir kam. Als mir schließlich klar war, wo ich mich befand, legte ich die Zigarrenkiste zurück, schloss die mit Seide ausgelegte Schublade, schaltete das Licht aus und verließ die kleine Garagenwohnung, bevor Marcella Harris mich in den gleichen Bann schlug wie Henry Hart.

18

Ich hatte mich auf William »Doc« Harris vorbereitet. Ich hatte an einer Schnelldruckerei gehalten und mir hundert getürkte Visitenkarten drucken lassen, bevor ich ihn in die Mangel nahm. Auf den Karten war zu lesen: »Frederick Walker, Prudential Versicherung.« Prudentials Emblem, der Felsen, war in dic Mitte gedruckt, darunter stand in gewichtigem Kursivdruck das Wort »Detektiv«. Eine falsche Telefonnummer machte den Schwindel komplett. Die Druckerschwärze war kaum trocken, als ich die Karten in die Tasche schob und zu Nr. 4968, Beverly Boulevard fuhr.

»... und wie Sie sehen, Mr. Harris, möchte ich nur über die Vergangenheit Ihrer verstorbenen Frau sprechen, damit ich der Auszahlungsabteilung mit Bestimmtheit sagen kann, dass dieser Anspruch nicht zu Recht besteht. Ich glaube, dass das so ist, und ich bin seit acht Jahren Versicherungsdetektiv. Nichtsdestotrotz muss die Schmutzarbeit getan werden.«

Doc Harris nickte nachdenklich, schnippte mit seinem Daumennagel gegen meine falsche Karte und ließ mich dabei nicht aus den Augen. Er saß mir an einem mitgenommenen Teetisch gegenüber und war einer der beeindruckendsten Männer, die ich je gesehen hatte: eins dreiundachtzig groß, annähernd sechzig Jahre alt, volles weißes Haar, mit dem Körper eines Athleten und einem fein geschnittenen Gesicht, das eine Mischung aus strenger Aufrichtigkeit und rauem Humor ausdrückte. Ich verstand, was Marcella an ihm gesehen hatte.

Er setzte ein breites Lächeln auf, und seine Züge entspannten sich mit ansteckender Wärme. »Nun, Mr. Walker«, sagte Doc Harris, »Marcella hatte es drauf, einsame Menschen anzuziehen und ihnen lächerliche Versprechungen zu machen, die zu halten sie nicht beabsichtigte. Bitte seien Sie aufrichtig zu mir, Mr. Walker. Was haben Sie bis jetzt über meine Ex-Frau herausbekommen?«

»Um ehrlich zu sein, Mr. Harris, dass sie viele Männerbekanntschaften hatte und Alkoholikerin war.«

»Mir muss niemand Lügen erzählen«, erklärte Harris. »Ich bin aufrichtig und erwarte Aufrichtigkeit. Also, wie kann ich Ihnen weiterhelfen?«

Ich lehnte mich zurück und verschränkte die Arme. Das war als einschüchternde Geste gedacht, funktionierte aber nicht. »Mr. Harris –«, fing ich an.

»Nennen Sie mich Doc.«

»Okay. Doc. Ich brauche Namen, Namen und nochmals Namen. Alle Freunde und Bekannten, die Ihnen einfallen.«

Harris schüttelte den Kopf. »Mr. Walker –«

»Nennen Sie mich Fred.«

»Fred, Marcella traf ihre Liebhaber und ihre ständigen Begleiter, wenn man die so nennen kann, in Bars. Bars waren der einzige Brennpunkt in ihrem gesellschaftlichen Leben. Punkt. Obwohl, Sie könnten es auch bei den Leuten von Packard-Bell versuchen, wo sie arbeitete.«

»Hab ich schon. Die wichen aus.«

Harris lächelte bitter. »Aus gutem Grund, Fred. Die wollten nicht schlecht über eine Tote reden. Marcella suchte Bars in ganz Los Angeles heim. Sie wollte nirgendwo sesshaft werden. Sie hatte furchtbare Angst, als schlampige Stammkundin irgendwo zu enden, also zog sie um die Häuser. Sie wurde, glaube ich, einige Male wegen Trunkenheit am Steuer verhaftet. Wie heißt die Frau, die den falschen Anspruch erhebt?«

»Alma Jacobsen.«

»Nun, Fred, ich sage Ihnen, was meiner Meinung nach geschah: Marcella traf diese Frau in irgendeiner Schnapsbude, betrunken. Sie hat sie mit ihrer Persönlichkeit und ihrer Schwesterntracht umgeworfen und ihr, die wahrscheinlich auch ziemlich blau war, ein paar Dokumente gezeigt. Marcella hat dann der Frau erzählt, wie einsam und verzweifelt sie wäre, und wie sehr sie jemand bräuchte, der im Falle ihres Todes ihre Aktivitäten gegen Tierversuche fortführe. Marcella war ein großer Tierfreund. In ihrem Alkoholnebel hat Marcella dann wahrscheinlich ein großes Theater gemacht, sich Name und Adresse der Frau geben lassen und die Dokumente unterzeichnet. Marcella war eine vorzügliche Schauspielerin, und die Frau hat es ihr ohne Zweifel abgenommen. Als Marcellas Tod in der Zeitung stand, dachte Alma, sie wäre eine gemachte Frau. Klingt das einleuchtend, Fred?«

»Vollkommen, Doc. Einsame Menschen machen die komischsten Sachen.«

Harris lachte. »In der Tat. Was machen Sie denn so privat, Fred?«

Ich passte mein Lachen vollkommen dem von Harris an. »Ich bin hinter Frauen her. Und Sie?«

»Mir hat man das auch nachgesagt«, lachte Doc.

Ich wurde wieder ernst. »Doc, kann ich mit Ihrem Sohn darüber reden? Ich glaube schon, dass Ihre Theorie schlüssig ist, aber ich möchte in meinem Bericht alles hieb- und stichfest haben. Vielleicht kann mir Ihr Sohn etwas sagen, das diese Jacobsen endgültig der Lüge überführt. Ich werde ihn nicht hart anfassen.«

Doc Harris dachte über meine Bitte nach. »Okay, Fred. Ich glaube, Michael ist mit dem Hund oben im Park. Warum gehen wir nicht hin und reden mit ihm? Es ist nur zwei Blocks von hier.«

Es waren drei, und es war auch kein richtiger Park; es war nur ein unbebautes Grundstück, das mit Unkraut überwuchert war. Doc Harris und ich unterhielten uns ungezwungen, als wir auf der Suche nach Michael und seinem Hund durch das kniehohe Gras stapften.

Als wir sie dann fanden, stolperten wir fast über sie. Michael Harris lag rücklings auf einem Badetuch, seine Arme waren in einer Kreuzigungspose ausgestreckt. Der junge Beagle, den ich im Hof an der Maple Street in El Monte gesehen hatte, kaute Gras neben ihm.

»Mach Männchen, Colonel!«, polterte Harris fröhlich.

Michael Harris stand auf, ohne zu lächeln, und wischte sich Gras von seinen Jeans. Als er aufgerichtet vor mir stand, war ich verblüfft – er war fast so groß wie ich. Der Junge sah nervös seinen Vater an, dann mich. Einen Augenblick lang stand die Zeit still, als ich mir einen anderen neunjährigen, mächtig intelligenten Jungen mit braunen Haaren ins Gedächtnis rief, der auf dem traurigen Hinterhof eines Waisenhauses spielte. Es war über zwanzig Jahre her, aber ich musste mich zwingen, in die Gegenwart zurückzukehren.

»... und das ist Mr. Walker, Colonel«, sagte Doc Harris. »Er vertritt eine Versicherungsgesellschaft. Die wollen uns Geld zukommen lassen, aber da gibt es eine verrückte alte Frau, die behauptet, deine Mutter hätte es ihr versprochen. Das können wir doch nicht zulassen, Colonel, oder?«

»Nein«, sagte Michael leise.

»Gut«, sagte Harris. »Michael, willst du mit Mr. Walker reden?«

»Ja.«

Ich fing an, mir kontrolliert und manipuliert vorzukommen. Doc Harris' Benehmen war nervtötend. Der Junge war eingeschüchtert, und auch ich kam mir allmählich so vor. Ich hatte das Gefühl, Harris merkte, dass ich nicht echt war. Intellektuell waren wir uns ebenbürtig, aber er hatte bis jetzt den stärkeren Willen, und das ärgerte mich. Wenn ich nicht mit Bestimmtheit auftrat, würde ich nur erfahren, was Harris mich wissen lassen wollte.

Ich hieb Harris kräftig auf den Rücken. »Mein Gott«, sagte ich, »ist das heiß hier! Unten an der Western Avenue hab ich einen Drive-In-Imbiss gesehen. Warum gehen wir nicht dahin und holen uns ein paar Limos? Ich lade Sie ein.«

»Au ja, Dad?«, bat Michael. »Ich komme um vor Durst.«

Doc verlor seine beträchtliche Selbstbeherrschung keine Sekunde lang. Er hieb mich genauso kräftig auf den Rücken. »Gehn wir, Amigos«, antwortete er.

Wir gingen die vier Blocks in der heißen Sommersonne, drei Generationen amerikanischer Männer, die in Dunkelheit und Täuschung vereint waren. Der Hund trabte hinter uns her und hielt oft an, um interessanten Düften nachzugehen. Ich ging in der Mitte, Doc zu meiner Linken auf der Straßenseite. Michael ging zu meiner Rechten, und wegen der Hecken, die an den Häusern des Beverly Boulevards entlangliefen, drückte er seine Schulter an meine. Er neigte sich zu mir rüber und schien den Kontakt zu genießen.

Ich befragte Doc wegen seines Spitznamens, und er lachte und sagte: »Medizinstudium abgebrochen, Fred. War mir zu blutig, zu abstrakt, zu zeitaufwendig, zu theoretisch, zu viel.«

»Wo haben Sie studiert?«

»University of Illinois.«

»Gott, das klingt schlimm. Da waren sicher 'ne Menge Bauernjungen, die Landarzt werden wollten?«

»Ja, und 'ne Menge reicher Jungen aus Chicago, die Ärzte für die High Society werden wollten. Ich passte da nicht rein.«

»Warum nicht?«, fragte ich. Es war eine Herausforderung.

»Es waren die Zwanzigerjahre. Ich eckte mit meiner Meinung überall an. Mir war klar, dass ich den Rest meines Lebens damit verbringen würde, selbstzufriedene Kleinstadtdeppen zu behandeln, die Kacke nicht von Kakao unterscheiden konnten. Dass ich Leuten das Leben verlängern würde, die tot besser dran wären. Im letzten Semester habe ich aufgehört.«

Ich lachte. Michael auch. Beim Lachen kletterte Michaels frühreife, tiefe Stimme um gut zwei Oktaven nach oben. »Erzähl ihm von dem toten Pferd, Dad.«

»Das ist seine Lieblingsgeschichte«, lachte Harris. »Nun, ich hatte in dieser Zeit etwas laufen. Ich kannte ein paar Gangster, denen eine Flüsterkneipe gehörte. Ein wahrhaft drittklassiger Schuppen, in dem die ganzen feinen Burschen von der Uni rumhingen. Billiger Schnaps und noch billigeres Essen. Der Laden zeichnete sich durch eins aus: große, saftige Steaks für 25 Cent. Sirloin Steaks in Zwiebeln und Tomatensoße gebrutzelt. Ha! Es waren keine Steaks, es waren Pferdefilets. Ich war der Metzger. Ich fuhr mit 'nem Kumpel übers Land und stahl Pferde. Wir lockten die Mähren mit Zucker und Hafer auf unseren Lastwagen, dann fuhren wir zurück in die Stadt in ein Lagerhaus, wo wir den Mähren kleine Dosen Morphin injizierten, die ich gestohlen hatte. Dann schnitt ich ihre Halsschlagadern mit einem Skalpell auf. Mein Partner machte dann die eigentliche Schmutzarbeit, ich hatte keine Nerven dafür. Er war auch der Koch.

Jedenfalls, im weiteren Verlauf gingen die Geschäfte schlecht. Die Besitzer versuchten, mich um meine Fangprämie zu prellen.

Zu der Zeit etwa entschloss ich mich, das Medizinstudium sausen zu lassen. Ich entschloss mich, stilvoll auszusteigen. Ich wusste, die Schlitzohren würden mich nie bezahlen, also entschloss ich mich, sie ordentlich in die Scheiße zu tauchen. Eines Abends war ein privates Fest in der Kneipe. Mein Kumpel und ich holten uns zwei halb tote Mähren, luden sie auf den Lastwagen und parkten rückwärts vor dem Eingang des Ladens ein. Auf das verabredete Zeichen ging die Tür auf, und die Mähren rannten rein. Mein Gott! Was für ein Anblick! Kaputte Tische, schreiende Leute, zerbrochene Flaschen überall! Ich sah zu, dass ich aus der Stadt und aus Illinois kam und ging nie wieder dahin.«

»Wohin sind Sie gegangen?«, fragte ich.

»Ich ging auf die Walz«, sagte Harris. »Waren Sie jemals auf der Walz, Fred?«

»Nein, Doc.«

»Hätten Sie tun sollen. Sehr lehrreich.«

Das war eine Herausforderung, die ich annahm. »Ich war zu sehr damit beschäftigt, etwas zu werden – was besser ist als herumzustreunen, stimmt's, Michael?« Ich drückte die Schultern des Jungen, und er strahlte mich an.

»Stimmt!«

Doc tat so, als hätte ihn das amüsiert, aber wir wussten beide, dass der Fehdehandschuh geworfen war.

Wir nahmen im Inneren des Tiny Naylor Drive-Ins an der Ecke Beverly und Western Platz. Es war klimatisiert, und als wir unsere langen Beine unter den Tisch streckten, schienen Michael und Doc vor Erleichterung zusammenzubrechen.

Michael setzte sich neben mich, Doc uns gegenüber. Wir bestellten uns Malzbier. Als es kam, spülte Michael seines in drei Sekunden runter, dann rülpste er und schaute bittend seinen Vater an, ob er noch eines bestellen dürfte. Doc nickte nachsichtig, und die Kellnerin brachte noch ein Glas mit dem klebrigen braunen Zeug. Dieses ließ Michael in etwa fünf Sekunden reinlaufen, dann rülpste er und grinste mich an wie ein zufriedener Liebhaber.

»Michael, wir müssen uns über deine Mutter unterhalten«, sagte ich.

»Okay«, sagte Michael.

»Erzähl mir was über die Freunde deiner Mutter«, sagte ich. Michael schnitt eine Grimasse. »Sie hatte keine«, sagte er. »Sie war eine lose Barhockerin.«

Ich schnitt eine Grimasse, und Michael sah Doc um Bestätigung an. Doc nickte grimmig.

»Wer hat dir das erzählt, Michael?«, fragte ich.

»Niemand. Ich bin doch nicht blöd, ich wusste, dass Onkel Rim und Onkel George und Onkel Bob und Onkel Sowieso nur Kerle waren, die sie aufgelesen hatte.«

»Was ist mit Freundinnen?«

»Sie hatte keine.«

»Schon mal was von einer Frau namens Alma Jacobsen gehört?«

»Nein.«

»War deine Mutter mit Eltern deiner Freunde befreundet?«

Michael zögerte. »Ich habe keine Freunde.«

»Überhaupt keine?«

Michael zuckte die Achseln. »Die Bücher, die ich lese, sind meine Freunde. Minna ist meine Freundin.« Er zeigte auf den jungen Hund, der draußen an einen Telefonmast gebunden war.

Ich wälzte diese traurige Nachricht in meinem Kopf. Michael lehnte seine Schulter gegen mich und sah sehnsuchtsvoll auf mein halb volles Glas Malzbier.

»Zieh's rein«, sagte ich.

Was er dann tat. In einem Schluck.

Ich wechselte das Thema und fragte ihn: »Michael, du warst bei deinem Vater, als deine Mutter getötet wurde, stimmt's?«

»Stimmt. Wir spielten gerade Entenball.«

»Was ist Entenball?«

»Wie Fangen. Wenn du den Ball nicht fängst, musst du in die Knie gehen und wie eine Ente quaken.«

Ich lachte. »Klingt lustig. Wie war dein Verhältnis zu deiner Mutter, Michael? Hast du sie geliebt?«

Michael wurde rot, überall. Seine langen dünnen Arme wurden rot, sein Hals wurde rot, sein Gesicht wurde rot bis zum Ansatz seines weichen braunen Bürstenhaarschnittes. Er fing an zu zittern, dann wischte er mit dem Arm über die Tischfläche und warf sämtliche Gläser und Utensilien auf den Boden. Er zwängte sich an mir vorbei und rannte nach draußen zu seinem jungen Beagle.

Doc starrte mich an, und eine aufgeschreckte Kellnerin hob unsere Abfälle vom Boden auf.

»Passiert das oft?«, fragte ich.

Doc nickte. »Mein Sohn ist ein sehr verletzlicher Junge.«

»Er gerät nach seinem Vater.« Es war ebenso eine Herausforderung wie auch ein Kompliment. Doc verstand.

»Auf gewisse Weise«, sagte er.

»Ich denke, er ist ein wunderbarer Junge«, fügte ich hinzu.

Doc lächelte. »Ich auch.«

Ich legte einen Fünf-Dollar-Schein auf den Tisch. Doc und ich standen auf und gingen nach draußen. Michael spielte Tauziehen mit seinem Hund. Der Hund hielt die lederne Leine im Maul und zerrte freudig gegen den Zug von Michaels dünnen Armen.

»Komm jetzt, Colonel«, rief Doc. »Zeit, nach Hause zu gehen.«

Michael und der Hund rannten uns voraus über die Western

Avenue und blieben gut vierzig Meter vor uns, als wir in der heißen Nachmittagssonne Richtung Westen gingen. Doc und ich schwiegen. Ich dachte über den Jungen nach und hätte gerne gewusst, was Doc jetzt dachte. Als wir an dem Wohnhaus Ecke Beverly und Irving ankamen, streckte ich die Hand aus.

»Danke für Ihre Zusammenarbeit, Doc«, sagte ich.

»War mir ein Vergnügen, Fred.«

»Ich glaube, Sie haben mir sehr geholfen. Ich glaube, Sie haben endgültig bewiesen, dass der Anspruch dieser Frau ein Schwindel ist.«

»Ich wusste gar nicht, dass Marcella bei der Prudential eine Versicherung abgeschlossen hatte. Ich bin überrascht, dass sie mir davon nichts erzählt hat.«

»Die Menschen tun oft überraschende Dinge.«

»Wann, sagten Sie, hat sie die Versicherung abgeschlossen?«

»1951.«

»Wir wurden 1950 geschieden.«

Ich zuckte die Achseln. »Wie wahr«, sagte er. Er fasste in seine Hosentasche und zog eine Karte heraus, die ich ihm zuvor gegeben hatte. Er reichte sie mir. Die Schwärze war verschmiert. Doc schüttelte den Kopf. »Ein cleverer junger Versicherungsbulle wie Sie sollte sich seine Karten bei einem besseren Drucker machen lassen.«

Wir gaben uns noch einmal die Hände. Ich merkte, wie ich rot wurde. »Bis dann, Doc«, sagte ich.

»Passen Sie auf sich auf, Fred«, erwiderte Doc.

Ich ging zu meinem Wagen. Ich hatte den Schlüssel gerade ins Schloss gesteckt, da kam Michael angerannt und umarmte mich stürmisch. Bevor ich reagieren konnte, schob er mir ein zusammengerolltes Papier in die Hand und rannte wieder weg. Ich rollte das Papier auf. »Du bist mein Freund« war zu lesen, sonst nichts.

Ich fuhr nach Hause. Der Junge rührte mich, und der Mann gab mir Rätsel auf. Ich hatte die merkwürdige Empfindung, dass Doc Harris wusste, wer ich war, und dass ihm mein Eindringen irgendwie gelegen kam. Ich hatte ferner das genauso merkwürdige Gefühl, dass sich zwischen Michael und mir eine Bindung aufbaute.

Als ich heimkam, rief ich Reuben Ramos an und bat ihn um ein paar Gefälligkeiten. Zögernd erfüllte er mir meinen Wunsch: Er holte Auskünfte über Doc Harris ein. In Kalifornien war nichts. Dann gab er mir die Anschriften durch, die Marcella Harris bei ihren vielen Festnahmen angegeben hatte: 1946, vor neun Jahren hatte sie in 618, North Sweetzer, Los Angeles, gewohnt. 1947 und 1948 in 17901, Terra Cotta, Pasadena. 1949 in 1811, Howard Street, Glendale. Zur Zeit ihrer letzten Festnahme wegen Trunkenheit am Steuer hatte sie in 9619, Hibiscus Canyon in Sherman Oaks gewohnt.

Ich schrieb mir alles auf und starrte lange auf diese Information, bevor ich ins Bett ging. Ich schlief sehr unruhig und wachte wiederholt auf, da ich mein Schlafzimmer von den Geistern ermordeter Frauen bevölkert wähnte.

Am folgenden Tag, es war Freitag, ging ich los und suchte Spuren von Marcella DeVries Harris' Vergangenheit. Zuerst fuhr ich in die schattige, baumbestandene Sweetzer Avenue in West Hollywood, mit dem erwarteten Ergebnis: Im Gebäude Nr. 618, einem Wohnhaus im spanischen Stil ohne Fahrstuhl, konnte sich niemand an die rothaarige Krankenschwester und ihren kleinen Sohn erinnern. Ich fragte in der Nachbarschaft an und erhielt nur ratloses Kopfschütteln als Antwort. Marcella, die Null.

In der Terra Cotta Avenue in Pasadena dasselbe Ergebnis. Dort hatte Marcella ein Haus gemietet, und der jetzige Mieter sagte mir, der vorherige Hausbesitzer wäre vor zwei Jahren gestorben. Die Leute in den umliegenden Wohnblocks konnten sich nicht an Marcella und ihren kleinen Jungen erinnern.

Von Pasadena fuhr ich ins nahe Glendale. Es war heiß und dunstig. Ich hakte 1949 schnell ab: Die Bungalow-Anlage, in der Marcella in jenem Jahr gewohnt hatte, war kürzlich abgerissen worden, um für einen modernen Apartment-Komplex Platz zu schaffen. »Marcella Harris, gut aussehende, rothaarige Krankenschwester Ende dreißig mit einem dreijährigen Sohn?«, fragte ich zwei Dutzend Anwohner in der Howard Street. Nichts. Marcella, das Phantom.

Ich nahm den Hollywood Freeway nach Sherman Oaks. In der Nähe der Ausfahrt zeigte mir ein Tankstellenwächter den Weg zum Hibiscus Canyon. Nach fünf Minuten hatte ich es gefunden; das Haus lag am Wendeplatz am Ende einer kurvenreichen Straße und war von entsprechend riesengroßen Hibiskusbüschen umsäumt. Nummer 9619 war ein viergeschossiges Haus ohne Aufzug im Stil eines Miniatur-Maurenschlosses.

Ich parkte den Wagen, und als ich gerade die Straße überquerte, sahen meine Augen gebannt auf ein Schild, das im Vorgarten des Nachbarhauses steckte. »Zu verkaufen. Auskünfte erteilt Janet Valupeyk, Valupeyk Immobilien, 18369, Ventura Boulevard. Sherman Oaks.«

Janet Valupeyk. Ehemalige Geliebte von Eddie Engels. Die Frau, die Dudley Smith und ich 1951 über Engels befragt hatten. Ich spürte, wie es mich plötzlich überall kratzte. Ich ließ Nr. 9619. Hibiscus Canyon sein und fuhr stattdessen zum Ventura Boulevard.

Ich erinnerte mich gut an Janet Valupeyk. Als Smith und ich sie vor vier Jahren interviewt hatten, war sie fast im Koma gewesen.

Sie hatte sich verändert: Das konnte ich sofort erkennen, als ich sie durch das Glasfenster ihres Immobilienbüros sah. Sie saß an einem Schreibtisch aus Metall, der in der Nähe des Fensters stand, hantierte mit Papier und rauchte nervös eine Zigarette. Während der vier Jahre, in denen ich sie nicht mehr gesehen hatte, war sie um zehn Jahre gealtert. Ihr Gesicht war eingefallen, und ihre Haut war kalkweiß geworden. Eine Augenbraue zuckte nervös, während sie mit ihrem Papierkram zugange war.

Ich konnte sonst niemand in dem Büro erkennen. Ich trat durch eine Glastür ein, die beim Öffnen kleine Glocken in Gang setzte. Bei dem Geräusch fuhr Janet Valupeyk beinahe aus ihrer Haut. Sie ließ ihren Stift fallen, ebenso ihre Zigarette.

Ich tat so, als hätte ich das nicht bemerkt. »Miss Valupeyk?«, fragte ich unschuldig.

»Ja. Mein Gott, diese gottverdammte Glocke! Ich weiß nicht, warum ich die habe reinmachen lassen. Kann ich Ihnen helfen?«

»Ich interessiere mich für das Haus im Hibiscus Canyon.«

Janet Valupeyk lächelte nervös, drückte ihre Zigarette aus und zündete sich sofort eine neue an. »Das ist ein tolles Haus«, sagte sie. »Ich hol' Ihnen mal die Unterlagen.«

Sie ging von ihrem Schreibtisch zu einem Metallschrank, öffnete die oberste Schublade und kramte in den Ablagemappen. Ich ging zu ihr hin und sah zu, wie ihre nervösen Finger durch Akten gingen, die nach Straßennamen und Hausnummern geordnet waren. Sie fand Hibiscus Canyon und murmelte: »9621, 9621, wo zum Teufel steckt es denn?«

Meine Augen waren auf die Hausnummern fixiert, und als Nr. 9619 auftauchte, fasste ich mit der Hand in den Schrank und riss die Akte an mich.

Janet Valupeyk sagte: »He, was zum Teufel –!«

Ich schrie sie an: »Halten Sie den Mund! Oder die Leute vom

Rauschgiftdezernat werden in fünfzehn Minuten hier sein!« Es war ein Schuss ins Dunkel, aber er traf: Janet Valupeyk brach in ihrem Stuhl zusammen und vergrub ihr Gesicht in den Händen. Ich ließ sie heulen und jagte durch die Akte.

Die Mieter waren in zeitlicher Reihenfolge aufgelistet, zusammen mit den Mietbeträgen, die sie gezahlt hatten. Das Mieterverzeichnis ging zurück bis ins Jahr 1944, und als ich es durchblätterte, schoss mir das Blut in den Kopf und mein Blickfeld bekam schwarze Ränder.

»Wer sind Sie?«, würgte Janet Valupeyk.

»Halten Sie den Mund!«, schrie ich zum zweiten Mal.

Endlich hatte ich es gefunden. Marcella Harris hatte die Wohnung Nr. 102 im Haus Nr. 9619, Hibiscus Canyon von Juni 1950 bis September 1951 gemietet. Sie hatte zum Zeitpunkt der Ermordung Maggie Cadwalladers dort gewohnt. Neben der Auflistung waren winzige handschriftliche Kommentare zu lesen: »Mrs. Grobergs Bruder untervermieten 2.7.51 –?« Daneben war ein Prüfvermerk in einer anderen Farbe mit den Buchstaben »O.K. – J.V.«

Ich legte die Akte hin und kniete mich neben die zitternde Janet Valupeyk. Ich schoss wieder ins Dunkel und fragte sie: »Wer hat Ihnen gesagt, Sie sollten an Marcella Harris vermieten, Janet?« Sie schüttelte heftig den Kopf. Ich hob die Hand, um sie zu schlagen, dann zögerte ich und schüttelte stattdessen ihre Schultern. »Sagen Sie's gottverdammt noch mal, oder ich schaffe Ihnen den großen Ärger ins Haus!«

Janet Valupeyk zitterte von Kopf bis Fuß. »Eddie«, sagte sie. »Eddie, Eddie, Eddie.« Ihre Stimme war sehr leise.

Meine auch, als ich sagte: »Eddie wer?«

Janet sah mich zum ersten Mal genau an. »Ich … ich kenne Sie«, sagte sie.

»Welcher Eddie?«, schrie ich und packte sie wieder an den Schultern.

»Eddie Engels. Ich ... ich kenne Sie. Sie – –«

»Aber Sie hatten sich von ihm getrennt.«

»Ich gehörte ihm noch immer. O Gott, wie ich ihm gehörte!«

»Wer ist Mrs. Groberg?«

»Ich weiß nicht. Ich erinnere mich nicht.«

»Lügen Sie mich nicht an, Marcella Harris ist tot! Wer hat sie umgebracht?«

»Ich weiß es nicht! Sie haben Eddie umgebracht!«

»Schnauze! Wer ist Mrs. Groberg?«

»Sie wohnt in Nr. 9619. Sie ist eine gute Mieterin. Sie würde niemand etwas zu...«

Das Ende des Satzes bekam ich nicht mehr mit. Ich ließ sie ihrer Vergangenheit nachweinen. Ich rannte zu meinem Wagen und stürzte mich in meine eigene.

Fünf Minuten später hatte ich am Ende der Sackgasse des Hibiscus Canyon geparkt. Ich rannte die Straße hinunter zu dem maurischen Wohnhaus, riss die Bleiglastüre auf und warf einen Blick auf die Briefkästen in der Eingangshalle. Mrs. John Groberg wohnte in Nr. 419. Ich nahm zwei Stufen auf einmal, bis in den vierten Stock. Durch die Türe hörte ich eine Quizsendung im Fernsehen dröhnen. Ich klopfte. Keine Antwort. Ich klopfte noch einmal, dieses Mal lauter. Ich hörte leises Fluchen, das Fernsehgerät wurde leiser gestellt.

Eine mürrische Stimme rief durch die Tür: »Wer ist da?«

»Polizei, Gnädigste«, rief ich, indem ich bewusst Jack Webb von »Dragnet« imitierte.

Kichern war die Antwort auf meine Ankündigung. Augenblicklich flog die Tür auf, und ich stand den bewundernden Blicken einer alten Klatschtante gegenüber. Ich taxierte sie schnell als Verbrechensspezialistin und legte meine Rolle entsprechend an.

Bevor die Frau mich nach meiner nicht vorhandenen Marke fragen konnte, sagte ich sehr bestimmt: »Gnädigste, ich brauche Ihre Hilfe.«

Sie fummelte an ihrem Morgenrock und an ihren Lockenwicklern herum. Sie war schon weit über fünfzig. »J-ja, Officer«, sagte sie.

»Madam, eine ehemalige Mieterin in diesem Haus wurde kürzlich ermordet. Vielleicht haben Sie davon gehört; Sie sehen aus wie eine Frau, die auf dem Laufenden ist.«

»Nun, ich –«

»Sie hieß Marcella Harris.«

Die Frau fuhr sich mit den Händen an die Kehle. Sie war erregt, und ich verstärkte ihre Furcht: »Das stimmt, Mrs. Groberg, sie wurde erwürgt.«

»O nein!«

»O doch, Madam.«

»Nun, ich –«

»Madam, dürfte ich wohl reinkommen?«

»O ja, Wachtmeister.«

Die Wohnung war heiß, stickig und mit Möbeln überladen. Ich nahm neben Mrs. Groberg auf dem Sofa Platz, um besser bohren zu können.

»Die arme Marcella«, sagte sie.

»In der Tat. Madam. Kannten Sie sie gut?«

»Nein. Um die Wahrheit zu sagen, ich mochte sie eigentlich nicht. Ich glaube, sie war eine Trinkerin. Aber ich war hingerissen von ihrem kleinen Jungen. Er war so ein süßer Bengel.«

Ich ließ ein wenig Hoffnung schimmern: »Dem Jungen geht es gut, Mrs. Groberg. Er lebt jetzt bei seinem Vater.«

»Gott sei Dank.«

»Ich habe herausgefunden, dass Marcella ihre Wohnung im Sommer 1951 an Ihren Bruder untervermietet hat. Erinnern Sie sich daran?«

Mrs. Groberg lachte. »Und ob! Ich hab das angezettelt, und das war ein Fehler! Mein Bruder Morton hatte Alkoholprobleme, genau wie Marcella. Er kam aus Omaha, um bei Lockheed zu arbeiten und trocken zu werden. Ich hab ihm das Geld für die Fahrt hierher geliehen und das Geld für die Miete. Aber er hat Marcellas Schnaps gefunden und alles ausgetrunken! Er war drei Wochen lang besoffen.«

»Wie lange war Morton in der Wohnung?«

»Zwei Monate! Er war auf 'ner Sauftour, und er endete im Krankenhaus. Ich –«

»War Marcella so lange weg?«

»Ja.«

»Hat Sie Ihnen gesagt, wo sie hinwollte?«

»Nein, aber als sie wieder da war, sagte sie ›Schau heimwärts, Engel‹. Das ist doch der Titel eines Buches, nicht wahr?«

»Ja, Madam. Hatte Marcella ihren Sohn dabei?«

»Nein ... weiß nicht ... doch, ich weiß, dass sie ihn nicht dabeihatte. Sie hatte das Kerlchen bei Freunden gelassen. Ich erinnere mich, dass ich mit dem Jungen gesprochen habe, als Marcella zurückkam. Er mochte die Leute nicht, bei denen er gewesen war.«

»Danach zog Marcella aus, nicht wahr?«

»Ja.«

»Wissen Sie, wohin sie ging?«

»Nein.«

»Erschien sie Ihnen verstört, als sie von ihrer Reise zurückkam?«

»Kann ich nicht sagen. Diese Frau war mir ein Rätsel! Wer … wer hat sie umgebracht, Officer?«

»Ich weiß es nicht, aber ich werde es herausbekommen«, sagte ich zum Abschied.

Als ich mit zitternden Händen über den Cahuenga Pass nach Hollywood fuhr, konnte ich meine Erregung nur mit Mühe unter Kontrolle halten. Ich fand eine Telefonzelle und rief Doc Harris an. Er nahm beim dritten Klingeln ab: »Sprechen Sie, es ist ihr Geld.«

»Doc, hier spricht Fred Walker.«

»Fred, wie geht's? Was macht das Versicherungsgeschäft?« Die derbe Herzlichkeit seines Tonfalls sagte mir, er wusste, dass es sich nicht um Versicherungen handelte, er dieses Spielchen aber trotzdem mitmachen wollte.

»Soso lala. Es ist ein Geschäft wie jedes andere. Hören Sie, würden Sie und Michael gerne morgen einen Ausflug machen? Irgendwohin aufs Land, in meinem Cabrio, Sie brauchen nur einzusteigen.«

Am anderen Ende der Leitung herrschte Stille. Endlich sagte Doc: »Klar, Mann. Warum holen Sie uns nicht einfach zum zwölf Uhr ab?«

»Bis dann«, sagte ich und hängte ein.

Ich fuhr nach Beverly Hills.

Lornas Büro befand sich in einem hohen Gebäude, das an das Stanley-Warner-Theater auf dem Wilshire Boulevard in der Nähe des Beverly Drive grenzte. Ich parkte weiter unten auf der Straße und ging zu Fuß dahin. Ich sah zuerst auf dem rückwärtigen Parkplatz nach; ich fürchtete, Lorna hätte schon Feierabend haben können, aber ich hatte Glück: Ihr Packard stand noch an seinem Platz. Fleißige Lorna – um halb sieben immer noch an der Arbeit.

Der Himmel färbte sich golden, und die Leute stellten sich schon für die erste Abendaufführung des Films »Ein Mädchen vom Lande« an. Ich wartete eine Stunde am Eingang des Parkplatzes, bis der Himmel ein poliertes Kupferrot annahm und Lorna um die Ecke auf den Canon Drive kam. Sie blieb nahe beim Gebäude und stieß ihren schweren hölzernen Stock in die Ecke, die die Mauer und der Gehsteig bildeten.

Als ich sie sah, überkam mich das altbekannte Zittern. Sie ging geistesabwesend, den Kopf nach unten gerichtet. Bevor sie aufschauen und mich erkennen konnte, prägte ich mir ihren Gesichtsausdruck ein, ihre gewundene Körperhaltung und ihr hellblaues Sommerkleid. Als sie dann aufblickte, muss sie den liebeskranken Freddy Underhill aus alten Zeiten gesehen haben, denn ihr Gesicht wurde sanft, bis sie merkte, dass dies das Jahr 1955 war und nicht 1951 und dass in der Zwischenzeit Mauern errichtet worden waren.

»Hallo, Lorna«, sagte ich.

»Hallo, Freddy«, sagte Lorna kalt. Ihre Züge versteiften sich, sie seufzte und lehnte sich gegen den Marmor des Gebäudes, »Warum, Freddy? Es ist vorbei.«

»Nein, Lorna. Nichts ist vorbei.«

»Ich will nicht mit dir streiten.«

»Du siehst schön aus.«

»Nein. Ich bin fünfunddreißig und ich habe zugenommen. Und es ist erst vier Monate her.«

»Es ist eine Ewigkeit her.«

»Tu mir das nicht an, gottverdammt! Du meinst das nicht, und mir ist es egal! Mir ist es egal. Freddy! Verstehst du mich?«

Lorna gab sich einen Ruck und wäre beinahe gestürzt. Ich näherte mich ihr, um sie zu stützen, und sie hieb tapsig mit dem Stock nach mir. »Nein, gottverdammt«, zischte sie. »Dein Charme wird nicht noch einmal verfangen. Ich lasse nicht zu, dass du meine Freunde verprügelst, und ich werde dich nicht wieder nehmen.«

Sie humpelte auf den Parkplatz. Ich blieb hinter ihr und überlegte, ob sie mir wohl glauben würde oder mich für verrückt hielte oder ob es ihr egal wäre. Ich ließ sie bis zu ihrem Wagen gelangen, sah zu, wie sie ihre Schlüssel aus der Tasche angelte, dann rannte ich hin und riss sie ihr aus der Hand, als sie gerade die Tür aufschließen wollte. Sie widersetzte sich erst, dann gab sie auf. Sie lächelte geduldig und verlagerte ihr Gewicht auf den Stock. »Du hast nie zugehört, Freddy«, sagte sie.

»Ich hab besser zugehört, als du weißt«, entgegnete ich.

»Nein, hast du nicht. Du hast nur das gehört, was du hören wolltest. Und du hast mich überzeugt, du würdest zuhören. Du warst ein guter Schauspieler.«

Mir fiel keine Retourkutsche ein, keine bissige Bemerkung, keine flehentliche Bitte. Also wich ich ein paar Schritte zurück, um objektiv zu erscheinen, und sagte schlicht: »Es geht wieder los. Ich habe Eddie Engels mit einer Frau in Verbindung gebracht, die neulich ermordet wurde. Ich werde der Sache nachgehen, egal, wo das hinführt. Vielleicht können wir wieder zusammen sein, wenn das alles vorbei ist.«

Lorna war vollkommen reglos. »Du bist wahnsinnig«, sagte sie. »Es lastet wie ein Fluch auf uns, Lorna. Vielleicht finden wir Ruhe, wenn es vorbei ist.«

»Du bist wahnsinnig.«

»Lorna – –«

»Nein. Wir können nie wieder zusammen sein; und nicht wegen der Dinge, die vor vier Jahren passierten. Wir können nie wieder zusammen sein, weil du so bist, wie du bist. Nein, fass mich nicht an und versuch nicht, mich einzuwickeln oder Süßholz zu raspeln. Ich steig' jetzt in mein Auto, und wenn du versuchst, mich daran zu hindern, wird es dir leidtun, dass wir uns je getroffen haben.«

Ich gab Lorna ihre Wagenschlüssel. Ihre Hand zitterte, als sie sie entgegennahm. Sie wurstelte sich in ihren Wagen und fuhr los, wobei sie mir Auspuffwolken über die Hosenbeine blies.

»Nichts ist jemals vorbei, Lorna«, sagte ich in die Luft. Aber ich wusste nicht, ob ich das glaubte.

Wir fuhren ohne Verdeck auf dem San Bernardino Freeway nach Osten, weg von den stickigen, sonnenblinden Straßen Los Angeles', an einer Reihe von zusammengewachsenen Arbeitervororten vorbei, die sich über ein Gebiet erstreckten, das von den sandigen Ebenen bis zu den Nadelwäldern reichte. Ich saß am Steuer, Michael neben mir auf dem Vordersitz, und Doc hatte sich auf dem Rücksitz ausgebreitet, seine langen Beine lagen auf dem rechten Türrahmen. Michael hatte einen Arm schützend um seine Fußgelenke gelegt und tappte zum Rhythmus des Boogie-Woogie, den eine Big Band im Radio spielte.

Wir fuhren auf kurvenreichen Straßen durch einen Nadelwald hoch, und die Luft, die an uns vorbeijagte, wurde heißer und dünner. Lake Arrowhead war ursprünglich unser Ziel, aber es schien uns allen egal, ob wir je dahin kämen; wir hatten uns in einem Spiel der Stille verirrt –

Doc und ich wussten beide, dass der andere es auch *wusste*, aber was? Und beide hatten wir bis dahin keine Lust, es weiterzuverfolgen. Und Michael wand seinen langen Hals oberhalb der Windschutzscheibe und bekam einen heftigen Schwall Sommerluft ab, den er wie Treibstoff für seine blühende Fantasie einsog.

Am Ende der abfallübersäten Zugangsstraße tauchte Lake Arrowhead abrupt auf. Er schimmerte hellblau wie eine Fata Morgana in der Hitze und war mit Ruderbooten und Schwimmern übersät. Ich hielt am Straßenrand an und wandte mich meinen Mitfahrern zu.

»Also«, sagte ich, »hier oder weiter hinten?«

»Weiter hinten!«, riefen beide einstimmig aus, und ich gab Gas, fuhr um die blaue Oase und auf einem weitläufigen Sträßchen durch kleine Bergketten, die sich übereinandertürmten.

Aber bald setzte mein nüchterner Verstand wieder ein. Wir waren meilenweit von Los Angeles entfernt, und ich hatte etwas zu tun. Ich wurde langsam nervös und sah mich nach einem ruhigen, schattigen Plätzchen um, an dem wir halten und die belegten Brote essen konnten, die ich gerichtet hatte. Fast als Antwort auf meine Unruhe tauchte es vor uns auf: »Jumbos Tierpark und Rastplatz«. Es sah wie die Kulisse eines Westerns aus: eine einzige Straße mit böse zugerichteten Holzhäusern, dahinter ein kleines Wäldchen mit vielen Picknick-Tischen. Ein verwittertes Schild am Eingang schrie uns entgegen: »Weihnachten im Sommer! Besichtigen Sie die Rentiere des Weihnachtsmannes bei Jumbo!«

Als ich auf den Parkplatz fuhr, stupste ich Michael in die Seite. »Glaubst du noch an den Weihnachtsmann, Mike?«

»Er hat es nicht gern, wenn man ihn Mike nennt«, sagte Doc.

»Es macht mir nichts aus«, widersprach Michael, »aber der Weihnachtsmann kann mich am Arsch lecken.« Er kicherte über seinen eigenen Witz. Ich lachte mit ihm.

»Ein altkluger Junge«, bemerkte Doc trocken vom Rücksitz.

»Wie sein Vater?«

»Ganz wie sein Vater. In mancherlei Hinsicht. Ich nehme an, wir bleiben hier?«

»Stimmen wir ab. Mike?«

»Ja.«

»Doc?«

»Warum nicht?«

Ich holte eine große Papiertüte voller Sandwiches und eine große Thermoskanne mit Eistee aus dem Kofferraum, und wir bummelten durch die kleine Stadt. Ich hatte recht – die Gebäudefassaden waren Studiokulissen: das Gefängnis von Dodge City, Millers Kramladen, Diamond Jims Saloon und das Ballhaus. Nur die Dächer waren noch intakt – die Fassaden waren herausgerissen und durch Gitter ersetzt worden, hinter denen sich ausgemergelte wilde Tiere ausruhten. Im Gefängnis von Dodge City wohnten zwei abgemagerte Löwen.

»Der König der Tiere«, murmelte Doc, als wir an ihnen vorbeigingen. »Ich bin der König der Tiere«, erwiderte Michael, der neben mir und vor seinem Vater ging.

In Diamond Jims Saloon befand sich ein aufgedunsener Elefant. Er lag wie im Koma auf einem Zementboden, der mit Exkrementen bedeckt war.

»Sieht aus wie ein gewisser Republikaner, den ich kenne«, sagte ich.

»Sei vorsichtig!«, krähte Michael. »Daddy ist Republikaner, und er versteht da keinen Spaß!« Michael fing an zu kichern und lehnte sich an mich. Ich legte meinen Arm um ihn und drückte ihn fest.

Zuletzt hielten wir, bevor wir zum Picknickgelände kamen, vor »Diamond Lils geselligem Treffpunkt«, zweifellos ein Euphemismus für »Puff«. Diamond Lil und ihre Mädchen waren nicht anwesend. Hässliche, schwatzhafte Paviane mit rosa Gesichtern waren stattdessen da.

Michael riss sich von meinem Arm los. Er fing an zu zittern, wie in der Kneipe vor zwei Tagen. Er hob große Dreckklumpen vom Boden auf und schleuderte sie mit voller Wucht auf die Paviane.

»Ihr Scheiß-Säufer, ihr dreckigen!«, schrie er. »Ihr ekelhaften, dreckigen, gottverdammten Säufer!« Er ließ noch eine Ladung Dreck los und wollte wieder schreien, aber er brachte kein Wort heraus. Das Geplapper der Tiere im Käfig steigerte sich zu einer kreischenden Kakophonie.

Michael bückte sich, um noch mehr Munition aufzuheben, da packte ich ihn an den Schultern. Als er sich wand, um sich zu befreien, sagte Doc besänftigend: »Sachte, Junge. Sachte, mein Kleiner, wird schon alles gut werden, Michael, sachte ...«

Michael rammte mir seinen knochigen Ellbogen in den Magen. Ich ließ ihn los, und er jagte wie eine Antilope in Richtung Picknickplatz. Ich gab ihm einen ordentlichen Vorsprung, dann folgte ich ihm. Er rannte, so schnell er konnte, und ich wusste, er würde in diesem Zustand laufen, bis er zusammenbrach.

Wir rannten durch das Wäldchen in einen Miniatur-Canyon, der mit Kiefern bestanden war. Plötzlich ging es nicht weiter. Michael fiel einer großen Kiefer zu Füßen und umgriff sie heftig mit seinen dünnen Armen. Er wiegte sich auf den Knien. Als ich näher kam, konnte ich ein heiseres Winseln aus seiner Kehle aufsteigen hören. Ich kniete mich neben ihn, legte ihm meine Hand beruhigend auf die Schulter und ließ ihn weinen, bis er allmählich den Baum losließ und mich umarmte.

»Was ist los, Michael?«, fragte ich sanft und fuhr ihm durchs Haar. »Was ist los?«

»Sag Mike zu mir«, schluchzte er. »Ich möchte nicht mehr Michael genannt werden.«

»Mike, wer hat deine Mutter umgebracht?«

»Ich weiß es nicht!«

»Hast du schon mal von jemand gehört, der Eddie Engels heißt?« Michael schüttelte den Kopf und grub ihn noch tiefer in meine Brust.

»Margaret Cadwallader?«

»Nein«, schluchzte er.

»Mike, kannst du dich daran erinnern, wie ihr im Hibiscus Canyon gewohnt habt, als du fünf Jahre alt warst?«

Mike schaute mich an. »J-ja«, sagte er.

»Erinnerst du dich an die Reise, die deine Mutter gemacht hat, während du dort gewohnt hast?«

»Ja!«

»Pssst. Wo fuhr sie hin?«

»Ich ... weiß nicht ...«

Ich half dem Jungen auf die Beine und legte meinen Arm um ihn. »Fuhr sie nach Wisconsin?«

»Ich glaube. Sie brachte diesen ganz schmierigen Käse und das stinkige Sauerkraut mit. Diese gottverdammten deutschen Hurensöhne.«

Ich hob das Kinn des Jungen von seiner Brust. »Bei wem warst du, während sie weg war?«

Mike wand sich von mir los und blickte zu Boden.

»Sag's mir, Mike.«

»Ich wohnte bei diesen Nachtvögeln, mit denen meine Mutter verkehrte.«

»Waren die gut zu dir?«

»Ja. Das waren Säufer und Spieler. Die waren nett zu mir, aber ...«

»Aber was, Mike?«

Mike schrie: »Die waren nett zu mir, weil sie Marcella ficken wollten!« Er weinte nicht mehr, und der Hass in seinem Gesicht ließ ihn um zehn Jahre altern.

»Wie hießen die?«

»Weiß nicht. Onkel Claude, Onkel Schmu, Onkel Ficko, ich weiß es nicht!«

»Weißt du noch, wo du wohntest?«

»Ja. ich weiß; 6481, Scenic Avenue. Nähe Franklin und Gower. Dad sagte …«

»Sagte was, Mike?«

»Dass … dass er Marcellas Freunde aufmischen würde. Ich sagte, sie wären nett, aber er wollte es trotzdem. Fred?«

»Ja?«

»Dad hat mir gestern Abend Geschichten erzählt. Er hat mir die Geschichte von diesem Kerl erzählt, der mal Cop war. Warst du mal Cop?«

»Ja. Was – –«

»Michael, Fred, wo zum Teufel steckt ihr?« Es war Docs Stimme, und sie war nah. Eine Sekunde später sahen wir ihn. Michael wich von mir, als Doc in Sicht kam.

Er kam auf uns zu. Als ich sein Gesicht aus der Nähe sah, wusste ich, dass die ganze Vorstellung ein Ende hatte. Sein Ausdruck war eine Maske des Hasses; die harten, schönen Gesichtszüge waren einwärts gezogen und verschmolzen vollkommen in einem Bild der absoluten Kälte.

»Ich denke, wir sollten nach L.A. zurückfahren«, sagte Doc.

Keiner sagte ein Wort, als wir über ein Labyrinth von Autobahnen und Asphaltstraßen nach Los Angeles gelangten. Mike saß hinten. Doc vorne neben mir, seine Augen blickten während der ganzen zwei Stunden starr geradeaus.

Als wir endlich am Haus ankamen, schienen wir alle drei zum ersten Mal Luft zu holen. Da roch ich ihn, einen beißenden, schweißigen Moschusgeruch, der den Wagen auch ohne Verdeck durchdrang: der Geruch der Angst.

Michael sprang vom Hintersitz aus dem Wagen und rannte wortlos in seinen Hinterhof. Doc wandte sich mir zu: »Und jetzt, Underhill?«, sagte er.

»Ich weiß nicht. Ich mach' mich 'ne Weile aus dem Staub.«

»Und dann?«

»Dann komm' ich wieder.«

Harris stieg aus dem Wagen. Er schaute auf mich herunter. Er wollte lächeln, aber ich ließ sein kaltes Gesicht nicht so weit kommen.

»Harris, wenn Sie dem Jungen etwas zuleide tun, bring' ich Sie um«, sagte ich, dann fuhr ich los in Richtung Hollywood.

Scenic Avenue war eine Nebenstraße, ungefähr eine Meile nördlich des Hollywood Boulevard. Nummer 6481 war ein kleines Steinhaus auf der Südseite. Ein kleiner Unkrautgarten war von einem weißen Lattenzaun umgeben. Das Haus war verlassen, wie ich es vorausgesehen hatte; alle Fenster auf der Vorderseite waren eingeschlagen, und die zerbrechliche hölzerne Haustüre war halb eingedrückt.

Ich ging um die Ecke des Hauses. Der Hinterhof war wie der Vorgarten – derselbe Zaun, dasselbe hohe Unkraut. Ich fand einen Schaltkasten neben dem Zaun, der an einem Telefonmast angebracht war, keilte ein langes Holzscheit unter das Scharnier und brach den Kasten auf. Fünf Minuten lang spielte ich mit den

Schaltern, bis das Dämmerlicht im Inneren von Nr. 6481 einer taghellen Beleuchtung gewichen war.

Ich ging dreist über die hölzerne Veranda und durch die hintere Türe. Dann ging ich ruhig durch das ganze Haus und kostete jeden Hauch des Bösen aus, das ich dort verspürte.

Es war ein gewöhnliches Einfamilienhaus ohne jede Möbel, ohne jede Wohnspuren, sogar ohne irgendwelche Penner, die gewöhnlich an solchen Orten wohnten; aber es war erfüllt von einer unbeschreiblichen Aura des Wahnsinns und des Terrors, die jede Wand, jede Bodenplanke und jede Ecke durchdrang, die von Spinngeweben verhangen war.

Auf dem Eichenholzboden im Schlafzimmer fand ich neben einer umgedrehten Matratze einen großen Fleck aus geronnenem Blut. Es hätte auch etwas anderes sein können, aber ich wusste, was es war. Ich hob die Matratze an einem Ende hoch; auf der Unterseite war sie mit einer bräunlichen Substanz getränkt.

Ich wusste, dass es Blut war, was ich in der Badewanne, im Wohnzimmerschrank und an den Wänden im Esszimmer fand. Irgendwie förderte jeder neue Hinweis auf ein Blutbad eine immer tiefere Ruhe in mir. Bis ich in das kleine Zimmer kam, das sich an die Küche anschloss, und das Kinderbettchen sah, seine blutbespritzten Stäbe, seine kleine Matte dick mit Blut überzogen und den Teddybären, der tot obenauf lag. Seine Innereien quollen heraus und waren blutgetränkt, mit Blut aus einer anderen Zeit. Einer Zeit, die von mir Besitz ergriff.

Dann ging ich nach draußen. Ich wusste, dass dies das Land der Toten war, über das Wacky vor so vielen Jahren geschrieben hatte.

V
WISCONSIN-WELSCH

19

Von meinem Fenster aus konnte ich sehen, wie die Propeller ihren Weg durch eine aufgetürmte Wolkenbank über dem Pazifik mahlten. Das Flugzeug beschrieb dann einen Bogen nach links und begab sich auf eine lange Reise ins Innere Amerikas, das ich noch nie gesehen hatte: zuerst Chicago, dann ein Anschlussflug ins südliche Wisconsin, der Heimat von Margaret Cadwallader und Marcella DeVries Harris.

Als wir Kalifornien, Arizona und Nevada hinter uns gelassen hatten, richtete ich meinen Blick von der dürren Landschaft auf das Surren der Propeller und wurde durch die kreisende Bewegung hypnotisiert. Nach einer Weile fand ein Prozess der Synchronisation statt: Meine Gedanken liefen in perfekten, logischen, chronologischen Kreisen und in thematischem Gleichklang: Marcella DeVries wurde 1912 in Tunnel City, Wisconsin, geboren. Tunnel City lag fünfundachtzig Meilen von Waukesha entfernt, wo Maggie Cadwallader 1914 geboren wurde. Zwei Jahre und fünfundachtzig Meilen auseinander.

»Ich bin nur ein Bauernmädchen aus Wisconsin«, hatte Maggie mir gesagt. Sie war auch hysterisch geworden, als sie meine Freizeit-Kanone gesehen hatte. *»Nein, nein, nein, nein!«*, hatte sie geschrien. *»Du darfst mir nicht wehtun! Ich weiß, wer dich geschickt hat!«*

Sechs Monate später war sie tot, in demselben Schlafzimmer

erwürgt, in dem wir uns geliebt hatten. Der Zeitpunkt ihres Todes fiel mit Marcellas plötzlichem Aufbruch ins Unbekannte zusammen.

»Schau heimwärts, Engel«, hatte Marcella ihrer Nachbarin, Mrs. Groberg, gesagt.

An *»schmierigen Käse und stinkiges Sauerkraut«* hatte sich ihr Sohn erinnert – Einwanderer-Essen aus dem Staate Wisconsin, in dem Deutsche, Holländer und Polen dominierten.

Eine hübsche Stewardess brachte mir Kaffee, aber zum Dank erhielt sie nur ein zerstreutes Murren. Ich starrte auf den Propeller, der mir am nächsten war, sah zu, wie er die Luft zerschnitt, und fühlte eine sich vertiefende Symbiose von Gegenwart und Vergangenheit und eine weitere Entfaltung der Logik. Eddie Engels und Janet Valupeyk hatten sich geliebt. Eddie hatte eine Geschichte mit Maggie Cadwallader gehabt. Eddie hatte Janet im Frühsommer 1951 gesagt, sie sollte die Wohnung im Hibiscus Canyon an Marcella Harris vermieten. Das alles musste zusammenhängen, es passte vollkommen zusammen.

Als das Flugzeug in Chicago gelandet war und ich wieder festen Boden unter den Füßen hatte, entschloss ich mich, meine Pläne zu ändern. Ich mietete einen Wagen und fuhr die dreihundert Meilen nach Wisconsin. Ich suchte mir bei einem Verleiher einen zuverlässig aussehenden Ford aus und fuhr los. Es dämmerte langsam, und es war noch sehr heiß. Vom Lake Michigan kam eine Brise herüber, die sich redlich, aber vergeblich bemühte, für Abkühlung zu sorgen.

Ich fuhr ins Herz der Stadt, sah den frühabendlichen Touristen und Schaufensterbummlern zu und wusste nicht, was ich eigentlich suchte. Als ich bei einem Schnelldrucker an der North Side vorbeikam, wusste ich, dass ich dahin wollte. Ich ging hinein und erwarb für fünf Dollar gedruckte Protektion; zweihundert getürkte Visitenkarten, auf denen mein richtiger Name und eine vornehm klingende Adresse in Beverly Hills sowie eine Telefonnummer stand.

In einem nahe gelegenen Kramladen kaufte ich mir drei einigermaßen realistisch aussehende Marken, die mich als »Hilfssheriff«, »Polizei-Stenografen« und »internationalen Ermittler« auswiesen. Als ich die letzte genau überprüfte, warf ich sie aus dem Wagenfenster – sie sah genauso aus wie die Beigabe einer Cornflake-Packung. Aber die anderen sahen echt aus, meine Visitenkarten sahen echt aus, und die .38er Automatic in meinem Koffer *war* echt. Ich fand ein Hotelzimmer auf der North Side und ging früh ins Bett; ich hatte ein heißes Rendezvous mit der Geschichte, und ich wollte dafür ausgeruht sein.

Der Süden Wisconsins erstrahlte in jedem nur vorstellbaren Grün. Ich überquerte die Grenze zwischen Illinois und Wisconsin um acht Uhr morgens, verließ die breite, achtspurige Autobahn und bewegte meinen 52er Ford auf schmalen geteerten Straßen nach Norden, durch Milch- und Farmland, das alle paar Meilen von kleinen Seen unterbrochen wurde.

Ich verpasste Tunnel City beinahe, weil ich das Ausfahrtsschild erst im letzten Moment erblickte. Ich fuhr eine heiße Rechtskurve und kam auf eine zweispurige Straße, die mitten durch ein riesiges Kohlfeld führte. Nach einer halben Meile verkündete eine Tafel: »Tunnel City, Wisconsin, 9818 Einwohner«. Nach einem Tunnel suchte ich vergebens, dann wurde mir klar, dass die Stadt ihren Namen wahrscheinlich einer Art unterirdischem Bewässerungssystem verdankte, dass die endlosen Kohlfelder der Umgebung mit Wasser versorgte.

Die Stadt selbst war aus der Sicht von vor fünfzig Jahren in jeder Weise intakt: ein Gerichtsgebäude aus rotem Backstein, Futtermittelläden aus rotem Backstein, ein Lebensmittelladen aus rotem Backstein: aus weißem Backstein waren der Drugstore, der Gemüseladen und die Stadtbücherei. Den Brennpunkt der kleinen Gemeinde schienen zwei Traktorenhändler zu bilden, deren Schaufenster sich auf beiden Seiten der Straße genau gegenüberlagen. Hinter ihren kristallklaren Scheiben waren sie vollgestopft mit brandneuen Maschinen.

Ein paar sonnenverbrannte Männer in Latzhosen standen vor jedem Laden und unterhielten sich gut gelaunt. Ich parkte meinen Wagen und gesellte mich zu einer Gruppe auf dem Bürgersteig. Es war sehr heiß und sehr schwül, und ich zog umgehend mein Jackett aus. Sie erkannten mich sofort als verderbten Stadtmenschen, und ich sah, wie sie untereinander versteckte Zeichen austauschten. Ich wusste, dass ich die Zielscheibe ihrer Späße werden würde, und richtete mich darauf ein.

Ich wollte gerade »Guten Morgen« sagen, als der größte der drei Männer unmittelbar vor mir traurig seinen Kopf schüttelte und sagte: »Kein besonders guter Morgen, junger Freund.«

»Ist ein bisschen schwül«, sagte ich.

»Sind Sie aus Chicago?«, fragte ein kleiner Mann mit buschigen Augenbrauen. Seine kleinen blauen Augen funkelten in dem Wissen, einen echten vor sich zu haben.

Ich wollte ihn nicht enttäuschen. »Ich bin aus Hollywood. In Hollywood kann man alles bekommen, was man möchte, außer gutem Sauerkrautsaft, deshalb bin ich nach Wisconsin gekommen, weil ich mir eine Reise nach Deutschland nicht leisten konnte. Bringen Sie mich zu Ihrem klügsten Kohlkopf.«

Damit erntete ich allenthalben Gelächter. Ich fasste in meine Jackentasche, zog eine Hand voll Karten hervor und gab jedem eine. »Fred Underhill«, sagte ich, »Vereinigte Versicherungen, Los

Angeles.« Als die behäbigen Farmer nicht beeindruckt schienen, ließ ich die Bombe platzen: »Lesen Sie überhaupt die Zeitungen aus Los Angeles?«

»Hab kein' Grund dazu«, sagte der große Mann.

»Warum?«, fragte der mit den buschigen Augenbrauen.

»Was hat das mit dem Käsepreis in Wisconsin zu tun?«, fragte ein Dritter.

Das war mein Stichwort: »Ein Mädchen aus Tunnel City wurde letzten Monat in Los Angeles ermordet. Marcella DeVries. Verehelichte Harris. Der Mörder wurde noch nicht gefunden. Ich untersuche einen Erbanspruch und arbeite mit der Polizei von L.A. zusammen. Marcella war vor vier Jahren hier und kann danach noch einmal hier gewesen sein. Ich muss mit Leuten reden, die sie gekannt haben. Ich möchte den Hurensohn kriegen, der sie umgebracht hat. Ich ...« Ich ließ meine Stimme verhallen.

Die Männer starrten mich ausdruckslos an. Ihre Ausdruckslosigkeit verriet mir, dass sie Marcella DeVries kannten und über ihre Ermordung nicht überrascht waren. Ihre unbewegten Gesichter verrieten mir auch, dass Marcella DeVries für sie eine Anomalie war, weit jenseits ihres Kleinstadt-Horizonts.

Keiner sagte ein Wort. Die andere Gruppe Traktorverehrer hatte in ihrer Unterhaltung innegehalten und starrte mich an. Ich deutete auf ein dreigeschossiges weißes Gebäude über der Straße, an dem ein Schild angebracht war: »Badger Hotel – stets saubere Zimmer«.

»Sind die Zimmer da wirklich immer sauber?«, fragte ich meine gespannten Zuhörer.

Keiner antwortete.

»Da werde ich bleiben«, sagte ich. »Wenn einer von Ihnen mit mir reden möchte oder jemanden kennt, der reden möchte, dort bin ich zu finden.«

Ich verschloss meinen Wagen, holte meinen Koffer aus dem Kofferraum und ging ins Badger Hotel.

Vier Stunden lang lag ich in meiner Unterwäsche auf meinem sauberen Bett und wartete auf den Ansturm der Farmer, die erpicht waren, detaillierte Berichte über jeden Aspekt des Lebens von Marcella Harris zu geben. Niemand rief mich an oder klopfte an meine Tür. Ich kam mir vor wie der Sheriff, der eine Stadt von Gangstern befreien soll und unerklärlicherweise von den Bürgern gefürchtet wird.

Ich sah auf meine Uhr: halb sechs. Die Hitze und die drückende Schwüle ließen langsam nach, also raffte ich mich zu einem Spaziergang auf. Ich zog mir Hose und ein Freizeithemd an und schlenderte durch den sauberen Empfangsraum des Badger Hotels. Der saubere Empfangschef sah mich noch misstrauisch an, dann ging ich auf die sauberen Straßen von Tunnel City, Wisconsin.

Tunnel City besaß eine Durchgangs- und Geschäftsstraße, die treffenderweise Main Street hieß. Der Handel spielte sich in Tunnel City ausschließlich auf dieser Straße ab. Die Wohnstraßen der Stadt zogen sich von dieser Achse zum angrenzenden Farmland hin.

Ich ging südwärts auf die Kohlfelder zu und kam mir verloren vor. Jedes Haus, an dem ich vorbeikam, war weiß und hatte einen perfekt gepflegten Rasen im Vorgarten mit den sauber gestutzten Bäumen und Sträuchern. Jedes Auto in jeder Einfahrt glänzte frisch geputzt. Die Menschen, die auf den Veranden saßen, sahen resolut und stark aus.

Ich ging so weit, bis das saubere Tunnel City aufhörte und Tunnel Citys ertragreiches Farmland anfing. Auf dem Weg zurück ins Hotel erkannte ich, warum Marcella DeVries hier hatte rausmüssen – und warum sie wieder hatte zurückkommen müssen.

Ich schlenderte gerade auf der Suche nach einer Esskneipe über die Hauptstraße, als mir ein Mann aus der Richtung des Hotels über die Straße entgegenkam. Er war ein großer Mann in den Vierzigern und hatte Bluejeans und ein kariertes Hemd an. Etwas war an ihm, und als sich unsere Blicke trafen, wusste ich, dass er reden wollte.

Als er auf dem Bürgersteig war, versperrte er mir den Weg und streckte mir eine große knochige Hand entgegen. Ich schüttelte sie.

»Ich bin Will Berglund, Officer«, sagte der Mann.

»Fred Underhill, Mr. Berglund, und ich bin kein Polizist, ich bin Versicherungsdetektiv.«

»Mir egal. Ich kannte Marcy DeVries besser als irgendjemand. Ich – –« Der Mann war offensichtlich tief bewegt.

»Wo können wir uns unterhalten. Mr. Berglund?«

»Mir gehört das Kino hier in der Stadt.« Er zeigte die Hauptstraße hinunter. »Die letzte Vorführung ist um Viertel vor zehn zu Ende. Kommen Sie dann dahin. Wir können in meinem Büro reden.«

Als ich den Vorraum des Badger Kinos betrat, scheuchte Will Berglund die wenigen übrig gebliebenen Kinobesucher zur Tür hinaus, verschloss sie und führte mich wortlos die Treppe hoch in ein Büro, das voller kaputter Kinosessel und Projektoren stand. »Ich pfusche gern herum«, sagte er als Erklärung.

Ich nahm ohne Aufforderung Platz, und er setzte sich mir gegenüber. Mein Kopf war voller Fragen, aber ich kam gar nicht zum Fragen – es war nicht nötig. Berglund öffnete alle Fenster im Zimmer und ließ frische Luft rein, dann fing er an zu reden.

Er redete sieben Stunden lang ohne Unterbrechung. Seine Stimme klang abwechselnd wehleidig und verdrießlich, vor allem aber schicksalsergeben. Es war eine sehr private Geschichte, ein Panorama des Kleinstadtlebens, des Kleinstadtgeredes, der Kleinstadthoffnung und der Kleinstadtvergeltung. Es war die Geschichte von Marcella DeVries.

Sie hatten sich von Anfang an geliebt, erst geistig, dann körperlich.

Die Familie Berglund war im selben Jahr aus Norwegen ausgewandert, in dem die Familie DeVries Holland verlassen hatte. Die Beziehungen ihrer Freunde und Verwandten aus der alten Heimat sicherten den zwei Familien Arbeitsplätze in den Viehhöfen Chicagos.

Es war das Jahr 1906, und es gab reichlich Arbeit. Die kräftigen Berglund-Männer wurden Vorarbeiter, die cleveren Männer der Familie DeVries wurden Buchhalter. Die drei Berglund-Brüder und Piet und Karl DeVries hatten einen Einwanderertraum gemein – den Traum von der Macht der alten Heimat, den Traum vom Land.

Alle fünf Männer, damals in den Dreißigern, waren ungeduldig. Sie wussten, dass sie die feudale Macht, die sie so heiß ersehnten, nicht durch zermürbendes Betteln würden erlangen können, nicht durch zermürbendes Borgen, Knausern oder durch das Töten von Vieh mit schweren Vorschlaghämmern. Die Zeit war nicht auf ihrer Seite, und die Geschichte auch nicht. Aber sie besaßen Köpfchen und Rücksichtslosigkeit, verbunden mit calvinistischem Eifer, und die fünf Männer starteten eine Karriere des Verbrechens mit nur einem Ziel vor Augen: dem Erwerb von fünfundzwanzigtausend Dollar.

Es dauerte drei Jahre und kostete zwei Menschenleben, eins

aus jeder Familie. Die Berglunds und die DeVries' wurden Einbrecher und bewaffnete Räuber. Piet DeVries war der anerkannte Anführer und Schatzmeister, Willem Berglund sein Adjutant. Sie planten und hatten die Aufsicht über den ungestümen Karl DeVries und die gewalttätigen Hasse und Lars Berglund.

Piet war ein romantischer Intellektueller und glühender Verehrer von Beethoven. Er liebte Juwelen und legte das Geld, das die Bande bei ihren Einbrüchen zusammenraffte, in Diamanten und Rubinen an, die er dann mit kleinem Gewinn an der Rohstoffbörse verkaufte. Ein paar Juwelen behielt er immer für sich. Er sehnte sich danach, ein Juwelendieb zu sein – wegen der Romantik und wegen des Profits –, und er plante einen gewalttätigen Überfall auf eine ältliche, juwelenbehangene Matrone aus Chicago, von der bekannt war, dass sie ohne Begleitung die Oper besuchte. Sein Bruder Karl und Lars Berglund sollten den Coup ausführen. Es war das Jahr 1909, und der Erlös aus dem Raub sollte sie leicht ihr Ziel von fünfundzwanzigtausend Dollar erreichen lassen.

Die Frau benutzte für ihre Fahrten eine Pferdekutsche. Die Männer warteten unter der Treppe ihres Stadthauses auf der nahe gelegenen North Side und waren mit Revolvern bewaffnet. Als sie anhielt und der Kutscher ihr die Treppe hoch half, sprangen Karl und Lars aus ihrem Versteck hervor in der Erwartung, ihr Opfer mühelos zu überwältigen. Der Kutscher schoss ihnen mit einer maßgefertigten sechsschüssigen Derringer aus nächster Nähe ins Gesicht.

Die drei überlebenden Mitglieder der Berglund-DeVries-Bande flohen gemeinsam nach St. Paul in Minnesota, mit achtzehntausend Dollar in bar und Juwelen. Hasse Berglund wollte Piet DeVries töten. Betrunken versuchte er es eines Nachts. Willem Berglund ging dazwischen und schlug Hasse mit einem bleischweren Stock bewusstlos. Hasse erlitt irreparable Hirnverletzungen, und Willem war außer sich vor Schuldgefühlen. Um Willems Schuldgefühle zu mildern, steckte Piet den jetzt wieder kindlichen Hasse in ein Heim, und zahlte dem Heimleiter zweitausend Dollar, damit er ihn für immer behielte.

Wohin sollten zwei Einwanderer gehen, der eine Norweger, der andere Holländer, mit sechzehntausend Dollar in der Tasche, ohne Frauen und Kinder und vor allem – ohne Land? Ihr Traum war eine Farm für Milchprodukte, aber zu dem Zeitpunkt war das unmöglich. Mit sechzehntausend Dollar konnten sie sich keine zwei Farmen kaufen, und gemeinsamer Besitz kam nicht in Frage – die zwei Männer waren durch vergossenes Blut miteinander verbunden, aber unter diesem Bund schwelte der Hass. Also wanderten sie, ernährten sich von den Früchten des Landes und ließen sich durch Minnesota und Wisconsin treiben, bis sie 1910 in einer kleinen Stadt landeten, die dreißig Meilen östlich vom Lake Geneva inmitten eines riesigen Kohlfeldes lag.

Sie heirateten die ersten Mädchen aus ihren Heimatländern, die nett zu ihnen waren: Willem Berglund heiratete Anna Nyborg aus Oslo, siebzehn Jahre alt, groß und blond und von gebrechlichem Körperbau, ein Gesicht von kameenhafter Lieblichkeit. Piet DeVries heiratete Mai Hendenfelder, die Tochter eines bankrotten Schiffsmagnaten aus Rotterdam, weil sie Brahms und Beethoven liebte, einen schönen, üppigen Körper hatte und kochen konnte.

1910 hatte man in Tunnel City Kohl, aber man trachtete auch nach dem Höchsten, mit dem man in Wisconsin Handel treiben konnte: Käse. Piet DeVries, 37-jähriger Farmarbeiter aus Holland, und Willem Berglund, 39-jähriger Bankangestellter und Teilzeit-Milchmann aus Norwegen, wollten sich mit nichts weniger zufriedengeben als einem Herzogtum aus Molkereiprodukten. Mit ihren erschöpften Geldmitteln mussten sie jedoch widerwillig nach anderen Möglichkeiten Ausschau halten.

Das Land hatte das letzte Wort – riesige Flächen wurden von reichen Käsefarmern aufgekauft. Flächen, die sich bis zum Lake Geneva erstreckten, Flächen, deren Erdtemperatur und Konsistenz sich jedoch als völlig ungeeignet erwiesen, Milchkühe in großer Zahl darauf weiden zu lassen. Aber es war *wunderbare* Erde, um Kohl darauf anzubauen.

Also reihten sich Piet DeVries und Willem Berglund widerwillig ein, hauten ihre sechzehntausend Dollar auf den Kopf und kauften Kohlfelder, zwei angrenzende Landparzellen, die nur durch eine staubige Landstraße getrennt waren.

Der Kohl brachte ihnen bescheidenen Wohlstand, und das Familienleben brachte ihnen – zunächst – bescheidenes Glück. Willem und Anna hatten bald Zwillingssöhne, Will und George; während Piet und Mai Marcella und John zeugten, die zwei Jahre auseinander waren.

Willem spielte Schach mit sich selbst und lief bis zur Erschöpfung die Landstraßen entlang. Piet brachte sich das Violinspiel bei und hörte sich auf seinem neu erworbenen Grammophon kratzige Beethoven-Schallplatten an. Die beiden Männer schlossen einen bitteren Waffenstillstand, der aber auch von gegenseitigem Respekt getragen war. Obwohl nicht blutsverwandt, waren ihre Bande fest. Trotz der Nachbarschaft ihrer Grundstücke trafen sie sich selten. Wenn sie miteinander verkehrten, behandelten sie sich mit der übertriebenen Ehrerbietung von Leuten, die sich gegenseitig fürchteten.

Ihre Mitbürger hielten beide für Außenseiter. Sie waren durch etwas anderes bestimmt, das, wie die Leute meinten, nicht auf ihrer Zurückhaltung basierte, sondern auf einem faszinierenden, geheimen Wissen, das aus ihren Augen sprach.

Es war ein Wissen, das an die nächste Generation weitergegeben wurde. Die Leute aus Tunnel City erkannten das auch, sobald Will und Marcella gehen und reden konnten und auf ihre Umwelt reagierten, von der sie wussten, dass sie nicht gut genug für sie war.

Marcella DeVries und die Zwillinge Will und George Berglund wurden 1912 im Abstand von drei Monaten geboren. Marcella wurde als Erste geboren. Piet war außer sich vor Freude. Er hatte sich ein Mädchen gewünscht und eins bekommen – pausbäckig und rosig und rothaarig wie er selbst. Willem wollte einen männlichen Erben und bekam einen – gleich zweimal. Aber George war ein kränkliches Kind, er wog bei der Geburt nur halb so viel wie sein gesunder Zwillingsbruder und wurde rasch als hoffnungslos zurückgeblieben eingestuft. Im Alter von drei Jahren, als Will schon beinahe wie ein präzise formulierender, gebildeter Erwachsener sprach, konnte George noch nicht stehen, er sabbelte wie ein Idiot und flatterte mit den Armen wie ein Huhn.

Willem hasste das Kind. Er sah ihn als eine scheußliche Bestrafung an, von einem hasserfüllten Gott erteilt, mit dem er nichts mehr anfangen konnte. Er hasste seine Frau, er hasste Gott, er hasste den Kohl, und er hasste Tunnel City, Wisconsin. Aber am allermeisten hasste er wahrlich Piet DeVries.

Piet schien aufzublühen. Er liebte seine Frau, er liebte seine Violine, er liebte sein Grammofon, und er liebte seine Kinder: die frühreife Marcella mit den roten Haaren und den schimmernden grünen Augen, deren dunkle Sommersprossen haufenweise überall in ihrem hübschen Gesicht auftauchten; obwohl sie willensstark und verwöhnt bis zu einem Grad war, der sie zu einer Tyrannin machte, wenn sie nicht ihren Willen bekam, war sie trotz allem die stürmisch liebende Tochter, die er sich immer erträumt hatte; und der kleine Johnny, der bei seiner Geburt zwölf

Pfund gewogen hatte – er lachte, war glücklich, ein plumper kleiner Riese, der Liebling aller. Immer, immer lachte er. »Mein kleiner Dinosaurier«, nannte Piet ihn, dann zog er am unsichtbaren Schwanz am Rumpf des Jungen, und Vater und Sohn lachten, bis ihnen Tränen in die Augen traten.

George Berglund, der nie gehen und sprechen lernte, starb 1919 an Scharlach. Er war sieben Jahre alt. Willem begrub ihn in einem Leinensack in einem flachen Grab neben dem Werkzeugschuppen hinter seinem Haus. Piet überquerte die Straße, um dem Mann sein Beileid zu bezeugen, mit dem er über ein Jahr lang nicht mehr gesprochen hatte. Willem schlug ihm ins Gesicht, bevor er ein Wort sagen konnte.

Hasse Berglund starb im Jahr darauf. Wiederholte Male von seinen Heimgenossen sexuell missbraucht, konnte er es nicht länger ertragen und stürzte sich vom oberen Rand in einen tiefen Granitsteinbruch, in dem die Heiminsassen arbeiten mussten.

Der Heimleiter schrieb Willem einen Brief und verlangte von ihm zweihundert Dollar, »für ein anständiges christliches Begräbnis« für den »Jungen«. Er bekam das Geld nie. Willem vergaß einfach, es zu schicken. Er hatte andere Dinge im Kopf. Er musste Piet DeVries vernichten. Spätabends redete er mit Anna darüber. Der junge Will lauschte an der Schlafzimmertür: Piet war für den Tod von Lars und Hasse verantwortlich gewesen – und sogar für den kleinen Deppen George. Das war die Vergangenheit, und es reichte. Aber jetzt wollten Piet und seine kleine rothaarige Hexe Willems goldenen Will, sein einziges Fleisch und Blut, mit Dichtung und Musik und Gott weiß was zerstören. Gott! Dann schrie Willem die schluchzende Anna an, außerhalb seines Landes und seiner Familie gäbe es keinen Gott, und das würde er Piet schon beibringen, bei Gott!

Marcella und Will kannten sich, durch Instinkt, durch Verstand, sie kannten sich auswendig. Mit dem Scharfblick aufeinander abgestimmter Tiere fanden sie den Weg zueinander über die staubige Straße, die die beiden Farmen trennte, über das Vermächtnis von Ehrgeiz und Gewalt hinweg, das ihre Väter verband. Die Unausweichlichkeit, mit der sie sich trafen, war so natürlich, dass Willem Berglund und Piet DeVries es einfach geschehen ließen.

Und es geschah. Als die Kinder vier Jahre alt waren, gingen sie oft miteinander in die Kohlfelder, um sich aus der braunen Erde Häuser zu bauen, die in den Bewässerungsrinnen lag. Nach tagelangem Spielen in den Kohlfeldern gingen sie dann oft in das Haus der Familie DeVries, um auf Mais Klavier zu klimpern.

Als sie sieben waren, im Jahr, als George starb, entdeckten sie die Stadt. Hand in Hand gingen sie über die Main Street in die Bibliothek und lasen stundenlang zusammen, riesige Bücherstapel schleppten sie nach draußen in die Pergola, die hinter dem weißen Backsteingebäude stand. Im Winter versteckten sie sich hinter dem großen hölzernen Futterbehälter am Rande des Berglund'schen Grundstücks, machten aus Ästen ein Feuer und erzählten sich Geschichten, bis sie einschliefen.

Keiner – weder Willem noch Piet, noch ihre Frauen, noch die Nachbarn – nahm Anstoß daran. Irgendwie war allen unausgesprochen klar, dass die beiden Kinder den wackligen Waffenstillstand zwischen den beiden Familien verkörperten. Solange sie zusammenbleiben durften, würde es keine weiteren Tragödien mehr geben.

Aber die Zwanzigerjahre kamen. Willem fing an zu trinken, und seine nächtlichen Ausfälle gegen Piet nahmen an Heftigkeit wieder zu. Will, inzwischen zehn Jahre alt, glaubte schon lange nicht mehr, dass sein Vater seine Drohungen wahr machen würde, aber die Umstände änderten sich. Er und Marcella änderten sich.

Sie unterbrachen ihre Gespräche immer öfter mit neckischen Spielereien, die unweigerlich zu Berührungen. Küssen und Erkundungen führten. Bald liebten sie sich körperlich, und bald schien es, als ob alle es wussten und es verabscheuten und es fürchteten.

Mit zwölf Jahren war Marcella größer als Will, sie hatte schon volle Brüste, und ihre weiche, sommersprossige Haut spannte sich straff über breite Hüften. Die Männer in der Stadt schauten ihr nach und bekamen umgehend Schuldgefühle wegen ihrer Gedanken. Dieselben Männer sahen Will an und hassten ihn für das, was er hatte.

Die Goldkinder, die Gedichte lasen, die Natur liebten und die Main Street entlangschlenderten, die ineinander aufgingen, zogen alle Aufmerksamkeit in der biederen Landgemeinde auf sich. Kleinstadt-Tratsch – der durch die Entfremdung zwischen Piet und Willem noch verstärkt wurde – machte den Groll und die Neugier zum Geschwür, und die beiden fingen an, sich heimlich zu lieben, wo immer sie Zuflucht fanden, auf Hügeln, im Gras, im Laub.

1926 machte Willem seinen ersten offenen Schachzug gegen Piet und warf große Menge Kompost in seine Bewässerungsrinnen. Piet wusste Bescheid, traf aber keine Vergeltungsmaßnahmen. Eine Woche darauf fand man Piets Collie zu Tode geknüppelt auf. Piet unternahm noch immer nichts.

Spätnachts konnte Will seinen betrunkenen Vater auf seine Frau einschwätzen hören, die ihn mittlerweile hasste. Piet wäre ein Feigling, sagte er, diese Musik hätte ihn völlig verweichlicht. Ein Mann, der sein Land nicht verteidigt, wäre weniger wert als ein toter Hund, kreischte Willem, und ein Feigling hätte kein Recht, Land zu besitzen, bei Gott.

Will lauschte und kiebitzte durch ein Loch in der Decke, das er vor langer Zeit auf Piets Anregung hin gemacht hatte. Will wusste, dass es diesmal anders war, dass die Ängstlichkeit seines Vaters schwand, die so lange durch dessen Furcht vor Piet aufrechterhalten wurde. Piets Weigerung, Vergeltung zu üben, jagte Willem Angst ein, und der junge Will wusste, dass sein Vater seine Racheakte immer weitertreiben würde.

Will liebte Piet und erzählte ihm, was er wusste. Piet schüttelte den Kopf und sagte Will zwei Dinge: »Erzähl Marcella nichts davon und sag deiner Mutter, sie soll zu ihrer Familie nach Green Bay gehen.«

Anna Berglund fuhr am nächsten Tag in den Norden Wisconsins, und Marcella wusste alles bereits, informiert durch die beinahe telepathische Verbindung zwischen ihr und Will.

Und *sie* übte Vergeltung. Marcella wusste, dass Willem den Donnerstagmorgen in der Stadt zubrachte, um Geld für seine Farmarbeiter von der Bank zu holen und Lebensmittel einzukaufen. Sie wartete auf ihn im Empfangsraum des Badger Hotels, mit Hass auf den Vater ihres Liebhabers und stürmischer Liebe und Verachtung für ihren eigenen Vater bewaffnet.

Die Leute in der Stadt spürten, dass etwas passieren würde: Marcella DeVries, die Klassenbeste, war nicht in der Schule, sondern saß stattdessen in einem Plüschsessel und kochte still vor sich hin. Ihre gewöhnlich bleiche Haut flammte wie ihr rotes Haar, sie hatte ihre Hände verknotet und starrte durch das Spiegelglasfenster nach draußen auf die National Bank. Vor dem Hotel bildete sich eine Menschenmenge.

Willem tauchte um neun Uhr auf, als die Bank aufmachte. Marcella wartete, bis er seine Transaktionen getätigt hatte, dann ging sie über die Straße, um auf ihn zu warten. Er kam ein paar Minuten später zur Tür heraus und trug eine Papiertüte voller Geld. Als er Marcella erblickte, herrschte ängstliches Schweigen, dann stürzte sie sich auf ihn, warf die Papiertüte auf den Boden und verstreute deren Inhalt. Der Aprilwind blies die Dollarscheine über die Hauptstraße, und die Menge sah voller Entsetzen zu, wie die vierzehnjährige Marcella DeVries Rache nahm. Sie boxte, kratzte, kickte und biss Willem Berglund und hieb ihn mit ihren Fäusten zu Boden. Sie zog die Whiskeyflasche aus seinem Gürtel und leerte ihm den Inhalt über den Kopf. Sie verfluchte ihn auf Englisch, Holländisch und Deutsch, bis ihre Stimme versagte und ihre Wut nachließ.

Den schlimmsten Zorn hob sie sich für ihren Vater, ihre Mutter und ihren Liebhaber auf. Das waren auch Feiglinge, und es war schlimmer, weil sie sie liebte.

Marcella machte Tabula rasa in jener Walpurgisnacht in Wisconsin; sie belehrte ihre sanfte Mutter, dass diese Farm nicht der richtige Ort für eine schwache Frau wäre, dass sie ausziehen sollte, so lange, bis ihr Vater stark genug sei, eine Frau wie sie zu schützen. Piet machte keine Anstalten, seine Tochter zu bremsen. Sosehr er seine Frau auch liebte, er fürchtete sich vor dem rothaarigen Mädchen, das seine Züge trug.

Mai Hendenfelder-DeVries suchte in jener Nacht Zuflucht bei Freunden in Lake Geneva. Marcella gab auch ihrem Vater Anweisungen: Er sollte nicht mehr auf seiner Geige herumspielen und nicht mit dem Grammophon herummachen und nicht mehr lesen, bevor er sich nicht bei der Arbeit auf den Feldern verausgabte wie die billigen deutschen Arbeitskräfte, die er angeheuert hatte. Beschämt und erniedrigt, zeigte Piet sich stumm einverstanden. Marcella tobte weiter: Er sollte Gott verleugnen und Jesus Christus und die Niederländisch-reformierte Kirche. Piet weigerte sich. Marcella tobte. Piet weigerte sich weiter, bis Marcella einfach und mit brutaler Bestimmtheit sagte: »Wenn du das nicht tust, wirst du Johnny oder mich nie wiedersehen.«

Schluchzend und aufs Äußerste erniedrigt, gab er ihr nach.

Will hatte Marcella nicht geholfen, seinen Vater zu demütigen. Für Marcella war das der schlimmste Verrat.

Natürlich war es aus zwischen ihnen, von der goldenen Elite waren nur noch matte Bruchstücke übrig geblieben; aber das reichte Marcella nicht. Sie wollte noch mehr Rache – etwas, das ihre Verachtung für die ganze Familie Berglund und für ganz Tunnel City festigen würde.

Will und Marcella hatten sich jahrelang Liebesbriefe geschrieben, ausführlich und voller Anspielungen auf ihre Liebesspiele. Die Briefe troffen vor Verachtung für das schäbige Kleinstadtleben in Tunnel City. In diesen Briefen machten sie sich über die Geschlechtsteile prominenter Mitbürger lustig, die Lehrer der Tunnel City High School wurden als Hanswurste entlarvt, und Willem Berglund wurde bis ins böse Detail verspottet.

Marcella kostete die Briefe aus, die ihr schwächlicher Liebhaber ihr geschickt hatte. Sie dachte über die Möglichkeiten nach und entschloss sich, noch ein bisschen zu warten.

Der Kleinstadt-Tratsch ging weiter, da Willem redlich bemüht war, sich zu Tode zu trinken: Piet arbeitete Seite an Seite mit seinen Arbeitern, und Marcella und Will gingen zur Schule und sprachen nie mehr miteinander.

Marcella hatte ein neues Thema: ihren Bruder Johnny. Johnny war vierzehn, eins achtundneunzig groß und blond wie seine Mutter. Er war ein wilder, aber stiller Junge, der die Gesellschaft von Tieren bevorzugte und oft die außen liegenden Vorratskammern der benachbarten Farmen heimsuchte, um Rindfleisch und Schweinefleisch zu stehlen, das er dann den ungezählten herrenlosen Hunden und Katzen zum Fressen gab, die durch die Außenbezirke der Stadt streunten.

Ohne Liebhaber wurde Marcella jetzt zum Wohltäter, Ratgeber, Lehrer und Arzt des ziellosen Riesen. Als Folge ihres Verlustes klammerte sie sich heftig an ihren Bruder. Sie lehrte den wachen, aber faulen Jungen so unterschiedliche Fächer wie Geometrie und Dichtung, mittelalterliche Geschichte und Integralrechnung. Sie erweckte viele Fähigkeiten in ihm, von deren Existenz er noch nicht gewusst hatte, und förderte so sein Bestes zutage.

Die neue DeVries-Bande hatte einen Traum; einen Traum, der Marcellas elitäre Verachtung und Johnnys Liebe zu den Tieren ausdrückte: die Medizin. Marcella, die Ärztin, die Mikrobenjägerin befasste sich mit der »reinen Forschung«, und Johnny, der Tierarzt, umgab sich liebevoll mit Findlingen und streunenden Tieren, die Heilung suchten. Es war ein gewaltiger Traum, einer, der sie weit über die engen, verhassten Grenzen von Tunnel City, Wisconsin, trug. Aber zuerst musste sich Marcella noch an der Stadt rächen.

Im Juni 1928 erhielt sie – sechzehnjährig – ihr Abschlussdiplom von der Tunnel City High School. Sie war die Jüngste in ihrer Klasse. Piet war sehr stolz. Mai, die immer noch getrennt von ihrer Familie lebte, kam auf Piets Drängen aus Lake Geneva, um die Tochter, die sie hasste, auf der Bühne der Aula in ihrem Abschlussgewand verächtlich lächeln zu sehen, als ihre akademischen Leistungen mit kleinstädtischer Übertreibung gepriesen wurden. Nach der Zeremonie fuhr Mai nach Lake Geneva zurück und sah ihre Familie nie wieder.

Mit dem Abschlussdiplom in der Hand machte Marcella sich an die Arbeit. Sie besaß dreiundachtzig Briefe von Will. Am Montag nach der Abschlussfeier überlegte Marcella stundenlang, wer die einzelnen Briefe erhalten sollte, um größtmögliche Beleidigung und Schaden anzurichten. Als sie fertig war, machte sie sich auf den Weg. Die Main Street war zuerst dran. Marcella ließ kleine Giftpäckchen beim Bürgermeister, bei Stadträten, beim Bibliothekar, beim Sheriff, beim Friseur und bei jedem Geschäftsmann von Tunnel City liegen.

»Lesen Sie das«, sagte sie zu jedem Empfänger. »Vielleicht erkennen Sie ein paar Ihrer Freunde wieder.«

Als Nächstes kamen die Kirchen dran: die Niederländisch-reformierte, die katholische, die Presbyterianer und die Baptisten, sie alle erhielten Botschaften des Hasses, die so zugeschnitten waren, dass sie sowohl auf der Ebene des Glaubens als auch auf der der Eingeweide ihre Wirkung taten.

Marcella zog dann nach einem ausgeklügelten Plan durch die Wohnstraßen von Tunnel City, bis ihre braune Papiertüte leer war. Dann ging sie heim und sagte ihrem Bruder, er solle seine Sachen packen, sie würden bald aufbrechen, um ihren Traum zu verwirklichen.

Ihr Abschied verzögerte sich. Marcella nahm sich vor, zwei Tage zu warten, um die ersten Wellen der Reaktion und des Schocks in der Stadt zu genießen. Dann würde sie den Juwelenschatz ihres Vaters stehlen und mit Johnny nach New York gehen.

Sie grub sich in ihrem Schlafzimmer ein, las Baudelaire und blätterte in Katalogen von Colleges an der Ostküste. Am Dienstagabend hörte sie ihren Vater in seinem Schlafzimmer weinen. Das bedeutete, dass er Bescheid wusste.

Marcella wollte ein letztes Mal durch die Kohlfelder spazieren gehen. Sie hüpfte die staubige Straße hinunter, die die beiden Farmen trennten. Willem Berglund wartete schon. Er war stocknüchtern und hatte ein Rasiermesser dabei. Er packte Marcella, warf sie zu Boden und vergewaltigte sie, das Rasiermesser an ihrer Kehle. Als er dann fertig war, lag er auf ihr, starrte mit zusammengepressten Zähnen in den Himmel und gab keinen Laut von sich.

Als er wieder Luft bekam, stand Willem auf und urinierte auf Marcellas ausgestreckten Körper. Dann ging er zurück in die Dunkelheit seiner Kornfelder.

Marcella lag eine Stunde lang da, dann humpelte sie nach Hause. Sie zwang sich zu weinen. Ihr Vater war noch auf und fiedelte auf seiner Geige. Marcella erzählte ihm, was geschehen war, dann ging sie ins Bett. Piet nicht. Er blieb die ganze Nacht auf, spielte die Symphonien von Beethoven in chronologischer Folge auf seinem Grammofon und übte die schwierigsten Passagen der Kreutzer-Sonate auf seiner Geige ein.

Am Morgen, als Marcella und Johnny noch schliefen, ging Piet zum Haus eines seiner Arbeiter und lieh sich ein doppelläufiges Jagdgewehr. Schädlinge, sagte Piet. Der Mann gab seinem Chef das Gewehr samt Patronen und wünschte ihm alles Gute. Piet ging dann zum Haus der Berglunds, das geladene Gewehr in seiner Armbeuge. Er klopfte an die Tür seines Nachbarn. Willem machte umgehend auf, als hätte er jemand erwartet.

Piet drückte das Gewehr auf Willems Brust und schoss. Der Schuss zerriss Willems Körper am unteren Torso, die obere Hälfte seines Körpers flog nach hinten ins Wohnzimmer, die untere fiel Piet zu Füßen. Piet lud nach, dann ging er ins Wohnzimmer, legte die beiden Überbleibsel seines ehemaligen Freundes neben dem Kamin aufeinander, tauchte eine Hand in Willems Blut und schmierte »Der Herr sei uns gnädig« an die Wand. Dann steckte er sich das Gewehr in den Mund und drückte beide Abzüge ab.

Wenn das mehr war, als sie hatte erreichen wollen, so hatte sie nie mit jemand darüber geredet, nicht einmal Jahre später mit Will, als die beiden sich wieder versöhnt hatten und sich lange Briefe schrieben.

Kurz nach Einbruch der Dunkelheit am Abend des Tages, an dem ihr Vater starb, schnappte sich Marcella ihren Bruder und die Juwelen ihres Vaters und ging zu Fuß in Richtung Süden nach Chicago. Als sie endlich die Grenze der ehemaligen Kohlfelder der Familien Berglund und DeVries passierten, nahm Marcella eine Axt und zertrümmerte das Verbindungsstück der Bewässerungssysteme, die das Farmland mit Wasser versorgten. Sie wusste nicht, ob dadurch die Kohlfelder überflutet oder restlos ausgetrocknet würden, es war ihr auch egal; sie wollte nur, dass dem Land auf beiden Seiten der staubigen Straße so viel Leid zugefügt würde wie ihr.

Mit dem Zug und dem Bus fuhren sie weiter nach Südosten. Marcella entschied sich für weitschweifige Umwege, um Johnny Zeit zu geben, den Tod seines Vaters zu verarbeiten. Obwohl sie erst sechzehn und vierzehn waren, ließ man sie in Ruhe; Marcella hatte das selbstbewusste Aussehen einer Frau in den Zwanzigern, und Johnny war zu groß, als dass man ihn nicht für einen Erwachsenen gehalten hätte.

Zwei Wochen später kamen sie in New York an. Marcella hatte beinahe erwartet, der Sheriff von Tunnel City würde ihnen mit einer wilden Meute nachsetzen, aber niemand folgte ihnen. New York City kochte in sommerlicher Hitze, und Marcella verkaufte die Juwelen. Dann versuchte sie, sich an der Columbia und an der Universität von New York für Medizin einzuschreiben. Es gelang ihr weder hier noch da, auch nicht am Brooklyn College, auch nicht am New York City College, auch nicht an einer der anderen sechs Hochschulen, bei denen sie sich bewarb.

Das hatte einen einfachen Grund: Die High-School in Tunnel City wollte ihr kein Zeugnis zustellen, und sie konnte nicht hinfahren und es sich holen, ohne festgehalten und in ein Heim für missratene Mädchen gesteckt zu werden. Marcella dachte darüber nach. Sie hatte siebentausenddreihundert Dollar auf einem Bankkonto, sie hatte Johnny, und sie hatte den Willen zum Erfolg. Sie hatte eine Zweizimmerwohnung in der Nähe vom Prospect Park und sie hatte ihren Grips.

Marcella stellte fest, dass das Schicksal auf ihrer Seite war. Sie hatte recht. Am 4. Juli 1928 kam sie auf einem Spaziergang an der Fletcher-Schwesternschule auf der Jamaica Avenue in Queens vorbei. Nebenan befand sich die – ebenfalls private – Fletcher-Schule für Pharmakologie. Beide Schulen waren »voll anerkannt«, so stand es an der Eingangstüre zu lesen. Marcella hatte das Gefühl, am Ziel zu sein, wenigstens für den Augenblick. Sie sollte wieder recht behalten.

Willard Fletcher warf einen Blick auf die rothaarige junge Frau mit den energischen Augen, die ihm gegenübersaß, und wusste, sie könnte ihm all das geben, was seine Frau ihm nicht geben konnte. Das sagte er Marcella in der ersten Nacht, die sie zusammen im Bett verbrachten.

Das Zulassungsbüro war leer an dem Tag, als Marcella erklärte, dass ihre Schule kürzlich niedergebrannt wäre und ihre ganzen Zeugnisse vernichtet worden wären. Sie hätte nur Einser in ihrem Zeugnis wie ihr Bruder John, und sie wollte einen Drei-Jahres-Kurs an der Fletcher School of Nursing belegen, bevor sie zu einer renommierten Universität wechseln würde. John wollte eines Tages Tiermedizin studieren, aber das käme jetzt noch nicht in Frage. Die Fletcher School of Pharmacology würde sich doch gut zur Vorbereitung auf ein tiermedizinisches Studium eignen, ob Mr. Fletcher dem nicht beipflichten würde?

Das tat Mr. Fletcher denn auch. Er kassierte die Einschreibgebühr von Marcella, und die beiden waren für das Wintersemester eingetragen. So einfach war das. Abgesehen von der Geschichte mit ihren Zeugnissen, erklärte er. Seine Schulen hätten eine Reputation zu verteidigen, und bevor das Semester begann, wollte er sich überzeugen, dass Marcella intelligent und tüchtig genug sei, um den Lehrplan zu packen. Vielleicht könnten sie sich auf privater Basis besser kennenlernen, er könnte sie behutsam über ihre geistigen Fähigkeiten ausfragen und sich überzeugen, dass sie den Anforderungen an der Fletcher School of Nursing gerecht würde. Ob das wohl möglich wäre? Marcella lächelte in der Erwartung mitzuspielen.

»Natürlich«, sagte sie.

Marcella spielte bestens mit. Ihre schulischen Leistungen waren so überragend und ihr Einfluss auf Willard Fletcher so vollständig, dass sie nach drei Semestern ihren Wohltäter und Liebhaber so weit brachte, sämtliche Zeugnisse bis zurück in die erste Klasse einer Grundschule in der Bronx zu fälschen.

Mit ihrem gefälschten Zeugnis in der Hand bewarb sie sich an der Krankenschwesternschule der New York University, wo sie umgehend aufgenommen wurde. Sie blieb die offizielle Mätresse von Willard Fletcher, bis sie sich an der New York University gut eingerichtet hatte. Dann ließ sie ihn wie eine heiße Kartoffel fallen, indem sie ihm im Festsaal eines großen Hotels in Atlantic City, wo sie einer Tagung des medizinischen Geräte-Großhandels beiwohnten, eine fürchterliche Szene machte.

Marcella bekam ihr Schwesternhäubchen im Juni 1931. Johnny schloss die Pharmazie-Schule ein Jahr später ab. Mit akademischen Auszeichnungen und einer Kodein-Abhängigkeit.

Die Wirtschaftskrise war auf ihrem Höhepunkt, und ihnen war das Geld ausgegangen, das sie zuvor leichtfertig verschwendet hatten. Marcella dachte wieder über ihre Möglichkeiten nach: Das Medizinstudium kam jetzt nicht mehr in Frage. Das Geld war zu knapp. Sie nahm einen Job im Bellevue Hospital an, wo sie hoffnungslose Fälle zusammenflicken half, die auf die Unfallstation eingeliefert wurden. Johnny arbeitete in der Krankenhaus-Apotheke, wo er für die geisteskranken Patienten Beruhigungsmittel mixte, die ihnen auf harmlose Weise Vergessen schenkten. Er selbst vergaß in seiner Freizeit auch alles um sich herum, aber auf weniger harmlose Weise – der einstmals sanfte Riese war jetzt zwei Meter zehn groß und ein gefürchteter Kneipenrowdy geworden. Marcella boxte ihn laufend aus dem Gefängnis, dann nahm sie ihn mit nach Hause, in ihre Wohnung in Brooklyn Heights, wo sie ihm den verwüsteten Kopf streichelte und er nach seinem toten Vater wimmerte.

Als am 7. Dezember 1941 Pearl Harbor bombardiert wurde, war Will Berglund ein 29-jähriger Englischlehrer an der Universität von Wisconsin in Madison, Marcella DeVries war Oberschwester in einem katholischen Krankenhaus auf Staten Island, und Johnny DeVries war New Yorks führender Kodein-Händler.

Der Krieg förderte auch in diesen so verschiedenen Individuen dieselbe Welle von Patriotismus zutage, die Millionen anderer Amerikaner erfasst hatte. Will ging zur Armee, wurde Offizier und in den Pazifik geschickt. Seine militärische Karriere war schnell zu Ende: Seine beiden Unterschenkel hatten Granatwerferfeuer abbekommen, und er kam nach Hause ins Marinekrankenhaus in San Diego, Kalifornien, wo er sich mehreren Operationen und langwieriger Behandlung unterziehen musste, die das beschädigte Nervengewebe wiederherstellten.

In jenem Krankenhaus trafen er und Marcella wieder zusammen, sie inzwischen ein dreißigjähriger Marine-Leutnant. Die Ereignisse der letzten fünfzehn Jahre wurden beiseitegeschoben. Will liebte Marcella in ihrer weißen Uniform jetzt so heftig wie damals, als sie die Gingham-Kleider ihrer Kindheit getragen hatte. Die Zeit, der Ort und der Wunsch nach Heilung ließ sie das blutige Familiendrama von Tunnel City vergessen, und Marcella und Will liebten sich wieder; das Wechseln der Verbände und das Leeren der Bettpfannen verwandelte sich in ein mitternächtliches Liebesritual, das sie beide reinigte und heilte. Zum ersten Mal in ihrem Leben konnten sie den gemeinsamen bösen Kleinstadt-Geist verbannen.

Johnny DeVries machte das Triumvirat in San Diego komplett. Als Sanitätsmaat der Marine arbeitete er in der Krankenhaus-Apotheke und versorgte die Schiffe, die im Marinehafen von San Diego vor Anker lagen, mit Beruhigungsmitteln und verdiente sich ein Zubrot, indem er Marihuana aus Tijuana über die Grenze schaffte. Johnny hatte seinen Drogenkonsum eingeschränkt, er war vom Kodein auf Marihuana umgestiegen, und sein gewalttätiges Benehmen ließ auch nach. Der 2,10 Meter große Schläger gab sich jetzt damit zufrieden, seine Abende mit Marcella und Will in ihrer Wohnung in Coronado Bay zu verbringen.

Marcella und Will unterhielten sich, und Will wälzte sich mutig durch das Wohnzimmer, um seine Beine zu kräftigen, an denen er Klammern trug. Johnny rauchte Gras in seinem Schlafzimmer und hörte Glenn-Miller-Platten.

Das fröhliche Trio blieb bis zum Frühjahr 1943 zusammen, als Marcella den Mann traf, der ihre Illusionen und ihr Leben erschüttern sollte.

»Wenn er ging und sprach, wusstest du, dass er Bescheid *wusste*; dass er alle dunklen Geheimnisse des Lebens kannte – auf der Ebene des Instinkts – wie ein hochsensibles Tier, das den Menschen überlegen ist«, schrieb Marcella Jahre später an Will. »Er ist der bestaussehende Mann, den ich je getroffen habe; und das weiß er, und er weiß, dass *du* das weißt – und er schätzt dich wegen deines guten Geschmacks und behandelt dich ebenbürtig, weil du wissen willst, was er weiß.«

Marcellas Vernarrtheit und Neugierde riss sie fort, und drei Tage nachdem sie Doc Harris getroffen hatte, sagte sie zu Will: »Ich kann nicht bei dir bleiben. Ich habe einen Mann getroffen, den ich will, ganz ausschließlich.« Es war brutal und endgültig. Will, der gewusst hatte, dass Marcella eines Tages weiterziehen würde, gab sich damit zufrieden. Er zog aus der Wohnung aus und wieder ins Krankenhaus. Eine Woche später wurde er entlassen und fuhr heim nach Wisconsin.

Doc Harris war ein Genie, stellte Marcella fest. Er war ihr gedanklich immer zwei Schritte voraus, und sie selbst grenzte natürlich an Genialität. Er beherrschte fünf Sprachen, verglichen mit ihren drei, er wusste mehr über Medizin als sie, er konnte sie unter den Tisch trinken und sich nichts anmerken lassen, er konnte tanzen wie Gene Kelly, und mit fünfundvierzig konnte er hundert einhändige Liegestütze machen. Er war ein Gott. Zu Jack Dempseys Zeiten hatte er neunundzwanzig Kämpfe als Halbschwergewichts-Profi gewonnen. Er konnte die Sitten in der Kleinstadt besser verspotten als sie und Will in Höchstform, und er konnte chinesisch kochen.

Und er war rätselhaft, mit voller Absicht. »Ich bin ein wandelnder Euphemismus«, sagte er zu Marcella. »Wenn ich dir sage, ich hätte einen Chauffeur-Verleih, dann kann das die Wahrheit sein, aber auch nicht. Wenn ich dir sage, ich benutze mein medizinisches Wissen, um der Menschheit zu nützen, dann hast du ein Rätsel. Wenn du dich über meine Beziehungen zu den Einflussreichen hier in San Diego wunderst, überleg mal, was ich für die tun kann, was die nicht selbst können.«

In Marcellas Gedanken gab es viele Möglichkeiten, was ihren Liebhaber anbetraf: er war ein Gangster, ein ranghoher Marine-Deserteur, ein Geldkurier, der sein Leben dem anonymen Guten widmete. Keine Erklärung befriedigte sie, und sie dachte ununterbrochen über die wirklich wahren Dinge nach, die sie von dem Mann wusste, der jetzt ihr Leben beherrschte. Sie wusste, dass er 1898 in der Nähe von Chicago geboren war; dass er ein Kriegsheld des Ersten Weltkriegs gewesen war. Sie wusste, dass er nie geheiratet hatte, weil er nie die Frau getroffen hatte, die der Stärke seiner Persönlichkeit standgehalten hätte. Sie wusste, dass er viel Geld hatte, aber nie arbeitete. Sie wusste, dass er schon viele Gelegenheitsjobs gehabt hatte, in denen er nach Abbruch des Medizinstudiums zu Beginn der Wirtschaftskrise Lebenserfahrung gewonnen hatte. Sie wusste, dass seine kleine Wohnung am Meer voll mit jenen Büchern war, die sie selbst gelesen und geliebt hatte. Und sie wusste, dass sie ihn liebte.

In einer Sommernacht im Jahre 1943 ging das Liebespaar am Strand bei San Diego spazieren. Doc erzählte Marcella, dass er sich wieder im Raum Los Angeles niederlassen wollte; dort hätte er die »Chance seines Lebens«. Er würde nur bedauern, dass sie sich trennen müssten. Natürlich nur vorübergehend – er würde sie in San Diego besuchen kommen. Er wollte jeden freien Augenblick mit ihr verbringen; sie wäre die einzige Frau, die dem Innersten seines Herzens nahe gekommen sei.

Marcella war im Innersten *ihres* Herzens bewegt und zog alle Fäden, um mit dem Mann zu sein, den sie liebte. Sie zog die Fäden mit großer Präzision, und nach zwei Wochen übermittelte sie Doc die Frohe Botschaft: Sie würde ins Marinekrankenhaus in Long Beach versetzt werden, eine halbe Autostunde von Los Angeles entfernt. Ihr Bruder Johnny, jetzt Obermaat, sollte dort als Verbindungsmann zum Krankenhaus arbeiten, Medikamente und den anderen Krankenhausbedarf von Großhändlern im Raum Los Angeles beschaffen.

Sie strahlte Doc an, der einige Minuten lang laut über Marcellas Talent, zu manipulieren, staunte. Schließlich nahm er ihre Hand. »Willst du mich heiraten?«, fragte er. Marcella sagte Ja.

Sie verbrachten ihre Flitterwochen in San Francisco und zogen dann in ein geräumiges Apartment im Los-Feliz-Bezirk in Los Angeles. Marcella, frischgebackener Kapitänleutnant, nahm ihren Dienst im Marinekrankenhaus auf, ebenso der Maat John DeVries, der in der Nähe der Frischvermählten eine Wohnung gemietet hatte.

Eine Weile ging alles gut: Die Alliierten hatten die Wende herbeigeführt, und es war nur eine Frage der Zeit, wann Deutschland und Japan kapitulieren würden. Marcella war zufrieden mit ihrer Arbeit, und Johnny und Doc wurden dicke Freunde.

Doc war der Vater geworden, den Johnny verloren hatte. Die beiden unternahmen in Docs LaSalle Cabriolet lange Spritztouren ohne Ziel, die sie durch die ganze Umgebung von Los Angeles führten. Das war das Problem, stellte Marcella fest. Doc war nie da, und wenn er da war, dann war er mit Absicht nebulös und schweigsam.

Es war ihr bald klar, dass ihres Ehemanns »Chance des Lebens« darin bestand, als Hehler für eine Diebesbande aus Los Angeles zu fungieren. Bekifft hatte Johnny ihr eines Abends erzählt, Doc hätte in der ganzen Stadt Garagen voller gestohlener Waren. Er verscherbelte die Beute – Pelze, Juwelen und Antiquitäten – an Großkotze in der Armee und der Marine, an Abstauber in der Filmindustrie, an Spieler und andere Schwindler, die sich auf den Rennplätzen in Hollywood Park und Santa Anita herumtrieben.

Wenn er da war, war Doc ein liebender und fürsorglicher Ehemann, aber Marcella fing an, sich Sorgen zu machen. Sie trank im Übermaß und schrieb lange Briefe an Will, um die Ängste zu ersticken, die sie sich um den geliebten Mann machte. Er schien sie auszulachen, denn er war ihr gedanklich immer zwei oder gar drei Schritte voraus. Und immer, immer lächelte er düster mit diesem – wie sie glaubte – absolut kalten Licht in seinen Augen.

Marcella entschloss sich zu einem Urlaub allein. Sie wollte ihren Alkoholkonsum einschränken und ihre Gedanken sammeln. Das sagte sie Doc, und der stimmte bereitwillig zu. Sie hatte inzwischen Anspruch auf einen Monat Urlaub, und ihre Vorgesetzten ließen ihre verbissen fähige Krankenschwester nur zu gerne gehen, damit sie ein bisschen entspannen konnte.

Sie fuhr nach San Juan Capistrano, schwamm im Meer und schrieb lange Briefe an Will, der – erstaunlicherweise – wieder nach Tunnel City gezogen war. Verblüfft rief Marcella ihn dort an. Will sagte ihr, er hätte es für notwendig gehalten, sich mit seiner tragischen Vergangenheit zu konfrontieren. Er sei ein Suchender auf dem geistigen Weg geworden. Es funktionierte, sagte er ihr; er lebte in Frieden hier, leitete das örtliche Kino, fuhr zu Bucheinkäufen für die Stadtbücherei von Tunnel City nach Chicago und meditierte auf seinen Spaziergängen durch die Kohlfelder, die er einst so furchtbar gehasst hatte.

Marcella fuhr nach Los Angeles zurück und entdeckte, dass sie schwanger und Johnny wieder einmal kodeinsüchtig war. Er hatte sich mit einer jungen Frau zusammengetan, die Doc seiner nicht für würdig hielt. Er hatte entschieden, dass er sie nicht mehr sehen sollte. Von seinem Ersatzvater eingeschüchtert, hatte Johnny zugestimmt, und die Frau hatte Los Angeles verlassen.

Marcella war wütend und verletzt über die Macht, die ihr Mann auf ihren Bruder ausübte. Sie hatte ihre Autorität über Johnny viel gütiger angewandt. Doc kommandierte Johnny herum, befahl ihm, irgendwohin zu fahren, sagte ihm, was er anziehen und essen sollte; und immer, immer mit diesem kalten Lächeln in seinem Gesicht.

Marcella machte sich Sorgen. Aber als sie Doc die Neuigkeit ihrer Schwangerschaft erzählte, war sie überglücklich, als sie den lachenden, witzigen, zärtlichen Doc wieder auftauchen sah, in den sie sich einmal verliebt hatte. Er war fürsorglich, er war rücksichtsvoll, er erahnte ihre Gefühle und Stimmungen vollkommen. Sie war niemals glücklicher, schrieb sie an Will, niemals.

Michael wurde im August 1945 geboren, und Marcellas Briefe an Will wurden seltener. Sie erwähnte ihr Kind nie und reagierte nicht, wenn Will sich schriftlich nach ihm erkundigte.

»Kummer und Sorgen«, schrieb sie im Oktober jenes Jahres an Will. »John und ich werden wegen eines Medikamentendiebstahls auf einem Flugzeugträger verhört. Sie haben sich uns vorgeknöpft wegen Johnnys Sucht. Es ist ganz, ganz furchtbar.«

»Kummer und schreckliche Sorgen allenthalben«, schrieb sie im November '45, drei Monate nach Ende des Krieges. Das war ihr letzter Kontakt für fast sechs Jahre.

Will und Johnny trafen sich zufällig Ende '49 in Chicago. Johnny sah furchtbar aus: Er war ausgemergelt und seine Haut entsetzlich grau. Will bemühte sich, ihn zu trösten, und erzählte ihm vom »Orden zum heimlichen Herzen«, dem er angehörte. Johnny schien interessiert, wurde aber nervös, als Will ausführlicher wurde.

John DeVries wurde 1950 in Milwaukee ermordet. Sein Mörder wurde nie gefunden. Als Will von Johnnys Ermordung in der Zeitung las, versuchte er, mit Marcella Kontakt aufzunehmen. Es klappte nicht – er schickte Telegramme an ihre letzte ihm bekannte Adresse, die aber zurückkamen mit dem Vermerk »Empfänger unbekannt verzogen«. Er rief jeden William Harris an, den er im Telefonbuch von Los Angeles fand, umsonst. Schließlich fuhr er nach Milwaukee und sprach mit den beiden Kriminalbeamten, die mit der Untersuchung des Mordfalls betraut waren.

Johnny war im Morgengrauen auf dem Rasen eines Parks aufgefunden worden, der in der Nähe des Armenviertels von Milwaukee lag. Der Mörder hatte mehrfach mit einem Fleischmesser auf ihn eingestochen. Johnny war als Morphiumsüchtiger und Gelegenheitshändler bekannt. Sein Tod wies offensichtlich ins Drogenmilieu. Die Kriminalbeamten Kraus und Lutz waren aufmerksam und freundlich zu Will, aber wenig geneigt, ihre Untersuchungen auszudehnen. Obwohl sie versprachen, Will auf dem Laufenden zu halten, fuhr Will besorgt und mit einem Gefühl der Ohnmacht zurück nach Tunnel City.

Er sollte Marcella noch ein letztes Mal sehen. Sie klopfte im Sommer 1951 an seine Tür. Es war das aufwühlendste Ereignis seines Lebens. Marcella hatte abgenommen und war beinahe hysterisch. Sie redeten über Johns Tod, und sie schluchzte in Wills Armen. Will erzählte Marcella vom Kloster »Zum heimlichen Herzen«, und sie schien zuzuhören und für kurze Zeit Trost zu finden.

Marcella trank sich in jener Nacht in den Schlaf, sie gab auf Wills Wohnzimmersofa den Geist auf. Als Will früh am nächsten Morgen aufwachte, war sie weg. Sie hatte einen Zettel hinterlassen: »Danke. Ich werde über das, was du gesagt hast, nachdenken. Ich werde suchen, was ich suchen muss. Ich beneide dich um deinen Frieden. Ich werde versuchen, jeden nur möglichen Frieden zu finden.«

Will Berglund kam meiner einzigen Frage zuvor: »Ich werde diese Polizisten in Milwaukee anrufen. Ich werde ihnen sagen, dass Sie kommen.«

Ich nickte dem Farmer, dem Liebhaber, dem Geistsucher zu.

Er schien meine knappe Kopfbewegung als Absolution aufzufassen, und ein langsames Tränenrinnsal lief aus seinen Augen.

Es war fünf Uhr morgens. Ich ging zurück ins Badger Hotel. Mein Zimmer war durchsucht worden – Zeitschriften waren umgedreht und mein Bett zerzaust worden. Ich überprüfte den Inhalt meines Koffers. Alles war da, aber meine Pistole war entladen worden. Ich packte, ging die Treppe hinunter und durch die Lobby. Ein paar Frühaufsteher sahen mich neugierig und feindselig an. Ich ging die Hauptstraße entlang und fühlte mich ehrfürchtig und gedemütigt – aber auch mächtig; man hatte mir das Wunder auf einem goldenen Teller serviert, und jetzt hing es von mir ab, alles in Ordnung zu bringen.

20

Ich brauchte zwei Stunden nach Milwaukee. Der Wisconsin Dell Highway war leer, als ich an kleinen Städten vorbeifuhr und durch tiefgrünes Weideland. Ich war seit vierundzwanzig Stunden wach, hatte Streifzüge durch die Geschichte der letzten fünfzig Jahre gemacht und war kein bisschen müde. Ich konnte nur an die Geschichte denken, die in Milwaukee auf mich wartete, und daran, wie ich meine ganzen Kenntnisse zusammenfügen sollte. Kenntnisse, die nur ich hatte.

Ich dachte an die beiden Maate John DeVries und Eddie Engels. Hatten sie einander im Marinehospital in Long Beach gekannt? Hatte Eddie von dort Verbindung zu Marcella? War da die Kette der tödlichen Ereignisse entstanden, die 1950 ausgebrochen waren und sich bis in diesen Sommer fortsetzten?

Auf der Blue Mound Road fuhr ich in Milwaukee ein – ein widersinniger Name für eine smogverpestete, vierspurige Autobahn – und sagte zu mir selbst: Denk nicht.

Milwaukee, das waren roter Backstein, grauer Backstein, weißer Backstein, Fabrikrauch, endlose Reihen kleiner weißer Häuser mit kleinen Vorgärten in Wisconsin-Grün, alle von der Brise geprägt, die vom Lake Michigan hereinschwebte. Ich parkte im Untergeschoss des Greyhound-Busbahnhofs an der Wells Street, dann rasierte ich mich und zog mich in dem riesigen Waschraum um.

Ich betrachtete mein Bild im Spiegel über dem Waschbecken. Ich beschloss, dass ich Anthropologe war, bestens geeignet, um in den Ruinen zerstörter Leben zu stochern. Nach dieser Erkenntnis wand ich mich durch einen Korridor, der voller Penner war, zu einem Telefon, rief das Fräulein vom Amt an und sagte: »Bitte die Polizei.«

Die Detectives Kraus und Lutz waren immer noch Partner und arbeiteten im achten Bezirk. Ihr Revier lag an der Farwell Avenue, ein paar Blocks vom schlammigen, abfallreichen Milwaukee River entfernt. Die alte, dreigeschossige Polizeiwache war aus rotem Backstein und lag eingeklemmt zwischen einer Wurstfabrik und einer Konfessionsschule. Ich parkte davor und ging rein, dann spürte ich, wie mich die Nostalgie in den Würgegriff nahm: Das war mal mein Leben gewesen.

Ich zeigte dem Wachhabenden meine getürkte Visitenkarte, die ihn nicht zu beeindrucken schien, und fragte nach der Kripo-Abteilung. Verdutzt sagte er: »Dritter Stock« und wies auf den nach Lysol riechenden Appellraum.

Ich nahm in nahezu völliger Dunkelheit zwei Stufen gleichzeitig und kam in einen Korridor, der in hellem Schulbus-Gelb gestrichen war. Die Wand entlang war ein langer Pfeil gemalt, der die Worte unterstrich: »Detective Division: Die Besten von Milwaukees-Besten«. Ich folgte dem Pfeil in ein Zimmer, das mit Schreibtischen und nicht zueinander passenden Stühlen vollgestopft war. Die Nostalgie packte mich noch fester: Das war es, wonach ich mich einmal gesehnt hatte.

Zwei Männer waren in dem Raum und berieten sich über den Tisch hinweg unter einem Ventilator, der groß an der Decke hing.

Die Männer waren blond und stattlich und trugen die gleichen auffälligen, handgearbeiteten Schulterhalfter, in denen je eine .45er Automatik mit Perlmuttgriff steckte. Sie schauten auf, als sie meine Schritte hörten, und lächelten identisch.

Ich wusste, dass ich das Publikum für einen Polizei-Sketch sein würde, also hob ich die Hände in gespielter Kapitulation und sagte: »Hallo, Partner, ich hin ein Freund.«

»Hätten nie gedacht, dass Sie keiner sind«, sagte derjenige der beiden Männer mit dem röteren Gesicht. »Aber wie sind Sie denn hier hochgekommen? Sind Sie auch einer der Besten Milwaukees?«

Ich lachte. »Nein, aber ich vertrete eine der besten Versicherungsgesellschaften von Los Angeles.« Ich fischte zwei Kärtchen aus meiner Jackentasche und gab jedem eine. Sie reagierten beide mit einer identischen Mischung aus Nicken und Kopfschütteln.

»Floyd Lutz«, sagte der rotgesichtige Mann und streckte die Hand aus. Ich schüttelte sie.

»Walt Kraus«, sagte sein Partner und streckte die Hand aus. Ich schüttelte sie.

»Fred Underhill«, erwiderte ich.

Wir sahen uns an. Als liebenswürdige Einleitung sagte ich: »Ich nehme an, Will Berglund hat Sie wegen meines Besuchs angerufen?«

Als liebenswürdige Antwort sagte Floyd Lutz: »Ja, hat er. Wer hat Johnny DeVries' Schwester erwürgt, Underhill?«

»Weiß nicht. Die Bullen in L.A. wissen's auch nicht. Wer hat Johnny DeVries aufgeschlitzt?«

Walt Kraus deutete auf einen Stuhl. »Wir wissen es nicht«, sagte er. »Möchten wir gern wissen. Floyd und ich waren von Anfang an mit dem Fall befasst. Johnny war ein Ungeheuer, ein nettes Ungeheuer, verstehen Sie mich nicht falsch, aber zwei Meter zehn? Zweihundertsiebzig Pfund? Das ist ein Ungeheuer. Der Kerl, der ihn aufgeschlitzt hat, musste ein noch schlimmeres Ungeheuer sein. Johnnys Bauch war vom Brustkorb bis zum Bauchnabel aufgerissen. Großer Gott!«

»Verdächtige?«, fragte ich.

Floyd Lutz antwortete mir: »DeVries hat Morphium verkauft. Genau genommen hat er es verschenkt. Er war zu weich. Er konnte nie lange im Geschäft bleiben. Er endete immer im Armenviertel, schlief im Park, verteilte Handzettel und verkaufte sein Blut wie die anderen Wracks. Die meiste Zeit war er ein netter, passiver Kerl, der den armen Schweinen kostenlos Morphium gab, die im Krieg danach süchtig geworden waren. Floyd und ich und die anderen Bullen taten unser Bestes, um ihn nicht hochgehen zu lassen, aber manchmal mussten wir einfach: Wenn er wütend wurde, war er das gemeinste Tier, das ich je gesehen habe. Er demolierte Kneipen und schmiss Autos um, schlug Köpfe ein und versetzte das ganze Viertel in Angst. Er war ein Schrecken. Walt und ich glauben, sein Mörder war entweder irgendein Bimbo im Viertel, den er mal verprügelt hatte, oder ein Drogen-Pusher, der keine Wohltäter in seinem Revier duldete. Wir haben alle Morphium- und Heroinpusher, große und kleine, von Milwaukee bis Chicago überprüft. Nada. Wir sind Johnnys Register durchgegangen und haben alle Opfer überprüft, die er aufgemischt hatte – über dreißig Kerle. Die meisten von ihnen waren Durchreisende. Wir haben sie identifiziert – im ganzen Mittleren Westen. Acht von ihnen waren im Knast – von Kentucky bis Michigan. Wir haben mit allen geredet – nichts. Wir haben mit dem ganzen Abschaum im Slum geredet, der noch reden konnte. Die, die so total im Arsch waren, dass sie nicht mehr reden konnten, haben wir nüchtern gemacht. Nichts. Nichts und wieder überhaupt nichts.«

»Beweismaterial?«, fragte ich. »Obduktionsbefund?«

Lutz seufzte. »Nichts. Todesursache durchtrennter Spinalnerv oder Schock oder massiver Blutverlust, Sie können's sich aussuchen. Der Arzt sagt, Big John sei keine Morphium-Leiche gewesen, als er aufgeschlitzt wurde – *das* war 'ne Überraschung. Deshalb dachten Walt und ich, der Kerl, der ihn erstochen hat, muss ein Ungeheuer oder ein Freund von ihm gewesen sein – jemand, der ihn kannte. Wer so einen Kerl aufschlitzen konnte, wenn der nüchtern war, musste einfach ein Monster sein.«

»Hatte Johnny irgendwelche Freunde?«, fragte ich.

»Nur einen«, sagte Lutz. »Ein Chemielehrer im Marquette College. War er. Ist jetzt ein Penner. Er und Johnny haben sich immer zusammen volllaufen lassen. Der Kerl war total gaga. Hat ein Semester unterrichtet, dann hat er ein Semester freigenommen und ging auf Trebe. Die Priester im Marquette hatten schließlich die Schnauze voll und schickten ihn in die Wüste. Er hängt wahrscheinlich immer noch im Slum rum; als ich ihn zuletzt sah, schnüffelte er gerade Benzin vor der Jesus-rettet-Mission.« Lutz schüttelte den Kopf.

»Wie hieß der Kerl?«, fragte ich.

Lutz sah Kraus an und zuckte mit den Schultern. Kraus kniff sein Gesicht zusammen und befragte sein Gedächtnis. »Melveny? Ja, genau – George Melveny, der ›Professor‹, George Melveny, der ›Uhu‹. Er hat 'n Dutzend Spitznamen im Kiez.«

»Wo hat er zuletzt gewohnt?«, wollte ich wissen.

Kraus und Lutz lachten unisono.

»Auf der Parkbank«, sagte Kraus.

»Wo der Quark stank«, reimte Lutz.

»Kein Kies.«

»Professor Mies.« Die beiden Bullen konnten sich nicht mehr halten vor Lachen.

»Ich verstehe«, sagte ich. »Eine Frage noch: Woher hat so ein Penner wie Johnny DeVries Morphium bekommen?«

»Nun«, sagte Floyd Lutz, »er war gelernter Apotheker, bevor er süchtig wurde. Ich dachte immer, er benutzte das Labor von ›Uhu‹ George, um den Scheiß herzustellen. Wir haben das mal überprüft; Fehlanzeige. Keine Ahnung, wo er das Zeug herhatte. Johnny war ganz beachtlich in vielfacher Hinsicht; man hatte den Eindruck, er war mal was ganz Besonderes.« Lutz schüttelte wieder den Kopf und sah Kraus an, und der schüttelte seinen.

Ich seufzte. »Tun Sie mir einen Gefallen«, sagte ich.

»Sagen Sie schon«, meinte Kraus. »Jeder Kumpel von Will Berglund ist mein Freund.«

»Danke, Walt. Sehen Sie, Will erzählte mir, Johnny DeVries und seine Schwester wären möglicherweise in einen Medikamentendiebstahl verwickelt gewesen, der während des Krieges im Marinekrankenhaus von Long Beach, Kalifornien, lief. Sie waren beide da stationiert. Könnten Sie den Kommandeur der Militärpolizei dort im Krankenhaus anrufen? Eine Anfrage von der Polizei hat bestimmt mehr Gewicht. Ich bin nur Versicherungsdetektiv – die würden mir nicht mal sagen, wie spät es ist. Ich –«

Lutz unterbrach mich. »Fischen Sie im selben Bach wie wir, Underhill?«

»Ganz genau. Eine große Ladung Morphium wurde gestohlen, das weiß ich, und das würde erklären, wo Johnny das Zeug herhatte, das er verteilte.«

Kraus und Lutz sahen sich an. »Nimm das Telefon im Büro des Chefs«, sagte Lutz.

Kraus sprang von seinem Tisch auf und ging in einen abgeteilten Raum, der mit Wimpeln der Milwaukee Braves geschmückt war. »Alle Einzelheiten, Walt«, rief Lutz ihm nach.

»Klar!«, antwortete Kraus.

Ich sah Lutz an und ließ meinen nächsten Wunsch ab: »Kann ich mal in die Akte von DeVries sehen?«

Er nickte und ging zur Registratur am Ende des Raums. Er fingerte fünf Minuten lang darin herum, zog endlich eine Akte raus und brachte sie mir.

Ich wurde langsam nervös. Kraus hing schon lange am Telefon, und es war erst sechs Uhr früh in Hollywood. Dieses sich hinziehende Gespräch um diese Zeit kam mir merkwürdig vor.

Auf dem Deckel der Akte stand getippt: »DeVries, John Piet; 11.6.14«. Ich schlug sie auf. Als ich die Fotos sah, die auf die erste Seite geklammert waren, fingen meine Hände an zu zittern, und meine Gedanken sprangen gleichzeitig vor und zurück. Ich sah das Gesicht von Michael Harris. Jede Kurve, jede Fläche, jeder Winkel war identisch. Es war mehr als eine normale Familienähnlichkeit; es war die elterliche Ähnlichkeit. Johnny war Michaels Vater, aber wer war seine Mutter? Marcella *konnte* es nicht sein. Mit zitternden Händen blätterte ich die erste Seite um, bekam den nächsten Schock: John DeVries hatte Margaret Cadwallader aus Waukesha, Wisconsin, als nächste Verwandte angegeben, als er 1946 wegen tätlichen Angriffs und Körperverletzung verhaftet wurde.

Ich legte die Mappe hin und merkte plötzlich, dass ich nach Luft schnappte. Floyd Lutz war zum Wasserspender geeilt und warf mir jetzt einen Becher voll Wasser ins Gesicht.

»Underhill«, sagte er. »Underhill? Was zum Teufel ist los mit Ihnen? Underhill?«

Ich fing mich wieder. Ich kam mir vor wie ein Irrer, der durch göttliche Heimsuchung wieder normal geworden war; wie einer, der zum ersten Mal die Wirklichkeit wahrnimmt.

Ich versuchte, ganz ruhig zu klingen: »Mir geht's gut. Dieser

DeVries hat mich nur an jemand erinnert, den ich in meiner Jugend kannte. Das ist alles.«

»Wollen Sie mir keine ehrliche Antwort geben? Mann, Sie sehen aus, als wären Sie gerade vom Mars gekommen.«

»Haha!« Mein Gelächter klang auch in meinen Ohren gekünstelt, also las ich weiter in John DeVries' Akte, um weitere Fragen gar nicht erst aufkommen zu lassen; unzählige Verhaftungen wegen Trunkenheit. Körperverletzung, leichten Diebstahls und Hausfriedensbruchs; ein Dutzend Inhaftierungen zu je 30 oder 45 Tagen im Milwaukee-County-Zuchthaus; aber nichts sonst wies auf Blut hin. Keine weitere Erwähnung von Maggie Cadwallader, von Marcella, von Kindern.

Als ich fertig war und aufblickte, starrte Walt Kraus auf mich. »Ich hab ein bisschen auf den Busch geklopft und bekommen, was Sie wollten«, sagte er. »Der Raub war groß angelegt, von einem Flugzeugträger, der unterwegs in den Pazifik war. Vierzig Pfund Morphium – genug, um jedes Lazarettschiff der Flotte und noch 'n paar mehr zu versorgen. Drei Verbindungsoffiziere von den Marines bewachten das Zeug. Jemand hat ihnen was eingeflößt, und sie wurden ohnmächtig. Das Ding wurde um drei Uhr morgens gedreht. Das Revier wurde blitzsauber geräumt. Es kam nie in die Zeitung, weil die Großkotze von der Marine mit dem Schwamm drübergingen. DeVries und seine Schwester und noch zwei waren stark verdächtig – sie hatten alle Zugang zum Medikamentenlager, aber sie hatten alle wasserdichte Alibis. Sie wurden alle mehrfach verhört, als unentbehrliche Zeugen eingebuchtet und schließlich freigelassen. Der Stuff wurde nie entdeckt. Sie –«

»Wie hießen die beiden anderen Verdächtigen?«, platzte ich heraus.

Kraus sah auf den Zetteln nach, die er in der Hand hielt. »Die

Maate Lawrence Brubaker und Edward Engels. Underhill, was zum Teufel ist los mit Ihnen?«

Ich stand auf, und der Raum, Kraus und Lutz drehten sich vor meinen Augen.

»Underhill?«, rief Lutz, als ich mich auf den Weg machte. »Underhill!«

»Rufen Sie Will Berglund an«, rief ich meines Wissens zurück.

Irgendwie gelangte ich aus der Polizeiwache und in das heiße Sonnenlicht Milwaukees. Jedes Auto und jeder Passant auf der Straße, jedes Bruchstück der vorüberziehenden Szene, jede Welle der Skyline aus rotem Backstein sah so Ehrfurcht einflößend und unglaublich aus wie das Leben aus der Sicht eines Babys, das gerade aus dem Bauch gekrochen kommt.

21

Es gab nur eine Cadwallader im Telefonbuch von Milwaukee-Waukesha: Mrs. Marshall Cadwallader, 311, Cutler Park Avenue, Waukesha. Ohne erst anzurufen, fuhr ich direkt dahin, wieder zurück über die Blue Mound Road.

Cutler Park Avenue war ein Block ehemals schicker Stadthäuser, die in Mehrfamilienhäuser umgewandelt worden waren. Cutler Park selbst – »Wisconsins größte Schau original indianischer Kunst« – lag auf der anderen Straßenseite.

Ich parkte meinen Leihwagen und machte mich auf die Suche nach Nr. 311. Ich stellte fest, dass die Hausnummern unerklärlicherweise nicht immer in der richtigen Reihenfolge verliefen. Nr. 311 war am Ende des Blocks, ein zweigeschossiges Wohnhaus, bewacht von einem Jockey aus Gips mit ausgestrecktem Arm. Die Haustür stand offen, und die Übersichtstafel in der kleinen Eingangshalle sagte mir, dass Mrs. Marshall Cadwallader im Apartment 103 wohnte. Ich vermutete, dass Mrs. Cadwallader Witwe war, was mir gelegen kam: Eine allein stehende Frau würde leichter auszufragen sein.

Mein Puls raste, als ich mir die Fotos ins Gedächtnis rief, die Maggie mir von ihrem abenteuerlich aussehenden Vater gezeigt hatte. Ich ging einen Flur entlang, an dessen Wänden billige Bilder von Südstaaten-Plantagen hingen, bis ich Nr. 103 fand. Ich klopfte, und das genaue Abbild von Maggie Cadwallader – wäre sie fünfundsechzig geworden – öffnete die Tür.

Aufgeschreckt durch das Vertauschen von Ort und Zeit, merkte ich, wie sich mein mir inzwischen vertrautes Versicherungsmärchen in Luft auflöste, und ich stammelte: »Mrs. Cadwallader, ich bin ein Freund Ihrer verstorbenen Tochter. Ich war mit der Untersuchung …« Die Frau erbleichte, als ich zögerte. Sie sah erschrocken aus, und es schien, als wollte sie mir die Tür vor der Nase zuschlagen, als ich mich gefangen hatte und fortfuhr: »… ihres Todes 1951 für die Polizei von Los Angeles beauftragt. Ich arbeite jetzt als Versicherungsdetektiv.« Ich gab ihr eine meiner Karten und glaubte fast schon selbst, im Versicherungsgewerbe tätig zu sein.

Die Frau nahm meine Karte und nickte. »Und Sie …«, sagte sie.

»Und ich glaube, dass noch andere Todesfälle mit Margarets zusammenhängen.«

Mrs. Cadwallader führte mich in ihr bescheidenes Wohnzimmer. Ich setzte mich auf ein Sofa, das mit einer Navajo-Decke überzogen war. Sie saß mir gegenüber in einem Korbsessel. »Sie waren ein Freund von Maggie?«, fragte sie.

»Nein, tut mir leid, ich meine … Das hab ich nicht gemeint. Ich war einer von vier Kriminalbeamten, die mit dem Fall befasst waren. Wir –«

»Sie verhafteten den Falschen, und der erhängte sich«, sagte sie nüchtern. »Ich kann mich an Ihr Bild in der Zeitung erinnern. Sie wurden gefeuert. Die nannten Sie einen Kommunisten. Ich weiß noch, wie ich damals dachte, wie traurig das war, dass Sie einen Fehler machten und dass die Sie loswerden mussten, deshalb haben die das behauptet.«

Ich spürte, wie mich ein ganz merkwürdiges Gefühl der Absolution beschlich.

»Warum sind Sie hier?«, fragte Mrs. Cadwallader.

»Kannten Sie eine Frau namens Marcella DeVries Harris?«, entgegnete ich.

»Nein. War sie Johnny DeVries' Schwester?«

»Ja. Sie wurde letzten Monat in Los Angeles ermordet. Ich glaube, ihr Tod hing mit Margarets zusammen.«

»O mein Gott.«

»Mrs. Cadwallader, hatte Margaret ein uneheliches Kind?«

»Ja.« Sie sagte es streng und ohne Scham.

»1945 oder so etwa?«

»Am 29. August 1945.«

»Ein Junge?«

»Ja.«

»Und das Kind ...«

»Sie haben das Kind weggegeben!«, kreischte Mrs. Cadwallader plötzlich. »Johnny war drogenabhängig, aber Maggie war in Ordnung! In Ordnung wie alle Cadwalladers und Johnsons! Sie hätte einen lieben Mann finden können, der sie geliebt hätte, sogar mit dem Kind eines anderen Mannes. Maggie war ein liebes Mädchen! Sie hätte sich nicht mit Drogenabhängigen abgeben müssen! Sie war ein *liebes* Mädchen!«

Ich ging zu Michael Harris' Großmutter hinüber und legte ihr beruhigend einen Arm auf ihre bebenden Schultern. »Mrs. Cadwallader, was geschah mit Maggies Kind? Wo wurde es geboren? Wem haben es Maggie und Johnny gegeben?«

Sie befreite sich aus meinem Griff. »Mein Enkel wurde in Milwaukee geboren. Irgendein Kurpfuscher hat ihn entbunden. Ich kümmerte mich nach der Geburt um Maggie. Das Jahr zuvor hatte ich meinen Mann verloren, dann verlor ich Maggie. Ich habe meinen Enkel nie gesehen.«

Ich hielt die alte Frau ganz fest. »Schsch«, flüsterte ich. »Schsch. Was geschah mit dem Baby?«

Zwischen Schluchzern, die ihren ganzen Körper erschütterten, brachte Mrs. Cadwallader es heraus: »Johnny steckte ihn in ein Waisenhaus in der Nähe von Fond-du-Lac – irgendeine Sekte, an die er glaubte –, und ich hab ihn nie gesehen.«

»Vielleicht werden Sie ihn eines Tages sehen«, sagte ich ruhig.

»Nein! Nur eine Hälfte von ihm ist meine Maggie! Die tote Hälfte! Die andere Hälfte ist dieser große, dreckige, holländische Drogenfresser, und das ist die Hälfte, die noch lebt!«

Ich konnte ihrer Logik nicht widersprechen. Sie war außerhalb meiner Reichweite. Ich sah einen Stift auf dem Tisch liegen und schrieb ihr meine richtige Telefonnummer auf die Rückseite meiner falschen Visitenkarte. Ich steckte sie Mrs. Cadwallader in die Hand.

»Rufen Sie mich zu Hause an, in einem Monat oder so«, sagte ich. »Ich werde Sie Ihrem Enkel vorstellen.«

Mrs. Marshall Cadwallader starrte ungläubig auf die Karte. Ich lächelte sie an, aber sie reagierte nicht.

»Glauben Sie mir«, sagte ich. Ich sah, dass das nicht der Fall war. Ich ging, und sie starrte stumm auf den Teppich in ihrem Wohnzimmer und versuchte, sich aus ihrer Vergangenheit zu befreien.

»Mein Baby. Meine Liebe.«

»Wo ist es?«

»Sein Vater hat ihn mitgenommen.«

»Bist du geschieden?«

»Er war nicht mein Ehemann. Er war mein Liebhaber. Er starb an unserer Liebe.«

»Wie?«

»Das kann ich dir nicht sagen.«

»Was geschah mit dem Baby?«

»Es ist in einem Waisenhaus. Im Osten.«

»Warum bloß, Maggie? Waisenhäuser sind furchtbar.«

»Sei still! Ich kann nicht! Ich kann ihn nicht behalten!«

Ich rannte auf der Suche nach einer Telefonzelle durch Cutler Park. Ich entdeckte eine und sah auf die Uhr: Zehn Uhr fünfzehn, das hieß acht Uhr fünfzehn in Los Angeles. Die Chancen standen 50:50. Entweder Doc oder Michael würden an den Apparat gehen.

Ich wählte die Vermittlung, und sie sagte, ich solle neunzig Cent einwerfen. Ich fütterte den Apparat und hörte das Klingeln am anderen Ende der Leitung.

»Hallo?« Es war unverkennbar Michaels Stimme. Ich sackte vor Erleichterung zusammen.

»Mike, ich bin's, Fred.«

»Hi, Fred!«

»Mike, geht's dir gut?«

»Klar.«

»Wo ist dein Vater?«

»Im Schlafzimmer. Er schläft noch.«

»Dann sprich leise.«

»Was ist denn los, Fred?«

»Pssst. Mike, wo bist du geboren?«

»Wa-was? In L.A. Wieso?«

»In welchem Krankenhaus?«

»Weiß ich nicht.«

»Wann hast du Geburtstag?«

»Am 29. August.«

»1945?«

»Ja. Fred –«

»Mike, was ist in dem Haus in der Scenic Avenue passiert?«

»Dem Haus –«

»Du weißt doch, Mike; die Freunde, bei denen du gewohnt hast, solange deine Mutter unterwegs war, vor vier Jahren –«

»Fred, ich ...«

»Sag's mir, Mike!«

»Da-Daddy hat die Kerle verprügelt. Daddy sagte, die würden nie wieder kleinen Jungen wehtun.«

»Aber die haben dir doch nichts getan, oder?«

»Nein! Die waren nett zu mir! Ich sagte Daddy, dass –« Michaels Stimme war zu einem schrillen Jaulen geworden. Ich hatte Angst, er würde Doc wecken.

»Mike, ich muss jetzt gehen. Versprichst du mir, deinem Vater nichts von meinem Anruf zu erzählen?«

»Ja. Versprochen.«

»Ich lieb' dich, Mike«, sagte ich und traute meinen Ohren nicht. Ich legte auf, bevor Michael antworten konnte.

Diesmal brauchte ich knapp fünfundzwanzig Minuten nach Milwaukee zurück. Im Lauf von drei quälenden Stunden war mir die Blue Mound Road richtig vertraut geworden.

Als ich die Stadtgrenze erreicht hatte, dort, wo die Blue Mound Road in die Wisconsin Avenue übergeht, hielt ich an einer Tankstelle und fragte den Wärter, wie ich zur Marquette University und in das Slumviertel käme.

»Die sind in Rufweite zueinander«, sagte der Junge. »Fahren Sie die Wisconsin Avenue bis zur 27. Straße, dann links, bis Sie auf die State Street stoßen. Halten Sie nicht die Luft an, aber halten Sie Ihre Nase zu.«

Marquette University erstreckte sich über zehn ganze Blocks am Rande eines Slumviertels, das es an Elend und schierer Verzweiflung mit der 5th Street in Los Angeles aufnehmen konnte – Bars, Schnapsläden, Blutspendestationen und Rette-deine-Seele-Missionen aller Glaubensrichtungen, die man sich vorstellen konnte. Ich parkte meinen Wagen Ecke 27th und State Street und lief los. Ich ging im Slalom durch Trauben von Pennern und Lumpensammlern, die Flachmänner kreisen ließen und wild miteinander gestikulierten. Sie brabbelten in einer Schnapssprache, die sich aus Einsamkeit und Groll zusammensetzte.

Ich achtete fünf Sekunden nicht auf den Weg und knallte aufs Pflaster; ich war über einen alten Mann gestolpert, der von der Hüfte aufwärts nackt war, sein Unterkörper war in einen benzingetränkten Tweedmantel gehüllt. Ich stand auf und klopfte mich ab, dann versuchte ich, dem alten Mann aufzuhelfen. Ich fasste nach seinen Armen, dann sah ich die wunden Stellen darauf und hielt inne. Der alte Mann bemerkte das und fing an zu gackern. Dann fasste ich stattdessen nach einem Zipfel seines Mantels, aber er wälzte sich weg von mir wie ein Derwisch, bis er in der Gosse lag, in einem See von Abwasser und Zigarettenkippen. Er verfluchte mich und zeigte mir kraftlos seinen Mittelfinger.

Ich ließ ihn liegen und ging weiter. Nach drei Blocks war mir klar, dass ich gar kein Ziel hatte und mich außerdem die Slumbürger für einen Cop gehalten hatten: Meine Größe und mein frischer Sommeranzug brachten mir Blicke voll Angst und Hass ein. Wenn ich richtig mitspielen würde, könnte ich das zu meinem Vorteil nutzen, ohne jemandem wehzutun.

Mir fiel ein, was Kraus und Lutz mir gesagt hatten: George Melveny, der »Professor«, George Melveny, der »Uhu«, ehemaliger Chemielehrer an der Marquette, war zuletzt gesehen worden, wie er vor der Jesus-rettet-Mission an einem Lumpen lutschte. Es war schon fast Mittag, und die Temperatur stieg gewaltig. Ich wollte meine Jacke ausziehen, aber das ging nicht: Die Slumbewohner würden sehen, dass ich keine Knarre trug und daher auch kein Cop wäre. Ich hielt an und suchte das ganze Viertel mit Blicken ab: Keine Spur von der Jesus-rettet-Mission. Einer Eingebung folgend, verdrückte ich mich in einen Schnapsladen und kaufte mir zwanzig Flachmänner. Meine Leber zitterte, als ich zahlte, und der Besitzer warf mir den merkwürdigsten Blick meines Lebens zu, während er das Gift in eine große Papiertüte füllte. Ich fragte ihn nach dem Weg zur Jesus-rettet-Mission, und er kicherte und zeigte in Richtung Osten, wo der Slum am Milwaukee River endete.

Als ich der Mission näher kam, stand eine Schlange von hungrig aussehenden Bedürftigen da, die sich um den halben Block erstreckte und die offensichtlich alle auf ihr Mittagessen warteten. Einige von ihnen bemerkten mich und stießen sich an – schlechte Nachrichten waren im Anmarsch. Sie täuschten sich: Es war Weihnachten im Juli.

»Der Weihnachtsmann ist da!«, schrie ich. »Er hat 'ne Liste gemacht und hat sie zweimal überprüft und er hat festgestellt, dass ihr alle einen Drink verdient!«

Als ich nur verdutzte Blicke erhielt, langte ich in die Tüte und zog einen Flachmann heraus. »Wein für alle, umsonst!«, brüllte ich. »Bargeld für jeden, der mir sagen kann, wo ich George Melveny, den ›Uhu‹, finden kann!«

Da setzte ein wahrer Massenansturm auf mich ein. Die Jesus-rettet-Mission und ihr armseliges Essen waren vergessen. Ich war der Mann mit den wahren Leckereien, und unzählige Penner und Penneusen fassten schmeichlerisch nach mir, zitternde Hände stießen in die Richtung der braunen Papiertüre, die ich auf meiner Schulter in Sicherheit gebracht hatte. Sie kreischten mir Informationen zu, Leckerbissen, Trugschlüsse und Beinamen:

»Scheiße, Mann.«

»Uhu, Schuhuh!«

»Schwester Ramona!«

»Hirnfurz!«

»Her damit, her damit, her damit!«

»Geh zur Schwester!«

»Handzettel!«

»Uhu!«

»O Gott! O Gott!«

»Arrrgh!«

Die Menge drohte mich in die Gosse zu treiben, also setzte ich meine Tüte auf dem Gehsteig ab und wich zurück, als sie sich wie die Geier darauf stürzten. Stoßen und Schieben folgten, und zwei Männer balgten sich auf der Straße und kratzten und hieben sich kraftlos ins Gesicht.

In Minutenschnelle waren alle zwanzig Flaschen entweder zerbrochen oder vergriffen, und die traurigen Gluckser hatten sich zerstreut, um ihre Medizin einzunehmen, außer einem besonders gebrechlichen, traurig dreinschauenden Alten in abgerissenen Hosen und einem T-Shirt der Milwaukee Braves und einer Baseballmütze der Chicago Cubs. Er starrte mich nur an und wartete am Anfang der Essensschlange, zusammen mit einigen anderen Bedürftigen, die an meinem Angebot nicht interessiert waren.

Ich ging zu ihm hinüber. Er war blond, und seine Haut war nach jahrelangem Leben im Freien in einem hellen Krebsrot verbrannt. »Trinkst du nicht?«, fragte ich.

»Ich kann es auch sein lassen«, sagte er, »im Gegensatz zu manchen anderen.«

Ich lachte. »Gut gesagt.«

»Was wollen Sie denn vom ›Uhu‹? Der tut doch keinem was.«

»Ich will bloß mit ihm reden.«

»Der will nur in Ruhe an seinem Lumpen lutschen. Der braucht keine Cops, die ihn belästigen.«

»Ich bin kein Cop.« Ich machte meine Jacke auf, um ihm zu zeigen, dass ich kein Eisen umhatte.

»Das heißt noch gar nichts«, sagte er.

Ich seufzte und log: »Ich arbeite für eine Versicherungsgesellschaft. Marquette schuldet Melveny noch ein bisschen Geld. Deshalb suche ich ihn.«

Ich sah, dass der argwöhnische Mann mir glaubte. Ich nahm einen Fünfer aus meiner Börse und wedelte ihm damit vor der Nase herum. Er schnappte ihn.

»Gehen Sie zu Schwester Ramona; das ist vier Blocks westlich von hier. Vor dem Haus ist ein Schild, da steht: ›Handzettel-Verteiler gesucht‹. Der Uhu hat in letzter Zeit für die Schwester gearbeitet.«

Ich glaubte ihm. Sein Stolz und seine Würde verliehen ihm Autorität. Ich ging in die Richtung, die er mir wies.

Schwester Ramona war ein Medium, das sich auf die abergläubische untere Mittelschicht Milwaukees stürzte. Das erklärte mir ein gewisser »Waldo«, ein Uralt-Penner, der vor dem Laden rumlungerte, in dem sie die Stadtstreicher und die als Blutspender Ausgemusterten rekrutierte, die ihre Botschaft per Handzettel in die ärmeren Ecken Milwaukees trugen. Sie zahlte in Zweiliterflaschen Wein, den sie lastwagenweise und spottbillig von einem eingewanderten italienischen Weinhändler aus Chicago kaufte. Er möbelte den Alkoholgehalt mit reinem Getreideschnaps auf, was seinen Wino ganz schön hochprozentig machte.

Schwester Ramona wollte ihre Jungs bei Laune halten. Sie versorgte sie mit kostenlosen Schlafquartieren auf dem Parkplatz des Kinos, das ihr gehörte; sie gab ihnen drei Käsetoasts pro Tag, an dreihundertfünfundsechzig Tagen im Jahr; sie kaufte sie aus dem Knast frei, wenn sie versprachen, das Geld dadurch zurückzuzahlen, dass sie sich bei ihrem Bruder, der Gynäkologe war, umsonst Blut abzapfen ließen. Der Bruder hatte kürzlich seine Approbation verloren, weil er zu vielen Patientinnen im falschen Loch herumgestochert hatte.

Das sprudelte unaufgefordert aus ihm heraus. Waldo erklärte mir weiter, das einzige Problem bei Schwester Ramonas Masche wäre, dass ihre Jungs immer an Leberzirrhose starben und im Winter erfroren, wenn ihr Parkplatz ganz vom Schnee verweht und sie zu faul war, ihn räumen zu lassen. Die alte Schwester hatte einen hohen Verschleiß, ja, Mann, sagte Waldo, aber es gab immer reichlich Nachschub: Die Schwester war 'n Wein-Connosüffler erster Güte und sie machte 'nen hundsgemein guten Käsetoast. Und sie hatte keine Vorurteile, nein. Mann, sie stellte Weiße ein und Neger und gab ihnen das Gleiche zu futtern und den gleichen Pennplatz auf ihrem Parkplatz.

Als ich einen Fünf-Dollar-Schein aus meiner Tasche zog und »George Melveny, der ›Uhu‹« sagte, fielen Waldo beinahe die Augen raus, und er sagte »das Genie« mit einer Betonung, die andere für Beethoven und Shakespeare reserviert hatten.

»Warum ist er ein Genie, Waldo?«, fragte ich, als der alte Mann mir den Fünfer geschickt aus der Hand riss.

Er fing an zu plappern. »Weil er clever ist, deshalb! Professor an der Marquette! Die Schwester machte ihn zum Kapo, aber dann konnte er nicht mehr fahren. Er schläft nicht auf ihrem Parkplatz, im Sommer schläft er in 'nem Schlafsack am Strand am See, und im Winter schläft er in dem hübschen, warmen Heizungskeller in der Marquette. Er ist so clever, dass die Schwester ihn nicht mit

Schnaps bezahlt – er trinkt nicht mehr; die Schwester zahlt ihn mit Modellflugzeugen, weil er die gern zusammenbastelt und den Kleber schnüffelt! Der Uhu ist ein Genie!«

Ich schüttelte den Kopf.

»Was is los, Mann?«, fragte Waldo.

»Du glaubst, das ist Information für fünf Dollar?«

»Aber sicher!«

»Ich auch. Willste dir noch 'n Fünfer verdienen?«

»Klar, Mann!«

»Dann bring mich zum Uhu, jetzt.«

»Klar, Mann!«

Wir gingen in meinem kochend heißen Ford auf Kreuzfahrt und fuhren im Zickzack die Straßen von Milwaukees Arbeitervierteln ab, bis wir ein paar zerlumpte Männer fanden, die Handzettel in Vorgärten und auf Veranden warfen. Ein paar wagemutige Typen stopften sie sogar in Briefkästen.

Waldo sagte: »Das nennt die Schwester einen ›Bombenteppich‹. Schmeißt's ihnen direkt in die gute Stube, sagt sie.«

»Wie viel verlangt sie?«

»Drei Dollar!«, brüllte Waldo.

Ich schüttelte den Kopf. »Das Leben ist wie ein Tritt ins Hirn, Waldo, was?«

»Das Leben ist eher wie ein Tritt in den Arsch«, sagte er.

Wir fuhren noch eine halbe Stunde. Der Uhu war bei seinen Kollegen nicht anzutreffen. Langsam spürte ich meine Erschöpfung, aber ich wusste, dass ich nicht schlafen konnte.

Schließlich rief Waldo: »Der Hobby-Laden!« und fing an, Wegbeschreibungen herunterzurasseln. Alles, was ich verstehen konnte, war »Lake Michigan«, deshalb wendete ich und richtete den Wagen in Richtung des strahlenden Dunkelblaus, das sich vor unseren Augen ausbreitete. Schon bald fuhren wir den Lake Drive entlang, und Waldo verrenkte sich den Hals auf der Suche nach dem Uhu.

»Da!«, sagte er und zeigte auf eine Reihe von Läden in einem modernen Einkaufszentrum. »Da ist es.«

Ich fuhr hin und erspähte endlich einen Laden, der »Happy Harrys Hobby-Hafen« hieß. Endlich wusste mein erschöpftes Hirn, was los war: Happy Harry war George Melvenys Kleber-Lieferant.

»Bleib hier, Waldo«, sagte ich. Ich parkte und ging in den kleinen Laden.

Happy Harry sah nicht besonders glücklich aus. Er war ein dicker Mann mittleren Alters, der so aussah, als hasste er Kinder. Er beäugte gerade misstrauisch eine Gruppe von ihnen, die Flugzeuge aus Balsaholz über ihre Köpfe hielten und sie dann im Sturzflug aufeinander losgehen ließen, wobei sie riefen: »Kabumm, ieoinggg, pänggg!« Plötzlich war ich *sehr* müde, und mir war nicht danach zumute, mit dem Dicken in den Ring zu steigen, der aussah, als würde er seine Seele für ein Gespräch mit einem Erwachsenen verschenken.

Ich ging zu ihm hin und sagte: »George Melveny, der ›Uhu‹.«

Er gab zur Antwort: »Oh, Scheiße.«

»Warum ›Oh, Scheiße‹?«, fragte ich.

»Kein besonderer Grund. Ich dachte nur, Sie sind 'n Bulle oder so was, und der Vogel hat sich wieder angezündet.«

»Macht er das oft?«

»Nä, erst ein- oder zweimal. Er vergisst's und zündet sich 'ne Zigarette an, wenn sein Bart voller Klebstoff ist. Daher ist von seinem Gesicht nicht viel übrig, aber das macht nichts, von seinem Hirn auch nicht, also, was soll's? Stimmt's, Officer?«

»Ich bin kein Cop, ich bin Versicherungsdetektiv. Mr. Melveny wurde gerade eine große Abfindung versprochen. Wenn Sie mir den Weg zu ihm weisen, dann bin ich sicher, dass er sich erkenntlich zeigen und Wagenladungen voll Klebstoff hier in Ihrem Unternehmen erwerben wird.«

Happy Harry nahm mir ungerührt alles ab: »Der Vogel hat heute Morgen drei Modelle gekauft. Ich glaube, er ging über die Straße, um mit ihnen am Strand zu spielen.«

Bevor der Mann noch etwas sagen konnte, ging ich hinaus zum Parkplatz und sagte meinem Reiseleiter, wir würden den Strand absuchen gehen.

Wir fanden ihn mitten im Sand sitzend. Er starrte abwechselnd auf die weiße, stampfende Flut des Lake Michigan und den Stapel von Plastikmodellen auf seinem Schoß. Ich gab Waldo fünf Dollar und sagte ihm, er solle verschwinden. Er dankte mir überschwänglich und tat wie ihm befohlen.

Ich starrte den Uhu ein paar lange Augenblicke an. Er war groß und überaus hager, und sein knochiges Gesicht war mit weißem Narbengewebe bedeckt, das an den Rändern hellrot verbrannt war. Sein sandfarbenes Haar war lang und lag zu beiden Seiten seines Kopfes an; in seinem rotblonden Bart glänzten klebrige Kristallteilchen, die er geistesabwesend abzupfte. Es war zweiunddreißig Grad warm und windstill, und er trug immer noch wollene Hosen und einen Rollkragenpullover.

Ich ging zu ihm hin und begutachtete die Sachen auf seinem Schoß, während er mit offenem Mund eine Gruppe Kinder anstarrte, die Sandburgen bauten. Seine knochigen, klebstoffverkrusteten Hände hielten das Plastik-Fahrgestell eines 1940er Ford, das mit dem Rumpf eines B-52-Bombers verleimt war. Winzige indianische Krieger mit Tomahawks und Pfeil und Bogen bekämpften sich mit dem Kopf nach unten auf dem Bauch des Flugzeugs.

Der Uhu bemerkte mich und musste eine gewisse Traurigkeit in meinem Blick erkannt haben, denn er sagte mit sanfter Stimme: »Sei nicht traurig, mein Junge, die Schwester hat 'ne schöne Schneewehe für dich, und ich war auch im Krieg. Sei nicht traurig.«

»In welchem Krieg, Mr. Melveny?«

»In dem nach dem Koreakrieg. Ich arbeitete damals für das Projekt Manhattan. Die gaben mir den Job, weil ich früher Manhattans für die Patres gemixt hatte. Ganze Krüge voll, mit kleinen Maraschino-Kirschen. Die Patres selbst waren noch Jungfrauen, aber die hätten mit den Schwestern einen draufmachen können, aber die waren auch noch Jungfrauen. Wie Jesus. Die hätten auch gefeuert werden können wie ich, und dann hätten die Schwestern für die Schwestern arbeiten müssen.« Melveny zeigte mir sein Plastikhäufchen. Ich nahm es und hielt es einen Augenblick in der Hand, dann gab ich es ihm wieder. »Gefällt dir mein Schiff?«, fragte er.

»Es ist sehr schön«, sagte ich. »Warum haben sie dich gefeuert, George?«

»Früher war ich George, und George war mir recht, aber jetzt bin ich ein Vogel. Koah! Koah! Koah! Früher war ich George, bei George! Und George war mir egal, aber die Patres wussten das nicht! Es war ihnen egal!«

»Was war ihnen egal, George?«

»Ich weiß nicht! Ich wusste es, als ich noch George war, aber jetzt weiß ich es nicht mehr!«

Ich kniete mich neben den alten Mann und legte ihm einen Arm um seine Schultern. »Kannst du dich noch an Johnny DeVries erinnern, George?«

Der alte Uhu fing an zu zittern, und sein Gesicht lief rot an – trotz der weißen Narben. »Der Große John, der Große John, Dickschädel, Sauerkrautfresser. Der Große John, er konnte die chemischen Elemente von hinten aufsagen! Er hatte 'nen Schwanz so groß wie 'ne Salami! Ohne Schuhe zwei Meter vierundfünfzig groß, der Große John! Der Große John!«

»War er dein Freund?«

»Toter Freund! Toter Mann! Guy Fawkes. Willkommen daheim, Amelia Earhart! Auferstanden, der Große John! Der Große John ist heimgekehrt! Konnte einen Bunsenbrenner nicht von einer Salami unterscheiden, aber ich hab's ihm beigebracht, bei George, ich hab's ihm beigebracht!«

»Woher bekam er sein Morphium, George?«

»Der Nigger hatte das Zeug – Johnny hat nur die Mäuseknochen bekommen. Der Nigger bekam den Kuchen und Johnny die Kruste!«

Ich packte den Uhu an seinen knochigen Schultern. »Wer hat Johnny umgebracht, George?«

»Der Nigger hatte den Kuchen, Johnny hatte die Krümel! Johnny Krümel-Dümel! Johnny sagte, der Schlitzer hätte den Pfeifer bezahlt, der Schlitzer würde mich schon kriegen, aber ich hab meine Erinnerungen im Kloster bekommen! Buddha kriegt den Schlitzer schon noch! Und macht mein Buch zum Bestseller!«

Ich packte den Uhu noch fester, bis ich seinen verklebten Bart im Gesicht hatte. »Wer ist der Schlitzer, gottverdammt?!«

»Gibt keinen Gott, Johnnyboy. Der Buddhist hat das Buch, und die glauben nicht an Jesus. Karussell ist nur fair. Jesus glaubt nicht an Buddha! George glaubt nicht an George, bei George, das wär's dann, George!«

Ich ließ den Uhu los. Er äffte die Seemöwen nach, die über dem Ufer flogen, und flatterte mit seinen abgezehrten Armen, voller Sehnsucht, es ihnen gleichzutun. Trotz der winzigen Wahrscheinlichkeit, dass Gott existierte, sagte ich ein stilles Gebet für ihn auf. Ich ging zurück zu meinen Wagen und wusste, dass ich von seinem verwüsteten Verstand genug mitbekommen hatte, um wenigstens nach Fond-Du-Lac zu kommen.

22

Ich nahm mir ein Zimmer in einem Motel an der Blue Mound Road und schlief sechzehn Stunden am Stück. Ich träumte von Michael und Lorna, die in Rettungsbooten auf einem Meer voller Flugzeug-Klebstoff trieben. Kurz vor Morgengrauen wachte ich auf und rief Will Berglund in Tunnel City an. Hatte der Orden zum heimlichen Herzen ein Kloster in der Nähe von Fond-Du-Lac? Ja, sagte er, hatte er. Seine Stimme klang noch schlaftrunken. Hatte er ein Waisenhaus? Nein, hatte er nicht. Bevor ich auflegte, erklärte er mir ausführlich den kürzesten Weg zum Orden. Will Berglund wurde hellwach, als er die Ängstlichkeit in meiner Stimme bemerkte, und sagte, er würde den Prälaten des Klosters anrufen und ihm sagen, dass ich käme.

Ich hielt zum Tanken und zu einem schnellen Frühstück, dann bog ich nach Norden ins Seengebiet ab. Ich war ganz sicher, dass das, was mich im Kloster zum heimlichen Herzen erwartete, nicht langweilig sein würde.

Zwei Stunden später streifte ich einen kristallblauen See, der mit Vergnügungsschiffchen bevölkert war. Sonnenanbeter quetschten sich an das enge, sandige Ufer, und die Kiefernwälder, die Fond-Du-Lac umgaben, waren voll mit kameraschwenkenden Touristenfamilien.

Ich überprüfte die Hinweise, die Will Berglund mir gegeben hatte: Seekante, durch Berge ins Farmland, an drei Farmhäusern vorbei, eine Meile bis zu der Straße mit dem Schild, das die großen Religionen beschrieb.

Ich fand die Bergstraße, dann das flache Weideland und die drei Farmhäuser. Es war drückend heiß, fast 38 Grad, aber ich schwitzte eher in nervöser Erwartung, als ich in die Straße einbog. Ich durchquerte eine halbe Meile lang einen sandigen Kiefernwald und kam an einer Lichtung heraus, auf der ein einfaches, weiß getünchtes Steinhaus stand, dreigeschossig, schmuck- und stillos und ohne Willkommensgruß. Neben dem Gebäude war ein Parkplatz angelegt worden. Die Autos, die dort geparkt waren, waren auch kärglich: alte Jeeps aus dem Zweiten Weltkrieg und eine Willys-Limousine aus der Vorkriegszeit. Sie sahen alle gepflegt aus.

Ich starrte auf die große Holztüre, als ob ich dort ein karges Wunder erleben würde. Allmählich wurde mir klar, dass ich Angst hatte und das Kloster nicht betreten wollte. Das überraschte mich; und wie in einem Reflex stieg ich aus meinem Wagen, rannte zur Tür und hämmerte so laut ich konnte dagegen.

Der Mann, der aufmachte, sah frisch und geschrubbt aus. Er war klein und sah kultiviert aus, aber ich hatte eine leise Vermutung, dass er auch langwierige, schlechte Zeiten erlebt und sie überwunden hatte. Er nickte ernst und bat mich in einen langen Korridor, der aus demselben weiß getünchten Zement war wie das Äußere des Gebäudes.

Am Ende des Ganges konnte ich eine Art Versammlungs- oder Gebetshalle sehen.

Der Mann, der alles zwischen dreißig und fünfundvierzig hätte sein können, sagte mir, dass der Prälat bei seiner Frau wäre und in ein paar Minuten da sein würde.

»Könnt ihr Kerle denn heiraten?«, fragte ich.

Er antwortete mir nicht, sondern schob nur eine kleine Holztüre in die Korridorwand und wies hinein. »Bitte warten Sie hier«, sagte er und schloss die Tür hinter mir. Der Raum war eine Mönchszelle, karg und schmucklos möbliert. Ich prüfte die Tür. Sie war unverschlossen. Tatsächlich hatte sie gar kein Schloss – ich konnte gehen, wenn ich wollte. Es gab ein gitterloses Fenster ungefähr in Augenhöhe eines großen Mannes. Ich linste raus und sah einen Garten hinter dem Kloster. Ein Mann in schmutzigem Drillich hackte gerade ein Radieschenbeet. Ich steckte meine Finger in den Mund und pfiff ihm. Er wandte den Kopf in meine Richtung, lächelte breit, winkte und machte sich wieder an die Arbeit.

Fünf Minuten lang starrte ich in unheimlicher Stille die nackte Glühbirne an, die die Zelle erleuchtete. Dann kam meine Eskorte wieder und sagte mir, dass der Prälat von Will Berglund benachrichtigt worden und darauf bedacht wäre, mir jede denkbare Hilfe zu leisten. Und er fügte hinzu, dass die Ordensbrüder des Heimlichen Herzens – obschon sie sich vom Tand dieser Welt fernhielten – es für ihre Pflicht hielten, sich an den wichtigen Angelegenheiten des Lebens zu beteiligen. In der Tat wäre dies in vielerlei Hinsicht der wichtigste Grundsatz ihres Glaubens. Das ganze Geseiere war so undurchsichtig wie alle übrigen religiösen Litaneien, die ich in meinem Leben gehört hatte, aber das sagte ich dem Mann nicht. Ich nickte nur stumm und hoffte, dass ich einigermaßen ehrerbietig aussah. Er führte mich am Hauptbetsaal vorbei in ein kleines Zimmer, das ungefähr doppelt so groß war wie die Mönchszelle. Es war mit zwei Klappstühlen aus Metall ausgestattet, auf denen »Allgemeines Krankenhaus Milwaukee« stand. Er sagte mir, der Prälat würde umgehend bei mir sein, dann schlurfte er zur Tür hinaus und ließ sie angelehnt.

Der Prälat erschien eine Minute später. Er war ein robuster, untersetzter Mann mit pechschwarzem Haar und sehr dunklen, rauen Bartstoppeln. Er war wahrscheinlich irgendwas über vierzig, aber sein Alter war, wie gesagt, schwer zu schätzen. Ich stand auf, als er den Raum betrat. Wir gaben uns die Hand, und als er mir wieder Platz anbot, sah er mich sehr geschäftsmäßig an. Er setzte sich und ließ einen donnernden Rülpser los. Das war ein vorzüglicher Eisbrecher.

»Jesus«, sagte ich spontan.

Der Mann lachte. »Nein, ich heiße Andrew. Er war nicht einmal ein Apostel. Sind Sie mit der Schrift vertraut, Mr. Underhill?«

»Früher mal. Man hatte mich dazu gezwungen. Aber ich bin nicht das, was Sie einen Gläubigen nennen würden.«

»Und Ihre Familie?«

»Ich habe keine Familie. Meine Frau ist Jüdin.«

»Aha. Was hatten Sie für einen Eindruck von Will Berglund?«

»Den eines schuldgeplagten Mannes. Eines anständigen, feinen Mannes. Möglicherweise eines aufgeklärten Mannes.«

Andrew lächelte mich an. »Was hat Will Ihnen von unserem Orden erzählt?«, fragte er.

»Nichts«, sagte ich. »Obwohl ich zugeben muss, dass er für den Intellekt wohl eine gewisse Anziehungskraft haben muss, andernfalls wäre ein intelligenter Mann wie Berglund nicht so darauf abgefahren. Aber was mich interessiert, ist, warum John DeVries –«

»Über John reden wir später«, unterbrach mich Andrew. »Was *mich* interessiert, ist die Frage, was Sie mit den Informationen anstellen, die ich Ihnen gebe.«

Die asketische Umgebung und Andrews geduldige Stimme fingen an, mich zu irritieren, und ich fühlte wieder die schwarzen Ränder in meinem Blickfeld erscheinen. »Hören Sie, gottverdammt«, sagte ich barsch, »John DeVries wurde ermordet. Seine

Schwester ebenso. Wir reden über Menschenleben, nicht über biblische Gardinenpredigten. Ich ...« Ich hielt inne.

Andrew war unter seinen dunklen Stoppeln bleich geworden, und seine riesigen braunen Augen verdunkelten sich vor Trauer. »Mein Gott, Marcella«, flüsterte er.

»Sie *kannten* sie?«

»Dann war es doch wahr ...«

»Dann war was wahr, gottverdammt?!«

Andrew fiel in sich zusammen, während ich versuchte, meine Erregung zu verbergen. Er starrte auf seine Hände. Ich gab ihm ein wenig Zeit, um sich zu beruhigen, dann sagte ich sanft: »Dann war was wahr, Andrew?«

»Marcella erzählte meiner Frau und mir letzten Monat, dass sie in Gefahr wäre, dass ihr Ehemann das Sorgerecht für ihren Sohn wollte, dass er ihn kidnappen würde.«

»Letzten Monat? Sie haben Marcella letzten Monat gesehen? Wo?«

»In Los Angeles. Irgendein scheußliches Kaff östlich von L.A. El Monte. Marcella rief meine Frau an. Sie sagte, sie müsste uns dringend sehen, sie bräuchte seelischen Trost. Sie überwies uns telegrafisch Geld, und wir flogen nach Los Angeles. Wir trafen Marcella in einer Bar in El Monte, mein –«

»An einem Samstagabend? Am 21. Juni? Hat Ihre Frau einen blonden Pferdeschwanz?«

»Ja, aber woher wissen Sie das?«

»Ich hab es in der Zeitung gelesen. Die Bullen in L.A. suchten Sie als Verdächtige nach Marcellas Ermordung. Sie wurde spät in jener Nacht ermordet, nachdem sie Sie in der Bar zurückgelassen hatte. Sie hätten zuhören sollen, Andrew.«

Ich wartete, bis sich das gesetzt hatte, und sah zu, wie Andrew in Trauer versank. Die Ruhe, in der er trauerte, machte mich nervös: Ich hatte das Gefühl, er machte schon einen Kuhhandel mit Gott, um sich aus der Klemme zu befreien. »Wann haben Sie Marcella zum ersten Mal getroffen?«, fragte ich sanft. »Erzählen Sie mir, wie sie dazu kam, Sie letzten Monat anzurufen und um Hilfe zu bitten.«

Andrew krümmte sich in seinem Stuhl, als wollte er sich unterwerfen. Seine Stimme war sehr leise: »Marcella kam vor vier Jahren zum Orden. Will Berglund hatte ihr von uns erzählt. Sie war ganz verstört, sie sagte mir, etwas Furchtbares würde passieren und sie wäre nicht in der Lage, es aufzuhalten. Ich sagte ihr, der Orden Zum heimlichen Herzen sei geistige Disziplin, die auf anonymen guten Taten beruhe. Wir haben ein paar wohlhabende Gönner, denen eine Druckerei gehört, bei der wir unsere kleinen Traktate drucken lassen, aber in der Hauptsache betreiben wir unsere Farm hier, versorgen uns selbst und verschenken unsere Lebensmittel an hungrige Menschen. Wir haben täglich drei Stunden stiller Meditation und jede Woche einen Fastentag. Aber vor allem reisen wir in die Städte. Wir legen unsere Traktate in den Missionen in den Slums aus, in Gefängniskapellen, wo immer es einsame, verzweifelnde Menschen gibt. Wir gehen durch die Straßen der Städte, helfen einsamen, betrunkenen Menschen aus der Gosse, geben ihnen zu essen und schenken ihnen Trost. Wir rekrutieren nicht aktiv – unsere Disziplin ist streng und nicht für die Flatterhaften. Und wir sind anonym: Wir heischen nicht nach Beifall für das Gute, das wir tun. Das alles erzählte ich Marcella, als wir uns damals im Jahr 1951 unterhielten. Sie sagte, sie hätte verstanden. Und so war es. Sie arbeitete rastlos. Sie führte zerlumpte Frauen von der Straße, badete sie und gab ihnen zu essen, dann kaufte sie ihnen Kleider von ihrem eigenen Geld. Sie bot Nächstenliebe an wie sonst niemand. Sie wartete vor den Toren des Zuchthauses von Milwaukee County und fuhr die Haftentlassenen in die Stadt, redete mit ihnen und lud sie zum Essen ein. Sie hielt tagelange Wachen vor der Unfallstation im Krankenhaus von Waukesha, bot ihre Schwesterndienste unentgeltlich an und betete für die Unfallopfer. Sie gab und gab und gab, und durch das Geben veränderte sie sich.«

»In was, Andrew?«

»In einen Menschen, der das Leben akzeptierte; und sich selbst, wie der Herr es verlangt.«

»Und dann?«

»Und dann ging sie, so plötzlich, wie sie gekommen war.«

»Wie lange war sie beim Orden?«

»Ungefähr sechs Wochen.«

»Sie ging im August '51?«

»Ja ... ja, das ist richtig.«

In mir brach etwas zusammen. »Tut mir leid, dass ich geflucht habe«, sagte ich.

»Bedauern Sie es nicht. Sie wollen Gerechtigkeit.«

»Ich weiß nicht, was ich will. Johnny DeVries kam unabhängig von seiner Schwester hierher, stimmt das?«

»Ja. Will Berglund hatte auch ihn geschickt. Ich glaube, es war 1949 um Weihnachten herum. Er war keine Marcella. Er war ein verletzlicher Drogenabhängiger mit einer Menge Selbsthass. Er versuchte, sich den Weg hierher zu erkaufen. Schmutziges Geld, das er beim Handel mit Drogen verdient hatte. Er unternahm halbherzige Versuche, unsere Botschaft zu hören, aber –«

»Haben Sie hier jemals ein Waisenhaus geführt?«, warf ich ein.

»Nein, dazu braucht man eine Genehmigung. Wir dienen anonym, Mr. Underhill.«

»Hat John DeVries jemals eine Frau namens Margaret Cadwallader erwähnt? Oder ein uneheliches Kind, das die beiden zusammen hatten?«

»Nein, John redete meist über chemische Formeln und die Frauen, zu denen er sexuelle Beziehungen hatte, und –«

Ich stocherte in einer Dunkelheit herum, die zusehends heller wurde. »Und er hat seine Erinnerungen hiergelassen, stimmt's, Andrew?«

Andrew zögerte. »Er hat eine Schachtel mit persönlichen Dingen zurückgelassen, ja.«

»Ich möchte sie einmal durchsehen.«

»Nein, nein. Tut mir leid, das können Sie nicht, ich habe den Inhalt des Kartons durchgesehen und keine Drogen entdeckt, also war ich so anständig und habe John versichert, dass seine Sachen hier immer sicher sein würden. Nein, ich kann Sie sie nicht sehen lassen.«

»Er ist tot, Andrew. Von dieser Sache könnten noch andere Menschenleben abhängen.«

»Nein. Ich werde sein Vertrauen nicht missbrauchen. Das ist mein letztes Wort.«

Ich fasste unter meine Jacke und zog meine .38er aus meinem Gürtel. Ich beugte mich vor und legte den Lauf mitten auf Andrews Stirn. »Sie zeigen mir diesen Karton, oder ich bringe Sie um«, sagte ich.

Es dauerte eine Weile, bis er mir glaubte. »Meine Arbeit verlangt, dass ich Ihnen nachgebe«, sagte er.

»Dann wissen Sie ja, warum ich das tun muss, was ich tue«, sagte ich.

Die Schachtel war muffig, modrig und mit Spinnweben überzogen. Und sie war schwer; ganze Berge von Papier, die durch die Feuchtigkeit noch schwerer geworden waren. Ich trug sie unter Andrews wachsamen Blicken zu meinem Wagen. Er ließ mir eine

Art beidhändige Segnung zuteilwerden, als ich sie in meinen Kofferraum sperrte.

»Soll ich sie Ihnen zurückbringen?«, fragte ich.

Andrew schüttelte den Kopf. »Nein, ich glaube, Sie haben mir den Schwarzen Peter abgenommen, soweit es Gott betrifft.«

»Was haben Sie da eben für ein Zeichen gemacht?«

»Ich bat um Gottes Gnade für Leser finsterer Geheimnisse.«

»Haben Sie irgendetwas davon gelesen?«

»Nein.«

»Woher wissen Sie dann, was drin ist?«

»Sie wären nicht hierhergekommen, wenn auf diesen Seiten nur Fröhliches stünde.«

»Danke«, sagte ich. Andrew antwortete nicht; er sah einfach zu, wie ich fortfuhr.

Ich nahm mir ein Zimmer in einem Motel in Fond-Du-Lac und ließ mich nieder, um die Memoiren von John DeVries zu lesen.

Ich leerte den Inhalt des muffigen Kartons auf mein Bett und machte drei ordentliche Stapel, jeder ungefähr dreißig Zentimeter hoch. Ich überprüfte jeden Stapel kurz, um zu sehen, ob die Handschrift leserlich war. Das war der Fall. Die schwarze Tinte war durch Feuchtigkeit und Alter verschmiert, aber DeVries hatte eine schöne, präzise Handschrift und einen Erzählstil, der seine Drogen- und Tobsucht Lügen strafte; er schrieb sowohl in chronologischer als auch thematischer Einheit. Die Seiten waren nicht nach Datum geordnet, aber es stand auf jeder Seite oben. Ich ging alle drei Stapel durch und ordnete sie nach Monaten und Jahren.

John DeVries' Aufzeichnungen erstreckten sich über die Kriegsjahre und vor allem beschrieben sie ausführlich, wie fasziniert er von Doc Harris war und wie er sich diesem unterwarf. Doc Harris, der das Leben von Johnnys dominierender Schwester beherrschte, der sein Vater und Lehrer und noch mehr geworden war; der seine ziellose Wut genommen und geformt hatte. »Johnny der Vollstrecker« musste nur an der Seite seines Gurus furchterregend dreinschauen und gewann so mehr Respekt, als er jemals gekannt hatte.

Johnnys Aufgabe war es, die unbotmäßigen Einbrecher und Kunden in den Senkel zu stellen, die für Doc als Mittelsmänner fungierten:

5. November 1943

Heute Morgen fuhren Doc und ich nach Eagle Rock, vorgeblich, um eine Ladung Radios aus unserer Garage dorthin und dann weiter zu unserem Abnehmer in San Bernardino zu schaffen. Doc hielt mir einen Vortrag über moralischen Terror, während ich fuhr. Er redete von der Beschränktheit, der 99,9 % aller Menschenleben unterworfen wären, und wie diese Beschränktheit sich immer weiter fortpflanzt, bis sie eine Wirkung schafft, die er die ›Ping-pong-Apokalypse der Engstirnigkeit‹ nannte. Weiter sagte er, dass die natürliche Elite (d.h. – wir und unseresgleichen) der potenziellen Elite dadurch Botschaften übermitteln müsste, dass sie ›fortwährend einen Schraubenschlüssel in das Räderwerk der Engstirnigkeit wirft‹. Er erklärte mir, dass unser Abnehmer in San Bernardino pausenlos versuchte, uns durch Einschüchterungstaktik und Drohungen, sich anderweitig nach Radios umzusehen, im Preis zu drücken. Doc sagte, wir könnten das nicht länger dulden und ich sollte den Mann aufsuchen und ihm eine geistige Botschaft überbringen, die ihn Demut lehre. Dann sagte Doc nichts mehr, bis wir die Radios auf unseren Lieferwagen geladen hatten und schon fast in San Bernardino waren. Dann fuhr er fort: ›Dieser Spießer hat eine Katze, in die er ganz vernarrt ist. Spießer mögen dumme Tiere, weil die im Vergleich noch ohnmächtiger sind als sie selbst. Ich möchte, dass du die Katze vor den Augen ihres spießigen Besitzers erwürgst. Wenn du die Katze von hinten am Kopf packst, ihr Daumen und kleinen Finger um den Hals legst, mit den ersten beiden Fingern, die du fest oberhalb ihrer Augenbrauen aufsetzt, schnell und kräftig zudrückst, werden die Augen der Katze hervortreten, während du sie erwürgst. Tu es für mich, Johnny, und ich werde dir noch andere Wege zeigen, deine Macht zu festigen: die wahre geistige Macht, von der ich weiß, dass du sie hast.‹ Ich tat es. Der Abnehmer bat und bettelte, versprach, ausschließlich mit uns Geschäfte zu machen, und bot Doc dreihundert Dollar als Bonus an. Doc lehnte das Geld ab und sagte: ›Mein Bonus ist die Lektion, die du gelernt hast, und dass sie dir und vielen anderen guttun wird.‹

Ich las weiter über das Jahr 1943, als Doc Harris seine Macht über John DeVries festigte, ihn in ein größer werdendes Spektrum der Gewalt drängte, und ihm zwischendurch Vorträge über die Philosophie und Psychologie des Terrors hielt. Auf Docs Geheiß verprügelte Johnny Homosexuelle und raubte sie aus; betrügerischen Buchmachern brach er Arme und Beine; er zog Einbrechern, die nach Docs Meinung einen Teil ihrer Beute unterschlugen, die Pistole über den Schädel. Und er stellte nie jemals seinen Beschützer in Frage. Die Philosophie, mit der Doc ihn beherrschte, war faschistisch-utopisch und geeignet, sich in Johnnys Geschichte übermäßiger Abhängigkeit von dominierenden Menschen einzufügen:

Du, Marcella und ich sind die natürliche Elite. Du musst Marcella achten, weil sie dich aus Tunnel City, Wisconsin, gerettet hat. Du musst sie achten, weil ihr blutsverwandt seid; aber du musst wissen, dass sie ihre Fehler hat. Sie ist schwächer als wir im Bereich des Handelns; du und ich haben das Ungeheuer in uns erkannt und nach außen projiziert. Wir werden immer tun, was wir tun müssen, ohne Rücksicht auf die Folgen für die anderen, wir stellen uns über alle Gesetze der Menschen und über alle moralische Kritik, die das Ungeheuer im Zaum halten wollen. Marcella wird nie so weit kommen, dennoch ist sie für uns ein wertvoller Kamerad als Frau und Schwester. Achte sie und liebe sie, aber halte dich emotional auf Distanz. Du sollst wissen, dass sie andere Wertvorstellungen hat als wir.

Du gehörst jetzt der Marine, John, aber bald wird die Marine uns gehören. Halte deine Uniform sauber und putz deine Schuhe. Spiel deine Rolle gut, und du wirst zeitlebens ein reicher Mann sein. Deine Schwester ist schwanger mit dem Kind, das dein Neffe und mein Sohn und unser moralischer Erbe sein wird. Achte auf deinen Marihuana-Konsum, und du wirst die Macht der Droge über millionen Menschen haben. Hör auf mich und vertrau mir, John. Du musst ruhiger werden, und wenn du das schaffst, werde ich dir von der buchstäblichen Macht über Leben und Tod erzählen, die ich schon über viele Menschen ausgeübt habe.

Ich erkannte, wohin dieser Abschnitt mich führen würde, also überschlug ich die Zeit bis August '45. Was ich schon wusste, bekam ich bestätigt: John DeVries, Eddie Engels und Lawrence Brubaker hatten die Krankenstation des Flugzeugträgers *Appomattox* um fünfundvierzig Pfund reinen Morphiums beraubt. Doc Harris war das Superhirn. DeVries, Brubaker und Engels wurden verhört, dann freigelassen. Die Art, wie Doc Johnny eingeschüchtert hatte, war so absolut, dass Johnny während der Verhöre nie weich wurde. Das Tagebuch zeigte an, dass Engels und Brubaker ähnlich eingeschüchtert waren, im selben Würgegriff des unglaublichen Doc Harris. Was ich schon lange vermutet hatte, wurde auch bestätigt: Marcella Harris war an dem Verbrechen nicht beteiligt –

sie lag im Marinekrankenhaus von Long Beach, weil sie eine Fehlgeburt hatte.

Damals sah Johnny zum ersten Mal einen erschütterten Doc Harris. Wegen einer Komplikation sollte Marcella für den Rest ihres Lebens unfruchtbar bleiben. Damals kam Johnny seinem Beschützer zu Hilfe und bot ihm an, was Doc selbst mit Marcella nie würde erreichen können – Johnny erzählte Doc, dass seine Freundin, die Doc abgelehnt hatte, jetzt in Wisconsin und schwanger wäre, die Geburt stünde in zwei Wochen bevor.

Doc und Johnny flogen dorthin. Doc entband das Kind in einem Wohnwagen, der in einem Weizenfeld südlich von Waukesha geparkt war. Maggie wollte das Baby behalten, aber Doc, den Larry Brubaker bei der Geburt unterstützt hatte, hatte ihr so lange zugesetzt, bis sie ihm das Kind überließ. Er wollte das Kind wohlbehalten in ein »besonderes« Waisenhaus für »besondere« Kinder bringen. Doc fuhr nach Los Angeles zu seiner Frau zurück, mit dem Kind, das diese sich so sehnlich gewünscht hatte, und mit seinem eigenen »moralischen Erben«.

Wieder überschlug ich einen Zeitraum, nur um festzustellen, dass der Bericht abrupt aufhörte, kurz nachdem Johnny die Ereignisse im August 1945 geschildert hatte. Aber es waren mindestens hundert Blätter übrig, undatiert, aber vollgeschrieben. Johnny war unerklärlicherweise zu roter Tinte übergegangen, bald darauf aber wusste ich, warum: Johnny hatte nach Docs absolutem Wissen gestrebt, und aus Dankbarkeit für seinen moralischen Erben hatte Doc es ihm vermittelt. Dies war die Geschichte der »buchstäblichen Macht über Leben und Tod«, die Doc über viele Menschen ausgeübt hatte. Hier war sie, in passendem Rot, denn es war die Geschichte des wahnsinnigen Doc Harris. Die Geschichte seiner mörderischen, zehnjährigen Karriere als reisender Engelmacher in den Slums des Mittelwestens, ausgestattet mit Skalpellen zum Schneiden, billigem Whiskey zur Narkose und seinem elitären Hass als Motivation.

Johnny fuhr fort, seinen Lehrmeister wörtlich zu zitieren:

> Natürlich wusste ich seit meinem Medizinstudium, dass es meine Mission und mein Lernprozess war; dass die Macht über Leben und Tod das absolute Lernziel war. Ich wusste, wenn ich diesen schrecklichen, aber notwendigen Prozess des Gebärens und Ausmerzens wirksam durchführen und jeder möglichen emotionalen Beschädigung dadurch entkommen könnte, dann würde ich das unversehrte Bewusstsein und die unverletzliche Seele eines Gottes besitzen.

Ich las weiter, wie Doc einem ehrfürchtigen, dann sich ekelnden Johnny seinen Selektionsprozess beschrieb:

> Wenn die Mädchen von einem Liebhaber oder Zuhälter an mich verwiesen wurden, dann musste ich ihnen gestatten weiterzuleben. Wenn sie gescheit und charmant waren, führte ich meine Aufgabe mit all meinem beträchtlichen Geschick und Scharfsinn durch. Wenn die Mädchen aber hässlich oder weinerlich oder schlampig oder stolz auf ihre Promiskuität waren, dann war die Welt ohne sie und ihre Nachkommen besser dran. Solche Kreaturen erstickte ich mit Chloroform und trieb ihr Kind ab, wenn sie tot waren – ich perfektionierte mein Geschick, um das Leben der unglücklichen jungen Frauen zu retten, die es *verdienten* zu leben. Dann fuhr ich mit der toten Mutter und ihrem Kind aufs Land und begrub sie spätnachts in fruchtbarer Erde. Ich fühlte mich diesen jungen Frauen sehr nahe und war sicher in meinem Wissen, dass sie gestorben waren, damit andere leben konnten.

Doc Harris fuhr fort, seine Abtreibungstechniken zu beschreiben, aber ich konnte nicht weiterlesen. Ich fing hemmungslos an zu weinen und nach Lorna zu schreien. Jemand klopfte an meine Tür, und ich grapschte das Kissen vom Bett, erstickte mein Heulen und fiel um mich schlagend, zuckend und stoßend auf den Boden. So muss ich eingeschlafen sein, denn als ich aufwachte, war es dunkel. Das einzige Licht im Zimmer kam von einer Tischlampe. Es dauerte ein paar Sekunden, bis ich wieder wusste, wo ich war und was geschehen war. Ein Aufschrei stieg in meiner Kehle auf, und um ihn zu unterdrücken, hielt ich den Atem an, bis ich fast ohnmächtig wurde.

Ich wusste, ich musste das Tagebuch zu Ende lesen. Langsam stand ich auf und stählte mich für diese Aufgabe. Tränen der Angst und des Zorns bedeckten die übrig gebliebenen Seiten, als ich die furchtbaren Berichte von Leben und Tod las, von Blut und Eiter und Exkrementen und Leben und Tod und Tod und Tod und Tod.

Johnny DeVries war endlich vom selben Ekel ergriffen worden wie ich und mit einem persönlichen Vorrat an Morphium in die Slums von Milwaukee geflüchtet. In dieser Zeit war sein Schreibstil zu einem unzusammenhängenden Gefasel verkommen, das mit chemischen Formeln und Symbolen durchsetzt war, die ich nicht verstehen konnte. Angst vor Doc – »Der Schlitzer! Der Schlitzer! Niemand ist sicher vor dem Schlitzer!« – stand überall auf den letzten Seiten.

Erschüttert schloss ich das Zimmer ab und ging spazieren. Ich musste unter Leuten sein, die den Anschein von Gesundheit trugen. Ich entdeckte eine laute Cocktailbar und ging hinein. Der Raum war in ein goldgelbes Licht getaucht, das die Gesichter der Gäste weicher zeichnete – zu ihrem Vorteil, dachte ich.

Ich bestellte mir einen doppelten Bourbon, dann noch einen – und noch einen; schweres Geschütz für einen Nichttrinker. Dann bestellte ich mir noch einen und merkte, dass ich weinte und dass die Leute an der Bar mich verlegen schweigend ansahen. Ich trank aus und beschloss, dass mir das egal war. Ich gab dem Barkeeper ein Zeichen, um ihn nachschenken zu lassen, aber der schüttelte den Kopf und sah in die andere Richtung. Ich zwängte mich durch eine volle Tanzfläche zu einem Telefon am Ende des Raums. Ich sagte der Vermittlung Lornas Nummer in Los Angeles, dann fütterte ich die Maschine mit Münzen, bis die Vermittlung sich einschaltete und sagte, ich hätte dreimal so viel eingeworfen wie nötig.

Als Lorna an den Apparat kam, konnte ich nur betrunken stammeln, bis sie sagte: »Freddy, gottverdammt, bist du das?«

»Lor-Lorna. Lorna!«

»Weinst du, Freddy? Bist du betrunken? Wo zum Teufel steckst du?«

Ich bekam mich gerade so weit unter Kontrolle, dass ich sagen konnte: »Ich bin in Wisconsin, Lorna. Ich weiß 'ne Menge Dinge, die ich dir erzählen muss. Da ist dieser große kleine Junge, dem so was zustoßen könnte wie Maggie Cadwallader ... Lorna, bitte, Lorna, ich muss dich sehen ...«

»Ich wusste gar nicht, dass du dich volllaufen lässt. Freddy. Das ist nicht deine Art. Und ich hab dich nie weinen sehen.« Lornas Stimme klang sehr leise und erstaunt.

»Tu' ich ja gar nicht, gottverdammt. Das verstehst du nicht, Lorna.«

»Doch. Hab ich immer. Kommst du zurück nach L.A.?«

»Ja.«

»Dann ruf mich an. Erzähl mir nichts von großen kleinen Jungen oder von der Vergangenheit. Geh einfach schlafen. Okay?«

»Okay.«

»Gute Nacht, Freddy.«

»Gute Nacht.« Ich legte auf, bevor Lorna hören konnte, dass ich wieder anfing zu weinen.

Irgendwie konnte ich in jener Nacht schlafen. Am Morgen lud ich Johnnys Geschichte des Terrors in meinen Kofferraum und fuhr nach Chicago.

Ich hielt vor einem Laden am Loop und kaufte mir eine Kiste aus verstärktem Karton, dann verbrachte ich eine Stunde auf dem Parkplatz damit, die Aufzeichnungen durchzugehen und mit Anmerkungen zu versehen. Von einer Telefonzelle rief ich die Auskunft in Los Angeles an und erfuhr, dass Lawrence Brubakers Wohnanschrift und die Anschrift von »Larrys Little Log Cabin« identisch waren. Das gab mir zu denken, zumal ich mich erinnerte, dass direkt gegenüber von der Bar auf der anderen Straßenseite ein Postamt gewesen war, als Dudley Smith und ich ihn 1951 in die Mangel genommen hatten.

Bevor ich den Papierberg vom muffigen in den neuen Karton umfüllte, überprüfte ich meine Arbeit noch einmal: Alle Hinweise auf Brubaker und den Drogenraub waren unterstrichen. Ich holte ein paar neue Blätter Briefpapier aus dem Handschuhfach und schrieb einen Begleitbrief:

Lieber Larry,
Zeit, deine Schulden zu begleichen.
Du gehörst jetzt mir, nicht Doc Harris.
Ich werde mich melden.

Officer Frederick U. Underhill 1647

Als Nächstes fuhr ich zu einem Postamt, lieh mir etwas Klebeband und versiegelte den Karton bombensicher. Ich adressierte ihn an:

Lawrence Brubaker
Larrys Little Log Cabin Bar
58, Windward Avenue
Venice, California

Als Absender gab ich an:

Edward Engels
U.S.S. Appomattox
1, Fire Street, Hades

Eine nette Art. Eine gerechte Art, eine, die Lorna und den übrigen Verehrern der Gerechtigkeit gefallen würde.

Dem geduldigen Postbeamten erklärte ich einige Male, was ich wollte: versichertes Wertpaket, per Einschreiben. An das Postamt quer über die Straße, wo der Empfänger sich ausweisen und den Empfang quittieren musste, bevor er das Paket in die Hände bekam. Und ich wollte, dass das Paket in drei Tagen dort ankam; nicht eher. Der Beamte verstand; er war Exzentriker gewöhnt.

Ich verließ das Postamt und kam mir leicht wie Luft und schwer wie Granit vor. Ich fuhr nach O'Hare, gab meinen Mietwagen ab und nahm einen Nachmittagsflug heim nach Los Angeles und zu meinem Schicksal.

VI
SPIEL UMS LEBEN

23

Drei Tage später hatte ich mich morgens um sieben vor einem Schnapsladen auf der Windward Avenue postiert, von dem aus ich sowohl das Postamt von Venice als auch »Larrys Little Log Cabin« überblicken konnte.

Ich wartete nervös darauf, dass die Post um halb acht aufmachte, denn ich wusste, mein Plan würde nur dann psychologisch perfekt wirken, wenn der Postbote Brubaker sehr früh aufweckte und er allein in seiner Bar war. Sein Laden hatte nicht mehr die längstmöglichen Öffnungszeiten – die Öffnungszeiten, die jetzt an der Tür standen, verkündeten bescheiden: 10 bis 24 Uhr. Das konnte sich nur zu meinem Vorteil auswirken – ich würde Brubaker unter allen Voraussetzungen runterputzen, aber wenn möglich, wollte ich mit ihm in seiner Little Log Cabin alleine sein. Deshalb hing ich vor dem Schnapsladen rum und wusste, es könnte ein langer Tag werden.

Ich dachte hauptsächlich an Lorna. Ich hatte sie nicht angerufen, als ich nach Los Angeles zurückkam. Ich wollte ein Gleichgewicht wiederherstellen, das meiner Meinung nach nicht mehr existierte, seit ich sie an jenem Abend heulend angerufen hatte. Die zwei Tage, die ich in meiner Wohnung in dem Bemühen zugebracht hatte, nicht an sie zu denken, waren Tage der völligen Niederlage gewesen; ich konnte an wenig anderes denken und stellte mir alle möglichen Abmachungen zwischen uns vor, im Hinblick darauf, was geschehen musste, damit wir wieder zusammen sein konnten. Ich stand auf der schäbigen Windward Avenue, trug eine schäbige Windjacke, um meine Kanone zu verbergen, und musste mich zwingen, nicht an das zu denken, was ich am meisten wollte. Und nicht an tote Frauen, tote ungeborene Kinder und meine eigene Vergangenheit zu denken, die nicht sterben würde.

Mein Versuch, nicht zu denken, wurde um acht Uhr zwanzig unterbrochen, als ein uniformierter Postbeamter über die Straße auf »Larrys Little Log Cabin« zustapfte. Ich sah, wie der Mann auf einen Zettel in seiner Hand sah und laut an die Eingangstür klopfte. Kurz darauf ging die Tür auf, und ein hellhäutiger Neger in einem seidenen Morgenmantel stand da und blinzelte in das helle Tageslicht. Brubaker und der Postbote unterhielten sich, und obwohl ich einen halben Block entfernt war, konnte ich erkennen, dass Larrys Neugierde geweckt war.

Fünf Minuten später kam Brubaker wieder aus der Tür, er trug Hose und ein Freizeithemd. Er rannte blindlings über die Straße zum Postamt, während mir heiße und kalte Wellen durch den Körper jagten.

Ich schätzte, es würde noch einmal fünf Minuten dauern. Ich irrte mich: Drei Minuten später rannte Brubaker mit meinem Karton im Arm wieder über die Straße zurück; sein Gesicht strahlte totale Panik aus. Er rannte nicht zu seiner Eingangstür – er lief daran vorbei auf einen Parkplatz neben dem Gebäude. Ich war direkt hinter ihm, und als er den Karton auf das Heck eines Pontiac plumpsen ließ und in seiner Tasche nach den Schlüsseln suchte, trat ich von hinten an ihn heran und drückte ihm meine Kanone ins Kreuz.

»Nein, Larry«, sagte ich, als er einen Laut machte, der halb Winseln, halb Kreischen war, »jetzt nicht. Verstehst du?« Ich spannte den Hahn und drückte den Lauf in den fleischigen Teil seines Rückens. Brubaker nickte kaum wahrnehmbar.

»Gut«, sagte ich. »Eddie ist in der Hölle, aber ich nicht, und wenn du schön mitspielst, wirst du da auch nicht hinfahren. Ist dir das klar, Larry?« Brubaker nickte wieder. »Gut. Weißt du, wer ich bin?«

Brubaker drehte sich ein wenig, um mein Gesicht zu sehen. Als Erinnerung in seinen blassblauen Augen aufblitzte, winselte er, dann bedeckte er seinen Mund mit den Händen und biss sich auf die Knöchel.

Ich winkte ihn zum Hintereingang seiner Bar hinüber. »Heb die Schachtel auf, Larry. Wir müssen ein bisschen lesen und reden.«

Brubaker gehorchte, und bald saßen wir in seiner komfortablen Wohnung hinter dem Lokal. Brubaker zitterte, aber er bewahrte seine Würde, wie er es auch an dem Tag getan hatte, an dem Smith und ich ihn verhört hatten. Ich zeigte mit dem Pistolenlauf auf die Schachtel, die zwischen uns lag.

»Mach sie auf und lies die ersten zehn Seiten«, sagte ich.

Brubaker zögerte, dann stürzte er sich darauf; offensichtlich wollte er es schnell hinter sich bringen. Ich sah zu, wie er eilig die Seiten durchlas, auf die ich Anmerkungen geschrieben hatte: mit zitternden Händen legte er jede beiseite und las weiter. Nach zehn Minuten hatte er kapiert und fing hysterisch an zu lachen, aber mit einem, wie es schien, ironischen Unterton.

»Mann, Mann, Mann, Mann«, sagte er. »Mann, Mann, Mann.«

»Schon mal jemand umgebracht, Larry?«, fragte ich.

»Nein«, sagte Brubaker.

»Hast du eine Ahnung, wie viele Menschen Doc Harris getötet hat?«

»Unmengen«, sagte Brubaker.

»Du bist ein sarkastischer Hund. Möchtest du diese Geschichte überleben oder mit Doc weggeblasen werden?«

»Ich hab Doc 1944 einen geblasen, Mann. Eddie auch, und Johnny DeVries. Nur um unseren Pakt zu besiegeln, verstehst du. Mir machte das nichts aus: Doc war ein Prachtkerl. Eddie machte das nichts aus, der stand auf Frauen und Männer. Aber Johnny hat es fertiggemacht, kein Witz. Es gefiel ihm, und dafür hasste er sich bis ans Ende seiner Tage.

»Wer hat ihn umgebracht?«

»Doc. Doc liebte ihn auch. Aber Johnny redete zu viel. Er setzte seinen Anteil von dem Stoff nie ab. Er verschenkte ihn an alle Junkies in Milwaukee. Dann fing er an, vom Aufhören zu reden. Wir waren befreundet. Er rief mich an und sagte, er möchte, dass ich seinen Stoff für ihn aufhebe, bis er wieder aus dem Krankenhaus käme. Er wollte aufhören, wollte aber nicht auf das Geld verzichten, das er damit verdienen konnte, verstehst du?«

»Verstehe. Also hattest du Angst, dass er quatschen würde, wenn er sauber wäre, und dich mit reinziehen würde, und dann hast du mit Doc geredet.«

»Stimmt, ich hab mit Doc geredet, und Doc hat sich der Sache angenommen.«

Es gelang Brubaker, seinen Stolz zu bewahren, obwohl er seine Unterwürfigkeit und seinen Selbsthass deutlich akzeptiert hatte. Ich wusste wirklich nicht, ob er mit dieser Vergangenheit weiterleben oder sterben wollte. Ich konnte nur weiter Fragen stellen und hoffen, dass seine Abgeklärtheit anhielt.

»Was geschah mit dem Rest des Zeugs, Larry?«

»Doc und ich setzen es um, in kleinen Portionen. Seit Jahren.«

»Erpresst er dich?«

»Er hat Fotos von mir und einem Stadtrat in einer, wie man sagen könnte, kompromittierenden Stellung«, lachte Brubaker.

»Ich hab den Stadtrat und Eddie zusammengebracht. Eddie war auf Status versessen, der Kerl liebte Status und Pferde, und dieser Stadtrat hatte beides. Doc machte auch von den beiden ein paar Fotos, aber der Stadtrat hat's nie gewusst. Eddie aber – so hat Doc ihn dazu gebracht, den Kopf für Maggie hinzuhalten.«

Ich fing an zu zittern. »Doc hat Maggie umgebracht?«

»Ja, Mann, hat er. Ihr hattet den Falschen, als ihr Eddie eingelocht habt. Aber du hast geblecht, Mann. Komisch. Mann, du siehst gar nicht wie 'n Roter aus.« Brubaker lachte, diesmal mir ins Gesicht.

»Warum?«, fragte ich. »Warum hat er das getan?«

»Warum? Nun, Maggie lebte hier in L.A. Und keiner von uns Matrosen kannte sie. Ihre Mutter schrieb ihr, dass Johnny in Milwaukee aufgeschlitzt worden wäre. Zufällig traf sie Eddie irgendwo und platzte mit allem raus. Eddie erzählte es Doc, und Doc sagte ihm, er solle sie anmachen und bumsen und nicht aus den Augen lassen. Dann wurde Doc langsam nervös. Eines Abends lieh er sich Eddies Auto, fuhr in Maggies Wohnung und erwürgte sie. Es war alles eingefädelt – Doc wusste, dass er mir immer trauen konnte, aber bei Eddie war er sich nicht so sicher. Er wusste, dass es Eddie rasend machte, wenn jemand wusste, dass er schwul war; lieber wäre er gestorben, als dass es seine Familie hätte erfahren dürfen; also zeigte Doc Eddie die Bilder von ihm und dem Stadtrat, und das war's dann. Entweder würden die Bullen nie herausfinden, wer Maggie erwürgte – was ganz prima wäre –, oder aber Eddie würde 'ne Fahrkarte bekommen. Und das hat er ja wohl, Mann, und du hast sie ihm gegeben.« Mein Gedächtnis sprang zurück in jene Nacht im Jahr 1951, als ich Engels das erste Mal gefolgt war – er hatte eine heftige Auseinandersetzung mit einem älteren Mann in einer Schwulenkneipe in West Hollywood gehabt. Mein mangelhaftes Gedächtnis wurde wieder lebendig –

dieser Mann war Doc Harris gewesen. Selbstekel breitete sich in mir aus wie ein Krebsgeschwür, also wechselte ich das Thema. »Hat Marcella Harris Maggie gekannt? Wusste sie, dass Doc sie umbringen würde?«

»Ich glaube, sie wusste es, ich glaube, sie hat es geahnt. Sie hatte Maggie immer gemocht – und sie wusste, dass Maggie Michaels Mutter war. Doc sagte Marcella, sie solle sich von Maggie fernhalten. Doc und Marcella waren geschieden, verkehrten aber freundschaftlich miteinander. Marcella machte eine Reise irgendwohin; sie ließ Michael bei ein paar Freunden. Schau, Mann, sie hatte immer gewusst, dass Doc ein bisschen kaltherzig war. Als sie erfuhr, dass Maggie tot war, wusste sie, wie kaltherzig. Aber erst gegen Ende jenes Jahres fand sie heraus, dass Doc die Gefriertruhe für viele Herzen war.«

»Was redest du denn da? Wusste sie nicht, dass Doc Johnny umgebracht hatte?«

Brubaker schüttelte den Kopf und schenkte mir ein ironisches Intellektuellenlächeln. »Fehlanzeige, Mann. Wenn sie's gewusst hätte, hätte sie ihn oder sich selbst umgebracht. Diese Frau liebte ihren verrückten Bruder, und was die für einen Willen hatte! Ich war Docs Alibi, Mann! Er war mit mir auf einer dreitägigen Poker- und Sauftour – in Wirklichkeit war er in Milwaukee, um den Großen John aufzuschlitzen.«

Mich schauderte, weil ich die Antwort auf meine nächste Frage bereits ahnte. »Was hat Marcella dann gegen Ende des Jahres herausbekommen?«

»Also, Mann, eins muss man Doc, dem alten Eisberg, lassen – er liebt seinen ›moralischen Erben‹, wie er ihn nennt. Als Marcella 1951 anfing, sich überall wie wild herumzutreiben, und Michael bei ihren geselligen Freunden ließ, war Doc außer sich, weil er nicht wusste, wo sein Junge war. Als er und Michael sich trafen und Michael ihm sagte, er wäre bei ein paar netten Typen in Hollywood, hat Doc sich mächtig aufgeregt. Er fuhr mit 'nein Schlachtermesser dahin und hat 'n bisschen gesäbelt. Drei von denen hat er erwischt. Stand alles in der Zeitung, aber du hast es wahrscheinlich nicht gelesen – du warst selbst kurz zuvor in den Schlagzeilen gewesen und hattest dich wahrscheinlich versteckt. Was is' los, Mann? Du bist 'n bisschen bleich.«

Brubaker ging zum Waschbecken und ließ mir ein Glas Wasser ein. Er gab es mir, und ich trank davon, dann merkte ich erst, was ich da machte, und feuerte es gegen die Wand.

»Sachte, Mann«, sagte Brubaker. »Erfährst du hier Sachen, die du gar nicht wissen willst?«

Ich erstickte fast an den Worten, brachte sie aber heraus. Zum Teil: »Warum hat Doc ...«

»Marcella umgebracht? Wegen des Jungen, Mann. Ihm war klar, dass Marcella von der ganzen Kacke wusste, die am Dampfen war; vielleicht vermutete sie sogar, dass Doc Johnny umgebracht hatte. Aber sie wusste, wenn sie zu den Bullen gehen würde, dann würde sie ihren kleinen Jungen nie wiedersehen. Das machte sie fertig. Sie fing jetzt richtig an zu schlucken, Pillen reinzuschmeißen, schlimmer als je zuvor. Sie fing an rumzuvögeln, schlimmer als je zuvor. Doc ließ sie von so 'nem schäbigen Privatdetektiv überwachen. Der erzählte Doc, zwischen Marcellas Beinen würde mehr Gummi verbrennen als auf dem Pomona Freeway. Dieser Schnüffler verschwand dann kurz darauf, Mann. Und Marcella auch.«

Brubaker fuhr schweigend mit einem Finger über die Kehle, um das Ende von Marcellas möglicherweise herrlichem Leben anzuzeigen. Ich war jenseits aller Empörung empört, doch nicht über Brubaker.

»Aber Michael war mit Doc zusammen, als Marcella erwürgt wurde«, sagte ich ruhig.

»Das ist richtig«, sagte Brubaker ebenso ruhig. »War er. Doc fuhr raus nach El Monte. Er wusste, dass Marcella gewöhnlich von ›Hanks Hot Spot‹ über die Peck Road und an der Highschool vorbei nach Hause torkelte. Er wusste, dass sie nie ihren Wagen nahm. Er hatte bei der Schule geparkt. Er ließ sie einsteigen und redete ein paar Stunden mit ihr, dann erwürgte er sie. Michael schlief während der ganzen Zeit auf dem Rücksitz. Doc hatte ihm drei Seconal gegeben. Als er am nächsten Tag zu Hause aufwachte, hatte er keine Ahnung, wo er die Nacht verbracht hatte. Ist elterliche Liebe nicht das Größte, Mann?«

Ich sprang auf und hielt mit zitternder Hand meine Kanone ein paar Zentimeter vor Brubakers lächelndes Gesicht, den Hahn gespannt und den Finger am Abzug.

»Erschieß mich doch, Mann«, sagte Brubaker. »Ist mir egal, wird nicht lange wehtun. Erschieß mich doch.«

Ich rührte mich nicht.

»Erschieß mich, gottverdammt! Traust du dich nicht? Hast du Angst vor ’nem schwulen Nigger? Erschieß mich!«

Ich richtete den Pistolenlauf nach oben und ließ ihn mit voller Wucht auf Brubakers Kopf niedergehen. Er schrie, und Blut sprudelte aus einer Ader oberhalb seiner Nase. Ich hob die Waffe wieder, dann schrie ich selbst und warf sie an die Wand. Ich starrte Brubaker an, der sein blutiges Gesicht mit dem Ärmel abwischte und zurückstarrte.

»Bist du auf meiner Seite oder auf Docs?«, sagte ich schließlich.

»Ich bin auf deiner Seite, Mann«, sagte Brubaker. »Du hast alle Trümpfe in dieser Hand da. Tatsache ist, dein Spiel ist das einzige in der ganzen Stadt.«

24

Es *war* das einzige Spiel in der ganzen Stadt, das wusste ich, aber mir kam es nicht so vor, als hätte ich lauter Asse auf der Hand. Ich kam mir vor, als ob ich die Hand eines toten Mannes hielt. Auch wenn es vorüber war, würde Doc Harris mich auslachen, wo immer er dann wäre, sicher in dem Bewusstsein, dass ich nie wieder ein normales Leben führen könnte. Wenn ich das je getan hatte.

Larry Brubaker und ich fuhren Richtung Norden auf das Farmland östlich von Ventura zu. Ich war mit einer großkalibrigen Schrotflinte, meiner .38er und einer Injektionsspritze bewaffnet; Brubaker mit einem masochistischen Vergnügen an der beschissenen Lage, in der er sich befand. Er wusste, dass ich bis an die Zähne bewaffnet war – er hatte mir die Spritze besorgt und wusste, was ich zu tun hatte. Brubaker saß am Steuer, aber er hatte nur eine vage Vorstellung von meinem Plan; er wusste nur, in welcher Gegend das Spiel gespielt werden sollte.

Ich starrte ihn aus den Augenwinkeln an. Er war ein geschickter Fahrer, der sich geschickt durch den Verkehr schlängelte wie ein Jockey, der sich in eine günstige Position bringt – und obwohl er als Ergebnis meines Wutausbruchs seinen Kopf bandagiert hatte, behielt er seine eiskalte Ruhe.

Er hatte die Details geliefert, und er hatte sich bereit erklärt, ein Geständnis zu unterschreiben – ein Geständnis seiner Mitwisserschaft bei Doc Harris' Verbrechen und seiner Beteiligung an dem Drogenraub. Er hatte Beihilfe zum Mord geleistet und vieles mehr. Dieses Geständnis lag jetzt, vier Tage später, in meinem Safe bei der Bank of America. Nachdem er seinen Namen mit großem Schnörkel unter die 23-seitige Anklageschrift gesetzt hatte, die ich in seinem vollgestopften Hinterzimmer verfasst hatte, hatte Brubaker gesagt: »Es gibt nur eine Art, dieses Spiel zu spielen und zu gewinnen. Doc gehört ein Stück Land östlich von Ventura. Nur ein wüster, kleiner, nutzloser Dreckhaufen. Das ist sein Steuer-Trick; als respektabler Drogenschieber aus der Mittelschicht hat er ja kein erkennbares Einkommen. Also schreibt er seinen Steinhaufen ab und zahlt jedes Jahr einen Hunderter an die Einkommensteuer. Dort hält er seinen Stoff versteckt. Er gibt ihn mir, und ich bringe ihn für ihn unter die Leute. Dort treffen wir uns einmal im Monat, jeden fünfzehnten, um den Handel abzuwickeln: Ich gebe Doc den Monatsumsatz, er gibt mir den Stoff. Das ist der Ort, um ihn zu schnappen. Das leuchtet ein, was?«

Es leuchtete, und ich wollte, dass es auf Gegenseitigkeit beruhte. »Ja, es leuchtet. Aber wenn das Ding nicht läuft, dann bring' ich dich an Ort und Stelle um, das leuchtet auch ein, was?«

»Klar, Mann. Ist das einzige Spiel in der Stadt.«

Ich sah eine Uhr, als wir an Oxnard vorbeikamen – 8.42 Uhr, und ich notierte mir Ort und Zeit – Samstag, der 15. Juli 1955, und ich dachte daran, was ich am größten Tag meines Lebens von Doc Harris wollte, und an seinem letzten: Ich wollte einen Dialog zwischen uns, bevor das strichninhaltige Morphium in seine Venen drang. Reue lag außerhalb seiner Möglichkeiten, aber ich wollte ihn zusammenfallen sehen oder wenigstens ein Zeichen von Schmerz – als meine persönliche Rache. Und was mir noch wichtiger war: Ich wollte Informationen über den Geisteszustand seines »moralischen Erben«. Wie weit war er bei der Pervertierung von Michaels Geist gegangen? Wie bewusst und subtil waren seine Methoden der Gehirnwäsche? Und ich wollte seinen Tod, weil ich wusste, dass Michael durch seinen Tod gesund und frei werden würde.

Wir überquerten die Grenze von Ventura County und fuhren nach Osten. Ich dachte, ich müsste mich übergeben, und sah instinktiv auf Larry Brubakers kalten Gesichtsausdruck, um Anzeichen von Stress zu erkennen. Mit Erfolg: Er hatte seine Hände so fest um das Lenkrad geklammert, dass seine hellbraunen Knöchel ein pulsierendes Weiß angenommen hatten.

»Willst du ’nen Witz hören, Larry?«, sagte ich.

»Klar, Mann.«

»Es ist meine Definition eines Sadisten. Bist du bereit? – Jemand, der nett zu einem Masochisten ist.«

Brubaker lachte, erst lauthals, dann obszön. »Das ist die Geschichte meines Lebens, Mann! Nur, ich hab beide Rollen gespielt. Wirklich schade, dass du Doc nicht mehr kennenlernen wirst. Das hätte ihm richtig gefallen.«

»Erzähl mir, wie euer Ding so läuft. Wie macht ihr’s?«

»Er fährt alleine hoch; ich auch. Er hat den Stoff in einer wasserdichten Kiste in diesem kleinen Gehölz neben diesem kleinen Schuppen vergraben. Wir wickeln unser Geschäft ab, dann trinken wir einen oder zwei und quatschen über Sport und Politik oder die alten Zeiten, das ist alles.«

»Ob Docs Wagen in den Schuppen passt?«

»Wahrscheinlich. Wie willst du Doc denn ruhigstellen, wenn du ihm die Spritze verpasst? Das hast du doch vor, Mann, oder?«

»Mach dir keine Sorgen. Und ihr trefft euch immer um zehn, und Doc kommt nie zu früh?«

»Stimmt, Mann. Und jetzt mach du dir keine Sorgen. Du

kannst Doc schon aus 'ner halben Meile kommen sehen. Ich bin immer früher da, um die Natur zu beobachten. Das leuchtet ein, was?«

»Es leuchtet.«

Zehn Minuten später waren wir dort.

Wir bogen von der Straße ab und fuhren eine Viertelmeile über eine staubige Straße. Als wir zu dem Grundstück kamen, war es genau so, wie Brubaker es beschrieben hatte: weiche braune Erde, die mit Steinen übersät war, Staub und ein weißer, verschalter Holzschuppen am Rande einer Gruppe abgestorbener Eukalyptusbäume.

Wir parkten neben dem Schuppen. Brubaker zog die Bremse an und lächelte mich an. Ich wusste nicht, was das Lächeln bedeuten sollte, und hatte plötzlich Angst.

Brubaker sah auf die Uhr. »Es ist neun Uhr fünfzehn«, sagte er. »Wir haben noch eine Dreiviertelstunde, aber du machst dich besser aus dem Staub, um sicher zu sein. Ich stehe neben meinem Wagen, wie sonst auch. Heiß, was? Aber hübsch. Gott, wie ich das Land liebe!«

Ich holte mein Gewehr vom Rücksitz und wünschte, es wäre ein automatisches. Dann ging ich zu der Baumgruppe. Ich legte es hinter den Baum, der Brubakers Wagen am nächsten stand. Da könnte ich es mir schnell schnappen, wenn Doc Harris ankam. Ich zog meine .38er und überprüfte die Sicherung, dann steckte ich sie in den Gürtel zurück und ging zu einer dunklen, schattigen Stelle in der Mitte des Wäldchens.

»Ich pfeife einmal, wenn er auftaucht«, rief mir Brubaker zu. Zum ersten Mal bemerkte ich Anspannung in seiner Stimme.

»In Ordnung«, rief ich zurück und merkte, wie dünn meine Stimme klang.

Ich lehnte mich gegen einen Baumstumpf, von dem aus ich sowohl Brubaker und seinen Wagen als auch die Straße sehen konnte. Die Anspannung machte mich so wirr im Kopf, dass ich nur mühsam denken konnte. Mein Kopf war völlig leer, und ich ertappte mich dabei, dass ich in einen Zustand totaler nervlicher Erschöpfung verfiel. Ich räusperte mich wiederholt und fing an, an mir herumzukratzen und zu fummeln, als müsste ich mir beweisen, dass ich noch da war.

Ich hörte ein Rascheln trockener Blätter hinter mir und fuhr herum, die Pistole in der Hand. Es war nichts – wahrscheinlich nur ein trippelnder Nager. Ich hörte es wieder rascheln und drehte mich nicht um, dann hörte ich plötzlich das *ka-raack!* eines Schusses, und der Baumstumpf zersplitterte oberhalb meines Kopfes. Ich warf mich zu Boden und wälzte mich auf einen großen Haufen abgefallener Zweige zu. Ich zog die .38er aus dem Gürtel, entsicherte sie und hielt den Atem an. Ich ging hinter den Zweigen in Deckung und wühlte mich durch die getrockneten Blätter, um zielen zu können. Ich fand ein Plätzchen, das mir Schutz bot und von dem aus ich zielen konnte. Ich grub mich ganz tief ein und versuchte zu erkennen, aus welcher Richtung der Schuss gekommen war.

Aber da war nichts: keine Bewegung irgendeiner Art, kein Geräusch außer dem rasenden Klopfen meines eigenen Herzens und dem scharfen Zischen meines Atems. Ich riskierte es, meinen Kopf über die Zweige hinauszustrecken und das Wäldchen schnell zu überblicken. Immer noch nichts. War Brubaker der Schütze?

»Brubaker«, rief ich. Es kam keine Antwort.

Ich sah nach links. Das Gewehr war immer noch gegen den Baumstumpf gelehnt. Ich kroch hinüber, dahin, von wo aus ich Brubakers Wagen und den Schuppen sehen konnte. Kein Brubaker. Nichts rührte sich. Ich beruhigte mich langsam und wurde langsam wütend. Als ich in mein Versteck zurückkroch, bekam ich am linken Rand meines Gesichtskreises flüchtig ein Paar Hosenbeine zu sehen. Drei Schüsse knallten, und der Dreck spritzte mir ins Gesicht. Ich wälzte mich zum Gewehr hin, als ich sah, wie ein Mann auf mich zielte. Undeutlich erkannte ich Doc Harris. Ich rollte noch und war bis auf ein paar Zentimeter an mein Gewehr herangekommen, da feuerte er zwei Schüsse aus zehn Meter Entfernung auf mich ab. Der erste Schuss ging knapp daneben: der zweite streifte meinen Kopf an der Seite. Ich ließ meine .38er fallen und verschenkte so kostbare Sekunden. Doc Harris sah das und zielte auf mich. Er drückte den Abzug, und es klickte nur. Aschfahl stürzte er sich auf mich und trat mir ins Gesicht, gerade, als ich meine .38er zu fassen bekam. Dadurch feuerte ich dreimal in die falsche Richtung.

Er warf sich auf meinen Arm und packte mein Handgelenk mit beiden Händen. Vorsichtshalber feuerte ich die restlichen Patronen auch in den Dreck. Das machte ihn wütend, und er stieß mir sein Knie in die Leistengegend. Ich schrie und kotzte ihm aufs Hemd. Instinktiv fasste er hin, um es wegzuwischen, und entlastete dadurch den Druck auf meiner Brust. Ich konnte mich ihm ein Stück entwinden und nach meinem Gewehr greifen. Gerade als ich den Kolben zu fassen bekam, attackierte Harris mich erneut. Kraftlos schlug ich nach ihm und streifte ihn am Kinn. Er fasste nach dem Abzug, um einen Schuss in meine Richtung abzugeben, aber meine Hand hielt den Abzugsbügel fest umklammert. Wir rollten gegen einen Baumstumpf, und ich versuchte, Harris dort festzuquetschen, indem ich ihm den Kolben auf die Brust hieb. Vergeblich; er war zu stark. Ich legte meinen Finger um den Abzug und drückte ab. Das Gewehr ging los, sein Lauf schlug aus und traf Harris ins Gesicht. Einen winzigen Augenblick lang geriet er in Panik, lockerte seinen Griff und blickte entgeistert.

Es gelang uns beiden aufzustehen. Harris hatte seinen Griff wieder verstärkt, dann sah er ein, dass es sinnlos war, und ließ los, was mich zu Fall brachte. Er lächelte durch seine gebleckten Zähne auf mich herunter und zog ein Schnappmesser aus seiner Gesäßtasche. Er drückte den Knopf auf dem Griff, und eine glänzende, scharfe Klinge sprang hoch. Er näherte sich mir. Ich versuchte gerade, auf die Beine zu kommen, da sah ich, wie Larry Brubaker sich von hinten mit einem Wagenheber in der Hand an ihn heranschlich. Harris war bis auf einen Meter an mich herangekommen, da ließ Brubaker den Wagenheber mit voller Wucht auf seinen Schultern niedergehen. Harris ging vor meinen Füßen zu Boden und war still.

Brubaker half mir hoch. Ich prüfte Harris' Puls, der normal ging. Dann hob ich die beiden Pistolen von ihrer Ruhestatt auf. Harris hatte einen .32er Colt. Ich steckte ihn in meine Gesäßtasche, lud meine .38er nach und verstaute sie in meinem Gürtel. Brubaker kniete sich über Harris, strich ihm über sein dichtes, graues Haar und starrte ihn mit einer Mischung aus Sehnsucht und Erstaunen an.

Ich ging zu ihm hin. »Hol die Spritze aus dem Handschuhfach, Larry. Auf dem Vordersitz ist 'ne Papiertüte, in der ist 'ne Flasche Wasser, ein Löffel, Streichhölzer und 'ne kleine Phiole. Bring alles mit.«

Brubaker nickte und ging zum Wagen.

Ich schleifte Doc Harris zu einem großen Baum und lehnte ihn mit dem Rücken dagegen. Ich schaffte es kaum: Meine Arme waren taub vor Anstrengung, und in meinem Kopf lärmte es infolge des Streifschusses. Brubaker kam mit der Papiertüte zurück.

»Du weißt, wo der Stoff vergraben ist«, sagte ich.

»Ja, Mann«, sagte Brubaker ganz leise.

»Hol mal 'ne Hand voll. Eine große Hand voll. Und dann kochst du für Doc ein Süppchen.«

Einen Augenblick nachdem Brubaker gegangen war, erwachte Harris. Als seine Lider zuckten, zog ich meine .38er und richtete sie sorgfältig auf ihn. »Hallo, Doc«, sagte ich.

Harris lächelte. »Hallo, Underhill. Wo ist Larry?«

»Er holt gerade 'ne kleine Überraschung für dich.«

»Armer Larry. Was soll er jetzt machen? Wem wird er folgen? Er hat nie jemand anderes gehabt.«

»Er wird's überleben. Michael auch.«

»Michael mag dich, Underhill.«

»Ich mag Michael.«

»Gleich und Gleich ... Wir sind beide Renaissance-Männer. Michael steht auf Renaissance-Männer.«

»Was hast du mit ihm gemacht?«

»Ich hab ihm Geschichten erzählt. Ich hab ihm mit drei Jahren das Lesen beigebracht. Er hat einen unglaublichen Intelligenzquotienten und ein erstaunliches Erzähltalent, also habe ich ihm Gleichnisse erzählt, seit er zuhören konnte. Ich wollte meine Memoiren für ihn schreiben, wenn er ein paar Jahre älter und in der Lage gewesen wäre, sie zu verstehen. Das wird jetzt natürlich nie mehr möglich sein. Aber ich glaube, er hat genug von mir, das seinen Charakter prägt.«

»Du hast verloren, Harris. Dein Leben, deinen moralischen Erben, deine ›Philosophie‹, alles. Wie findest du das?«

»Schade. Aber ich war auf Gipfeln, von deren Existenz du und der Rest der Welt gar keine Ahnung habt. Das ist mir ein gewisser Trost.«

»Wie konntest du wissen, dass ich hierherkommen würde?«

»Wusste ich nicht. Aber ich wusste, dass du über mich Bescheid wusstest. Seit ich 1951 von dir und dem armen Eddie in der Zeitung las, ahnte ich, dass du eines Tages hinter mir her sein würdest. Ich war nicht überrascht, als du vor meiner Tür standest. Ich dachte mir, du würdest Larry als Keil benutzen, also kam ich früh und vorsichtshalber ohne Auto hierher.«

Brubaker kam zurück, seine beiden Hände waren übervoll mit weißem Pulver. Ich versuchte die kleinste Menge, die ich auf einen Finger bekommen konnte. Es war völlig rein.

»Ich wollte dich in Stücke schießen, Doc«, sagte ich. »Aber ich bring's nicht übers Herz.«

Mit der Pistole in der Hand schaufelte ich eine Hand voll Morphium von Brubakers weißem Berg, holte die Wasserflasche aus der Papiertüte, schraubte sie auf und ging zu Harris.

»Friss«, sagte ich und hielt ihm das Morphium vor den Mund.

Harris öffnete seinen Mund und nahm stoisch sein Abendmahl ein. Als letzten Akt der Gnade hielt ich ihm die Wasserflasche an die Lippen. Doc schüttelte sich und lächelte. »Ich möchte nicht so sterben, Underhill.«

»Scheiße. Du hast noch ungefähr fünf Minuten, bis dein Herz platzt und du erstickst. Noch irgendwelche letzten Worte? Irgendwelche letzten Wünsche?«

»Nur einen.« Harris zeigte auf den Boden hinter mir. »Gibst du mir bitte mein Messer?«, fragte er.

Ich nickte, und Brubaker holte das Messer und gab es ihm.

Harris lächelte uns an. »Servus, Larry. Sei ein gütiger Sieger, Underhill. Ist zwar nicht dein Stil, aber versuch's wenigstens. Sei gütig im Sieg, wie ich es in der Niederlage bin.«

Harris knöpfte sein Hemd auf und zog es langsam aus, dann nahm er mit beiden Händen das Messer, rammte es sich in den Bauch und riss es bis zum Brustkorb hoch. Er schüttelte sich, als das Blut aus dem Magen schoss und aus Mund und Nase quoll.

Dann fiel er nach vorne auf die Erde, und seine Hände hielten das Messer immer noch umklammert.

Wir begruben ihn an der Stelle, an der er sein Morphium versteckt hatte, und zwängten ihn in den tiefen, engen Raum, den er ursprünglich für seinen riesigen Koffer des Todes geschaffen hatte. Wir deckten ihn mit steiniger Erde zu und legten eine Schicht trockener Blätter über die Erde.

Ich hievte den riesigen Koffer zu Brubakers Wagen, zapfte Benzin, dann brachte ich den Wagen in Sicherheit. Ich zündete ein Streichholz und ließ den Koffer in Flammen aufgehen. Brubaker, der seit dem Augenblick, in dem Doc gestorben war, still gewesen war, starrte verträumt in die Flammen.

»Möchtest du 'ne Abschiedsrede halten, Larry?«, fragte ich.

»Ja«, sagte er und zitierte Cole Porter: »›Tschüs jetzt und Amen, wär' schön, wenn wir uns wiedersehn, es hat viel Spaß gemacht, war aber nur 'ne kleine Geschichte!‹ Gefällt's dir, Mann?«

»Nein. Du bist zu hoch für mich, Larry«, sagte ich und warf Erde auf die verkohlten Überreste des Koffers. »Lass uns verschwinden. Ich fahre.«

Ich fuhr über den Pacific Coast Highway zurück. Brubaker sagte nichts, und das machte mir Sorgen.

»Du hast mir das Leben gerettet«, sagte ich. »Danke.«

»Er wollte mich umbringen, Mann. Ich wusste es. Er hat sich auf mich gestürzt und mich beiseitegenommen und mir gesagt, du wärst schon so gut wie tot, und dann wäre alles ganz prima. Aber ich wusste, er würde mich umbringen.« Brubaker drehte sich zu mir und sah mich an. »Sonst hätte ich dich sterben lassen«, sagte er.

»Ich weiß. Du hast ihn geliebt, stimmt's?«

»Vom ersten Augenblick an, Mann. Vom allerersten Augenblick an.« Brubaker fing lautlos an zu heulen und steckte seinen Kopf aus dem Fenster, damit ich ihn nicht sah. Endlich wandte er sich wieder mir zu. »Aber ich hab mir auch meine Gedanken gemacht, Mann. Als du und dieser große irische Bulle vor Jahren über mich hergefallen seid, da wusste ich, dass du in Ordnung bist. Aber du hattest ja wohl keine große Ahnung, was eigentlich los war. Seh' ich das richtig?«

»Denke schon. Wenn es dich tröstet, ich hatte mal einen Freund, einen Trinker, der seiner Zeit weit voraus war. Der erzählte immer, es gäbe eine Stadt der Toten, hier mitten unter uns, aber für uns nicht zu erkennen. Er sagte, wenn die Leute dahin kämen, würden sie genauso weitermachen wie auf der Erde. Das ist kein großer Trost für mich, aber ich denke, das kann schon stimmen.«

Brubaker antwortete nicht. Er heulte nur zum Fenster hinaus und hatte seinen Kopf fest gegen den Türrahmen gepresst. Er heulte immer noch, als ich ihn an seiner Bar in Venice absetzte.

25

Ich observierte das Wohnhaus auf dem Beverly Boulevard drei Tage lang. Ich saß geduckt in meinem Wagen und sah Michael zu, wie er im Vorgarten Comics las, und bemerkte, dass er zum Lesen eine starke Brille trug. Ich sah zu, wie er einen Tennisball gegen die Hauswand warf und den zurückprallenden Ball meistens verfehlte. Ich sah zu, wie er an seinen Pickeln fummelte, und ich sah zu, wie er mit einem verrosteten Golfschläger auf den Tennisball eindrosch. Ich sah zu, wie er im Gras lag und träumte. Ich bemerkte, dass die Kinder aus der Nachbarschaft ihn mieden wie die Pest. Ich stellte fest, dass er viel größer als ich sein würde, wenn er zwölf wäre.

Nach diesen drei Tagen wusste ich, dass ich ihn liebte.

Er starrte mich einfach an, als er die Tür aufriss, an die ich geklopft hatte. Ich starrte einen Moment lang zurück, dann brach ich das Schweigen.

»Hallo, Mike. Darf ich reinkommen?«

»Klar.«

Ich ging durch die bescheidene Wohnung und hielt Ausschau nach etwas, worüber ich reden konnte. »Wo ist dein Hund?«, fragte ich schließlich.

»Sie ist weggelaufen«, sagte Michael.

Das war genau mein Stichwort. »Dein Vater ist tot, Mike.«

Michael sagte: »Hab ich mir gedacht«, dann sah er durch das Fenster auf den Strom von Autos, der sich über den Beverly Boulevard bewegte. »Ich wusste, dass er sterben musste – wegen der Geschichten. Er dachte, ich wäre ein schlauer Kerl, aber er wusste nicht, wie schlau. Er dachte, er könnte mir was vormachen. Er dachte, ich wüsste nicht, dass die Geschichten wahr waren.«

»Welche Geschichten, Mike?«

Michael richtete seinen abwesenden Blick auf mich. »Das werd' ich dir nicht erzählen. Niemals. Okay?«

»Okay. Vermisst du deinen Hund?«

»Ja, mein Hund war mein Freund.«

»Ich hab einen Hund. Einen verdammt braven Hund.«

»Welche Rasse?«

»Ein großer schwarzer Labrador. Er liebt Menschen und hasst Katzen.«

»Ich mag auch keine Katzen. Das sind Schleimer. Was passiert jetzt, Fred?«

»Du kommst mit zu mir und wohnst bei mir. Möchtest du das?«

»Bist du verheiratet?«

»Ich weiß nicht. Ich glaube.«

»Wie ist deine Frau denn so?«

»Sie ist sehr gescheit und stark und sehr schön.«

»Gehört der Labrador mir dann auch?«

»Ja.«

»Dann ist's okay.«

»Pack deine Sachen. Lass die Sachen deines Vaters liegen. Die schaffe ich später fort.«

Zehn Minuten später war der Rücksitz meines Wagens beladen mit einer dürftigen Ansammlung von Kleidern und verschiedenen anderen Dingen – und einer riesigen Büchersammlung. Ich fuhr zu einer Telefonzelle, rief Big Sid zu Hause an und sagte ihm, ich hätte einen Gast für ihn, um den er sich bitte ein paar Tage kümmern möchte. Der Horrorfilm-Mogul war erst verwirrt, dann aber hell begeistert, als ich ihm sagte, dass es sich um einen gescheiten Jungen handelte, der Horrorfilme liebte.

Sid wartete auf dem Rasen vor seinem riesigen Haus auf uns, als wir im Canon Drive ankamen. Ich stellte ihm Michael vor, und Sid machte seine Späße mit ihm und bot ihm eine Zigarre an. Michael wälzte sich auf dem Boden vor Lachen, dann stand er auf, umarmte mich und rannte auf das Haus zu.

Von einer Telefonzelle rief ich Lornas Büro an. Ihre Sekretärin sagte mir, sie wäre unten in San Diego auf einem Kongress. Sie würde im El Cortez Hotel wohnen und würde in zwei oder drei Tagen wiederkommen. Ich konnte nicht warten. Ich tankte voll und jagte auf dem San Diego Freeway nach Süden.

Es dämmerte, als ich in San Diego ankam. Ein betrunkener Matrose zeigte mir den Weg zum El Cortez, einem rosafarbenen Gebäude mit einem verglasten Fahrstuhl an der Außenwand.

Ich würgte meinen Wagen in eine Parklücke und stürmte durch die Eingangshalle zur Rezeption. Der Mann am Empfang sagte mir, dass die Gäste, die wegen des Kongresses des Amerikanischen Anwaltsvereins hier seien, sich auf einem Bankett im Galleon-Saal befänden. Er wies auf einen großen Festsaal zu seiner Linken. Ich rannte hinein und sah einen ernst dreinschauenden Mann am Rednerpult, der verschwommen über etwas redete, das manche Gerechtigkeit nennen.

Ich ging alle vier Wände entlang und sah mir jedes verzückte und gelangweilte Gesicht an. Keine Lorna dabei. Am hinteren Ende des Saals war ein Ausgang, und den steuerte ich an, in der Hoffnung, durch ihn zu einem Fahrstuhl zu gelangen, der mich ins eigentliche Hotel brächte.

Ich war gerade durch die Tür in einen Gang gelangt, da kam Lorna aus der Damentoilette gehumpelt und unterhielt sich mit einer anderen Frau. »Ich bin nur wegen des Essens hier, Helen«, sagte sie. Helen bemerkte mich zuerst und musste gespürt haben, dass etwas los war, denn sie stupste Lorna in die Seite, die sich umdrehte, mich sah, ihre Tasche fallen ließ und ihren Stock und sagte: »Freddy, was zum –«

Helen sagte: »Entschuldige mich bitte, Lorna«, und verschwand von der Bildfläche.

Ich lächelte und sagte: »Telefonieren hat mir noch nie gefallen, Lorna.«

»Du Wahnsinniger. Was ist mit dir passiert? Du hast dich verändert.«

»In jeder Hinsicht.«

Ich bückte mich und gab Lorna Stock und Tasche. Ich umarmte sie spontan und sagte: »Es ist vorbei, Lorna, es ist vorbei.« Ich packte sie an den Hüften, hob sie hoch und hielt sie über meinen Kopf, bis sie kreischte: »Freddy, lass mich runter, gottverdammt!«

Dann hielt ich sie noch höher und warf sie in die Luft, sodass sie beinahe an die Decke stieß.

»Freddy, gottverdammt, Freddy, bitte!«

Ich setzte meine Frau auf dem üppigen Teppichboden ab. Sie hielt sich immer noch an meinem Hals fest, sah mir ernst in die Augen und sagte: »Es ist also vorbei. Und jetzt?«

»Wir sind da, Lorna. Und da ist da noch ein großer kleiner Junge, der uns braucht. Er ist jetzt bei deinem Vater.«

»Welcher große –«

»Er ist Maggie Cadwalladers Sohn. Mehr werd' ich dir dazu nicht sagen. Ich möchte dich wiederhaben, aber ohne ihn kommen wir nicht weiter.«

»O Gott, Freddy.«

»Du kannst einen Juristen aus ihm machen, und ich kann ihm alles beibringen, was ich weiß.«

»Ist er Waise?«

»Ja.«

»Da gibt's 'ne Menge Formalitäten, Freddy.«

»Scheiß auf die Formalitäten; er braucht uns.«

»Ich weiß nicht recht.«

»Ich schon. Ich möchte dich wiederhaben.«

»Warum? Glaubst du, es wird diesmal anders sein?«

»Ja. Ich weiß es.«

»O Gott, Freddy!«

»Wir können nie sicher sein, außer, wir versuchen es.«

»Das ist wahr, aber ich weiß einfach nicht! Außerdem muss ich noch zwei Tage hier auf diesem Kongress bleiben.«

»Wir können nie sicher sein, außer, wir versuchen es.«

»Es ist ein Unentschieden, Freddy.«

»War es immer, Lorna.«

Lorna fasste in ihre Tasche und zog ihre Schlüssel heraus. Sie machte die Schlüssel für das Haus im Laurel Canyon ab und gab sie mir. Sie lächelte und wischte sich Tränen aus den Augen. »Wir können nie sicher sein, außer, wir versuchen es«, sagte sie.

Wir hielten uns einige Minuten lang eng umschlungen, bis wir Applaus hörten, der aus dem Festsaal kam.

»Ich muss jetzt gehen«, sagte Lorna, »ich bin in ein paar Minuten dran.«

»Wir sehn uns zu Hause.«

»Ja.«

Wir küssten uns, und Lorna fasste sich, öffnete die Tür und ging in den Festsaal, aus dem ausklingender Beifall für den letzten Redner ertönte.

Als sie zum Rednerpult hinkte, musste ich an Wacky Walker denken und an das Wunder, an das Land der Toten und den verrückten Dudley Smith, an den armen Larry Brubaker, die Waisen und an die Risse in meinem ehemals reinen Herzen. Dann dachte ich an die Erlösung, stieg in meinen Wagen und fuhr zurück nach Los Angeles.